Van dezelfde auteur:

Voorbij de droom
De kracht van vriendschap
Alle sterren van de hemel
De foute prins
In volle vaart

Victoria Clayton

Ierse honing

the house of books

Eerste druk, februari 2007
Vijfde druk, juni 2013

Oorspronkelijke titel
Moonshine
Uitgave
HarperCollins*Publishers*, Londen

Vertaling
Annet Mons
Omslagontwerp
marliesvisser.nl
Omslagillustratie
Richard Cummins/Getty Images
Foto auteur
Jerry Bauer
Opmaak binnenwerk
Mat-Zet, Soest

ISBN 978 90 443 3999 4
ISBN 978 90 443 4000 6 (e-book)
D/2013/8899/104
NUR 302

Ter nagedachtenis aan Constance Boyle,
mijn Ierse grootmoeder.

1

De golven verstrooiden het schijnsel van de lichten van de veerboot van Swansea naar Cork alsof ze zilveren munten naar het onderwaterleven van Het Kanaal van Bristol wierpen. De wind smeet de inhoud van mijn maag erachteraan. Ik had hevig spijt van mijn Battenberg-taart.

'Je ziet er niet goed uit, liefje,' had de moederlijke stewardess tegen me gezegd. 'Zorg dat je wat in je maag hebt. Het zal een woelige overtocht worden.'

Hoe ontmoedigend ook, dit waren de eerste vriendelijke woorden die er die hele dag tegen me waren gezegd. Het zou onbeleefd zijn geweest om nee te zeggen. Maar nu werd mijn voorstellingsvermogen gekweld door die onsmakelijke roze en gele stukjes koek, gehuld in gerimpeld marsepein. Ik drukte mijn gloeiende gezicht tegen het koude ijzer van de reling en werd overmand door een verpletterend gevoel van slecht te zijn behandeld, en ik kreunde hardop.

'Och arme ziel! Ik ben ook vaak zeeziek geweest en ik weet dat het geen pretje is. O dood, waar is uw steek? O graf, waar uw victorie?'

De stem klonk mannelijk, zelfverzekerd, geamuseerd. Ik vermoed dat zeeziekte iets komisch heeft zolang je er zelf geen last van hebt. Ik had geen behoefte aan medelijden en al helemaal niet aan plagerijen, maar misselijkheid en duizeligheid maakten vluchten onmogelijk. Ik zou zijn gevallen als de vreemdeling me niet bij mijn arm had gegrepen.

'Rustig maar! Kom, ga even zitten.'

Hij droeg me zo ongeveer naar een rij banken. Op dit uur van gierende helse duisternis waren die uiteraard leeg.

'Ik voel me vreselijk!' steunde ik. Ik had eraan toe kunnen voegen: 'Het menselijk ras is verwerpelijk en het leven is een afgrijselijke pantomime.' Maar ik was zelfs op dit moment van crisis niet van zins me volslagen belachelijk te maken.

'Het is heel naar, dat weet ik. Je wilt het liefst dood.' Hij duwde me op een bank en kwam naast me zitten.

'Dat wil ik ook!' snikte ik – de vriendelijke toon in zijn stem maakte dat ik me overgaf aan melodrama. 'Laat me mezelf maar in de zee storten. Dat is de beste oplossing voor alle problemen.'

'Niet voor mij, echt niet. De mensen zouden weleens kunnen denken dat ik je overboord had geduwd.'

'Dat is nou echt iets voor een man! Het heeft helemaal niets met jou te maken. Ze zullen – terecht – denken dat ik het geslinger en gestamp van deze boot geen minuut langer heb kunnen volhouden. O, wat heb ik de pést aan de zee!'

De man schoot in de lach. 'We zijn de baai nog niet eens uit. Er staat slechts een licht briesje en het water is zo kalm als de spreekwoordelijke eendenvijver.'

Ik hief mijn hoofd op. De lichten van Swansea gingen heel onaangenaam op en neer, maar de maan wierp een ononderbroken pad van stralen over het water in de richting van die lichten. Het geloei bestond alleen in mijn hoofd.

'Ik heb de pest aan eendenvijvers.' Ik bleef huilen.

'Geneer je niet. Gooi het er maar uit.' Mijn zelfbenoemde verpleger klopte af en toe op mijn arm. 'Goed zo.' Hij gaf me zijn zakdoek. 'Snuit maar eens goed. Voel je je al wat beter?'

Ik snoot. 'Ik voel me doodellendig.'

'De truc is niet op de beweging van het schip te letten. En kijk vooral niet naar de reling. Houd je ogen gericht op iets aan boord. Een reddingsboei, een mededelingenbord of een ventilatiepijp. Of, nog beter zelfs, kijk naar mij.'

Het licht uit het raam van de salon viel op de rechterkant van zijn gezicht. Ik zag iemand die er geruststellend normaal uitzag, min of meer blond, met opvallende oren. Ik kon nog net een wang ontwaren, met een kuiltje van een glimlach erin.

'Je bent zeker journalist.' Ik was te moe om net zoveel venijn in deze beschuldiging te laten doorklinken als ik had gewild.

'Lieve help, dat klinkt als een heel zware belediging! Zie ik eruit als een zuiplap en een leugenaar? Heb ik het uiterlijk van een zwerver met verrot tandvlees en incontinentieproblemen?'

'Ben je journalist?' hield ik aan.

'Ik ben literair agent. Een heel onschuldige bezigheid, over het algemeen. Ben jij een filmster die met rust wil worden gelaten?'

'Nou eh… ja en nee.'

'Ik zal me voorstellen. Christopher Random. Noem me maar Kit.'

'Je hebt ongetwijfeld iets beters te doen dan hier een beetje bij mij te zitten.'

'Ik stond op het punt iets te gaan eten. Jij zou ook iets in je maag moeten hebben.'

Ik huiverde bij de gedachte aan een cafetaria met een verschaalde etenslucht, vettige tafeltjes en kleverige flessen met aangekoekte ketchup. 'Ik ga echt niet naar binnen.'

'Goed.' Hij stond op. 'Beloof je me dat je geen gekke dingen zult doen?'

'Zoals wat?'

Hij zweeg. 'Zoals naar de golven kijken.'

Ik deed mijn ogen dicht. 'Dat beloof ik.'

Het huilen had me wat opgelucht. Ik voelde me nu licht in het hoofd, en onvoorstelbaar moe. De afgelopen anderhalve week had ik niet meer dan een paar uur achter elkaar oppervlakkig geslapen voordat een gevoel van iets wat vreselijk fout was gegaan me weer moeizaam tot bewustzijn had gebracht. Nu zat ik in een staat van apathie op de bank en besefte dat ik een aantal uren helemaal niets hoefde te doen terwijl de boot me steeds verder van huis bracht, iets waarvoor ik buitengewoon dankbaar was.

Ik huiverde, en trok mijn jasje strakker om me heen, want hoewel het juli was, stond er toch een ijskoude wind op zee. Er slenterde een jong paar voorbij, arm in arm. Het tweetal wierp een nieuwsgierige blik op me en liep verder. Ik verviel in een soort dagdroom, waarin ik voortdurend het gezicht van mijn vader voor me zag. Zijn woeste blik toen hij tien dagen geleden bij het ontbijt de krant had neergesmeten, stond nog steeds op mijn netvlies geëtst.

We hadden in de eetkamer gezeten, een tempel van Victoriaans mahonie, bruin leer en tweederangs aquarellen. Er stonden altijd twaalf stoelen rond de tafel en we hadden vanaf dat mijn broer en ik de kinderkamer waren ontgroeid altijd dezelfde plaatsen ingenomen. Net als in de wachtkamer van een tandarts zaten we zo ver bij elkaar vandaan als maar mogelijk was.

Mijn vader was een kleine man en had, met typerende perversiteit, besloten te trouwen met mijn moeder, die met haar één meter vijfenzeventig vijftien centimeter langer was dan hij. Als kind had ik dit hoogst gênant gevonden. Het leek afbreuk te doen aan de waardigheid van beiden, en ik was bang dat de mensen hen zouden uitlachen. Als mijn vader in een goed humeur was, noemde hij haar 'Lange'. Haar werkelijke naam was Laetitia.

Wanneer ik de foto van mijn vader als jonge officier in uniform op mijn moeders kaptafel zag, kon ik me voorstellen dat hij ooit wellicht aantrekkelijk was geweest. Zijn haar was dik en rossig geweest, zijn wenkbrauwen scherp getekend en zijn blik scherp en strijdlustig. Nu was hij overwegend kaal met wat plukken haar boven zijn oren en met borstelige wenkbrauwen. Hij vertoonde een treffende gelijkenis met een ruwharige foxterriër. Hij sprak op een agressieve, ongeduldige manier en als hij kwaad was, werden de ruimten tussen de duizenden sproeten op zijn gezicht tomaatrood en werd zijn kromme neus paars.

Natuurlijk zou hij erachter komen.

Toen ik de krant keurig opgevouwen naast zijn bord zag liggen, daar neergelegd door onze dagelijkse hulp, mevrouw Treadgold, wist ik dat het uur der waarheid was aangebroken. Het verhaal was de avond ervoor het derde item in het televisiejournaal geweest. Ik had de tv met een bonzend hart en pijn in mijn buik uitgezet zodra ik Burgo's gezicht op het scherm had zien verschijnen. Gelukkig beschouwde mijn vader televisie als iets vulgairs, dus keek hij nooit. Gedurende de rest van de avond had ik in angstige spanning naast de telefoon in de hal gezeten, voor het geval een van mijn vaders kameraden van de Army and Navy Club het nieuws had gezien en door nieuwsgierigheid geprikkeld hem op zou bellen onder het voorwendsel zijn medeleven met hem te tonen. Maar er had niemand gebeld. Misschien waren zij ook een beetje bang voor hem.

Ik kan niet verklaren waarom ik bang was voor mijn vader. Ik kon me de tijd niet herinneren dat ik hem niet vol angstige spanning had horen naderen. Zelfs wanneer hij in een joviale bui was, lag er iets strijdlustigs in zijn stem en in zijn manier van doen. En ik wist hoe snel die jovialiteit in woede kon overgaan. Ik kon achter zijn rug heel koel en analytisch over hem doen, en in zijn gezicht sarcastisch of zelfs opstandig zijn, maar toch vreesde ik zijn woede.

Het moment was aangebroken. Ik had me inwendig schrap gezet en deed alsof ik druk met de marmelade bezig was terwijl hij het zwoerd van zijn bacon sneed, boter op zijn toast smeerde en zich een tweede kop thee inschonk voordat hij de krant oppakte. Ik hoorde hoe het geknerp van zijn kauwen abrupt werd gestaakt toen zijn blik op de geruchtmakende foto viel. Hij slaakte een brul van woede die mij van schrik mijn mes deed laten vallen.

'*Wat!*... Nee!... Dit is onvoorstelbaar!' Mijn vaders stem, die doorgaans akelig luid was, had nu een onheilspellende gesmoorde klank. Hij klampte zich aan de rand van de tafel vast alsof onzichtbare handen hem probeerden weg te trekken.

Mijn hart bonsde in mijn keel. Maar ik probeerde hem onverschillig, zelfs koud aan te kijken. We zaten alleen in de eetkamer – mijn moeder was inmiddels invalide en Oliver was niet in staat voor twaalf uur uit bed te komen. De bruine oogjes van mijn vader traanden van de schrik en hij maakte een vreemd, rochelend geluid. Ik keek naar hem en vroeg me met angstaanjagende afstandelijkheid af of hij een beroerte zou krijgen. Hij smeet zijn servet op de vloer, klemde zijn handen om de armleuningen van zijn stoel, stond op, stapte om de tafel heen naar waar ik zat en wees woest naar de voorpagina van de *Daily Chronicle.*

'*En?* Is hier ook maar een *woord* van waar?'

Ik staarde als verdoofd naar hem omhoog. Hij scheen mijn zwijgen te interpreteren als een ontkenning.

'Ik wil dat jij' – mijn vader haalde moeizaam adem en zijn ogen puilden uit – 'me vertelt waarom iemand... het in zijn hoofd haalt dit soort weerzinwekkende leugens te vertellen.' Een afstandelijk functionerend deel van mijn geest constateerde dat er een klodder speeksel op de boter was beland. Ik prentte me de exacte plaats ervan in, zodat ik die er na afloop vanaf kon schrapen.

'En? *En?*' Hij probeerde te schreeuwen, maar hij was door hevige emotie van zijn krachten beroofd. 'Ben je van plan me iets van een... verklaring te geven?'

Ik stond op, misschien onbewust, om mezelf het voordeel van mijn lengte te kunnen geven. Ik was acht centimeter langer dan hij. Ik veegde mijn vingers langzaam aan mijn servet af terwijl ik mijn gezicht tot een uitdagende en hooghartige uitdrukking bracht. 'Als je bedoelt of ik een verhouding met Burgo Latimer heb gehad, ja.'

Hij verkocht me een klap op mijn kaak die me zijwaarts deed tuimelen en mijn tanden deed klapperen. 'Hoer! *Kreng!* Schaamteloze slet!'

Ik sloot mijn ogen om mijn tranen binnen te houden, en hoewel mijn wang onmiddellijk begon te kloppen en te schrijnen bleef ik uiterlijk kalm. Ik zette me schrap voor een tweede klap, maar die kwam niet. Waarschijnlijk was het de onmiskenbare proletarische bijsmaak van huiselijk geweld die me redde.

'Godallemachtig!' zei hij ten slotte. 'Dat ooit een kind van mij... zich als een loopse teef gedraagt... als een ordinaire snol... de schande... niet te verdragen... na alles wat ik voor mijn land heb gedaan... mijn eigen dochter... hoe kan ik me ooit nog in de club vertonen?'

Ik wist dat het geen enkele zin had te proberen iets van een verklaring te geven. Ik liet hem ongestoord uitrazen om alles zo snel mogelijk achter de rug te hebben.

'Ik neem het je moeder kwalijk,' besloot hij op verongelijkte toon. 'Zij heeft je hoofd met sentimentele onzin gevuld. Ik veronderstel dat je hebt gedacht dat Latimer verliefd op je was. Ik mag hopen dat hij in bed iets voorstelde... om zomaar de eerste fatsoenlijke regering die we in jaren hebben gehad op het spel te zetten. Denk maar niet dat jij de enige bent geweest! Hij is geheid naar bed geweest met iedere partijmedewerkster van onder de veertig. Wat zijn vrouwen toch een stomkoppen!'

'Ik zie dat je je woord hebt gehouden.' Kit dook uit het donker op en bleef voor me staan, met iets omvangrijks in zijn armen. 'Voel je je al iets beter?' Hij liet een stapel dekens naast me op de bank vallen en begon die om me heen te wikkelen. Er verscheen een man in uniform met een dienblad in de hand.

'Zet daar maar neer. We bedienen onszelf wel, dank u.' Kit legde iets in zijn hand en de man glipte weg met eerbiedig gemompel. 'Goed.' Kit begon de pakjes open te maken. 'Laten ze nou niet zeggen dat wij Engelsen niet van een picknick weten te genieten, wat het weer ook mag zijn, zelfs midden in de nacht op een schip dat op zijn kop probeert te staan. Sandwich met kaas, mevrouw? Of heeft u liever kaas met pickles? Er is ook kaas met ei, en voor de fijnproever kaas en worst.'

'Ik dacht dat je iets over een eendenvijver zei.' Ik ontdekte opeens dat ik zelfs een beetje honger had.

'Dat gold voor dat moment. Spiegelglad. Maar we zijn nu voorbij de punt naar buiten gevaren en de wind trekt aan. Nee,' – toen ik mijn hoofd opzij draaide om te kijken – 'je zult me op mijn woord moeten geloven. Drink nu wat warme thee, en als je je sandwiches op hebt, krijg je daarna iets lekkers. Ik heb nog net de laatste twee donuts met jam kunnen bemachtigen. Als we ze in mijn prille kinderjaren bij de thee hadden, spoelde mijn nanny de suiker er altijd onder de kraan in de badkamer af omdat ze voor ons tandglazuur vreesde. Sinds die tijd heb ik ontdekt dat als het leven er somber uitziet, weinig dingen zoveel troost kunnen bieden als een droge, dikke, met suiker bestrooide donut. Andere mannen smachten misschien naar foie gras, maar ik dank de hemel dat mijn verlangens sneller worden bevredigd.'

In mijn warme nestje van dekens, met een sterke bries in het gezicht, keek ik naar de sterren terwijl ik de sandwiches opat en wat thee dronk, en ik begon de waarheid in te zien van de bewering dat je tegen zeeziekte iets in je maag moet hebben. Het zou te veel zijn te zeggen dat ik me opgewekt voelde, maar terwijl Kit allerlei onzin uitkraamde en als ik niet aan Burgo dacht, begon ik me toch iets minder ellendig te voelen.

Ironisch genoeg was het volledig aan mijn vaders neiging zich met andermans leven te bemoeien te danken dat ik Burgo had ontmoet.

Naar mijn eigen idee had ik me jaren geleden buiten mijn vaders invloedssfeer geplaatst. Zodra ik in staat was het huis uit te gaan (dat wil zeggen, de zomer nadat ik van school kwam), had ik drie maanden in een zitslaapkamer in Earls Court gewoond en in een antiekwinkel gewerkt. Dat najaar had ik me ingeschreven aan de Universiteit van Londen om kunstgeschiedenis te studeren, en na mijn afstuderen kreeg ik een slechtbetaalde maar interessante baan bij Boswell's, een van de kleinere veilinghuizen. Ik woonde in een huisje samen met twee vriendinnen, Sarah en Jasmine, in een leuk, doodlopend straatje, vlak bij de rivier, in Chelsea. Om wat bij te verdienen besteedde ik een deel van mijn tijd aan het schrijven van artikelen voor periodieken over zaken als borduurwerk, waaiers, silhouetten en custardpotten. Bij wijze van ontspanning had ik mijn aandeel in de grote, fluctuerende verzameling vriendjes met wie Sarah, Jasmine en ik boven flessen goedkope wijn eindeloze gesprekken voerden in de intimiteit van de armoedige maar gezellige zitkamer van Paradise Row 22.

De ware liefde had ik nog niet gevonden, maar alles bij elkaar kon ik zeggen dat mijn leven naar tevredenheid verliep, tot op een ochtend, om precies te zijn op 22 april 1978, een telefoontje van mijn vader de idylle op ruwe wijze verstoorde.

2

'Je moeder heeft een ongeluk gehad. Ze heeft haar heup gebroken. Je moet meteen komen.'

'De arme ziel! Heeft ze veel pijn? Hoe is het gebeurd?'

'In de bibliotheek van de trap gevallen. Haar eigen schuld, omdat ze haar leven heeft verdaan met al die stomme zwijmelboekjes.'

Er klonk iets van triomf in mijn vaders stem. Zijn lectuur was beperkt tot de *Trout and Salmon Monthly* en de *Shooting Times*. Hij beschouwde een voorliefde voor fictie als onaangepast gedrag van excentriekelingen.

'Ik denk dat dit overal had kunnen gebeuren.'

'Doe nou niet alsof je alles beter weet, Roberta! Je moeder heeft je nodig. Ik zal tegen Brough zeggen dat hij je om kwart over twaalf van het station moet ophalen.'

Brough was huisknecht, butler, tuinman, klusjesman en chauffeur. Als gevolg van een ziekte in zijn kinderjaren waaraan hij een bochel had overgehouden, was hij een kleine man, veel kleiner dan zelfs mijn vader. Hoewel hij op een stapel kussens zat, kon hij vanachter het stuur van onze Austin Princess voornamelijk de lucht zien. Mijn vader trok regelmatig de reparatie van spatborden, bumpers en koplampen van zijn loon af, om hem vervolgens een flink bedrag te lenen opdat hij niet van honger omkwam. Na twintig dienstjaren was Brough mijn vader enkele duizenden ponden schuldig. Hierdoor scheen hij te vinden dat er voor hem niets anders op zat dan te doen wat mijn vader wilde, hoe onredelijk de opdracht of het tijdstip ook was, en daarbij alle onhebbelijke opmerkingen gelaten over zich heen te laten komen. Het is dan ook niet verwonderlijk dat Brough een norse, sombere man was die vaak uitbarstingen van woede had wanneer mijn vader niet in de buurt was.

'Ik neem wel een taxi bij het station.'

'Dit is niet het moment om met geld te smijten nu ik moet boeten voor de gevolgen van die verdraaide onoplettendheid van je moeder. Die verdomde kliniek rekent schandalige bedragen.' De hygiënische maatstaven van het Cutham Down Nursing Home waren al even ontmoedigend. Maar mijn vader vond het kennelijk toch belangrijk om voor een superieur soort viezigheid te betalen.

'Ik kom morgen met de trein van kwart over tien.'

'Je komt vandaag, meisje, anders zwaait er wat!'

Er volgde een onaangename woordenwisseling, die aan ruzie grensde. Er werd een compromis bereikt en ik vertrok aan het eind van die middag naar Sussex.

'Hoe is het ermee, mama?'

Er was een ziekenkamer ingericht in de kleine zitkamer. Een slechte keuze, aangezien die kamer op het noorden lag en nooit zon kreeg.

Mijn moeder deed haar ogen open en zuchtte. 'Vreselijk. Ik kan niet slapen.'

'Waren ze lief voor je in het verpleeghuis?'

'Het waren tángen.' Haar stem klonk verontrustend zwak, maar ze wist nadruk op het laatste woord te leggen. 'Ongemanierd. Grof en onnozel. Alsof je door een stel Ierse wegwerkers werd verpleegd.'

'Wat fijn dat je zo snel naar huis mocht.'

'Ze zeiden dat ik eigenlijk op z'n minst moest blijven tot de hechtingen eruit waren. Maar je vader wilde per se dat ik naar huis kwam. Het kost daar negentig pond per dag.'

Haar gezicht was doorgroefd en grauw. Haar lichtgroene ogen stonden verwijtend en haar mond trilde van wrok.

'Arme mama.' Ik bukte me om haar te kussen en het eens zo mooie blonde haar van haar voorhoofd te strijken. 'Doet het erg pijn?'

'Zit toch niet zo aan me te sjorren.' Ze rukte haar hoofd weg. 'Je weet hoe vervelend ik dat vind. Ik vergá van de pijn, als je het wilt weten.'

Ik keek in de kamer om me heen en zag dat het grijs met wit gestreepte behang langs de kroonlijst begon los te laten, dat het Turkse tapijt een gat vertoonde en dat het bed waarop mijn moeder lag aan één hoek op een stapel boeken steunde.

'Dit is een vreselijk ongezellige kamer.' Ik deed mijn best om opgewekt te klinken. 'We moeten eens zien wat we kunnen doen om alles wat vrolijker te maken. Ik heb bloemen voor je meegebracht.'

Ze keek naar de bos roze met groen gestreepte papegaaitulpen die ik haar toestak en wendde toen haar blik af. 'Ik zie bloemen liever buiten groeien, waar de natuur ze heeft bedoeld.'

Mijn ogen gingen door het raam naar waar Brough woest stond in te hakken op enkele laurieren die in een landschap van vochtig struikgewas en zuur gras groeiden.

'Ik heb chocola voor je meegebracht. Met hazelnoot. Die jij zo lekker vindt.'

Mijn moeder sloot haar ogen en trok een vies gezicht. 'Het is wel duidelijk dat jij nooit ziek bent geweest. Als je je zo beroerd voelt als ik, is vet eten gewoon vergif.'

'En ik heb ook de nieuwste Jeanette Dickinson-Scott voor je meegenomen.'

'Ik denk dat ik die al heb gelezen.' Haar ogen gingen open. 'Wat is de titel?'

Ik keek naar het omslag met een schilderij van een Regency-schoonheid in een diepuitgesneden paarse jurk, met gepoederd haar en een operettemasker. '*Amazon in Lace*'.

'Waar gaat het over?'

Ik bladerde in het boek. 'Over een zekere lady Araminta. En haar voogd, lord Willoughby Savage. Hij heeft sardonische wenkbrauwen, lange, gevoelige vingers en een rafelig litteken van jukbeen naar...'

'Geef voor alle zekerheid maar even hier.' Mijn moeders hand kwam onder de dekens vandaan. Toen ik een halfuur later om het hoekje keek, lag ze gespannen te lezen en van een stuk chocola te snoepen.

Daarna waren de dagen voorbijgekropen in het tempo van een invalide. Er was meer dan genoeg te doen, maar het was allemaal heel ondankbaar werk. Cutham Down – ooit een dorp, nu een stadje – lag in een deel van Sussex dat een microklimaat van kille oostenwind en uitzonderlijk zware regenval kende. Toen mijn overgrootvader van moederszijde een fortuin had vergaard met het inmaken van dingen in azijn – 'Pickford's Pickles Perfect Preserved' was de slogan – had hij de fabriek verkocht en zich volledig gericht op de serieuze bezigheid zichzelf om te vormen tot een landheer. Rond 1880 was Cutham Hall een aardig Georgiaans huis van twee verdiepingen geweest, met stallen en bijna twintig hectare land. Dit was niet groots genoeg geweest voor de nieuwverworven aspiraties van mijn overgrootvader, dus had hij er een verdieping bovenop gezet en er twee vleugels aan gebouwd, waarmee de elegante gevel grondig was bedorven en het huis onhandelbaar groot was geworden.

Cutham Hall had tien slaapkamers, waarin al tientallen jaren niemand had geslapen, en beneden een aantal slecht gemeubileerde kamers waarin nooit iemand zat. Mijn vader hield zich voornamelijk op in een vertrek dat hij zijn 'bibliotheek' noemde, een kamer van armzalige afmetingen waarin de overblijfselen van de diverse hobby's die hij had beoefend waren ondergebracht. Er waren laden met vlinders en kevers die op plankjes waren geprikt. Er was een droefgeestige eekhoorn met een geknakte staart, zijn eerste en enige poging tot taxidermie. In een kast stonden zijn geweren en vishengels. Aan de muur hingen foto's van de samenkomst voor de jacht op Cutham Hall uit de periode dat hij enthousiast jager was geweest. Geen boeken, uiteraard. Hij had eigenlijk alleen maar belangstelling voor vormen van vermaak waarbij iets werd gedood.

Oliver en ik zaten meestal in de keuken, waar een oude, doorgezakte sofa bij het Aga-fornuis stond, en een televisie, zogenaamd 'voor het personeel'. We hadden geen personeel in huis, tenzij mevrouw Treadgold, onze dagelijkse hulp, als personeel werd beschouwd. Ze had een kleurentelevisie in haar keurige, warme, waterdichte bungalow en zou zich niet hebben verwaardigd naar iets te kijken op onze kleine, flakkerende zwart-wit tv met zijn antenne van een gebogen metalen kledinghaakje.

De eerste drie dagen na mijn thuiskomst stoften en zogen mevrouw Treadgold en ik vlijtig de voorouderlijke vierkante meters mahonie en tapijt. Aan de hoeveelheden stof en dode vliegen die we aantroffen, kon ik zien dat ze zoveel aandacht niet gewend waren. Daarna, als bij stilzwijgende afspraak en uitgeput door werk dat zowel vervelend als zinloos was, deden we de deuren van de ongebruikte kamers dicht en lieten alles vredig verder slapen onder een vers laagje stof. Ik nam het koken en de boodschappen op me, terwijl mevrouw Treadgold de luttele kamers waarin we woonden schoonhield. Samen verzorgden we mijn moeder.

Mijn voornaamste taak was haar van boeken te voorzien, en omdat ze de hele dag en de halve nacht lag te lezen, was ik voortdurend onderweg naar een van de vier bibliotheken in de omgeving waar ze lid van was. Haar smaak gold romantische fictie. Ik liet mijn naam noteren voor iedere roman die de woorden 'liefde', 'hart', 'kus', 'bruid', 'zoet' of 'overgave' in de titel had.

'Ik heb dit al gelezen,' zei mijn moeder in de tweede week van mijn dienstbaarheid, en ze wierp mijn laatste aanwinst opzij. 'Weet je dat niet meer? Je had het vorige week al voor me gehaald.'

'Kun je het niet nog eens lezen?'

'Ik weet hoe het afloopt.'

'Natuurlijk weet je dat. De knappe held van de titel weet de trots en de wil van de heldin te onderwerpen tot ze zoveel van hem houdt dat ze bereid is hem onzegbaar smerige dingen met haar te laten doen, ondanks haar aangeboren afkeer. Zo eindigt het altijd. Ze gaat er nooit eens vandoor met de goedhartige koetsier en besluit nooit dat ze toch maar liever een naaiatelier beheert.'

Maar mijn moeder deed of ze niets hoorde. 'Je kunt Treadgold vragen mijn thee te brengen. En zeg haar dat ze niet op het schoteltje moet knoeien. Die vrouw is zo onhandig, ze zou met gemak een baantje in een verpleeghuis kunnen krijgen. En ga even kijken wat Brough aan het doen is. Nu ik hier zo hulpeloos moet liggen verandert het hele huis natuurlijk in een puinhoop.'

'Het ziet er prima uit,' jokte ik. 'Je moet je daar geen zorgen over maken. Concentreer je nou maar op het beter worden.'

Mijn moeder wierp me een zijdelingse blik vol ergernis toe. De gedachte kwam in me op dat ze veel liever in bed lag en op haar wenken werd bediend dan onophoudelijk te moeten ploeteren om te proberen een groot, vervallen huis met zeer beperkte middelen draaiende te houden. Hier kon ik begrip voor hebben. Ik ging naar Brough kijken, zoals me was opgedragen.

De twintig hectare waar mijn overgrootvader mee was begonnen waren tot twee geslonken aangezien er gedurende de afgelopen honderd jaar stukje bij beetje land was verkocht om een pretentieuze levensstijl op basis van een ontoereikend inkomen te kunnen volhouden. Het grootste deel van het resterende terrein was begroeid met struikgewas dat weinig onderhoud behoefde. Brough had een comfortabel onderkomen in de kas, met een stoel, een radio en een waterketel op het fornuis, waar hij uren achtereen kon zitten, ongetwijfeld om over zijn slavernij te piekeren. Maar deze keer trof ik hem zowaar buitenshuis aan, waar hij bezig was een smerig ruikend spul te spuiten over de theerozen die een afgrijselijk felle kleur rood hadden.

'Zouden die rozen er niet aardiger uitzien als er iets tussen groeide?' opperde ik, in de hoop iets van kameraadschap te ontwikkelen met deze afstandelijke, woeste man. 'Misschien winterharde geraniums of viooltjes...'

'Dit is een rozenperk.' Broughs boze oogjes stonden minachtend.

'Ja, maar het hoeven toch niet alleen maar rozen te zijn...'

'De majoor zou het niet willen.'

De majoor was mijn vader.

'Hoe weet je dat hij dat niet zou willen?'

'Omdat hij dat heeft gezegd. Hij zei: "Brough, wat je ook doet, je gaat niets tussen die rozen zetten. Over mijn lijk."'

Je kunt iemand geen leugenaar noemen zonder onaangename consequenties. Ik liep kwaad weg en ging aan de slag met het wieden van de stenen potten op het terras. Terwijl ik bezig was daalde er een regen van zaadjes van de veldkers in de kieren tussen de stenen neer, om daar onuitroeibaar wortel te schieten, en juist toen ik klaar was, brak de handgreep van een van de potten af en viel aan diggelen, met achterlating van twee grote gaten waardoor de zanderige aarde in een gestage stroom op mijn schoenen sijpelde. Ik ging naar binnen.

Mijn broer Oliver, de vierde bewoner van dit ongelukkige huis, dreigde dagelijks het alom aanwezige stof van zijn voeten te schudden. Hij was twintig, bijna zes jaar jonger dan ik, en had echt kunnen vertrekken zonder dat iemand er bezwaar tegen zou maken. Ik denk zelfs dat mijn vader bereid was geweest hem eigenhandig naar het station te rijden als hij ervan overtuigd was geweest dat Oliver op de trein zou stappen. Oliver was op dit moment van plan schrijver te worden. Hij werkte aan een Swiftiaanse persoon die net als de fortuinlijke Dean werd aanbeden door twee even begerenswaardige vrouwen. Hoewel hij pas zo'n tien pagina's had voltooid, was Oliver ervan overtuigd dat dit zijn paspoort naar succes en naar een nieuw leven was. Ik hield veel van mijn broer en ik vond het heel akelig hem te zien worstelen om zijn broze zelfvertrouwen te bewaren. Ik kende de plot van *Sunbeams from Cucumbers* al van achteren naar voren en vond dat deze veelbelovend leek.

'Het moet alleen nog worden opgeschreven, weet je,' verklaarde hij, languit op de sofa liggend na een eenzame middag van scheppende arbeid, terwijl ik de aardappels voor het avondeten schilde.

Het was drie weken na mijn thuiskomst en mijn moeder was nog niet verder gekomen dan een paar wankele stapjes naar het stilletje dat in de hoek van de kamer voor haar was opgesteld. Ik begon weg te zakken in een doffe wanhoop over de mogelijke lengte van mijn periode van dienstbaarheid.

'Volgens mij is dit huis een deel van het probleem,' verklaarde Oliver terwijl ik cornedbeef in stukjes hakte voor de hachee. 'Hoe kan een mens inspiratie opdoen als hij moet leven in een atmosfeer van intellectuele dorheid en hypocrisie? Die troep die moeder leest verweekt haar geest. Ze voelt zich zo ongelukkig met vader dat ze het niet kan verdragen in de gewone wereld te leven. Ik vraag me weleens af waar vader zijn geestesvoedsel vandaan haalt. Ik kan me niet voorstellen dat chagrijnig doen tegen zijn kinderen en Brough op zijn falie geven genoeg is, zelfs voor een man met de geestelijke vermogens van een pissebed.'

'Daar heb ik toevallig een antwoord op. Ik ben vanmorgen naar Worping gereden om te kijken of ze bij Bowser nog nieuwe romans hadden, en na afloop heb ik een kopje koffie gedronken in de Kardomah. Toen ik daar zat, kwam vader binnen. Dat was op zich al heel vreemd, maar wat het nog vreemder maakte, was dat hij een vrouw bij zich had.'

'Nee!' Oliver zwaaide zijn benen opzij en ging rechtop zitten; zijn grauwe gezicht kreeg een kleur van opwinding. 'Hoe was ze? En wat zei hij toen hij jou zag?'

'Ik zat in een hoekje achter een soort traliehek met plastic klimop. Ik kon hen heel goed zien door tussen de bladeren door te kijken, maar hij had geen idee dat ik daar zat. Ik heb alles gehoord wat ze tegen elkaar zeiden.'

'Ga door!'

'Ze vroeg hem naar moeder. Vader zei dat ze een stuk beter zou opknappen als ze verdomme haar best eens deed, in plaats van te liggen lanterfanten en haar hoofd met onzin vol te proppen. Hij liet zich nooit door ziekte in de luren leggen, zei hij. Als hem iets mankeerde ging hij altijd een stevige wandeling in de Downs maken, en dan waaide het er wel uit. Ik geloof niet dat een stevige wandeling zo'n goed idee voor moeders gebroken heup zou zijn.' Ik hield even op met uien fijnsnijden om mijn tranende ogen af te vegen.

'Niet ophouden!'

'Ze zei iets in de trant van dat hij vast een dappere man was. Hij had echt niet zoveel goeds in de oorlog kunnen doen als hij niet heel moedig was geweest.'

'Dan heeft hij haar vast niet verteld dat hij met zware buikloop naar huis was gestuurd en verder een bureaubaan kreeg. Wat voor vrouw was het?'

'In de vijftig, mollig, roodgeverfd haar, veel make-up en sieraden. Ze heet Ruby. Niet zijn gebruikelijke type. Het schijnt dat ze vrijdagavond gaan eten in het Majestic in Brighton. Zij deed daar heel opgewonden en giechelig over. Ze moet wel een heel treurig leven hebben gehad als uit eten gaan met onze vader voor haar zo'n groot plezier betekent.'

Oliver lachte verbitterd. 'Dus hij heeft toch stiekem iets anders bij het handje. Wat vreselijk onorigineel. Ik vraag me af of hij haar betaalt.'

'Eigenlijk vond ik haar te aardig voor hem. Ze sprak heel vriendelijk over moeder. Ze leek bezorgd. En toen papa haar berispte omdat ze het over "het toilet" had – hij is zo'n vreselijke snob – keek ze echt heel sip. Ik had met haar te doen.'

'De hufter! En te bedenken hoeveel stennis hij over Gaylene heeft gemaakt!' Gaylene was een meisje dat bij de benzinepomp van een garage in een naburig dorp had gewerkt en op wie Oliver erg verliefd was geweest. 'Hij had het lef om haar een gore slet te noemen. Ik geloof dat ik nu toch echt het huis uit ga – morgen!'

Maar de waarheid was dat Oliver bang was om te gaan. Een deel van hem klampte zich wanhopig aan thuis vast, in de stille verwachting dat hij zelfs nu misschien zou worden gezegend met enkele levenbrengende druppels uit de bron van ouderlijke liefde.

'Mmm... Kit...' mompelde ik, genietend van mijn donut. 'Dit is echt lekker. Ik weet gewoon niet hoe ik je moet bedanken.'

'Je kunt beginnen met mij je naam te vertellen.'

'Zeker. Ik heet Bobbie.'

'Bobbie? Ga me nou niet vertellen dat je ouders eigenlijk een jongen hadden gewild.'

'Het is een roepnaam. Niet erg elegant, dat weet ik, maar iedereen noemt me zo.'

Behalve Burgo. Hij had een hekel aan afkortingen. Ik had een prima naam, zei hij, die uitstekend bij me paste.

'En hoe nog meer?'

'Ach, laten we de formaliteiten maar achterwege laten.'

'Wat een achterdochtig meisje ben jij.'

'Sorry. Maar de laatste tijd... Ik ben een beetje neurotisch door gebrek aan slaap.'

'Eerlijk gezegd doet de naam Bobbie me denken aan iemand met een bloempotkapsel, rode wangen en een snoeiharde service. Een kameraad voor alle mannen, altijd bereid chocolademelk te maken, een gezellige, sportieve meid.' Ik voelde hem even aan mijn haar trekken. 'Maar jouw haar is lang. Daar ben ik blij om. Ik zal met alle plezier zelf chocolademelk maken.'

‘Vanavond zullen we het zonder moeten stellen. Het moet al minstens tien uur zijn.’

Kit tuurde op de wijzerplaat van zijn horloge. ‘Half elf. Ben je klaar voor je kooi, Bobbie? Zal ik je begeleiden naar de deur van je hut, of denk je dat dat aanleiding zal geven tot ongepast geroddel?’

‘Ik geloof niet dat ik het daar uit zal houden. Ik heb mijn hut bekeken toen ik aan boord kwam. Hij ligt enkele verdiepingen lager. Afschuwelijk claustrofobisch. Ik heb te laat geboekt om een eenpersoonshut te kunnen krijgen. De andere vrouw in de hut was heel aardig en vriendelijk, maar ze had een doordringende stallucht om zich heen. Ze schijnt naar Ierland te gaan om paarden te kopen. Ik weet niet zeker of mijn maag ertegen bestand is de hele nacht in een walm van paardenmest heen en weer te worden geslingerd. Het is hier trouwens best mooi en ik heb het niet koud meer.’ Het was er inderdaad mooi, ook al was het wat ruig. De wind leek hard te waaien, of misschien kwam het door de beweging van het schip, maar de maan, die voor driekwart vol was, deed de voorbijsnellende wolken zilverachtig oplichten. ‘Maar jij moet echt naar bed gaan. Je hebt goed voor me gezorgd en ik ben je zeer dankbaar. Het gaat nu verder prima met me.’

‘Ik heb helemaal geen slaap. Als jij je voeten nou eens op de bank legt, dan zal ik je instoppen. Zo, en leg je hoofd maar op mijn jas. Maak je geen zorgen,’ zei hij toen ik geluiden van protest liet horen, ‘de steward houdt ons vanuit het raam van de salon in de gaten. Hij zal een perfecte chaperon zijn. En zodra ik ook maar een beetje moe begin te worden, zal ik je alleen laten. Heb je er last van als ik rook?’

‘Helemaal niet.’

De lekkere geur van een Gauloise vermengde zich met de zilte zeelucht. De sterren rolden loom boven mijn hoofd heen en weer terwijl de reusachtige wieg onder mij zacht schommelde. Het was vreemd om met mijn hoofd in de schoot te liggen van een man die ik pas twee uur kende, maar het was tegelijkertijd heel gemoedelijk. Ik begon me wat te ontspannen. De laatste tien dagen had ik heel onrustig en weinig geslapen, steeds met een akelig gevoel van naderend onheil. Mijn ribben deden niet langer pijn, mijn oogleden trilden niet meer.

‘Wat zijn ze geweldig, hè?’ Kit blies wat rook uit. ‘Niet voor te stellen dat ze geen weet hebben van onze vreugden en ons verdriet.’ Ik besefte dat hij het over de sterren had. ‘Er is er één die echt naar ons knipoogt. Geen wonder dat de mensen denken dat ze een wens mogen doen.’

'Als dat zou kunnen,' mompelde ik slaperig. Althans, ik dacht dat ik het had gezegd, maar het kan ook deel hebben uitgemaakt van mijn droom.

3

Er streek iets langs mijn wang.

'Sorry, het was niet mijn bedoeling je wakker te maken.'

Ik deed mijn ogen open. De lucht was op geheimzinnige wijze verbleekt. Ik had een paar seconden nodig om te beseffen dat dit de dageraad moest zijn. Ik draaide mijn hoofd opzij en zag iemand – Kit – glimlachend op me neer kijken. Er drukte iets hards tegen mijn oor. Ik voelde. Het was de knoop van een jas. Moeizaam kwam ik overeind, gehinderd door de dekens, met spieren die stijf waren van de kou. 'Hoe lang heb ik liggen slapen? Hoe laat is het?'

Kit keek op zijn horloge, turend in het grijze licht. 'Tien voor vijf.'

'Nee toch zeker!'

'Je was vreselijk moe.'

'Ik hoop dat ik niet heb gesnurkt.'

'Je was zo stil als een jonge kat. Af en toe begon je een beetje te spinnen en je riep een keer woest "Nee!". Daar werd ik wakker van.'

'Heb jij hier de hele nacht gezeten?'

Hij knikte.

'Dat moet heel ongemakkelijk voor je zijn geweest. Je had echt naar bed moeten gaan.'

'Ik ben zo stijf als een strijkplank,' gaf hij toe, 'maar ik heb een beetje kunnen dutten. Ik ben een van die gelukkige mensen die met weinig slaap toe kunnen. Ik ga wel even een eindje lopen, en daarna voel ik me weer prima. We zullen binnen een uur in Cork zijn.'

'Cork!' Ik voelde een golf van emoties, maar vooral van spanning.

'Waar dacht je dan dat je naartoe ging?'

'Ach, daarheen natuurlijk. Maar het is gewoon dat ik nooit eerder in Ierland ben geweest. En alles is op het laatste moment geregeld. O lieve help, ik kan mijn vingers niet bewegen! En ik geloof dat mijn nek is gebroken.'

'Kom op.' Kit hees me van de bank overeind. 'We gaan onze bloedsomloop weer eens op gang brengen.'

We wandelden samen rond tot we weer gevoel in onze handen en voeten hadden. Er waren geen andere passagiers aan dek, alleen enkele bemanningsleden die ons een speciale blik of een veelbetekenende glimlach schonken. Waarschijnlijk veronderstelden ze dat we geliefden waren die de voorkeur hadden gegeven aan een romantisch nummertje onder de sterren in plaats van geworstel in een smal bed in een prozaïsche hut. We stonden aan de reling op het achterdek donkerbruine thee te drinken en smakeloze witte bolletjes met hardgekookt ei en mayonaise te eten. We zagen hoe de hemel begon te blozen in nuances koraalrood, zalm en roze. Langzaam werd alles goud gekleurd.

'Mooi hè?' zei Kit. 'Maakt dit je niet blij dat je leeft?'

'Mm... ja,' zei ik, stelliger dan ik het meende. In het kielzog van het schip stroomde schuim. Er doken meeuwen omlaag in de groengrijze golven, ze maakten ruzie om de laatste kruimels van mijn ontbijt. Ik wenste dat het schip door zou varen en nooit land zou bereiken.

Ik probeerde mijn vingers door mijn haar te halen, maar dat zat in de knoop door de wind.

'Ik zal het wel voor je kammen,' opperde Kit. De eerste stralen van de zon schenen door zijn oren, maakten die vuurrood. Zijn haar was krullend en bruin. Zijn ogen waren blauw en intelligent. Het was een aantrekkelijk gezicht met een hoog voorhoofd en een goedlachse mond. Niet knap, maar aantrekkelijk.

'Niets daarvan. De mensen zullen denken dat ik een ontsnapte krankzinnige ben en jij mijn bewaker.'

'Dat vind ik helemaal niet erg. Die steward kan zijn ogen niet van je af houden sinds je wakker bent. Je brengt wat kleur in zijn grauwe bestaan. Kun je niet een beetje lopen bazelen en met je mond trekken? Waar is je gevoel voor burgerplicht?'

'Waarschijnlijk ben ik écht een krankzinnige. Alleen een gestoorde vrouw zou...'

Ik zweeg. Kit was zo meelevend geweest dat ik in de verleiding was gekomen hem iets over al mijn toestanden te vertellen, maar ik bedacht me.

'O lieve help. Weer die achterdochtige blik. Je bent net zo behoedzaam als een paradijsvogel die zojuist een vrouw met een saaie hoed heeft ontdekt.'

Ik lachte, maar zei niets.

Kit draaide zich om en leunde met zijn rug tegen de reling, zodat hij me recht kon aankijken. 'Vergeef me als dit een impertinente vraag is, maar als we in Cork binnenlopen, staat er dan een echtgenoot of vriend op de kade de seconden af te tellen?'

Ik dacht aan Burgo, stelde me hem voor met de kraag van zijn jas omhooggeslagen tegen de opdringerige juliwind, handen in zijn zakken, fronsend, ongeduldig bij dit uitstel, in gedachten al plannend wat we hierna gingen doen, waar we gingen eten, de liefde zouden bedrijven. Ik voelde een steek van ontreddering.

'Nee.'

'Juist ja. Is het vrijpostig als ik vraag waar jij in zo'n eenzame pracht naartoe gaat? Ik beloof je dat ik deze informatie niet aan de MI5 zal doorgeven.'

'Ik ga naar Galway. Naar Connemara.'

Kit floot. 'Naar de woeste bergmannen?'

'Ik word daar huishoudster bij een familie die Macchuin heet.'

Kit floot weer. 'Dat is wel het laatste dat ik zou hebben geraden. Wat weet je van hen?'

'Bijna niets. Ik heb gereageerd op een advertentie in een krant. Toen ik opbelde, zei de vrouw met wie ik sprak dat ze wanhopig op zoek was naar hulp. Ze heeft me ter plekke aangenomen.'

'En je hebt die baan net zo impulsief geaccepteerd?'

'Alle relevante vragen, afgezien van hoe ik daar moest komen, ontgingen me even. Ik moest weg.'

'Ik hoop dat je niet net zo overhaast weer terug moet gaan. Het kunnen wel alcoholisten, drugssmokkelaars, seksueel gestoorde psychopaten zijn, of een IRA-nest, weet jij veel.'

'Misschien wel al die dingen bij elkaar. Maar hoewel we hooguit vijf minuten met elkaar hebben gepraat, kreeg ik toch een leuke indruk van mevrouw Macchuin. En ik voelde me gevleid dat ze zo enthousiast deed toen ik zei dat ik zou komen.'

'Alleen iemand die volstrekt roekeloos, door het dolle heen of op de vlucht is, zou zich door zulk enthousiasme laten aanmoedigen. Ben je van nature zo impulsief, onbesuisd en onbezonnen, of zit de deurwaarder je op de hielen?' Toen ik glimlachte maar niets zei, ging hij verder: 'En, wat heeft deze overenthousiaste vrouw gezegd? Kreeg je nog iets van een omschrijving van je baan?'

'Het enige dat ik weet is dat er drie kinderen zijn in de leeftijd van acht tot achttien jaar en zes volwassenen, van wie er één meestal weg is.

Mevrouw Macchuin klonk eerder uitgeput dan overenthousiast.'

'Nog erger. Waarom zou ze zo uitgeput zijn? Kinderen die zich slecht gedragen? Te weinig geld? Of misschien te veel meneer Macchuin?'

'Daar heb ik niet naar gevraagd. Ik probeerde mezelf in een nieuwe rol voor te stellen. Een soort persoon die doet wat haar wordt gezegd en verder geen vragen stelt. Een efficiënte, onzichtbare ondergeschikte.'

'Dat zul jij nooit zijn. Onzichtbaar, bedoel ik. Je ziet er ook niet vreselijk efficiënt uit, maar op dat punt kan schijn bedriegen.'

'Ik moet erkennen dat mijn leven tot dusver weinig efficiency heeft gevergd. Maar dat kan slechts een kwestie van noodzaak zijn.'

Kit zuchtte en schudde zijn hoofd. 'Ik voorzie problemen.'

'Het zal maar voor een halfjaartje zijn of zo. Daarna ga ik waarschijnlijk weer terug naar Londen.'

'Ik wou dat je me zou vertrouwen.' Hij keek me ernstig aan. Toen ik geen antwoord gaf, wees hij achter me en zei kalm: 'Land in zicht.'

Terwijl we praatten was de veerboot, zonder dat ik het merkte, langzaam gedraaid. We stonden op het punt een brede vaargeul met aan weerszijden verre landtongen, binnen te varen. Vol spanning keek ik naar de lage kliffen, half verscholen in de mist, terwijl ik probeerde me mijn nabije toekomst voor te stellen.

We voeren de brede monding van de River Lee binnen, in de richting van Cork Harbour, en ik zag glooiende heuvels, akkers en boerderijen die door het roze ochtendlicht werden beschenen. Toen werd de vaargeul weer breder en verdween het landschap in de nevels.

'We komen straks aan in Ringaskiddy,' vertelde Kit. 'Dat is de veerbootterminal. Daarvandaan is het nog een kilometer of vijf naar Cork.'

'Dan moest ik maar eens naar beneden gaan om mijn spullen te halen.'

'Haast je niet. De meeste passagiers slapen nog. Ze zetten eerst de auto's aan land.'

'Des te beter. Dan ga ik voordat het druk wordt.'

'Wat is het nummer van je hut? Dan haal ik je koffers wel voor je op.'

'Nee, dat hoeft echt niet. Je bent al geweldig vriendelijk voor me geweest. En ik wil even mijn gezicht wassen en mijn tanden poetsen.'

'Hoe kom je in Connemara?'

'Met de trein. Het schijnt dat ik de hele dag nodig heb voor nog geen tweehonderdvijftig kilometer. Ik moet twee keer overstappen. Daarna met de bus van Galway naar Kilmuree. Maar ik heb in elk geval het landschap om naar te kijken.' Ik probeerde enthousiast te klinken.

'Ik heb een beter idee. De komende weken rijd ik het land door om licht en hoop onder mijn eenzame auteurs te verspreiden. Deels zaken, deels vakantie. Er staat een ontzettend aardige ouwe heer op mijn lijstje, hij woont in de buurt van Westport. Schrijft boeken over geologie. Er worden er per jaar misschien vier van verkocht, maar we houden van wat diversiteit. Hij zal het geweldig vinden als ik een paar dagen eerder kom en dan kan ik jou afzetten op je bestemming.'

'Heb je dan een auto bij je?'

'Hoe schilderachtig een huifkar ook mag zijn, ik geef de voorkeur aan iets drogers, met een motor erin.'

'Maar je moet echt niet om mij je afspraken verzetten!'

'Ik doe dat echt met alle liefde. Het lijkt me heel gezellig.'

'Ik word afgehaald bij het busstation.'

'Prima. Dan zet ik je daar af.'

'Maar wel pas om zeven uur. Vanavond, bedoel ik.'

'Dan hebben we onderweg nog tijd om op ons gemak te lunchen.'

Het aanbod was te mooi om af te slaan. Ik ging naar beneden om mijn spullen op te halen. Mijn hutgenote sliep nog. Ze lag op haar rug, met haar mond wijdopen, en snurkte als een nest wespen. De lucht van paarden was nog heviger geworden. Vanuit de spiegel werd ik aangestaard door een verwilderd wezen met vreemde driehoekige plukken haar op haar hoofd en ogen als schoteltjes.

'Allemachtig!' zei Kit, toen ik een halfuur later weer aan dek verscheen. 'Ik begon me al zorgen te maken dat je overboord was gesprongen. Maar het was het wachten waard. Je ziet er schitterend uit. Die kleur staat prachtig bij je huid en je haar.'

Op dat moment voelde ik even een steek van pijn, omdat ik me herinnerde dat Burgo bijna letterlijk hetzelfde had gezegd over de lichtgele linnen jurk die ik had aangetrokken.

'Ik wil de Macchuins niet de indruk geven dat het stoomstrijkijzer en ik volslagen onbekenden voor elkaar zijn. Mijn rok vertoont niet alleen alle tekenen dat ik erin heb geslapen, hij ziet er ook uit alsof hij bij een picknick als tafelkleed is gebruikt.'

'Ik ben heus niet zo zelfingebeeld dat ik denk dat je hem speciaal voor mij hebt aangetrokken.'

Kits gezicht stond neutraal, maar zijn stem had iets scherps. Ik vroeg me opeens af of ik ondankbaar had geklonken.

'Kijk eens, daar hebben we mijn trouwe karretje.' Hij leunde over de reling en wees naar een rode sportwagen die de kade op werd gereden.

De kap was omlaag, zodat we heel duidelijk een man in overall achter het stuur konden zien zitten, waar hij met het dashboard speelde en de koplampen aan en uit deed. Kit keek toe, met een soort vertederde blik, zoals moeders die vertonen wanneer anderen zich vol bewondering over hun kinderwagen buigen.

We waren de eerste passagiers die zich bij de douane meldden, en we waren er snel doorheen. Kits auto liet een laag geronk horen zodra het contactsleuteltje werd omgedraaid. Mijn ervaring met auto's was beperkt. In Londen ging ik met de bus en de ondergrondse. De bejaarde Austin Princess van mijn vader en de gehavende Wolseley van mijn moeder waren mijn middelen van transport in de provincie. Ze namen de bocht altijd onder protest en ze waren opstandig wanneer het op starten aankwam. Kits auto leek zich nauwelijks te kunnen bedwingen toen we door de straten van Ringaskiddy rolden. Hij gromde laag en nam dreigende aanloopjes in het zicht van obstakels, als een aangelijnde leeuw.

'Alle mannen werpen afgunstige blikken op je,' zei ik. 'Ik weet niets van auto's. Is dit iets heel bijzonders?'

'Het is een Alfa Spider. Maar het is niet de auto die hen jaloers maakt.'

Sommige mannen vinden het nodig een voortdurende stroom complimentjes te laten horen. Ik vond Kit aardig en ik was hem dankbaar, maar ik had geen zin in dit spel. Om met succes te kunnen flirten moet je jezelf als begeerlijk beschouwen. Ik was eerder in de stemming om een hekel aan mezelf te hebben. Er lag een depressie op de loer. Ik duwde hem weg. Ik was het aan Kit verplicht een opgewekte passagier te zijn.

'Kijk daar eens, in het noordwesten. Daar heb je de Boggeragh Mountains.'

Ik zag een reeks grote, heidekleurige driehoeken. We zoefden tussen stenen muurtjes die het land in kleine, met keien bezaaide velden verdeelden, terwijl de boomstammen blauwe en paarse schaduwen wierpen over de weg die er verlaten bij lag, op een paar dolende schapen na. Naast de weg stroomde een zacht kabbelende rivier en even later staken we die over via een kleine boogbrug.

'Wat een prachtige namen. Dit is echt sprookjesland.'

'Inderdaad. En je moet er wel voor zorgen dat je goede maatjes blijft met het kleine volkje. Ze kunnen heel gemeen worden als je ze dwarsboomt, en ze vergeten een belediging nooit.'

Ik keek Kit onderzoekend aan om te zien of hij me plaagde. Hij moet mijn ogen op zich gericht hebben gevoeld, want hij draaide zijn hoofd even opzij en glimlachte. Toen we in noordelijke richting door het plaatsje Mallow reden en vandaar naar de Ballyhoura Hills, zag ik dat het landschap zich ontvouwde in hogere en steeds mooiere hoeken en welvingen, en ik verbaasde me erover dat ik mijn hele leven onwetend was geweest van zoveel schoonheid aan de andere kant van een kleine zee.

Ik vroeg me opeens af wat Burgo hiervan zou hebben gevonden. Ik besefte dat ik hem in de twaalf maanden dat ik hem had gekend, nooit iets over de natuur had horen opmerken. Was dat geweest omdat onze ontmoetingen zo vaak gestolen momenten van verplichtingen elders waren geweest, zodat we geen tijd hadden gehad om na te denken over onze omgeving? Nee, dat was het niet. Burgo was vaak geïrriteerd geweest over de tekortkomingen van de plekken waar we gebruik van hadden moeten maken. Hij was zich feitelijk altijd uitermate bewust van zijn omgeving en van de manier waarop zijn aanwezigheid de dingen veranderde. Klinkt dit alsof hij veel eigenwaan bezit? Ja, dat wel. Maar het had mij er toch niet van weerhouden hem lief te hebben.

Hij was op het eerste gezicht geen ijdele man. Ik vermoed dat zijn kleren speciaal voor hem werden gemaakt, want ondanks zijn lengte – hij was één meter negentig – pasten ze hem perfect. Maar ik heb hem nooit iets over een kleermaker horen zeggen. Zijn haar was sluik, zilverachtig blond, slordig. Hij wist waarschijnlijk dat vrouwen hem aantrekkelijk vonden, dus maakte hij zich nooit druk over hoe hij eruitzag, keek nooit in een spiegel, bekommerde zich niet om modder en kreukels en leek geen kam te bezitten. Het was deze zelfverzekerdheid waardoor ik me tot hem aangetrokken had gevoeld, besloot ik, terwijl ik me wat dieper in de stoel liet zakken om te ontsnappen aan de wind die mijn haar in mijn ogen blies. Burgo's manier van doen was agressief noch defensief. Dit moet zijn geweest omdat zijn zelfvertrouwen nimmer in gevaar kwam. De onzekerheid van andere mensen vond hij vaak amusant. Mogelijk had hij zich aangetrokken gevoeld door die van mij. In elk geval was onze eerste ontmoeting heel ongelukkig geweest.

4

Burgo en ik hadden elkaar ontmoet vijf weken na mijn terugkeer naar Sussex om mijn moeder te verzorgen. Deze ontmoeting werd voorafgegaan door een periode van bijna onafgebroken troosteloosheid. Ondanks bezoeken van een fysiotherapeut had mijn moeder geen merkbare vooruitgang geboekt. Ik had mijn kamer in Paradise Row onderverhuurd, zodat Sarah de hypotheek kon blijven betalen. Ik was hypergevoelig geworden voor de naargeestige sfeer van Cutham Hall. Wanneer ik het huis binnenging, maakte de lucht van mijn vaders sigaren, vermengd met de rubberachtige stank van het ondertapijt dat bezig was te vergaan, me onpasselijk.

'Woensdag is de lunch van de Conservatieve Partij,' had mijn vader tegen het eind van de vijfde week bij het ontbijt tegen me gezegd. 'Aangezien je moeder weigert zelfs maar te kíjken naar de rolstoel die met veel kosten en moeite voor haar is geregeld, zul jij haar plaats moeten innemen.'

We waren zoals gewoonlijk alleen, dus ik wist dat hij mij bedoelde, hoewel hij niet opkeek van zijn gekookte ei. 's Ochtends kon ik niet snel denken. Er gingen allerlei irrelevante gedachten door mijn hoofd. De rolstoel was geleend, gratis, van het Rode Kruis en had hem niet meer gekost dan het telefoontje dat ik had gepleegd om hem te bestellen en het beetje benzine dat ik had verbruikt om hem met de auto op te halen.

'Je bedoelt toch zeker niet dat je wilt dat ik met je meega?'

'Er is niemand anders.'

'Nou, dank je wel voor zo'n eervolle invitatie, maar woensdag moet ik de hoezen van de keukenbank naar Worping brengen om ze te laten stomen. Daarna laat ik de Wolseley bij de garage achter voor een grote beurt, en terwijl ze daarmee bezig zijn, gaan Oliver en ik naar de bioscoop. Mevrouw Treadgold heeft beloofd langer te blijven om voor moeder te zorgen.'

'Dat kun je allemaal ook op een andere dag van de week doen. Je moeder was buitengewoon opgelucht toen ik zei dat ik jou zou meenemen.'

'Toe, alsjeblieft!' zei mijn moeder later toen ik haar een kop thee met de kleur van witte wijn inschonk en flinterdunne sneetjes toast met boter besmeerde. Ze had geprotesteerd dat ze te zwak was om dit zelf te doen. 'Alsjeblieft, ga met hem naar die lunch, doe het voor mij. Hij moet een vrouw aan zijn arm hebben. Als hij in zijn eentje is, voelt hij zich net zo naakt alsof hij geen broek aan heeft. Hij dreigt me te dwingen in de rolstoel mee te gaan. Alsof ik dat zou kunnen! Als je eens wist hoeveel pijn ik heb. Voortdurend. Er komt geen eind aan.'

'Honing of marmelade?'

'Marmelade. Soms denk ik dat ik al mijn pijnstillers maar tegelijk moet innemen om er in één keer vanaf te zijn. Als je vader me weer probeert te koeioneren ga ik overwegen dat te doen. Als hij die vreselijke lunch nog één keer noemt, doe ik het echt.'

Brough, met pet en met het goede grijze pak van de Co-op dat zijn chauffeursuniform was, reed ons naar het Carlton House Hotel in Worping, waar de lunch zou worden gehouden. Ik had aangeboden te rijden, zodat Brough niet twee uur lang hoefde rond te lummelen, met stenen naar meeuwen te gooien, maar mijn vader wilde pertinent dat wij als twee hoogwaardigheidsbekleders op de achterbank van de Austin Princess reisden, wellicht in de hoop afgunst en bewondering bij zijn politieke broeders te oogsten.

In een poging te keren in een ruimte voor de overdekte stoep van het hotel, verpletterde Brough een plastic bordje 'Verboden te Parkeren', en uit het daarmee gepaard gaande gekraak van metaal maakte ik op dat er iets met het achterspatbord was gebeurd.

Er kwam een man in pandjesjas en gestreepte broek de stoep af gehold. 'U kunt hier niet parkeren. Heeft u het bord niet gezien? Deze plek is gereserveerd voor de burgemeester en de hoge omes.'

'Ik bén een hoge ome, zoals u dat noemt,' zei mijn vader, en hij stapte uit de auto.

Op dat moment reed de auto van de burgemeester voor. Het was een groot en schitterend voertuig en alle verkeer kwam abrupt tot stilstand.

'Er wás een tijd dat het plebs zijn plaats wist,' zei mijn vader hartgrondig. 'Dat komt nou door de welvaartsstaat.' Hij wandelde de stoep op en verdween in het hotel.

Ik zag dat er al een menigte met onverholen leedvermaak stond te kijken naar Broughs pogingen het achterwiel, dat tegen de stoeprand klem was komen te zitten, los te maken. 'Ik kan maar beter naar binnen gaan,' zei ik. 'Kijk of je een plekje op het parkeerterrein kunt vinden.'

Ik deed het portier van de auto nog net bijtijds open om een van de omstanders te horen zeggen: 'Wie was die opgeblazen idioot?'

'Dat was majoor Pickford-Norton,' zei zijn metgezel. 'Het soort man dat de Conservatieve Partij kan missen als kiespijn. Reactionair, vol eigendunk...'

'O la la,' zei een ander, die ik vaag herkende. Ik geloof dat hij ooit bij ons thuis was geweest voor een lunch van de jachtclub. Hij keek me gegeneerd aan. 'Heren, sta me toe u voor te stellen... dit is juffrouw Roberta Pickford-Norton.'

Er viel een ongemakkelijke stilte. Niets van dit alles was mijn schuld, maar toch voelde ik me blozen van schaamte.

'Juffrouw Pickford-Norton,' zei degene die mijn vader een opgeblazen idioot had genoemd, 'ik bied u mijn excuses aan voor mijn onparlementaire taal. Bent u bereid mij te laten proberen het goed te maken door u iets te drinken aan te bieden?'

Hij legde een hand onder mijn elleboog en ik werd mee omhoog gevoerd naar de foyer van het hotel. Hij bracht me naar de eetzaal, die al bijna gevuld was. Er kwamen verscheidene mannen en vrouwen op hem af die iets tegen hem begonnen te zeggen, terwijl anderen zwaaiden en zijn blik probeerden te trekken.

'Hallo Lottie, hoe gaat het ermee? Ja, ik weet het, maar je moet me een moment excuseren. Leuk je te zien, Herbert, spreken we elkaar straks? Hallo, mevrouw Cholmondeley. Nee, dat had ik nog niet gehoord. Echt? Laten we het daar na de lunch even over hebben.'

Hij versterkte zijn greep op mijn elleboog en loodste me naar een zijkamer die betrekkelijk leeg was.

'Een minuut.' Hij liep weg en kwam bijna onmiddellijk terug met twee glazen witte wijn. 'Ik hoop,' zei hij, 'dat je het leuk vindt om speeches te horen en je te pletter te vervelen en iets te drinken' – hij nam een slokje wijn en huiverde – 'waarin je verfkwasten schoon zou kunnen maken. Want je zit nu in het schip. En daarnaast werd je ook nog eens met mijn onvergeeflijke grofheid geconfronteerd. Ik zou het je niet kwalijk nemen als je briesend van woede weg zou willen lopen. Eerlijk gezegd' – hij keek even om zich heen – 'als ik geen buitengewoon egoïstische kerel was, zou ik je zelfs adviseren dat direct te doen. Het wordt echt stomvervelend. Maar ik hoop heimelijk dat je blijft. Als je het over je hart kunt verkrijgen om een blunderende idioot – ik bedoel mezelf – te vergeven, zou ik heel dankbaar zijn, want ik kan in één oogopslag zien dat jij hier de enige bent met wie ik wil praten.' Hij griste een schaaltje pinda's van een tafeltje. 'Je ziet er hongerig uit. Ben je bereid onze wapenstilstand te vieren met een vriendschappelijk nootje?'

Hij had donkere ogen die aan de buitenkant schuin omhoogliepen. Ondanks zijn berouwvolle toon en de ernst van zijn blik kon ik zien dat hij dacht dat dit grappig was. Mijn ouders konden nooit ergens iets amusants in ontdekken en Oliver verkeerde meestal in de ban van scheppende kwelling. Mijn gevoel voor humor, dat lange tijd in onbruik was geweest, leefde op. Ik nam een paar pinda's om te laten zien dat ik geen wrok koesterde.

'Ik vergeef je,' zei ik. 'Ik ben zelf ook niet zo tactvol. Maar je hebt mijn ergste angst bevestigd. Ik wilde eigenlijk niet komen. Ik heb een hekel aan politiek en ik verafschuw politici. Vooral Conservatieve politici.'

'Ik ben het helemaal met je eens. Wat politici betreft in elk geval. Je kunt geen erger stelletje oplichters, egotrippers en gewetenloze lieden bedenken. Hoewel volgens mij Labour net zo erg is. Ze mogen dan oppervlakkig bekeken wat altruïstischer lijken, maar dat is meestal maar schijnheilig gepraat. Individueel zijn ze net zo inhalig en oneerlijk. Alle politici hebben moeten liegen en bedriegen en stroopsmeren om aan hun zetel te komen. Nog een pinda?' Ik schudde mijn hoofd. 'Ik houd echter,' ging hij verder, 'wel van politiek. Ik vind het een spannend idee om dingen ten goede te kunnen veranderen.'

'Dat lijkt me heel bevredigend, als het je is gelukt. Dingen te hebben verbeterd, bedoel ik. Maar wat politici doen lijkt zo vaak niet meer te zijn dan het manipuleren van statistieken.' Ik keek op mijn horloge. 'Ik ben hier alleen maar gekomen om mijn vader een plezier te doen. Misschien merkt hij het niet als ik er een uurtje tussenuit knijp. Dan kan ik tegen het eind weer binnenkomen, als het ergste voorbij is.'

'Dat lijkt me heel verstandig.' Hij trok zijn wenkbrauwen op. Ze waren donker, in een sterk contrast met zijn witblonde haar. Ik moest even denken aan de held uit *Amazon in Lace*, lord Willoughby Savage, wiens sardonische wenkbrauwen overuren maakten. De absurditeit van deze gedachte deed me onwillekeurig glimlachen. 'Dat is beter,' zei hij. 'Je beschikt kennelijk over een vergevensgezind karakter. Ik wou dat ik met je mee kon gaan. Het is jaren geleden dat ik iets van de Engelse kust heb gezien. We zouden over de boulevard kunnen wandelen en in de plassen tussen de rotsen naar garnalen en zeeanemonen gaan zoeken. En ik zou kunnen proberen indruk op je te maken door met steentjes over de golven te keilen. Zullen we anders thee gaan...'

'Latimer! Beste kerel!' Een man met een grote, kromme neus als de snavel van een papegaaiduiker legde een bezitterige hand op de schouder van mijn metgezel.

'Nou, nou, nou! Dit doet me echt veel genoegen. Ik heb je in geen, laat me denken, twee jaar gezien? Niet meer sinds die polomatch op Windsor. Speel je nog steeds?'

'Nee. Ik heb mijn arm gebroken en sindsdien durf ik niet meer op een paard. Juffrouw Pickford-Norton, mag ik u voorstellen? Reginald Pratt.'

Ik stak mijn hand uit.

'Hoe maakt u het?' Pratt drukte mijn hand terwijl hij me snel opnam voor hij me afschreef als iemand van geen belang. 'Weet je, Latimer, je moet je niet door zoiets onnozels als een gebroken arm van de wijs laten brengen. Kom volgend weekend eens langs, om een beetje te oefenen? Je hebt de slag zo weer te pakken.'

'Nee, dank je. Ik ben er trouwens nooit zo dol op geweest. Ik heb alleen maar gespeeld om mijn schoonvader plezier te doen. Vind jij het een leuke sport, Roberta?'

'Ik ben niet zo dol op...' begon ik.

'Hoe is het met de beeldschone lady Anna?' viel Reginald Pratt me in de rede. 'Waarom breng je haar niet mee, naar een paar bijeenkomsten in ons kiesdistrict? Wat jammer voor haar om in haar eentje thuis te moeten zitten terwijl jij alle leuke dingen doet.'

'Ze zit in Frankrijk. En ze vindt dit soort dingen vreselijk.'

Ik was die middag nog niet thuis of de telefoon ging.

'Roberta? Met Burgo Latimer. Heb je zin om vanavond met me te gaan eten?'

'Eten? Ik weet niet of...'

'Zeg alsjeblieft niet nee. Als ik niet snel een normaal gesprek kan voeren met een menselijk wezen, word ik gek. De burgers van Sussex komen me de neus uit. Ik begin me af te vragen of er iemand op deze aarde ook maar in de verste verte over de dingen denkt zoals ik. Dat is een eenzaam gevoel. Begrijp je wat ik bedoel?'

Ik herinnerde me dat ik zijn stem eerder ook al zo prettig had gevonden, die haastige manier van praten, alsof hij razendsnel nadacht.

'Kun je wel voor de Conservatieven in het parlement zitten als je zo over de dingen denkt?'

'Kun jij ook maar één baan bedenken waarbij je niet met mensen te maken krijgt die je niet aardig vindt?'

Ik dacht aan mijn eigen baan. Aan mijn baas, die door iedereen een viespeuk werd genoemd vanwege zijn liederlijke gedrag. Aan collega's die roddelden of buitengewoon snel op hun teentjes waren getrapt.

'Hoe weet je dat wij niets gemeen hebben? Ik geloof niet dat ik meer dan twintig woorden tegen je heb gezegd.'

'Dat komt doordat ik steeds aan het woord was. Ik wil een kans om dat goed te maken. Bovendien wist ik het al voor die twintig woorden. Zulke dingen weet je gewoon.'

Had hij gelijk? Het was waar dat ik teleurgesteld was geweest te ontdekken dat hij, uitgerekend hij, 'een gewetenloze politicus' was, door de eeuwen heen verguisd, alom gewantrouwd. Ik herinnerde me eveneens dat hij een vrouw had.

'Ik denk dat ik liever doodga dan dat ik nog weer een voet in het Carlton House Hotel zet.'

'Zie je nou wel! We denken inderdaad hetzelfde. Maar op de plek waar we naartoe gaan, zal het eten je op zijn minst bevallen.'

'Je schijnt te denken dat je invitatie onweerstaanbaar is.'

'Ik hoop tegen beter weten in.'

De waarheid was dat ik me niet alleen heel eenzaam voelde, maar ook dodelijk verveeld. Oliver was me heel dierbaar, maar ik had weinig gezelligheid aan hem omdat hij meestal sliep wanneer ik wakker was. Mijn ouders beperkten hun conversatie tot het uitwisselen van praktische informatie en klachten. Mevrouw Treadgold en ik hadden een aantal onderwerpen van gesprek: mijn moeders vooruitgang, of liever gezegd het ontbreken daarvan; mevrouw Treadgolds eigen gezondheid, die werd ondermijnd door iedere ziektekiem, allergie en chronische stoornis die in haar medische encyclopedie te vinden was; en de televisieprogramma's van de vorige avond, die we iedere dag trouw doornamen. De vrienden uit mijn kinderjaren hadden Sussex al jaren geleden verlaten en waren naar Londen of naar het buitenland gevlucht.

'Tja… ik weet het niet. Het lijkt me een beetje vreemd. We kennen elkaar nauwelijks…'

'Ik kom je om half acht ophalen.'

5

'Je hebt een prachtig stuk landschap gemist,' zei Kit.

Ik deed mijn ogen open. Ik had geslapen.

'Waar zijn we?'

'Op de parkeerplaats van de pub waar we gaan lunchen. Ik kan de kap maar beter omhoog doen. In Ierland weet je nooit wanneer het gaat regenen.'

'Maar het is prachtig zonnig.'

'Dat zegt helemaal niets. Wacht maar af.'

Terwijl Kit het zeildoek van het dak vastmaakte, keek ik geeuwend om me heen. De pub, die in de hoofdstraat van een dorpje stond, was laag, witgekalkt en charmant.

Ik bekeek mezelf in het achteruitkijkspiegeltje. 'Ik verdwijn even om mijn haar te fatsoeneren en het stof van mijn gezicht te wassen.'

'Ga maar vast. Ik loop intussen naar die telefooncel om mijn gastheer te laten weten dat ik straks al kom.'

Toen ik tien minuten later, veel netter, tevoorschijn kwam, zat Kit aan de bar een Gauloise te roken, met een fles wijn in een plastic verfemmer vol ijs naast zich. Ik ging naast hem zitten en nam een slokje van de wijn, die niet goed maar ook niet slecht smaakte. De bar was tamelijk donker, en ondanks de warmte buiten brandde er een vuur in de haard. We waren hier de enige gasten.

'Dit is heerlijk.' Ik bedoelde niet alleen maar de wijn, maar het vrije gevoel een vreemdeling in een onbekend land te zijn.

'Ik hoop dat de wijn koud genoeg is. De Ieren drinken voornamelijk bier en whiskey. Een ijsemmer is buiten de grote steden een onbekend verschijnsel.'

'Dat geeft niet. Ik vind het allemaal heel charmant.' Ik bewonderde de aanwezige kunst, verscheidene religieuze schilderijen in primaire kleuren, een foto van de paus in een kartonnen passe-partout die met glitter was versierd, en een reproductie van *Light of the World* van Holman Hunt.

'Zo, bent u daar dan, mevrouw?' Er kwam een kelner naar ons tafeltje gelopen; hij knipoogde naar Kit. 'Dat was de moeite van het wachten waard, hè? Mevrouw is net zo mooi als een roos. En wat gaat u nu allebei eten? We hebben kip en vis. Maar ik moet zeggen dat ik denk dat die vis een beetje over zijn hoogtepunt heen is. Ik wil niet zeggen dat-ie echt bedorven is, maar hij ruikt toch op een manier waardoor ik er niet meer mee door het huis zou willen lopen.'

We besloten de kip te nemen en ik vroeg om een glas water.

'Ik vermoed dat die vis niet bestaat,' zei Kit toen hij was verdwenen. 'Hij wilde ons alleen maar, naar ware Ierse gastvrijheid, een alternatief kunnen bieden.'

Ik schoot in de lach. 'Wat aandoenlijk.'

Kit glimlachte naar me. 'Ik moet zeggen dat het me goed doet iemand mee te maken die zulke simpele dingen leuk vindt.'

'Ik klink misschien een beetje dwaas. Maar ik heb... een nogal moeilijke tijd achter de rug. Dit is zo totaal anders. Het is een opluchting om alles achter me te hebben gelaten.'

'Heb je narigheid gehad?'

'Het was allemaal mijn eigen schuld. En van dom gedrag zul je de consequenties onder ogen moeten zien. Maar dat is allemaal verleden tijd. Laten we het maar over iets anders hebben.'

'Ik wou dat je me vertrouwde.'

'Dat is het niet.' Ik staarde recht voor me uit, naar een schilderij van Christus die op een hectische, vuurrode wolk stond. 'Ik heb niet zo'n zin het je te vertellen omdat...' Ik zweeg even. 'Omdat ik me eerlijk gezegd schaam.'

'Dat klinkt intrigerend.' Toen ik geen antwoord gaf, ging hij verder: 'Maar ik mag niet weten waarom?'

Ik schudde mijn hoofd.

Kit trok een berouwvol gezicht. 'Ik moet je iets bekennen,' zei hij. 'Ik hoopte dat je me zou vertrouwen, zodat ik dit niet hoefde te doen. Maar ik vind het een heel vervelend idee om jou te misleiden. Toen ik Phelim O'Railly had gebeld – hij popelt trouwens om me te spreken, dus voel je vooral niet schuldig omdat ik mijn schema heb veranderd – liep ik de dorpswinkel in om een reep chocola te kopen zodat we vanmiddag in de auto nog iets te eten zouden hebben. De Engelse kranten waren net gearriveerd. Zelfs ondersteboven was je nog goed te herkennen.'

Ik vermoed dat ik een soort fobie ten aanzien van kranten had ontwikkeld, want ik voelde dat ik bleek werd, alleen al bij het noemen ervan. Mijn broze poging tot luchthartigheid verdampte. 'O,' zei ik, en ik kneep mijn lippen stijf op elkaar om ze niet te laten trillen.

'Dus, juffrouw Roberta Pickford-Norton, alle hoop dit verborgen te kunnen houden is nu vervlogen. U bent echter niet verplicht iets te zeggen.'

'Maar als ik wel iets zeg, kan dit tegen mij gebruikt worden?'

Kit schudde zijn hoofd. 'Ondanks de opruiende aard van het verslag is mijn mening over jou geen tittel of jota gewijzigd. Ik weet hoe journalisten zijn. En politici.'

'Is het heel erg?'

Kit trok zijn wenkbrauwen omhoog en zette grote ogen op.

Het een of andere instinct dreef me ertoe te zeggen: 'Je hebt hem gekocht, hè? Laat eens zien?'

'Je zult er niet blij mee zijn.'

'Geef op.'

Kit trok de krant onder een kussen vandaan. Het was een van de minder achtenswaardige kranten, hoewel het onderscheid miniem is.

De kop luidde: *Labour backbenchers eisen aftreden nieuwe minister van Cultuur.* De titel was in kleinere letters gedrukt: *Dochter van oorlogsheld betrokken bij liefdesschandaal.* De foto eronder was van mij toen ik met de auto het hek van Cutham Hall uitreed. Ik keek recht in de camera, met starende ogen en mijn lippen vertrokken tot een valse grijns. Er stond een onderschrift bij de foto: *Roberta Pickford-Norton, 26 jaar, verlaat ouderlijk huis op weg naar party in Belgravia.* Ernaast stond een studioportret van een vrouw met een gestreepte blouse en een parelketting, die met haar kin op haar hand steunde en in de lens glimlachte. Hierbij stond: *lady Anna Latimer, 35 jaar, dochter van de graaf van Bellinter.* Ik las het artikel.

> Lady Anna, de vrouw van de minister, heeft vrienden verzekerd dat ze achter haar man zal blijven staan, hoewel ze verbijsterd is te ontdekken dat hij een jarenlange relatie heeft gehad met de blonde seksbom Pickford-Norton, wier vader voor zijn betoonde moed in de slag bij Tobroek, in 1942, een onderscheiding heeft ontvangen. Pickford-Norton, de slanke sirene met de groene

> ogen, is in adellijke kringen beroemd en berucht om haar wilde gedrag en uitgesproken meningen. Ze vertelde de reporters: 'Die vrouw kan mij geen barst schelen. Ze is van middelbare leeftijd en heeft haar beste jaren wel gehad. Bovendien is echtelijke trouw een stoffig, burgerlijk principe.' De Labour Partij roept eendrachtig om Latimers aftreden, maar de Eerste Minister zei gisteren in een verklaring: 'Burgo Latimer is een begaafd, hardwerkend en consciëntieus lid van de regering, met een grote inbreng in de toekomst van zowel de partij als het land. De oppositie is hier schandalig met modder aan het gooien.' Bronnen uit de naaste omgeving van Pickford-Norton hebben ontkend dat ze zwanger is van Latimer. Lady Anna, die kinderloos is, heeft naar verluidt onlangs IVF ondergaan. Vervolg op pagina 2.

Ik sloeg de krant open en zag een foto van Burgo, met een somber gezicht op weg naar Downing Street 10. Ik voelde zo'n intense steek van verdriet, zo'n verlangen naar hem, dat ik bijna in tranen uitbarstte.

'Ik wil niet nog meer lezen.'

Ik stond op en smeet de krant in de haard. Hij brandde vrolijk en viel op het rooster. Kit ging met de pook aan het werk teneinde het afbranden van de pub te voorkomen.

'Sorry,' zei ik dof. 'Dat was jouw krant. Ik had het eerst moeten vragen.'

'Je had groot gelijk. Zulke rommel hoort in het vuur.'

'Het meeste ervan is niet waar. Ik heb helemaal nooit iets over Burgo's vrouw gezegd, zelfs niet tegen hem. Wat had ik kunnen zeggen? Ik heb Anna nooit ontmoet en Burgo had het bijna nooit over haar. Ik ben absoluut niet van adel. Mijn vader stamt uit een lange rij onopvallende legerofficieren en geestelijken. Ik was evenmin op weg naar een party in Belgravia. Ik moest naar de apotheek om valium te halen. Helemaal niets interessants.' Ik probeerde te lachen, zonder succes. 'Mijn vader heeft geen oorlogsonderscheiding en hij was ook geen held. Er klopt allemaal helemaal niets van. Behalve... behalve dat ik een verhouding had met Burgo. Dat is het enige waar het om draait.'

'Miljoenen mensen hebben een verhouding. Waarom zou jij je daarvoor moeten schamen?'

'Dat kun je nu wel zeggen, maar als je je naam in alle kranten ziet staan en iedereen je een harteloze, gemene hoer noemt, voel je je echt behoorlijk gekwetst. Het lijkt wel of ik iets heb gedaan dat zo vreselijk is, dat iedereen zich gerechtigd voelt de smerigste dingen over mij te zeggen. Ik ben bang geworden door zoveel vijandigheid. Ik herken mezelf echt niet in al die stukken. Ik weet gewoon niet meer wie ik ben.'

Tot mijn ontzetting voelde ik tranen in mijn ogen komen. Kit pakte mijn hand. Ik weet dat je op je hoede moet zijn als mannen broederlijke troost bieden. Het is meestal een aanloop tot iets wat veel minder broederlijk is. Maar Kits hand was warm en troostvol. Hij kneep of streelde me niet, hij hield alleen maar mijn hand vast terwijl ik hevig mijn best deed om verstandig, volwassen en beheerst te zijn.

'Maar wat is hier het werkelijke verhaal?' vroeg Kit ten slotte. 'Ik geloof er niets van dat jij een gelukkig getrouwde man onder protest van de zijde van zijn arme, onvruchtbare vrouw hebt gerukt.'

'Het schijnt dat zij geen kinderen wil. Een van de weinige dingen die Burgo me ooit over haar heeft verteld is dat ze een hekel aan kinderen heeft en bang is om dik te worden.'

'En denk jij dat dat waar is?'

'Waarom niet? Het is geen bijzonder aantrekkelijk standpunt, maar wel heel rationeel.'

'Spreken mannen over het algemeen de waarheid wanneer ze het tegen hun maîtresse over hun vrouw hebben, denk je?'

'Vermoedelijk niet. Maar Burgo is niet als andere mannen. Ja, ik weet dat mensen dat altijd zeggen als ze denken dat ze verliefd zijn,' voegde ik eraan toe toen ik een sceptische blik in Kits blauwe ogen zag verschijnen.

'Ben je verliefd op hem?'

'Wat is verliefdheid? Wederzijdse begeerte? Verlangen? IJdelheid? Illusie? Ik wou dat ik het wist.'

'Hoe is hij dan?'

Hoe was Burgo eigenlijk? vroeg ik me af.

Op dat moment verscheen de waard met ons eten. De kip was gesudderd tot een onappetijtelijk grijs, wat goed paste bij de veel te lang gekookte kool. Ik wist dat ik hoofdpijn zou krijgen als ik niet at, en dat ik me tegen de avond ellendig zou voelen, maar het krantenartikel had mijn eetlust grondig bedorven.

'Het is slecht, maar nou ook weer niet zo slecht,' zei Kit toen ik mijn vork en mes naast elkaar legde terwijl ik nog geen kwart van wat er op mijn bord lag had opgegeten. 'Die aardappels kun je toch zeker wel naar binnen krijgen? Kom, ik zal er wat boter voor je op doen, dan smaken ze beter.' Hij maakte een klein pakje boter, dat bij het brood op de tafel hoorde, open en smeerde de inhoud over de aardappels uit alsof ik een klein kind was. Om hem een plezier te doen dwong ik mezelf nog een paar hapjes te nemen.

'Goed zo, grote meid. Eet nu dat stukje kippenborst op, al was het maar om te laten zien dat je het me vergeeft dat ik je zo overstuur heb gemaakt. Ik ben een rund, en het spijt me echt vreselijk.'

'Je bent juist mijn redding geweest.' Ik at de kip op. 'Het spijt me dat ik zo dramatisch doe.'

'Oké, dus zijn we allebei vervuld van spijt en berouw. Goed, Scheherazade. Als je niet wilt dat ik je wurg, moet je nu verder gaan met je verhaal.'

Dus vertelde ik Kit over Burgo.

6

'Waarom loop je er zo vreemd bij?' had Oliver gevraagd op de avond van de lunch van de Conservatieve Partij in het Carlton House Hotel.

We waren in de keuken. Ik had mijn regenjas aan, tot mijn kin dichtgeknoopt, terwijl ik de spullen van mijn moeders avondeten afwaste.

'Ik ga uit eten en ik wil niet op mijn jurk spetteren. Die is van zijde en zelfs water geeft daar vervelende vlekken op.'

'Wat eten wij?'

'Iets wat *navarin* heet, maar je kunt beter tegen vader zeggen dat het stoofschotel met lamsvlees is. Het is een klassiek Frans gerecht. Er zitten erwten en bonen en knolrapen in. Het is echt heel lekker.'

'Zo klinkt het anders niet.'

'En er is kruisbessenvlaai toe.'

'O, lekker. Met custard of met room?'

'Met room.'

'Waar ga je naartoe?'

Ik trok mijn regenjas weer uit. 'Dat weet ik niet.'

'Met wie ga je eten?'

'Een zekere Burgo Latimer. Ons nieuwe parlementslid.'

'Echt? Dat klinkt verdomd saai. Hoe is hij?'

'Hij is lid van de Conservatieve Partij, maar hij is niet wat je zou verwachten.'

'Wat is er dan anders aan hem?'

'Dat weet ik eigenlijk niet. Hij is in elk geval niet saai. Daar gaat de bel. Vertel niets aan vader. Hij zou het niet goedkeuren.'

'Wat moet ik zeggen? Hij onderwerpt me geheid aan een derdegraadsverhoor als hij denkt dat er iets geheimzinnigs aan de hand is.'

'Jij bent de romanschrijver. Bedenk maar iets.'

Toen ik de voordeur opendeed, stond Burgo met zijn rug naar me toe. Ik was vergeten hoe lang hij was.

'Ik zie een aantal mooie bomen,' zei hij, en hij draaide zich om. 'Maar als er één plant is die ik niet kan uitstaan, dan is het wel de laurier. Ik moet altijd aan een besmettelijke ziekte denken. En jullie hebben er heel wat van.'

'We hebben hier zo ongeveer de Nationale Verzameling van Lelijke Heesters,' zei ik.

Ik liep achter hem aan de stoep af naar waar een enorme zwarte auto op het grind geparkeerd stond.

Ik was opgelucht dat hij niet had verwacht binnen te worden gevraagd om een glaasje te drinken met mijn familie.

'Die laurieren doen het hier akelig goed,' ging ik verder. Het gaat te veel vanzelf. Bij tuinieren moet je toch een beetje onzekerheid hebben. Het gevoel dat je het aarzelende vlammetje moet beschermen.'

'En dat geldt ook voor de liefde tussen mensen.'

Er kwam een man in een echt chauffeursuniform, grijs met blauwe biezen, dat Brough gruwelijk jaloers zou hebben gemaakt, om de auto heen gehold om het achterportier dat het dichtst bij de stoep was open te houden. Burgo liep naar de andere kant en schoof naast me op de bank.

'Dit is Simon,' zei Burgo, toen de chauffeur weer op zijn plaats ging zitten. 'Hij rijdt me als ik in Sussex ben. Juffrouw Pickford-Norton.'

'Eigenlijk,' zei ik, 'noem ik mezelf meestal Roberta Norton. Of nog liever: Bobbie.'

'Maar ik vind Roberta wel leuk. Mooi en ouderwets. Bobbie past helemaal niet bij je. Geef maar flink gas, Simon. We willen niet te laat komen.'

Simon liet de wielen in het grind spinnen en we snelden weg. De vering was zo goed dat je de gaten in de weg nauwelijks voelde.

'Waar gaan we naartoe?'

'Naar een plaats die Ladyfield heet. Je zult er nooit van hebben gehoord. Het is zo'n twintig kilometer hiervandaan.'

Burgo boog zich naar voren om de glazen scheidingswand dicht te doen.

'Je bekommert je kennelijk weinig over de vraag of je wel democratisch overkomt.' Ik keek vol bewondering naar al het notenhout en het leer. De achterbank had de afmetingen van een royale sofa en je had in de ruimte voor onze benen met gemak een eettafel met stoelen neer kunnen zetten.

'Simon vindt het niet erg om te worden buitengesloten. Hij vindt het heerlijk als hij hard mag rijden. Die kans krijgt hij niet vaak.'

'Ik bedoelde eigenlijk dat ik dit zo'n bijzonder luxe auto vind.'

'Hij is niet van mij. Hij is van Simon. Hij is een toegewijd lid van de Conservatieve Partij en daarom mag ik hem voor een redelijk bedrag gebruiken. Ik vind het heerlijk om mijn benen languit te kunnen leggen en op de terugweg naar Londen een dutje te kunnen doen. Als Simon mij niet hoeft te rijden, vervoert hij bruiden in een statig tempo naar en van de kerk.'

Dit verklaarde de sterke, zoete geur van parfum en haarlak die in de bekleding hing. Ik zette het raam een eindje open.

'Rijd je nooit zelf?'

'Ik heb niet eens een rijbewijs. Toen ik de vijfde keer voor mijn rijbewijs was gezakt, heb ik het opgegeven. In Londen neem ik altijd taxi's. Maar vertel eens wat over jezelf. Wat doe jij zoal in dit leven?'

Toen ik hem aankeek en zijn nieuwsgierige, onderzoekende, vriendelijke ogen zag, voelde ik even iets van onrust, bijna schrik. Waar was ik eigenlijk mee bezig, zoals ik over landwegen snelde, naar een onbekende bestemming met deze man die een vreemde voor me was? De werkelijkheid is altijd zo anders dan je verbeelding. Toen ik, alleen in mijn slaapkamer, bezig was me aan te kleden, was ik opgewonden en zelfverzekerd geweest. Nu Burgo naast me zat, voelde ik me wonderlijk onzeker van mezelf en wenste bijna dat ik terug was in de sombere eetkamer op Cutham Hall.

'Tja,' zei ik, terwijl ik mijn gedachten probeerde te ordenen. 'Ik werk voor een veilinghuis. Eerst zat ik op de afdeling antiek textiel, maar vorig jaar ben ik naar porselein gegaan. Het is altijd spannend of er iets moois wordt binnengebracht om te worden getaxeerd of verkocht. Ik kan het me niet vaak veroorloven zelf op iets te bieden, maar alleen al het zien van iets moois, het aan te raken, bezorgt me veel plezier en voldoening.'

'Wat vind jij mooi?'

'Praktisch alles wat uit de achttiende eeuw komt. Afgezien van de stank en het ontbreken van antibiotica en tandheelkunde, moet dat een prachtige tijd zijn geweest om in te leven.'

Nu ik over mijn werk kon praten, was ik op vertrouwd terrein en werd ik weer wat kalmer. Ik voelde iets van mijn Londense ik terugkomen. Ik was gewend met mannelijke collega's te werken en ik wist waar ik het over had. Burgo kon goed luisteren. Hij richtte zijn volle aandacht op me en stelde de juiste vragen.

‘Het moet heerlijk zijn om je bezig te houden met dingen die mooi zijn,’ zei Burgo. ‘Keats heeft ooit gezegd: “Schoonheid is waarheid, waarheid is schoonheid.” Of was het andersom? Wanneer we het over abstracties hebben – goedheid, waarheid, onzelfzuchtigheid, barmhartigheid, gerechtigheid, standvastigheid – dan blijken die in de praktijk onlosmakelijk met elkaar verbonden te zijn, en met het begrip schoonheid. Ik wist dat ik het leuk zou vinden om met je te praten. Je bent een enthousiasteling en dat ben ik ook. Weliswaar over verschillende dingen, maar dat doet er niet toe. Ik vind die jurk mooi. Dat is een subjectief oordeel. Hoe noem je die kleur?’

‘Ik weet het niet. Misschien pistache.’

‘Je ogen hebben bijna dezelfde kleur, van groen en grijs met die gouden ring rond de iris. Ik heb nog nooit zulke ogen gezien.’

‘Ik geloof dat je zei dat je vrouw in Frankrijk zat? Is ze met vakantie?’

‘Ze zit veel in de Provence. Ze heeft daar een *mas* met een paar hectare wijngaard. Ze houdt van de warmte.’

‘Maakt ze die wijn zelf?’

‘Nee. Ze heeft iemand die dat voor haar doet. Ze houdt meer van lezen, in de zon liggen en slapen. Soms gaat ze wandelen of ontvangt bezoek. Anna is geen enthousiasteling.’

‘Het klinkt als een heel plezierig leven.’ Ik wilde meer over haar vragen, maar ik was bang nieuwsgierig te lijken.

Hij wendde zijn hoofd af en keek naar een mooi, oud huis toen we dat passeerden. ‘Waarschijnlijk wel. Ben jij getrouwd?’

‘Zelfs niet verloofd. Ik ben het ooit een week lang geweest, en bedacht me toen. Ik vond het vreselijk om die verloving te moeten verbreken en iemand op wie ik erg gesteld was pijn te moeten doen, maar het heeft me wel een les geleerd: stort je niet in dit soort dingen tenzij je honderd procent zeker bent. Maar aangezien je nooit ergens honderd procent zeker van kunt zijn, zal ik misschien wel nooit trouwen. Het lijkt me zo’n riskante onderneming.’

‘Dat is niet de enthousiasteling die hier spreekt. Hoe is het met je ouders?’

‘Hoe bedoel je?’

‘Gelukkig huwelijk?’

‘Nee.’

Burgo trok niet de voor de hand liggende conclusie, en daar was ik blij om. Hij bleef uit het raam kijken tot Simon scherp afremde en door een smeedijzeren hek een oprit indraaide. ‘We zijn er.’

'Waar?'

'Ladyfield.'

Een onberispelijk onderhouden oprijlaan werd aan weerskanten omzoomd door een dubbele rij lindebomen. Erachter lag een parkachtig terrein met hier en daar statige bomen.

'Is dit een privé-huis?'

'Ja.'

'Zijn er nog andere gasten?'

'Ik geloof nog acht.'

'Zullen die mensen het niet vreemd vinden? Ik bedoel, dat ze op het laatste moment een volstrekt vreemde vrouw in hun midden krijgen?'

'Ik vind je helemaal niet vreemd.'

'Je begrijpt best wat ik bedoel.'

'Fleur zal het helemaal geen probleem vinden. Ik hoor te zeggen dat ze dolblij zou zijn, maar dan overdrijf ik. Ik geloof niet dat mensen haar ooit dolblij kunnen maken. Ze houdt veel meer van dieren. Hier logeer ik altijd als ik in Sussex ben. Toen een van haar gasten opbelde dat ze ziek was, zei ik tegen Fleur dat ik jou zou uitnodigen.'

'Is het haar huis?'

'Strikt gesproken is het huis van Dickie. Hij is haar man. Het huis is al een aantal generaties in zijn familie.'

'Ze lijken heel welgesteld te zijn.' Onwillekeurig vergeleek ik het terrein van Ladyfield met dat van Cutham Hall, en dat viel voor de laatste niet voordelig uit. De oprijlaan liep rond en eindigde in een cirkel voor een vroeg-Georgiaans huis van lichtrode baksteen. Ladyfield moest ongeveer in dezelfde tijd zijn gebouwd als Cutham Hall, maar het was aan Victoriaanse revisies ontsnapt. Het licht begon een beetje schemerig te worden, maar ik kon een mooie gevel van goede verhoudingen zien, met een zuilengalerij en op dakniveau een balustrade die met urnen was versierd. De voordeur, die voor de helft van glas was, stond open.

'En?' vroeg Burgo, toen we op de oprijlaan stonden nadat Simon de auto had weggereden. 'Mooi?'

'Het is echt betoverend!'

'Kom, dan gaan we naar binnen.'

De hal was geschilderd in een prachtige warme kleur rood, de perfecte achtergrond voor wat op het eerste gezicht goede schilderijen leken. Aan het eind van de hal liep een royale trap met een bocht omhoog. Het was allemaal heel groots, maar rommelig. Op de mooie, versleten kalkstenen vloer slingerden een paar rubberlaarzen naast een bak met stukken vlees erin. Onder een bijzettafel stond een hondenmand met een smerige oude deken die er half naast lag. Op een stoel lagen een halster en een plaid. Burgo bekeek een stapel brieven op de tafel. Hij pakte er een op en las die snel, wierp hem daarna terzijde.

'Niets wat niet kan wachten. Laten we even iets te drinken nemen. Daarna hol ik naar boven om me om te kleden.'

We liepen de zitkamer in. De muren waren bruingeel van kleur en pasten schitterend bij het pleisterwerk, dat van een hoge kwaliteit was en op de juiste manier in diverse tinten grijswit was geschilderd. Burgo verscheen naast me met een glas met iets met belletjes erin.

'Waar sta je zo aandachtig naar te kijken?'

'Ik heb een zwak voor mooi pleisterwerk.'

'Misschien ben je eigenlijk toch een vreemde vrouw.'

Ik keek naar het schilderij boven de haard. 'Is dat geen Turner?'

'Denk je?'

'Het is een vroege. Voordat hij door kosmische mystiek werd gegrepen. Maar je kunt de hand van de meester zien.'

'Jij misschien wel. Ik weet er gewoon niet genoeg van.'

'Ach, ik ben ook nog een groentje op het gebied van schilderkunst. Je hebt daarvoor jaren en jaren nodig van alleen maar kijken.'

'Jij mispunt!' zei een stem achter ons. 'Ik heb de hele tijd op je staan wachten. En dan kies je net het moment dat ik even naar de stal ben uit om binnen te komen.'

Er was een meisje, vermoedelijk jonger dan ik, de kamer binnengekomen. Ze liep naar Burgo, sloeg haar armen om zijn nek en trok zijn hoofd omlaag zodat ze hem kon kussen. Burgo maakte zich uit haar omhelzing los en hield haar pols met één hand vast terwijl hij met de andere aan haar oor trok.

'Roberta, dit is Fleur,' zei Burgo. 'Mijn zusje.'

'Hallo.' Fleur gaf me een hand. Die was een beetje kleverig. 'Ik heb een veulen een drankje moeten geven. Hij heeft wormen.'

Fleur was klein en tenger. Haar haar was bruin, haar gezicht zacht en rond als dat van een kind. Haar ogen liepen aan de buitenkant ook iets omhoog, net als bij haar broer, en ze waren net zo donker, maar bij haar lag er een vage, dromerige blik in.

'Waar is iedereen? Ik dacht dat wij de laatsten waren.' Burgo schonk zijn zusje een glas champagne in.

'Ze zijn er allemaal al. Dickie is met hen naar buiten om de Tempel van Hygeia te bekijken.'

'Dickie is bezig een oude folly te restaureren,' vertelde Burgo. 'Gewijd aan de godin van gezondheid en reinheid... zijn familie deed in zeep, weet je. En nu ga ik me omkleden.'

Er klonken geluiden in de hal, er kwamen mensen in avondkleding de kamer binnen. Ik voelde me een beetje opgelaten, niet alleen omdat ik geen van hen kende, maar ook omdat ik er zeker van was dat ze zich zouden afvragen wat ik hier deed. Maar mijn gebrek aan zelfvertrouwen was niets vergeleken bij dat van mijn gastvrouw. Ze fronste haar wenkbrauwen, likte aan een vinger, en begon aan een vlek op de rok van haar jurk te poetsen.

'Jij bent zeker Roberta.' Een man met dun, grijs haar schudde mijn hand. Hij leunde op een stok. 'Ik ben Dickie. Leuk je te zien. Allen vrienden van Burgo... Kan ik wat bijschenken?' Hij schonk nog wat champagne in mijn glas. 'Heel lief van je om op het laatste moment in te willen vallen.' De blik in zijn ogen, boven zijn leesbril, was hartelijk. 'Ik moet snel verder met de drank rond. Fleur, lieverd, bekommer jij je om Roberta. Ik spreek je straks nog wel.'

Hij liep een beetje mank. Ik zag hem met de anderen praten, heel beminnelijk. Hij gaf hier een klopje op een arm, daar een kus op een wang, met een gezicht dat bloosde van plezier. Fleur staakte het gefriemel aan haar jurk, maar hield haar ogen op het tapijt gericht, met een strakke mond.

'Vertel eens wat over je veulen.' Ik was ooit de trotse bezitter van een zwart-wit gevlekte pony met een groot hoofd en korte benen geweest en ik was naar genoeg behendigheidswedstrijden en ponyclubfeestjes geweest om een gesprek over paarden gaande te kunnen houden zonder direct voor aap te staan.

Fleurs mooie ogen gingen met plotseling enthousiasme stralen. 'Hij is bijna drie en hij is echt geweldig. Een felgekleurde vos met witte sokken en een bles. Ik heb hem Kumara genoemd. Dat is de naam van een hindoegod. Hij heeft echt een perfecte gang...'

Terwijl Fleur praatte, vroeg ik me af hoe het met dit wonderlijke huwelijk zat. Welke aantrekkingskracht, afgezien van zijn hartelijke manier van doen, bezat een man als Dickie voor een beeldschoon meisje dat minstens twintig jaar jonger was? Hij had een prachtig huis en scheen zeer welgesteld te zijn, maar Fleur leek me niet het type vrouw dat een man om zijn geld trouwde.

'En ik heb hem al twee keer aan de longe gehad...'

Ik keek door de kamer naar Dickie, die stond te bulderen van het lachen om iets wat hem zojuist was verteld.

Op dat moment verscheen er een vrouw in het zwart, vermoedelijk zijn huishoudster. Ze opende de dubbele deuren naar de hal en ging ernaast staan met een ernstig gezicht en haar blik op oneindig gericht.

'Willen jullie allemaal meekomen?' riep Dickie. 'Het eten staat op tafel.'

Ik ontdekte, min of meer tot mijn genoegen, dat ik niet naast Burgo was gezet. Dit leek te bevestigen dat ik alleen maar was gevraagd om een even getal te vormen. Als ik al teleurgesteld was, dan was dit omdat hij interessanter zou zijn geweest om mee te praten dan de orthopedische chirurg aan mijn rechterhand, die in zijn beroep gewend was het ijs te breken en elk onderwerp dat we bespraken schaamteloos monopoliseerde. Maar het genoegen in een mooie kamer vol prachtige meubels en geurende rozen en lelies te zitten, compenseerde de tekortkomingen van mijn buurman ruimschoots. Aan mijn linkerhand zat een uitgever. Hij deed in wetenschappelijke boeken, dus wat Oliver betrof had ik niets aan hem. Maar hij was intelligent en gezellig en we hadden veel plezier met onze gesprekken tijdens de diverse gangen. We bleven feitelijk tot en met de kaas en het dessert met elkaar praten, hoewel ik me ervan bewust was dat de chirurg aldoor wachtte tot ik mijn aandacht weer op hem zou richten.

Daarna stond Fleur op om terloops iets over koffie te mompelen, wat voor de dames het sein was om te vertrekken.

Eenmaal terug in de zitkamer verloste Burgo me na mijn eerste kopje koffie van de eindeloos voortleuterende orthopeed.

'Sorry dat ik je van je gehoor beroof, Matthias, maar ik heb Dickie beloofd dat ik Roberta de Tempel van Hygeia zou laten zien,' zei Burgo.

'Kan dat niet wachten, Latimer?' De chirurg keek gepikeerd. 'Je onderbreekt een uiterst boeiend gesprek. Het gebeurt niet vaak dat ik een jongedame vind die zo goed geïnformeerd is.'

Burgo keek me aan. Ik legde zoveel overredingskracht in mijn ogen als de goede manieren toestonden.

'Sorry,' zei hij. 'Maar Dickie wilde dit beslist.'

7

'Dus jullie liepen de tuin in,' zei Kit, en hij schonk me nog een glas wijn in terwijl we wachtten tot de waard koffie had gebracht. 'En wat gebeurde er toen jullie op een mooie zomeravond samen in de tuin waren om de Tempel van Hygieia te bewonderen?'

'Wil je dat nou echt allemaal weten? Dit is toch zeker alleen maar therapie, hè?'

Kit schoot in de lach. 'Natuurlijk is het goed voor je om te praten. Maar ik ben eerlijk gezegd wel geïntrigeerd. Hoewel je probeert alles afstandelijk te benaderen, verraden je gezicht en stem je.'

Ik glimlachte, maar nam me voor nog meer op mijn hoede te zijn.

'Wees nou maar niet op je teentjes getrapt,' ging Kit verder. 'Zoals ik al zei, het is goed om je hart eens uit te storten. En ik ben je ideale gehoor. Een vreemdeling, die je nooit meer hoeft te zien als je dat niet wilt. Ik doe dit niet zomaar uit beleefdheid. Ik verdien mijn dagelijks brood met het beoordelen van de ontboezemingen van professionele vertellers.'

Ik aarzelde, maar besloot toch verder te gaan.

Toen ik met Burgo naar buiten stapte glinsterden er regendruppels op het gazon, maar de lucht was weer opgeklaard. De maan lag als een zilveren schotel op de bodem van een grote vijver die licht trilde toen de wind over het wateroppervlak blies. De schaduwen van de bomen en de hagen waren messcherp.

'Wat prachtig!' zei ik. 'En dan die geur!'

Ik rook kamperfoelie en rozen en nog iets anders wat overweldigend zoet was, misschien jasmijn. We wandelden naast elkaar, streken langs natte struiken die over het grindpad heen hingen. Het was heerlijk om weer in de frisse lucht te zijn. We kwamen bij een ingesloten gedeelte met buxushagen, waar de vierkanten waren gevuld met bloemen die in het maanlicht grijs en lavendelkleurig leken. Ik gleed met mijn hand over de top van een rozemarijnhaag, zodat er een sterke geur opsteeg en ik aan warmte en aan Italië moest denken. En aan eten.

'Hoe kun je nu honger hebben?' vroeg Burgo toen ik dit opbiechtte. 'Je hebt net vijf gangen gehad.'

'Dat heeft daar niets mee te maken. Bij mij is honger met stemming verbonden. Ik kan niet goed eten wanneer ik het niet gezellig vind. Ik heb nauwelijks iets van de soep of de Beef Wellington geproefd doordat die orthopeed me over de stalinistische zuiveringen zat door te zagen. Als thuis alles ellendig is, eet ik soms dagenlang bijna niets.'

'Ik heb een zakje karamels bij me. Lust je die?'

'Lijkt me zalig.' Ik nam er een uit het pakje dat hij me gaf. 'Wat een vreemd idee om zoiets in het jasje van je smoking te hebben.'

'Ik heb altijd snoep bij me. Voor als ik kinderen tegenkom. Ik ben niet zo dol op het aanhalen van vreemde kinderen. Die snotneusjes vind ik niet zo aantrekkelijk. Dus geef ik ze een snoepje, en dat vinden zij ook leuker dan te worden geaaid door een wildvreemde man.'

'Meen je dit echt?'

'Ben je geschokt over de cynische listen uit het dagelijks leven van een politicus?'

'Misschien wel.'

'Nou, laat je die karamel er niet minder om smaken.'

'Ik moet zeggen dat deze verrukkelijk is.'

'Betekent dat dat je het erg naar je zin hebt?'

'Wil je dat weten?'

'Dus je kúnt wel flirten!'

'Natuurlijk kan ik dat. Maar niet met getrouwde mannen. Op dat punt heb ik strenge regels.'

'En je hebt je daar bewonderenswaardig aan gehouden. Je bent heel verstandig, Roberta Pickford-Norton.'

'Misschien gaat dat een beetje te ver, maar ik ben geen volslagen onnozele hals.'

Hij boog plechtig. 'Daar ben ik van overtuigd.'

We liepen langzaam verder. Ik at nog een karamel. Epicurus had gelijk met zijn bewering dat de belangrijkste taak van de mens het nastreven van genot was. We volgden het pad tot we bij een smalle opening in een hoge, dichte haag kwamen. Hij stapte opzij om mij erdoor te laten.

Een vierkant ter grootte van een halve zitkamer was gevuld met rozenperken. Erachter stond, als één zijde van het vierkant, een klein gebouwtje met een puntdak, omhooggekrulde dakdelen en raampjes met oosters figuurzaagwerk.

'Een Chinees paviljoen!' riep ik enthousiast. 'Wat een geweldig mooi plekje om zoiets neer te zetten! Echt een verrassing als je de haag door komt.'

'Het staat hier mooi,' moest Burgo erkennen.

'In de achttiende eeuw is dit een grote mode geweest, maar omdat ze van hout waren, zijn de meeste vergaan. Dit moet een van de schaarse exemplaren zijn die bewaard zijn gebleven. Sorry voor mijn betweterige toon.'

'Ik vind het leuk als me iets wordt verteld. En ik wist dit niet.'

'Maar wat geweldig dat Dickie het heeft gerestaureerd. Kunnen we erin?'

De deur klemde, en Burgo moest er met volle kracht tegenaan leunen. De vage verflucht werd snel verdreven door de rozengeur die wij mee naar binnen voerden. Hoewel het maanlicht naar binnen stroomde, was de ruimte donker en somber. Toen mijn ogen zich hadden aangepast zag ik het gebruikelijke tuinmeubilair: een rieten sofa en twee stoelen rond een tafeltje.

'Dit zou eigenlijk versierd moeten zijn met Chinese afbeeldingen van draken en tijgers, waterlelies en waaiers, dat soort dingen.' Ik liep heen en weer om de ruimte te bekijken. 'En er zouden rode luiken en gelakte meubels moeten zijn. Eigenlijk zou de tuin ook Chinees moeten zijn, met een vijver en een brug.'

'Dat moet je tegen Dickie zeggen. Hij zal het geweldig vinden dat iemand zijn enthousiasme deelt. Fleur bekommert zich alleen maar om haar geliefde dieren. Ik weet zeker dat hij wat hulp bij dit project op prijs zou stellen.'

'Tja, als je echt denkt... Ik zou in elk geval een paar suggesties kunnen doen.'

'Ik besef dat ik het recht niet heb je als sociaal werkster te misbruiken, maar ik zou je heel dankbaar zijn als dit betekende dat je af en toe bij Fleur langs zou gaan,' zei Burgo. 'Ze heeft geen vriendinnen. Ze werkt niet, dus ze heeft ook geen collega's. Ze is zo vreselijk verlegen dat ze ook niet in een comité van het Rode Kruis of zo durft te gaan helpen. En het feit dat ze geen kinderen heeft isoleert haar nog meer. Ik heb gezien hoe vrouwen elkaar steunen en het gezellig met elkaar kunnen hebben, ondanks de gebruikelijke platitudes over vrouwen die kattig doen, wat natuurlijk ook waar is.'

Dus daarom had hij me uitgenodigd. Om Fleur. Ik gleed met mijn vingers over witgebeitst maaswerk waarvan ik vermoedde dat het een gestileerde pagode was.

'Maar ze zal toch nog wel een keer kinderen krijgen?'

'Dickie en zij hebben aparte slaapkamers. Dat was een voorwaarde die ze heeft gesteld toen ze met hem trouwde.'

Ik was geroerd door dit bewijs van Dickies toewijding aan Fleur. Ik dacht niet dat veel andere mannen zo'n eis hadden ingewilligd.

'Ik wil Fleur heel graag vaker ontmoeten, als zij dat ook leuk vindt. Wat een geweldige broer ben jij.'

'Nee hoor. Ik ben uitermate egoïstisch. Ik vond het heel lastig en zorgelijk om me om Fleur te bekommeren. Dus toen Dickie met haar wilde trouwen heb ik haar aangemoedigd hem te nemen. Ondanks het paard denk ik niet dat ze het had gedaan als ze mij geen plezier had willen doen. Ze heeft altijd onevenredig veel waarde aan mijn oordeel gehecht. Ik kan nu zien dat geen van beiden echt gelukkig is. Maar als je denkt dat ik je hier vanavond heb uitgenodigd met het vooropgezette doel je vriendschap met Fleur te laten sluiten, heb je het mis.'

Ik wendde me af van het raam waar ik naartoe was gelopen. Ik kon zijn gezicht vrij duidelijk zien nu hij naast me kwam staan. Tot dat moment had hij geen enkel woord gezegd waar zelfs de strengste zedenmeester aanstoot aan zou kunnen nemen. Hij was als een broer geweest. Nu keek hij me kalm aan, met een beleefd, belangstellend gezicht, alsof hij op het punt stond me te vragen of ik graag buitenlandse reizen maakte. Hij zuchtte niet sentimenteel en maakte geen aanstalten mijn hand te pakken.

Toch hing er iets dreigends in de lucht, iets wat maakte dat ik snel naar de deur liep.

'Ik moet nu naar huis. Ik ben blij dat dit zo is… Leuk. Ik zal er bij gelegenheid met Dickie over praten.

Ik greep de deurknop vast, maar de deur klemde. Ik rukte eraan, worstelde ermee, hijgde bijna van de inspanning om te vluchten.

'Laat mij maar even.' Burgo greep de knop en de deur zwiepte open. 'Alsjeblieft. Klaar terwijl u wacht.'

Ik dacht dat ik iets van leedvermaak in zijn ogen las toen hij opzij stapte om mij voor te laten gaan. We liepen naar het huis terug. Burgo slenterde naast me, met zijn handen in zijn zakken, en hij zag er heel ontspannen uit.

Het maanlicht viel op de tuin en hulde het gras in een zilveren gloed. Er spetterde een fontein naast een standbeeld van een naakte vrouw met een varken aan haar voeten. Of misschien was het een hond. Er vlaagde een flauw briesje over de gazons. De spookachtige stengels van het vingerhoedskruid zwaaiden met hun toverstaf vol asbleke bloemen. Toen ik onder een poortje door liep daalde er een regen van geurige bloemblaadjes op me neer. Op een avond als deze kon je onmogelijk nuchter en verstandig blijven.

'Ken je die beschrijving van de maneschijn?' Burgo was blijven staan en staarde omhoog. 'Ik geloof dat het van Shakespeare is. Misschien uit *Een Midzomernachtsdroom.* Je schijnt in de patronen die door de kraters op de maan worden gevormd een man met een lantaarn, een hond en een doornstruik te moeten kunnen zien.'

De hemel was bezaaid met sterren. Het melancholieke gezicht van de maan staarde met open mond omlaag om alle menselijke dwaasheid te aanschouwen. Er gleed een huivering over mijn rug. Of misschien was het een bloemblaadje.

Ik had moeite om iets uit te brengen. 'Ik geloof dat ik zoiets zie, ja.'

Hij keek op me neer, zijn blonde haar lichtte op, zijn gezicht lag in de schaduw. Ik voelde opnieuw iets van een naderend groot gevaar, maar het kon me bijna niets schelen.

'Je bent heel stil,' zei hij. 'Waar denk je aan?'

De bloemen, de tuin, de bedwelmende geur, de vreugde te voelen op een avond als deze in leven te zijn… Ik was het liefst een potje gaan huilen. Ik wilde hollen en dansen en mijn armen opheffen naar Ch'ang-o, de Chinese godin die het drankje om onsterfelijk te worden van haar man had gestolen en in de maan moest gaan wonen om aan zijn wraak te ontkomen. Maar met uiterste wilskracht en zelfbeheersing wist ik mijn armen naast me te houden en door te lopen, een beetje sneller.

'Ik vroeg me af hoeveel uren ervoor nodig zouden zijn om zo'n gazon te maaien.'

'Meen je dat nou? Je bent toch wel een heel praktisch meisje.'

Ik hoorde ongeloof in zijn stem.

'Ja, dat ben ik ook.'

'Ik zal Simon eens zoeken, en dan kunnen we je naar huis brengen. Het zal tegen twaalf uur zijn. Als voorzichtige, verstandige vrouw ben jij vast zo iemand die van mening is dat alle uren slaap voor twaalf uur dubbel tellen?'

'Inderdaad.'

'Dus er gebeurde niets in die tuin,' zei ik tegen Kit.

8

'Dus je hebt hem kunnen weerstaan,' zei Kit. 'En wat nog opmerkelijker is, eigenlijk onvoorstelbaar zelfs: hij heeft jou weten te weerstaan.'

We zaten inmiddels weer in de auto en reden in noordoostelijke richting. De wind was aangewakkerd en rukte ongeduldig aan de uiteinden van de sjaal die ik als een tulband om mijn hoofd had gewonden. Ik had geen zin om in Connemara te arriveren met een uiterlijk als van de doornstruik op de maan. Voor ons uit bezoedelde een paarsgrijze wolk het mooie blauw van de lucht.

Ik was inmiddels aan Kits vleiende opmerkingen gewend geraakt en bleef ze negeren. 'Ik vermoed dat zelfs politici, overseksste psychopaten die ze volgens hun reputatie zouden zijn, een grens trekken bij het verkrachten van medegasten bij beschaafde etentjes.'

Ik was moe geworden van mijn eigen verhaal en probeerde het over iets anders te hebben. We reden inmiddels door een verlaten gebied met een aantal gehuchten van vaak maar één enkele straat met kleine, vervallen huisjes. Er waren kapotte ramen die met karton waren gerepareerd en delen van daken die met stukken zeil waren bedekt. Het zag er allemaal heel armoedig uit.

'Wat doen de mensen hier zoal?' vroeg ik. 'Ik bedoel, om aan de kost te komen?'

'O, het is voornamelijk boerenbevolking. Kleine pachters die niet voldoende verdienen om hun onvermijdelijk grote gezinnen te kunnen onderhouden. Galway is erg in opkomst en daar zijn veel goede banen te vinden, maar de mensen op het platteland aarzelen om hun oude manier van leven op te geven. Dat valt te begrijpen.'

'Ja. Maar de akkers zien er zo stenig uit. Er steken allerlei rotspunten uit. Dat moet toch wel heel moeilijk zijn om te ploegen?'

‘Op sommige plaatsen is dat ook onmogelijk. De kalkstenen bestrating is beroemd om alle wilde bloemen die er groeien: gentianen, orchideeën, varens. Maar die kun je natuurlijk niet eten. De mensen teelden hun aardappels in wat “luie bedden” heet. Ze schraapten de grond in bergjes van een paar vierkante meter om de gewenste diepte te krijgen. In de goede jaren, als er geen vorst of hongersnood heerste, at de gemiddelde Ierse boer zo’n zes kilo aardappels per dag.’

‘Dat meen je niet! Niemand zou zoveel aardappels op kunnen.’

‘Echt waar. Veel gezinnen leefden op een dieet van uitsluitend aardappels en karnemelk. En *poteen* uiteraard. Dat is zelfgestookte whiskey.’

‘Maar met zo’n eenzijdig dieet zouden ze toch ziek worden?’

‘Integendeel, ze waren het gezondste volk van Europa. Gekookte aardappels en karnemelk leveren alle benodigde voedingsstoffen voor een volwassen werkende man. Voor de mensen langs de kust was er ook nog haring en zeewier.’

‘Maar het moet toch vreselijk saai zijn om dag in, dag uit hetzelfde te eten!’

‘Ja, maar verveling is de luxe van de welgestelden. Je moet wel bedenken dat sommige mensen op het platteland zo arm waren dat hun kleren amper meer dan lompen waren. Het is maar net wat je verwacht, hè? Ze voelen zich de koning te rijk als ze zich een paar varkens, een koe en wat kippen konden veroorloven. Overal om hen heen waren er voorbeelden van wat er gebeurde als je je huur niet kon betalen. Je werd op straat gezet en het dak werd van je huis gehaald. Zodat je gedwongen was in een zelfgebouwd krotje van golfplaat en ander afval te wonen. Dan was je te hongerig, te koud, te ellendig om je te vervelen. Wanneer de aardappelziekte je oogst verwoestte en je kinderen in je krot dood lagen te gaan van de honger of de tyfus en je lijk werd schoongepikt door vossen en kraaien.’

‘En hielpen de landeigenaren hen niet?’

‘Je moet begrijpen dat de meerderheid van de landeigenaren van Engelse of Schotse afkomst was. Ze hadden hun Ierse bezittingen bemachtigd door de landconfiscaties uit de zestiende en de zeventiende eeuw. Ierland bestond – of bestaat tot op zekere hoogte nog steeds – uit twee naties, verdeeld door niet alleen armoede en rijkdom, maar ook door godsdienst, politiek, taal en cultuur. De heersende klasse, de protestantse Engelse Ieren, beschouwde de rooms-katholieke boerenbevolking als onhandig, lui en oneerlijk. De oude Ieren haatten uiteraard de uitbuiters, hun bazen.’

‘Waren ze allemaal – ik bedoel die bazen – wreed en inhalig?’

‘Er waren ook wel gewetensvolle landeigenaren. Zij scholden de pacht kwijt en zetten gaarkeukens op. Maar veel grootgrondbezitters hadden belangrijker en uitgestrekter landgoederen in Engeland. Sommigen hadden nooit een voet in Ierland gezet. Ze bekommerden zich absoluut niet om de boeren die zwoegden en honger leden om de pacht te kunnen betalen waarvan de landeigenaren – in elk geval in vroeger tijden, voor 1880 – zich rond aten. Na de Hongersnood in 1847-1849 charterden sommige landeigenaren schepen om hun pachters naar Amerika te sturen om daar een nieuw leven te beginnen.’

‘Ik neem aan dat dat beter was dan niets?’

‘Het was goedkoper hen naar het buitenland te sturen dan voor hun kost in het armenhuis te moeten betalen. Maar de omstandigheden aan boord van die schepen waren zo slecht dat ze drijvende doodkisten werden genoemd. Minstens de helft van hen stierf tijdens de reis.’

Ik probeerde me voor te stellen hoe het moest zijn geweest om zo door honger, kou en ziekte te worden gekweld. Te moeten zien hoe je kinderen leden en machteloos te zijn om hen te helpen. Van huis en haard te worden weggerukt, afgrijselijke ontberingen te lijden en terecht te komen in een vreemd land te midden van vreemde mensen. Wetend dat het welgestelde deel van de wereld zich niets aantrok van je pijn en verdriet. Mijn eigen verdriet leek hiernaast heel onbeduidend. Ik nam me voor niet langer te klagen over mijn tegenspoed.

‘En nu? Hoe zit het met de Britse aanwezigheid in Noord-Ierland? Moeten we blijven of weggaan?’

‘Dat is een moeilijke. En ik heb nu wel lang genoeg gepraat.’ Ondanks mijn verzekering dat ik meer wilde horen veranderde hij van onderwerp.

‘Ik denk dat we in Williamsbridge maar even een kopje thee moeten gaan drinken.’

Het hotel heette, heel onterecht, het Bellavista. De ramen keken uit over de parkeerplaats naar de openbare wc’s. Ze hadden geen sandwiches meer, maar er was een soort kruidkoek die *barmbrack* heette. Het was erg zwaar, maar ik deed mijn best om iets naar binnen te werken, wetend dat een paar calorieën veel voor je humeur kunnen doen.

‘Ik vind het leuk je te zien eten,’ zei Kit. ‘Het is heel deprimerend te moeten zien hoe een vrouw de olie uit een olijf knijpt voor ze die naar binnen werkt. Mijn vorige vriendin at niets dan sla, gepocheerde vis en fruit wanneer ik haar mee uit eten nam, maar ’s nachts om twee uur trof ik haar bij de open koelkast aan waar ze uit een beker chocoladeijs stond te schransen. Ik begijp echt niets van zo'n eetpatroon.'

'Hoe heette ze?'

'Fenella.'

'Wat een leuke ouderwetse naam. Was je erg verliefd op haar?'

'Ik dacht eerst van wel. Toen ontdekte ik dat ik verliefd was op haar gezicht, niet op haar.'

'Hoe zag ze eruit?'

'Ze had een marmerwitte huid, een kromme neus en uitpuilende ogen. Ik weet dat dat niet echt aantrekkelijk klinkt, maar ze had een symmetrie in haar gezicht en een soort gebeeldhouwd uiterlijk dat ik fascinerend vond. Haar ogen waren lichtgroen, als de binnenkant van een komkommer. Ze was ook koud als een komkommer, en bijna net zo onbeweeglijk. Eerst verlangde ik ernaar in haar armen te liggen, als rusten in de bedding van een snelstromende beek. Maar na een tijdje kreeg ik het koud. Toen was de verliefdheid over.'

'Was ze erg gekwetst?'

'Hooguit geïrriteerd. Haar moeder heeft haar flink op haar kop gegeven omdat ze mij had laten lopen.'

'Haar moeder? Had die er iets mee te maken?'

'Het was een in nerts gehulde, met robijnen behangen rekenmachine die al mijn pluspunten met mijn minpunten vergeleek.'

'En die pluspunten waren? Als dat geen erg onbeleefde vraag is?'

'Een erfenis. Een aardig oud huis in Norfolk. Een entree bij andere aardige oude huizen van mensen die zij goedkeurde.'

'Ik had geen idee dat jij zo'n aantrekkelijke partij was.'

'Ik weet het briljant te verbergen, hè?'

'Zit niet naar complimentjes te vissen. En de minpunten? Díe weet je goed verborgen te houden.'

'Het is een beetje laat om nu nog nederig te doen, juffrouw Bobbie. De minpunten zijn minimaal, vanuit het standpunt van Fenella's moeder bekeken. Een onvermogen het leven serieus te nemen, een schokkende inconsistentie op het gebied van de liefde, een gezicht als van een schooljongen en een sterke weerzin jegens calculerende, snobistische moeders.'

'Je zei dat Fenella je vorige vriendin was. Beschrijf je huidige vriendin eens, als je zo vriendelijk wilt zijn.'

'Die plaats is vacant.'

'Dus je bent op zoek naar iemand met een gezicht als van een heilige van El Greco, wier omhelzing even knus is als thermisch ondergoed en die vurig maar kortstondig liefheeft. Bij voorkeur een wees.'

'O nee. Ik zei dat ik inconsistent was in de liefde. Nu wil ik een vrouw van zo'n één meter vijfenzestig tot één meter zeventig, met grote, stralende ogen, die in tint variëren van maltwhisky tot zeewater en die een neiging heeft tot huilen wanneer ze denkt dat niemand kijkt. Ze heeft een fascinerende manier om verleidelijk één wenkbrauw op te trekken en je uitermate ondeugend aan te kijken terwijl ze zo zedig glimlacht als een postulante.'

'Als ik dit zo hoor lijkt ze me buitengewoon irritant. Ik zou niets met haar te maken willen hebben als ik jou was.'

'Maar jij bent mij niet. Ik wil net zoveel met haar te maken hebben als maar mogelijk is.'

'Maar we weten dat de fascinatie niet langdurig zal zijn.'

'Ik heb zo'n idee dat zij een uitzondering op de regel zal blijken te zijn.'

'Je bent duidelijk een doorgewinterde flirt.' Ik beet in het laatste stukje koek en glimlachte tijdens het kauwen om te laten zien dat ik hem niet serieus nam.

'Jij bent het meisje van mijn dromen,' antwoordde Kit met een ernstig gezicht.

'O, kijk eens! Het regent!' Ik richtte zijn aandacht op het raam waar het neergutsende water een gordijn vormde, zodat de openbare wc's aan het zicht werden onttrokken. 'Wat een zegen! Iedere man die daar tot nu toe naar binnen is geweest heeft met het in zijn broek stoppen van zijn hemd en het dichtritsen van zijn broek gewacht tot hij in het volle zicht van het hotel was. Is er in dit land soms een wet die het verbiedt je binnen te fatsoeneren?'

'Maar jij hebt er in elk geval een afleidingsmanoeuvre aan gehad. Je hoeft echt niet bang te zijn dat ik zal toeslaan, hoor. Ik ben me er terdege van bewust dat jij het nog steeds van meneer Latimer te pakken hebt. Maar in tegenstelling tot jou geloof ik niet dat je dit nooit te boven zult komen. Ik wed dat je denkt dat je leven van nu af aan uit een treurige reeks goede werken en het breien van afschuwelijke vesten voor je neefjes en nichtjes zal bestaan.'

'Ik hoop van niet. Ik vind het altijd vreselijk als de steken zo strak op de pennen zitten dat je ze er zo ongeveer met een koevoet van af moet halen.'

'Maak je maar geen zorgen. Psychische wonden genezen uiteindelijk, ook al blijft er misschien wat littekenweefsel over. Mensen die denken dat hun hart is gebroken zoeken meestal een excuus om zich niet weer met alle risico's in de draaimolen van menseijke relaties te hoeven storten. Oom Kit weet hoe zulke dingen gaan.'

Hij keek op toen de serveerster ons de rekening bracht.

'Ik sta erop.' Ik griste de rekening van de tafel.

'Kijk, zie je,' verklaarde Kit aan de serveerster, 'ik laat me onderhouden. Deze dame is fabelachtig rijk en neemt me overal mee naartoe, als een soort mopshond.'

Het meisje, dat ongeveer zeventien moet zijn geweest maar dat was opgemaakt om er als vijfenveertig uit te zien, keek eerst wat onthutst. Toen smolt ze onder zijn vriendelijke blik en begon te giechelen.

'Is dat dan háár auto?' vroeg ze, en ze wees door het raam naar de kleine rode Alfa. 'Ik zou er alles voor over hebben om eens een keer in zoiets te rijden. Mijn vriend is vishandelaar, en als wij uitgaan, stink ik nog dagenlang naar vis.'

'Als een zeemeermin,' zei Kit. 'Je vriendje boft maar.' Zijn blauwe ogen schitterden toen er een straal zonlicht door het beregende raam viel.

Ze giechelde weer terwijl ze het geld telde dat ik haar had gegeven. 'Ik had anders geen verkering met hem willen hebben, maar de andere jongens hebben alleen maar een fiets, en ik vind het niks om bij ze op de stang te zitten. Er blijft dan niets van je kleren over. Ik wil in Dublin gaan werken, maar mijn moe vindt dat niet goed.'

'Je zou daar geweldig succes hebben.'

Ze keek Kit weifelend aan. 'Denkt u?'

'Eén glimp van die ogen en ze huren limousines om met jou op stap te gaan.'

'Ach, schiet nou gauw op!' Ze trok met haar schouders en stak haar kin omhoog om te laten zien dat ze zich niet zo snel liet beetnemen, maar haar beschilderde gezichtje straalde. 'Dank u wel, juffrouw,' voegde ze eraan toe toen ik haar vijftig penny's fooi gaf. 'Dat is heel vriendelijk van u. Gezellige tocht verder.' Toen ze wegliep wierp ze Kit nog een laatste verpletterende blik over haar schouder toe.

'Je hebt zelf anders ook aardig succes,' zei ik, toen ik opstond en mijn regenjas aantrok.

'De Ieren verwachten altijd een beetje scherts. Praten is een nationaal tijdverdrijf. Het hoort gewoon bij de goede manieren.'

Toen ik in de spiegel boven de haard controleerde of er geen kruimels op mijn kleren waren beland, zag ik Kit iets tegen de serveerster mompelen wat haar deed blozen van plezier. Ze maakte bijna een reverence toen hij haar iets gaf wat op een briefje van vijf pond leek.

'Keel gesmeerd en humeur opgeklaard?' vroeg hij toen we weer in de auto stapten.

Tegenover de ingang van de parkeerplaats was een winkel waar tv's werden verkocht. Er stonden op het trottoir wat mensen te kijken naar de rij flakkerende schermen, een helderverlichte plek in een saaie, natgeregende straat. Toen we erlangs zoefden zag ik het gezicht van een man, opvallend in zwart-wit, en ik was er bijna zeker van dat het Burgo was. Ik deed mijn ogen dicht en bedwong de zure smaak die in mijn mond opsteeg, een combinatie van barmbrack en verdriet. Voor deze ene keer had Kit, die zijn aandacht bij het verkeer moest houden, niets gezien.

'En nu, mijn schone vriendin en medereizigster,' ging hij verder, 'nu we aan het laatste stuk van onze reis beginnen, wil ik dat je me vertelt wat er na dat etentje gebeurde, na jullie bezoek aan het Chinese paviljoen. Ik wil echt de rest ook horen.'

'Ik kan me niet voorstellen waarom jij dat allemaal wilt weten.'

'Dat heb ik toch gezegd. Ik heb een passie voor verhalen. En liefdesverhalen zijn altijd het leukst. Ik ben bovendien erg geïnteresseerd in alles wat met jou te maken heeft. Is dat een antwoord op je vraag?'

Ik dacht van wel. Dus terwijl we verder reden door de regen, die eerder met badkuipen dan met emmers uit de lucht viel, en terwijl de weg smal en kronkelig werd en het landschap aan weerszijden in hoge, sombere bergen met wolken rond de top veranderde, ging ik verder met mijn verhaal.

9

‘En, wat zijn je plannen, Roberta?’

Simons auto snelde door het donker, waarbij de koplampen van de overhangende takken een zilveren tunnel vormden. Burgo en ik zaten samen op de royale achterbank, hij met zijn benen voor zich uitgestrekt terwijl ik zedig met mijn knieën tegen elkaar zat en met mijn handen mijn avondtasje omklemde.

‘Ik heb geen plannen. Niet voordat mijn moeder beter is.’ Ik vertelde hem over de gebroken heup.

‘Het is niet erg eerlijk als jij je hele leven daarvoor moet opofferen. Kunnen jullie geen verpleegster in dienst nemen?’

‘Daar schijnt geen geld voor te zijn. Mijn vader heeft zojuist met verf een streepje aan de binnenkant van de badkuipen gezet, opdat wij niet te veel warm water gebruiken. Alsof het oorlog is.’

‘Het spijt me. Ik wist niet dat de dingen er zo moeilijk voor stonden. In dat geval is het uitermate genereus van je vader om zo’n grote bijdrage aan de partijkas te doneren.’

‘Wat? Heeft hij dat gedaan? Dat is wel de belachelijkste geldverspilling die…’

Ik besefte nog net bijtijds dat ik Burgo niet lastig kon vallen met onze familieproblemen. Ik bedwong mijn verontwaardiging. Uiterlijk tenminste. Inwendig brieste ik van woede. Hoe durfde mijn vader tegen Brough te zeggen dat alle gloeilampen in het huis door peertjes van veertig watt moesten worden vervangen, zodat het nagenoeg onmogelijk was om ’s avonds te lezen, en vervolgens extravagante donaties aan de kas van de Conservatieve Partij te doen, alleen maar om indruk te maken op mensen die hem toch zouden minachten?

‘Nu ben je boos.’ Burgo klonk meelevend.

‘Helemaal niet. Het was een heerlijke avond. Dank je wel dat je me hebt uitgenodigd.’

'Ik kan je bijna horen briesen van woede.'

'Heb je morgen een drukke dag?'

'Ja. Kom nou, Roberta, doe niet alsof. Je bent boos en verdrietig omdat je wordt gedwongen thuis te wonen. Je hebt heimwee naar Londen en naar je vrijheid en je baan, en wie kan je dat kwalijk nemen? Kan die mevrouw Treadgold je moeder niet verzorgen?'

'Mijn vader heeft het er zelfs al over dat hij haar aantal uren terug wil brengen. Ik denk echt dat ik uit het raam spring als hij dat doet.'

'Je hebt niet overwogen ertussenuit te knijpen?'

'Wat? Weggaan en hen in de steek laten?' Ik schudde mijn hoofd. 'Ik moet bekennen dat het weleens in me is opgekomen. Maar ik kan het niet. Ik geloof echt niet dat mijn vader en mijn broer in staat zijn mijn moeder goed te verzorgen.'

'Ik dacht al dat je dat zou zeggen. Je bent plichtsgetrouw.'

'Niet bepaald.'

'Denk je dat iemand het zelfs maar in zijn hoofd zou halen mij te vragen me aan huiselijk geploeter te wijden? Natuurlijk niet. Deels omdat ik een man ben. En omdat ze zouden weten dat ik er niets van terecht zou brengen. Maar stel je nou eens voor dat ze het toch zouden vragen. Ik zou er niet over peinzen ermee in te stemmen dat te doen. Ik zou me misschien gedurende korte tijd neer kunnen leggen bij verveling en ongemak en het negeren van mijn eigen behoeften, wanneer dat in mijn eigen belang was. Maar je moet beseffen, Roberta, dat de mensen door en door egoïstisch zijn, en als jij niet voor jezelf opkomt, zul je onder de voet worden gelopen.'

'Je laat het klinken alsof ik een onnozele sukkel ben. Een voetveeg. Ik heb mezelf altijd beschouwd als iemand die wist wat ze wilde en recht op haar doel af ging. Maar niet ten koste van andere mensen. Ik weet dat dat weerzinwekkend braaf klinkt,' voegde ik er verontschuldigend aan toe.

'Dat is allemaal goed en wel, en zo is het ons ook bijgebracht. Maar in de praktijk is dat veel moeilijker dan het in theorie lijkt. Ik heb veel voor anderen over, maar ik zou nooit de dingen weggooien die me maken tot wat ik ben, de oorsprong van mijn geluk.'

'Hoed je voor de man die je zegt dat je je leven anders moet inrichten,' onderbrak Kit me. 'Dat is voor hem een inleiding om jou te vertellen hoe goed je het kunt hebben als je maar precies doet wat híj zegt. En voor je weet wat er gebeurt, ben je de hele dag bezig het hem naar de zin te maken en heb je geen tijd meer om over een modus vivendi na te denken.'

'Is het echt nodig je eigen sekse af te schilderen als een groep cynische, sluwe libertijnen?'

'Ik zeg niet dat we allemaal hetzelfde zijn. Of zelfs dat de nieuwe minister van Cultuur zo is. Ik merk alleen maar op dat er hier wat addertjes in het gras kunnen zitten.'

De avond eindigde zonder enig incident. Simon reed ons langzaam over de dunne laag grind onder de kastanjebomen die langs onze oprijlaan stonden, en stopte voor de stoep van Cutham Hall. Het was in duisternis gehuld, met uitzondering van een zwak schijnsel op de tweede verdieping, waar Olivers kamer was.

'Dank je wel voor een gezellige avond.'

'Het was engelachtig van je om op zo'n korte termijn te komen.'

Toen het lampje in de auto aan ging, greep ik mijn jas en stapte snel uit, me bewust van Simon die in de houding stond, met zijn hand op het open portier. Toen draaide ik me om en boog mijn hoofd om weer in de auto te kijken. 'Ik hoop dat je vergadering morgen goed verloopt.'

Hij keek me ernstig aan, maar er was opnieuw iets in zijn ogen waardoor ik vermoedde dat hij me uitlachte. 'Bedankt. Welterusten, Roberta.'

'Welterusten.'

Ik glimlachte, maar omdat mijn gezicht in de schaduw was, zag hij het waarschijnlijk niet. Ik keek met gevoelens van zowel opluchting als spijt de rode achterlichten na die in de diepere schaduwen van de kastanjes verdwenen.

Er gingen tien dagen voorbij waarin ik mijn taken met een lichter hart verrichtte. De gedachte dat er nog leuke dingen vielen te beleven en dat er mensen waren die me niet irritant (mijn moeder), eigenwijs (mijn vader) of bazig (Oliver) vonden, was erg goed voor mijn moreel.

10

Op zaterdag regende het zonder ophouden. Dit was dubbel vervelend omdat de rest van het land bijna een hittegolf had en de kranten vol stonden met angstaanjagende verhalen over mensen die op luchtbedden mee de zee in waren gesleurd, honden die in auto's stikten en de bevolking die werd geveld door de schadelijke effecten van zonnesteek. Ik stond in de hal naar buiten te kijken en vroeg me af of ik nog tijd had om voor het avondeten als dessert een strooptaart te bakken of dat het weer gebakken bananen moesten zijn, toen de telefoon ging. Ik nam hem bijna meteen op. Sinds het etentje had ik niets meer van Burgo gehoord. Inmiddels liet ik de telefoon al niet meer zes keer rinkelen voor ik de hoorn van de haak nam.

'Hallo?'

'Hallo Roberta?' Het was Burgo niet. Het was een veel luidere stem, met een luidruchtige ademhaling. 'Met Dickie Sudborough.'

Ik had een paar seconden nodig om te bedenken wie het was. 'Dickie! Hallo! Wat een geweldig feest was dat. Ik heb er erg van genoten.'

'Echt?' Ik zag zijn roze, vriendelijke gezicht voor me. 'We vonden het bijzonder leuk je te ontmoeten. Goed, Roberta, waar ik voor bel is het volgende. Burgo zegt dat je erg te spreken was over mijn tempeltje, en dat je daar goede adviezen voor had.'

'Nou ja… dat is een beetje te sterk uitgedrukt. Je zult vast wel je eigen…'

Dickie viel me in de rede. 'Ik zou er echt heel graag met je over willen praten. Heb je misschien zin om woensdag hier te komen lunchen? Geen andere gasten, alleen maar wij onder elkaar. Als je dat niet te saai vindt?'

Ik aarzelde. Misschien had Burgo Dickie hiertoe aangezet?

'Ik weet niet zeker of woensdag gaat. Ik zit nogal vast hier…'

‘O.’ Of Dickie was een goed acteur, of hij was oprecht teleurgesteld. ‘Ik besef dat het wat veel gevraagd is. Vooral omdat Burgo in Moskou zit, zodat we hem niet als lokmiddel kunnen aanbieden. Het zal wel egoïstisch van me zijn om je te vragen, maar ik voelde me zo gevleid omdat je mijn tempeltje bewonderde…’

Nu was het mijn beurt om hem in de rede te vallen. ‘Maar ik denk dat ik wel wat kan schuiven. Ik kom heel graag.’

‘Echt? Dat is geweldig. Zullen we zeggen… half één? Fleur zal dolblij zijn.’

Op woensdag reed ik op de afgesproken tijd naar Ladyfield, na mevrouw Treadgold te hebben omgekocht – met een sjaal die ze altijd al zo mooi had gevonden – om voor mijn moeder te zorgen en nadat ik een dienblad voor het ontbijt – met sinaasappelsap, muesli, geraspte appel en vitaminepillen – bij een slapende Oliver had neergezet. Mijn vader had die dag een afspraak in de stad, dus zette ik hem bij het station af. Hij zag er heel vaderlijk en welgesteld uit, in iets wat volgens mij een nieuw pak moest zijn. Uiteraard reisde hij eerste klas.

Ladyfield zag er in het zonlicht nog mooier uit. De prachtige bakstenen voorgevel was niet met klimplanten begroeid, maar aan weerszijden was een buxushaag met een tapijt van zilverkleurige Artemisia’s. Dickie kwam uit de deur gestrompeld en kuste me op de wang.

‘Dit is heel lief van je, Roberta.’ Hij keek naar de Wolseley. ‘Lieve help, wat is dat een prachtige oldtimer!’

Fleur holde na hem naar buiten en sloeg haar armen om me heen.

‘Bobbie! Wat leuk! Kom gauw mee, dan gaan we lunchen. Ik rammel!’

We aten een verrukkelijke zalm die door Dickies broer was gevangen en de vorige dag uit Schotland was verstuurd. De erwten en aardappeltjes waren uit de tuin, de komkommer uit Dickies kas. Als dessert hadden we bosaardbeitjes met room.

‘Wat een wonderlijk idee,’ zei ik, terwijl ik van een tweede portie aardbeien hapte, ‘dat ons huis maar twintig kilometer hiervandaan is en dat het toch het volstrekte tegendeel is: donker, ongezellig en lelijk, en waar iedereen boos of depressief is. Zelfs het weer is hier beter. Het regende toen ik van huis ging.’

‘Is het echt zo erg?’ vroeg Fleur, die zich voor het eerst in het gesprek mengde. Ze had onder de tafel stukjes zalm aan de kat zitten voeren.

‘Het is er vreselijk.’ Ik vertelde haar over mijn ouders en Oliver, mevrouw Treadgold en Brough.

'Misschien ligt er een vloek op het huis,' opperde Fleur. 'Misschien is je vader een tovenaar.'

'Dan is hij geen erg goede tovenaar,' zei ik, 'anders had hij wel wat geld getoverd.'

'Misschien heeft hij dat ook wel gedaan. Hij wil het alleen niet met jullie delen, zodat hij je onder de duim kan houden en kan uitbuiten, om zijn sadistische neigingen te bevredigen.'

'Toe lieverd, je moet niet zo onbeleefd over Roberta's vader doen,' zei Dickie.

'Het geeft niet,' zei ik. 'Ik vind het een heel interessante theorie.'

Aan Fleurs blik te zien vermoedde ik dat ze half-serieus was. Haar kinderlijke gezicht stond dromerig, haar magere polsen maakten een rechte hoek toen ze haar kin op haar ineengeslagen handen legde.

'Ik wou dat ik kon toveren,' zei ze. 'Dan zou ik mezelf naar een ver eiland wensen, waar ik in de bossen als een wilde zou leven. Ik zou in een rokje van bladeren lopen, of misschien wel met helemaal niets aan, en ik zou leven van noten en bessen en vogeleieren – ik zou er natuurlijk nooit meer dan één uit het nest nemen – en ik zou een wilde geit temmen en haar melk drinken uit een houten kom die ik uit een boom had gehakt.'

'Zou jij echt een boom willen omhakken?' plaagde Dickie goedmoedig. 'Weet je nog hoe verdrietig je was toen ik vorig jaar die esdoorns moest laten kappen? We moesten na de koffie maar eens naar de Tempel van Hygieia gaan kijken.'

'We kunnen ook nu meteen gaan.' Fleur stond op. 'Dan nemen we ons kopje koffie gewoon mee.'

'Ik breng de koffie wel even op een dienblad, mevrouw.' Mevrouw Harris, die met bewonderenswaardige discretie aan tafel had bediend, glipte zo behendig naar binnen dat ik me afvroeg of ze had staan luisteren. 'Dit motief is niet meer te krijgen en het zou jammer zijn als het servies niet meer compleet is.'

'Ha, ha! Kom, kom, mevrouw Harris.' Dickie rimpelde zijn gezicht tot een vredelievende glimlach, en zijn lichte ogen waren vriendelijk en sereen. 'Wat maakt een beetje gebroken porselein nou uit?'

'Ik heb nog helemaal niets gebroken.' Fleurs gezicht stond koud. 'Maar als ik dat deed, zou het míjn zaak zijn en daar heeft niemand zich mee te bemoeien.' Ze pakte de kat op en liep de kamer uit.

'Trekt u het zich niet aan, mevrouw Harris.' Dickie begon overeind te komen, moeizaam steunend op de armleuningen van zijn stoel.

'Zal ik anders het dienblad meenemen?' bood ik aan.

'Het lijkt me het beste dat ik het zelf doe, gewoon voor alle veiligheid,' antwoordde ze met een strak gezicht. 'Het pad is hier en daar heel hobbelig.'

Ik begreep dat ze haar territorium verdedigde, dus ik drong niet aan.

'Uw stok, meneer.' Mevrouw Harris gaf hem aan. 'Wat dacht u ervan om uw jasje hier te laten, meneer?' Ze veegde een kruimel van de mouw van zijn tweedjasje, met een gebaar dat bijna moederlijk was. 'Het begint vrij warm te worden. U moet niet oververhit raken.'

'Dank u, het gaat prima zo.'

Ik kon aan de blik van mevrouw Harris zien dat ze vond dat hij in alle opzichten prima was. En wanneer ik probeerde hem met haar ogen te bekijken, kon ik zien dat zijn minzaamheid, zijn vanzelfsprekende macht binnen zijn koninkrijk en de hoffelijkheid waarmee hij die uitoefende, aantrekkelijk was. Maar voor een meisje als Fleur telden deze dingen waarschijnlijk niet.

'Zult u uitkijken, meneer, waar Billy bezig is geweest met dat natte cement? We willen niet dat u een ongeluk krijgt.'

'Ik zal ervoor zorgen dat ik niet val.' Er klonk misschien een beetje wrok in zijn toon, en hij leek zich wat verder op te richten, alsof hij werd gehinderd door zoveel bezorgdheid. 'Dank u wel, mevrouw Harris,' voegde hij er op mildere toon aan toe. 'Waar zouden we zijn zonder u om voor ons te zorgen, hè?'

Mevrouw Harris bloosde. 'Ik doe het graag, meneer.' Ze begon de tafel af te ruimen en er krulde een trek van voldoening rond haar lippen.

'Een best mens,' mompelde Dickie toen we door de hal naar de tuindeur liepen. 'Je kunt het niet beter hebben. Maar niet altijd even tactvol. Verdomme! Ik vraag me af waar Fleur is gebleven. Ik ben altijd bang dat ze iets doms op Stargazer zal doen, als ze zo'n bui krijgt. Het is een geweldig paard, maar soms kan hij zo'n vreemde blik in zijn ogen krijgen...'

Dickie liep voorop naar de Tempel, of naar het Chinese paviljoen, zoals ik het in gedachten noemde. Bij daglicht was de tuin niet zo betoverend, maar nog wel heel mooi.

'Wat een schitterende roos!' Ik bleef staan om te ruiken aan de verfomfaaide frambooskleurige bloemblaadjes die een glimp van goudkleurige meeldraden lieten zien. 'Wat een geur! Wat is dit voor roos?'

'Souvenir du Docteur Jamain,' zei Dickie zonder stil te blijven staan. 'Een Franse hybride doorbloeier.'

'En dit?' Ik vouwde mijn handen rond een verfijnde zachtroze bloem.

Dickie wierp een blik over zijn schouder. 'Königin von Dänemark. Een alba-roos, waarschijnlijk een afstammeling van Maiden's Blush.'

Ik had graag nog meer willen vragen over de andere rozen die roze, gele, witte en karmozijnrode blaadjes op het pad lieten vallen toen Dickie er zo haastig langsliep, maar zijn onrust was zo duidelijk, dat het wreed zou zijn om hem ook maar een seconde langer op te houden. Toen we door een opening in de haag op het Chinese paviljoen stapten, zagen we Fleur daar op de stoep zitten, in gesprek met een jongeman. Toen hij ons zag bukte hij zich, pakte op zijn gemak een troffel op en begon cement uit een emmer neer te kwakken op een stuk grond dat met een draad was aangegeven. Dit was kennelijk Billy. Hij had kort haar met blonde plukken en een ruig gezicht, knap op een agressieve, mannelijke manier. Hij liep zonder shirt en zijn rug was bruinverbrand door de zon. Zijn benen, die door een afgeknipte spijkerbroek werden omhuld, waren gespierd en hij had leren banden om zijn polsen. Hij wierp me een belangstellende blik toe, die overging in zoiets als goedkeuring.

'Goeiemiddag, baas,' zei hij met een hoge, nasale stem, die het harde leeuwentemmerimage bedierf.

Dickie had een vuurrood gezicht. Er zaten zweetdruppels op zijn voorhoofd en hij had zijn stem niet helemaal onder controle doordat hij hijgde.

'Hallo Billy.' Hij keek naar Fleur. 'Ben je daar, lieverd. Ik vroeg me af wat er met je was gebeurd.'

'Je ziet eruit alsof je flauw gaat vallen.' Fleur klonk niet echt meelevend. 'Waarom doe je je jasje niet uit? Allemachig, het is hoogzomer en je hebt een das om! Ik stik van de hitte!'

Ze schoof haar katoenen trui omhoog en trok die over haar hoofd.

'Nou, meisjes, als jullie daar geen bezwaar tegen hebben, denk ik dat ik dat maar doe.'

Dickie zette zijn stok tegen de stoep en begon zijn das los te knopen. Ik zag Billy naar Fleurs borsten kijken. Haar tepels waren duidelijk zichtbaar onder haar dunne, niet al te schone T-shirt. Haar oksels vertoonden bosjes donker haar. Meestal moet ik niets van de gypsy-look hebben, maar bij Fleur paste het op de een of andere manier goed, bij haar aardse stijl. Billy kneep zijn ogen een eindje dicht en likte langs zijn bovenlip. Ik keek naar Dickie, maar hij stond nog steeds met zijn jasje te worstelen. Ik voelde het klamme zweet in mijn nek, maar ik was niet van plan mijn trui uit te trekken onder de wellustige blik van Billy. Mevrouw Harris verscheen met de koffie. Ik zag dat haar ogen alles opnamen.

Ze zette het dienblad op een tafel die voor het Chinese Paviljoen stond. 'Ik neem dat jasje wel mee, meneer, dan hoeft u het op de terugweg niet te dragen. En jij kunt beter een shirt aantrekken, Billy,' voegde ze er scherp aan toe. 'Dit is niet fatsoenlijk, waar de dames bij zijn.'

Billy keek Dickie aan.

'Mevrouw Harris heeft altijd gelijk.' Dickie glimlachte. 'We moeten doen wat ons wordt gezegd.'

Billy trok een gezicht waarmee hij duidelijk liet blijken wat hij van de huishoudster vond. Hij trok zijn T-shirt aan en boog en strekte zich loom over zijn werk, waarbij hij af en toe ophield om naar Fleur en soms naar mij te kijken.

'En, Roberta...' Dickie liet zich in een ligstoel zakken. 'Vertel me eens eerlijk wat je ervan vindt.' Hij gebaarde naar het Chinese paviljoen.

'Tot zover vind ik het uitstekend,' zei ik. Ik zag Fleur steentjes in Billy's cement gooien; hij viste ze er weer uit en zwaaide quasi-boos met de troffel naar haar.

'Ik heb wat foto's van voor de oorlog bekeken, hoewel het toen vrijwel een ruïne was,' zei Dickie. 'Maar de buitenkant is in elk geval weer nagenoeg net zoals het origineel.'

'Dit is echt heel mooi. Wist je dat het traditie was om bellen aan de dakspanten te hangen, onder de omhooggekrulde hoeken van het dak? Zodat je een klingelend geluid hoort iedere keer dat de wind erdoorheen gaat. Je zou op de top een whingding kunnen zetten. Een soort piek. Iets fantasierijks. Misschien een ineengedoken draak met een lange staart die in een spiraal omhooggaat?'

Dickie werd razend enthousiast bij deze voorstellen en begon aantekeningen te maken op de achterkant van een envelop. Fleur keilde een steentje dat tegen een emmer ketste en Billy's dij raakte. Hij mimede een parodie op een pak slaag en ze giechelde. Ik hoorde hem een laag gegrom uitstoten. Het kleine stukje tuin leek vol primitieve driften te zijn.

'Je zou het dak kunnen verven in een patroon van schubben, als een goudvis,' ging ik verder, hoewel mijn gedachten niet helemaal bij het onderwerp waren. 'Vuurrood, wit en groen zijn de meest passende kleuren. En je zou het eigenlijk moeten bereiken via een rood Chinees bruggetje dat over een vierkante of ronde vijver ligt. Strikt gesproken, hoewel deze rozen heel mooi zijn, zou je hier volgens de traditie alleen waterlelies moeten hebben. En anders veel varens en stenen.'

'Roberta, je hebt helemaal gelijk!' Dickie keek verrukt. Hij draaide zich om naar Fleur en miste nog net dat ze haar tong naar Billy uitstak. 'Is het niet geweldig dat we iemand hebben gevonden die er verstand van heeft? Het wordt vast heel leuk, hè, lieverd? Ik wil dit echt goed doen. Vertel eens, waar moeten die bellen van gemaakt worden?'

'Net wat je wilt. Ze waren vaak van hout, maar je kunt ze ook van koper hebben...'

Ik werd onderbroken door het geluid van brekend porselein. 'O verdorie,' zei Fleur. Er lag een mooi roze met gouden Coalport koffiekopje in scherven op het grind. 'Mevrouw Harris zal dit verdraaid lollig vinden.' Toen giechelde ze. 'Het is jouw schuld, Billy. Je moet niet van die gekke gezichten trekken.'

Billy grinnikte, een akelig, wellustig geluid.

'Je kunt de stukken maar beter oprapen, lieverd,' zei Dickie. 'Misschien kan het nog worden gelijmd. Maar wees voorzichtig dat je je niet snijdt...' Het was al te laat. Fleur stond op haar duim te zuigen. Het volslagen spontane van dit kinderlijke gebaar was uiterst charmant en verleidelijk. Toen ze de duim uit haar mond haalde vielen er rode druppels op het natte cement. 'Hier is mijn zakdoek.' Dickie klonk geschrokken. 'Druk het stevig aan en houd je duim omhoog. Dan gaan we naar binnen om een pleister te...'

'Maak toch niet zo'n heisa.' Fleur stond op. 'Het is maar een klein sneetje. Ik wilde toch al bij Stargazer gaan kijken. Blijf jij maar met Bobbie over tuinen praten.' Ze wapperde met haar hand naar me. 'Tot straks.' Toen was ze verdwenen door de opening in de haag.

Billy legde zijn troffel neer. 'Als u hier een vijver wilt hebben, heeft het dan wel zin dat ik nog wat aan de bestrating doe?'

'Nou, nee, ik denk van niet. Laat dit voorlopig maar even liggen en ga Beddows helpen met het gras.'

'Ik vroeg me af of ik mevrouw Sudborough misschien met het paard moest helpen. Ze zal wat onhandig zijn met die duim.'

'Goed idee. Doe dat maar.'

Billy wierp me een laatste vunzige blik toe en liep toen de tuin uit. Ik keek naar Dickies ronde, roze gezicht met zijn nietsvermoedende ogen, mopsneus en kleine mond, dat een uitdrukking vertoonde van enthousiasme en onschuldig plezier, en ik kon wel om hem huilen.

'Ik weet het niet goed, hoor,' onderbrak Kit me. 'Maar mijn sympathie ligt toch een beetje bij de mooie Fleur. Het moet toch wel heel akelig zijn om jong en in de bloei van je leven te zijn en vast te zitten aan een kreupele ouwe knar – wat voor fatsoenlijke kerel hij ook mag zijn – zonder je eigen eetlust te kunnen stillen. Of kneep die lieve ouwe sukkel een oogje dicht wanneer de liederlijke Billy wat overwerk verrichtte? Dat zou wellicht heel verstandig van hem zijn geweest.'

'Een typisch mannelijke reactie,' zei ik minachtend.

'Heel geruststellend, nietwaar? Ik ben tenslotte een man.'

'Om te beginnen praat je alsof Dickie een seniele ouwe heer is. Hij is pas vijftig. En zelfs als hij te oud of te invalide zou zijn om iemands eetlust te kunnen bevredigen, zoals jij het zo charmant stelt, schijn je te veronderstellen dat die eetlust belangrijk genoeg is om te rechtvaardigen dat Fleur rollebolt met een onnozele pummel om wie ze niets geeft, en die ook geen steek om haar geeft. Wil je me vertellen dat mannen en vrouwen niet heel gelukkig samen kunnen leven zonder seks te hebben?'

'Ja.' En toen hij mij verontwaardigd zag kijken, voegde hij eraan toe: 'Ach, je vroeg het zelf. Met genegenheid ja, tevreden mogelijk, maar volslagen gelukkig? Ik betwijfel het. Tenzij ze beiden over de zeventig zijn.'

'Je hebt uiteraard recht op je eigen standpunt,' zei ik hooghartig.

Dickie liet er geen gras over groeien en bracht mijn voorstellen snel in praktijk. Hij vroeg me bij alles om raad en weldra ontstond het patroon dat ik één of twee keer per week voor de lunch of het diner naar Ladyfield ging, en de gastvrijheid van de Sudboroughs was altijd geweldig. Wanneer het mooi weer was aten we op het terras onder een met blauweregen begroeide pergola. Wanneer het nat was, aten we in de eetkamer. Soms lunchten we in het Chinese paviljoen. Voor een gulzig iemand als ik was het hemels om allerlei lekkers uit de tuin te krijgen: snijbonen, worteltjes, bietjes ter grootte van olijven en kleine paarse artisjokken die met een groene mayonaise werden gegeten, gevolgd door malse lamsbiefstukjes of gebraden kip met dragon of rog met zwarte boter. De toetjes van mevrouw Harris waren eveneens van het hoogste niveau. Ik herinner me vooral haar omelet Rothschild, een geweldig geval van nectarines, aardbeien en kirsch, gebakken in een warme vanille-eierschuim.

Het eten was natuurlijk niet het belangrijkste lokmiddel voor mijn bezoeken aan Ladyfield. Ik raakte snel erg op Dickie en Fleur gesteld, en ik had vaak de indruk dat ze blij waren iemand over de vloer te hebben met wie ze beiden goed overweg konden.

Fleur was heel eerlijk en hartelijk, en uitermate goedgeefs. Ik leerde al snel niet iets te bewonderen, want dan vond ik het later op de achterbank van mijn auto. Zo gaf ze me een keer haar favoriete jurk toen ik die bewonderde, een andere keer was het de mooie ring met smaragden die ooit van haar moeder was geweest.

Ik gaf de jurk terug met als reden dat hij te kort was. De ring gaf ik aan Dickie, en hij beloofde hem veilig op de bank te bewaren. Maar hij stond erop dat ik de in zilver gevatte Mennecy snuifdoos, waarvan het deksel met boeketjes rozen was beschilderd, behield. Ik heb hem nog steeds en koester hem, ondanks alle associaties van schuldgevoelens. Wanneer Fleur uit rijden was (vaak met Billy, zeer tot mijn spijt) of de honden uitliet, eveneens vaker wel dan niet vergezeld van Billy, praatten Dickie en ik over tuinen en maakten plannen voor het Chinese paviljoen.

Hoewel ik het nodige over de geschiedenis van het tuinieren wist en nog net het verschil tussen een *Lychnis* en een *Linaria* kon zien, wist ik weinig over de praktische kant van het tuinieren, omdat ik nooit een tuin had bezeten. Toen Dickie dit ontdekte, laadde hij na ieder bezoek mijn auto vol met tuinboeken waarmee ik mijn uren op Cutham Hall kon opvrolijken. Ik leerde het moois van een Portland-roos en een Bourbon kennen, ik leerde hoe je de diverse groepen clematis moest snoeien, welke herfstasters resistent waren tegen meeldauw, en ik leerde de schoonheid inzien van een *Paeonia mlokosewitchii*, hoe kortstondig de bloei ervan ook was. Dickie en ik besteedden veel gelukkige uren in de bloemperken met planten, zaaien, opbinden en snoeien, tot onze handen en kleren waren doortrokken van de geur van kattenkruid, rozemarijn, bergamot en tijm. Die zeven weken – waren het er maar zeven? Het leek wel een hele zomer – vormden een heerlijk respijt.

Af en toe hoorde ik nieuws over Burgo. Hij stuurde Fleur een volgekrabbelde ansichtkaart uit Moskou, daarna een uit Kiev en ten slotte een uit Zuid-Frankrijk. Ze liet me de kaarten altijd zien, in de veronderstelling dat ik het ook leuk zou vinden om ze te lezen. Zijn stijl van schrijven was laconiek. Soms ging het over het verkeer of over het hotel, het uitzicht of de warmte. Mijn nervositeit ten aanzien van Burgo verdampte toen ik begon te vergeten wat hij in relatie tot mij was, en hem in plaats daarvan door Fleurs ogen als een oudere broer zag, meestal afwezig, druk, uitermate intelligent, soms ongeduldig en onvriendelijk maar veel vaker heel goedmoedig.

Op een avond, begin augustus, belde Dickie om een picknick in de tuin van het Chinese paviljoen voor te stellen. Het cement van de nieuwe vijver was droog en hij wilde dat ik kwam om het opendraaien van de kraan mee te maken. Ik reed naar Ladyfield en liep het terras op. Burgo zat aan de tafel onder de blauweregen.

'Hallo Roberta.' Hij stond op toen ik dichterbij kwam. Zijn haar, dat was gebleekt door buitenlandse zonnestralen, streek langs de bungelende bladeren. Hij glimlachte. Ik was vergeten dat hij er altijd uitzag alsof hij iets grappigs zag wat voor de rest van ons verborgen bleef. 'Wat leuk om je weer te zien.'

Hij was uiteraard in het voordeel. Hij had geweten dat ik zou komen. Toen ik mijn benen slap voelde worden en mijn hart op hol voelde slaan, besefte ik direct dat ik in groot gevaar verkeerde.

11

'Neem iets te drinken.' Burgo schonk me een glas wijn in. 'Fleur is bezig Stargazers hoeven te poetsen en Dickie vroeg twintig minuten respijt om zijn waterslangen aan te sluiten.'

Ik ging zitten. Het was schemerig geworden in de tuin en ik hoorde een zoemend geluid in mijn oren. Ik pakte het glas en nam een slok om op te kikkeren. Hij zei iets, maar ik kon het niet verstaan. Ik probeerde me te vermannen en trok mijn gezicht in een uitdrukking waarvan ik hoopte dat die intelligent leek, of in elk geval normaal.

Burgo's ogen hadden dezelfde vorm als die van Fleur. Maar de kleur was donkerder en scherper. Hij droeg een donkerblauw overhemd waarvan de mouwen tot de ellebogen waren opgerold, een denim broek die ooit kakikleurig was geweest en nu door de zon was verbleekt, en een paar versleten marineblauwe espadrilles. Het effect van zijn aanwezigheid liet er bij mij geen enkele twijfel over bestaan dat ik mezelf voor de gek had gehouden toen ik dacht dat ik hem slechts als Fleurs broer zag. Hij zei iets over Engeland in de zomer. Ik probeerde me te concentreren.

'Dit is volmaakt.' Burgo kneep zijn ogen een eindje dicht en keek over het grote gazon naar waar slingerende beukenhagen de blik naar een beeld van Flora trokken en vandaar naar waar het beukenbos begon. 'Ik heb hier zo naar verlangd.'

Hij leunde achterover in zijn stoel om een huiszwaluw te volgen in zijn vlucht boven het gazon, op zoek naar insecten. De tweede bloei van de blauweregen, die nu bijna voorbij was, geurde boven ons hoofd en er zoemden voortdurend bijen in de zachtpaarse bloemen.

'O ja?'

'Ik kan nu even ophouden met denken,' zei Burgo. Hij veegde het haar van zijn voorhoofd. 'Ik kan weer ademhalen. Kan mezelf weer toestaan iets te voelen.' Hij wendde zijn hoofd abrupt af en keek me aan.

Ik sloeg mijn blik onmiddellijk neer. Ik wenste dat ik adem kon halen. Ik dronk mijn halve glas wijn in een paar slokken leeg en staarde woest naar het grijze teakhout van de tafel, vol zilveren plekjes waar wespen hadden geprobeerd erop te kauwen.

'Ben je je tong verloren?' vroeg hij.

'Eventjes maar. Hoe was de Provence?'

'Heet. Droog. Verzengend.' Hij keek naar de perken met buxus, wilde salie en lavendel, die rond het terras lagen. 'Ik hoor liever het geluid van merels dan dat van cicades.'

'Hoe waren Moskou en Kiev?'

'Mooi maar somber. Het bevestigde al mijn vooronderstellingen over het communisme.'

Terwijl hij praatte bestudeerde ik een pol viooltjes die aan mijn voeten in een opening tussen de stenen bloeide. Ik leerde de tekening op hun bloemblaadjes heel goed kennen. Opeens had hij het over mijn moeder.

'O, het is heel vriendelijk dat je daarnaar vraagt. Het gaat eigenlijk niet beter met haar. Eerder slechter. Fysiek is ze min of meer hetzelfde, maar ze begint een verwarde indruk te maken.'

'Hoe bedoel je?'

'Ze zegt af en toe van die vreemde dingen. Gisteren weigerde ze haar aardappels op te eten omdat ze zei dat die tegen haar knipoogden, en daarom lustte ze ze niet meer. En wanneer ze praat, gromt ze soms als een hond. Ze had altijd een lichte, prettige stem, maar tegenwoordig klinkt ze als een matroos uit Marseille. Qua timbre, bedoel ik. Ze spreekt natuurlijk wel Engels.'

'Misschien heeft ze te lang op bed gelegen en komt er niet genoeg bloed in haar hoofd.'

'Misschien. Ik vraag het me af.' Wat een opluchting zou het zijn als de verklaring zo eenvoudig was. 'Sorry. Het is natuurlijk een vervelend onderwerp: de zieke familieleden van een ander.'

Hij maakte een afwerend gebaar met zijn hand. 'Is er de laatste tijd nog een dokter bij haar geweest?'

'Ik heb uit wanhoop onze huisarts een keer gevraagd te komen, maar ze deed haar ogen dicht en weigerde met hem te praten. Hij is heel boos weggegaan.'

'Als die man niet in staat is met een matig lastige patiënt om te gaan, zou ik hem passeren en er een specialist bij halen.'

'Vind je dat ik dat moet doen? Maar ik weet niet hoe. Ik dacht dat je altijd om een verwijzing moest vragen.'

'Soms moet je weleens kort door de bocht gaan. Laat dit maar aan mij over. Ik heb morgen de hele dag vergaderingen, maar ik bedenk wel iets. Maak je maar geen zorgen.'

Het was alsof de wolken uiteen waren gegaan en er een god op een troon was neergedaald. Maar de angst voor een teleurstelling maakte dat ik tegen mezelf zei dat hij alles zou zijn vergeten zelfs nog voordat ik van Ladyfield was vertrokken om naar Cutham Hall terug te gaan.

Hardop zei ik: 'Dat zou bijzonder vriendelijk van je zijn.'

'Daar zijn we dan!' Dickie verscheen om de hoek van het huis. 'Hallo Bobbie.' Hij strompelde om de tafel heen en gaf me een kus op de wang. 'De vijver begint aardig vol te lopen en mevrouw Harris zet alles klaar voor het eten. Spannend, hè? Fleur interesseert zich uiteraard geen fluit voor ons tuintje, en we weten allemaal dat Burgo zijn gedachten alleen maar richt op het oplossen van de problemen in de wereld. Maar jij deelt toch zeker mijn plezier in ons eigen kleine Utopia, hè?'

'Jazeker! Ik popel om de vijver met water erin te zien.' Ik kuste Dickie met oprechte genegenheid. Hij was misschien wel de aardigste man die ik kende. En ik was blij dat er een derde persoon was ter verlichting van de spanning die Burgo en mij voortdurend te machtig dreigde te worden. 'En ik ben dol op picknicks.'

'Het zal geen echte picknick zijn,' zei Burgo. 'Ik zag Beddows en Billy met een tafel en stoelen sjouwen. We zullen niet op kleden hoeven te zitten die naar honden stinken, en we zullen geen rommelig gevulde eieren hoeven te eten en lauwe thee hoeven te drinken.'

'Op mijn leeftijd,' zei Dickie, 'heb ik liever wat meer comfort. En het been vindt het niet prettig om op de harde grond te zitten. Ik ben het ermee eens dat er iets primitiefs aan een echte picknick zou moeten zijn. Maar mevrouw Harris heeft zo haar maatstaven en ze vindt het vreselijk als ze zich daar niet aan mag houden.'

'Ik ben een keer naar een deftig feest geweest dat door de gastvrouw een *dîner sur l'herbe* werd genoemd,' vertelde Burgo. 'We werden door lakeien in uniform naar een eiland in het voorouderlijke meer geroeid. We aten kreeft en zwaan van antiek porselein en zilver en we kregen muziek te horen van een blaastrio van hobo, serpent en kromhoorn. Bij de terugtocht had de lakei die de zorg over de picknickmanden had, te diep in de restjes van de flessen gekeken en hij deed zo onhandig dat de boot om sloeg. De mannelijke gasten moesten toen naar de bodem van het meer duiken om het onschatbare Sèvres porselein en de schalen, die door Paul Storr waren gesmeed, te redden. Mijn smokingjasje is toen gekrompen tot de maat van een babyhemdje.'

Dickie en ik schoten in de lach en ik voelde me onmiddellijk gerustgesteld. Mijn laatste beetje spanning verdween toen we ons naar het Chinese paviljoen begaven.

We liepen door de smalle opening in de haag naar het tuintje. Mevrouw Harris was bezig de tafel te dekken op het grasveld ervoor. De vijver bevatte nu een paar centimeter water dat de blauwe tint van de lucht had aangenomen. De rozenperken waren vervangen door keien van kalksteen en er stonden al jonge varenplantjes in de spleten ertussen.

'Ik wou dat Bobbie hier bij ons kon komen wonen,' zei Fleur tegen Burgo toen we een soufflé van lavas aten, gevolgd door tarbot en daarna camembert met vijgen. 'We vinden het heerlijk om haar hier te hebben, maar ze wil per se weer naar huis, ook al zijn haar ouders buitengewoon krenterig en egoïstisch.'

'Fleur!' protesteerde Dickie. 'Het is heel erg onbeleefd om kritiek te hebben op Bobbies ouders.'

'Zo erg zijn ze nou ook weer niet,' zei ik. 'Als ik die indruk heb gewekt, heb ik misschien een beetje overdreven om medelijden op te wekken. De waarheid is dat ze nooit met elkaar hadden moeten trouwen. Ze passen absoluut niet bij elkaar.'

'Ik weet niet veel huwelijken te bedenken waarin de mensen zich beter in plaats van slechter voelen,' zei Fleur.

'Mijn huwelijk maakt dat ik me een stuk gelukkiger voel,' zei Dickie meteen. 'Het is het allerbeste dat me in mijn leven is overkomen.'

Fleur bloosde hevig. Haar ogen stonden teder. 'Dat is vriendelijker dan ik verdien.'

Ik was blij met dit bewijs van Fleurs genegenheid voor Dickie. Hoewel ik het heerlijk vond bij hen te zijn, voelde ik me vaak opgelaten door Fleurs houding jegens hem. Vooral als ik haar met Billy samen zag.

'Het huwelijk is een middel om een bepaald doel te bereiken,' zei Burgo. 'Waarom mensen zich fiscaal met elkaar verbinden en dan ook nog eens verwachten van elkaars dolmakende tegenstrijdigheden te kunnen genieten, is me een volslagen raadsel.'

'Daar heb je hem weer. Altijd even cynisch,' protesteerde Dickie. 'Het gaat er juist om dat je iemand om diens kleine hebbelijkheden en onhebbelijkheden leert waarderen. Daar draait het om in de liefde. De rest, het willen kussen en alles wat daarbij komt, is allemaal heel aangenaam maar heeft met echte liefde niets te maken.'

Fleur wierp haar hoofd achterover en propte een hele vijg in haar mond. Er liep een straaltje sap over haar kin. Met haar donkere krullende haar en schuin oplopende ogen leek ze wel een bacchante.

'Ik ben het daar niet mee eens,' zei Burgo snel, en hij gebaarde met zijn hand als om dit te beklemtonen. 'Het is helemaal niet cynisch. Ik zeg niet dat er niet zoiets als liefde bestaat. Natuurlijk bestaat dat, en daarbij hoort ook dat je de rare gewoontes van een ander betoverend vindt. Misschien kan zoiets zich ook in een huwelijk voordoen. Maar het huwelijk is voor andere doeleinden en je moet er niet te veel van verwachten. Dan is het hetzelfde als teleurgesteld zijn omdat een vliegtuig geen tijdmachine is. Een vliegtuig is een uitermate efficiënt middel om je snel over de aardbol te kunnen verplaatsen. Maar het is onredelijk ervan te verwachten dat je ermee naar de veertiende eeuw terug kunt vliegen.'

'Ik begrijp niet hoe je al die dingen in aparte vakjes kunt stoppen,' wierp Dickie tegen. 'Het huwelijk kan toch zeker niet alleen maar een contract zijn om de belastinginspecteur pootje te lichten? Je koestert altijd toch bepaalde sterke gevoelens ten aanzien van je wederhelft – hoewel niet noodzakelijkerwijs allemaal positief, dat moet ik erkennen. Eskimo's, Maori's, Choctaws, ze hebben allemaal een soort ceremonie. Het is de menselijke natuur van mannen en vrouwen om samen iets te hebben waarmee ze de wereld op afstand houden. Het is van alle tijden. Je had Darby en Joan, Daphnis en Chloë.' Hij keek omhoog naar de donkerder wordende lucht om nog meer voorbeelden te vinden. 'En Adam en Eva natuurlijk.'

'Die hadden anders weinig keus.' Burgo glimlachte. 'Voor zover ik me herinner waren zij de enige mensen die er waren.'

Dickie lachte goedmoedig. 'Je weet best wat ik bedoel. Ik ben niet goed in het argumenteren. Wat vind jij, Bobby?'

'Als enige ongehuwde persoon hier aanwezig kan ik natuurlijk niet uit ervaring spreken. Ik denk alleen dat mijn ideeën ten aanzien van een huwelijk een stuk veeleisender zijn dan terug te willen gaan naar de veertiende eeuw. Maar als die hoop niet mocht worden vervuld, denk ik dat ik zou proberen mezelf ervan te overtuigen dat ik een goed huwelijk had.'

'Als je zoiets deed, zou je het risico lopen je tevreden te stellen met iets wat hopeloos onder de maat was,' zei Burgo. 'Maar misschien heb je gelijk. Misschien moet je jezelf een beetje voor de gek kunnen houden om gelukkig te zijn.'

'Allemachtig, krijg nou wat!' zei Fleur. 'Dit is wel voor het eerst dat jij het met iemand eens bent. Je zegt altijd dat eensgezindheid tot saaie gesprekken leidt.'

'Bij deze gelegenheid behoud ik mij het recht voor mezelf tegen te spreken. Moet je dat nou echt doen?'

Fleur wierp restjes van onze borden naar Lancelot, haar rode setter, die opsprong om ze te vangen en daarbij tegen de tafel botste en de messen en vorken deed rinkelen. Ze hield onmiddellijk op.

'Ik houd van overeenstemming,' zei Dickie. 'Dat is leuk en ontspannend. Ik haat gekibbel.'

'Het niet met iemand eens zijn is niet hetzelfde als kibbelen.' Burgo boog zich over de tafel heen om me een glas rode wijn voor bij de camembert in te schenken. 'Discussie – of gekibbel, zo je wilt – is de juiste manier om tot de waarheid te komen.'

'Ik weet niet of ik die waarheid nou wel zo belangrijk vind.' Dickie sneed een stuk camembert voor zichzelf af. 'Ik heb liever dat iedere dag aangenaam en gezellig is. Wat vind jij, Bobbie?'

Ik had het gevoel – waarschijnlijk dankzij de warmte en de wijn en de heerlijke sfeer in de tuin – dat ik een soort plateau van geluk had bereikt, en ik had het idee dat als ik precies zo bleef als ik was en geen bewuste mentale inspanning in welke richting dan ook leverde, ik in staat zou zijn dit nog wat langer te behouden.

'Ik wil... Ik wil alles. Waarheid, schoonheid, comfort, gezelligheid – ik wil niet tussen dingen moeten kiezen.'

'Daar ben ik het mee eens.' Burgo pakte een vijg, deelde die in vieren en legde de rode inhoud bloot, vol pitjes. 'Het is een te mooie avond om serieus te doen over iets.'

Fleur schoot in de lach, al wilde ze niet zeggen waarom.

'Ik begrijp het,' zei Kit. 'Dit was de Hof van Eden. Rijpheid en overdaad. Schoonheid en bedrog. Fleur en Billy, die lekker van de vruchten van de boom der kennis aten zonder dat dit tot vergelding leidde. En langzaam, gestaag, vastberaden, gleed de slang naar jou toe.'

'Dat klinkt alsof ik er zelf niets aan kon doen. Maar dat is helaas niet waar.'

'Nou ja. We zullen zien. Ga verder.'

'Ik denk dat ik maar eens naar bed ga,' zei Dickie, en hij stond op. 'Bobbie, je vergeeft het me wel als ik Burgo de honneurs laat waarnemen? Ik was al om zes uur op om de aardbeien water te geven. Beddows vergeet dat altijd.'

Er fladderden nachtvlinders rond de kaarsen. Mijn hoofd tolde door de combinatie van wijn en de geur van bloemen en gras, nog versterkt door de avond.

'Ik ga nu naar huis,' zei ik toen Dickie zich bukte om me te kussen. 'Dank je wel voor de fantastische avond.'

'Je kunt echt nog niet weggaan,' zei Fleur tegen mij. 'Het is veel te gezellig. Je bederft alles als je nu weggaat.'

'Nee,' zei ik. 'Ik moet nu echt gaan.'

'Ik loop wel even met je mee naar het huis terug.' Burgo stond op en begon de koffiekopjes en de cognacglazen op een dienblad te zetten.

Fleur legde een hand op zijn mouw. 'Maar je hebt de binnenkant van het Chinese paviljoen nog niet eens gezien. Hij moet het echt zien, hè Bobby?' Ze pakte een kandelaar en liep over het gras naar het tuinhuis. 'Kijk eens naar de bellen die aan het dak hangen.' Fleur tikte tegen één, waarna er een helder, beverig geluid klonk. 'Bobbie heeft getekend hoe ze eruit moesten zien en Dickie heeft ze door de smid laten maken. Maar kom eens binnen. Dat is echt het mooiste, ook al is het nog niet klaar.' Ze probeerde de deur open te doen. 'Help eens, wil je? Hij klemt nog steeds een beetje.'

Burgo duwde eens flink en kreeg hem open.

'Kijk!' Fleur hield de kandelaar omhoog. 'Daar heb je de Chinese divan. Bobbie heeft hem ontworpen. Vind je die kleine, omhooggekrulde hemel niet leuk? Net een hysterisch hemelbed. Het is nog niet af. Er moeten ook nog zijden gordijnen en kussens bij, geborduurd met draken. Bobbie kent iemand in Londen die ze zal maken. Het kost een fortuin, maar Dickie vindt het geweldig om dit te doen...'

'P'don dat 'k stoor.' Billy's hoofd en schouders verschenen om de hoek van de deur. 'Goeienavond tezamen.' Hij knikte naar mij. 'Sorry da'k u stoor, mevrouw Sudborough, maar Stargazer heeft weer last van zijn been, en daarom vroeg ik me af of hij weer een kompres met zemelen moet hebben.'

'Ik kom meteen.' Fleur stond al bij de deur. 'Tot ziens, Bobby.' Ze kuste me vluchtig. 'Burgo laat je wel uit. Ik bel nog.'

We waren alleen.

'Het was erg gezellig,' zei ik. 'Die lantaarn is een succes, hè?' Ik wees naar de lamp van hout en glas in de vorm van een ananas. 'Leuk, hè?'

'Jazeker.' Burgo had geen belangstelling voor de lantaarn.

'Vind je niet dat Fleur er goed uitziet?'

'Ja.'

'Ik ben je heel dankbaar dat je me bij hen hebt geïntroduceerd. Ik vrolijk hier een stuk van op.'

'Mooi zo.' Ik dacht dat ik een vermoeden van een glimlach zag.

'Het is vast geweldig geweest in de Provence. Ik ben er in geen eeuwigheid meer geweest. Ik heb een keer een maand in een villa in de buurt van St. Rémy gezeten. We waren daar als studenten en hadden amper genoeg geld om te eten.'

'O ja?'

'We aten iedere dag vissoep in een klein café. Ik herinner me nog steeds de smaak van de *rouille*, je weet wel, die scherpe, peperachtige saus die ze erbij geven.'

'Ik weet wat rouille is.'

'Natuurlijk.' Ik voelde me een complete dwaas. Er viel een stilte waarvan ik me gedwongen voelde die te verbreken, ook al zette ik mezelf dan nog meer voor schut. 'Je vrouw zal wel blij zijn geweest je een tijdje voor zichzelf te hebben.'

'We hadden de hele tijd gasten.'

'O. O, wat jammer.'

'Hoe dat zo?'

'Nou ja... Omdat... Ik bedoel, jullie zullen elkaar wel hebben gemist en... en je kent dat gezegde over afwezigheid wel, was het niet van La Rochefoucauld?' Ik lachte geforceerd. 'Dat is het meestal.'

'Wat heeft hij gezegd?'

'O, iets over dat afwezigheid kleine hartstochten doet uitdoven en grote verhevigt, net als de wind die een kaars uitblaast, maar een brand aanwakkert.' Weer stilte. 'Dus in jullie geval is afwezigheid kennelijk een goed ding...' Wat stond ik hier in 's hemelsnaam over zijn huwelijk te kakelen? Het was buitengewoon impertinent.

'Een goed ding voor ons, dat we niet bij elkaar wonen?'

'Ja... Nee. Ik weet het niet.'

Ik keek hem aan in opperste verwarring. Hij deed niets om me te helpen. Als hij ook maar de minste poging tot flirten had gedaan, had ik heel duidelijk kunnen maken dat er geen enkele mogelijkheid voor iets tussen ons beiden was. Maar hij bleef volmaakt koel en beheerst terwijl ik stamelde en stotterde als een schoolmeisje.

Na een korte stilte zei Burgo, op een plechtige toon die wellicht ergernis, of mogelijk leedvermaak, maskeerde: 'Het is heel aardig van je om zo bezorgd te zijn.'

'Het is al laat. Ik moest maar eens naar huis gaan.'

'Ik loop wel even met je mee naar je auto.'

'Doe geen moeite, dat hoeft echt niet. Dat is zo vervelend voor je. Ik red me wel. Goeienavond.'

Binnen de kortste keren was ik de deur uit en holde door het gat in de haag over het pad dat naar de achterkant van het huis leidde. Misleid door de wisselende bundels maanlicht struikelde ik in bloemperken, verzwikte mijn enkels en schramde me aan doornen en takken. Toen ik ten slotte het gedeelte bereikte dat door lampen aan weerszijden van de tuindeur werd verlicht, vroeg ik me af wat me in 's hemelsnaam bezielde om me te gedragen als een kind dat bang was door haar eigen fantasie. Ik liep om het huis heen naar de Wolseley terwijl ik me onbeschrijflijk dwaas voelde, en toen ik naar Cutham Hall terugreed had ik vreselijk de pest aan mezelf.

Het stille huis verwelkomde me met een kille omhelzing in geuren van boenwas en vocht. Bij het schemerige licht van het peertje in de hal zag ik dat er naast de telefoon een boodschap lag in het handschrift van Oliver.

Jasmine heeft gebeld. Ze zegt dat je haar moet bellen zodra je thuis bent, hoe laat het ook is, want ze zal geen oog dicht kunnen doen voor ze met jou heeft gepraat. Is ze net zo knap als ze gek is?

12

'Wil je zeggen dat hij jou voor de tweede keer helemaal alleen voor zichzelf had in dat verleidelijke Chinese hutje, en dat hij in het geheel geen aanstalten maakte? Niet de minste poging deed? Is hij wel van vlees en bloed?'

'Niet iedere getrouwde man gedraagt zich als een spijbelende schooljongen zodra hij alleen is met een vrouw die niet de zijne is.'

'Dat is nou net wat jij zou willen geloven, lieve Bobbie. En nu is hij een van de machthebbers in het land. Dit voorspelt niet veel goeds voor onze toekomst, dat kan ik je wel zeggen.'

De telefoon ging lang over en ik begon me ongerust te maken. Uiteindelijk nam iemand de hoorn op en hoorde ik het geluid van gesnuf en geritsel.

'Jasmine? Ben jij dat? Met Bobbie.'

Gegeeuw en gekreun. 'Wat… Wie… O, hallo lieverd. Ik sliep al…'

'Het spijt me. Er lag een briefje dat ik je meteen moest bellen. Maar ik bel morgenochtend wel weer.'

Nog meer gegeeuw en gezucht. 'Nee. Hang niet op. Ik wil dolgraag met je praten. Laat me alleen even tot mezelf komen…' Een lange stilte.

'Jazz? Ben je daar nog?'

'Sorry. Ik ben nu wakker. Je weet hoe sloom ik 's ochtends vroeg ben.'

'Het is eerder laat in de avond. Het is net twaalf uur geweest.'

'Nee, je méént het! Nou ja, kan mij allemaal wat verdommen. Het maakt me toch allemaal niets meer uit nu Teddy me heeft laten zitten!' Ze begon te huilen. Ik kreeg een visioen van tranen die in haar gitzwarte ogen schitterden en over haar goudkleurige wangen stroomden.

'O liefje! Arme Jazz! Wat verdrietig. Je moet je wel heel ellendig voelen!'

'Ik ga me van kant maken. Ik vond alleen dat ik nog even afscheid van jou moest nemen omdat je mijn allerbeste vriendin op de hele wereld bent.'

'Dank je, maar doe in 's hemelsnaam niets geks. Teddy is het niet waard.'

Ik zag in gedachten Teddy's varkensoogjes voor me, hoorde zijn zelfvoldane gehinnik, herinnerde me zijn kleffe handen die altijd een excuus vonden om ieder meisje te grijpen dat jong genoeg was om zijn dochter te zijn. De dikke buik en het kale hoofd waren misschien alleen maar een kwestie van smaak.

'Vind je het niet erg gemeen van hem dat hij de twee vrouwen die hij zogenaamd liefheeft, zijn vrouw en jou, zo slecht behandelt en jullie zo ongelukkig maakt?'

'Lydia is helemaal niet ongelukkig! Ze weet het nog steeds niet van mij.'

'Wacht eens even, ik dacht dat jij erop had aangedrongen dat hij het haar zou vertellen. Je zei dat je je veel beter voelde nu alles bekend was.'

'Dat heeft hij alleen maar gezegd om te maken dat ik me beter voelde. Hij kon het niet opbrengen het haar te vertellen. Daarom is hij bij me weggegaan. Omdat hij bang is dat zij hem de kinderen nooit meer zal laten zien. Zo'n soort vrouw is ze! Ze heeft de arme Teddy zo in de hoek gedreven, op zijn vadergevoelens gewerkt, tot hij liever in een huwelijk zonder liefde en seks wilde blijven dan dat hij zijn kinderen in de steek zou laten. Hij heeft zo'n sterk plichtsbesef. Dat is een van de dingen waarom ik dol op hem ben.'

'Kan zijn. Of hij is een vuile leugenaar met twee gezichten.'

Dit ontlokte haar zo'n kreet van wanhoop dat ik op slag berouw kreeg.

'Het is een moeilijke situatie voor iedereen,' probeerde ik een slag om de arm te houden. 'Maar bedenk wel dat jij een knappe, leuke, grappige, gezellige vrouw bent op wie iedere man stapelgek zou zijn. Zodra ze weten dat Teddy van het toneel is verdwenen, staan ze zich te verdringen en krijg jij de tijd niet om te kniezen.'

'Hoe bedoel je, grappig?'

'Nou, onderhoudend. Je weet wel, gewoon gezellig.'

'Je bedoelt dat ik niet zo slim ben als Sarah en jij.'

'Nee, helemaal niet... Ik zei niet...'

'Ach, laat maar zitten. Ik weet dat het waar is. Sarah heeft eens gezegd dat de wandelende takken van haar broertje meer hersens bezitten dan ik.' Sarah kon soms erg recht voor z'n raap zijn. 'Ze zegt dat Teddy het charisma heeft van een seniel stinkdier.' Ze begon weer te huilen.

'Huil nou maar niet, Jazzy. Kruip weer in bed en probeer wat te slapen. Ik bel je morgen nog wel om te horen hoe het met je is.'

'Ik zal geen oog dicht kunnen doen. Alles hier doet me aan hem denken.' Ik kon me niet voorstellen waarom, aangezien Teddy zelden een avond in Paradise Row had doorgebracht. Ik denk dat hij zich ervan bewust was dat Sarah en ik een hekel aan hem hadden. 'Bobbie, lieverd, zouden je ouders er bezwaar tegen hebben als ik bij jullie kom logeren? Ik wil er zo graag even tussenuit.'

'O. Tja... Dat gaat een beetje moeilijk nu mijn moeder ziek is. En het is hier zo afschuwelijk dat ik denk dat jij er alleen maar nóg depressiever van zou worden. Ik word er zelf ook akelig van.'

'Zie je wel, niemand wil me hebben! Ik zal de rest van mijn leven alleen moeten blijven! Ik ben te saai en te lelijk en te stom...' De rest ging in haar gesnotter verloren.

'Oké Jazzy, als jij denkt dat het je goed zal doen, kun je natuurlijk komen. Ik zou het heel leuk vinden als je kwam. Maar je moet het niet erg vinden als mijn vader chagrijnig doet. Dat doet hij tegen iedereen.'

'Natuurlijk vind ik dat niet erg. Mijn vader is ook niet echt boeiend te noemen. Hoeveel avondjurken denk je dat ik moet meenemen? En hebben jullie een zwembad? Ik heb net een énige bikini gekocht...'

Voor ik ophing adviseerde ik haar vooral stevige schoenen, truien en regenkleding mee te nemen en wist haar duidelijk te maken dat we niet naar de zeilwedstrijden van de Cowes Week zouden gaan. Eigenlijk, dacht ik, terwijl ik uitgeput in bed stapte, heeft ze alleen maar een spijkerbroek nodig. Het enige sociale leven dat ik had gehad in de tijd dat ik weer bij mijn ouders woonde, was tijdelijk of blijvend van de baan. Ik kon niet naar Ladyfield gaan zolang ik het risico liep Burgo daar te ontmoeten. Jasmines telefoontje vormde een bijtijdse waarschuwing – zo ik die al nodig had – tegen het aanknopen van contacten met getrouwde mannen. De grootste opwinding die ik Jasmine te bieden had was een Pêche Melba bij de Bib 'n' Tucker in Cutham High Street.

Ik moest de volgende morgen aldoor aan Jazzy denken, terwijl ik allerlei huishoudelijke activiteiten verrichtte. Ik kookte soep en bakte een paté van kippenlevers, boende de proviandkast schoon omdat mevrouw Treadgolds rug weer opspeelde en ze een geheimzinnige pijn in haar knieën had, en zette het vuilnis buiten, inclusief een zak met geschrapte hoofdstukken uit het grootse werk *Sunlight and Cucumbers.* Toen ik terugkwam van het donkere plaatsje waar de afvalbakken en de kolenvoorraad waren ondergebracht, hoorde ik de telefoon rinkelen. Het was Dickie.

'Bobbie, je moet me helpen. Als een man ooit hulp nodig had, is het nu wel.' Ik kon aan zijn toon horen dat het geen crisis van het type op leven en dood was, dus zei ik hem aan de lijn te blijven terwijl ik de hoorn onder mijn kin klemde en met een zakdoek probeerde mijn bloedende vinger te verbinden. Ik had me gesneden aan een stuk glas in de afvalbak.

'Dat zal ik doen als ik het kan,' zei ik behoedzaam toen het bloeden was gestelpt.

'Het gaat om de jaarlijkse dubbels van de Ladyfield Lawn Tennis Club. Ze moeten het dit jaar opnemen tegen de ploeg van Tideswell Parva. Het is een heel gedoe, maar ze hebben altijd hier mogen spelen en ik kan hen niet laten zitten. Wij hebben een gravelbaan én een grasbaan, weet je, dus met de twee banen van de dorpsschool, iets verderop, en een grasbaan bij de pastorie naast ons, kunnen ze het hele toernooi in één middag afwerken. Ik zou ze eigenlijk het liefst allebei willen opdoeken – die banen, bedoel ik – omdat Fleur en ik niet spelen. Lelijke dingen, met al dat gaas eromheen. Als je kinderen hebt, is het natuurlijk wat anders... Maar je hebt nou eenmaal bepaalde verplichtingen wanneer je in deze omgeving het enige huis van deze omvang hebt om zulke dingen te laten plaatsvinden. Jullie zullen ongetwijfeld hetzelfde probleem hebben.'

'Toen de dominee vorig jaar vroeg of de braderie bij ons in de tuin mocht, heeft mijn vader gezegd dat hij vond dat het gras daar te veel van te lijden zou hebben. Gelukkig heeft de dominee nooit ons kale, bemoste gazon gezien. En op de tennisbaan groeit een compleet bos van vlierstruiken.'

'Echt waar?' Goed beheer stond bij Dickie hoog in het vaandel, en ik kon horen dat hij geschokt was. 'Tja, het enige dat misschien in mijn voordeel kan werken is een flinke regenperiode, maar de weersvooruitzichten hebben het over een onbewolkte dag. Voor de finale komt iedereen naar ons om bowl te drinken en hapjes te eten. Ik voel me verplicht zo goed mogelijk mee te doen, wat betekent grote hoeveelheden worstenbroodjes eten en als een idioot staan te applaudisseren. Fleur smeert hem altijd, en dat kan ik haar niet kwalijk nemen. Maar ik vind dat we er niet allebei tussenuit kunnen knijpen.'

'Wil je dat ik een taart bak?'

'Hemel nee. Er zijn meer dan voldoende dames die scones en worstenbroodjes en ik-weet-niet-wat bakken.'

'Wil je dat ik kom om vriendelijk te doen tegen de mensen en de scones te presenteren?'

'Ik moet je helaas om meer vragen dan dat. De ploeg van Ladyfield komt één speler te kort. Ik vroeg me af of jij zo engelachtig zou willen zijn om in te vallen voor iemand die zo onattent is om vandaag zijn verstandskies te laten trekken.'

'Wil je dat ik kom spelen?'

'We zouden je bijzonder erkentelijk zijn. De secretaris heeft de wijde omgeving afgestruind om een vervanger te vinden, maar tot dusver zonder succes. Ik zou het anders zelf hebben gedaan, maar met dat been van mij... Op de een of andere manier heb ik het gevoel dat jij een goede tennisser bent.'

'Je moet niet te veel op dat gevoel van jou vertrouwen. Ik ben heel middelmatig en ik heb al in minstens twee jaar niet meer gespeeld.'

'Maak je maar geen zorgen. Ze zijn allemaal van middelbare leeftijd tot bejaard, dat beloof ik. Tennis schijnt een sport voor oudere mensen te zijn geworden. De jeugd van Ladyfield gaat liever naar de disco om daar met behulp van amfetamines als waanzinnig tekeer te gaan. Ik weet bijvoorbeeld dat Dinwiddie – de man van de verstandskies – jaren ouder is dan ik. Het is gewoon een beetje voor de gezelligheid.'

'Het enige probleem is dat ik een vriendin te logeren krijg. Ik moet haar om half twee van het station halen. Hoe laat begint die wedstrijd?'

'Half drie.'

'In dat geval kan ik het net halen, als je het niet erg vindt dat ik haar meebreng.'

'Uiteraard, uiteraard, neem haar alsjeblieft mee! Ik ben je geweldig dankbaar. Ik voel me altijd erg verantwoordelijk voor het goede verloop. Belachelijk eigenlijk, aangezien ik in wezen niets met hen te maken heb. Maar als het je tuin is, dan ben je op de een of andere manier...'

'Stel je er alsjeblieft niet te veel van voor, dat is alles.'

'Je bent een engel, Bobbie, echt waar!'

Tegen de tijd dat ik een van de logeerkamers had gestoft en Jasmines favoriete toetje (profiteroles) had gemaakt, was mijn vinger een beetje rood en opgezet. Ik had nog net tijd om de soesjes door te prikken om ze te laten uitdampen en ze op een rek te zetten om af te koelen, voor ik naar het station reed om op de trein te wachten. Jazzy zat er niet in. De volgende trein uit Londen zou pas over een uur komen. Ik reed naar huis, nogal ongerust. Bij de telefoon lag een briefje in het handschrift van mevrouw Treadgold. *Je vriendin heeft gebeld om te zeggen dat ze niet komt. Ze zal je vanaf het eiland Wight opbellen. Ze zegt dat ze zich één miljoen keer excuseert voor deze verandering van plannen.*

Voor ik naar het station vertrok had ik mijn tennisspullen uit de kast onder de trap opgevist en ontdekt dat mijn oude tennisrokje grijs was doordat het samen met iemands sokken was gewassen. Aan een van mijn tennisschoenen ontbrak een veter, dus was ik genoodzaakt die dicht te knopen met een zwarte veter die ik van Oliver had geleend. Ik zag erg tegen het toernooi op, maar het was toch wel het minste wat ik kon doen voor Dickie, die me altijd zo gastvrij had onthaald. Ik was op school ooit reserve geweest in de ploeg, en ik kon mijn tweede serve meestal in slaan. Ik bofte, bedacht ik harteloos, dat mijn tegenstanders veel ouder zouden zijn dan ik en door artritis en brillen zouden worden gehinderd.

Hoewel de meesten op leeftijd waren, bleken het echter geoefende, geroutineerde tennissers te zijn. Ik stond ronduit te prutsen, ook nog gehinderd door mijn pijnlijke vinger.

Groot was echter mijn ontzetting toen Burgo opeens op het toneel verscheen. Hij droeg een witte katoenen broek, een rood shirt dat tot roze was verschoten, en zijn oude espadrilles. Hij had een buitengewoon vrolijke uitdrukking op zijn gezicht. De vorige avond had hij verteld dat hij die hele dag vergaderingen had. Als ik niet absoluut zeker was geweest dat hij in Londen zou zijn, was ik echt niet naar Ladyfield gekomen. Ik vroeg me af hoeveel hij van mijn geklungel had gezien.

Na de laatste match verdrongen spelers en toeschouwers zich rond de tafels om vol enthousiasme in de sandwiches, worstenbroodjes, roomhoorns, meringues, pruimentaarten, gemberkoeken en eclairs te happen. Ik merkte dat ik buitengewoon dorstig was. De thee, die in een enorme aluminium ketel stond te trekken, was donker en bitter. Ik besloot een glas bowl te nemen. Hoewel die eruitzag als moeraswater met wat drijfhout van verlept fruit, was de drank toch heel verfrissend. Dus besloot ik een tweede glas te nemen.

De voorzitter van de club, mevrouw Mountfichet, kwam naar me toe. 'Kijk, ik heb een van mijn specialiteiten voor jou bewaard.' Ze gaf me een bordje met twee halve meringues die door slagroom en frambozen bijeen werden gehouden. 'Wat gezellig dat meneer Latimer ook is gekomen. Hij is in ieder gezelschap als een frisse wind.'

Ik keek over het gazon naar waar Burgo stond, omringd door bewonderende vrouwen die zich verdrongen om hem hun speciale bijdrage aan het feestmaal te laten proeven. Ik zag dat hij hen bij wijze van spreken uit zijn hand kon laten eten. Hij zag er zowel knap als intelligent uit, een zeldzame combinatie. Zijn blonde haar zat een beetje in de war en hij had een gezonde blos. Hij leek zich volmaakt op zijn gemak te voelen. Met moeite maakte ik mijn blik van hem los en probeerde mijn aandacht te richten op wat mevrouw Mountfichet me over haar *Clematis viticella* 'Purpurea plena elegans' stond te vertellen.

'Snoeien volgens groep drie, liefje. Slacht hem in februari af. Dat is de enige manier om te zorgen dat hij niet alleen maar in een akelige warboel bovenin gaat bloeien.'

'Ik zal ervoor zorgen.'

'Dat betwijfel ik, mijn beste kind. Je hebt bijna geen woord verstaan van wat ik je vertelde.' Ze boog zich dichter naar me toe en zei, bijna in mijn oor: 'Hij is erg knap om te zien. Als ik twintig jaar jonger was, had ik misschien nog een poging bij hem gewaagd, en dan had meneer Mountfichet de boom in gekund. Maar ik had er naderhand natuurlijk spijt van gekregen. Een man met twee vrouwen die zich verdringen om het hem naar de zin te maken zit er té warmpjes bij voor zijn eigen bestwil. En al helemaal voor het bestwil van anderen.'

'Wilt u nog wat bowl, mevrouw Mountfichet?' Burgo stond naast ons, met een kan in de hand. 'Niet direct de nectar uit het paradijs, maar dit is toch zeer de moeite waard.' Hij schonk mijn glas nog eens vol, ondanks mijn gemompeld protest.

Mevrouw Mountfichet schudde haar korte krullen. 'Voor mij niet, dank u. Ik heb nog dingen te doen. Maar u zou me wel een groot plezier doen als u de loting zou willen verrichten. Ik ga even kijken of ze alle lootjes al hebben verkocht.' Ze marcheerde weg.

'Ik dacht dat jij in Londen zat.'

'Ik was vroeg klaar, er was een bespreking die niet doorging, en ik vond het zulk mooi weer dat ik besloot nog iets van dit festijn mee te maken.'

Ik keek hem onderzoekend aan.

'Je hebt slagroom op je kin,' zei hij glimlachend.

Mijn zakdoek zat in mijn tas die ergens lag, dus veegde ik met de rug van mijn hand over mijn kin.

'Nu zit het overal op je wang,' zei Burgo. 'Kom, ik doe het wel.'

Hij viste een grote, roodgestippelde zakdoek uit zijn zak en veegde mijn kin ermee af. Er gebeurde iets wonderlijks met mijn knieën. Er ging een seconde die een eeuwigheid leek voorbij voor ik omlaag keek naar mijn glas en de inhoud in drie slokken opdronk.

Mevrouw Mountfichet was weer terug. 'Komt u mee, meneer Latimer, dan gaan we nu met de loting beginnen. Misschien heeft u nog een klein toespraakje?'

Terwijl Burgo door de menigte werd omringd hield ik me wat op een afstand en nam nog een glas bowl. Wat hingen ze aan zijn lippen en wat lachten ze om zijn woorden! Ik probeerde te luisteren naar wat hij zei, maar mijn gedachten fladderden ongecontroleerd heen en weer. De zon was niet langer verzengend, maar er stegen vlagen hitte op van het uitgedroogde grasveld, en Dickies geliefde rozen lieten hun kopjes hangen, vol verlangen naar de avondkoelte.

'Hallo Bobbie.' Dat was Dickie. 'Je ziet er heel vrolijk uit.'

'Echt? Nou, jij ook.' Ik vroeg me af waarom ik moest lachen. 'Wat heb je in die bowl gedaan? Ik ben ervan overtuigd dat ik kan vliegen als ik maar hard genoeg met mijn armen wapper.'

'Ik heb er, toen jullie van de baan kwamen, nog een extra fles cognac in gedaan. Het is een opluchting dat alles zo goed is verlopen. Ik heb het gevoel dat ik het aan dit huis verplicht ben zulke dingen tot een succes te maken. Ik weet niet precies waarom, maar ik vind dat ik me daar om moet bekommeren.'

'Zal ik ook wat helpen dragen?'

Dickie liep met zakken gebruikte ballen te slepen. 'Dank je. Ze zijn niet erg zwaar, maar het loopt gewoon een beetje lastig met dit verhipte been. Ik wilde ze zolang in het Chinese paviljoen achter het scherm leggen. Eigenlijk zocht ik een excuus om naar de varens te kijken. Ik ben zo druk bezig geweest met het klaarmaken van de tuin voor het tennissen, dat ik niet heb gecontroleerd of ze voldoende water hadden gekregen.'

We liepen de andere kant uit, over het pad dat naar de Chinese tuin leidde. De koningslelies bogen zich met hun witte, wasachtige hals en granaatrode vegen op de achterkant van hun bloembladen over de rozemarijnhaag. Hun sterke geur was bedwelmend en maakte dat je je als in een droom voelde. Tussen de ijle bloemen van *Verbena bonariensis* fladderden veelkleurige vlinders.

De varens waren geworteld en begonnen nieuwe bladeren te vormen. Binnen in het Chinese paviljoen leek het fluweelachtig donker. Ik leunde tegen de paal van het bed terwijl Dickie de tennisballen uit het zicht opborg.

'De zijde voor het bed is vanmorgen bezorgd,' zei Dickie. 'Zal ik even naar het huis lopen om de stof te halen? Dan kunnen we zien hoe het eruit gaat zien.'

'Lijkt me geweldig,' zei ik, terwijl ik me verbaasde over de ontelbare smaragdgroene stipjes die in de kamer ronddansten, overal waar ik mijn ogen liet rusten. Als ik ze dichtdeed, waren ze er nog steeds, wervelend als wolken muggen.

'Het kan misschien wel vijf minuten duren. Ik moet even kijken of iedereen al het nodige heeft.'

'Haast je niet.'

Toen Dickie weg was, ging ik op de Chinese divan zitten. De oude sprei die er tijdelijk lag, was heerlijk koel en zacht. Ik deed mijn schoenen uit en ging languit liggen. De kamer draaide in het rond, in de maat op de vreemde muziek in mijn hoofd, een combinatie van zoemende bijen, zingende vogels en het bonzen van mijn hart. Ik hoorde Dickie terugkomen. Voelde het bed inzakken onder zijn gewicht, voelde zijn arm onder mijn hoofd dat zo slap was als een geknakte stengel. Ik hoorde hem zeggen: 'Mijn liefste, mijn liefste. Stribbel niet langer tegen. Dit heeft zo moeten zijn.'

Het was Dickie niet. Ik voelde het aan de hevige rilling van vreugde die van mijn gloeiende voorhoofd naar mijn blote voeten liep.

'Natuurlijk,' mompelde ik. 'Maar ik... wilde... zo vreselijk... graag... niet...'

'Het is nu te laat voor spijt. Dat is het altijd al geweest.'

Hij had gelijk. Ik was hypocriet geweest door lippendienst te bewijzen aan de maatschappelijke conventies, door mezelf wijs te maken dat mijn eigen besef van fatsoen mijn egoïstische begeerte kon overwinnen. Vanaf het moment dat we met dat schaaltje muffe pinda's in die afschuwelijke zaal van het Carlton House Hotel hadden gestaan, had ik geweten dat het een kwestie van tijd was voor ik Burgo's minnares werd. Ik gaf me over aan het onvermijdelijke.

13

'Zie je die schapen daar?' Ik tuurde door de striemende regen naar de bundeltjes grijze en witte wol die naast de rotsen ineengedoken zaten. 'Ze hebben schitterend gekrulde hoorns.'

'Weet je nog wat er in de Bijbel staat over de goeden van de kwaden scheiden? Je zult nooit een goede herderin kunnen worden als je geen schapen van bokken kunt scheiden.'

'Wil je zeggen dat hier wilde geiten rondlopen? Wat romantisch! Alsof we in het oude Griekenland zijn. Afgezien van het weer dan.'

'Dat zijn de Maumturk Mountains.' Kit wees naar links. 'En daarachter, in de verte, een groep die de Twelve Bens heet.'

Overal om ons heen waren donkere bergen waar het water in beekjes van af stroomde. Aan de voet van die bergen liep het terrein naar de weg omlaag in golvende groene hellingen vol stenen en plukken gras.

'Dat is wollegras,' zei Kit. 'Het betekent dat de grond drassig is. Duizenden jaren geleden overleefde de historische mens hier door het bos te kappen en af te branden. Uiteindelijk werd er een laag houtskool gevormd waardoor het land niet meer kon draineren, en zo ontstond het moeras. Toen al het bos was gekapt, konden de mensen die hier woonden alleen maar aan hout komen door oude bomen vanonder de turflaag op te graven. Dat is dat zwarte eikenhout. Een nuttige les voor deze tijd.'

'Ik heb wel meubels van zwart eikenhout gezien, maar ik had geen idee hoe dat was gevormd.'

'Het is nog vijftien kilometer naar Kilmuree,' zei Kit. 'Vertel me nog even hoe gezellig het daarna is geworden en dan zal ik doen alsof het verhaal min of meer is afgerond. Een soort lang en gelukkig leven tot in de vergetelheid. Dat is alles wat we van een verhaal verwachten.'

'Een happy end is inderdaad het mooiste besluit van een verhaal. We hoeven echt niet meer te weten hoe Jane Eyre en haar Rochester Thornfield Hall in de stijl van William Burges hebben verbouwd. Of dat lady Catherine de Bourgh vond dat Elizabeth Bennet een slechte smaak had op het gebied van begonia's.'

Nadat Burgo en ik geliefden waren geworden, na die tien, misschien vijftien minuten van intens fysiek genot, lagen we in elkaars armen te wachten tot het bonzen van ons hart minder werd en ons verstand weer begon te werken.

Toen zei ik: 'Dickie kan elk ogenblik terugkomen.'

'Ik heb hem gevraagd Simon voor me te bellen en tegen hem te zeggen dat ik over een halfuur de auto nodig heb. Maar hij zal daar inmiddels wel voor hebben gezorgd.' Er volgde een korte stilte waarin ik probeerde mijn ademhaling in bedwang te krijgen en mijn blik scherp. Burgo zei: 'Ik moest maar eens gaan.'

'Ja.'

'Ik zal me altijd blijven herinneren hoe jij er nu uitziet.' Hij kuste me. 'Mijn hele leven.'

We trokken onze kleren snel aan, zonder iets te zeggen. Ik was nu vreselijk bang dat iemand ons in ontklede staat zou betrappen, hoewel het me slechts enkele minuten geleden niets had kunnen schelen als de voltallige teams van de Ladyfield Lawn Tennis Club en de Tideswell Tigers zich in het Chinese paviljoen hadden verdrongen om ons aan te moedigen.

'Tot ziens, Roberta.' Burgo pakte mijn hand en kuste die.

'Tot ziens.'

Ik zag hem de deur uit lopen en het tuintje oversteken. Ik probeerde mezelf en de divan wat te fatsoeneren. Hij moet onderweg Dickie zijn tegengekomen. Ik deed mijn best enthousiast te zijn over de nieuwe lap zijde voor de divan, om Dickie een plezier te doen, maar ik geloof niet dat ik veel zinnigs uitkraamde. Ik probeerde te bedenken wat er was gebeurd, hoe het was gebeurd, en wat de consequenties zouden zijn. Ik kon een stemming van geluk niet bedwingen. Ik wilde breed grijnzen van plezier. Toen ik terugliep door de tuin moest ik me inhouden om niet te huppelen.

Dickie had beleefd voorgewend niets op te merken, maar hij had me naar de koele, verlaten salon gebracht en gevraagd of ik misschien even wat wilde rusten na alle activiteiten van die middag. Door het raam zag ik de achterkant van Burgo's hoofd boven de groep die zich op het gezon rond hem verdrong. Toen ik volhield dat ik naar Cutham terug moest, dwong Dickie me een paar koppen sterke zwarte koffie te drinken voor hij me naar mijn auto bracht. Aangeschoten zeventigjarigen propten hun tennisspullen in hun auto en reden onvast weg, met twee wielen door Dickies *Penstemon*-border. Ik was verbaasd dat de wereld gewoon door draaide, in alle onbenulligheid.

Ik was op een supersnelle wolk door het landschap gezweefd, had op de een of andere manier de avondmaaltijd overleefd, de afwas gedaan, en was zo snel mogelijk naar boven gegaan om alleen te kunnen zijn. Uiteraard had ik na al die koppen sterke koffie urenlang wakker gelegen, terwijl ik de opwinding tijdens het liggen in Burgo's armen opnieuw beleefde, en waarbij alle protestgeluiden over gezond verstand en voorzichtigheid werden overstemd door het kolken van mijn bloed.

De volgende dag spande het weer met een hevige kater samen om de glans van mijn vreugde dof te maken. Een onophoudelijke motregen wierp een treurig stemmend grauw licht in alle kamers. De wanden en vloeren leken vocht te zweten. Wat was er nou eigenlijk om blij over te zijn? Ik had te veel gedronken en ik had in Dickies tuin de liefde bedreven met zijn zwager, een man die ik nauwelijks kende en wellicht nooit meer zou zien. Misschien beschouwde Burgo het als de normaalste zaak van de wereld af en toe met een kiesgerechtigde uit de provincie naar bed te gaan, wanneer hij zich eens buiten de hoofdstad waagde. Waarschijnlijk vormden deze vluchtige intimiteiten de extraatjes in het leven van een politicus, een compensatie voor het vriendelijk doen tegen oude dames en zeurpieten in commissies. Het kon nauwelijks van belang zijn dat ik altijd Labour stemde.

Misschien zou hij zijn secretaresse opdracht geven de gebruikelijke *douceur* van een dure bos bloemen te sturen, en dan zou zij weten dat hij weer eens succes had gehad. Ze zou óf onverschillig staan tegenover deze opdracht, óf ze zou het afkeuren, maar ze zou mij zeker minachten. Misschien zou Burgo, de eerstvolgende keer dat ze alleen waren, opscheppen over zijn verovering tegenover Dickie, die, omdat hij een tolerant mens was, zou glimlachen en zijn hoofd zou schudden en in gedachten zijn mening over mij zou herzien, in mijn nadeel. Tegen de tijd dat Jazzy me laat in de middag vanaf het eiland Wight belde, was mijn stemming van euforie gezakt naar een van bitter verwijt, voornamelijk jegens mezelf.

'Bobbie? Ik popelde om met je te praten! Jij bent de enige die ik het kan vertellen...' Jazzy's stem trilde. Ik stelde me haar gezicht voor, verkrampt van verdriet. 'Je raadt het nooit... Het is echt geweldig.' Het beeld in mijn gedachten veranderde, met moeite. Het was maanden geleden dat ze ook maar enigszins blij was geweest. 'Hij is bij haar weg!'

Ik hoefde niet te vragen welke hij en zij ze bedoelde. Ik had Lydia, de vrouw van Teddy Bayliss, ooit op een feestje gezien. Ze had harde ogen en een scherpe, puntige kin.

'Wanneer? Hoe? Wat is er gebeurd?'

'Hij zegt dat hij zich door niemand de wet wil laten voorschrijven. Zij zei dat hij meer tijd thuis, bij de kinderen en haar, moest doorbrengen. Hij zegt dat de kinderen niets anders doen dan ruziemaken en natte handdoeken op de vloer van de badkamer gooien. En ze draaien popmuziek en hebben onbeschofte vriendjes. Zij kan slecht koken en geeft hem altijd afhaalmaaltijden. En ze weigert zijn overhemden te strijken. En ze heeft de pest aan zijn moeder.'

'Jazzy... Ik wil het natuurlijk niet voor haar opnemen, maar er moet toch zeker meer zijn dan dat? Ik bedoel, zo gaat dat toch in ieder gezin? Het lijkt me niet genoeg om zomaar een punt achter je huwelijk te zetten.'

'Ik dacht dat jíj de enige zou zijn die dit zou begrijpen.' Jazzy klonk gepikeerd. 'Ik weet dat je fel tegen verhoudingen met getrouwde mannen bent, maar ik dacht dat jij had gezegd dat je altijd achter me zou staan, wat er ook gebeurde.'

'O ja! Natuurlijk! Maar Jazz, je moet er wel zeker van zijn dat Teddy en jij samen gelukkig zullen worden.'

'Dat wórden we ook echt! Teddy zegt dat niemand in zijn hele leven hem zo goed heeft begrepen als ik.'

'Dat is mooi. Maar hoe gaat hij dit verder aanpakken? Met zijn gezin, bedoel ik.'

'Wat dat betreft heb ik toch echt wel met haar te doen. Ik vind het een heel naar idee dat ze op dit moment haar gang gaat, nietsvermoedend van het zwaard van Damocles dat boven haar hoofd hangt. En de kinderen... Als ik aan hen denk...' Het enthousiasme was uit Jazzy's stem verdwenen.

'Hoe bedoel je, "nietsvermoedend"?'

'Teddy besloot dat het het beste was een confrontatie te vermijden, zodat er geen dingen zouden worden gezegd die niet meer terug konden worden genomen. Gewoon, om haar gezichtsverlies te besparen. Hij doet zijn best om het voor haar zo gemakkelijk mogelijk te maken, en daar ben ik het voor honderd procent mee eens. Ik zou niet van hem kunnen houden als hij niet zo'n góéd mens was geweest. Hij heeft krankzinnig veel consideratie met haar gevoelens.'

'O, krankzinnig,' zei ik, met een sarcasme waar ik meteen spijt van had. 'Het is natuurlijk een vreselijke situatie voor iedereen.'

'Vreselijk. Dus heeft hij een briefje voor haar achtergelaten. Ze is de hele week met de kinderen naar haar moeder geweest. Dat heeft die ruzie veroorzaakt over dat hij nooit eens wat met zijn gezin doet. Maar zijn schoonmoeder is een vreselijke tang en ze doet heel vals tegen Teddy. Lydia komt morgen terug.'

Ik stelde me voor hoe ze thuiskwam, moe, uitgeput na een lange reis met jengelende kinderen, denkend aan wat ze hun die avond te eten zou geven, verlangend naar een warm bad en een glas wijn voor zichzelf nadat ze een vracht vuile kleren in de wasmachine had geduwd. Ze zou bij het tafeltje in de hal blijven staan om Teddy's brief van de stapel die zich in de loop van die week had gevormd te pakken. Ze zou hem openmaken, in de verwachting dat het een berichtje van de cv-monteur was over wanneer hij de ketel kwam schoonmaken, om vervolgens tot de ontdekking te komen dat ze nu een alleenstaande moeder was geworden die zelf overal voor moest opdraaien.

'Het is zo zalig om met hem alleen te zijn,' verzuchtte Jasmine. 'In het besef dat we ons in bed niet hoeven te haasten om in een paar armzalige uurtjes het onderste uit de kan te halen. Ik heb het gevoel dat ik zuivere zuurstof in kan ademen. Ik houd van de wereld en alles erin: het eiland, het dorp, de spaghetti bolognese die we bij de lunch hadden. Het is geen erg goed hotel maar Teddy zegt dat we zuinig aan moeten doen nu hij twee vrouwen moet onderhouden, en dat vind ik natuurlijk geen punt. Ik ben zelfs verliefd op die gifgroene kussens op ons bed, alleen maar omdat we eindelijk samen zijn en uitvoerig van elkaar kunnen genieten.'

'Het is heerlijk te horen dat je zo gelukkig bent. Hoe lang verwacht je daar te zullen blijven?'

'O, dat is allemaal nog niet zeker. Teddy heeft de hele week vrij genomen. Ik wil nooit meer naar Londen. Ik wou dat we een zigeunerwagen konden huren om ons overal naartoe te brengen waar het paard wil.'

'Mm, dat klinkt heel leuk. Maar een van jullie beiden moet dan wel iets van paarden weten. Over voeren, aanspannen, borstelen...'

'O Bobbie, dat is nou weer typisch iets voor jou om aan zulke saaie, praktische dingen te denken.'

'Sorry. Maar wat gaat er nu verder gebeuren? Wanneer ze hun trouwalbum tot confetti heeft verknipt en zijn golfclubs in het vuur heeft gegooid? Wat gaat ze dan doen?'

'Teddy gaat haar morgen opbellen om te horen hoe ze erop heeft gereageerd. Ik ben blij dat hij zo zorgzaam is. Dat is een van de dingen waarom ik zo van hem houd.'

Met moeite wist ik een smalende opmerking in te slikken over de buitengewone bezorgdheid die Teddy aan de dag legde bij het in de steek laten van vrouw en kinderen voor een meisje dat half zo oud was als hij. 'Ik hoop dat alles goed gaat,' zei ik, en probeerde oprecht te klinken. 'En dat hij je verdient.'

'Ik ga in elk geval mijn best doen om te zorgen dat ik hém verdien. Ik ben jou ook heel dankbaar, je bent een geweldige vriendin voor me geweest door me door alle narigheid heen te helpen.' Ik voelde me onmiddellijk heel schuldig. 'Is thuis alles nog steeds zo akelig? Hoe gaat het met je moeder?'

'Alles is nog hetzelfde. Maar ik heb wel heel aardige mensen hier in de buurt ontmoet en nu vind ik het niet meer zo erg om hier te zijn.'

'Een aardige, knappe, huwbare man met een royaal banksaldo?'

'Nee.'

'Ach lieverd. Eéns komt het ervan. Ik moet nu snel ophangen om te zien hoe het met Teddy is. Ik wil dat onze eerste avond samen echt subliem is. Ik heb hem in de bar achtergelaten. De arme lieverd heeft zich de laatste tijd zoveel zorgen gemaakt, dat hij soms niet van ophouden weet.' Dit was de eerste keer dat Jazzy openlijk op Teddy's overduidelijke drankprobleem doelde. 'Ik bel je binnenkort weer. Probeer gelukkig te zijn, lieve Bobbie.'

'Jij ook.'

'O, ik zal in het paradijs zijn, wees maar niet bang.'

Toen ik die avond in bed lag en probeerde te lezen bij een gloeilamp die zo zwak was dat zelfs de motjes en nachtvlinders het armzalige schijnsel ervan negeerden en in plaats daarvan over de pagina's van mijn boek kropen, dacht ik aan Teddy. Ik herinnerde me zijn zelfvoldane varkensoogjes en de manier waarop hij naar mijn boezem staarde wanneer Jazzy niet keek, en ik verbaasde me over het wonderbaarlijke verschijnsel dat liefde heet. En daarna dacht ik natuurlijk aan Burgo, wiens beeld de hele dag in mijn achterhoofd had gezeten terwijl ik kookte, schoonmaakte, bibliotheekboeken haalde en de was streek. Zijn gezicht was op elk van de tweeënveertig servetten verschenen, had in de soep gezwommen, had me aangekeken vanaf de omslag van mijn moeders zwijmelromannetjes. Ik had Burgo's spiegelbeeld van iedere stoffige centimeter van de eetkamertafel gepoetst.

Elke keer dat de bel van de voordeur ging, verwachtte ik de bestelauto van de bloemist met een schandalig grote bos fraaie bloemen uit de kas, om mij te bedanken voor mijn bereidheid tegemoet te komen aan zijn seksuele behoeften. Ik had al besloten die bloemen onmiddellijk aan mevrouw Treadgold door te geven. Toen er weer een dag voorbijging zonder een boeket om te versmaden of zelfs maar het kleinste bedankbriefje om in snippers te scheuren, begon ik kwaad te worden.

Op de derde dag na de tenniswedstrijd deed ik de voordeur open toen er langdurig en gebiedend werd gebeld. Er stond een vreemde man op de stoep, zonder bloemen, maar met een kleine zwartleren tas. Hij was mager en slungelig met zwart haar vol brillantine dat strak naar achteren was gekamd vanaf een recht voorhoofd en scherpe, aristocratische gelaatstrekken.

'Juffrouw Norton?' Hij gaf me een kaartje met *Frederick Newmarch*, gevolgd door een reeks letters waaronder ik ook het woord chirurg herkende. 'Burgo Latimer heeft me gevraagd langs te komen. Het gaat om uw moeder.' Ik deed mijn mond open, maar voor ik kon bedenken wat ik moest zeggen, stond hij al in de hal. Hij keek me vragend aan, met iets van ongeduld in zijn fonkelende grijze ogen. 'Gaat u mij maar voor, juffrouw Norton. Het spijt me dat ik u moet haasten, maar ik moet om twaalf uur in Londen opereren.'

'Ja, natuurlijk.' Ik liep snel door de gang die naar de kleine zitkamer leidde, met het gevoel alsof Frederick Newmarch in mijn hielen zou bijten. 'Het kan zijn dat mijn moeder niet erg coöperatief is...'

'Hoe oud is uw moeder?'

'Eenenvijftig. Maar ze ziet er veel...'

'Hoe lang is ze al niet in orde?'

'O, ik denk ongeveer drie maanden. Ze heeft in april haar heup gebroken en...'

'Hoe is haar eetlust?'

'Eigenlijk heel slecht, hoewel ze niet is afgevallen. Eerder nog iets aangekomen. Maar ze snoept veel.'

'Ontlasting?'

'Wat last van constipatie.'

'Klaagt ze over pijn?'

'Ze zegt dat ze soms last van haar armen en benen heeft.'

'Maar niet specifiek van de heup?'

Ik bleef voor de deur van de kleine zitkamer staan. 'Nu niet, nee. Het lijkt meer een algeheel gevoel van onbehagen.'

'Is dit haar kamer? U hoeft niet mee naar binnen te gaan. Ik stel mezelf wel voor.'

Ik twijfelde aan de ontvangst die hem ten deel zou vallen, maar Frederick Newmarch was kennelijk een man van staal en ik had weinig behoefte met hem van mening te verschillen. 'U moet er maar niet op letten als ze wat onvriendelijk doet. Ik denk dat ze depressief...'

'Wacht u maar in de hal. Ik ben binnen een kwartier terug.'

Ik ging op de stoel naast de telefoon zitten en verbaasde me over een ander soort wereld waarin men enorme gunsten aan halfgoden vroeg en die vermoedelijk op gelijke wijze beantwoordde. Burgo was me niet vergeten. Ik was me bewust van een ongekend gevoel van opgetogenheid. Toen ik de gedecideerde voetstappen van dokter Newmarch over de tegelvloer hoorde naderen, sprong ik in de houding.

'Hoe heeft ze...' begon ik.

'Ik heb haar helemaal nagekeken. Ik zal vanmiddag een verpleegster sturen om wat bloed af te nemen teneinde mijn diagnose te kunnen bevestigen. Maar het lijkt me vrij duidelijk. Haar hartslag is traag en ze heeft ernstige myxoedeem. Ik heb zo'n idee dat ze dit probleem al enige tijd heeft. Het ziekenhuis had dit op moeten pakken.'

'Heeft het dan niets met haar heup te maken?'

'Die lijkt me vrij goed te zijn genezen, hoewel ik zonder röntgenfoto niets met zekerheid kan zeggen.' Hij keek op zijn horloge. 'Ik moet nu snel gaan.'

'Wat moet ik doen om...'

'Ze zullen haar meteen medicijnen voorschrijven en dan zult u een snelle verbetering zien.'

'Echt waar? O, dit is bijzonder vriendelijk van u. Ik kan u niet zeggen hoe dankbaar...'

'U heeft mijn nummer. Belt u mijn assistente als u zich zorgen maakt over iets.'

Hij keek woest naar de voordeur, liep snel verder. Ik wierp de deur open voor hij hem intrapte en riep tegen zijn verdwijnende rug: 'Dank u wel voor uw komst...'

Hij sprong in zijn auto en spoot weg. Ik deed de deur van de kleine zitkamer open, in de stellige verwachting een boek naar mijn hoofd te zullen krijgen. Mijn moeder lag achterover in haar kussens en staarde uit het raam. Haar gezicht had een grauwe kleur en haar huid was droog en schraal, ondanks de crèmes waar ik haar 's ochtends, 's middags en 's avonds mee insmeerde. Langzaam draaide ze haar hoofd opzij en keek me aan.

'Ik wou dat je mijn haar eens waste, Roberta.'

'O, natuurlijk. Met alle genoegen.' Ik had wekenlang geprobeerd haar over te halen mij dat te laten doen, maar ze had steeds gezegd dat ze daar te moe voor was. 'Wat vond je van dokter Newmarch?'

'Het is heel vermoeiend als er zo met je gesold wordt.' Haar lichtgroene ogen stonden verwijtend. Het kan verbeelding zijn geweest, maar ze leken al helderder – dat is de macht van een goede dokter die vertrouwen weet in te boezemen. 'Het is echter een opluchting om eens een *heer* te hebben om te consulteren. De werkende klasse heeft altijd zo'n botte benadering. Die weet niet hoe je je voelt.'

'Hij schijnt te denken dat hij weet wat je mankeert.'

'Hij leek me heel intelligent.'

'Geen idee. Hij heeft niet veel woorden aan mij verdaan. Hij is uitermate bazig.'

'Bazig, vind je? Ik vind hem eerder een overtuigende... heer.'

Toen ik me bukte om haar beddengoed recht te trekken, werd mijn aandacht getrokken door het omslag van het boek dat op haar nachtkastje lag, en ik werd onmiddellijk getroffen door de gelijkenis tussen de mannelijke held en dokter Frederick Newmarch.

De volgende middag stond ik suiker en water te koken voor een karamelsaus toen Oliver een verfomfaaid hoofd om de hoek van de keukendeur stak.

'Telefoon voor je.'

'Welverdorie! Ik kan hier niet bij weg. Vraag maar of ze terugbellen... Nee, wacht, misschien is het Jazzy. Ik kan maar beter meteen met haar praten.'

'Het is een vent.'

Ik aarzelde. Het was waarschijnlijk dokter Newmarch, die me opbelde om naar de uitslag van het bloedonderzoek te vragen en dan was het wel heel ondankbaar om hem te vragen terug te bellen. 'Wil je dit even heel goed in de gaten houden en van het vuur halen als het bruin wordt?'

Oliver sjokte geeuwend de keuken door. Zelfs terwijl ik hem de pollepel gaf, constateerde ik dat zijn ochtendjas wel een wasbeurt kon gebruiken.

'Hallo?'

'Roberta.'

Het kwam niet in me op te doen alsof ik Burgo's stem niet herkende. Mijn hele lichaam begon te tintelen. 'O, hallo! Zeg, hij is echt geweldig! Wat ontzettend goed dat je er nog aan had gedacht.'

'Wie?'

'Dokter Newmarch. Hij is gisteren bij mijn moeder wezen kijken en hij heeft iemand gestuurd om bloed af te nemen voor onderzoek. Ze hebben me vandaag de uitslag doorgebeld. Meestal moet je een week wachten, en dan ontdekken dat ze alles kwijt zijn. Ik verbaas me over de macht van het Woord. Ze heeft hypothyreoïdie. Er schijnt een spulletje te zijn dat thyroxine heet en dat haar beter kan maken. Ik moet vanavond wat pillen bij de apotheek ophalen.'

'Mooi. Het is een vreemde man, maar hij is bovengemiddeld in zijn vak.'

'Ik vind hem geweldig. En het was bijzonder aardig van jou om hem hierheen te sturen.'

'Het is aangenaam om de ontvanger van zoveel dank te zijn. Maar dat is niet de reden dat ik bel. Sinds ik je de laatste keer heb gezien moest ik een tournee door het noorden maken en toespraken houden en bingo spelen met onze bejaarde medeburgers. Ik ben gisteravond teruggekomen in Londen. Ik wil je zien.'

'Nou, eh...' Ik probeerde me vast te klampen aan mijn voornemen een punt achter deze verhouding te zetten nog voordat hij goed en wel was begonnen. Maar zodra ik zijn stem hoorde was dat voornemen begonnen te slinken. 'Ik weet het niet. Het zou heel leuk zijn om je weer te zien, maar...'

'Kom op, dan. Ik sta in de telefooncel aan het eind van de weg. Ik zal een geschikte struik bij het hek aan het eind van jullie oprit zoeken en proberen mezelf onzichtbaar te maken.'

Mijn bloed begon even wild te bruisen als de karamel. 'Ben je in Cutham Down?'

'Heb ik dat niet gezegd?'

'Ja, maar...'

'Schiet op, dan.'

Er klonk een zoemend geluid. Hij had opgehangen. Ik rukte mijn schort af, haalde voor de spiegel in de hal mijn vingers door mijn haar en glipte de voordeur uit. Ik holde door het bos, wat sneller ging dan over de bochtige oprit, en hield mijn pas in toen ik het hek naderde. Ik wilde niet hijgend arriveren. Ik keek om me heen, maar zag niemand. Even vroeg ik me af of het misschien een flauwe grap was geweest. Toen greep een hand me bij de arm en trok me een laurierbosje in.

'Je laat me schr...' De rest van wat ik te zeggen had ging verloren toen hij me lang en hard kuste.

'Dat is beter,' zei hij, toen hij me ten slotte losliet. 'Ik heb daar zo naar verlangd. En niet alleen naar dat, natuurlijk.' Hij keek me aan. 'Je gezicht is net zoals ik het me herinnerde. Kom hier.' Hij drukte me stevig tegen zich aan en begon me weer te kussen, deze keer tederder. 'O lieve help! Ik was al bang dat het niet genoeg zou zijn. Koude douche dringend gevraagd.' Prompt begon de regen, die al een uur lang had gedreigd, bij bakken uit de hemel te vallen. Hij kletterde op de bladeren en maakte een geur van aarde en rottende planten los. 'Maar ik heb tegen mezelf gezegd dat het altijd beter was dan niets.' Hij kuste me op mijn kruin terwijl de druppels over mijn gezicht stroomden en hij probeerde me onder zijn jas te laten schuilen. 'En dat is het ook. We hebben tien minuten voor ik terug moet naar Londen. De bespreking van vanmiddag ging niet door, dus heb ik de kans gegrepen en ben in een trein gesprongen. Simon staat discreet verderop langs de weg geparkeerd. Hij rijdt me naar de stad terug, zodat ik om acht uur in het parlement kan zijn.'

'Je wilt toch zeker niet zeggen dat je helemaal hierheen bent gekomen, alleen maar om... om...?'

'Alleen maar om jou te kussen? Ja. Zelfs míjn vurigheid wordt getemperd bij de gedachte de liefde te moeten bedrijven in dit verhipte bos. Bovendien heb ik er de tijd niet voor. Zeg eens, liefste... ben je mijn liefste?' Hij keek me doordringend aan.

Ik was op dat moment niet tot liegen in staat. 'Ja. Voor goede of voor slechte tijden. En het zullen wel slechte tijden worden.'

'Zeg dat niet!' Hij drukte me stijf tegen zich aan. 'Ik wil niet dat jou kwaad wordt gedaan. Vertrouw me.'

En dat deed ik.

'Ik moet erkennen dat die man talent heeft,' zei Kit. 'Ik moet hem dat nageven, ondanks mijn natuurlijke antipathie. Hij wist dat jij liever een romantisch gebaar had dan een ansichtkaart en een doos chocola.'

'Je hoeft me echt niet te vertellen dat ik een onnozele hals was,' zei ik. 'Ik weet het.'

'Dat bedoelde ik niet. Het punt is dat jij al verliefd op hem was. Hij hoefde alleen maar je verzet te breken. Dus daar zat je. Aan het begin van een vurige liefdesaffaire. De teerling was geworpen.'

'Ja. Tot die tijd was het alleen maar spel.'

'Voelde je je ook schuldig?'

'Ik moet tot mijn schande bekennen dat ik me de eerste tijd – wel een paar weken lang – helemaal niet schuldig voelde. Anna leek nauwelijks een werkelijk persoon in Burgo's leven. Hij noemde haar naam bijna nooit. Ze leek helemaal niets met mij te maken te hebben. Ik veronderstelde dat ze een soort regeling hadden. Dat wil zeggen, als ik al aan haar dacht. Aanvankelijk was ik zo overweldigd door gevoelens van... nou ja, laten we het maar verliefdheid noemen, dat niets anders van belang leek. Ik moet in die tijd onmogelijk vaag en onaanspreekbaar zijn geweest. Ik zweefde in de dagen die volgden, ik kookte, maakte schoon, liep met dienbladen eten als in een droom, wachtend tot hij zou bellen, terwijl ik fantaseerde over hoe het zou zijn om hem weer te zien. Iedere minuut van iedere dag dacht ik aan hem. Toen ik weer binnenkwam trof ik een geruïneerde steelpan en een keuken vol rook aan. Oliver had de kraan van het bad open laten staan. Hij was zo druk bezig geweest de badkamervloer te dweilen met alles wat hij maar in handen kon krijgen, inclusief alle schone handdoeken in de linnenkast en ook een aantal van de vermaledijde servetten die ik net had gestreken, dat hij de karamel was vergeten. Ik voelde geen sprankje ergernis. Amerika en Rusland hadden elkaar de oorlog kunnen verklaren, Afrika en India hadden van honger kunnen omkomen, Sussex had door een vloedgolf kunnen worden overspoeld, ik had me er niets van aangetrokken. Ik kon alleen maar aan Burgo denken. Weet je, ik was nooit eerder verliefd geweest.'

'En toen je er eenmaal de smaak van te pakken had, steeg het je rechtstreeks naar het hoofd, als een straffe borrel.'

'Ik zal wel heel gefrustreerd overkomen.'

'Ik vind je heel lief.'

Ik tuurde door het beregende raampje naar de bomen die over de weg hingen. De lagere hellingen van de bergen waren hier met groen bekleed en zagen er veel vriendelijker uit. 'We zullen wel dicht bij Kilmuree zijn.'

'Nog zes kilometer. Ik hoop dat je een paraplu bij je hebt.'

'Niet aan gedacht. Ik had zo'n haast om het huis uit te komen zonder dat de pers me zou zien, dat ik waarschijnlijk allemaal verkeerde spullen heb meegenomen.'

'Hoe ben je daar weggekomen?'

'Met behulp van een vriendin. Ze kwam me wonderlijk genoeg interviewen voor een krant.'

'Dat klinkt intrigerend. Je hebt nog net de tijd om me dat te vertellen.'

14

Drie dagen nadat Burgo's verhouding met mij voer was geworden voor alle aaseters van het land, stond ik in de keuken koffiekaramels voor mijn moeder te maken. Ze wilde inmiddels absoluut niet meer normaal eten en leefde op allerlei liflafjes en zoetigheid. Dit scheen haar enige troost in dit leven te zijn.

'Wacht even,' zei Kit. 'Het spijt me dat ik je moet onderbreken, maar ik dacht dat je moeder maanden geleden was opgeknapt dankzij de geweldige Frederick Newmarch.'

'O ja. Dat vergat ik te vertellen. Die pillen konden haar opmerkelijk snel van haar schildklierkwaal genezen. Haar huid werd beter, haar haar groeide weer, haar stem werd lichter. Fysiek leek ze beter dan in lange tijd het geval was geweest. Ik was van plan in september terug te gaan naar Londen. Sarah zei dat ik mijn oude kamer kon krijgen en mijn baas had gezegd dat hij me terug wilde hebben. En Burgo en ik zouden elkaar dan vaker kunnen zien, hoewel we elkaar in Sussex de meeste weken hadden weten te ontmoeten en ik af en toe voor een halve dag naar Londen was geweest. Het was uiteraard nooit genoeg. En ik denk dat dat de vlammen van onze hartstocht nog aanwakkerde.' Ik zweeg even en kromp ineen bij deze kille analyse van onze liefde. Maar ik moest proberen afstand te nemen. 'Goed, ik had het over mijn moeder. Hoewel ze niet langer mopperde over pijnen en pijntjes, weigerde ze zich aan te kleden en wilde ze haar kamer niet verlaten. En ze wilde dat vreselijke stilletje niet opgeven, ook al wist ik dat ze in staat was naar de wc te lopen.

Burgo stuurde Frederick Newmarch nog eens langs en híj zei dat haar voor zover hij kon zien niets mankeerde, maar dat hij dacht dat ze ernstig depressief was. Hij adviseerde een totale verandering van omgeving, misschien een vakantie in het buitenland. Mijn vader wilde haar niet meenemen. Hij wil alleen maar naar oorlogsgraven of slagvelden kijken, niet direct iets om een depressie mee te verjagen. Dus ging ik naar het plaatselijke reisbureau voor brochures over goedkope adressen in Frankrijk – met lood in mijn schoenen omdat ik niet bij Burgo weg wilde. Toen maakte mijn moeder een eind aan al deze plannen door te besluiten uit bed te komen en naar boven te gaan.

Het was de eerste keer in bijna vijf maanden dat ze buiten die kamer kwam. Het was een krankzinnige daad. Ik was op weg naar de Fisherman's Reel – de kleine pub waar Burgo en ik elkaar vaak ontmoetten – mijn vader zat in Londen en mevrouw Treadgold, die voor haar had moeten zorgen, zat in de keuken naar *The Archers* te luisteren. Oliver lag nog in bed. Was het toeval dat mijn moeder een van die schaarse momenten uitkoos waarop er niemand in de buurt was die haar kon zien of horen? Hoe dan ook, ze wist zich, ook al was ze zo slap als een vaatdoek na zo lang in bed te hebben gelegen, de trap op te hijsen, waarna ze vervolgens omlaagviel en een arm en een been brak.'

'Denk je dat ze het opzettelijk deed?'

'Ik weet het niet. Er was geen reden om naar boven te gaan. Ik was bang dat ze zelfmoord had willen plegen. Ik dacht dat ik niet lief genoeg voor haar was geweest. En toen begon het hele gedoe natuurlijk weer van voren af aan. Twee weken in het ziekenhuis, deze keer National Health, en reken maar dat ze lag te klagen! Daarna naar huis, in het gips, om te worden verzorgd. Ze leek toen een beetje op te vrolijken. Als Burgo er niet was geweest was ik degene met zelfmoordneigingen geworden.

Ik legde me toe op kalme verdraagzaamheid en deed nog meer mijn best om het haar naar de zin te maken. Ik had erg met haar te doen. Mijn vader deed heel koud tegen haar, heel weinig meelevend, terwijl ik door deze geweldige man werd bemind... Hoe dan ook, de breuken genazen, ook al duurde het een eeuwigheid. Nog eens vier maanden. In januari was ze min of meer opgeknapt. Net toen ik dacht dat ik zo langzamerhand naar Londen terug zou kunnen gaan, kieperde ze een pot thee over zichzelf heen. Ze had brandwonden van haar hals tot aan haar middel. Terug naar het ziekenhuis. Gelukkig waren de wonden niet diep, ook al was het verbrande deel groot. Na een week was ze weer thuis. Maar de brandwonden genazen niet. Ik denk dat ze 's nachts aan de nieuwe huid lag te plukken.'

'O lieve help, arme jij. Was dat omdat ze niet wilde dat je wegging?'

‘Ik weet het niet. Ik denk dat ze het gewoon heerlijk vindt om in bed te liggen en op haar wenken te worden bediend, zwijmelromannetjes te lezen en snoep te eten, zonder eropuit te hoeven gaan in een wereld die haar geen vreugde schenkt. Ik was gewoon een middel om dat doel te verwezenlijken. Het enige waar zij behoefte aan heeft is een min of meer gewillige slavin.’

‘Dus je bleef.’

‘Ik was bang dat als ik wegging, zij zichzelf nog iets ergers zou aandoen. Ik weet niet wat ik over de toekomst dacht. Of ze er genoeg van zou krijgen de invalide uit te hangen, of dat Burgo de knoop zou doorhakken door te besluiten van zijn vrouw te scheiden zodat hij met mij kon trouwen. Ja, ik denk dat ik dat hoopte. Dat hij me de beslissing uit handen zou nemen. Ik begon steeds meer op hem te leunen. Hij was mijn geluk, mijn redding geworden. Maar het liep natuurlijk allemaal anders. De Conservatieve Partij kwam aan de macht onder de leiding van Margot Holland; ze koos hem als haar jongste minister en zijn gezicht stond op alle voorpagina’s. Iemand zag toen zijn kans schoon om hier geld uit te slaan. Het klinkt allemaal heel banaal, hè?’

‘Ik vind dat niets wat met jou te maken heeft banaal kan zijn.’

‘Dat is een van de vriendelijkste dingen die iemand ooit tegen me heeft gezegd.’

‘Ik meen het. Ga nou niet huilen, Bobbie. Je wilt vast je make-up niet bederven als je op het punt staat deze nieuwe mensen te ontmoeten. Vertel me eens wat over die vriendin die dit Ierse baantje voor je had gevonden.’

‘Wat ben je toch een ridderlijke man!’ snufte ik. ‘Om zomaar het belang van mascara in te zien. Goed, waar was ik gebleven?… Ik stond in de keuken koffiekaramels voor mijn moeder te maken terwijl de tranen me over het gezicht stroomden.’

‘Ga verder.’

Terwijl ik stond te roeren en te huilen vroeg ik me af of ik nu net zo’n armzalig wezen was als mijn moeder.

Sinds de komst van horden journalisten hadden we alle buitendeuren op slot gedaan en de luiken van de kamers beneden gesloten. Brough had de bel van de voordeur uitgeschakeld en we hadden de stekker van de telefoon eruit getrokken. Mijn vader klaagde hevig omdat hij gedwongen was in het schemerdonker te leven en hij was afwezig van het ontbijt tot na het avondeten. Gelukkig was het in de kleine zitkamer altijd schemerig en mijn moeder was zo volledig op het geschreven woord geconcentreerd dat ze nauwelijks iets merkte. Oliver lag het grootste deel van de dag te slapen, dus maakte het voor hem niets uit. De enige die het echt naar zijn zin had als gevolg van mijn achtervolging door de Vierde Macht, was Brough. Hij was het einde van de Tweede Wereldoorlog altijd blijven betreuren en was nu in zijn element. Hij patrouilleerde dag en nacht met zijn jachtgeweer over het terrein en zijn anders zo norse gezicht vertoonde nu een woeste, maniakale grijns.

Ik dacht werkelijk dat ik gek zou worden in deze sombere stilte die slechts werd verbroken door hardnekkige journalisten die op de ramen en deuren timmerden en met de brievenbus rammelden tot ze door Brough werden verjaagd. Mijn enige blik op de buitenwereld was door een keukenraam dat uitkeek op de houtschuur, het kolenhok en de vuilnisbakken. Het leek veilig dit raam onbedekt te laten.

Ik was bezig het suikergoed voor mijn moeder in een zakje te doen toen er aan de andere kant van het raam opeens iemand opdook. Ik slaakte een kreet van schrik en wilde me al omdraaien om weg te hollen toen iets bekends aan haar me deed stilstaan.

'Bobbie! Ik ben het! Harriet Byng!' zei de vrouw, en ze bracht haar gezicht tot vlak bij het glas.

Ik schoof de grendels van de achterdeur. 'Snel! Kom binnen!'

Harriet slaakte een gil toen ze Brough zag naderen, turend langs de loop van zijn geweer, zijn ogen gloeiend van moordzucht. Nadat ik hem had overgehaald thee te gaan drinken en er een koekje bij te nemen om wat tot rust te komen, deed ik de deur dicht, schoof de grendels er weer op en bekeek toen mijn onverwachte bezoek.

We hadden elkaar een tijdje niet gezien, maar Harriet was nog niets veranderd. 'O Bobbie!' Ze omhelsde me stevig. 'Hoe gaat het met jou, lieverd?'

Dit waren de eerste meelevende woorden die ik had gehoord sinds de geschokte wereld van mijn verhouding met Burgo op de hoogte was gesteld en ik barstte op slag in snikken uit. Harriet loodste me naar een stoel, zette een ketel water op, kwam toen naast me zitten en hield mijn hand vast tot het ergste voorbij was.

'Sorry, het spijt me,' zei ik. 'Ik snap echt niet waarom ik zo als een kind moet zitten janken.'

'Maar het ís ook allemaal afschuwelijk, als je zo wordt belegerd door die hyena's.' Harriet schudde haar hoofd. 'Bobbie, je moet proberen je niets meer van de pers aan te trekken. Je kunt hen buiten houden, en uiteindelijk druipen ze af omdat het oud nieuws wordt. Maar hoe zit het met jou? Heb je hem nog kunnen ontmoeten?'

'Nee. Als je Burgo bedoelt.'

Ze kneep in mijn hand. 'Houd je erg veel van hem?'

'Ja. Ja, ik houd heel veel van hem.'

'En gaat hij... Zal hij weggaan bij zijn vrouw?'

'Als hij bij haar weggaat, is dat het einde van zijn politieke loopbaan. Margot Holland wil geen minister met een vlek op zijn blazoen. Als de eerste vrouwelijke premier moet ze hogere maatstaven hebben, harder werken en alles veel beter doen dan welke man ook. Ze steunt Burgo in alles, uiteraard. Ze zou hem niet tot minister van Cultuur hebben benoemd als ze niet dacht dat hij dit werk uitstekend kon doen. Hij is pas vijfendertig en ze heeft aan hem de voorkeur gegeven boven allerlei oudere en meer voor de hand liggende kandidaten. Dat heeft hem uiteraard vijanden opgeleverd.'

'Je bedoelt dat er mensen jaloers op hem zijn?'

'Tja, oppervlakkig bekeken heeft hij alles wat zijn hartje begeert: hersens, schitterende carrière, rijke vrouw, gewillige maîtresse. De anti-Burgo-groep is in grote lijnen ook anti-Holland, hoewel dat natuurlijk niet openlijk zo wordt gezegd. Het schandaal heeft munitie verschaft aan die conservatieven die denken dat ze in hun mannelijkheid worden bedreigd als ze een vrouwelijke baas hebben. En ook aan de Labour Partij, natuurlijk. De enige kans die Burgo heeft om overeind te blijven tegenover degenen die het op zijn bloed hebben voorzien, is zich berouwvol op te stellen en zijn vrouw tot een publiek vertoon van verzoening met hem zien te krijgen. Daarna hangt het ervan af hoe de publieke opinie zich ontwikkelt. Maar er zijn zat politici die verhoudingen hebben gehad en ze hebben overleefd, mits ze maar gepast berouw toonden en zich daarna altijd netjes gedroegen.'

Harriet stond op om thee te zetten. Met haar rug naar me toe vroeg ze: 'En gaat hij dat doen?'

'Sinds het nieuws bekend is geworden, heeft hij me iedere dag gebeld. Hij zegt elke keer dat hij van me houdt en dat hij alles op wil geven om mij.'

Harriet draaide zich om. 'O, gelukkig! Dan zit het dus goed.'

Ik schudde mijn hoofd. 'Hij heeft niet gezegd dat het hem niets uitmaakt. Dat hij het geen punt vindt om alles voor me op te geven. Ik hoor aan zijn stem hoe moeilijk dit voor hem is. Hij heeft dit altijd gewild. Hij is vreselijk ambitieus, hij wil dingen kunnen veranderen. Een van de dingen die ik aan hem zo geweldig vind is zijn energie, en het feit dat hij daar ook echt iets mee bereikt. Hij geeft niet om statussymbolen, om bezit, huizen, auto's, kelders vol zeldzame wijn. Het gaat hem niet om het winnen. Hij wil mensen informeren, hun meningen veranderen over dingen die hij belangrijk vindt. Zorgen dat er een wet komt over hulp bij zelfmoord of iets op het gebied van de reclassering zien te bereiken, daar kan hij dagenlang opgetogen over zijn.'

'Ik moet toegeven dat ik me politici anders had voorgesteld.' Harriet pakte een paar kopjes uit de kast. 'Ik bedoel, meestal zijn het moreel niet erg aantrekkelijke mensen – ook niet op fysiek gebied. Ik heb Burgo gisteren op de televisie gezien. Hij is echt een kanjer.'

Ik had dat ook gezien, met Burgo die uit Downing Street 10 kwam. Hij keek ernstig, knikte naar de camera's en glimlachte kort, waarna hij snel wegliep. Ik had na een paar seconden de tv uitgezet omdat de pijn van het verlangen te hevig was.

Ik bood Harriet een koffiekaramel aan. 'Neem er een. Of een paar. Ze zijn akelig zoet, maar op de een of andere manier kan ik even niet normaal eten. Alles smaakt naar as. Burgo zal moeten kiezen tussen twee dingen die hij allebei heel graag wil, en hij denkt dat hij mij gaat kiezen omdat ik voor hem nog nét een beetje meer van belang ben.'

'Zie je nou wel. Je dacht toch zeker niet dat het hem helemaal niets kon schelen?'

'Nee, dat niet. Maar begrijp je het niet? Als hij die wereld van macht en invloed en opwinding achter zich zou moeten laten, en we zouden een huis van twee-onder-één-kap in een voorstad moeten kopen – geen van ons beiden bezit ook maar iets, al het geld komt van zijn vrouw – en hij zou een gewone baan als ambtenaar hebben of programma's op de televisie moeten presenteren, denk je dat ik dan nog steeds dat kleine, maar cruciale beetje méér van belang zou zijn? We zouden vast wel eens ruzie hebben en misschien zou het bedrijven van de liefde minder opwindend gaan lijken en zou ik me af moeten vragen of ik nog steeds belangrijker was dan de baan die hij altijd had gewild, die hij enkele weken heeft gehad, en die hij om mij had opgegeven. Als ik een domme opmerking maakte of niet voldoende begrip toonde, of als ik moe en snauwerig werd, of misschien jaloers – hij heeft tenslotte al één heimelijke verhouding gehad, dus wat zou hem ervan weerhouden dat nog eens te doen? – zou iedere zucht, iedere sombere blik, ieder woord dat suggereerde dat hij gedesillusioneerd was, mij in blinde paniek storten. Het ontbreekt me aan het zelfvertrouwen ervan overtuigd te zijn dat ik voor een ander alles kan zijn.'

'Je zult Wallis Simpson moeten bewonderen.'

'Jawel, maar hij wilde nooit koning worden. Dat is het verschil.'

Harriet dronk peinzend van haar thee. 'Die karamels zijn erg lekker.' Ze nam er nog een.

'Het is erg aardig van je om te komen,' zei ik. 'En dan dat hele eind hierheen.'

Harriet kleurde opeens vuurrood. 'Dan moet ik je nu iets bekennen. Ik ben ook een van de aasgieren aan je deur. Ik ben nu verslaggever voor de *Brixton Mercury*. Ik ben begonnen als manusje-van-alles, maar nu mag ik wat serieuzer werk doen. O, kijk me alsjeblieft niet zo aan.' Ik had kennelijk ongewild een blik vol afkeer getoond. 'Natuurlijk ga ik geen verhaal over jou schrijven. Of in elk geval niets dat je me niet woord voor woord hebt gedicteerd. Mijn baas wist dat ik hier uit de buurt kwam en hij vroeg of ik jou soms kende. Toen ik dat bevestigde, heeft hij me hierheen gestuurd voor een exclusief interview. En ik dacht dat jij misschien een kans wilde aangrijpen om de wereld jouw kijk op dit alles te laten vernemen, via de BM. Onze oplage is natuurlijk klein, maar soms nemen landelijke dagbladen iets uit de regionale kranten over. Maar als je dat niet wilt, zeg ik gewoon dat je niet thuis was. Ik beloof je dat je me kunt vertrouwen. Ik dacht dat ik je misschien kon helpen. Je bent toch niet boos op me?'

Ze keek zo angstig dat ik onwillekeurig moest glimlachen. 'Natuurlijk ben ik niet boos. En ik vertrouw je echt. Je hebt me al geweldig geholpen door te luisteren. Maar ik weet niet wat ik de wereld kan vertellen waardoor ik Burgo geen schade berokken.'

'Ik zou een stukje kunnen schrijven over wat voor aardige, verstandige, fatsoenlijke vrouw jij bent. Ik vind dat lady Anna op dit moment een beetje te veel aardige stukjes krijgt.'

Ik had in een van de kranten een trouwfoto van Burgo en Anna gezien. Ze zag er heel anders uit dan ik me haar had voorgesteld. Wanneer ik aan haar had gedacht, wat ik zo min mogelijk had gedaan, had ik me haar voorgesteld als een lang, gebruind en opgemaakt iemand, hard, misschien zelfs ordinair. Als bruid was ze klein, bleek, elegant geweest, met een hooggesloten jurk met lange mouwen en als enige versiering een bloemenkrans die de sluier in haar donkere haar op zijn plaats hield. En ze had er zo gelukkig uitgezien dat ik me onmiddellijk hevig beschaamd had gevoeld. Ik had mezelf eraan herinnerd dat de foto tien jaar oud was en dat Anna en Burgo al enige tijd niet meer met elkaar naar bed waren geweest. Of dat had hij in elk geval gezegd. Ik begon me opeens af te vragen of Burgo me opzettelijk had misleid.

'Nou ja, ze ís nu eenmaal de onschuldige partij. Maar als jij me afschildert als een brave ziel die al haar vrije tijd besteedt aan het breien van dekens voor slachtoffers van aardbevingen en die op de zondagsschool gezangen instudeert, heeft dat weer een verkeerd effect op hem, hè? Het is in zijn belang dat iedereen gelooft dat ik een slechte vrouw ben die de goedgelovige echtgenoten van andere vrouwen in het ongeluk stort.'

Harriet keek me ernstig aan. 'Oké, dus je wilt geen artikel van mij waarin jouw standpunt wordt weergegeven. Maar als je niet wilt dat Burgo zijn carrière opoffert om jou, wat wil je dán doen?'

'Ik zou weg willen, helemaal weg. Niet alleen van de pers. Iedere avond om tien uur doe ik de stekker van de telefoon er weer in en dan belt Burgo me vanuit een telefooncel en dan hebben we van die vreselijke gesprekken. Eerst is het heerlijk om zijn stem te horen. Dan begint de narigheid. Het is net alsof ik de panden van zijn overhemd en de zolen van zijn schoenen steeds weer om de hoek zie verdwijnen. Nooit zijn gezicht. Hij zegt hoe erg hij het vindt en ik zeg hoe erg ik het vind. Hij vraagt of alles goed met me is. Ik vraag hoe het met hem gaat. We proberen elkaar te verzekeren dat alles goed zal komen. Hij zegt hoeveel hij van me houdt, hoe belangrijk ik voor hem ben. Hij zegt dat hij zonder mij niet gelukkig kan zijn. Ik zeg hem dat hij belangrijker is dan wie ook ter wereld. En dat ik hem nooit verdriet wil doen. Hij zegt dat ik kalm moet blijven en geduldig moet zijn en dat dit over zal waaien en dat we dan weer bij elkaar kunnen zijn. Ik zeg dat ik dat wil doen wat voor hem het beste is. Daar wordt hij nerveus van. Ik ben te zwak om hem te vertellen dat het over is, te weigeren nog iets met hem te maken te hebben. Ik weet dat dat het beste zou zijn. Maar ik kán het niet. Ik moet een beetje afstand kunnen nemen zodat ik sterk kan zijn. Ik heb overwogen te gaan logeren bij een vriendin die in Rome woont. Maar ik ben echt te wanhopig om een gezellige gast te zijn. Bovendien is er een grens aan hoelang je iemand tot last kunt zijn als je geen geld hebt. Ik moet werken. Ergens in Benghazi of Ecuador of zo, waar ze nog nooit van mij hebben gehoord.'

'Ik vraag me af...' zei Harriet peinzend. 'Misschien is het krankzinnig, maar het zou wel eens kunnen dat ik iets voor je weet. Het is niet helemaal Zuid-Amerika, maar is dat erg? Ik zat in de trein hierheen *The*

Times te lezen, in de hoop wat journalistieke stijl op te doen, toen ik toevallig in de rubriek "personeel gezocht" iets opvallends zag: een advertentie voor een huishoudster. Er stond zo'n vreemde lijst met wensen bij – iets over poëzie en worstjes – dat het romantisch en interessant klonk. Wat jammer dat ik die krant in de trein heb laten liggen.'

'Ik heb hier een exemplaar van *The Times*.' Ik trok hem achter de broodtrommel vandaan. 'Ik wilde de dingen over Burgo en mij eruit knippen voor mijn vader ze zou zien. Hij wordt woest over de gaten in de krant, maar ik hoef tenminste niet meer van hem te horen wat voor schandaligs hij nu weer in de krant over me heeft gelezen.'

Harriet bekeek de personeelsadvertenties. 'Hier heb ik het. Luister goed. *Huishoudster gezocht. Graafschap Galway. Ierland. Eerdere ervaring niet noodzakelijk. Sollicitanten moeten schoon zijn, zonder baard, van poëzie en dieren houden, in staat zijn worstjes te bakken en over een filosofische instelling beschikken.* Is dat geen wonderlijke lijst?'

'Het lijkt me een beetje hautain om tegenwoordig de persoonlijke hygiëne van mensen in twijfel te trekken,' zei ik. 'Maar het heeft nu niet veel zin om op mijn strepen te gaan staan. En hoe zit het met die baard? Er schíjnen vrouwen te zijn die een fobie hebben ten aanzien van mannen met baarden. Zouden veel mannen solliciteren naar een baan als huishoudster, denk je?'

'Ik vroeg me af of het misschien een varkensfokkerij was. Door die worstjes, bedoel ik. Ik vind worstjes best lekker, maar ik zou ze niet de hele tijd willen eten. Aan de andere kant klinkt die poëzie wel veelbelovend.'

Mijn fantasie begon onmiddellijk te werken. Ik stelde me een keurig huisje voor, met een bejaard echtpaar of misschien wel een weduwe. Een invalide mogelijk, die iemand zocht om haar gedichten voor te lezen. Een beetje zonderling en ouderwets, vandaar het vooroordeel jegens mannen met baard, maar met een voorliefde voor eenvoudig voedsel. Ze had misschien een poedel of een pekinees die ik moest uitlaten.

'Ik ben nog nooit in Ierland geweest,' zei ik. 'Maar het klinkt alsof dit een uitweg is.'

'Juist ja,' zei Kit. 'Die Harriet, daar heb je wat aan.'

'Ik heb het nummer meteen gebeld. Er werd opgenomen door een vrouw.'

'Hoe klonk ze?'

'Een zachte stem, vaag Iers accent, jonger dan ik had verwacht. Ze stelde me een paar vragen: of ik een rijbewijs had. Of ik er bezwaar tegen had op een afgelegen plaats te wonen. Of ik een koe kon melken.'

'Kun je dat? Ik bedoel, een koe melken?'

'Nee. Maar zo moeilijk zal dat niet zijn.'

'Mm. Ik vraag het me af.'

'Ze zei bovendien dat ik de eerste was die op de advertentie reageerde, hoewel ze hem in alle kranten had gezet die ze maar kon bedenken. Hun vorige huishoudster was plotseling vertrokken na een vreselijke ruzie. Ze waren echt wanhopig. Of ik per direct kon komen.'

'Lovenswaardige eerlijkheid,' zei Kit.

'Ik was blij te ontdekken dat mijn toekomstige werkgeefster waarheid boven eigenbelang stelt. En ook dat ze geen knorrige invalide is. Maar ik was wel ontmoedigd door de mededeling dat niemand anders deze baan zelfs maar had overwogen. Hoe dan ook, we spraken af dat ik meteen zou komen, zo snel als het openbaar vervoer me toestond. Harriet en ik bekeken de dienstregelingen van treinen en daarna ging ze naar een telefooncel om de goedkoopste overtocht van Swansea naar Cork voor me te boeken.'

'Waarom niet van Holyhead naar Dun Laoghaire? Was dat niet veel sneller geweest?'

'We hadden het telefoontje naar Galway vanuit het huis gemaakt, dus voor het geval we werden afgeluisterd, leek het ons veiliger een kleine omweg te maken.'

'Daar bofte ik dan weer mee.'

'Ik ben hier degene die dankbaar moet zijn. En dat bén ik.'

'Nou, dat is in elk geval beter dan niets. Ga verder.'

'Verder valt er niet veel te vertellen. Ik heb me de volgende morgen door Brough naar het station van Blackheath laten brengen. Ik lag op de achterbank, met een plaid over me heen. Toen we het hek uit reden begonnen de journalisten op de ramen te timmeren om Brough te laten stoppen, maar hij gaf gewoon vol gas. Ik hoorde iemand schreeuwen toen we wegsnelden. Ik neem aan dat het in de krant had gestaan als er een gewonde was gevallen.'

'Wat vonden je ouders van dit overhaaste vertrek?'

'Na de eerste woede-uitbarsting deed mijn vader verbazingwekkend inschikkelijk. Ik heb hem de telefoonnummers gegeven van een stuk of wat bureaus voor ziekenverzorging, met wie ik in contact was geweest voordat het schandaal losbarstte, in de ijdele hoop dat ik nog eens naar

Londen terug zou kunnen. Ik had verwacht dat hij een hoop heisa zou maken over wat dit ging kosten, maar hij was opeens heel redelijk. Hij zei gewoon dat ik maar snel mijn koffers moest pakken en dat hij wel achter verpleging aan zou gaan. Hoe eerder ik vertrok, des te sneller het plebs op zou houden met dat gezuip en liederlijke gedrag voor zijn hekken en met het rondstrooien van bierblikjes en chipszakjes.'

'Liederlijk gedrag? De pers? Echt?'

'Nee, natuurlijk niet. Hij beschuldigt iedereen van alcoholisme en overspel. Terwijl hij juist degene is op wie dat slaat.'

'En je moeder? Hoe reageerde zij?'

'Ze wilde weten wie dan haar bibliotheekboeken ging halen. Ik heb haar verzekerd dat ik die bureaus duidelijk had gemaakt dat het verschaffen van lectuur een essentieel onderdeel van het takenpakket vormde, van hetzelfde belang als eten en wassen. Voor ik vertrok moest ik verse voorraden nougat en karamel bestellen. Ik hoop dat Oliver eraan zal denken die op te halen.'

'Ik kan me voorstellen dat hun onverschilligheid kwetsend was maar dat je er wel gemakkelijker door kon vertrekken.'

'Ik trok het me niet aan. Ik was opgelucht dat er geen gedoe was. De enige die me echt zal missen is Oliver.'

'En wat zei de minister van Cultuur toen hij hoorde dat jij naar het wilde Ierland ging emigreren?'

'Ik wou dat je hem niet zo noemde. Het klinkt zo... alsof je hem niet mag.'

'Ik heb je al eerder gezegd dat ik jaloers ben. Als ik een lief had dat zo smartelijk om mij zat te zuchten...'

'O, hou alsjeblieft op! Je maakt dat ik me zo'n hulpeloos slachtoffer ga voelen. Je hebt me alleen maar op een dieptepunt getroffen, dat is alles.' Ondanks mijn goede voornemens voelde ik weer tranen in mijn ogen komen. Ik verkeerde in zo'n toestand waarin de tranen zo dicht aan de oppervlakte zitten dat je bijna om alles moet huilen. Ik had met gemak kunnen huilen om een bloemblaadje dat van een roos viel of om een roodborstje dat een kruimel miste. 'Hij weet het niet. Ik heb die laatste avond op Cutham de stekker van de telefoon er niet in gedaan. Ik wist dat als hij me smeekte om niet te gaan, ik de kracht niet zou hebben om toch te gaan. Ik zat in de keuken en probeerde een verstandige lijst op te stellen van dingen om in te pakken en niet op mijn horloge te kijken. O, het was zo móéilijk toen het tegen tien uur liep.' Ik wendde mijn gezicht af en staarde uit het raam. Ik zag niets. 'Ik schaam me dat ik zo jankerig doe.'

'Mijn lieve Bobbie, er bestaat geen man of vrouw die nog nooit om de liefde heeft gehuild. Tenzij het een heel gevoelloos en zielloos iemand is, zonder een greintje poëzie vanbinnen.'

'Ik houd veel van poëzie, maar alleen wanneer ik het zelf lees, voor mezelf.' Ik probeerde te glimlachen. 'Ik hoop maar dat mijn werkgeefster geen ijverige amateur is, op zoek naar gewillig gehoor.'

'Misschien is ze wel een teruggetrokken genie. Een soort Emily Dickinson.'

'Zou best kunnen. Hoe schat je mijn kansen in?'

'Niet hoog. In plaats daarvan zal ik je het telefoonnummer geven van waar ik de komende dagen zal logeren. Dit is Kilmuree.'

Eerst wat verspreid staande huizen en daarna wat rijtjes, aan weerszijden van een straat met bomen die steil langs een heuvel omlaagliep. Aangezien het bijna half acht was, waren de winkels – die voornamelijk ketels, muizenvallen en spijkers leken te verkopen – dicht en lag het plaatsje er verlaten bij.

Ik noteerde het nummer dat Kit me dicteerde. 'Je hebt geen idee hoe dankbaar ik ben. Je bent ontzettend lief voor me geweest en ik vind het een heel geruststellende gedachte dat er redding bij de hand is als de rijmschema's echt niet willen kloppen.'

'Dan mag je je dankbaarheid tot uitdrukking brengen door middel van een kus. Snel, voordat we bij het busstation zijn.'

Dat was wel het minste dat ik kon doen. Bij wijze van compensatie omdat de vraag zo kuis werd gesteld, legde ik er enig enthousiasme in. Maar toen hij zijn hoofd naar me toe draaide alsof hij me op de lippen wilde kussen, zei ik: 'Kijk uit! Straks zit je tegen een lantaarnpaal!' Ik wees naar een vermoeid uitziend gebouw dat in de hoofdstraat iets naar achteren stond met ervoor een pleintje van asfalt waar zaailingen van vlier doorheen schoten. 'Denk je dat dat het zou kunnen zijn? Er staat "Bus Eireann". Zet me hier maar af, wil je? Dan hoef ik niet uit te leggen wie je bent.'

'Goed.' Kit stopte langs de stoeprand. 'Wat is dit toch een onmogelijke situatie! Is het echt nog geen vierentwintig uur geleden dat we elkaar hebben ontmoet?' Hij legde zijn hand op mijn arm. Zijn gezicht stond ernstig. 'Kan ik je niet overhalen dit mallotige gedoe met koeien en worstjes op te geven om met mij mee te gaan? Op strikt celibataire voorwaarden. Ik beloof je dat ik niet zal proberen op het domein van meneer Latimer te stropen.'

Buiten nam de regen in hevigheid toe en deed kleine fonteinen vanaf het plaveisel opstuiven alvorens in woeste stromen omlaag te gutsen. Ik voelde tegenzin bij de gedachte uit de auto te moeten stappen. De afgelopen kilometers was ik gekweld geweest door het spookbeeld van hooghartige vreemden die een slaafse toewijding aan onaangenaam werk van me eisten. Heel even kwam ik in de verleiding tegen Kit te zeggen dat hij snel door moest rijden, wat de consequenties ook mochten zijn.

Hij nam zijn hand weg van mijn arm. 'Je hebt echt iemand nodig om voor je te zorgen.'

Deze woorden bedwongen mijn vluchtneigingen. Ik schudde mijn hoofd. 'Ik moet op eigen kracht weer met mezelf in het reine zien te komen. Maar bedankt voor het aanbod. Tot ziens, Kit. Ik zal niet vergeten hoe lief je voor me bent geweest. Ik hoop dat we elkaar nog eens zien.' Ik deed het portier open.

'Reken maar,' zei hij met zijn gewone, opgewekte stem. 'Ik zal je koffers even uit de kofferbak halen.'

'Doe dat niet. Je wordt drijfnat. Het hoost.'

Kit hield voet bij stuk. Ik zag vol berouw hoe de schouders van zijn jasje onmiddellijk donker werden van de regen en hoe zijn haar tegen zijn voorhoofd plakte. Ik greep de koffers en zette het op een rennen.

15

Het busstation was verlaten op een vriendelijke hond en een slapende zwerver na. Het kaartjesloket was dicht. Ik zette mijn koffers neer en ging zitten op het schoonste stukje van de bank die langs de ene kant van de wachtkamer liep. Ik zag Kits auto voorbijrijden, op weg naar Westport, en er ging een akelige huivering van eenzaamheid door me heen, als een kille tochtvlaag. De hond en ik wisselden met matig enthousiasme wat snuffels en woorden. Het was een grote hond met een vacht van lange bruine krulletjes, alsof een leerling permanent had ingedraaid. Terwijl vijf minuten er tien werden, begon ik in toenemende mate gesteld te raken op de hond en steeds minder op de zwerver die mompelde in zijn slaap, een paar keer een wind liet, en met een groezelige vuist over zijn buik heen en weer ging. Ik begon te wensen dat ik met Kit was meegegaan en de onvermijdelijke complicaties van dat verloop onder ogen had durven zien. Toen drie kwartier later mijn ergernis steeds groter werd en de bank ondraaglijk hard werd, stond ik op en begon te ijsberen. Dit maakte dat de hond begon te blaffen. De zwerver deed zijn ogen open en ging rechtop zitten.

'Bloed en wonden! Wil jij je bek eens houden, jij kleine duivel, anders sla ik die verdomde kop van je lijf!' beval hij. Hij wreef met zijn knokkels in zijn ogen en staarde mij toen aan. 'Is uw naam toevallig juffrouw Norton? En moet u naar Curraghcourt?'

'Ja. Ik ben Bobbie Norton.'

De zwerver onthulde een rommelige verzameling tanden. 'Da's mooi! Welkom, juffrouw! Timsy O'Leary is mijn naam.' Hij trok een rafelige pet van zijn hoofd en onthulde een bos muizig haar dat rechtop stond boven een rand vuil die was gevormd door de band van zijn hoofddeksel. 'Ik moest u ophalen.' Hij keek op de klok aan de muur. 'Is het al zo laat? Die ouwe zal woest zijn dat u zo laat bent.'

Het leek me niet verstandig om aan het begin van onze relatie meteen ruzie te maken, dus ik bedwong een nijdig antwoord. 'Is dit uw hond? Ze lijkt me heel... intelligent.'

'Nee-hee. Ze is van juffrouw Constance. Ook al zou u heel Ierland doorkammen, u zou geen betere hond vinden.' Hij bukte zich en steunde met zijn handen op zijn knieën. 'Kom eens hier, Maria, lieverd. Kom eens bij oom Timsy.' Maria blafte verontwaardigd in zijn gezicht en rende de wachtkamer uit. 'Goed dan, juffrouw Norton. We moesten maar eens op weg gaan. De wagen staat buiten.'

We liepen achter de hond aan de straat in. Ik maakte uit de wankele stap en de alcoholwalm in zijn adem op dat Timsy O'Leary had gedronken.

Er was nergens een auto te bekennen. Ik zag alleen maar een vreemd wagentje met twee leren banken rug aan rug, die boven de wielen naar buiten waren gericht. Tussen de armen van de disselboom stond een drijfnatte, verfomfaaide pony. De regen kletterde nog steeds in alle hevigheid neer en het arme dier liet zijn hoofd hangen terwijl het water langs zijn nek en flanken liep.

'Klimt u er maar in, juffrouw,' zei Timsy, en hij greep mijn koffers en kieperde die in het binnenste van het wagentje.

'O, maar... Dit is... Waar is de auto?'

'Dit is een prima wagentje. Een mooie, oude Ierse kar. Menig museum zou hier veel geld voor over hebben. Ik heb hem gepoetst tot je gevaar liep erdoor verblind te worden, zo blonk-ie, maar de regen heeft alles nu bedorven.'

Ik keek van Timsy's stralende gezicht naar het wagentje, waarvan het houtwerk schaarse flintertjes verf bezat die met de eerste de beste poetsbeurt direct zouden zijn verdwenen. Op de ene bank waren twee kisten met doorweekte, vergeelde kolen vastgebonden. De andere bank was bedekt met een stapel oude zakken. 'Bedoelt u dat we... hiermee gaan?' Ik had nog net genoeg aangeboren optimisme om te hopen dat dit een grapje was en dat om de hoek iets drogers, met vier wielen, stond te wachten.

'Wees maar niet bang, juffrouw Norton. U zult geen betere man vinden om een paard te mennen dan Timsy O'Leary, ook al zou u heel Connaught afzoeken. Bovendien weet de Kaketoe de weg.'

'Een papegaai, bedoelt u?' In gedachten zag ik voor me hoe we in het donker werden voorgegaan door een witte vogel die woest met zijn vleugels klapwiekte om tegen de genadeloze wind en regen op koers te blijven.

'Nee, juffrouw Norton.' Timsy leek buitengewoon veel plezier te beleven aan wat mij een volstrekt begrijpelijke vergissing leek. 'Dat is de naam van de pony.' Hij gaf de Kaketoe een klap op de drijfnatte romp, wat maakte dat het arme dier opschrok en begon te bokken. Ik zette mijn voet op de treeplank en Timsy gaf me een flinke duw waardoor ik bijna tussen de kolen belandde.

'Er ligt daar prima spul om over uw rug te slaan.' Timsy greep een van de zakken en knoopte die om zijn nek, en stopte er toen nog twee in zijn riem om zijn knieën te bedekken. 'Die houden je zo droog als een noot in zijn dop.'

Ik raapte een stuk doorweekte jute op en sloeg dat om mijn hoofd en knoopte de lap onder mijn kin vast. Timsy bromde goedkeurend.

'Geloof me, juffrouw Norton, mevrouw, u bent een plaatje dat een vos nog uit zijn hol zou lokken, ook al stonden de jachthonden er met kwijlende kaken omheen.'

Ik nam dit compliment in ontvangst met een glimlach die wat strak aanvoelde. Timsy sprong op de bok en Maria sprong naast me in het wagentje. Met een schok die me bijna op de weg wierp en die Maria nog luider deed blaffen, kwamen we in beweging en reden we omlaag.

'Is het ver naar het huis?' vroeg ik.

'Pal om de hoek. Je zou de hele weg kunnen dansen zonder buiten adem te raken.'

Dit was een opluchting. De steile helling van de straat, de schokkende beweging van het wagentje en de glibberigheid van het natte leer dwongen me me met beide handen aan de rugleuning van de bok vast te houden om te voorkomen dat ik eraf gleed. Maria krabbelde met haar poten en jankte wanhopig. Ik greep haar bij haar halsband en ze wist houvast te vinden door de voorste helft van haar lijf over mijn knieën te klemmen. Zo reden we de hoofdstraat van Kilmuree uit, neus tegen snuit.

Weldra hield de bebouwing op en waren we buiten op het land. Er waren bergen, bomen en grote hoeveelheden water, maar geen huizen. Toen we door een smal dal draafden, dat er bij iedere bocht van de weg verlatener uitzag, begon ik me af te vragen hoe rekbaar 'pal om de hoek' was. Timsy schudde met de leidsels en floot een vrolijk deuntje, hij schoot af en toe hardop in de lach om niets bijzonders, voor zover ik dat kon beoordelen. Het was geweldig hoe de man opgewekt wist te blijven onder de kletterende regen die binnen enkele minuten de zakken en mijn regenjas had doorweekt. Er waren geen hekken, geen telegraafpalen, geen auto's en zelfs geen boerenwagens te bekennen. Niets dan grazende schapen en zwermen kraaien die me verzekerden dat Timsy, Maria, de Kaketoe en ik niet de enige levende wezens op deze planeet waren.

Ik begon van een telefooncel te dromen. Juist toen ik me troostte met de gedachte dat het in deze wildernis van bergen en moerassen niet waarschijnlijk was dat een telefooncel door vandalen zou zijn vernield, hinnikte de pony, steigerde, en bleef stokstijf staan.

'Vooruit met je luie kont, jij duivelsgebroed!' riep Timsy. 'O, neem me niet kwalijk, juffrouw Norton, ik vergat mezelf, en dat bij zo'n beschaafde, verfijnde dame als u. Ik zou mijn tong wel uit willen rukken en daar op de weg willen leggen, eroverheen rijden en...'

'Wat is er aan de hand?' onderbrak ik hem bruusk, in een humeur dat danig te lijden had gehad onder de regen en de stank van de kolen. 'Waarom is de pony gestopt?'

'D'r ligt daar een ezel op de weg. De Kaketoe kan ezels niet uitstaan.'

Ik leunde uit de kar om door het gordijn van regen heen te turen. 'Waarom staat die ezel niet op?'

'Ik zal hem er eens van langs geven,' zei Timsy vol energie, en hij greep de zweep. Maria sprong van de kar, rende naar het hoofd van de ezel en begon als een waanzinnige te blaffen.

'Dat moet je niet doen,' zei ik, en ik sprong ook omlaag. 'Misschien is hij gewond.'

'Voorzichtig, juffrouw Norton, mevrouw. Die woestelingen schoppen als stoomhamers.'

Op Cutham hadden we in het weiland een ezel gehouden als gezelschap voor mijn pony, dus was ik niet erg bang. Het dier trapte niet, bleef juist passief liggen en bewoog nauwelijks zijn oren toen ik dichterbij kwam. Ik zag al snel dat de achterpoten van het arme dier stevig waren samengebonden met touwen die aan een zware boomstam waren bevestigd.

'Heb je een mes bij je?' riep ik tegen Timsy. 'Hij zit hopeloos verstrikt. Ik vraag me af of dit met opzet is gedaan. Ik voel hier knopen.'

'Allemachtig, volgens mij is dat het beest van Michael McOstrich.' Timsy was naast me komen staan. 'Ze heeft een witte bles tussen de ogen. Hij heeft het dier gekluisterd. Om te zorgen dat ze niet wegloopt, weet u. Als ze haar poot door een lus haalt, komt ze helemaal vast te zitten.'

Ik was ontzet over wat in mijn ogen je reinste dierenmishandeling was. 'Geef me alsjeblieft meteen je mes.'

'Een mes is iets wat ik nooit bij me heb.' Timsy trok een vroom gezicht dat volstrekt niet overtuigend was. 'En Michael is een grote kerel. Hij slaat meteen je hoofd in, zodat je je navel als kijkgaatje kunt gebruiken. Laat het dier maar met rust, dan ga ik wel met de pony over het gras.'

'Als je bang voor hem bent, zal ik wel zeggen dat jij er niets mee te maken hebt gehad.' Ik haalde mijn toilettas uit mijn koffer en pakte mijn nagelschaartje. Tijdens deze operatie drong het water nog verder in mijn kleren, maar ik was te kwaad om me daar iets van aan te trekken.

'O, juffrouw Norton!' protesteerde Timsy toen ik aan de slag ging, danig gehinderd door de dikte van de touwen, de nietigheid van mijn nagelschaartje, de regen en de invallende schemering. 'Zal ik u gelijk maar naar Kilmuree terugbrengen, nog voordat Michael McOstrich ontdekt dat u het beste stuk touw aan deze kant van Galway hebt bedorven?'

Ik zei niets, ik had al mijn energie nodig om door de natte strengen heen te zagen. Toen het laatste stuk was doorgesneden, kwam de ezel overeind. Ze schudde zich uit, bokte even van blijdschap, snelde toen weg over het moeras en verdween in het grijze licht.

'O Jezus, Maria en Jozef!' riep Timsy gekweld. 'Als Michael kwaad is, gloeien zijn ogen als kolen waar een blaasbalg op wordt gezet. We zullen vannacht alle grendels op de deuren moeten schuiven. Maar ik betwijfel of die tegen zijn vuisten zijn bestand.'

'Poeh!' zei ik, en ik klom weer in de kar. 'Ik kan me niet voorstellen dat de Ierse dierenbescherming dit tolereert. En als meneer McOstrich me durft te bedreigen, bel ik de politie.'

'O nee, alstublieft niet, ik smeek u,' kermde Timsy. 'Dan brengt Michael waarschijnlijk zijn broers mee, en die zijn al net zo groot als hij.'

'O, die broers kunnen de pot op!' Ik was te moe en te nijdig om me er iets van aan te trekken als zelfs de hele clan McOstrich op de deur timmerde om mij aan stukken te scheuren. Ik zou ze er zelfs dankbaar voor zijn.

Timsy was zo onthutst over mijn dwaasheid dat hij ophield met fluiten en lachen, zodat we een tijdje verder reden met geen andere geluiden dan het klepperen van de hoeven, het kraken van de wagen en af en toe het geblaat van schapen en het gekras van kraaien. De regen viel lichter maar de kolen stonken heviger. Het begon nu snel donker te worden. Ik keek op mijn horloge en hield het toen aan mijn oor. Er was water tussen de wijzerplaat en het glas gekomen, zodat het om acht uur stil was blijven, precies toen we Kilmuree achter ons lieten. Ik stond op het punt Timsy te vragen hoe laat het was, maar besefte toen dat tijd volstrekt irrelevant was geworden. Ik verzonk in een toestand van ellendige apathie. Het was bijna donker toen ik door alle nattigheid heen een glimpje licht bespeurde. Ik richtte mijn ogen erop, met gevoelens van hoop en vrees.

'Ho, meneer Kaketoe,' zei Timsy even later, toen we voor een laag soort huisje bleven staan.

Ik begreep onmiddellijk waarom mevrouw Macchuin zo wanhopig had geklonken. Het moest de eenzaamste plek van het hele universum zijn. Het schaarse licht dat tussen slordig dichtgetrokken gordijnen naar buiten sijpelde onthulde wat sprietige takjes die in witgekalkte autobanden aan weerszijden van de voordeur waren geplant. Verder was er geen enkele poging met paden of bomen of hagen of bloemperken gedaan om het gebouw met dit woeste landschap te verenigen. Het armzalige afdakje boven de deur had hoogstens een klein kind beschutting kunnen bieden. Maar binnen, zei ik tegen mezelf, zou het droog zijn.

Timsy sprong van de bok. 'Kom op, juffrouw Norton, dan nemen we een *taggeen* om de nattigheid buiten te houden.'

'Een taggeen?'

'Een drupje van het beste dat er bestaat. Ik heb zoveel stof in mijn keel dat mijn luchtpijp piept als een schoorsteen die in brand staat.'

Ik betwijfelde of er tussen Kilmuree en hier ook maar één stofdeeltje te vinden was. Hier was alles modder en moeras en steen en water. 'Is dit Curraghcourt?'

Timsy schoot in de lach. 'Dit is McCarthy's.' Toen ik aarzelde, nietbegrijpend om me heen keek, voegde hij eraan toe: 'Een pub, mevrouw.'

'Een pub? Maar we kunnen hier niet stoppen. We moeten naar Curraghcourt. Je zei zelf dat we al laat waren.'

'Jawel, jawel. Die ouwe zal al net zo kwaad zijn als de duivel met doorns in zijn hemd en stenen in z'n schoenen. Dus dan kunnen we net zo goed even wachten tot de ergste boosheid voorbij is.'

'Meneer O'Leary, wilt u alstublieft weer op de wagen klimmen en doorrijden!' zei ik op ongewoon vastberaden toon.

'Nee!' zei hij, al even vastberaden.

'Ik word ontzettend boos als u dat niet doet.'

Timsy schudde zijn hoofd. 'Het spijt me, juffrouw Norton. En ik moet Onze-Lieve-Heer danken dat Hij ons een dame heeft gestuurd zonder haars gelijke wat uiterlijk betreft en met manieren die Cleopatra beschaamd zouden maken. Maar als u hier nu even wacht, dan wip ik naar binnen om een slok van iets versterkends te nemen en ik sta weer sneller buiten dan een kip wanneer ze de haan eraan ziet komen.'

Hij deed de deur van McCarthy's open. 'Goed behoede iedereen hier!' riep hij, en heel even hoorde ik luidruchtige stemmen en zag ik een fel licht. Maria rende achter hem aan naar binnen. De deur viel dicht en ik bleef – afgezien van de pony – alleen achter in de drijfnatte duisternis. Na een paar minuten slikte ik mijn trots in, wierp de zakken van me af en volgde Timsy naar binnen.

Binnen was veel licht en lawaai. Er waren gretige gezichten vlak bij het mijne, en ik werd door een peristaltische beweging van schouders en ellebogen voorwaarts geduwd naar de bar. Er werd me een glas lichtbruine vloeistof in de hand geduwd. Ik nam een voorzichtig slokje en voelde toen een schok tot in mijn kleine tenen. Ik zette het glas neer en probeerde er vriendelijk en beheerst uit te zien. De mannen staarden me aan, een paar met wellustige blikken, maar de meesten waren nieuwsgierig of verlegen en als ik hen aankeek, wendden ze hun blik ongemakkelijk af. Praten was onmogelijk, aangezien de ene helft van de pubbevolking een ander lied zong dan de andere helft.

De tijd kroop tergend langzaam voorbij. Ik hield al vrij snel op met proberen er vriendelijk uit te zien. Mijn zelfbeheersing verdween even snel. Het was naargeestig en vies in de pub, en de houten tapkast zat vol kringen en krioelde van de vliegen. Ik kreeg het eerst koud door mijn natte kleren, en daarna warm toen de hitte van deze ruimte me deed dampen. Ik was niet alleen ongerust over het effect van mijn verlate aankomst op het humeur van 'die ouwe', ik stond me ook zo gigantisch te vervelen dat de gedachte op de bar te klauteren en mijn keel schor te schreeuwen een reële mogelijkheid leek. Net toen ik overwoog de dichtstbijzijnde berg te beklimmen en me van de top omlaag te storten, zette Timsy zijn glas neer, veegde zijn mond met de rug van zijn hand af en stak zijn kin in de lucht, als teken voor mij om naar de deur te gaan.

De frisse lucht was een verademing. Het was ook opgehouden met regenen en af en toe was de maan zichtbaar tussen de rondtollende wolken. Timsy probeerde moeizaam op de bok te klauteren, maar de talloze taggeens waren hem in de benen gaan zitten. Ik schrok ervoor terug het zitvlak van Timsy's broek aan te raken, maar een duw van beneden was de enige manier om hem op het wagentje te krijgen.

'Misschien,' zei ik op een sarcastische schooljuffrouwtoon, toen we allemaal zaten, 'als het jou niets uitmaakt, kunnen we nu naar Curraghcourt rijden.'

Timsy greep de leidsels en brulde tegen de pony dat ze naar huis moest gaan, 'zo snel als je het sterrenstof van je lieve hoefjes kunt schudden, mijn engel'. De een of andere boze geest dreef hem ertoe de zweep te pakken om de Kaketoe ervan langs te geven. Maria en ik wisselden een meewarige blik toen de Kaketoe er in galop vandoor ging, nu en dan bokkend. Ik had tenminste handen om me mee vast te grijpen.

'Timsy!' schreeuwde ik. 'Houd die pony in godsnaam wat in! We slaan nog over de kop!'

Timsy rukte aan de leidsels en probeerde te gaan staan, met als gevolg dat hij achterover in de bakken met kool viel. Het maanlicht blonk op de zolen van zijn laarzen toen hij zijwaarts, met het hoofd omlaag, op de weg gleed. De Kaketoe stopte onmiddellijk.

'Mijn rug is gebroken.' Timsy begon te huilen.

'Onzin!' Ik was niet in staat de rol van schooljuffrouw op te geven, nu ik me die eenmaal had aangemeten. 'Beheers je een beetje en laten we verder gaan, maar dan in een normaal tempo.'

'Als het mijn rug niet is, dan is het mijn hart.' Timsy bleef huilen. 'O Kathleen! Kathleen, lieverd, kun je geen medelijden hebben met een arme, ongelukkige drommel? Trouw met me, o schoonheid! Trouw met je eigen Timsy die meer van je houdt dan de koning in zijn mooie paleis van zijn koningin vol diamanten!'

'Wil je je mond nou eens houden!' zei ik. 'Je maakt de pony bang met al je geschreeuw. Nu klim je weer op de bok en je ment, en anders doe ik het wel.'

Timsy antwoordde met een kreun. Op de een of andere manier wist ik hem op mijn bank te krijgen. Hij ging er languit op liggen en spartelde zo wild met armen en benen dat hij er weer af dreigde te rollen. Hoewel ik in de verleiding kwam hem aan de kant van de weg te laten liggen, besefte ik dat ik ook een plicht had jegens mijn werkgever, dus maakte ik hem bij zijn middel en zijn enkels aan de bank vast met een stuk touw dat ik onder de banken vond. Ik klom op de bok in een humeur dat aan woest grensde. Ik vertelde de Kaketoe, die tijdens deze moeizame operatie kalm langs de kant van de weg had staan grazen, dat hij verder moest lopen. Hij legde zijn oren plat en draaide met zijn hoofd om te kijken wie er nu de leiding had, maar toen ik met de leidsels schudde, ging hij in draf. Het was mijn eerste ervaring in het mennen, maar eigenlijk deed ik niets meer dan voorkomen dat de leidsels in de benen van de pony verstrikt raakten, want de Kaketoe hield een paar kilometer lang een rustig tempo aan terwijl Timsy de sterren aanriep om Kathleen over te halen zijn liefde in overweging te nemen.

'Is dit goed, Timsy?' vroeg ik toen de Kaketoe van de weg afdraaide en naar een paar bomen liep.

'Reken maar,' kreunde hij. 'Iedere verdomde meter, neemt u me niet kwalijk, is een meter dichter bij die verschrikking van een vrouw die net zo vals is als een kooi met fretten benedenwinds van een konijn.'

Ik vroeg me af of hij Kathleen of de vrouw des huizes bedoelde. In het maanlicht was een lang weggetje te zien dat steil omhoogliep. We naderden een huisje dat er op een rommelige manier heel aardig uitzag en ik vrolijkte alweer iets op. Maar toen we er vlakbij waren, zag ik dat er planken over de ramen waren getimmerd en dat er een gat in het dak zat. De Kaketoe hield een flink tempo aan toen we een dicht bos naderden. Het pad slingerde in bijna volslagen duisternis tussen de bomen door en ik huiverde en klappertandde toen de bladeren hun ijskoude druppels op onze hoofden lieten vallen. Ik ving even een glimp op van een brede opening in een hoge muur, en toen hadden we opeens het bos achter ons gelaten. Een vaag licht toonde de overblijfselen van wat lang geleden een tuin was geweest. Er stonden rijen kleine bomen, misschien een boomgaard, en het weggetje was een kronkelpad zonder asfalt geworden.

Ik draaide me om. 'Is dit Curraghcourt?'

'Reken maar,' mompelde Timsy slaperig.

Een verdwaalde straal licht viel op iets wat weerkaatste en ik zag links een soort gebouw. Maar dit was ook een ruïne, nauwelijks meer dan een geraamte met versplinterd glas.

'Timsy! Dit kan niet goed zijn! Volgens mij weet de Kaketoe helemaal niet de weg.'

Bij wijze van antwoord klonk er gesnurk. De Kaketoe begon nog sneller te draven, negeerde mijn pogingen hem in te houden en weldra hadden we de overwoekerde tuin achter ons gelaten, waarbij het linkerwiel langs het hek in de muur aan de overkant schraapte. De pony snoof van inspanning toen het weggetje steil omhoogliep naar de top van een heuvel. Toen we bovenaan waren, gleed de maan achter de wolken vandaan en zag ik voor me een steile helling die omlaagliep naar een beschaduwde vlakte. Vanaf de bodem van het dal, omringd door bomen, verrezen de zware muren en hoge torens van een kasteel.

16

'Timsy! Wakker worden!'

We snelden nu omlaag, terwijl het gewicht van het wagentje de Kaketoe tot een korte galop dreef. Het leek heel waarschijnlijk dat het wagentje aan diggelen zou gaan, want het pad was doorgroefd en bezaaid met stenen. Om te voorkomen dat ik eraf werd geworpen had ik de leidsels losgelaten en klampte me met beide handen aan de bok vast. Maria was eruit gesprongen en rende voor ons uit. Ik kreeg zo'n duidelijk visioen van hoe Maria onder onze wielen werd verpletterd en de benen van de pony in de leidsels verstrikt raakten, dat ik mijn ogen sloot en me overgaf aan de voorzienigheid.

Toen we weer op vlak terrein waren ging de Kaketoe, ongetwijfeld met gedachten aan voer, over in een galop. Ik was nog nooit van mijn leven zo bang geweest. Pas toen het wagentje met veel gekraak en gebonk heen en weer begon te slingeren, alsof het elk moment uit elkaar kon vallen, durfde ik te kijken. We ratelden om de bocht van de oprijlaan naar iets wat als een ondoordringbare rotswand voor ons oprees. Ik klampte me met één hand vast en hield mijn andere arm beschermend over mijn hoofd. Het geluid van de hoeven van de pony veranderde kort in dof gedender en kletterde toen over keien. We waren over een houten brug geraasd en reden nu door een poort een binnenplaats op. De Kaketoe kwam tot stilstand met veel gesnuif en geblaas dat weerkaatste tegen muren die ik eerder voelde dan zag, want het was er erg donker.

Ik bleef stil zitten, wachtend tot het bonzen van mijn hart en het trillen van mijn armen en benen wat was afgenomen. Het leek vrijwel onmogelijk dat niemand ons had horen komen. De ruiters van de Apocalyps hadden niet meer misbaar kunnen maken. Een vaag schijnsel – licht kon ik het niet noemen – viel door een deur voor me, die een klein eindje open stond. Ik klom van de wagen af, stijf en verzwakt en me danig bewust van mijn verfomfaaide staat, ervan overtuigd dat de stank van rottende kool in mijn kleren was getrokken.

Ik stond op het punt naar een deurbel of een klopper te zoeken, toen ik opeens aan Timsy dacht. De maan kwam juist achter een wolk vandaan, zodat ik tot mijn ontzetting kon zien dat het touw er los bij bungelde en dat de bank leeg was. Ik schrok. Misschien was hij wel ernstig gewond. Mijn eerste impuls was terug te hollen in de richting waar we vandaan waren gekomen. Maar na even nadenken besefte ik dat ik zonder zaklantaarn, verband, een brancard en sterke mannen om die te dragen alleen maar kostbare tijd zou verdoen.

Ik stapte in de diepe schaduw van de deuropening. Mijn voet raakte iets zachts, er klonk een laag, bloedstollend gegrom, en ik werd door een paar gemeen scherpe tanden bij mijn enkel gegrepen. Ik sprong achteruit met een kreet van schrik en pijn. Er keek een stel valse gele ogen naar me op. Op de drempel lag een hond ter grootte van een Shetland pony. Niemand kwam me te hulp op mijn kreet. Ik vroeg me af wat ik moest doen. Ik durfde niet over de hond heen te stappen, maar ik moest op de een of andere manier toch mijn aanwezigheid, en Timsy's afwezigheid, kenbaar zien te maken.

De oplossing kwam onverwacht. Boven mijn hoofd klonk gesmoord gelach. Ik keek omhoog en kreeg toen een waterval ijskoud water in mijn gezicht. Waarschijnlijk was het niet meer dan een kannetje vol, maar ik was buiten adem van schrik. De hond, die ook nat was geworden, sjokte opzij, zodat de ingang vrij kwam. Ik zag de ijzeren handgreep van een bel en trok er hard aan. De slappe weerstand ervan vertelde me dat hij het niet deed. Ik duwde de deur open en ging naar binnen.

Ik stond in een hal ter grootte van een balzaal, met een pijnlijk kloppende enkel en water dat uit mijn haar in mijn ogen droop. Er was niemand te bekennen. Er liepen donkere strepen vocht langs de enorme pilaren die het gewelfde plafond meer dan tien meter boven mijn hoofd ondersteunden. De betimmerde muren waren versierd met uitstallingen van zwaarden, dolken en strijdbijlen. Zo'n twintig meter verderop, aan het eind van de zaal, hingen gerafelde vaandels boven een brede trap die zich in tweeën splitste en in de schaduwen verdween. Aan de ene zijde van het trappenhuis stond een draagstoel, aan de andere een harnas. Het licht van vier enorme glazen lantaarns werd weerkaatst in een plasje water in het midden van vloerplanken die zo zwart waren als moeraseikenhout. Links van mij was een enorme schouw waarin een piramide van as lag te smeulen. Erboven hing een enorm gewei, veel groter dan de kop van enig hert had kunnen dragen, waardoor ik het gevoel kreeg in een sprookje te zijn beland. Ik had toen nog niet gehoord van de Ierse eland, een geweldig groot dier dat allang was uitgestorven.

Rechts van mij stond een enorme tafel langs de muur. Ik liep erheen om hem te bekijken – Timsy was even vergeten. Het was mahonie, vermoedelijk achttiende-eeuws, bewerkt door een meester, in de stijl van William Kent. Hij was minstens zo mooi als alles wat ooit bij Boswell ter veiling was aangeboden. Er lag een dikke laag stof op. In het midden stond een buste van Shakespeare, met een tiara op zijn marmeren lokken. Verspreid over de tafel zag ik boeken, kranten, een vaas droogbloemen, een bus Vim, twee aangebrande worstjes op een bordje en een flesje nagellak, met de dop eraf en een druppel blinkende roze lak die aan het kwastje hing, op een millimeter afstand van het kostbare tafelblad.

Ik draaide de dop op het flesje nagellak en keek snel naar de data van de kranten. Ze waren allemaal een paar weken oud. Ik inspecteerde de tiara. De setting was mooi en de stenen fonkelden alsof ze echt waren. Maar niemand die bij zijn goede verstand was zou toch zeker de voordeur openlaten wanneer er voor duizenden ponden aan diamanten in de hal rondslingerde?

'Als je overweegt ze te stelen,' zei een stem achter me, 'zul je je tijd verdoen. Het is imitatie.'

Ik deinsde achteruit met een snelheid die schuldbewust moest hebben geleken, en draaide me om. Er kwam een oude vrouw naar me toe, langzaam lopend, leunend op twee stokken. Haar ruggengraat was zo gebogen dat haar hoofd naar voren stak en een beetje opzij was gedraaid. Haar haar was grijs met twee brede, witte strepen vanaf haar hoge voorhoofd. Haar zwarte kleren benadrukten haar magere gestalte. Maar toen ze haar hoofd ophief om mij recht in het gezicht te kijken, zag ik dat haar ogen niet oud waren. Ze waren niet alleen ongewoon groot, er lag ook een felle, uitdagende blik in.

'Of ben je misschien een deurwaarder die beslag komt leggen op de roerende goederen?' Ze had evenmin de stem van een oude vrouw. Ze klonk helder en gebiedend, zonder een spoortje plaatselijk dialect. Haar blik was trots en onaangenaam. 'Tegenwoordig schijnt geen enkele baan te smerig te zijn voor vrouwen. Ik vraag me af hoe die gelijkheid jullie bevalt, nu jullie toestemming hebben om de hele dag als zwarten te ploeteren en je 's nachts als prostituees te gedragen?'

Ik was wat uit het veld geslagen door zoveel onvriendelijkheid van een vreemde, maar misschien was er sprake van een misverstand. 'Ik ben Bobbie Norton. Ik ben de nieuwe huishoudster.'

Ze kneep haar grote, kille ogen een eindje dicht en deed een stap dichterbij om me beter te kunnen bekijken. Ik rook een walm van sigaretten. 'Ach ja. Ik had gehoord dat er een nieuw meisje zou komen. Je bent een Engelse.' Ik kon aan haar smalende blik zien dat dit geen aanbeveling was. 'En je bent te laat.'

'Ik was stipt op tijd bij het busstation. Meneer O'Leary is onderweg… onwel geworden. Hij is van de wagen gevallen en ik vrees dat hij gewond is. Er moet eigenlijk iemand naar hem gaan zoeken.'

Ze snoof misprijzend. 'Waarom zeg je niet dat hij dronken was? Ik haat eufemismen. Waarom ben je zo nat? Het heeft al in geen uren meer geregend.'

'Toen ik op de stoep stond, heeft iemand water over me heen gegooid.'

'Dat moeten mijn kleinkinderen zijn geweest.'

Ze sprak alsof dit een punt van volstrekte onverschilligheid voor haar was.

'Dat was nadat uw hond me had gebeten.'

'Het is de taak van de hond om vreemden te bijten.' Haar ogen gingen langzaam van mijn gezicht naar mijn schoenen. 'Uw verschijning voorspelt weinig goeds, juffrouw Norton. Ik had met name geëist dat het nieuwe meisje schoon zou zijn.'

Dit maakte me woedend, maar ik nam de koele, hooghartige houding aan die ik meestal voor mijn vader reserveerde. 'Dan had u een schone wagen moeten sturen. En een nuchtere koetsier. En een paraplu.'

'Als wij met elkaar te maken krijgen, juffrouw Norton, kunt u maar beter begrijpen dat ik niet verwacht een grote mond te krijgen.'

Ik balde mijn vuisten in mijn zakken. 'En ík verwacht niet een plens water over me heen te krijgen van een stelletje onopgevoede kinderen. En ook niet door een gevaarlijk dier te worden gebeten. Wat die beschuldiging van stelen betreft…'

'Uw verwachtingen gaan mij niet aan. Ik vind u onbeschaamd, juffrouw Norton. Ik twijfel er niet aan dat u over te veel eigendunk beschikt. Resteert de kleine hoop dat u geen leugenares bent.'

Dit deed de deur dicht. Ik voelde dat ik een kleur van woede kreeg. 'Als u mij toestaat de telefoon te gebruiken, zal ik een kennis vragen mij direct op te komen halen.'

'Een kennis?' De smalende toon van haar stem was om woest te worden. 'Ik neem aan dat je daarmee een man bedoelt. Jonge vrouwen zijn tegenwoordig niet meer dan ordinaire hoeren.'

Deze steek verwondde me dieper dan ze had kunnen vermoeden. 'Dat is een belachelijke generalisatie!' Ik was niet in staat mijn woede te bedwingen. 'Bovendien gaan mijn morele opvattingen u niet aan.'

Daar ging mijn voornemen een onzichtbare huishoudelijke kracht te zijn. Alles overboord zelfs nog voor ik mijn jas uit had. Maar ik weigerde absoluut zulke beledigingen te pikken. Tot mijn verbijstering zag ik iets van vrolijkheid in die merkwaardige ogen verschijnen. Of was het triomf, omdat ze erin was geslaagd mij mijn zelfbeheersing te laten verliezen?

Ze staarde me even doordringend aan, op een manier waartegen ik wilde protesteren, maar toen ze sprak was haar toon niet langer minachtend. 'Tja. Misschien zijn we allebei een beetje te haastig geweest. Het is wellicht beter niet op een eerste indruk af te gaan. Als ik je heb beledigd... dan spijt me dat.'

Ik aarzelde. Mijn gevoelens lieten zich niet zo gemakkelijk dwingen. Mijn wangen gloeiden en mijn hart bonsde hevig.

'Maud? Ben jij daar?'

Ik hoorde snelle voetstappen achter me en er verscheen een jonge vrouw in de hal.

'Ben je daar? Ik vroeg me af... O, hallo! Bent u juffrouw Norton? Het spijt me geweldig dat ik niet hier was om u te verwelkomen.' Ze pakte mijn hand en glimlachte. 'Ik ben Constance Macchuin. We hebben elkaar over de telefoon gesproken.'

Haar ogen hadden opmerkelijk dichte, donkere wimpers. Haar wenkbrauwen waren ook donker, een beetje borstelig, als van een man. Ze droeg een oud rij-jasje met uitpuilende zakken en rafelige revers op een katoenen bloemetjesrok, en rubberlaarzen. Ze bleef naar me glimlachen terwijl ze haar vingers door haar bruine, kroezige pony haalde, alsof ze wist dat die slordig was. Daarna trok ze aan haar paardenstaart, waarvan een paar slierten haar waren losgeraakt.

'U bent heel anders dan ik had gedacht,' ging ze verder. En u ziet er veel te goed uit om ónze huishoudster te zijn en... Wat sta ik nou toch te zeggen?' Ze lachte. 'Ik weet niet wat ik verwachtte...' Haar stem stierf weg. 'U ziet er heel koud uit!' Ze voelde aan mijn mouw. 'En u bent nat!'

'Er heeft iemand water over me heen gegooid toen ik op de stoep stond.'

'O lieve help!' Constance keek ontzet. 'Wat stout van de kinderen! Die gaten zijn in vroeger tijden gebruikt om kokende olie of wat er bij de hand was, waarschijnlijk uitgesmolten schapenvet, over onze vijanden uit te gieten. Je zou toch denken dat ze wel zo slim waren geweest om niet naar de voordeur te komen. Finn en ik hebben eens een tante aan wie we een grote hekel hadden drijfnat gegooid en toen moesten we een week vroeg naar bed. Finn heeft een grote fout gemaakt door de kinderen over de arme tante Lizzie te vertellen. Het spijt me, juffrouw Norton, wat moet u wel van ons denken? Ze moeten uiteraard hun excuses aanbieden en...'

'O, nou ja... het geeft niet,' onderbrak ik haar, toen ik zag dat haar ontreddering oprecht was. 'Het was gelukkig niet veel. Ik kan me voorstellen dat de verleiding te groot was. Bovendien was ik al erg nat. Het regende heel hard toen we van het busstation vertrokken.'

'Maar... maar de Land Rover is toch zeker...?' Ze keek naar Maud.

Ik zag in het gezicht van de oudere vrouw opnieuw even een boosaardige flikkering die onmiddellijk werd bedwongen. 'Je was zelf met de Morris aan de zwier en de Land Rover stond zonder benzine. Ik dacht dat juffrouw Norton een authentieke Ierse ervaring wel op prijs zou stellen. Daartom heb ik Timsy met het wagentje gestuurd.'

'Nee toch zeker! O Maud! Maar ik had Timsy gevraagd een paar liter uit de tractor over te hevelen, speciaal om juffrouw Norton op te halen! En ik weet nog goed dat jij erbij was toen ik hem dat opdroeg. En ik ben bepaald níét aan de zwier geweest. De zoon van mevrouw Gogarty is naar Amerika vertrokken en ze smeekte me een keer op bezoek te komen omdat ze zich zo vreselijk alleen voelt. Ik trof de hele buurt bij haar in haar zitkamer opgepropt, voor een feestje.' Ze keek me aan. 'Wat moet u wel van ons denken? Dat oude wagentje is rijp voor het museum. We houden het alleen maar aan uit sentimentele overwegingen. En de Kaketoe is een verre van ideaal rijtuigpaard. Het is een geluk dat u niet gewond bent. Waar is Timsy trouwens?'

Alsof hij erop had gewacht ging de voordeur open en slofte Timsy naar binnen. Hij was modderig en verfomfaaid, maar tot mijn opluchting ongedeerd. Hij zette mijn koffers neer, maakte een buiging in onze richting, verloor zijn evenwicht en plofte op zijn achterwerk op de vloer, met zijn benen recht voor zich uit.

'Timsy! Wat doe je nou?' Constance liep naar hem toe en trok hem aan zijn jas. 'Sta op! Wat moet juffrouw Norton wel van ons denken?'

'O, de juffrouw is een toffe meid. Ze zal er niets van denken. We hebben het heel gezellig gehad in de pub, hè?' Hij knipoogde naar me en lichtte een onzichtbare pet bij wijze van saluut. Het werkelijke exemplaar lag waarschijnlijk ergens langs het weggetje.

'Dus je hebt gedronken.' Maud keek me aan. 'Dat verklaart je slechte humeur. Dat is geen goed begin, hè?'

'O Maud!' zei Constance nijdig. 'Dat is heel gemeen van je! Natuurlijk had juffrouw Norton geen zin om naar die afschuwelijke McCarthy's te gaan.' Ze keek mij weer aan. 'Het is mijn schuld. Ik was vergeten met de Land Rover te tanken toen ik gisteren in Kilmuree was. Je moet je wel heel ongemakkelijk hebben gevoeld! Kom maar gauw mee naar boven om wat droogs aan te trekken, en dan breng ik je thee. Of heb je liever whiskey?'

'Nee, dank u. Ik... ik zal hier niet blijven. Ik wilde eigenlijk een kennis van me, die bij vrienden hier in de buurt logeert, opbellen...'

'Je bent natuurlijk boos op ons en dat kan ik je absoluut niet kwalijk nemen. Laat me alsjeblieft proberen het weer goed te maken. Ik moet er niet aan denken dat je hier weggaat met allemaal slechte gedachten over ons. We zijn heus niet zulke monsters als we lijken. Je bent van zo ver gekomen en we hebben zo hard hulp nodig! Wacht nog even tot morgenochtend om ons bij daglicht te kunnen zien, ja?' Ze keek me smekend aan en sloeg haar handen ineen.

'Nou ja...' zei ik langzaam. Aan de ene kant wilde ik zo snel mogelijk weg uit dit krankzinnige huishouden, maar aan de andere kant zei de stem van de redelijkheid dat ik niet kon blijven vluchten en dat morgenochtend ook een goed moment was om tot een besluit te komen. Bovendien was ik doodmoe.

'Mooi zo! Dan zal ik je even je kamer laten zien. Maud, heb je eraan gedacht Katty te vragen een bed op te maken in een van de beste logeerkamers?'

'Zeer zeker niet. Die zijn voor gasten. Ik stel me voor dat juffrouw Norton hier is gekomen met de bedoeling enig werk te verrichten. Ik heb Katty opdracht gegeven de westelijke torenkamer in gereedheid te brengen.'

Constance pakte een van mijn koffers op. 'Je weet heel goed dat die torenkamers niet geschikt zijn. Bovendien is juffrouw Norton wél een gast, en een heel welkome ook. En wanneer hadden wij hier voor het laatst iemand te logeren? Niemand die bij zijn volle verstand is... Nou ja, we moeten maar even zien. Deze kant uit, juffrouw Norton.'

'Zegt u alstublieft Bobbie.' Ik pakte de andere koffer en volgde haar naar de trap. Ik zag dat het harnas bijeen werd gehouden door een springtouw en een nylonkous. In de schaduw van de draagstoel zat een muis op zijn achterpoten en veegde even over zijn snuit voor hij wegrende.

'Goed. En zeg jij dan Constance tegen mij. Of Connie of Con. Wat je maar wilt.' Ze liet haar stem dalen. 'Let maar niet te veel op Maud. Ze verveelt zich gewoon en dan wil ze graag anderen plagen.'

Terwijl we naar de eerste overloop klommen, naar waar de trap zich splitste, zag ik onderweg een schroevendraaier, een halfopgegeten worstje, een haardroger en wat sinaasappelschillen over de trap verspreid liggen.

'Ze heeft reuma.' Constance hijgde een beetje, want zij had de zwaarste koffer gepakt. 'Ik vermoed dat ze altijd pijn heeft, maar ze zegt er nooit iets over. En ze heeft geen gemakkelijk leven gehad. Ik weet natuurlijk dat dit leven wordt geacht een tranendal te zijn, maar soms vraag ik me wel eens af waarom God ons niet gewoon goed en gelukkig heeft gemaakt, in plaats van het kwaad te sturen om ons in verleiding te brengen. Hij moet zo langzamerhand wel vreselijk genoeg hebben van ons gezondig en ons gejammer, en van onze voortdurende smeekbeden.' Constance bleef even staan en glimlachte. 'Ik heb je toch niet beledigd, hoop ik? Pastoor Deglan geeft me vaak op mijn kop omdat ik zo oneerbiedig ben. Maar in zijn ogen is niemand vroom genoeg.'

'Ik ben helemaal niet beledigd,' zei ik. 'Ik ga zelf ook niet vaak naar de kerk en ik denk er ook niet zoveel aan als ik zou moeten.'

'Ik ben daar ook vrij laks in. Ik zorg dat de kinderen de meeste zondagen naar de kerk gaan, om pastoor Deglan een genoegen te doen, maar Finn heeft de pest aan godsdienst en steekt dat niet onder stoelen of banken. Dit is een schokkend goddeloos huishouden. Alleen Sissy, Katty en Pegeen gaan elke zondag, door weer en wind.' Constance lachte. 'Maud is protestants, dus die is nog slechter dan ieder van ons.'

Ik maakte uit deze tweede verwijzing naar een gezamenlijke jeugd op dat Constance en Finn broer en zuster moesten zijn. Maar wie waren Sissy, Katty en Pegeen? Ondanks de vriendelijke manier van doen van Constance, was ik niet geheel zeker van mijn status als werknemer. Het was misschien onbeleefd om Constance vragen te stellen over de samenstelling van de familie, dus vroeg ik: 'Hoe oud is het huis?'

'Het middelste gedeelte – de hal en de keuken met de slaapkamers erboven – stamt uit de vijftiende eeuw. De rest is er later aan toegevoegd. Het is allemaal gebouwd op de plaats van een veel ouder kasteel. Mijn voorouders zijn in de twaalfde eeuw uit Frankrijk gekomen en wisten zo'n tienduizend hectare van Connemara te bemachtigen. Waarschijnlijk hebben we het van iemand anders gestolen. Maar dat land is inmiddels weg. We hebben nu nog een grondgebied van ongeveer vijftig hectare over, en nog een stuk van zeventig hectare dat aan een boer is verpacht. Het is echt meer dan genoeg: we kunnen nu al niet zorgen voor wat we hebben. Ik schaam me voor de tuin. Af en toe voel ik me geroepen wat onkruid uit te trekken, maar er komt altijd tien keer zoveel voor terug. De bloemperken zijn nu niet meer dan heuveltjes in het gras. Oma was dol op tuinieren. In die tijd had ze natuurlijk mannen om haar te helpen. Ik weet nog dat ze manden vol rozen mee naar binnen bracht, en van die mooie blauwe bloemen, geen lupines maar wel dezelfde vorm. Ik weet niet meer hoe ze heten.'

'Riddersporen?' Ik gaf me even over aan een visioen van tuinieren zonder Brough en zijn bus met onkruidbestrijdingsmiddel voor ik me herinnerde dat ik Curraghcourt waarschijnlijk de volgende morgen zou verlaten.

'Ja, riddersporen. Maar,' ging Constance verder, 'ik had het over Maud. Ik wil graag dat je het haar vergeeft, of in elk geval begrijpt waarom ze zo stekelig doet. Vroeger was ze een schoonheid. Ik zal je een foto van haar laten zien als debutante op het bal. Ik zal nooit begrijpen waarom ze met een Ier is getrouwd. Harry Crawley was ook niet de meest begeerlijke partij. Maar kennelijk was ze verliefd op hem. Hij is jong gestorven, na een val van het paard, en hij bleek grote schulden na te laten... Heel tragisch.'

We hadden inmiddels een donkere gang boven aan de trap bereikt en Constance zette mijn koffer even neer.

'Houd je van poëzie?'

'Jazeker. Niet van alle poëzie natuurlijk. Maar in elk geval van Keats en Coleridge en...'

'O, dat is geweldig. Ik had echt niet durven hopen... Ik had het in de advertentie gezet, maar dat was alleen om de kinderen hun zin te geven. Flavia zei dat we allemaal één voorwaarde moesten noemen als we iemand wilden vinden die we allemaal aardig zouden vinden. Finn was natuurlijk degene die over die filosofische instelling begon. Ik dacht dat de mensen zich daardoor misschien zouden laten afschrikken, maar hij zei dat het verleden had aangetoond dat iemand die deze baan zelfs maar in overweging zou nemen óf te onnozel óf te gestoord moest zijn om... O, lieve help, ik bedoelde natuurlijk niet dat jíj...' Constance legde haar hand op mijn arm. 'Bobbie, je blíjft toch zeker wel, hè? Ik heb het sterke voorgevoel dat we vriendinnen zullen worden.'

Het was moeilijk, zo niet onmogelijk, om koel te blijven onder zoveel vriendelijkheid. Constance beschikte over een roerende oprechtheid die heel innemend overkwam. 'Nou ja... misschien dat morgen de dingen anders zullen lijken... Dank je wel, in elk geval, voor jouw hartelijke ontvangst.'

'Hartelijke ontvangst! En dan te bedenken dat de kinderen je drijfnat hebben gegooid, en dat vreselijke wagentje en McCarthy en de regen... Wat is er zo grappig?'

'Ik weet het niet... Er is zoveel gebeurd... Het is waarschijnlijk de vermoeidheid... Ik word een beetje hysterisch...' Ik kreeg opnieuw de slappe lach, en ditmaal deed Constance mee.

'Timsy had gelijk. Je bent écht een toffe meid. Geef me die andere koffer ook maar. Je bent helemaal niet in staat die nog te dragen.' Ze pakte de koffer voor ik kon protesteren en liep met zwikkende enkels voor me uit. De gang leek eindeloos door te lopen. Het was onmogelijk om enig idee van de architectuur of de inrichting te krijgen, deels omdat het licht niet best was, maar ook omdat er langs de muren stoelen, tafels, boekenkasten, kabinetkasten, schilderijen, tekeningen en wapens in geen waarneembare volgorde waren opgeslagen. 'Waar had ik het ook alweer over?' riep ze over haar schouder. 'O ja, Maud en Harry. Violet zou juist ook als debutante naar het bal gaan, maar toen haar vaders testament werd voorgelezen bleek hij enorme schulden te hebben.'

Ik was weer even de draad kwijt. Violet was dus de dochter van Maud en Harry. Maar wat was hun relatie tot Constance?

'Het werd een heel drama, en Maud was Finn zeer erkentelijk dat hij met Violet wilde trouwen.' Dus Violet was Finns vrouw, en mevrouw Crawley was zijn schoonmoeder.

'Het is jammer dat ze die torenkamer voor je in gereedheid hebben gebracht. Maar als we je kunnen overhalen te blijven, zullen we gauw iets beters voor je regelen.' Ik liep achter Constance aan naar een stenen wenteltrap. 'Voorzichtig, sommige treden zijn erg uitgesleten. Je weet vast wel dat de meeste wenteltrappen met de klok meedraaien, zodat je zwaardarm vrij blijft om je tegen indringers te verdedigen. Maar op Curraghcourt draaien ze allemaal tegen de klok in. Dat is omdat de meeste Macchuins linkshandig zijn.' Ze zweeg even en keek stralend op me neer. 'Alleen maar een beetje couleur locale, voor het geval je dat interesseert. Ik ben het niet, linkshandig bedoel ik, maar Finn is het wel en Flurry en Flavia zijn het ook.'

'Flurry en Flavia?' vroeg ik aan het omhooggaande achterwerk van Constance.

'Mijn neefje en nichtje. Echte schatjes zijn het. O, ik vergat dat jij wel heel slecht over hen zult denken. Maar ze zijn meestal heel braaf. Flurry komt van Florence. Dat is ook Finns tweede naam. Hij werd er op school vaak mee geplaagd want de Engelsen vinden dat een meisjesnaam en hij wilde Flurry een veilige naam geven, zoals Henry of John. Maar Violet beweerde dat het goed voor een jongen was om voor zijn respect te moeten knokken.'

Dus Finn, die het opperste gezag op Curraghcourt leek te vertegenwoordigen, was de vader van twee kinderen, Flavia en Florence, die Flurry werd genoemd. Ik begon een beetje overzicht over de familie te krijgen, maar dan waren er nog Sissy, Katty en Pegeen... En was er over de telefoon niet iets over een derde kind gezegd? Ik was opeens zo moe dat ik het liefst mijn hoofd op iets horizontaals had gelegd en me had overgegeven aan de slaap.

Constance hijgde door het gesleep met de twee koffers. 'Als we ze nu eens één voor één naar boven brengen?' stelde ik voor. Samen, terwijl zij trok en ik duwde, wisten we de onhandige koffers op een kleine overloop ter grootte van een telefooncel te krijgen.

'We zijn er.' Constance prutste met de deurkruk. Hij draaide rond zonder enig effect.

'Verdraaid! Nu weet ik het weer. Er zit een schroefje los. Eén moment.' Ze liet zich op haar knieën vallen en tastte om zich heen in het schemerige licht. 'Gelukkig, daar heb ik hem. Ik zal Timsy er morgenochtend naar laten kijken.'

Toen de schroef er eenmaal in zat, ging de deur gemakkelijk open. De kamer was, zoals in een ronde toren viel te verwachten, volmaakt cirkelvormig. De kleine natuurstenen schouw liep rond, maar de rechte achterkant van de kleerkast, de ladekast en de schrijftafel waren in een onhandige hoek tegen de muur geplaatst. Het bed – een smal bed met boven het hoofdeinde een baldakijn waar bruine gordijnen aan hingen – besloeg het midden van de kamer. Vier gordijnloze boogramen onthulden de duisternis van de nacht. Ik bespeurde een zurige lucht die ik niet onmiddellijk kon thuisbrengen.

'Wat vind je ervan?' Constance keek me gespannen aan.

'Dit lijkt me prima, dank je wel.'

'Ik hoop dat het bed schoon is opgemaakt.' Constance lichtte de sprei op en schoof een hand in het bed. 'Ja. En Katty heeft aan de warme steen gedacht. Wees voorzichtig als je erin stapt. Ik heb vaak mijn tenen gestoten. Hier is je kaars.' Ze wees naar het nachtkastje waarop een doos lucifers en een kandelaar stonden. 'De generator staat soms zonder brandstof. Vrij vaak, eigenlijk. Handdoeken.' Ze wees naar een rekje dat naast de haard stond. 'Heb ik nog iets vergeten?' Ze fronste haar wenkbrauwen en keek om zich heen. 'O ja, ik moet je waarschuwen. Zorg dat je nooit ofte nimmer daaraan trekt.' Ze wees naar een touw dat door een gat in het plafond kwam en door net zo'n gat in de vloer weer verdween. 'Daarmee kun je de klok boven in de toren luiden. In vroeger dagen luidden de Macchuins de klok om alarm te slaan wanneer ze de O'Flaherty's over de heuvel zagen komen, tot de tanden gewapend en met een bloeddorstige blik in hun ogen. De boeren op het land renden als gekken weg als ze hem hoorden, om binnen te zijn voordat de ophaalbrug omhoog was. De klok heet Scornach Mór. Dat betekent "Grote Keel".'

'Hebben de O'Flaherty's het kasteel ooit kunnen bestormen?'

'Nee, nooit! Daar zijn we heel trots op. Er zijn een paar beroemde dichtregels over de veldslagen tussen de Macchuins en de O'Flaherty's...'

'O, mooi,' zei ik snel. 'Dus die klok is waarschijnlijk in heel lange tijd niet geluid.'

'Toch wel, vorig jaar nog. We hadden een poëziefestival hier, maar het was niet zo'n succes. De man die in deze kamer sliep, dacht dat het de bel voor het personeel was. Hij verwachtte kennelijk ontbijt op bed te zullen krijgen.' Ze lachte even. 'Het lijkt nu grappig, maar op het moment zelf was iedereen in paniek. We dachten dat we door de IRA werden aangevallen. De Garda en de brandweer uit Kilmuree stonden binnen een halfuur voor de poort, een record! Finn heeft hun een flinke fooi moeten geven om weer weg te gaan. De arme dichter droop heel gepikeerd af toen Finn hem een sukkel en een parasiet noemde. Je zou toch denken dat Finn zelf ook jong en dwaas is geweest...' Constance fronste haar wenkbrauwen. 'In Ierland heeft de dichtkunst een geweldige hoogte bereikt. Ik geloof echt... Je geeuwt!'

Ik had in mijn neus geknepen tot mijn ogen gingen tranen, maar ik kon het feit niet verhullen dat ik doodmoe was en alles niet meer kon volgen.

'Arme lieverd! Je zult wel heel moe zijn na je reis. Je ziet heel bleek!'

'Het is niets. Een lange dag... Niet veel slaap, vannacht op de boot...'

'Ik ben heel egocentrisch geweest. Ik heb veel te veel gepraat.' Constance keek berouwvol. 'Je moet regelrecht naar bed, dan breng ik je nog wat te eten.'

'O nee, doe echt geen...' – ik geeuwde weer – 'moeite.'

'Helemaal niet. Ik zal je even de badkamer wijzen en dan ga ik wat lekkere warme soep halen. Nou ja, hij zal niet érg lekker zijn, want ik heb hem gemaakt en ik ben de slechtste kok van heel Ierland, maar ik zal ervoor zorgen dat hij warm is. De wind staat in het zuidwesten, dus het fornuis zal het op dit moment goed doen.'

De badkamer was aan de voet van de torentrap. De badkamers op Cutham Hall waren niet luxueus, dus ik bekommerde me weinig om de afgebladderde muren en gebarsten tegels, de bruine vlekken onder de kraan in het bad, of zelfs het feit dat er een deel van de wc-bril ontbrak.

Constance zag me zoeken naar een stop voor in het bad. 'Alsjeblieft.' Ze gaf me een ronde steen. 'Je moet je waslapje in het gat proppen en dit erop leggen. Op die manier blijft het water net lang genoeg staan om je te kunnen wassen.' Ik dacht dat ik mijn blik heel neutraal had weten te houden, maar ze zei direct: 'Ik weet wat je zult denken. Het is echt hopeloos, hè? Ik doe mijn best, maar ik ben gewoon niet goed in huishoudelijke dingen. Maud deed zo grof tegen de vorige huishoudster dat ze haar ontslag nam.'

'Waar ging de ruzie over?'

'Maud beschuldigde mevrouw Heaney, de huishoudster, ervan dat ze ons probeerde te vergiftigen. We hadden allemaal last van onze maag na een vreselijke maaltijd met konijn en koolraap. Ze zei ook dat mevrouw Heaney een zuiplap was en dat ze aan de Château Margaux had gezeten. Ik begrijp niet hoe ze dat zelfs maar had kúnnen doen, want Finn bewaart de sleutel van de kelder en niemand anders mag daar beneden komen op straffe van vierendelen. Ik denk eerder dat ze het plaatselijke, illegale brouwsel heeft gedronken. De maat was helemaal vol toen Maud zei dat het geen wonder was dat er zoveel vliegen in het huis zaten, omdat mevrouw Heaney stonk als een vat met bedorven boter. Ze had inderdaad een vreemd, zurig luchtje om zich heen hangen, maar Maud had dat natuurlijk niet moeten zeggen. Mevrouw Heaney vertrok woedend. Misschien heeft ze bij wijze van wraak de stop van het bad meegenomen.'

‘Wat vindingrijk van haar. In deze omstandigheden kan ik maar beter snel in bad gaan voordat mevrouw Crawley vergelijkingen tussen mevrouw Heaney en mij begint te maken.’

‘Trek je niets aan van het lawaai dat de boiler maakt. Hij is nog nooit ontploft. Ik geef je een kwartier voor ik het eten boven breng.’

Toen Constance was vertrokken gebruikte ik de methode met de stop en zag met genoegen hoe de waterdamp opsteeg. Zoals me was aangeraden trok ik me niets aan van het gebonk en geschud van de boiler en zat weldra tot mijn middel in bruin maar heerlijk zacht water, vermoedelijk rechtstreeks uit een moeras. Er was geen zeep, maar ik vond dat ik niet kinderachtig mocht zijn. Toen ik terugkwam in mijn kamer had Constance de haard aangemaakt. Er viel een warme gloed over de ruwe stenen muren terwijl de geur van brandende turf de scherpe lucht verdreef. Het was heerlijk om min of meer schoon en redelijk droog in bed te stappen. De warme steen, die in een handdoek was gerold, was zalig troostend, net als het zachte gesis van de vlammen. Constance kwam terug met een kom soep die een vreemde, gronderige smaak had, wat zoet brood dat verrukkelijk was, een stuk uitgedroogde kaas en een pakje roze wafeltjes, die een beetje muf smaakten.

‘Dit is alles wat ik kon vinden,’ verontschuldigde Constance zich. ‘Ik had eerder een kip gebraden, maar die hadden de kinderen opgegeten. Hij smaakte trouwens niet lekker. Er zat een plastic bakje onder, en dat ontdekte ik pas toen ik hem had gebraden.’

‘Dit is prima. Het is erg aardig van je om zo goed voor me te zorgen. Ik beloof dat ik morgen beter op dreef zal zijn.’

‘Ik ben bereid je iedere avond eten op bed te brengen als je maar wilt blijven. Finn zal woedend zijn als hij terugkomt uit Dublin en ontdekt dat mevrouw Heaney is vertrokken.’ Haar gezicht kreeg weer die nerveuze uitdrukking, die ondanks haar goedlachsheid nooit ver weg leek te zijn. De heer des huizes scheen nogal opvliegend te zijn. Ik zou een vergissing begaan me tot blijven te verplichten zolang ik hem niet had ontmoet en voor mezelf had uitgemaakt of hij een man was op wiens schouders een te zware last drukte, of dat hij een harteloze tiran was.

Constance nam het dienblad van me over en zette het op het nachtkastje. ‘Heb je geen zin om lekker te gaan liggen?’

Ik knikte slaperig en mompelde nogmaals mijn dank.

‘Ik besef dat ik steeds loop te kwebbelen zodat jij er niets tussen kunt krijgen. Maar Finn is veel weg en Maud is zo… nou ja, dat heb je zelf gezien. Ik ben natuurlijk dol op de kinderen, maar die hebben niet zo’n speciale behoefte om met me te praten. Ik maak me wel eens zorgen dat Flavia te gesloten is. Flurry is een geval apart, de lieverd. En Liddy is gewoon wat je van een meisje van haar leeftijd kunt verwachten. Wat Sissy betreft, dat is ook een bijzonder iemand, zeker, en… en dan hebben we Eugene nog.' Ik zag nog net dat ze bloosde. Flavia, Flurry, Sissy, Liddy, Eugene. De namen tolden als een zwerm vogels door mijn hoofd. Constance keek me gretig, smekend aan. 'Het zou echt geweldig zijn iemand te hebben om mee te praten.'

Ik glimlachte en keek haar dankbaar aan. Het gevoel was heel oprecht, maar ik was te moe om nog iets uit te kunnen brengen.

'Arme Bobbie.' Ze schoof een stoel tot naast mijn kussen en klopte me op de arm. 'Je bent helemaal kapot, hè? Geeft niet, morgenochtend praten we verder. Zal ik "De begrafenis van sir John Moore" voor je opzeggen? Ik lees zelf altijd wat gedichten voordat ik ga slapen. Ik vind dat je daarmee de kleine ergernissen van een dag verjaagt.'

Ik sloot mijn ogen om mijn instemming tot uitdrukking te brengen.

'"Geen trom werd gehoord, geen klank van…"' begon Constance op dramatische toon, maar de rest ging verloren toen er een golf over me heen sloeg en me wegvoerde van de oever in de peilloze diepte van een droomloze slaap.

17

Tegen het aanbreken van de dag werd ik wakker. Ik bleef nog even zweven. In de verte hoorde ik een schaap blaten. Ik was dus niet thuis. Ik deed mijn ogen open. Er waren donkere, onbekende vormen om me heen. Moeizaam kwamen de beelden van de vorige dag weer bij me boven. Hoe onwaarschijnlijk ook, ik bevond me in een kasteel in een verre uithoek van Ierland. Het was ondraaglijk benauwd in de kamer. Er hing een vieze, zurige lucht. Toen moest ik opeens aan Burgo denken en werd overmand door verdriet.

Ik ging rechtop zitten, zwaaide mijn benen over de rand van het bed, en omdat ik me zelfs in mijn verdriet de staat van het tapijt herinnerde, zocht ik met mijn tenen tot ik mijn schoenen had gevonden. Ik wankelde naar het raam, duwde dit open en ademde de frisse lucht in. De lucht was donker, met vage strepen roze. Ik bleef een tijdje staan kijken hoe de sterren verbleekten terwijl de horizon een potloodstreepje goud werd. Ik probeerde niets te voelen of te denken, tot ik zo moest huiveren dat mijn kaken er pijn van deden. Ik liet het raam openstaan en kroop weer in bed, drukte mijn gezicht in een kussen dat stonk als het leeuwenhuis in een dierentuin, en huilde langdurig en hevig.

Vanaf het moment dat Harriet me op het idee had gebracht naar Ierland te vluchten, had ik noch de tijd noch de gelegenheid gehad me over te geven aan mijn verdriet. Ik had vaak aan Burgo gedacht, met verlangen, met tederheid, met angst, maar ik had mezelf nog niet verteld dat ik de liefde van mijn leven voor altijd de rug had toegekeerd.

Vanaf het moment dat we elkaar tussen de doorweekte laurierstruiken van Cutham Hall onze liefde hadden verklaard, was ik reddeloos verloren geweest. Ik had drie dagen moeten wachten tot de telefoon ging.

'Roberta.' Ik hoorde stemmen op de achtergrond.

'Hallo.'

Mevrouw Treadgold kwam de hal in. Er moet iets in mijn stem zijn geweest dat haar belangstelling wekte, want ik kon vanuit mijn ooghoeken zien dat ze bleef staan en met een plumeau tussen de spijlen van de trapleuning begon te porren.

'Kun je me zondagmorgen om twaalf uur in Blackheath van het station halen?' Hij klonk zakelijk, alsof hij druk bezig was.

'Ja.'

'Ik loop naar dat boogbruggetje achter de parkeerplaats, en zal je daar ontmoeten.'

'Goed.'

'Tot dan.' Hij had alweer opgehangen.

Ik schonk mevrouw Treadgold een stralende glimlach. De arme vrouw had een enorme klus voor de boeg want de trap was weelderig bewerkt en had een laag stof van eeuwen. Ik zweefde weg om de aardappels te schillen die stuk voor stuk door een stralende nevel omhuld leken te zijn.

Burgo leunde over de brug en keek omlaag naar het water toen ik aan kwam rijden. Ik had bijna elke minuut van de dag over dit moment nagedacht. Ik was van plan geweest beheerst, welsprekend en geestig te zijn, maar zijn lijfelijke aanwezigheid was verpletterend voor mijn zelfbeheersing. Toen hij in de auto stapte werd ik opeens zo verlegen dat ik hem niet eens aan durfde te kijken. Op de een of andere manier wist ik de auto in de versnelling te zetten en weg te rijden, zomaar ergens naartoe. Mijn gedachten waren verward. Hoe had het kunnen gebeuren dat ik me in deze intieme situatie bevond met een man die ik nauwelijks kende? Hij was zo vreemd, zo werelds, zo oogverblindend blond, zo... nou ja... zo groot. Hij vulde het interieur van de Wolseley, zoals hij met zijn hoofd bijna tegen het dak zat en met zijn knieën tegen het dashboard.

Toen we zwijgend een paar kilometer hadden gereden, wees Burgo naar een parkeerplaats verderop. 'Stop daar eens even,' zei hij, als een rijinstructeur die op het punt staat de fijne kneepjes van het in file parkeren uit te leggen. Ik deed wat me werd gezegd. 'Zet de motor af.'

Ik gehoorzaamde.

'Kijk me eens aan, lieverd.'

Aarzelend draaide ik mijn hoofd opzij en zag dat de spottende blik in zijn ogen, waardoor ik me die keer in het Carlton House Hotel zo aangetrokken had gevoeld, nu afwezig was. Deze keer was ik daar dankbaar voor. Hij pakte mijn hand.

'Denk niet dat ik zelfingebeeld ben wanneer ik zeg dat ik wist dat dit zou gebeuren. Meteen, vanaf het eerste begin. Ik wist dat het móést gebeuren.'

Met die woorden hield hij op een vreeswekkende vreemde voor me te zijn. Hij pakte mijn hand en kuste die.

'Maakt het jou veel uit waar we gaan lunchen?' vroeg hij.

'Nee. Ik vind alles best.'

Hij legde zijn hand losjes op mijn knie. 'Laten we dan maar eens zien wat we tegenkomen.'

Er volgde geen poging de ongebreidelde hartstocht van onze vorige ontmoeting te herhalen. Pas later besefte ik hoe goed hij was in het lezen van andermans gedachten.

Na een paar kilometer bosweggetjes reden we Kent binnen. Weldra zagen we een bord: 200 METER VOLGENDE WEG LINKS. THE FISHERMAN'S REEL. GOEDE MAALTIJDEN EN LOGIES. AANBEVOLEN.'

'Ze zeggen er niet bij door wie,' zei Burgo. 'Maar dat geeft niet. We kunnen altijd doorrijden als het ons niet bevalt. Ik had eigenlijk wat research moeten doen. Maar het zijn erg drukke dagen geweest. Donderdag was de laatste stemming om vijf uur 's nachts. Ik heb gesproken over het gebruik van goed Engels in wetsartikelen. Ik hoop dat het goed was. Ik kan me geen woord herinneren van wat ik heb gezegd. Ik moest de hele tijd aan jou denken.'

'Echt? Daar ben ik blij om.'

'Meen je dat, lieverd? Je minacht me niet omdat ik zo hopeloos verliefd op jou ben dat ik de helft van de tijd tot een onnozel dier ben gereduceerd?'

'Natuurlijk niet. Ik keek opzij om hem aan te kijken.

'Pas op voor die heg,' zei hij.

The Fisherman's Reel was klein, witgekalkt met een strodak, en met een eendenvijver bij de poort en appelbomen in de boomgaardachtige tuin waarin kippen rondliepen en katten lagen te zonnen. Achter de boomgaard stroomde een riviertje, bruin en kabbelend onder de wilgen en de vlieren. Er waren geen andere gasten.

We dronken wijn onder de appelbomen. De zon streelde het afgebladderde tafelblad en mijn blote armen en speelde met de schaduwen op het lange gras.

De maaltijd die ons werd voorgezet – ieder een halve eend met gepofte aardappels en doperwtjes – bleek verrassend goed te zijn. Toen we na een toetje van broodpudding en verse frambozen uit eigen tuin koffie met cognac bestelden, was de waardin helemaal verrukt over ons.

Burgo pakte mijn hand. 'Zeg eens, liefste.' Hij keek me aan. 'Moet je per se vanavond naar huis? Denk je dat je familie het nog een paar uur zonder je kan stellen?'

'Ik zou Oliver kunnen bellen om hem te vertellen wat ik voor het eten had gepland,' zei ik met een kalmte die in tegenspraak was met het bonzen van mijn hart. 'Gelukkig staat mijn vader erop 's zondags iets kouds te eten. "Om het personeel te sparen." Dat we in feite geen inwonend personeel hebben, is niet van belang.'

'Zou je dat willen doen, lieverd? Er is niets ter wereld dat ik zo graag zou willen als de nacht doorbrengen met jou.'

Ik had een paar meter verderop langs de weg een telefooncel gezien. Gelukkig nam Oliver op. Hij klonk slaperig en was geneigd te protesteren bij de gedachte bietjes in een schaal te moeten snipperen en augurken en kappertjes door de mayonaise te mengen. Maar ik beloofde hem de volgende week een avond naar de Nine Elms te brengen, waar ze een nieuwe barjuffrouw hadden op wie Oliver een oogje had. Oliver had het nog steeds niet opgebracht vroeg op te staan om zijn rijbewijs te halen, waardoor ik vaak de rol van Cupido had moeten spelen.

'Ik heb hier een kamer genomen,' zei Burgo toen ik terugkwam. 'Dé kamer, moet ik zeggen. Mevrouw Slattery, de waardin, vertelde me dat haar schoonmoeder de andere kamer heeft. Ze is bedlegerig en we moeten ons er maar niets van aantrekken als ze vannacht ligt te roepen. Mevrouw Slattery zegt dat het een vals oud mens is dat graag lastig doet.'

'Ik heb met haar te doen. Met allebei, eigenlijk.'

'Je vindt het niet erg dat het geen vijfsterrenhotel is?'

'Ik vind dit veel leuker. Ik heb eigenlijk een hekel aan dure hotels. Bovendien... zullen we voorzichtig moeten zijn, denk ik?'

Burgo keek me peinzend aan. Na een tijdje zei hij: 'Roberta, ik houd verschrikkelijk veel van je.'

In de maanden die volgden moest ik vaak aan deze woorden denken, en aan de blik waarmee hij ze uitsprak.

Die middag reden we naar de kust en wandelden op het strand. We keken in plasjes water tussen de rotsen, groeven fossielen uit de kliffen, speelden met een vriendelijke hond. We keken naar zeilboten die door de baai voeren en naar strandlopers en bontbekplevieren die in het zand naar wormen en weekdieren zochten.

Burgo keek omhoog naar de lucht terwijl de wind in zijn haar blies en zijn overhemd deed wapperen. 'Een wolkeloze hemel. De zee die schittert; het geknars van steentjes onder mijn voeten. De roze binnenkant van deze schelp' – hij stak hem naar me uit – 'dat is de kleur van... wat zou je zeggen? Rozen? Vlees? Laten we afspreken dat we volstrekt onverantwoordelijk en in het nu leven.'

Ik pakte de schelp aan en stopte hem in mijn zak. 'We kunnen het proberen.'

We dronken thee op de boulevard van het volgende plaatsje. We kochten tandenborstels, tandpasta en ondergoed. Ik kocht een kam en Burgo kocht een overhemd. Daarna reden we terug naar The Fisherman's Reel. Er zaten nog twee andere stellen in de bar, dus trokken we ons terug in de boomgaard. Mevrouw Slattery kwam naar buiten met een koude fles Sancerre en kussens voor onze stoelen.

Ondanks de dalende temperatuur aten we buiten. De tomatensoep was zelfgemaakt, de aardappels en snijbonen kwamen uit eigen moestuin, de kip uit het hok van mevrouw Slattery. Burgo vertelde me hoe het was om in het parlement te zitten. Hij beschreef wonderlijke regels: geen handen schudden, bijvoorbeeld, en geen applaus. Instemming werd tot uitdrukking gebracht door zwaaien met papieren, juichen of, indien mogelijk, met de handen op de tafel slaan. Als je tijdens een stemming iets wilde opmerken, moest je een opvouwbare zijden steek opzetten die de kamer speciaal voor dit doel bewaarde.

'Het klinkt net als een jongenskostschool, met allerlei geheimtaal voor de directrice en voor snoep.'

'Ik geef toe dat het absurd is. Maar er zijn wel meer dingen in mijn leven die belachelijk zijn.'

Zo zaten we buiten te praten, waarbij we discreet onder de tafel elkaars hand vasthielden. Binnen werd het druk.

'Wil je nog een slaapmutsje?' vroeg Burgo. Ik schudde mijn hoofd, me ervan bewust dat er veel ogen op ons waren gericht. 'Goed... zullen we dan maar naar boven gaan?'

Een man die tegen de toog leunde keek demonstratief op zijn horloge en gaf Burgo toen een vette knipoog.

'Welterusten mevrouw, meneer.' Mevrouw Slattery knikte vanachter de bar naar ons. Haar vissenogen stonden nieuwsgierig, haar glimlach was samenzweerderig. Ik vroeg me af wat er aan ons was dat ons zo duidelijk tot ongehuwd en verliefd verklaarde. Dat wil zeggen, niet met elkaar getrouwd. We werden op de trap gevolgd door een salvo van luidruchtig gelach.

De kamer was klein, met een schuin balkenplafond en een vloer die al bijna even scheef liep. Er stond een bed, een kleerkast, een stoel met daarop een tafellamp en in één hoek was een piepklein wasbakje. De gordijnen waren verschoten en het meubilair was met een vaalgroene glansverf beschilderd, maar alles was schoon.

'Ik vrees dat ze zich de rest van de avond vrolijk zullen maken over ons,' zei ik toen we elkaar over de witte katoenen sprei aankeken. 'Wat is er toch zo opvallend aan ons? Volgens mij komt het doordat jij zo lang bent.'

'Lieverd, begrijp je niet dat jij overal zou opvallen? Er is geen man tussen de acht en de tachtig die zich niet, zodra hij je ziet, afvraagt hoe het zou zijn om jou in zijn armen te houden. Het was het allereerste waar ik aan dacht, toen in het Carlton House...'

Er klonk getik op de andere kant van de muur.

'Wat was dat?' vroeg ik verschrikt.

Burgo liet zijn stem dalen. 'Dat moet de schoonmoeder van mevrouw Slattery zijn.'

Ik begon te giechelen, en er klonk nog meer geklop.

'Die muren moeten flinterdun zijn,' fluisterde Burgo. 'Ik zal het raam dichtdoen... Au!'

'Burgo! O, wat moet dat pijn doen!' Hij had zijn hoofd tegen een balk gestoten en was achterover gevallen, gelukkig op het bed. Ik vergat mijn stem te dempen, en het kloppen klonk nog luider en verontwaardigder dan eerst.

'Volgens mij is mijn schedel gebarsten. Het wordt helemaal donker om me heen.'

'Laat me even kijken.' Ik boog me over hem heen. 'O arme, arme lieverd! Je bloedt. Eén moment.' Ik schoof om het bed heen naar de wasbak en maakte de handdoek nat met koud water. 'Doet het érg pijn?' Ik knielde naast hem op het bed en bette voorzichtig het kleine sneetje.

'Vreselijk.' Hij sloeg zijn armen om me heen en trok me over zich omlaag. 'Er is maar één remedie voor. Kom, liefste... Kom... Nu...'

Er was nog een salvo aan getimmer gevolgd, maar ik moet met schaamte bekennen dat we ons daar niets van aantrokken.

Ik lag in mijn bed op Curraghcourt terwijl de tranen over mijn gezicht stroomden en ik me afvroeg hoe ik hier ooit overheen moest komen. Waar was Burgo nu? Ik stelde me voor dat hij wakker lag in zijn flat in Lord North Street, terwijl hij aan mij dacht, probeerde te gissen waar ik naartoe was, waarom ik was vertrokken. Tijdens die vreselijke telefoongesprekken nadat de kranten het verhaal hadden gebracht, had ik geprobeerd hem uit te leggen waarom ik niet kon toestaan dat hij alles opgaf om mij. Hij had me beschuldigd van trots. Hij had me gevraagd of ik genoeg van hem hield om een paar maanden van afkeuring en onbegrip te verdragen. Hij had bezworen dat zijn liefde onvoorwaardelijk was. Bovendien, had hij eraan toegevoegd, zou hij weliswaar zijn ontslag als minister van Cultuur moeten indienen, maar hij had vrienden in het kiesdistrict en hij dacht dat hij zijn zetel wellicht kon behouden. Als we discreet waren en hij werkte hard en hij gedroeg zich, zou hij misschien, na een paar jaar op een zijspoor, weer terug kunnen komen. Toen ik de vastberadenheid in zijn stem hoorde, besefte ik dat wat hij ook mocht zeggen over bereid te zijn alles op te geven voor de liefde, hij al zijn hoop had gevestigd op het terugwinnen van zijn positie.

Ik trok de dekens tot over mijn oren. Ik was een lafaard, zei ik voor de duizendste keer tegen mezelf. Maar ik had het sterke gevoel dat ik uiteindelijk geen compensatie zou vormen voor alles wat Burgo moest opgeven. Terwijl ik vol wanhoop mijn handen tegen mijn slapen drukte, hoorde ik een zachte bons die uit de richting van het raam kwam.

Het was te donker om iets te zien. Ik wachtte, met ingehouden adem. Een vaag krabbelend geluid werd gevolgd door nog een bons. Er kroop iets over de vloer. Ik tastte naar het lichtknopje, drukte erop. Er gebeurde niets. Mijn bevende handen vonden de lucifers en ik stak de kaars aan, hield die hoog. Er waren vijf paar ogen die glansden, knipperden. Eén stel ogen liep terug naar het raam.

Ik slaakte een diepe zucht. Alleen iemand die weinig huisdieren had gehad, zoals ik, had niet onmiddellijk kunnen begrijpen dat de overweldigende geur in mijn kamer die van katten was.

'Poes, poes!' riep ik.

Ze aarzelden. De moedigste van het stel deed een stap in mijn richting voor hij ging zitten om zijn achterpoot te wassen. 'Kom eens! Aai poes!' Ik klopte op het beddengoed. De durfal wandelde dichterbij en de andere keken toe om te zien wat zijn lot zou zijn. Ik krabbelde uitnodigend met mijn vingers op de sprei. Hij bleef een poosje naar mijn hand kijken voordat hij sprong en naast mijn knieën landde. Zacht streelde ik hem over zijn rossige oren. Hij begon te spinnen. Ik krabde hem onder de kin en hij draaide zich in extase op de rug. Een rinkelend geluid trok mijn aandacht naar het dienblad dat Constance op de vloer had laten staan. De andere katten waren bezig de soepkom uit te likken en het pak wafeltjes te verorberen. Er ontstond ruzie over het stuk kaas dat ik te hard had gevonden om op te eten.

Ik stapte uit bed en verdeelde de resten van mijn avondeten eerlijk onder hen, zonder de durfal te vergeten. Ze schrokten de restjes naar binnen alsof ze uitgehongerd waren. Toen ze klaar waren sprong de durfal weer op het bed en waste zich even voor hij zich oprolde om te gaan slapen. Drie sprongen er in de stoel. Eén klom er in de gordijnen van mijn bed om in het baldakijn te gaan liggen. Uit de snelheid waarmee ze zich nestelden bleek duidelijk dat mijn kamer regelmatig als kattenslaapzaal werd gebruikt. Terwijl ik naar hen keek ploften er nog twee katten over de vensterbank, die met een behoedzame boog om me heen liepen naar het dienblad en daar de lege borden schoonlikten.

Ik liep naar het raam om naar buiten te kijken. De dageraad onthulde, op een goede meter onder mijn vensterbank, een hellend dak dat eindigde in een borstwering. Links van mij strekte zich een groter stuk dak uit, met schoorstenen, steunberen, dakgoten en torentjes, als een miniatuurdorp dat door katten werd bewoond. Ik telde er nog eens zes. Sommige katten sliepen; andere keken naar de opgaande zon. Achter de borstweringen golfden de bossen, onderbroken door heldergroene weilanden en akkers, tot aan de glooiende heuvels die in de verte tot zwarte bergen werden, met toppen die in een geelbruin licht waren gehuld. Heel even kreeg ik een voorgevoel dat mijn verdriet, dat nu zo overweldigend was, uiteindelijk, net als alle narigheid van iedere plaats en van alle tijden, minder van belang zou worden dan die heuvels en bomen, minder zelfs dan een sprietje gras. Dit was een troostvolle gedachte.

Ik trok mijn ochtendjas onder de slapende durfal vandaan. Hij bewoog zich even en strekte zijn lange, magere poten uit. Ik ben geen expert op het gebied van katten, of van welk dier dan ook, maar zelfs ik kon zien dat er iets vreemds aan deze kat was. Ik streelde een gestreepte poot. Hij begon half te spinnen en trok de poot toen weg, maar niet voordat ik zeven tenen had kunnen tellen.

18

'Goeiemorgen, Bobbie! Ik hoop dat je goed hebt geslapen. Voel je je wat beter?'

Constance stond bij de lange tafel in de hal aan een kan met slappe klaprozen en rode bolderik te prutsen toen ik de trap afkwam. Boven de bloemen staken tarwearen omhoog.

'Jazeker. Dank je.'

'Daar ben ik blij om.' Ze wreef zorgelijk over het mahonie tafelblad. 'Het is jammer dat de bloemen al halfdood zijn. Het wordt zo'n rommeltje. Wat vind jij ervan?'

Ik liep naar de tafel om het geheel te bekijken. 'Het is...' Ik zocht naar een adjectief. '...heel pretentieloos. Ongekunsteld, bedoel ik eigenlijk.'

'Vind je het echt mooi?' vroeg Constance weifelend.

Dit was mijn eerste ochtend als huurling en ondergeschikte, en dat is niet het beste moment voor de waarheid. 'Het is in elk geval origineel. Ik zou nooit op de gedachte zijn gekomen een raffia poppetje in een vaas bloemen te zetten.'

'Dat is een fetisj van Sissy, om het huis tegen boze geesten te beschermen.' Constance hield haar hoofd scheef en keek peinzend naar de verzameling slappe stelen waarvan de bloemblaadjes nu al omlaag begonnen te dwarrelen. Naast het poppetje begon een spin een web te maken tussen de stengels van brandnetels. 'Er ontbreekt iets aan mijn gevoel voor esthetiek, weet je,' ging Constance verder. 'Ik vind dit erg lelijk. Sissy's bloemstukken geven me altijd het gevoel dat ik in een stuk van Eugene O'Neill terecht ben gekomen. Maar als jij het mooi vindt, zal ik het wel verkeerd hebben.'

Ik besloot die bloemen verder te laten zitten. 'Zal ik Sissy vandaag ontmoeten?'

'Ja, maar ik weet niet precies wanneer. Ze is op dit moment met haar oefeningen bezig.'

'Is Sissy – ik hoop dat je me niet nieuwsgierig vindt, maar ik begrijp het niet helemaal – is Sissy je zusje?'

'O, wat ben ik toch dom, ik had dit moeten uitleggen. En je moet het me echt vragen als je iets wilt weten. Sissy McGinty woont bij ons in huis, al bijna een jaar. Maar ze is geen familie. Je zou kunnen zeggen dat ze een vriendin van de familie is. Ach...' Constance deed een beetje nerveus. 'Ik kan je maar beter de waarheid vertellen, omdat je er vroeg of laat toch achter zult komen. Ze is de maîtresse van Finn.'

Ik zweeg even terwijl ik dit tot me door liet dringen. Dus er was een *ménage à trois* op Curraghcourt.

'Ik hoop dat je niet geschokt bent.' Constance keek me angstig aan. 'Hoewel we niet dezelfde smaak op het gebied van bloemschikken hebben, ben ik erg op Sissy gesteld. Maar niet iedereen kan even goed met haar overweg. Ik besef uiteraard dat voor iemand die streng is opgevoed dit alles heel ongepast kan lijken...'

'Ik ben helemaal niet geschokt,' onderbrak ik haar. 'Ik weet niets van de omstandigheden en het gaat me ook niets aan.'

'Dat is aardig van je,' zei Constance, kennelijk opgelucht. 'Pastoor Deglan leest me altijd duchtig de les over Finn en Sissy, alsof ik daar iets aan zou kunnen doen.' Ze schoof haar arm door de mijne. 'Kom, je zult wel honger hebben. Laten we gaan ontbijten.'

'O!' riep ik, toen we de eetkamer binnenkwamen. 'O!'

De kamer was groot en licht, met vier schuiframen langs de ene wand en een stel openslaande deuren aan het eind. De kamer was in een afschuwelijke kleur bruin geschilderd en had lelijke ripsgordijnen in dezelfde kleur. Diverse lichtere rechthoeken gaven de plaatsen aan waar vroeger schilderijen de muren tegen turfrook hadden beschermd. De lange tafel was bezaaid met boeken, kranten en vuile borden. Maar niets van dit alles was verantwoordelijk voor mijn kreet van verbazing. Ik draaide me op mijn hielen om terwijl ik omhoogkeek. Het plafond was een schitterend geheel van bloemen, bladeren, krulversieringen en guirlandes. Boven de prachtige schoorsteenmantel waren groepen bloemen en fruit van pleisterwerk. De muren waren versierd met medaillons met vogels en dieren, en in het fries zag ik een stoet griffioenen, centauren en andere mythologische dieren lopen, aangevoerd door bazuinengeltjes.

'Dit is echt geweldig!' zei ik. 'Dit moet het werk van een grote meester zijn.'

‘Het is inderdaad heel fraai,’ zei Constance, terwijl ze naar een buffet liep waarop diverse zwart uitgeslagen zilveren dekschalen stonden. Haar rubberlaarzen maakten een flappend geluid terwijl ze liep. ‘Eens kijken of ik me de naam kan herinneren. Twee broers, Italianen... Of waren het Zwitsers? La Franky of zo. Ik ben het vergeten.’

‘Toch niet La Franchini!’ riep ik uit.

‘Dat is het.’ Constance staarde me aan. ‘Wat knap van je! Hoe wist je dat?’

‘Het was mijn werk: meubels en binnenhuisarchitectuur. Ik heb in Londen voor een veilinghuis gewerkt. Dit is echt schitterend!’ Ik liep de kamer rond met mijn hoofd achterover, mijn kin in de lucht. Ik bleef staan onder een stuk pleisterwerk dat leek op het handwerk van een leerlingverpleegster op de gipsafdeling van de eerste hulp. ‘Wat is hier gebeurd? Is dat een olifant? Hij heeft vijf poten.’

‘Volgens mij is dat een staart. We hadden een keer een gesprongen waterleiding en het water kwam door het plafond. Het zag er daarna zo vreselijk uit, dat Sissy heeft geprobeerd het met alabastine te repareren.’

Ik bedwong een kreet van afschuw toen ik zag hoe meer dan een halve vierkante meter van een meesterwerk voor altijd verloren was gegaan. De rest van de bestaande versiering vertoonde een laag stofraggen en kleine barstjes.

‘We hebben hier vorig jaar iemand van Hibernian Heritage gehad, en die werd heel boos toen hij dat zag. Hij zei dat we het door een expert hadden moeten laten repareren. Ik wilde niet zeggen dat we geen geld hebben. Maar dat hebben we echt niet, weet je. Finn krijgt altijd migraine als hij de boekhouding doet. Het probleem is dat Hibernian Heritage geen subsidie wil geven tenzij we Curraghcourt openstellen voor het publiek. Maar hoe zouden we dat moeten doen? Het is allemaal zo’n rommel. Ik heb hem rondgeleid en hij gaf toe dat het onmogelijk was. Kom nu maar even kijken wat je wilt eten.’ Constance pakte een bord en een lepel. Ik liep met haar naar het buffet. ‘Er is roerei. Dat kan ik niet aanbevelen. Ik begrijp niet waarom het altijd grijs wordt als ik het maak. Hallo Flurry, lieverd. Dit is juffrouw Norton, onze nieuwe huishoudster.’

Er was een jongen met een bril en met borstelig, kortgeknipt zwart haar de eetkamer binnengekomen. Een korte grijze broek liet mollige knieën overdekt met korstjes zien. Hij kwam tussen ons in staan en wierp een snelle blik op me voor hij een schaal met roze worstjes bekeek. ‘U ziet er veel aardiger uit dan mevrouw Heaney. Maar u blijft toch niet, dus zal ik geen moeite doen om met u te praten.' Hij pakte het bovenste bord van een grote stapel.

'Dat is érg onbeleefd, Flurry,' protesteerde Constance. 'Geef juffrouw Norton alsjeblieft een hand en zeg hoe blij je bent dat ze ons komt helpen.'

Met zijn aandacht nog steeds bij de worstjes stak Flurry een hand uit en zei met monotone stem, alsof hij een lesje opzei: 'Hoe maakt u het, juffrouw Norton? Ik ben Florence Finn Fitzgeorge Macchuin. Wat leuk u te ontmoeten en het spijt me dat u zo snel weer zult vertrekken.'

Ik gaf hem een hand. Hij voelde warm en vochtig aan. Het was een warme dag en hij droeg een grijze wollen trui en een marineblauwe blazer. 'Hoe maak je het, Flurry?' zei ik. 'Zeg alsjeblieft Bobbie tegen me. Ik hoop minstens een paar weken te blijven dus misschien vind je het toch de moeite waard om af en toe iets te zeggen.'

'Ik ben erg blij dat te horen,' zei Constance. 'O lieve help, wat is dit?' Ze schopte een bloederig bot onder de tafel. 'Wat afschuwelijk!'

Flurry richtte zijn ogen op mijn gezicht en bekeek dit zorgvuldig. Ik zag dat zijn ene oog een akelig strontje had. 'Mevrouw Heaney zei dat niemand die geen verbond met de duivel had gesloten het kon volhouden in een huis met mensen die allemaal zo gestoord waren als *bullawawns* en met een oude vrouw die een tong als een zaagmolen had. Misschien heeft u oma nog niet ontmoet?'

'Ik heb mevrouw Crawley gisteravond ontmoet.' Ik besloot dat er nog wel een leugentje voor het goede doel bij kon. 'Ik vond haar een bijzonder aardige dame.'

'O ja?' Flurry fronste zijn wenkbrauwen en liep naar de ontbijtschalen. 'Tante Connie?' Hij keek naar haar op. 'Heeft u deze worstjes gebakken?'

'Die heb ik inderdaad gebakken, Flurry mijn jongen. En ik heb op ze gepast als een moeder op haar pasgeboren baby. Je gaat me toch niet vertellen dat ze aangebrand zijn, hè?'

'Nee-ee.' Hij ging aan de tafel zitten en begon met stugge concentratie te eten.

'Wil je misschien een wentelteefje, Bobbie? Die zijn lekker knapperig.' Ze demonstreerde dit door met een lepel te tikken op iets wat ik als bloedworst had geïdentificeerd.

'Dank je.' Ik zweeg, een beetje gegeneerd. 'Maar hoor ik de maaltijden eigenlijk niet in de keuken te gebruiken?'

'Mevrouw Heaney at in de keuken.' Flurry sprak met zijn mond vol en zonder zijn ogen van het bord af te wenden. 'Maar juffrouw Macnulty, onze vroegere kinderjuffrouw, at wel samen met ons. Haar gebit klapperde. Ik vermoed dat jij je eigen tanden nog hebt. Ik denk niet dat je Katty of Pegeen erg aardig zult vinden, en die zitten altíjd in de keuken. Maar als je oma aardig vond, dan...'

'Natuurlijk eet je samen met ons,' onderbrak Constance hem. 'Dat wil zeggen, als je onze slechte manieren kunt verdragen. Ik wil dat je je als lid van de familie beschouwt.' In het ochtendlicht zag ik dat Constance prachtig donkergrijze ogen had.

'Dat is aardig van je,' zei ik. 'Goed dan.' Ik inspecteerde een schaal die iets donkers en slijmerigs bevatte, als inktvis die in inkt was gekookt. 'Dit ziet er interessant uit.'

'Het zijn paddenstoelen. Sissy heeft ze vanmorgen geplukt. Ik heb ze moeten bakken om haar gevoelens niet te kwetsen, maar ik weet echt niet zeker of het veilig is...'

'Eet er maar niet van,' zei Flurry. 'Als je oma aardig wilt blijven vinden. Of wie dan ook.'

Ik besloot tot een wentelteefje en wat reepjes bacon, die tot brokjes versplinterden toen ik probeerde ze te snijden. Links van mijn bord had iemand 'Kilroy was here' in het stof op de tafel geschreven. Ik probeerde me niets aan te trekken van een haarborstel vol haren, enkele centimeters rechts van me. Tegenover me zat Flurry vlijtig in een worstje te zagen. Het vlees binnen in het knalroze vel was rauw. Ik hoopte dat hij over een goed ontwikkeld afweersysteem beschikte.

'Goeiemorgen Flavia, lieverd,' zei Constance toen er een meisje de kamer binnenkwam met een open boek waarin ze tijdens het lopen bleef lezen.

'Hallo tante Connie.' Flavia keek even van de pagina op en keerde een wang toe om te worden gekust voor ze ging zitten. Ze leunde met haar hoofd op haar handen terwijl ze verder las.

'Lieverd, kun je even een ogenblik aandacht hebben? Bobbie, dit is mijn nichtje Flavia. Flavia, dit is juffrouw Norton, die ons komt helpen.'

Flavia keek op met de nietsziende blik van iemand wier gedachten elders zitten. 'Hallo,' zei ze vaag, voor ze weer in het boek keek. Ze had lang, krullend, prachtig kastanjebruin haar. Haar gezicht was nog wat mollig, maar beloofde dat ze later een schoonheid zou worden.

Constance trok haar wenkbrauwen naar me op. 'Ik vrees dat het gedrag van de kinderen niet altijd... Ik zou er eigenlijk iets aan moeten doen, maar ik ben hopeloos in andere mensen dingen te laten doen.'

Ik vroeg me af waarom discipline bijbrengen de verantwoordelijkheid van een tante moest zijn. Ik wist al dat meneer Macchuin veelvuldig afwezig was, maar vermoedelijk was Violet, mevrouw Macchuin, meestal thuis. Misschien, dacht ik ongemakkelijk, was mevrouw Macchuin zo gek als een bullawawn, wat dat ook mocht zijn.

'Ik zie druppeltjes bloed in dit worstje, tante Connie,' zei Flurry. 'Denkt u dat dat goed is?'

'O nee, lieverd, wat vreselijk. Eet het niet op. Het spijt me geweldig. Ik zal ze terug in de pan doen.'

Constance pakte de schaal met worstjes en liep er haastig de kamer mee uit. Flurry bleef met vork en mes omhoog zitten, alsof hij elk moment verder kon eten, en hij keek naar de muur boven mijn hoofd. Ik bood hem het rekje met bleke, taaie toast aan.

Flurry schudde zijn hoofd. 'Ik eet nooit toast.'

'Zal ik wat brood voor je afsnijden?'

'Ook geen brood.'

'Eieren?'

'Nee.'

'Wat eet je dan wel?'

'Worstjes.'

'Je moet toch ook iets anders eten dan worstjes.'

'Nee. Niet nu.'

'Wat, níéts anders? Hoe doe je dat dan op school?'

'Toen ik naar kostschool ging heb ik zo vaak straf gehad omdat ik het eten niet opat, dat de leraren bij de directeur hebben geklaagd dat ze al hun vrije tijd kwijt waren met toezicht houden op mij. Ik lustte niets anders dan worstjes. De schooldokter zei dat ik slap en bleek was en dat het mijn eigen schuld was als ik ziek werd. Hij zei dat ik een pak slaag verdiende als ik mijn bord niet leeg at.'

Flurry keek me heel even aan en richtte zijn blik toen weer op de muur.

'Dat was heel onaardig.'

'Ja. Ik heb het aan mijn vader geschreven en hij kwam me toen opzoeken. Hij was erg boos.'

'Op jou?'

Flurry schudde zijn hoofd. 'Hij heeft me van school gehaald. Ik ga nu overdag naar de school in Williamsbridge. Maar ik eet nog steeds alleen maar worstjes. Ik neem een lunchtrommeltje mee.' Ik hoefde niet te vragen wat dat trommeltje bevatte. Hij keek me onderzoekend aan. 'Kun jij worstjes bakken?'

'Ja, dat denk ik wel. Ik heb nooit klachten gekregen.'

Flurry's blik werd hoopvol. 'Het zou fijn zijn als je dat kunt. Tante Connie laat ze meestal aanbranden. Vandaag was dat niet zo, maar ze waren nog steeds niet goed. Soms, als we geen huishoudster hebben, probeert Sissy te koken, en dat is nog erger. De vorige keer heeft ze ze met lavendel gebakken.' Flurry trok een vies gezicht. 'Bah!' Toen voegde hij eraan toe: 'Dat vergat ik even. Ik mag het van tante Connie niet zeggen als ik iets niet goed vind.'

'Als het alleen om eten gaat, hoop ik dat je het me zult vertellen.' Toen hij niets zei maar met mes en vork in de hand voor zich uit bleef zitten staren, zei ik: 'Ik verheug me erop Sissy te ontmoeten.'

Hij keek me uitdrukkingsloos aan. 'Ik denk dat ze nog met haar oefeningen bezig is.' Flurry stond op en liep naar de openslaande deuren. 'Ja. Daar heb je d'r.'

Ik liet de bacon en het wentelteefje staan en liep naar hem toe. Voorbij het met tegels geplaveide terras werd een groot, slordig gemaaid grasveld door twee rechthoeken met water doorsneden. Deze vijvers, of eigenlijk kanalen, stonden loodrecht op het huis en liepen tot in de verte door. Ertussen stonden wat armzalige taxussen. Op het modderige pad achter de taxus was een vrouw behendig bezig radslagen te maken. Haar lange, donkere haar wapperde op en neer, als een vlag waar door een wisselvallige wind aan wordt gerukt. Ze was naakt.

'Kun jij radslagen maken?' vroeg Flurry.

'Nee.'

'Ik ben heel slecht in sport. Oma zegt dat ik zo dik ben als een pudding. Vind jij me dik?'

'Ach... nee. Misschien een beetje gezet.'

'Dus je vindt me dik.' Flurry sprak op een toon die geen tegenspraak duldde. Hij deed zijn armen op zijn rug, ging wijdbeens staan en keek naar Sissy, die al radslagen makend langs de buitenkant van een van de grachten naar ons toe kwam. Zijn manier van doen hield het midden tussen die van een naïeve schooljongen en een bejaarde staatsman.

'Zien alle vrouwen er zo uit als Sissy als ze geen kleren aan hebben?'

Ze was nu heel dichtbij en terwijl ze rondtolde, met haar armen en benen in een volmaakte hoek van negentig graden, werd er geen detail van haar anatomie aan onze verbeelding overgelaten.

'Ongeveer wel, ja,' zei ik.

'Bah!' zei Flurry weer.

Ik vroeg me af of ik iets moest zeggen over de schoonheid van het menselijk naakt, maar ik vond dat ik zo vroeg op de dag daar nog niet toe in staat was. Sissy stond rechtop en strekte haar handen boven haar hoofd. Zelfs door het smerige raam en over de zes meter of meer die ons scheidden, kon ik zien dat ze een paar keer diep ademhaalde. Haar borstkas zette uit en trok samen als een blaasbalg, en haar billen trilden van spanning. Opeens sprong ze in de lucht. Heel even dacht ik dat ze met haar hoofd omlaag in het grasveld zou duiken, maar op het laatste moment rolde ze zich op tot een bal en maakte een voorwaartse salto zonder de grond te raken.

'Allemensen!' Ik was diep onder de indruk. 'Ik wou dat ik dat kon.'

'Sissy heeft vroeger in een circus gewerkt. Als trapezeartiest.'

'Echt? Wat spannend!'

'Ja en nee. Ik heb het nu wel gezien.'

'Circussen zijn wreed,' zei een stem achter me.

Ik draaide me om naar Flavia, maar ze bleef met haar rug naar ons toe zitten lezen.

'Flavia houdt er niet van als dieren kunstjes moeten doen,' zei Flurry zacht. 'Ze is helemaal knetter van dieren.'

'Waar ben jij knetter van?' vroeg ik. 'Afgezien van worstjes.'

'Ik ben niet knétter van worstjes,' verklaarde Flurry op waardige toon, en hij vouwde zijn armen en keek me aan over de rand van zijn bril. 'Ik houd er toevallig erg van. Ik houd toevallig ook van locomotieven.'

'Je bedoelt dat je machinist wilt worden?'

'Nee,' zei Flurry op minachtende toon. 'Niet om ze te besturen. Om ze te maken. Ik wil ook graag bruggen en dat soort dingen bouwen. Heb je ooit van Isambard Kingdom Brunel gehoord?'

'Ja natuurlijk. Iedereen weet toch zeker wie dat was?'

'Ik weet niet waarom je iedereen zegt. Sissy had nog nooit van hem gehoord.'

'O, nou ja...'

'Ik wil net als Brunel zijn. Ik ben bezig een spoorlijn in de tuin aan te leggen. Timsy helpt me daarbij.' Flurry trok een scheef gezicht. 'Hij is alleen altijd dronken.' Hij keek me hoopvol aan. 'Kun jij hout zagen?'

'Ik heb het nog nooit gedaan, maar ik zou niet weten waarom niet. Het is vast niet zo moeilijk.'

'Het is heel gemakkelijk.' Flurry keek gewichtig. 'Ik zou het zelf kunnen doen maar ik heb er geen tijd voor. Ik heb veel bielzen nodig, weet je. Jij zou mijn onderbevelhebber kunnen zijn.'

Ik voelde me oprecht gevleid. 'Dat zou ik heel leuk vinden. Maar ik zal eerst het huishouden moeten doen, weet je.'

Flurry keek de kamer rond. 'Ik zie niet dat hier veel te doen is.'

'Zeg eens, Flurry. Waarom heb je gisteravond water over me heen gegoten? Want dat was jij, hè?'

Flurry wendde zijn blik af, maar er was even een twinkeling van pret in zijn ogen. Ik moest onmiddellijk aan zijn grootmoeder denken. 'We hadden het niet voor jou bedoeld. We dachten dat het pastoor Deglan was. Het was maar een tandenpoetsbekertje vol. Toen de Jehova's getuigen hier een keer kwamen, hebben we ze een hele emmer gegeven. Het spijt me dat jij het over je heen kreeg. Weet je wat...' Hij groef in zijn zak en haalde een handje met stofpluizen overdekte schatten tevoorschijn. 'Je mag mijn pennenmes voor een dag lenen, en dan staan we weer quitte.'

Ik kwam in de verleiding te zeggen dat ik het hem ook zonder zo'n offer zou vergeven, maar ik vermoedde dat het een kwestie van eer was. Ik nam het mes aan. 'Dank je.'

'Vrede?'

'Vrede.'

'Alsjeblieft.' Constance kwam binnen met een schaal worstjes. 'Ik heb ze op het warmste gedeelte van het fornuis laten sudderen. Ze moeten nu echt goed doorbakken zijn.'

Flurry bekeek de zwartgeblakerde, gekrompen worstjes en zuchtte.

'Moet je me zo langzamerhand de keuken niet eens laten zien?' zei ik tegen Constance. 'Ik begin het gevoel te krijgen dat ik hier onder valse voorwendsels ben.'

De deur ging open en een man in een paarse ochtendjas deed een stap de kamer in. Ik kon nog net een bleek gezicht en schouderlang bruin haar zien voordat zijn ogen me verbijsterd aankeken. Met een blik van ontzetting draaide hij zich snel om en liep de kamer weer uit.

'Dat is Eugene,' verklaarde Constance. 'Ik was vergeten hem te waarschuwen dat jij er was. Hij zal zich heel opgelaten voelen dat je hem bij jullie eerste ontmoeting in ochtendjas hebt gezien. Hij is erg gevoelig.'

Op hetzelfde moment klonk er een geluid dat het midden hield tussen een kreet en een kreun.

'Wat is er, liefje?' Constance bukte zich en sloeg haar armen rond Flavia's schokkende schouders.

'Otter is dood!' jammerde Flavia, en ze drukte haar gezicht tegen de pagina's van het boek. 'Ze hebben hem vermoord! En ik vond Otter het liefste van alle dieren!' Ze begon hartverscheurend te huilen.

'Het is maar een verhaal, lieverd.' Constance streelde en suste haar. 'Het is niet echt gebeurd.'

'Voor mij is het wel echt!' protesteerde Flavia.

Ik pakte het boek op, en terwijl Flavia huilde en Constance haar probeerde te troosten, las ik de bewuste passage. 'Het is inderdaad heel treurig,' zei ik. 'Ik moet er ook bijna van huilen, en ik ken de rest van het verhaal niet eens. Het is vreselijk dat mensen mooie dieren en vogels willen doden, hè?'

'Afschuwelijk!' Flavia's stem trilde. 'Maar jij hebt ook net bacon zitten eten. Dat was Muriel. Ze was zó'n lief varken. Ik ging haar vaak gedag zeggen, en dan mocht ik haar op de rug krabben. Ze zorgde heel goed voor haar biggetjes en ze is nooit op eentje gaan liggen, en haar beloning was dat meneer Rafferty met een mes haar...' Flavia werd overmand door een nieuwe vloed van tranen.

'Het spijt me,' zei ik, en ik meende het. 'Ik zal geen bacon meer eten nu ik weet dat ze een vriendin van je was.'

Flavia keek me achterdochtig aan. 'En ook geen varkenskarbonades uit de vriezer?'

'Nee.'

'Of hoofdkaas?'

'Dat zéker niet,' zei ik, met wellicht overbodige nadruk.

Constance probeerde de aandacht op iets anders te richten en zei: 'Kom, laten we verder gaan met deze dag. Laat dat vreselijke boek liggen en ga eens lekker een ritje maken op de Kaketoe.'

'De Kaketoe heeft een schaafplek omdat het halster niet goed was omgedaan. Eigenlijk zou Timsy hem niet mogen aanspannen. Mijn pony heeft nu verdomd veel pijn!'

'Probeer niet te vloeken, liefje, dat schokt de mensen en je bent er nog veel te jong voor.'

Flavia stond op met een verhit gezicht. 'Ik ga naar buiten om héél véél te vloeken en ik gooi dit boek in het vuurtje dat Timsy aan het stoken is.'

'Doe dat, liefje, als je je daardoor beter voelt. En daarna moest je maar eens aan je vakantietaak beginnen. Ik zal zelf ook wat aan die wiskunde moeten doen. Ik kan er geen touw aan vast knopen...'

Constance zuchtte toen de deur met een klap dichtviel. 'Ik geloof niet dat ik dat erg goed heb aangepakt.' Ze keek naar Flurry, die de hele discussie aandachtig had gevolgd. 'Kom, ga jij maar verder met je spoorweg. Of nog beter, begin aan je huiswerk. Laten we alsjeblieft afspreken dat je het deze vakantie niet op het laatste moment laat aankomen. Ik kan er echt niet tegen als ik tot vier uur 's nachts moet opblijven om het af te krijgen. En nu ga ik de afwas doen.'

'Als je me vertelt waar de gootsteen is,' zei ik, 'dan zal ik het doen. Daarvoor ben ik tenslotte hier.'

Constance keek me aan. 'Oké, dan laat ik je de keuken maar zien. Dit is het moment dat ik heb gevreesd.'

19

Samen laadden we een stokoude serveerwagen vol met de spullen van het ontbijt en Constance duwde hem, met één wiel dat piepte als een hysterisch kind, de hal in. Achter de draagstoel was de ingang naar een slecht verlichte gang.

'Pas op!' riep Constance, te laat.

'Wel verd…!' Ik wist me nog net in te houden.

Ik was tegen een zware ketting opgelopen, die in het trappenhuis hing. Het uiteinde ervan was in een knoop gedaan die op een vuist leek en exact ter hoogte van mijn haargrens hing.

'Het spijt me vreselijk! Ik had je moeten waarschuwen. Heb je je bezeerd?'

Ik voelde aan mijn voorhoofd. 'Het bloedt niet.'

'Ik moet Timsy die stomme ketting eens laten weghalen. Hij werd vroeger gebruikt om manden met turf voor de haarden in de slaapkamers omhoog te hijsen. We gebruiken hem nu nooit meer. Ik hoop dat je hoofd niet al te veel pijn doet.'

'Helemaal niet,' loog ik. Het deed pijn en ik was ervan overtuigd dat het een flinke blauwe plek zou worden.

'We zijn allemaal gewend om voor het ding weg te duiken, dat is het probleem. De man van Hibernian Heritage liet een paar vloeken horen die ik nog niet kende. Niet dat ik vloeken zo'n punt vind, maar de kinderen krijgen er problemen mee op school als ze het doen. Pater Matthew en de zusters doen heel neurotisch over elke krachtterm.'

'Gaan de kinderen naar een kloosterschool?'

'In Ierland worden alle scholen door de kerk geleid, als je dat bedoelt. Als je het mij vraagt wordt er te veel nadruk op godsdienst gelegd en te weinig op vreemde talen, maar dat doet niemand ooit – het aan mij vragen, bedoel ik. Het is in dit land een vergissing om als vrouw te worden geboren. We horen gelijk te worden betaald nu we bij de EU zijn, maar wat heeft dat voor zin als vrouwen hun baan moeten opgeven als ze trouwen?'

'Moet dat van de wet, bedoel je?'

Terwijl Constance praatte loodste ik de serveerwagen door de gang die steil naar beneden afliep. Het licht van een enkele elektrische peer werd aangevuld door licht van kaarsen die in hun eigen vet waren gezet. Bij elke stap dreigden de hobbels in de tegels de stapel borden en kopjes op de vloer te doen belanden.

'Nee, niet volgens de wet maar volgens de gebruiken die in zekere zin nog meer bindend zijn. Er bestaat geen wezen dat zo hopeloos reactionair is als een Ierse man. Ik verzeker je dat vrouwen in Ierland het niet gemakkelijk hebben.'

Op dit punt in het gesprek hadden we de keuken bereikt. Ik begreep onmiddellijk waarom Constance had geaarzeld me die te laten zien. Hij was gevestigd in wat de crypte van het kasteel moest zijn geweest, hetgeen betekende dat de grote, gewelfde ruimte werd verdeeld door erg veel schilderachtige, maar hoogst onhandige pilaren. Bovendien zaten de halfcirkelvormige ramen hoog in de muren, zodat je onmogelijk naar buiten kon kijken en de onderste regionen in een schemerduister waren gehuld. Het vertrek leek in alles op een kerker.

Een tafel besloeg de meeste ruimte in het midden. Erop lag een uiteenlopende verzameling voorwerpen, zoals ik inmiddels ook elders had aangetroffen. Ik vroeg me af welke rol de accordeon in het bereiden van voedsel speelde. In een enorme open schouw smeulde een chagrijnig vuur waarvan de rook zich vermengde met de stinkende damp die opsteeg uit een zwartgeblakerde pot die boven de turven hing. Rond de haard zaten drie ineengedoken gestalten. Ondanks het gepiep en gerinkel van de serveerwagen leek niemand onze binnenkomst op te merken.

'Hallo allemaal,' zei Constance. 'Bobbie, dit is Pegeen en dit is Katty.'

Constance sprak op de montere toon van een kleuterjuffrouw die tegenover hopeloos dwarse kinderen stond. De twee vrouwen kwamen moeizaam overeind en knikten met hun slordige hoofd bij wijze van begroeting. Pegeen was, dacht ik, de knapste van de twee. Katty had felle oogjes en een haviksneus. 'Dit is juffrouw Norton.'

'Bobbie, alsjeblieft.' Ik glimlachte, in de hoop op goede voet te komen met mijn team.

'Een zéér goede morgen, juffrouw Norton,' zei Timsy, die deel uitmaakte van het groepje holbewoners. Hij tikte tegen zijn pet en hief zijn mok bij wijze van groet. 'Ik hoop dat u bent hersteld van die afschuwelijke tocht. God behoede ons, ik heb nog nooit zo'n onweer meegemaakt! De bliksem en donder waren niet van de lucht, alsof de duivel op zijn aambeeld sloeg. Ik had de grootste moeite om de pony voorwaarts te laten gaan en dat terwijl hij kreupel was en juffrouw Norton het uitgilde van angst.'

Bij dit verslag van mijn lijdensweg glimlachten de twee vrouwen, waarbij Pegeen een eenzame tand onthulde, in het midden van haar bovenkaak, wat danig afbreuk deed aan haar uiterlijk.

'Ik was helemaal niet bang,' zei ik verontwaardigd. 'In elk geval niet tot we boven op de heuvel waren. En volgens mij wás er helemaal geen bliksem.'

Timsy knipoogde. 'Nou, meisjes, hebben jullie ooit zo'n knappe jongedame gezien? Er is geen filmster die zich daarmee kan meten, naar mijn overtuiging.'

De twee vrouwen keken me door de rook heen onderzoekend aan. 'Heb jij het over filmsterren, Timsy, ouwe makker?' krijste Pegeen, bij wie iedere sisklank een doordringende fluittoon werd. 'De hemel sta haar bij, ze is zo mooi dat de heiligen het nog niet tegen haar kunnen opnemen!'

'Maar ze ziet er wel heel broos uit.' Katty was duidelijk niet van plan het voorbeeld van Pegeen en Timsy te volgen en te proberen mij met openlijke vleierij voor zich in te nemen. 'Ik betwijfel het of ze in staat is dit werk te doen.'

'Broos, zeg je?' floot Pegeen. 'Volgens mij waait ze om bij het eerste zuchtje wind en gaat een grassprietje dwars door d'r heen!'

Katty glimlachte, alsof dit idee haar wel beviel. Ze gingen weer zitten in hun krakkemikkige stoelen, die eruitzagen alsof ze door een peuter in een aanval van razernij in elkaar waren getimmerd. Ergens in het duister klingelde een bel.

'Dat is vast Maud, die haar ontbijt wil,' zei Constance. 'Alles staat al klaar op het dienblad. Alleen nog thee zetten en toast maken.'

Terwijl Constance gehaast water kookte en brood sneed, staarden de anderen me openlijk aan over de rand van hun mok waaruit ze af en toe een luidruchtige slok namen.

'Ik zet die thee wel,' zei ik.

'O, wil je dat doen? Dank je. Eén theelepeltje theebladeren slechts. Ze heeft een hekel aan sterke thee. En een dun schijfje citroen op een schoteltje.' Er steeg een pluim rook uit de broodrooster op. 'O, verdomme, dat rotding ook! Je verbrandt er alles mee!'

Constance greep een mes en begon de zwarte randjes er in de gootsteen af te schrapen. Ik zocht op de plank met blikken en opende die waarin volgens het etiket thee moest zitten. Er zaten stukjes touw in. Uiteindelijk vond ik de thee in een blik met Sago.

'Waar zijn de citroenen?' vroeg ik aan het drietal bij de haard, terwijl ik met de theepot naar de ketel liep om hem met warm water om te spoelen.

'Citroenen, zegt u?' sliste Pegeen. 'Die hebben we echt niet.'

'Ik heb de laatste gebruikt om de theepot schoon te maken.' Katty stak haar lange kin in de lucht met een vertoon van deugdzaamheid dat volledig misplaatst was, want de theepot, die weliswaar van zilver was, was donkerbruin door alle aanslag en looizuur.

De bel ging opnieuw, nu woest.

'Geweldig is dat.' Constance nam de theepot van me over en pakte het dienblad op. 'Laat ik maar gauw naar boven gaan, voordat ze die kabel helemaal kapot trekt.' Ze keek me verontschuldigend aan. 'Voel jij je in staat met de afwas te beginnen?'

'Natuurlijk.'

'Bedankt. Dan ga ik straks verder met de lunch. Ik wilde een lekkere stoofschotel maken. Tja, eigenlijk hebben we altijd stoofschotels. Katty en Pegeen, willen jullie alsjeblieft de slaapkamers doen?'

Katty en Pegeen wisselden een blik. 'Natuurlijk, met alle genoegen, juffrouw Connie, zodra we onze thee op hebben.' Timsy porde nog eens uitvoerig in het vuur tot de vonken opspatten, en ze staarden er allen aandachtig naar.

'Heel goed.' Constance dwong haar gezicht tot kalmte en redelijkheid, hoewel ik zag dat ze geschokt was over dit vertoon van dwarsheid, waarvan ik vermoedde dat het speciaal voor mij werd opgevoerd. 'Ik zal de groenten ophalen zodra ik voor mevrouw Crawley heb gezorgd.'

Toen ze weg was begonnen de drie rond het vuur te fluisteren en te grinniken en diverse keren in mijn richting te kijken. Ik zag Katty iets in haar mok gieten uit een zwarte fles die op de schoorsteenmantel stond. Pegeen en Timsy deden hetzelfde en dronken het brouwsel op met gegrom van voldoening. Wanneer een van hen toevallig mijn blik opving, werd er geknikt en gegrijnsd. Ik besefte dat dit fluwelen verzet slechts de eerste ronde van een bittere strijd zou worden. Ik liep naar het aanrecht. Na lang zoeken vond ik een vaatdoek vol gaten, een stuk carbolzeep en een fles chloor. Toen ik de afwasbak, de gootsteen, de kranen, het aanrecht en de vaatdoek had geschrobd en ontsmet, voelde ik me klaar om te beginnen. Ik waste me gestaag door het serviesgoed dat we uit de eetkamer hadden meegebracht heen en wilde juist aan de schalen van de keukentafel beginnen toen Constance terugkwam.

'Sorry dat ik zo lang wegbleef. Ik werd onderweg door Sissy opgewacht. Ze wilde me laten zien dat ze op haar handen de stoep naar de tuin op en af kon. Een indrukwekkende maar weinig nuttige prestatie. Ik kan de aardappels niet vinden, Timsy.'

'Aardappels, juffrouw Connie?' Hij schudde bedroefd zijn hoofd. 'Het spijt me u te moeten vertellen dat Turlough McGurn de laatste aardappel had verkocht, juist toen ik de deur door kwam, hijgend als een pony die er met de zweep van langs had gehad. Maar hij had op dat moment veel kolen die vers van het land kwamen, met de dauw die er als parels nog op lag. Ik heb ze gisteravond meegebracht, samen met de juffrouw.'

'Dat had je me dan beter kunnen vertellen voor ik ernaar ging zoeken. En waarom heb je niet ergens anders aardappels gehaald? Alle winkels zijn echt niet tegelijk uitverkocht.'

'Ik zweer, juffrouw Connie, op de ziel van mijn broer die twintig jaar geleden gestorven is – en mijn moeder heeft hem naar God zien gaan, helemaal in het wit gekleed, als een wolk van veren bij het plukken van een gans – dat er aan deze kant van Galway geen aardappel te vinden is.'

Ik moest erkennen dat hoewel ik Timsy de verschrikkingen van de vorige avond nog niet had vergeven, ik het heel leuk vond om hem te horen praten. De muzikale intonatie van zijn stem, zijn accent en het vrije gebruik van beeldspraak bezorgden de Engelse taal een literaire rijkdom die zelden in het land van herkomst wordt gehoord.

'Je bedoelt dat je ze bent vergeten.' Constance fronste haar voorhoofd. 'Ik ben erg boos op je, Timsy. Hoe kan ik nu een stoofschotel maken als ik geen aardappels heb?'

Timsy knipoogde naar me zodra Constance zich omdraaide.

Katty kwam overeind. 'Ik haal wel wat blikken uit de provisiekamer. Aardappels uit blik zijn veel lekkerder en ze zijn al geschild.'

Constance zuchtte. 'Het is belachelijk om alles uit blik te eten terwijl we hier midden op het land wonen.'

Ik gaf geen commentaar maar zette groenten op de boodschappenlijst die ik in gedachten bezig was te maken. Ik had al besloten bij de eerste gelegenheid naar Kilmuree te rijden, desnoods met pony en wagentje, om enkele basisartikelen voor de keuken aan te schaffen. De geur van carbolzeep was akelig hardnekkig. Ik glimlachte in mezelf toen ik een afwasborstel aan het lijstje toevoegde.

'Je hebt geen idee hoe blij ik ben jou vrolijk te zien kijken,' zei Constance zacht. 'Het is allemaal vreselijk, dat weet ik.'

'Hoe zit het met die bedden?' fluisterde ik terug.

Katty was weer bij de haard gaan zitten, waar nu stilte heerste, die slechts werd verbroken door het lome gepor van Timsy met de pook.

'Het is echt heel erg, hè?' zei Constance. 'Oké!' Ze liep naar hen toe en klapte in haar handen. 'Vooruit, nu aan de slag, jullie.'

'Ik wil nog één drupje thee.' Katty pakte de zwarte fles. 'Ik heb een dorst als een kameel. Pegeen, geef je mok eens hier. Dit zal wat kleur op je wangen brengen, want je ziet zo bleek alsof de dood voor de deur staat.' Ze sloegen allebei een kruis.

Ik gaf hun één minuut. 'Goed.' Ik draaide me om bij de gootsteen en keek op mijn horloge. 'Het is nu half elf. Katty en Pegeen, ik wil dat iedere slaapkamer die in gebruik is wordt gestoft en gestofzuigd, en dat de bedden worden opgemaakt. Over precies een uur kom ik kijken of dat is gebeurd.' Ze staarden me met grote ogen aan. Pegeen deed alsof ze op wilde staan, maar Katty hield haar tegen door een hand op haar arm te leggen. 'Timsy?' Mijn stem klonk betreurenswaardig luid en bazig. 'Wat zijn jouw taken voor deze ochtend?'

'Tja, juffrouw...' Hij nam een slok thee en veegde zijn mond aan zijn mouw af. 'Als het droog blijft, ga ik turf steken.'

'Oké. Ga daar nu meteen mee beginnen.' Ze bleven roerloos zitten. Katty veroorloofde zich een smalend lachje, en dat dreef me tot actie. Ik dook omlaag naar de zwarte fles, greep hem beet en liep naar de gootsteen. 'Als er nog meer tijd wordt verdaan, giet ik dit spul door de afvoer.' Ik draaide de dop los en begon de fles scheef te houden. Er klonken kreten van ontzetting.

'O juffrouw!' zei Timsy. 'Dat moet u echt niet doen! Da's medicijn voor mijn rug. Mijn ruggengraat is helemaal aan stukken, als een oude kruik die van Croagh Patrick omlaag is gerold!'

Ik hield hem nog verder scheef en er vielen een paar druppels, die naar houtvuur roken, in de gootsteen. Het gemompelde protest zwol aan.

'Goed, goed!' Timsy sprong overeind. 'We gaan al.' Hij gaf een zijdelingse ruk met zijn hoofd. 'Ik zou niet graag in uw schoenen willen staan als meneer u betrapt als u kostelijke drank weggiet! Verspilling is iets wat hij niet kan verdragen en hij heeft een humeur als een beer die door een zwerm bijen uit zijn winterslaap is ontwaakt.'

Ik had rechts van het aanrecht een kast gezien waar een sleutel in het slot stak. 'Dit wordt opgeborgen zolang het werk niet naar behoren is gedaan.' Ik zette de fles in de kast, draaide de sleutel om en liet die in de zak van mijn spijkerbroek vallen.

Timsy en de twee vrouwen verlieten de keuken met gezichten waarop gevoelens van woede te lezen waren.

'Goed gedaan!' Constance was vol bewondering. 'Ik zou dat nooit hebben bedacht.'

'Het is nog te vroeg om te juichen. Ik denk dat ik nog de nodige strijd zal moeten leveren. Ze mogen me niet of respecteren me niet omdat ik een Engelse ben. Klopt dat?'

'Nou... Het is ook omdat je jong en knap en handig en slim bent, en helemaal niet op de arme mevrouw Heaney lijkt, die was niets van dat alles.'

'Vooruit, geef het nou maar toe. In hun ogen ben ik een reïncarnatie van Oliver Cromwell.'

'Ik vrees dat er onder een deel van de bevolking nog steeds anti-Engelse gevoelens heersen.'

'Waarschijnlijk is dat terecht, als de helft van wat me is verteld waar is. Maar we zullen wel een soort wapenstilstand moeten zien te bereiken, als ik mijn werk fatsoenlijk wil doen. Ik neem aan dat er van die clandestien gestookte whiskey in die fles zit? Poteen?'

'Timsy leeft op dat spul. Ik geloof niet dat een van hen ooit nuchter is. Ik heb geen idee wat voor maag ze hebben. Het is afgrijselijk scherp spul.'

'We zullen eens zien wat een periode van abstinentie bij hen doet. Waar haalt Timsy het vandaan?'

'Lonnie Flanagan heeft een stokerij in Kilmuree.'

'Dat is minstens vijftien kilometer hiervandaan.'

'Bijna twintig.'

'We moeten ervoor zorgen dat Timsy de sleutels van de auto of de Land Rover niet krijgt. En hij mag het wagentje ook niet meer gebruiken. Weet je wat, we doen het hoofdstel achter slot en grendel, bij de fles.'

'Bobbie! Dat wordt muiterij!'

'Als je nou eens dreigde hen te ontslaan?'

'Dat zou ik echt niet kunnen doen. Ze hebben hun hele leven voor ons gewerkt. Ze maken deel uit van de familie. Het zou net zoiets zijn als dreigen de kinderen of Maud te ontslaan.'

Hoewel deze on-Engelse instelling heel onhandig was, werd ik er toch door vertederd. 'Is deze loyaliteit wederzijds?'

'Je bedoelt of ze weg zouden lopen? Nooit. Hun ouders hebben hier voor mijn grootouders gewerkt. Curraghcourt zit hun in het bloed.'

'Goed. Dan staan we quitte. Laat mij het op mijn manier proberen, Constance. Ik kan zien dat het moeilijk is voor jou. De consequenties zijn voor mijn rekening.'

'Je bent een dappere vrouw.'

'Nee, maar als ik me iets in mijn hoofd heb gezet, wil ik graag mijn zin krijgen.'

'Wil je echt blijven? Je hebt geen idee hoe opgelucht ik ben.' Constance fronste haar voorhoofd en streek het toen weer glad, zoals ze wel vaker deed. 'Ik moet je eerlijk bekennen dat ik de laatste tijd een beetje gedeprimeerd ben geweest. Maar wat doe ik nou toch dom, ik wil jou geen schrik aanjagen.'

'Wees maar niet bang.' Ik bleef afwassen terwijl Constance een blik aardappels oppakte en dit afwezig in haar handen heen en weer liet rollen, met haar ogen op de verte gericht.

'Ik wind me tegenwoordig op over dingen waar ik me vroeger nooit over opwond – onnozele dingen als hoe ik de roestvlekken uit Flurry's shirts voor school moet krijgen, of ik de schoorsteenveger moet bellen, wat ik voor het avondeten zal koken. Gisteren stond ik in de schuur een potje te grienen omdat de ratten weer aan het kippenvoer hadden gezeten. Ik begin me af te vragen of ik soms gek ga worden.' Constance fronste weer haar voorhoofd. 'Dat doet me er opeens aan denken dat ik moet controleren of Timsy Siobhan heeft gemolken. Ze krijgt uierontsteking als hij dat vergeet.'

'Volgens mij word jij helemaal niet gek. Je hebt het alleen veel te druk.'

Constance glimlachte. 'Lief dat je dat zegt.'

Zodra ze weg was deed ik de rest van de afwas en begon de keuken schoon te maken. Je kon hele banen in het vuil trekken, zoals in die reclames voor schoonmaakmiddelen. Terwijl ik aan het werk was, dacht ik aan Burgo en vroeg me af of hij ook aan mij zou denken.

Ik werd opnieuw overmand door verdriet en onzekerheid. Had ik op egoïstische wijze zijn problemen nog groter gemaakt door te vluchten? Stel dat hij dacht dat ik iets wanhopigs had gedaan, of me zelfs van het leven had beroofd? Zou hij op dit moment ziekenhuizen afbellen en mortuaria bezoeken, zich schrap zettend om verminkte lichamen die van de snelweg waren geplukt, of om in wieren verstrengelde lichamen die uit de rivier waren gevist, te bekijken? Nee, natuurlijk niet. Ik boende hard op een hardnekkige, enigszins onheilspellende donkerrode vlek. Burgo kende me daar goed genoeg voor. Bovendien had hij inmiddels waarschijnlijk mijn brief ontvangen – die mevrouw Treadgold voor me had gepost – waarin ik vertelde dat alles goed was met mij en dat ik het land had verlaten.

Maar was het niet verstandig om hem op te bellen, maar één keer, om zijn stem te horen? Misschien zou ik dan ook nog eens zeggen dat ik van hem hield. Hoewel hij dat goed genoeg wist. En ik was overtuigd van zijn liefde. Ja toch?

Burgo had, voor zover ik wist, iedere minuut van zijn vrije tijd met mij doorgebracht. In de zeldzame nachten dat ik uit Cutham weg kon, wachtte ik op hem in zijn flat in Lord North Street tot de stemming was afgelopen, om één of twee of drie uur 's nachts. Hij maakte me altijd wakker, met excuses voor zijn vurige begeerte. Hij had zijn kerstvakantie in de Provence twee weken bekort en hij had die veertien heimelijke dagen in The Fisherman's Reel doorgebracht, zodat we elkaar in elk geval een klein deel van iedere dag konden zien.

Maar mijn idee van het aardse paradijs was dat ik net zoveel tijd met Burgo kon doorbrengen als ik wilde. Ik had gefantaseerd dat we een cottage op het land zouden kopen, misschien in Kent of in Essex. We zouden in het begin krap bij kas zitten. Ik zou blijven werken. We zouden allebei als forens naar ons werk kunnen gaan. Terwijl hij nog tot laat in het Lagerhuis zat, zou ik al die huisvrouwelijke taken verrichten, als het strijken van zijn overhemden en werken in de tuin en eten koken en...

Die laatste dag op Cutham, toen ik bij de voordeur stond te wachten tot Brough met de auto voorreed om mij naar het station te brengen, had ik toegegeven aan een impuls en had Burgo's flat gebeld. Ik was ervan overtuigd geweest dat hij niet thuis zou zijn, maar ik was zo dwaas om me voor te willen stellen hoe de telefoon in de hal op de boekenkast rinkelde, onder de gravure met Karel I. Toen de telefoon na één keer overgaan werd opgenomen en Burgo 'Hallo?' had gezegd, had mijn gezicht gegloeid van schrik. Er was een stilte gevolgd waarin ik niets kon uitbrengen. Toen had hij gezegd: 'Roberta! Ben jij dat? In godsnaam, ik word gek omdat ik je niet kan zien, niet weet wat je denkt...'

Ik had de hoorn weer op de haak gesmeten en de telefoonstekker eruit getrokken. Dus was ik vertrokken zonder afscheid van hem te nemen.

'God, wat zijn die mensen dwaas!' mompelde ik hardop, terwijl ik me weer woest op die akelige vlek stortte.

'Sta jij nou tegen de tafel te praten?' zei een stem vlak achter me, zodat ik opschrok.

Ik begreep meteen wie het was, door dat lange, donkere, wat verwarde haar, hoewel ze nu rechtop liep en geheel gekleed was. Het was een ongewone outfit voor een zonnige morgen. Ze droeg een lange, roodfluwelen jurk die het grootste deel van haar borsten liet zien. Ze had bloemenkransen in haar haar, alsof ze Ophelia was. Ze was nog geen één meter vijftig lang, niet knap, maar op een wonderlijke manier heel aantrekkelijk. Ze had een klein gezicht, een olijfkleurige huid met zwarte ogen die met kohl waren omrand, een korte, platte neus en een lange bovenlip. Toen ze haar hoofd wat scheef hield en mij met ernstige ogen zonder te knipperen aankeek, deed ze me aan een vriendelijk aapje denken.

'Ik praatte in mezelf.' Ik glimlachte en stak mijn hand uit. 'Ik ben Bobbie Norton. De nieuwe huishoudster. En jij bent Sissy. Ik heb door het raam van de eetkamer je sportieve prestaties bewonderd.'

Ze negeerde mijn uitgestoken hand, trok een dreigend gezicht en liep om me heen om me van alle kanten te bekijken. 'Huishoudster? Poeh! Je ziet eruit alsof je geen sok kunt stoppen zonder daarna eerst te moeten gaan liggen.'

'Ik kan misschien geen radslagen maken, maar zo zwak ben ik nou ook weer niet.'

'Je bent een Engelse.' Ze klonk voldaan over deze ontdekking. 'Dat zal hem niet bevallen.'

'Wie niet?'

'Finn. Hij mag de Engelsen niet. Hij zegt dat ze achterbaks zijn.'

Ik keek haar recht aan. 'Meestal zeggen ze "perfide".'

Voor ik erop bedacht was had ze een bos haar van me beetgegrepen en draaide die rond tot het pijn deed. Ik vond de pijn minder erg dan het feit dat ze vieze handen had. 'Doe dat niet!' zei ik, en ik rukte me los.

'En hij houdt niet van blonde vrouwen. Hij zegt dat die frivool zijn. Altijd ruziemaken.' Ze hield haar hoofd schuin naar de andere kant en staarde me aan, waarna ze vol afkeer haar kleine neus optrok.

'O ja?' Ik was spinnijdig over deze schandalige behandeling. 'Nou, als hij zich niets van mijn vooroordelen aantrekt, zal ik me niet opwinden over de zijne.'

Sissy's neusvleugels trilden en ze zette haar handen in haar zij. 'Je kunt mooi praten. Finn houdt niet van intelligente vrouwen. Hij zegt dat ze te veel kakelen. Nee, dan ik, ik kan uren mijn mond houden. Dat vindt hij prettig.'

'Hoor eens,' zei ik geërgerd. 'Het kan me niet schelen wat meneer Macchuin ergens van vindt. Ik ben hier om voor het huis te zorgen. Ik ben niet geïnteresseerd in het winnen van zijn gunsten of belangstelling.'

'Nee?' Sissy klonk weifelend. 'Je gaat niet verliefd op hem worden?'

'Zeker niet. Ik heb een ontzettende hekel aan humeurige, vooringenomen mannen die hun vrouw en kinderen verwaarlozen en er openlijk een...' Ik had willen zeggen: er openlijk een maîtresse op nahouden in hetzelfde huis, maar ik bedwong me. 'Bovendien denk ik niet dat ik veel van hem zal zien, dus is dat alles volstrekt niet van belang.'

'Zweer je dat bij Maria, Moeder van God, maagd der maagden?'

'Absoluut!'

Sissy glimlachte breed en liet een stel schitterend witte tanden zien. 'In dat geval zullen jij en ik het vast goed met elkaar kunnen vinden. *Fáilte!* Welkom op Curraghcourt.'

20

Toen ik aan het eind van een lange dag mijn verrichtingen overzag, was ik niet geheel ontevreden. Er waren mislukkingen geweest en zelfs bijna-rampen, maar ook successen. Toen ik naar boven ging voor mijn inspectie van de slaapkamers, trof ik Katty en Pegeen op de overloop aan waar ze leunend op bezems in het Gaelic stonden te kletsen. Ik was er vrij zeker van dat ze het over mij hadden en dat het niet complimenteus was. Maar ik prees het opmaken van de bedden en het verplaatsen van stofpluizen, vliegen en roet van de ene plek naar de andere meer dan ze verdienden.

'Ik heb altijd gehoord dat de vrouwen van Galway uitstekende huishoudsters zijn.' Ik ben van mening dat een leugentje om bestwil op zijn tijd is toegestaan.

'Uitstekend?' zei Pegeen. 'Nou, er bestaan gewoon geen betere op de wereld!'

Ik gaf haar een stofdoek die ik aan het eind van een lange stok had vastgeknoopt. 'Wil je alsjeblieft die spinraggen weghalen?' Ik wees naar de raggen die, zwart door het vuil van eeuwen, als de strookjes van een petticoat boven ons hoofd hingen.

'Die spinnen kunnen een huis sneller vol met webbetjes hangen dan dat je *níor bhlas sé an biadh nach mblasfaidh an bás* kunt zeggen,' merkte Katty pruilend op, en ze sloeg haar armen over elkaar en keek grimmig.

Ik deed alsof ik dat pruilen niet zag. 'Wat betekent dat?'

Ze kneep haar lippen even opeen. 'Het betekent: "Hij heeft geen voedsel geproefd die niet ook de dood zal proeven".'

Dit was onweerlegbaar. Pegeen wapperde wat met de stok boven haar hoofd en klaagde over hoofdpijn, maar ze deed in ieder geval wat ik vroeg. Toen ik Katty vroeg de tapijten te stofzuigen, stuitte ik op weerstand.

'De duivel zit in die apparaten,' verklaarde ze en ze stapte weg van de antieke stofzuiger die ik in een kast had ontdekt. Hij zag eruit alsof hij van een tentoonstelling in het Natuurkundig Museum kwam, maar toen ik de stekker in het stopcontact stak, brulde hij als een voetbalteam en zoog enkele centimeters van de versleten rode loper op.

'Dat elektriek maakt een herrie in mijn hoofd als een *fodheen mara.* Wij gebruiken altijd borstels,' sliste Pegeen. Ze hield een bezem omhoog waarop een handjevol afgebroken borstelharen resteerde, als de stoppels op de kin van een oude man.

'Onzin!' zei ik. 'Als die elektriciteit naar je hoofd zou gaan, was je dood geweest.'

'Twee weken geleden hebben we Mary O'Donovan begraven,' zei Pegeen met de triomf van iemand met een doorslaggevend argument. 'Ze gebruikte net zo'n stofzuiger toen ze op de grond viel, wit als een laken, zonder nog één woord te zeggen.'

Katty's gezicht werd somber. 'Mary O'Donovan heeft me jaren geleden haar beste jurk beloofd, en nu had haar zuster hem zondag aan, zo trots als een pauw, met d'r brede kont erin. Het is een kont die de mannen van Kilmuree maar al te goed kennen, da's een ding dat zeker is.' Ze sloegen allebei dubbel van het lachen bij deze smet op de reputatie van Mary O'Donovans zuster.

'Wat is hier zo grappig?' Constance verscheen met twee dienbladen die wankel op elkaar waren gestapeld. 'Ik ben wel toe aan iets leuks. Maud heeft niet zo'n best humeur. En wat Violet betreft...' Ze zuchtte en maakte haar zin niet af.

'Dan hoop ik maar dat we niet storen?' Ik moest mijn stem verheffen om boven het misbaar van Katty en Pegeen uit te komen.

'Maud zit in bad en Violet, de arme lieverd, heeft nergens last van.'

Ik deed een paar halen met de stofzuiger over de overloop heen en weer. De loper ging omhoog bij deze geweldige zuigkracht en viel toen weer neer, wonderbaarlijk schoon.

Ik vond dat ik een adequate demonstratie van de onschuldige aard van het ding had gegeven. 'Kom eens hier, Pegeen.'

Pegeen schoof zijwaarts dichterbij. 'God behoede ons, de transpiratie ligt als dauw op mijn lijf.'

Ik nam een dienblad van Constance over. 'We gaan naar beneden om aan de lunch te beginnen. Ik denk dat ze beter kunnen opschieten als er geen publiek bij is,' zei ik zodra we buiten gehoorsafstand waren. 'Het is net een absurd toneelstuk. Het slaat allemaal nergens op. Dat is zeker een spelletje van hen, hè? Ik moet zeggen dat ik het wel grappig vind.'

'Echt waar?' Constance bleef in de bocht van de trap staan en keek me verbaasd aan.

'Ja. Het is zo heel anders dan wat ik gewend ben. Ik heb thuis voor mijn moeder gezorgd. Daar valt niet veel te lachen. En het ophouden van de schone schijn is vreselijk belangrijk.'

'Dat stadium zijn we beslist allang voorbij. Wie zorgt er nu voor je moeder?'

'Dat weet ik niet precies. Ik besef opeens dat ik misschien eens naar huis moet bellen. Ik ben nogal plotseling vertrokken.'

'Ga je gang.' We hadden inmiddels de hal bereikt. 'De telefoon is hier.' Constance deed de deur van de draagstoel open. 'Dit was Mauds idee, en ik moet zeggen dat het een van haar betere ideeën was. Je hebt hier een betrekkelijke privacy. Ik ga naar de keuken. Neem gerust de tijd.'

Ik stapte in het hokje van de draagstoel en deed de deur dicht. Ik was verbaasd, er was verrassend veel ruimte, vermoedelijk in verband met hoepelrokken.

'Oliver? Met mij.'

'O, hallo Bobbie. Waar zit je?'

'Discretie alsjeblieft. Weet je nog?'

'Ja. Sorry. Ik dacht niet goed na. Ik ben net op.'

'Hoe gaat het met alles? Zijn de journalisten er nog?'

'Die zijn dezelfde dag vertrokken als jij. Iedereen weet dat je weg bent. Ik weet niet hoe.'

'Misschien heeft iemand me op het station gezien. Het doet er niet toe. Niemand weet dat ik hier ben.'

'Er stond vandaag ook niets over je in de krant. Je bent gewoon uitgestorven. Net als de dodo.' Hij lachte.

'Hoe is het met moeder. Heeft vader al een verpleegster gevonden?'

'Ja. Ze heet Ruby en ze kan erg lekker koken. Gisteravond hadden we chocolademerengues met marshmallows en jam.'

'Wacht eens even. Zei je Ruby?'

'Ja. Niet veel bijzonders om te zien, maar een heel moederlijk schepsel. Vader kan het verbazingwekkend goed met haar vinden. En zoals ik al zei, ze kookt geweldig en...'

'Oliver! Besef je wel dat vader zijn' – ik liet mijn stem automatisch dalen – 'maîtresse in huis heeft gehaald om voor moeder te zorgen?'

'O, maak je over moeder maar geen zorgen. Ruby en zij vinden dezelfde boeken mooi en ze zitten samen te snoepen.'

'Wat doet vader nu?'

'Hij zit in de bibliotheek, zoals gewoonlijk. Maar je hebt geen idee wat voor goede bui hij heeft. Gisteren heeft hij me vijf pond gegeven om na het eten eens naar de pub te gaan. Hij zei dat ik geen haast hoefde te hebben om thuis te komen.'

'Dus je voelt je niet eenzaam?'

'Nou, eh... nee. Ruby heeft nog een nichtje. Ze is al twee keer langs geweest om haar tante gedag te zeggen. Ze heet Sherilee. Ze lijkt sprekend op Marilyn Monroe, alleen met kleinere tieten en een strakker kontje.'

'Oliver!'

'Wat? Wat is er?'

'Zo praat je niet over vrouwen.'

'Ik herhaal alleen maar hoe Sherilee zichzelf beschrijft.'

'Juist ja. Nou, ik ben blij dat je je een beetje weet te amuseren.'

'O ja. Maak je over mij maar geen zorgen.'

'Ik bel gauw nog eens. Verwaarloos je boek niet. Doe moeder mijn hartelijke groeten en zorg goed voor haar, en wees vriendelijk voor mevrouw Treadgold. En als iemand naar me vraagt...'

'Wat? O, daar gaat de bel. Dat zal Sherilee zijn. Grrr! Dag!'

Ik zat in de draagstoel na te denken over het nieuws dat mijn vader zijn liefje in huis had gehaald om mijn moeder te verzorgen. Kennelijk waren *ménages à trois* de grote mode.

'Wel verdomme!' zei ik. 'Verdomme, verdomme, verdómme!'

Ik schrok op doordat er een gezicht, halfverscholen achter een enorme zonnebril, door het raampje naar binnen keek. Ik deed de deur open. Het gezicht werd omringd door bruin krullend haar dat hier en daar onhandig blond was gebleekt. De mond, die vuurrood was geschilderd, stond pruilend.

'Als jij de telefoon de hele tijd in beslag wilt nemen, zullen we iets af moeten spreken.'

Ze was onnatuurlijk mager. Haar armen en benen, die zichtbaar waren in een dunne oranje jurk van de een of andere glimmende synthetische stof, waren weinig meer dan botten met vel. Haar tanden leken ongewoon groot voor haar gezicht, en haar kin, onder een laag witte vloeibare make-up, vertoonde pukkeltjes.

Ik stapte uit de stoel. 'Hallo. Ik ben Bobbie.'

De starre blik vanachter de bril ging van mijn gezicht naar mijn trui. 'Is die van Next?'

'Nee. Hij komt uit Peru, ik heb hem gekocht in een winkel die Inca heet.'

'In Londen?'

'Ja. Aan het eind van Sloane Street.'

'Hij is geweldig.' Haar brillenglazen gingen naar mijn oorbellen. 'Die zijn fantastisch! Waar heb je ze gevonden?'

'In een winkeltje op Beauchamp Place. Ik weet de naam niet meer. Ze zijn niet echt...'

'Waar is Beauchamp Place?'

'Een eindje verderop in de straat dan Harrods...'

'Harrods! Ik ben nog nooit in Londen geweest en pas twee keer in Dublin!'

'Ach, nou ja. Londen is een geweldige stad, maar net als bij iedere andere stad is alleen het centrum mooi. Er zijn ook zeer armoedige wijken.'

'Dat zou me niets kunnen schelen. Alles is beter dan deze uithoek waar iedereen erbij loopt als een vluchteling en waar de interessantste conversatie die tussen schapen is.'

'Maar het is hier erg mooi! Bergen en bossen en meren. En dit schitterende huis!'

'Maar we zijn zo arm!' Het meisje zuchtte en prutste wat aan een plastic armbandje om haar pols die nauwelijks dikker was dan een rabarberstengel. 'Het is hier zo saai! Ik verveel me dood!'

Ik kreeg medelijden met haar. Het masker van wit, de donkere bril en de lippenstift verborgen het gezicht van een kind.

'Ik denk dat ik weet hoe je je voelt.'

Ze zette de zonnebril af en richtte een paar uitzonderlijke ogen, die ze van Maud had geërfd, op mij. 'Hoe kun je dat nou weten? Jij hebt nooit in een turfmoeras hoeven wonen.'

'Voor ik in Londen ging wonen...'

'Heb je daar echt gewóónd? Hoe oud was je toen?'

'Achttien. Ik ben in Londen naar de universiteit geweest. Maar voor die tijd zat ik óf thuis, in een heel somber huis, óf op kostschool in een woud van paarse rododendrons. Ons uniform was paars met grijs, net als onze handen en ons gezicht en onze knieën, omdat het altijd zo koud was.'

'Het leven is rot als je kind bent. Niet dat ik dat nog ben, natuurlijk,' voegde ze eraan toe.

'Je ziet er in mijn ogen heel volwassen uit.' Ik begon al heel behendig te worden in het vleien.

'Ik ben achttien.'

Ik geloofde haar niet. 'Ik vermoed dat jij de oudere zus van Flurry en Flavia bent.'

'Ja. Ik ben Liddy.' Ze huiverde en prutste toen weer aan haar armband. Haar elleboog was een scherpe punt van knokig bot.

'Ik ben de nieuwe huishoudster.'

'Dat dacht ik al. Maar je ziet er niet uit als een huishoudster.'

'Hoe zien huishoudsters er dan uit?'

'Mevrouw Heaney had een baard. De haren waren zo lang dat ze krulden. En er zaten vaak haren in het eten. Walgelijk.' Ze huiverde weer.

'Het is hier koud, hè? Ik denk dat dat door het vocht komt. Heb je al ontbeten?'

'Ik ontbijt nooit. Ik wil model worden.'

'O ja? Ik denk dat je dan nog steeds de interessantste conversatie tussen schapen zult vinden.'

Liddy glimlachte. 'Ja, maar het is het enige dat ik weet te bedenken om hier weg te komen.'

'Ik zou zat andere dingen weten.'

'Zoals wat?' Ze keek me gretig aan.

'Daar zullen we het later over hebben. Ik moet Constance nu met de lunch gaan helpen.'

Liddy liep achter me aan naar de keuken. 'Het zal wel weer stoofschotel zijn. Ik háát stoofschotels! Tante Connie kan echt niet koken. Maar dat is alleen maar goed, want dan kom ik niet in de verleiding om veel te eten.'

'Goeiemorgen Liddy.' Constance stond te worstelen met het touw van een groot krantenpakket. 'Die slagersjongen is vast een gefrustreerde padvinder. Hij moet de knopenkampioen van Ierland zijn.' Liddy raapte een mes van de grond en gaf dat zwijgend aan haar. 'O, dank je wel, lieverd. Dat is beter.' Ze pakte het vlees uit. 'Die rotkerel! Waarom stuurt hij me altijd zoveel vet en zenen?'

'Ik denk, omdat hij weet dat jij je nooit zult beklagen.' Liddy liet zich in Timsy's stoel vallen en strekte haar handen en voeten uit om ze te warmen. 'Waar is iedereen gebleven? Meestal krijg ik het vuur niet eens te zien.'

Constance glimlachte naar mij. 'Bobbie heeft hen tot actie geprikkeld.'

‘Hopelijk pikken ze dat.’ Ik bekeek de inhoud van de kranten. ‘Denk je dat dat vlees echt vers is?’

Constance boog zich om te snuiven. ‘Het ruikt een beetje sterk. Maar dat gaat wel over als het gebraden is. Ik zou er wat kerriepoeder bij kunnen doen.’

Liddy kreunde.

Ik duwde met de punt van een mes in het vlees. ‘Als je alle randjes eraf snijdt, is er niet veel meer over.’

‘Moet ik die draadjes er ook uitsnijden? Meestal doe ik alles tegelijk erin, samen met de aardappels. Gelukkig is er genoeg kool om de boel te compenseren.’

Ik besloot het risico te nemen bemoeizuchtig te lijken. ‘Zal ik anders voor de lunch zorgen?’

Constance greep me bij de arm. ‘Zou je dat echt willen doen? O, wat zou ik je dáár dankbaar voor zijn!’

‘Maar daar ben ik toch zeker voor!’

‘Jippie!’ zei Liddy. ‘Ik bedoel,’ zei ze lijzig, ‘goddank!’

De lunch was, verrassend genoeg, een succes. Maar het koken was wel een vuurdoop geweest. In de koelkast vond ik een pak worstjes, een pond boter, vijf eieren, een plastic citroen, een doos met driehoekige stukjes smeerkaas, een zak sinaasappels die slap waren geworden, en een halve fles Liebfraumilch. De provisiekast stond vol blikken. Ik pakte een blik tomaten, een blik spinazie, een blik bouillon en een fles paddenstoelensaus om daar de soep mee te maken.

Het fornuis was een gietijzeren, met roet overdekt gevaarte met twee grote, ronde platen bovenop. Om het eten echt heet te krijgen moest je een van de platen er met een haak vanaf halen. Het vuur schoot door een gat omhoog en bracht de inhoud van een pan binnen enkele seconden heftig aan de kook. Er scheen voor het koken geen gulden middenweg te bestaan.

‘Je moet me echt leren hoe ik deze geweldige soep kan maken,’ had Constance gezegd, terwijl ze over de eettafel heen keek, waar ik aan het einde zat. ‘Dit is echt verrukkelijk, hè Maud?’

Maud was naar beneden gekomen toen de gong ging. Ze zag er uitgeput uit, alsof ze niet goed had geslapen. Ik zag dat haar handen misvormd waren en dat ze de lepel met moeite vasthield. Zodra ze haar soep op had, stak ze een sigaret op.

‘Zulk enthousiasme is nou ook weer niet nodig.’ Ze richtte haar grote, amethistkleurige ogen op mij. 'Maar ik heb in dit huis vaak slechter gegeten.'

'Ik vind het heerlijk.' Flavia, die naast me zat, keek op van haar boek, dat op haar knieën lag en nu vol soepvlekken zat. 'Ik vreesde de stoofpot.'

Maud keek over de tafel naar Flavia. 'Ik hoop dat je het ook eens over iets anders kunt hebben. Het is uitermate onbeleefd om aan tafel te lezen. Het hoort bij de goede manieren om een intelligent en onderhoudend gesprek te kunnen voeren.'

Er viel onmiddellijk een stilte. Ik zocht koortsachtig naar een onderwerp van gesprek en stond op het punt een opmerking over het schitterende pleisterwerk te maken. Maar ik herinnerde me bijtijds dat Mauds generatie commentaar op iemands huis en bezittingen als onwellevend beschouwde. Misschien moest ik iets over de huidige situatie in Iran zeggen? Maar ik wist eigenlijk niets over Ayatollah Khomeini, behalve dat hij me een uitermate onaangenaam persoon leek. Dit standpunt, hoewel waarschijnlijk gedeeld door iedereen die geen moslim was, kon niet echt als intelligente conversatie worden aangemerkt. Vervolgens vroeg ik me af of het wel pas gaf als ik iets zei voordat het woord tot me werd gericht. Ik had weer eens moeite met de lastige situatie waarin ik mij bevond. De beperkingen van een vreemde te zijn, werden gecompliceerd doordat ik betaald personeel was terwijl Constance me behandelde als een welkome gast. Ik voelde me als een tropische vis die aan de oppervlakte zwemt met een half oog op de lucht gericht en een half oog op het onderwaterleven.

'Ik vraag me af hoe het met de voorbereidingen voor het bezoek van de paus...' begon Constance, maar ze werd onderbroken door de binnenkomst van de bleke, langharige man die ik vluchtig bij het ontbijt had gezien.

Ditmaal liep hij de kamer in, knikte beminnelijk in de richting van Maud en Constance en liep om de tafel heen naar waar ik zat. Hij verspreidde een muffe geur, vermengd met die van verschaald zweet.

'Hoe maakt u het? Ik ben Eugene Devlin.'

'Ik ben Bobbie Norton.'

Meneer Devlin drukte zijn kleine, rode mond op de rug van mijn hand. '*Enchanté.*'

Hij was een lange man die gezet begon te worden. Hij droeg een groene pandjesjas en een geborduurd vest, die hem beide veel te krap waren. Zijn benen, daarentegen, gehuld in kousen en zijden kniebroek, waren slank, op het magere af. Zijn gezicht was groot en bleek en zijn ogen puilden uit. Zijn haar was naar achteren samengebonden met een zwarte strik.

'Welke verrukkelijke omstandigheid voert u naar de nevels en de bergen van het oude koninkrijk Connaught?'

'Moet je nou echt praten als een slechte vertaling van een Frans toneelstuk?' vroeg Maud.

'Ik zag de advertentie in een krant,' verklaarde ik.

Meneer Devlin drukte twee vingers tegen de rug van zijn neus en keek gekweld. 'De kranten vormen niet het kleinste deel van het afschuwelijke vertoon aan middelmatigheid dat de moderne wereld heeft overspoeld. Televisies, auto's, vliegtuigen die de lucht vervuilen. In dit geval echter' – hij boog naar me – 'hebben wij daar profijt van gehad.'

'Onze televisie krijgt niet veel kans de lucht te verontreinigen, zei Liddy somber. 'De ontvangst is zo hopeloos dat het de moeite van het kijken niet waard is. Het komt door die rotbergen.'

'Niet van die lelijke woorden, liefje. Dat is niet intelligent,' zei Constance, en ze liep naar het buffet om een kom soep voor Eugene op te scheppen.

'Wie wil er in godsnaam nu intelligent zijn?' antwoordde haar nichtje.

Eugene keek Liddy berispend aan. 'Die bergen, die jij op zo'n onelegante wijze verwenst, mijn kind, houden de boze wereld op afstand. Dat doet me denken aan een gedicht dat ik heb geschreven na het lezen van een verslag van de slag bij de Boyne.' Hij haalde diep adem en begon te declameren.

'Hemelwaarts krulde de rook van de slag
Verduisterde de vlakte, het licht van de dag.
En overal grimmige bergen steil
Vervloekten Engelands trots terwijl...'

Er volgde nog meer in deze stijl. Ik bedwong een glimlach toen ik me mijn gesprekken met Kit herinnerde. Ik dacht aan Burgo, en aan hoe hij van de excentrieke trekjes van Curraghcourt zou hebben genoten. Toen wenste ik dat ik niet aan hem had gedacht, want al het verdriet kwam onmiddellijk weer opdraven als een goedafgerichte hond. Ik probeerde mezelf af te leiden door heimelijk ieders reactie op Eugenes vertoning waar te nemen.

Liddy bleef van haar soep eten terwijl ze met haar vingers op de tafel trommelde en deed alsof ze doof was. Flavia richtte haar ogen op haar boek terwijl Flurry het zwaartepunt van zijn bestek zocht door alles beurtelings op zijn vinger te balanceren. Maud zei: 'Bah!' en bleef haar sigaret met gesloten ogen roken, alsof ze de aanblik wilde buitensluiten van Eugene, die in de houding van een sommelier stond, met zijn servet over een arm, de andere hand uitgestoken alsof hij een onzichtbaar dienblad droeg. Constance stond vlak achter hem met het bord soep. Ik wachtte, met de lepel in de aanslag en probeerde mijn mond vol brood leeg te eten, maar het was zo oudbakken dat het geknars onmiddellijk Eugenes uitpuilende ogen op mijn gezicht liet richten.

'Je moet echt wat eten, Eugene,' zei Constance toen zijn geheugen hem in de steek liet. Ze zette de soep voor hem neer, pakte een stuk brood uit de mand, brak dit in hapklare brokjes en smeerde er boter voor hem op. 'Je hebt je ontbijt overgeslagen. Het is niet goed om te vasten wanneer je zoveel intellectuele energie levert.'

Maud, die haar ogen nog steeds dicht had, lachte vreugdeloos.

'Ik moet bekennen dat ik die omissie niet had opgemerkt.' Eugene ging naast Constance zitten en glimlachte dankbaar. 'Als je hoofd in de wolken vertoeft, zijn de noodzakelijke behoeften van het lichaam als het zoemen van een mug.'

Eugenes groezelige kanten jabot bungelde gevaarlijk dicht boven zijn soep. Zijn jas was op de ellebogen jammerlijk doorgesleten. Toen Flavia opkeek, vroeg ik haar op gedempte toon wat ze aan het lezen was.

'*The Incredible Journey*,' antwoordde ze.

Ik herinnerde me met ontzetting het verhaal van twee honden en een kat die tijdens hun omzwervingen allerlei gruwelijks moeten doorstaan. Ik was woedend geweest op de schrijver toen ze de trouwe bulterriër had laten doodgaan in het zicht van de thuishaven en het geluk. Ik vroeg me af of ik Flavia iets moest vertellen over het ophanden zijnde verdriet. Maar misschien moest ik me er niet mee bemoeien. Het was toch zeker de taak van haar moeder om haar dochter te beschermen? Waar was Violet trouwens? Zou ze echt op een zolder opgesloten zitten, als een soort Ierse versie van Grace Poole, om haar woeste, waanzinnige impulsen te beheersen?

De deur ging open. Het was echter niet Violet die binnenkwam, maar Sissy.

'Ik ben weer eens te laat.' Haar bovenlip glinsterde van het zweet, haar haar hing in slierten om haar hoofd, haar roodfluwelen jurk was bezaaid met klissen en graszaden. Haar borsten zwoegden boven het strakke lijfje.

'Kennelijk heeft je moeder je niet geleerd op tijd te komen.' Mauds ogen waren open en leken zich te verheugen op de strijd. 'Ze had het zeker te druk met waarzeggen. Of met het stelen van baby's uit kinderwagens.'

Sissy lachte, zodat haar apengezicht rimpelde. 'Waarom zou ze, als ze tien jaar lang iedere zomer een baby kreeg tot mijn vader er met de vrouw van de fietsenmaker vandoor ging? Ze had eerder zin een paar van ons in de kinderwagens van anderen te leggen.'

Maud keek kwaad omdat haar steek onder water geen doel raakte. 'Hoe komt het dat je er zo uitziet? Heb je soms met een marskramer in het hooi liggen rollenbollen?'

'O Maudie, je weet toch dat ik je schoonzoon veel te aardig vind om naar een andere man te kijken? Maar ik zag een mooie vlinder. Ik ben dwars door alles heen erachteraan gegaan tot ik moe was van het hollen en mijn hart bekant uit mijn borst sprong.' Sissy had een vieze hand op dat bijna naakte deel van haar anatomie gelegd.

'Ik vind het afgrijselijk om Maudie te worden genoemd.'

'Maar ik bedoel het echt heel vriendelijk,' verklaarde Sissy beminnelijk en ze plofte in de lege stoel naast Flurry, die ze begon te aaien en te kussen.

'Niet doen!' protesteerde Flurry, terwijl hij zijn haar gladstreek en met zijn servet zijn bril schoonmaakte.

Constance stond erop mij te helpen met het afruimen van de soepborden en het serveren van de hoofdgang, een verbasterde versie van salade niçoise, met aardappels, tonijn, hardgekookte eieren, boontjes uit blik en mayonaise. En voor Flurry uiteraard worstjes. De mayonaise had een vreemde kleur. Ik had deze gemaakt met het restje uit een fles van iets wat er als olijfolie uitzag, het enige wat ik in de provisiekast kon vinden. Ik hoopte dat het slechts toeval was toen Timsy een paar dagen later klaagde dat hij nergens het smeersel kon vinden waarmee hij zijn laarzen waterdicht maakte.

'Deze salade is echt heel lekker,' zei Liddy. Ik zag tot mijn vreugde dat ze gretig at.

'Dat bewijst maar weer, meisje, hoe slecht je smaakvermogen is behandeld.' Maud leek zichzelf uit te zonderen van de verplichting een intelligent en onderhoudend gesprek te voeren. 'Maar het is inderdaad een verbetering vergeleken bij het doorgekookte afval dat je tante op tafel weet te zetten. Hoewel de mayonaise een wonderlijk smaakje heeft.' Ze was net zo'n ballista, waarmee de Romeinen in snelle volgorde pijlen konden afvuren.

Ik keek verontschuldigend naar Constance, maar haar ogen, die meestal vaag en afwezig stonden, waren op Eugene gericht.

'Hoe is het vanmorgen met het schrijven gegaan?' vroeg ze hem.

'Ik worstelde met een stanza, maar ik ben er vrij aardig uitgekomen.'

'Eugene is bezig een ballade te schrijven over Deirdres klaagzang om de zonen van Usnach,' legde Constance me uit.

'Wat interessant,' zei ik.

Eugene boog in mijn richting, waardoor zijn jabot in de mayonaise viel. Ik wist niet zeker of ik terug moest buigen. Uiteindelijk volstond ik met een knikje.

'Niet voor ons.' Flurry zwaaide met een half worstje op de punt van zijn vork, maar keek verschrikt toen hij de blik van zijn tante opving.

'Heb je al veel gepubliceerd?' vroeg ik aan Eugene.

'Hij vreest de corrumperende werking van de commercie,' antwoordde Constance voor hem. 'Maar volgens mij is dat jammer.' Ze glimlachte naar hem om elke suggestie van kritiek teniet te doen. 'Het zou de mensen zoveel goed doen als ze zijn werk konden lezen. En hij zou altijd kunnen weigeren het geld aan te nemen.' Natuurlijk zou hij dat kunnen weigeren, dacht ik bij mezelf, als hij totaal gestoord was. 'Poëzie inspireert de hogere, nobeler instincten,' ging Constance verder. 'Het verzacht de harten van de mensen en spoort hen aan tot broederschap.'

'Lieve help, ja,' zei Maud. 'Ik zie al voor me hoe de IRA Eugenes rijmpjes over de trouweloze maan en gebroken bloemknoppen leest om vervolgens in tranen uit te barsten en alle explosieven weg te gooien.'

Dit sarcasme ging wel heel ver. Ik keek angstig naar Eugene, maar hij keek met een vinger tegen zijn lippen naar de schaal met rottend fruit in het midden van de tafel, misschien broedend op een metafoor.

'Wat zijn de belangrijkste thema's van de ballade?' vroeg ik hem. Ik durfde mijn onwetendheid niet te tonen door te vragen wie Deirdre was.

Hij zwaaide met grote, witte handen vol inktvlekken. 'Ontgoocheling. Het besef dat liefde slechts de blinde verheerlijking van een andere persoon is. De teleurstelling die onvermijdelijk volgt.'

Er steeg een wolk fruitvliegjes uit de smurrie in de fruitschaal op terwijl het licht van de inspiratie in Eugenes uitpuilende ogen verscheen.

'Zou jij zo lief willen zijn ons er voor het avondeten iets van te laten horen?' vroeg Constance op zo'n vriendelijke toon dat ik onmiddellijk spijt had van mijn cynisme.

Eugene keek me goedkeurend aan.

'Dat lijkt me heel fijn,' mompelde ik.

'Of je liegt, óf je bent niet goed bij je hoofd,' zei Maud.

21

'Het is allemaal afschuwelijk, dat weet ik,' zei Constance toen we later die middag met een kop thee aan de keukentafel zaten. 'Je hebt vreselijk hard gewerkt. Ik weet niet hoe ik je moet bedanken.'

'Hoeft niet,' zei ik. 'Echt niet. Ik heb me eerlijk gezegd uitstekend geamuseerd. Ik vind het heerlijk om dingen te doen en te regelen. Ik weet dat ik erg bazig ben, en dat dat niet altijd even leuk is. En ik kan ook van heel simpele dingen genieten, zoals dit schoonmaken, bijvoorbeeld.' Ik bewonderde opnieuw de prachtige George I theepot, die nu weer blinkend en spiegelend was. 'Dit is echt een heel waardevol stuk, weet je.'

'O ja? Ik geloof dat ik niet eens wist dat het zilver was. Dat is bruin geweest zolang ik me kan herinneren.' Ze keek in de keuken om zich heen. 'Het ziet er nu allemaal al zo anders uit. Wat een goed idee om die oude hammen weg te gooien. Ik was er zo aan gewend dat ik ze niet eens meer zag.' Aan de balken van het plafond hadden vijf stokoude varkenspoten gehangen, onder een dikke laag stof, met de kleur van moeraseikenhout en zo hard dat zelfs de vliegen het hadden opgegeven.

We keken naar de haard waar Timsy, Pegeen en Katty thee zaten te drinken. De zwarte fles stond er weer bij. De 'meisjes', zoals ze meestal werden aangeduid, ook al waren ze beiden in de dertig, hadden verrassend goed gewerkt en ik vond dat ze het hadden verdiend. Katty en ik hadden de voorraadkast en de provisiekamer uitgeruimd, waarbij we alles hadden weggegooid wat muf of beschimmeld was – ongeveer driekwart van de inhoud – en we hadden de planken gesopt en de koelkast schoongemaakt. Pegeen had de vloeren geschrobd van keuken, provisiekamer, de ruimte voor wild en gevogelte, de melkschuur en de opslagkamer voor serviesgoed en glaswerk.

Elke keer dat ik hun vroeg iets te doen, maakten ze tegen elkaar opmerkingen in het Gaelic, volgens mij van beledigende aard. Ze wilden dat ik wist dat ze me een Engelse tiran vonden en dat mijn manier om de dingen aan te pakken niet in overeenstemming was met de goede ouderwetse Ierse manier van doen. Katty was zichtbaar kwaad toen ik haar de melk in de afroombakken weg liet gooien en haar die met kokend water liet afspoelen om de smerige vetranden, waar de vliegen gretig op af kwamen, te verwijderen. Maar omdat ik de zwarte fles in handen had, deden ze wat ik hun vroeg. Nu zaten ze met hun rokken opgerold over hun knieën om hun dijen te laten roosteren.

Timsy's opzet was mij het zwijgen op te leggen met een overdaad aan Ierse complimentjes. Dit was niet bevorderlijk voor de dunk die de meisjes van me hadden. Pegeen deed eerst mee maar werd weldra jaloers. Bij elke fraaie toespraak van Timsy aan mijn adres begon Katty steeds zuurder te kijken. Ik had Timsy gevraagd de struiken voor de hoge ramen van het souterrain, die op maaiveldniveau waren, terug te snoeien. Elke keer dat ik omhoogkeek zag ik hem grijnzen wanneer hij door het vieze raam naar me loerde. Nu drongen er bundels licht binnen in deze schimmige onderwereld.

'O verdorie!' zei Constance opeens. 'Is het vandaag donderdag?'

'Dat zou wel eens kunnen.' Ik begon te rekenen. 'Ja.'

'Welverdraaid! Pastoor Deglan komt elke donderdag eten. Jouw eerste echte avond bij ons. Wat vervelend!'

'Maakt dat wat uit? Heb je liever dat ik in de keuken eet? Dat vind ik geen punt, hoor.'

'Geen sprake van! Nee, het is alleen dat hij geen blad voor de mond neemt, en dan met Maud... Ik had liever gehad dat je wat meer aan ons gewend was voordat je de volle lading krijgt. Hij is echt wel een goede man, maar hij is nogal heftig. Hij had generaal of misschien zeerover moeten worden. Hij is op zijn achtste naar het seminarie gestuurd en hij had het hart niet zijn ouders teleur te stellen.'

'Dat was heel bewonderenswaardig van hem. Ik betwijfel of ík zo onzelfzuchtig had kunnen zijn. Je hele leven weggooien om het iemand anders naar de zin te maken.'

'Iedere rooms-katholieke moeder droomt ervan dat haar zoon priester wordt, en dat is niet alleen om God te behagen. Priesters bezitten macht, en veel van hen komen uit arme gezinnen. Dat gedeelte bevalt hem wel. Als hij mij niet de les leest over Finn en Sissy, gaat het wel over dat de kinderen de zondagmiddagdienst niet bijwonen. Wat heeft het voor zin hen te dwingen in een kerk te zitten als hun hoofd en hart opstandig zijn?'

'Dat heeft geen enkele zin.'

'Pastoor Deglan wordt kwaad en zegt dat ik niet geschikt ben voor hen te zorgen. Daarna probeert hij de kinderen er met dwang toe te brengen hun gebeden op te zeggen, maar dat maakt alleen maar dat ze een nog grotere hekel aan hem krijgen.'

'Heeft Violet – mevrouw Macchuin – hier ook ideeën over?' Mijn nieuwsgierigheid ten aanzien van de mysterieuze Violet was gegroeid tot het punt dat ik het risico durfde te nemen als onbeleefd te worden beschouwd. Rond lunchtijd was er een bord met iets wat meelpap werd genoemd en wat nog het meest op dunne havermoutpap leek, voor haar klaargemaakt en door Pegeen naar boven gebracht. Maar er was geen enkel ander teken van Violets bestaan geweest.

'Wie weet wat de arme Violet nog van dingen vindt? Ik ga meestal rond deze tijd met een kop thee naar haar toe. Ga je met me mee?'

Ik zette een verse pot thee en Constance droeg het dienblad. We gingen naar de tweede verdieping van het kasteel, op hetzelfde niveau als mijn torenkamer, want ik zag door een van de ramen dat de drie bakjes met vlees – de geplande stoofschotel van Constance – die ik eerder op de dag op het dak had gezet, nu door ineengedoken katten waren omringd.

'Dit is de kamer van Violet.' Constance deed een deur open aan het einde van een lange gang.

Het rook er sterk naar desinfecterende middelen. Het enige licht in de kamer was afkomstig van enkele kaarsen, inclusief een lichtje in een rood glazen potje dat voor een beeld van de Heilige Maagd brandde. Aan weerszijden hiervan was een raam. De gordijnen waren stijf dichtgetrokken om alle daglicht buiten te sluiten. Ik tuurde in de verstikkende duisternis en ontwaarde een bed. Er lag een lichaam in het bed. Constance liep er op haar tenen naartoe en ik volgde haar.

'Hallo Violet,' fluisterde ze. 'Ik ben het, Constance. Hoe gaat het met je, lieverd? En hier is Bobbie, die je gedag komt zeggen.'

Nu mijn ogen een beetje aan het donker gewend waren, zag ik een uitdrukkingsloos gezicht met gesloten ogen en donker haar dat zorgvuldig waaiervormig over het kussen lag uitgespreid. Boven het beddengoed lagen de handen netjes over haar borst gekruist als een beeltenis op een graftombe. Alleen het zwakke bewegen van het laken dat strak over haar lichaam was getrokken was in tegenspraak met de schijn van de dood.

'Hoe maakt u het, mevrouw Macchuin?' Ik raakte de bovenste hand even aan. Deze was onverwacht warm. Ik schrok nog meer toen de lippen uiteen gingen om een zwak geluid te maken, iets tussen neuriën en grommen in. Haar mond ging een paar keer open en dicht, als van een baby die in de slaap drinkende bewegingen maakt.

'Heb je dorst, lieverd?' zei Constance. 'We hebben een lekkere kop thee voor je meegebracht.'

Het was deerniswekkend te zien hoe hulpeloos haar hoofd heen en weer rolde toen Constance twee kussens van de stoel naast het bed pakte en het slappe lichaam rechtop hees. Ze schonk de thee in, deed er een royale hoeveelheid melk bij en proefde even om de temperatuur te testen. Op het nachtkastje stond onder een schilderij van Christus met bloedend hart een doos met buigzame rietjes. Constance duwde het uiteinde in de slappe mond en langzaam ging de bleke vloeistof omhoog. Ik keek zwijgend toe hoe de kop werd leeggedronken. Soms klonk er een benauwd geluid wanneer er vloeistof in de luchtpijp kwam. Constance klopte op de broze, magere schouders tot het over was.

'Wil je nog een kopje, lieverd?'

Violet stak het puntje van haar tong naar buiten, waarop een herhaling van het proces volgde.

'Grote meid! Wil je blijven zitten of zal ik je weer neerleggen?'

Opnieuw een half menselijk, half dierlijk gegrom.

'Dat betekent liggen, denk ik.'

Constance haalde de kussens weg en spreidde het slappe haar met veel tederheid uit, net als eerst, en ze legde de gekruiste handen weer op het beddengoed. Ze kuste het gladde voorhoofd. 'Pastoor Deglan komt vanavond eten, Violet. Ik heb Bobbie gewaarschuwd dat ze maar niet te veel op zijn uitbarstingen moet letten. Weet je nog hoe vaak jij ruzie met hem had? Soms was ik bang dat jullie samen over het tapijt zouden rollen en elkaars haren uit zouden trekken. Weet je nog dat je hem ervan beschuldigde jou tot heiden te hebben gemaakt? Je zei dat je je door hem van God had afgekeerd. God was een sadistische pestkop, zei je. Hij huilde dan van woede!'

Er gleed een vage beweging over het maskerachtige gezicht.

Boven het bed hing een crucifix en aan elke muur hingen schilderijen van Jezus of Maria, met smartelijke gezichten en smekend geheven handen. Naast de deur hing een bakje met wijwater.

'Nou, Violet, lieverd...' Constance aaide de levenloze hand. 'We moeten nu weer gaan en jou met rust laten. Pegeen brengt je straks wat meelpap. God zegene je.' Ze deed de deur heel zachtjes achter ons dicht. 'Ik zal er nooit aan wennen,' zei ze toen we terugliepen naar de keuken. 'Violet was altijd zo levenslustig. Soms, zelfs nu, denk ik half dat ze maar doet alsof, dat ze opeens rechtop zal gaan zitten en zal zeggen: "Ha, ha! Ik heb je lekker voor de gek gehouden, Con!" Daarna zal ze haar benen over de rand van het bed slingeren en een sigaret opsteken en me plagen zoals ze dat altijd heeft gedaan. We konden goed met elkaar overweg, maar zij was altijd wereldwijzer dan ik. Een lieve, hartelijke meid en heel vrolijk. Ze deed alles tot in het extreme – wilde elke dag gaan jagen – soms ging ze de hele dag paardrijden om daarna vier uur met de auto naar Dublin te rijden voor een feest. Ze was nooit moe en ik kan me niet herinneren dat ze ooit ziek was, voordat ze dat infarct kreeg.'

'Hoe lang is ze al zo?'

'Ze was tweeëndertig toen het gebeurde. Dat was vier jaar geleden. Ze zat op de veerboot naar Engeland. Het schijnt dat de vrienden met wie ze toen was probeerden een reddingsboot te laten zakken zonder dat de bemanning het merkte. Het was haar idee, en heel typerend voor haar grappen. Opeens lag ze languit op het dek vreemde geluiden te maken. Sinds die dag heeft ze geen woord meer gesproken – in elk geval niets herkenbaars.'

Ik was verpletterd door al deze narigheid. 'Is er nog enige hoop? Wat zeggen haar dokters?'

'Na een korte periode in het ziekenhuis heeft ze twee jaar in een klooster buiten Dublin gelegen. De zusters verzorgden haar geweldig. Maar het waren oude vrouwen en het werd te zwaar voor hen. Tegenwoordig zijn de meisjes niet meer zo gretig om in het klooster te gaan. Toen het klooster dichtging, heeft Finn haar naar huis gehaald.'

'Heeft ze nog iets van vooruitgang geboekt?'

'Ze is eigenlijk nog slechter geworden. Als ik in het ziekenhuis bij haar op bezoek kwam, deed ze haar ogen open. Nu doet ze dat nooit meer.'

We hadden inmiddels de hal bereikt. 'Moet ze echt zo ver bij iedereen vandaan zijn?' vroeg ik.

Constance keek even om zich heen, als om zich ervan te vergewissen dat niemand luisterde. 'Om je de waarheid te zeggen is het Maud die wil dat ze zo wordt afgezonderd. Ze beweert dat Violet absolute rust nodig heeft. En dokter Duffy en de zusters hebben haar daar eerlijk gezegd in gesteund. Dokter Duffy zegt dat een plotselinge schok Violets dood zou kunnen zijn. Maar...' Constance keek weer over haar schouder terwijl we door de gang omlaag liepen naar het souterrain. 'In werkelijkheid kan Maud haar aanblik niet verdragen. Ze was vroeger altijd zo trots op haar knappe, levendige dochter. Mauds reuma is nu zo erg dat ze niet meer naar de bovenste verdieping kan om Violet te bezoeken. Dat *wíl* ze in feite ook niet. Niet dat het Maud niets kan schelen. Ik weet dat ze haar rechterhand zou willen geven om Violet weer net zo te hebben als ze vroeger was, maar zoals het nu is, wil ze er liever niet aan worden herinnerd. Dat zul je wel kunnen begrijpen.'

Ik besefte dat Constance het voor Maud opnam. 'Tja, ik denk van wel. Het valt niet voor te stellen hoe je je in zo'n situatie zou voelen.'

'Inderdaad. Ik probeer iedere dag een praatje te maken met Violet. En ik lees haar gedichten voor. Soms denk ik dat ze me kan verstaan, maar andere keren weet ik het nog niet zo zeker.'

'Is het nodig om haar zo in het halfdonker te houden? Ik dacht dat patiënten na een beroerte juist moesten worden gestimuleerd.'

'Dat heb ik ook gehoord. Maar ik wil het niet op mijn geweten hebben als een volgende beroerte haar dood wordt. Misschien is dat laf van me. Dokter Duffy komt eens per maand bij haar kijken. Hij zegt altijd dat we op dezelfde manier verder moeten gaan. Volgens hem zijn Violets hersenen onherstelbaar beschadigd.'

Ik probeerde me voor te stellen hoe het moest zijn om bij bewustzijn te zijn en gevangen te zitten in een machteloos lichaam. 'Gaan de kinderen wel eens naar haar toe?'

'Flavia gaat wel, hoewel ik soms wenste dat ze het niet deed. Ze is daarna altijd vreselijk verdrietig. Liddy en Flurry gaan bijna nooit. Ze weten niet wat ze moeten zeggen. Ze voelen zich opgelaten. Je moet niet denken dat ze hard of gevoelloos zijn.'

'Natuurlijk denk ik dat niet. Het moet heel schokkend voor hen zijn.'

'Ik ben blij dat je het begrijpt. Als ze toch proberen tegen hun moeder te praten, zegt Pegeen dat ze stil moeten zijn. We voeren Violet om beurten, maar Pegeen is meer toegewijd dan wie ook. Zij was degene die er het beeld en de kaarsen en de vrome schilderijen heeft opgehangen en neergezet. Maud zou woest worden als ze het wist. Ze is anglicaans en ze verafschuwt alle paapse zaken.'

'Juist ja.' Het lag op het puntje van mijn tong te vragen of meneer Macchuin bij zijn vrouw op bezoek kwam, maar ik durfde niet.

'Finn gaat er bijna elke dag naartoe als hij thuis is,' zei Constance, alsof ze mijn gedachten had gelezen. 'Hij neemt de krant mee en blijft een uurtje bij haar.'

Ik vermoedde dat je niet meer kon verwachten van een man die zijn maîtresse had binnengehaald in hetzelfde huis als waar zijn kinderen woonden, terwijl zijn vrouw op de zolder in coma lag. Ik besloot niets meer over dit onderwerp te zeggen voor het geval Constance mijn afkeuring zou bespeuren. Het ging mij niet aan en ik hoorde mijn gedachten te beperken tot mijn werk, wat nu betekende dat ik een maaltijd voor negen personen moest voorbereiden.

Maar terwijl ik een sauce hollandaise maakte voor bij de zalm die ik uit de vriezer had gehaald, en nog meer blikken aardappels, doperwten en spinazie opendraaide en van ananas uit blik een toetje probeerde te maken, zag ik in gedachten steeds weer het gezicht van Violet, dat wit afstak tegen het nog wittere kussen, waarbij de seconden zich aaneenregen tot uren en een leven dat geen leven was zich meedogenloos, vreugdeloos en misschien vol pijn en kwelling voortsleepte naar de dood.

Toen Constance en ik de zitkamer binnenkwamen, warm en moe van ons werk, hield Eugene op met ijsberen. 'Ah, Constance! Je werd ongetwijfeld opgehouden door de verplichtingen van je rol als chatelaine.'

'Zijn we te laat?' zei ze. 'Het spijt me geweldig.'

Hij wuifde haar excuses genadig weg en richtte zich tot mij. 'Een prachtige avond, juffrouw Norton.'

'Inderdaad.' De zitkamer was, net als de eetkamer, op het zuiden gericht en keek dus uit over de grachten. Omdat ik de afgelopen twee uur druk bezig was geweest in de keuken, had ik niet gezien dat de lucht hemelsblauw was met ragfijne wolkjes.

'Ik heb de hele middag door de bossen gedwaald. Er hing zoveel zachtheid in de lucht, en het licht viel erdoorheen met alle tinten van de regenboog. Ik rustte tegen een boomstam, en toen ik een eenzame vogel boven mijn hoofd zag zweven, moest ik denken aan de romance van Liadain en Curithir: geliefden die waren voorbestemd nimmer met elkaar te worden verenigd. Dit heeft me geïnspireerd tot een nieuw gedicht. Ik zal dit vanavond laten horen. En ook tot een begeleidende melodie die ik op mijn psalter zal spelen.'

Constance bracht me een glas witte wijn. Eugene gaf ze een glas met een bruine vloeistof waar iets in dreef.

'Dit is een speciaal drankje dat Constance altijd voor me maakt,' verklaarde hij. 'Om mijn keel te verzachten voor ik ga voordragen. Madeira met honing en een eidooier erdoor.' Hij nam een slokje, met de houding van een man die gewetensgetrouw zijn plicht vervult, terwijl Constance en ik bewonderend toekeken. 'Precies goed. Ik ben klaar om te beginnen. Maar ik heb het wel een beetje warm na alle inspanningen.'

'Ik zal je waaier even halen.' Constance stond al bij de deur.

'Die ligt helaas in mijn kamer.'

'Ik ben zo weer terug.'

Met een krampachtige beweging slikte Eugene de dooier heel door, en hij leek daarbij zo sprekend op een kikker dat ik de grootste moeite had mijn lachen in te houden. 'Ik hoop dat u de dag op aangename wijze heeft doorgebracht, juffrouw Norton?'

'Zegt u maar Bobbie.'

Eugene stak zijn linkervoet naar voren en boog. Aan het eind van zijn stakerige benen had hij bemodderde schoenen met hoge hakken en gehavende rozetten op de tenen. 'Ik zou me zeer vereerd voelen als je me aansprak met Eugene.'

Ik begon bijna terug te buigen. 'Ik heb een plezierige dag gehad, hoewel ik natuurlijk druk bezig ben geweest met koken en schoonmaken...'

Eugene stak een hand op in protest. 'Laten we onze gedachten niet smetten met afschuwelijke beelden van zwoegen en ploeteren. Een jonge vrouw met zo'n ontwikkelde geest als jij zou in een elegante bark, onder een zijden baldakijn, over een meer moeten glijden en intussen Homerus lezen. Als er al zoiets laag-bij-de-gronds als huishoudelijk werk moet zijn, stel ik me liever voor dat jij als een fee door het huis fladdert met een toverstafje dat alles wat jij aanraakt schoon en helder doet zijn.'

Constance kwam buiten adem terug met de waaier.

'Mijn goede engel!'

Eugene wapperde ermee voor zijn gezicht en wreef over zijn hals terwijl Constance en ik naast elkaar op een van de sofa's bij de haard gingen zitten. De sofa's, in de stijl van Hepplewhite, waren bekleed met een prachtige oude, grasgroene glanszijde waar gaten in gevallen waren. Constance trok haar schouders op, sloeg haar handen onder haar kin ineen en zat klaar om zich mee te laten voeren.

Mijn ervaringen op het gebied van poëzievoordrachten maakten niet dat ik me kon verheugen op wat er komen ging. Het schrijven en lezen van gedichten vroegen om heel verschillende vaardigheden.

'*Tá sé in am di* TEACHT!' bulderde Eugene opeens, zodat ik schrok.

'Dat is de titel,' verklaarde Constance op gedempte toon. 'Het betekent zoiets als "Het wordt tijd dat ze komt". Eugene schrijft op het ogenblik in het Gaelic. Ik moet toegeven dat ik dat uitermate moeilijk vind, maar de klank brengt veel van het gevoel over. Je kunt er met je onderbewuste op afstemmen.'

Dit was een onverwachte bonus. Teneinde mijn onderbewuste de vrije teugel te geven, was ik zo ongeveer genoodzaakt niet te luisteren.

Eugene wierp zijn hoofd achterover en stak zijn handen in de lucht, alsof er een revolver in zijn rug werd geduwd. '*Ró-dhéa*NACH!' riep hij.

Dat was min of meer het laatste woord dat ik hoorde, want mijn aandacht werd door dit gebaar getrokken naar de diverse stukken touw die van het plafond afhingen, vermoedelijk om als het regende de druppels water naar een grote bak te leiden. Het pleisterwerk was bijna net zo mooi als dat in de eetkamer, maar het leek me niet van de gebroeders La Franchini. Ik had nog geen tijd gehad om de zitkamer aan te pakken, maar mijn humeur klaarde op toen ik het prachtige Irish Georgian-meubilair onder stapels tijdschriften, oude sokken, dode bloemen, vuile glazen, toffeepapiertjes, klokhuizen en asbakken vol peuken zag wachten om weer tot leven te worden gebracht. Ik vroeg me af wat het zou kosten om het pleisterwerk te laten repareren. Helaas zou het dak eerst moeten worden hersteld om de regen buiten te houden, en ik wist door de rekeningen op Cutham hoe duur dit zou zijn.

Via de zitkamer kwam je in de bibliotheek. Constance had al verteld dat deze kamer uitsluitend voor haar broer was bestemd. Een boek lenen kon uitsluitend met zijn toestemming en wee degene die de vermetelheid bezat daar te gaan zitten. Zelfs vanaf de drempel viel duidelijk te zien dat hoewel de bibliotheek stoffig was, deze minder rommelig was dan de rest van het huis. Op het grote bureau lagen geen papieren; de vuurkorf in de haard was schoongeveegd; de boeken stonden netjes op een rij; er lagen geen etensresten en er slingerden geen spullen rond. De kamer vertelde me weinig over de bewoner ervan, behalve dat hij de indruk bevestigde die ik al had, van een egoïstisch en onvriendelijk iemand.

Zonder enige waarschuwing leidde Eugene mijn gedachten af door een hoge, nasale jammerkreet over diverse tonen te slaken, als een counter-tenor. Toen daalde zijn stem weer tot de eerdere wijze van voordracht, met een ouderwets vibrato erin. Achter zijn hoofd zwermden vogels door een lucht die al iets begon te verbleken. Flurry kwam naar het raam gelopen en drukte zijn gezicht tegen het glas om bij ons naar binnen te kijken, zodat zijn gelaatstrekken tot een vormloze massa werden samengeperst. Hij zwaaide met de zaag die hij in zijn hand hield en wenkte me mee te gaan naar de tuin. Ik schudde even mijn hoofd en begon snel ritmisch te knikken toen Eugenes ogen direct naar mijn gezicht schoten. Toen ik weer naar het raam durfde te kijken, zag ik alleen nog maar de condens uit Flurry's mond en neus op het raam.

Na nog weer een lange minuut van voordracht, gedurende welke Eugene zich met gekwelde blik door de kamer bewoog alsof zijn schoenen vol gedroogde erwten zaten, bleef hij staan om zijn psalter op te pakken. Dit was een liervormig instrument met drie snaren. Hij tokkelde erop met een grote ganzenveer, wat een akelig pingelend geluid maakte. Hij had er al zijn aandacht bij nodig, dus kon ik mijn blik vrijelijk door de kamer laten gaan.

De zitkamer bevatte een prachtige marmeren schoorsteenmantel. De wanden waren bekleed met geel damast waarvan de naden en spijkers door goudband werden afgedekt. Maar het damast was verschoten en zat onder de vochtkringen, hier en daar ontbrak het band, de schoorsteenmantel was bruin uitgeslagen door alle rook. Het was doodzonde. Ik kon in de korte tijd die ik verwachtte op Curraghcourt door te brengen weinig doen om het verval een halt toe te roepen, maar ik kon de meubels morgen een beurt geven met stofdoek en bijenwas. Het parelmoerfineer op het ladekastje vergde meer vakmanschap dan ik bezat, maar ik kon wel iets aan de twee vergulde consoles met marmeren bovenblad doen. Het marmer kon ik met water en azijn schoonmaken, en als het dagelijkse werk soepel draaide, kon ik misschien tijd vinden om iets aan het textiel te doen. De gordijnen moesten worden gerepareerd en dat prachtige oude tapijt, Savonnerie waarschijnlijk, was er schokkend slecht aan toe…

'*Tá* CEOBHRAN *ag teacht!*' riep Eugene.

Hij leek naar een soort climax toe te werken. Hij had zijn psalter weggelegd en stond met één hand op zijn heup, met de andere omlaag wijzend naar iets wat aan zijn voeten lag. Zijn toon was verwijtend, alsof zijn geliefde spaniel iets op het tapijt had gedaan. Constance vertelde me later dat het een roerende scène van verzoening was geweest, waarbij de held zijn trouweloze geliefde had vergeven en zijn liefdesverklaring had herhaald toen zij op haar sterfbed lag. Ik voelde me een beetje misleid door mijn onderbewuste.

'*A stór! A stór!*' Eugene zakte op zijn knieën. '*Ní bheidh mé I bhfad!*' Hij liet zijn kin op zijn borst zakken.

Het scheen voorbij te zijn, tot groot verdriet van alle personen. Ik keek naar Constance. In haar ogen blonken tranen. Toen besefte ik dat het werkelijke drama en de mogelijke tragedie hier in de zitkamer waren. Constance was verliefd op Eugene. Ik probeerde me niet af te vragen hoe een intelligente, goedhartige vrouw verliefd kon worden op een Narcissus met het uiterlijk van een kikker. Ik had al eerder ontdekt dat de liefde alle verstand te boven gaat.

Eugene stond op en klopte zijn knieën af.

Constance sprong overeind. 'O, dank je, dank je wel! Ik ben bijna sprakeloos, het was zo roerend!'

Eugene knikte ernstig en keek mij toen aan.

'Het was uitermate... opwindend.'

Eugene fronste zijn wenkbrauwen. 'Ik hoop niet té opwindend. Het is tenslotte een klaagzang.'

'Nou eh... ja. Het was zowel opwindend als tragisch.'

'Vind je?' Eugene leek tevredengesteld. Hij bleef nog even zo staan, in profiel, met ingehouden kin, zijn buik verlicht door een straal zonlicht, verzonken in gedachten.

'Misschien,' mompelde Constance, en haar mooie ogen waren zacht van liefde, 'nog een gedicht...?'

Ik sprong overeind. 'De zalm!'

Constance leek even teleurgesteld, maar ze keek verlangend naar Eugene. 'Als je niet te uitgeput bent na je optreden van vandaag, kunnen we morgen misschien...?'

Eugene boog. 'Er kan geen schadelijk effect zijn dat niet door stilte en slaap kan worden hersteld. Zalm, zeg je?' Zijn ogen puilden uit van wat mij een ondichterlijke gulzigheid leek.

Constance keek op haar horloge. 'Pastoor Deglan kan elk moment hier zijn. Ik moet je waarschuwen, Bobbie, dat hij vreselijk ouderwets is, zowel op politiek als op spiritueel gebied. Hij zou de klok het liefst vijftig jaar terug willen zetten. Verder brengt hij alle kranten van vorige week mee. We zitten hier te ver weg om de krantenjongen te laten komen, dus lopen we een week achter bij de rest van de wereld. Het is niet zo'n goede regeling, want hij knipt er altijd alle artikelen die iets met de kerk te maken hebben uit. En toevallig staat er op de achterkant van die artikelen meestal iets wat mij nou net interesseert. Naast de Ierse kranten brengt hij ook vaak de *Daily Mail* mee, dus dan krijg jij ook een idee wat er in Engeland gebeurt.'

‘O, mooi,’ zei ik, terwijl ik me afvroeg waar ik de schaar had gelaten. Ik hoopte dat het niet nodig zou zijn de kranten van pastoor Deglan tot onleesbare snippers te reduceren.

22

'Nou, Constance, meisje,' bulderde een stem vanuit de hal, 'je moet Finn echt eens vragen voor nieuwe goten te zorgen als hij toch niets aan de kerk wil bijdragen. Ik ben drijfnat!'

'O meneer pastoor, het spijt me vreselijk.' Constance holde voor me uit om hem te begroeten. 'Die ondeugende... regenpijpen,' maakte ze haar zin zwakjes af. 'Komt u gauw bij de haard in de salon zitten. Ook al is het eigenlijk zomer, we hebben hem toch aan omdat de atmosfeer een beetje vochtig is.'

Dit was mijn voorstel geweest en Constance was het ermee eens geweest, zoals met al mijn suggesties. Er leek geen tekort aan turven te zijn, mits Timsy de voorraad op peil kon houden, dus leek het me van het grootste belang iedere dag in alle gebruikte kamers de haard aan te hebben om zo de binnentemperatuur tot een draaglijke hoogte te brengen en de strijd aan te binden met al het vocht dat zowel de inhoud als de constructie van Curraghcourt dreigde te verwoesten. Door het hele huis waren de wanden en plafonds zwart gespikkeld, waren de vloerplanken en plinten vermolmd, vielen de gordijnen en tapijten uit elkaar. Overal rook het naar verval.

'Meneer pastoor,' zei Constance, en ze pakte hem bij de arm, 'mag ik u voorstellen aan het grootste geluk dat ons sinds lange tijd ten deel is gevallen. Dit is juffrouw Bobbie Norton.'

Ik had een ascetische man verwacht, met een samengeknepen, afkeurende mond en kille ogen die overal naar zonden loerden. Pastoor Deglan was blozend, glimmend en dik, met een bos vettige, grijze krullen. Hij had een grote, dikke neus waar water van afdroop. Zijn ene oog loenste, zodat het ongericht en dromerig in de verte staarde. Maar zijn goede oog voldeed aan mijn verwachtingen. Het was scherp, intelligent en onderzoekend.

Ik stak mijn hand uit. 'Hoe maakt u het? Ik ben de nieuwe huishoudster.'

'Hoe maakt u het, juffrouw Norton?' Hij pakte mijn hand en verpletterde die. 'Uw reputatie heeft Kilmuree reeds in beroering gebracht. Maar ze hadden gelijk, wat de stem betreft.'

'Meneer pastoor,' zei Constance kwaad, 'ik wil niet dat u onvriendelijk tegen Bobbie doet. Ik vind haar Engelse accent mooi.'

'Het is beslist een weldaad voor mijn oren' – Maud kwam langzaam de trap af – 'na te hebben moeten horen hoe jullie boerenpummels een beschaafde taal verminken.'

'Ik zal je niet de voldoening schenken in te gaan op die beledigingen van jou, Maud Crawley. Ik word liever een boerenpummel genoemd dan een leugenaar of een dief. Noem je die scherpe manier van spreken beschaafd? Tja, als beschaving hetzelfde is als arrogantie en zelfverbeelding.'

'Trek het je niet aan, Bobbie.' Constance glimlachte naar me. 'Hij spreekt zo vaak met God dat hij onwillekeurig neerkijkt op ons, gewone stervelingen.'

'Ach, ach, Constance, jij bezit ook al geen enkele eerbied.'

'Ik trek me er niets van aan,' zei ik. 'Laat ik u even van die natte spullen bevrijden.' Ik wees naar de druipende stapel kranten die onder zijn arm dreigde weg te glijden. 'Ik zal ze wel in de keuken drogen.'

Hij wierp opnieuw een doordringende blik in mijn richting voor hij ze gaf en met Constance en Maud naar de zitkamer liep.

'We hebben hem geraakt!' Flavia en Flurry kwamen de keuken binnengehold toen ik stond te worstelen met een visketel met bijna kokend water, een lastig en gevaarlijk keukengerei.

'Dat heb ik gezien. Laten we hopen dat hij geen kou oploopt door deze nattigheid en longontsteking krijgt.

'Dat meen je toch niet?' vroeg Flavia ongerust. 'De oude mevrouw Canty is aan longontsteking dóódgegaan.'

'Nou, ik denk dat het wel goed met hem zal gaan. Maar misschien moeten jullie het maar niet weer doen.'

'Nou ja!' Ik zag dat Flavia verschrikt was. 'Maar hij zou niet zo streng en nieuwsgierig moeten zijn. Hij vraagt altijd hoe vaak ik heb gebeden en waarvoor ik heb gebeden, en dat gaat hem niets aan! Maar ik wil niet dat hij doodgaat.'

'Ach,' zei Flurry, 'er zijn ergere dingen dan doodgaan. Mevrouw Kelly zei een keer tegen Pegeen dat mama maar beter dood kon zijn. Dat heb ik zelf gehoord.'

'Helemaal niet! Het is heel slecht om zoiets te zeggen en ik wil niet dat ze ooit doodgaat!' Flavia kreeg tranen in haar ogen en haar borst begon te zwoegen. Maria, die de hele dag slaafs achter me aan had gelopen omdat ik haar wat stoofvlees als ontbijt had gegeven, jankte meelevend voor ze haar ogen weer op mij richtte. 'Nu kan ik tenminste mama's hand vasthouden en soms weet ik dat ze tegen me wil praten, maar dat ze de woorden niet kan vinden.'

'Ik kan het niet helpen wat andere mensen zeggen,' verklaarde Flurry. 'Huil nou maar niet, Flav, dat is zonde van je tijd. Je zei dat je me zou helpen zagen. Ik heb nog zeshonderd dwarsliggers nodig.'

Maar Flavia was de keuken al uit, met gebogen hoofd.

'Wil jij me morgen helpen?'

'Goed, als ik er tijd voor heb. Maar ik wil naar Kilmuree om boodschappen te doen.'

'Je bedoelt voor het eten en zo? Mag ik mee?'

'Als ik de Land Rover mag lenen kun je mee. Dat zou ik gezellig vinden.'

Flurry keek me ernstig aan. 'Je gaat toch niet sentimenteel doen, hè?'

Ik schoot in de lach. 'Hopelijk niet.'

'Mooi zo. Vrouwen kunnen soms zo snotterig doen.'

'Snotterig?'

'Ja. Ze doen snotterig of worden kwaad om onnozele dingen die mannen niet eens in de gaten hebben.'

Ik kreeg een inval. 'Zegt je vader dat?'

'Ja.'

'Hm. Ik ben niet zo bang voor af en toe een beetje emotie. Gevoelens zijn ook belangrijk.'

'Waarom?'

'Nou, ze kunnen heel plezierig zijn. Af en toe leiden ze je naar de waarheid. Soms kun je dingen niet beredeneren, maar kun je wel voelen wat goed is of niet.' Ik zag dat Flurry geen belangstelling meer had. Hij probeerde met groezelige vingers een piramide te bouwen van de klontjes boter die ik voor de sauce hollandaise had gesneden. Ik trok het bordje weg. 'Waar zijn Katty, Pegeen en Timsy? Ik heb hen al in geen uren gezien.'

Constance had me verteld dat ze elke avond in haar eentje eten kookte en de afwas deed aangezien de meisjes en Timsy tegen die tijd te dronken waren om nog van enig nut te zijn. Mijn protestantse arbeidsmoraal, die deel uitmaakte van mijn sociale conditionering, kwam tegen zoveel laksheid in opstand. Ik had besloten dat zo'n anarchie niet langer kon worden getolereerd. Dus na Violet te hebben bezocht had ik de zwarte fles weer achter slot en grendel gezet om hun tijd te geven te ontnuchteren. Timsy en Pegeen hadden geen enkel protest laten horen, Katty was druk bezig geweest een pijp op te steken en had mij alleen maar een boosaardige blik toegeworpen. Hun theepauze had al meer dan een uur geduurd.

'Die liggen dronken in de appelschuur,' antwoordde Flurry. 'Timsy heeft Sissy's zelfgemaakte wijn gevonden. Papa zei dat die waarschijnlijk giftig was. Hij zei dat ze het spul weg moest gooien. Wat zei je daar?'

'Niets. Het was een lelijk woord en pastoor Deglan zou het vreselijk vinden als hij jou dat hoorde herhalen. Tja, dan moeten we het maar zonder hen doen.'

'Dat "we" vind ik niet leuk klinken.'

'Je wilt toch dat ik met die dwarsliggers help? Droog jij dan even die borden voor me af, ja?'

Flurry pakte gehoorzaam de theedoek en begon een paar mooie borden af te drogen, met donkerblauwe randen en fraai verguldsel, die ik in de voorraadkamer had gevonden.

'Wat doe jij nou?' vroeg hij toen ik een paar stukken uit de kranten van pastoor Deglan knipte en die in het vuur gooide.

'Sommige stukken zijn echt te nat om te bewaren,' jokte ik.

Enkele Ierse kranten hadden foto's van Burgo en mij. Pastoor Deglan had me een paar keer doordringend aangekeken. Als hij me in het betere licht van de zitkamer zag, zou hij me ongetwijfeld herkennen. Ik had Constance vanaf het eerste begin in vertrouwen moeten nemen. Maar ik had niet meteen een slechte indruk willen maken.

'Wat is dat?' Flurry roerde in iets wat in een kom zat. 'Het ziet er afschuwelijk uit.'

'Paté van sardines. Ik heb tientallen blikjes in de provisiekast gevonden.'

Maria's gouden ogen gingen vanaf de schemerige vloer omhoog en er droop wat speeksel langs haar kaken. Ik had haar een sardine laten proeven, in de hoop dat ze er afkerig van zou zijn, maar ze likte gretig langs haar lippen en bleef me vol verwachting aankijken.

'Dokter Duffy zei dat sardientjes goed waren voor oma's botten. Maar dat lijkt niet zo te zijn. Soms hoor ik haar kreunen als ze niet weet dat ik haar hoor. Maar ze zegt nooit dat ze pijn heeft. En als iemand aan haar vraagt hoe het met haar gaat, wordt ze razend. Maar waarom? Ik vind het niet erg als mensen weten dat ik me niet lekker voel of zo.'

'Sommige mensen kunnen er niet tegen als anderen medelijden met hen hebben. Misschien is het een kwestie van moed, of van goede manieren. Ik ken je grootmoeder niet goed genoeg om dat te kunnen zeggen. Ik ga de toast maken, als jij iedereen even wil zeggen dat het eten klaar is. Kom daarna alsjeblieft terug om me te helpen alles naar binnen te brengen.'

'Dat is dan nog eens twee dwarsliggers waard, als ik het doe.'

'Oké.'

'Hoe staat het met de plannen voor het bezoek van de Heilige Vader?' vroeg Constance. Ze keek mij aan. 'Het hele land is in rep en roer over het pausbezoek van eind september. Na Dublin komt hij naar Galway. Iedereen heeft die dag vrij en hele gezinnen worden in de nieuwe kleren gestoken, en Eddy Murphy, de kapper in Kilmuree, zegt dat hij twee weken voor het bezoek al helemaal volgeboekt is met vrouwen die permanent of watergolf willen. Alsof de Heilige Vader hen in die grote menigte zal zien.'

'Lieve help!' zei ik, en ik probeerde me voor te stellen dat de bevolking van bijvoorbeeld Yorkshire in alle staten zou zijn over een bezoek van de aartsbisschop van Canterbury.

'Daar wilde ik het juist met jullie over hebben,' zei pastoor Deglan. 'We hebben een intekenlijst om drie autobussen te huren om ons van Kilmuree naar de renbaan van Galway te vervoeren. Wil jij iets bijdragen, Constance?' Het was nauwelijks een verzoek.

'Zeker,' antwoordde Constance. 'Noteert u mij maar voor vijf pond.'

'Dank je, mijn kind.' Het goede oog van de pastoor gleed over de tafel. 'Verder nog iemand?'

Eugene was een en al aandacht voor de kroonluchter waaraan slierten spinrag hingen. Ik nam me voor de kinderen over te halen mij te helpen om alle prisma's af te wassen en op te poetsen tot ze weer net zo fonkelden als vroeger.

'Kom, Florence, mijn jongen.' Pastoor Deglan glimlachte toegeeflijk. 'Je hebt vast wel wat zakgeld over voor het goede doel.'

'Nee,' zei Flurry. 'Ik heb het allemaal nodig voor mijn spoorweg.'

'Dat is heel egoïstisch. Je wilt toch zeker wel hen die minder gefortuneerd zijn dan jij helpen om het geluk te mogen beleven de Heilige Vader te zien?'

'Nee,' zei Flurry weer.

'Nou, nou!' Pastoor Deglan begon een preek af te steken, maar hield op toen hij zag dat Flurry's ogen dicht waren en dat hij zijn vingers in zijn oren had gestopt. 'Ach, ik denk dat we het die knul maar moeten vergeven omdat hij een beetje anders is dan wij. Phyllida!' De toegeeflijke blik verdween uit zijn oog toen hij zag dat ze zich zat te bekijken in de achterkant van een pas gepoetste lepel. Onder mijn leiding was die middag al het bestek en elk peper-en-zoutvaatje en elke kandelaar gepoetst. 'Je moet nou toch echt het goede voorbeeld geven aan je broertje.'

Liddy blies haar adem door samengeknepen lippen uit, als een paard. 'O... oké. Vijftig penny's dan, meer kan ik niet missen. En het heeft geen zin te proberen me te dwingen, want dan geef ik helemaal niets.'

Pastoor Deglan fronste zijn wenkbrauwen. 'Ik ben teleurgesteld in je, meisje. En, mijn kleine Flavia, wat ga jíj...'

Hij keek verbaasd toen Flavia overeind sprong en riep: 'Nee! Nee! Néé!'

De oorzaak van haar verdriet werd weldra duidelijk toen ze het boek dat ze onder de tafel had zitten lezen in de verste hoek van de kamer smeet. 'Arme, árme Bodger!' riep ze, voor ze in tranen uitbarstte en naar buiten holde. Het scheen dat de uitgehongerde en zwaargewonde bulterriër aan het eind van zijn onvoorstelbare reis was gestorven.

'Die kinderen gaan met de dag meer op wilden lijken,' zei Maud. 'Maar dat valt nauwelijks te verbazen als ze in zo'n achterlijk land moeten opgroeien. Het was een zwarte dag voor Ierland toen wij het strafrecht hebben herroepen.'

Er gloeide iets ondeugends in haar ogen en pastoor Deglan hapte onmiddellijk. Hij boog zich over de tafel heen en keek haar woest aan. 'Het is een arm hart dat niet opspringt bij de gedachte aan Ierland dat bevrijd is van zijn protestantse onderdrukkers.'

'Poeh!' Mevrouw Crawley smeet haar vork neer en pakte haar sigarettenetui. Ze rookte onbeschaamd, niet alleen tussen de gangen door, maar ook tijdens het eten. De ketting met enorme amethisten die ze om haar hals droeg, viel in het niet bij haar ogen, die al het licht in de kamer leken te vangen. 'Wij zijn degenen die iets van dit land hebben gemaakt. Terwijl jullie hel en verdoemenis preekten, bouwden wij mooie huizen en bestuurden het land. Jullie hebben de boerenbevolking onderdrukt en gestraft terwijl wij hun werk verschaften en maatstaven aanlegden en hun lieten zien wat hard werken is. De Ieren zouden nog steeds in krotjes wonen, tot hun nek in de modder, als wij protestanten er niet waren geweest.'

'Dat is niet altijd het geval geweest, Maud,' zei Constance op haar gebruikelijke zachtaardige manier. 'De Engelse overheersing heeft niets te maken gehad met de bouw van dit huis.'

'Precies,' zei Maud. 'We zouden dit tochtige monster allang hebben afgebroken.'

'Ik vind het hier fijn,' zei Flurry. 'Ik zou nooit ergens anders willen wonen. Juffrouw McFadden, onze geschiedenislerares, zegt dat Ierland nooit herenigd zal worden voordat alle protestanten terug zijn naar Engeland en Schotland, waar ze thuishoren.'

De kin van pastoor Deglan glom van de sardineolie en hij keek triomfantelijk.

'Het is heel slecht van juffrouw McFadden om dat te zeggen.' Constance was verontwaardigd. 'Ze hoort jullie onderwijs te geven, niet haar vooroordelen te ventileren.'

'Maakt u zich maar geen zorgen, tante Con,' antwoordde Flurry kalm. 'Meestal luister ik niet.'

'Het is de schuld van je vader, omdat hij jullie naar die afgrijselijke katholieke school stuurt,' zei Maud. 'Die onnozele halzen denken dat de paus een directe verbinding met God heeft. Met de Maagd Maria als telefoniste.'

'Godslasteraar!' zei pastoor Deglan.

Maud blies een wolk rook in zijn ogen. 'Ierse moeraskikker!'

Ik vond deze manier van converseren uitermate boeiend. Iedereen had een hartstochtelijke overtuiging en aarzelde niet die onder woorden te brengen. Ik genoot van dit fanatisme als contrast ten opzichte van het gebruikelijke Engelse flegma. Ik zag echter verontrust dat het goede oog van pastoor Deglan veelvuldig op mij werd gericht met een blik vol achterdocht en zelfs misprijzen, terwijl zijn zwakke oog, dat lichter van kleur was, over het tafelkleed gleed, tussen de peper-en-zoutvaatjes door, als om verzachtende omstandigheden te zoeken.

'Let maar niet op ons, Bobbie,' zei Constance. 'Er wordt in dit huis altijd een hoop gekibbeld, maar het is slechts gepraat. We menen het niet zo.'

'Ik meen ieder woord dat ik zeg,' zei Maud.

Ik bracht de volgende gang binnen. Maria, die aan mijn voeten had liggen slapen, volgde me trouw tot ze het restant van de paté kreeg. Constance stond erop me te helpen, hoewel ik me volmaakt tevreden voelde in mijn rol als dienstmeisje alleen. Het was tenslotte niet zo verschillend van Cutham, behalve dat op Curraghcourt iedereen roerend dankbaar was. Zelfs pastoor Deglan verklaarde tijdens het nuttigen van het dessert van cocktailfruit uit blik met merengues die van de lunch over waren: 'Die kennis van de kookkunst heb je vast in Londen opgedaan. Het is algemeen bekend dat er in die stad geen tekort heerst aan goede dingen om te eten.'

Het was duidelijk dat er voor hem weinig verschil bestond tussen Sodom, Gomorra en Knightsbridge.

'Toch ken ik jouw gezicht ergens van,' zei pastoor Deglan toen ik hem na het diner een kopje koffie in de zitkamer presenteerde. 'Hoe is je voornaam ook alweer?'

'Bobbie.'

'Dat is toch niet zoals je ouders je hebben laten dopen?' Hij kneep zijn slechte oog dicht om het andere beter te kunnen richten.

'Dat is mijn roepnaam.'

Ik liet het aan Constance over om hem melk en suiker aan te bieden en glipte onopvallend de kamer uit.

Na de vaat te hebben gedaan en alles te hebben opgeruimd, ging ik in de keuken aan de tafel zitten. Terwijl ik een in azijn gedrenkte doek tegen mijn voorhoofd hield – ik was vergeten de bungelende ketting te ontwijken en had me pijnlijk gestoten – controleerde ik de kranten opnieuw op het noemen van mijn naam. Ik was juist bezig een korte vermelding in een roddelrubriek uit te knippen, toen ik opschrok omdat er een hand op mijn schouder viel.

'Nu weet ik wie je bent.' Pastoor Deglan bleef met één hand mijn schouder vasthouden terwijl hij met de andere naar het artikel wees dat ik zojuist uit de *Globe* had geknipt. Er stond een foto bij van mij, op het moment dat ik uit The Fisherman's Reel kwam. 'Ik vergeet nooit een gezicht. O vrouw! Ik begrijp werkelijk niet waar je de brutaliteit vandaan haalt om je onder fatsoenlijke mensen te begeven na alles wat er over jou is geschreven! Liederlijke gedragingen met echtbrekers! Bekommer je je dan niet om je ziel? Denk toch aan het zesde gebod: gij zult niet echtbreken!'

'Eén moment!' Ik ging staan en schudde zijn hand van me af. 'Om te beginnen moet u niet klakkeloos alles geloven wat er in de kranten staat. Het grootste deel bestaat uit leugens. En verder ben ik geen lid van uw kerk en heeft u het recht niet mij de les te lezen. Mijn geweten is iets wat alleen mij aangaat.'

'Je bent een trots, verdorven schepsel! Wat je over die kranten zegt kan misschien waar zijn. Ik moet erkennen dat daar wel eens leugenachtige verzinsels in staan. Maar ook al behoor je niet tot mijn kudde, ik moet het welzijn van Constance en de kleintjes indachtig zijn.'

'Ik maak bezwaar tegen uw suggestie dat ik op enigerlei wijze ongeschikt ben voor het gezelschap van kinderen.' Ik was nu echt kwaad. 'Ik heb me nergens schuldig aan gemaakt, behalve misschien aan een onverstandige liefde.'

Pastoor Deglan wees weer naar het artikel. 'Je hebt een man bij zijn wettige vrouw vandaan gelokt en hun beiden veel narigheid en verdriet bezorgd. Is dat het werk van de liefde? Ik noem het de verwoesting van het sacrament van het huwelijk. Het werk van de duivel.'

'Ja. Ach.' Ik was opeens doodmoe. Het was een lange dag geweest. 'U kunt Constance natuurlijk vertellen wat u wilt. Maar voor u mij voor alle eeuwigheid verdoemt, moet u zich wel afvragen of mijn aanwezigheid zowel haar als de kinderen niet meer goed dan kwaad doet.' Ik voelde mijn kin trillen en er kwamen tranen van woede en vermoeidheid in me op.

Misschien zag hij dit, want zijn lelijke, twistzieke gezicht werd iets zachter. Hij zweeg even, en knikte toen. 'Daar zit iets in. Constance wordt te zwaar belast. Ik heb vanavond gezien hoe blij ze is jou hier te hebben. En hoewel je beweert niemand verantwoording schuldig te zijn, beschouw ik het als een teken van genade dat jij je hebt verwijderd van het pad der verleiding om naar een betere plaats te gaan waar, zo God het wil, jij je dwalingen in zult zien. Weersta de duivel en hij zal u ontvluchten.' Hij bracht zijn gezicht tot vlak bij het mijne, zodat ik wat naar achteren moest buigen. Hij rook sterk naar sardientjes. 'Christus zei tegen de vrouw die op overspel was betrapt: "Ga heen en zondig niet meer." Ik zal niets tegen Constance zeggen als jij me je woord geeft dat je het haar zelf zult vertellen.'

We keken elkaar aan met wederzijdse afkeer.

'Ik was hoe dan ook van plan het haar te vertellen.'

'Je belofte, mijn kind.' Het goede oog van pastoor Deglan was scherp terwijl zijn andere oog de abstracte blik van de filosoof had. 'Zonder die ga ik niet weg.'

'O, vooruit dan maar,' zei ik ten slotte, onwillig.

'Intussen zal ik dag en nacht voor je bidden, mijn kind, opdat je van de eeuwige wrake mag worden gered.'

Dit was buitengewoon ergerniswekkend, maar de meeste vechtlust was uit me verdwenen. Ik raapte mijn laatste krachten bijeen om me groot te houden. 'Dat is heel vriendelijk van u, maar u hoeft zich echt niet zoveel moeite te geven. Ik geloof niet in de hel.'

Hij duwde een dikke wijsvinger zo ongeveer tegen mijn neus. 'Halsstarrigheid is een zonde tegen de Heilige Geest.'

'Misschien geloof ik daar ook wel niet in. Ik ben het er nog niet met mezelf over eens.'

Pastoor Deglan maakte een sissend geluid, als van een band die leegloopt. 'O meisje, je hebt een opstandig hart en een scherpe tong die daar...'

'Kom, meneer pastoor, u moet het Bobbie niet zo moeilijk maken.' Constance kwam de keuken binnen met het dienblad met koffiekopjes. 'Ze maakt geen deel uit van uw parochie en het is heel stout van u. Uw taxi staat buiten en het wordt tijd dat u gaat.'

Constance pakte hem resoluut bij de arm en liep met hem de hal in. Ik hoorde hem luid protesteren en toen viel de voordeur dicht.

'Constance,' zei ik toen ze terugkwam. 'Ik moet je iets vertellen.'

23

Aan het eind van de volgende morgen hobbelden Flurry, Liddy, Maria en ik drie kilometer lang over het paadje dat van Curraghcourt naar de buitenwereld leidde. We hadden Katty en Pegeen, die een zware kater hadden, achtergelaten om een lange waslijst van taken af te handelen. Timsy had zich tot dusver niet laten zien. Constance zou degenen die achterbleven een macaroni voorzetten die ik eerder had gemaakt. Zelf was ik blij eens ergens anders te kunnen lunchen.

Ik had Flavia gevraagd ook mee te gaan, maar ze zei dat ze net was begonnen aan een nieuw boek over konijnen, *Watership Down*, en dat ze bovendien meestal wagenziek werd in auto's, en in de Land Rover altijd.

'Dat is niet zo'n vrolijk boek,' waarschuwde ik haar.

Flavia verbleekte. 'Je bedoelt toch niet... Ik geloof niet dat ik nog meer narigheid kan verdragen. Ik ben nog steeds niet over' – ze beet op haar lip terwijl er tranen in haar ogen kwamen – 'die arme Bodger heen.' Ze was de keuken uit gehold, opnieuw overmand door verdriet.

'Het heeft natuurlijk geen zin te hopen dat ze de *Vogue* in de tijdschriftenwinkel zullen hebben,' verzuchtte Liddy. 'Je kunt hem soms in Galway krijgen, maar dat is vijftig kilometer hiervandaan. Kijk uit voor die kuil!'

Ik keek uit, maar een beetje te laat en Flurry klapte met zijn kin tegen het dashboard.

'Sorry. Ik ben nog niet zo handig met dit ding. Hij reageert wat vreemd.'

'Volgens papa is er iets met de remmen.' Flurry wreef over zijn kin. 'Kun je even stoppen? Dan ga ik achterin bij Maria zitten.'

De weg naar Kilmuree was gelijkmatiger, maar wel smal. Er waren uitwijkplaatsen die nauwelijks breed genoeg waren om ruimte te bieden aan zowel de Land Rover als de tractoren en vrachtauto's die vanaf de andere kant kwamen. Vaak liepen er voor ons schapen op de weg, zonder enig idee te hebben van onze gebrekkige remmen. Terwijl ik me concentreerde om geen schapen aan of een moeras in te rijden, zat Liddy te mopperen op de saaiheid van het landschap, de truttigheid van iedere kledingwinkel in Ierland afgezien van Brown Thomas in Dublin (waar ze nog maar drie keer in haar leven geweest was) en de lelijkheid van Ierland in het algemeen.

'Dat ben ik echt niet met je eens.' Ik zwenkte opzij voor een schaap dat midden op de weg lag. 'Kijk eens naar die prachtige bergen tegen die voortsnellende wolken. Ze zijn bijna zwart in dit licht, en het gras waait heen en weer in allerlei felle tinten groen, net malachiet.'

'Volgens mij gaat het regenen,' antwoordde Liddy onbewogen.

Maar toen we Kilmuree binnenreden was het droog en scheen af en toe de zon. Het plaatsje zag er nu heel anders uit. De vierkante, armoedige huisjes, waarvan sommige in heldere kleuren waren geschilderd, hadden een vrolijk, bijna vakantieachtig uiterlijk. We parkeerden de Land Rover in de versnelling in de steile hoofdstraat en trokken Flurry uit de berg touwen, zakken en lege kisten naar buiten. Hij wankelde even, met zijn das onder zijn oor, zijn bril scheef.

'Het is daar achterin zo ongeveer alsof je op een aardappelsorteermachine wordt geschud,' klaagde hij. 'Ik kan niet goed meer zien, en dat geblaf van Maria heeft iets met mijn hoofd gedaan.'

Ik werd getroffen door het verschil in uiterlijk tussen Flurry en een groep jongens van ongeveer dezelfde leeftijd die gekleed in spijkerbroeken en voetbaltruien naast een sigarettenautomaat rondhingen. 'Waarom heb jij je schooluniform aan?' vroeg ik. 'Ik dacht dat het zomervakantie was.'

'Ik vind het makkelijk om iedere dag hetzelfde aan te trekken,' verklaarde hij op waardige toon. 'Dan hoef ik niet na te denken.'

'Zou je je niet lekkerder voelen zonder die das?'

'Nee. Ik zou me afvragen waarom ik zo'n los gevoel om mijn nek had, en dat zou me storen. Ik ga hier naar binnen.' Hij verdween in een ijzerwinkel.

'Papa is met hem naar een dokter in Londen geweest,' zei Liddy toen we samen over het trottoir liepen, 'en die zei dat Flurry in lichte mate – hoe heet het ook alweer? – autistisch is. Hij heeft een ongelooflijk hoog IQ, maar hij doet de dingen graag in vaste patronen. Ik begrijp het niet helemaal, maar papa zei dat we hem daar niet mee mogen plagen. Gelukkig is iedereen in Ierland getikt, dus valt het nauwelijks op dat Flurry een beetje vreemd is. Maar míj heeft-ie natuurlijk niet mee naar Londen genomen,' voegde ze er zuur aan toe.

'Weet je wat?' zei ik. 'Als jij nou eens bij mij komt logeren als ik terugga naar Engeland? Ik woon in een klein huis, maar het staat midden in Chelsea en we hebben een kampeerbed en dan kun je best een week bij mij in mijn kamer logeren...'

Liddy's juichkreet trok veel belangstelling in de straat. 'Dat meen je niet! O, jezusmina!' Ze sloeg haar armen om mijn hals. 'Alsjeblieft, alsjeblieft, alsjeblíéft, meen het!'

Ik maakte me voldoende los om Liddy in de ogen te zien. 'Ik meen het. Ik beloof je plechtig dat jij bij mij in Londen mag komen logeren.'

'Kunnen we dan ook een keertje naar Harrods?'

'Uiteraard.'

'Ga je met me naar Bond Street?'

'Elke dag als je dat wilt.'

'O, wat ben ik blij!' Liddy sprak vol emotie. 'Je bent een éngel! Zou jij me aan een baan in Londen willen helpen, zodat ik niet meer naar huis hoef? Het hoeft niet meteen als model te zijn. Ik zou ook als serveerster of als winkeljuffrouw kunnen werken.'

'Laten we het daar een andere keer over hebben. Er staan ook nog dingen als een eindexamen en een studie op het programma. Een loopbaan...'

'Ik interesseer me niet voor een carrière. Ik wil alleen maar fatsoenlijke kleren hebben en naar goede restaurants gaan en door geweldige mannen mee uit genomen worden.'

'Oké. Maar op dit moment moet ik voor een week boodschappen bedenken voor het ontbijt, de lunch en het avondeten. Waar zit de groenteman?'

Liddy schoof haar hand door mijn elleboog, en met haar aan mijn ene arm en de mand die ik uit de voorraadkamer had geleend aan de andere, liep ik verder door de hellende straat, tot groot ongemak van de andere voetgangers. Het geeft altijd een heerlijk gevoel als je iemand blij hebt kunnen maken. Liddy glimlachte en giechelde en de zon scheen, en als ik niet steeds aan Burgo had moeten denken, zou ik het volmaakt naar mijn zin hebben gehad.

We bestelden grote hoeveelheden groenten, vlees, kruidenierswaren en schoonmaakmiddelen. De winkeliers kenden Liddy uiteraard en we werden behandeld als vorsten. Er werden stoelen afgestoft en koppen thee aangeboden. De groentewinkel was wel de vreemdste in zijn soort die ik ooit had gezien. Er waren nauwelijks groenten te bekennen, behalve het plastic spul in de etalage, een paar zakken aardappels en wortelen en wat kisten vergeelde kool. Toen ik een wortel pakte en het bovenste uiteinde naar de modderige punt kon buigen zonder dat de wortel brak, vertelde Turlough McGurn, van wie de winkel was, dat deze speciale wortelen voor de paarden van de ketellappers werden bewaard. Die voor Curraghcourt bestemd waren werden op ditzelfde moment uit de grond gehaald en zouden bij het kasteel worden afgeleverd nog voor we zelf weer terug waren. Een aarzelende vraag naar bleekselderij, witlof, boontjes, champignons, tomaten, paprika's, courgettes en, op verzoek van Flavia, een paar kilo sinaasappels, werd onmiddellijk beantwoord met de verzekering dat deze artikelen samen met de wortelen konden worden geleverd. Het leek wel zo handig als alles tegelijk werd bezorgd. De groenteman liet ons buigend uit, waarbij hij ons verzekerde dat onze stralende schoonheid van een dusdanige aard was dat het zou lijken alsof de zon was ondergegaan zodra we waren vertrokken.

Sean Rafferty, de slager, zei dat hij tijd nodig zou hebben om de gewenste stukken vlees voor mij uit te snijden. Hij kon zien dat ik een dame met een ongeëvenaard onderscheidingsvermogen en een perfecte smaak was, gewend uitsluitend het beste te krijgen, en dat ik dus nimmer in de verleiding moest komen Dermot McBride enige klandizie te gunnen, aangezien daar het vlees meer op dat van een ezel leek dan de ezel op zijn eigen moeder. Hij zou mijn bestelling zelf bezorgen. We zouden de beste stukken vlees krijgen en ze zouden razendsnel worden geleverd.

Bij de drogist kocht ik, terwijl Liddy de draaibare stelling met haarspeldjes en oorbellen bekeek, zeep, badzout, diverse rollen fatsoenlijk wc-papier en een gigantische fles handcrème. Ik kocht ook oogzalf voor Flurry's strontje, vlooienpoeder, en wat geurstaafjes om te verbranden tegen de kattenlucht in mijn kamer. Hierna gingen we naar de ijzerwinkel, waar ik een stop voor het bad en een hangslot voor de keukenkast kocht. Flurry was er nog steeds, bezig moeren en bouten uit te zoeken.

Terwijl Liddy de bonte verrukkingen van Lulu's Hat Box verkende, stak ik de straat over om de dagbladen op de toonbank van de tijdschriftenwinkel te inspecteren. Toen ik Constance de vorige avond alles had verteld over het schandaal dat aan mij verbonden was, had ze geluisterd met een gezicht dat eerst verbaasd en daarna bedroefd stond.

'Ik geloof dat ik er vorige week iets over heb gelezen,' zei ze. 'Maar meestal sla ik alles over wat met politici te maken heeft. Dit land verdrinkt in de politiek en uiteindelijk gaat het allemaal om niets, zijn het alleen maar excuses voor mannen om elkaar te bestrijden. Maar ga verder, Bobbie, ik luister.'

Hoewel ik de feiten op opgewekte, droge manier had verteld, was Constance weldra een en al medeleven.

'Arme lieverd! Je zult hem wel heel erg missen! En je hebt hem opgegeven! Wat nobel!'

'Het was echt niet zo nobel. Eerder zelfbehoud.' Ik vertelde hoe ik tot mijn besluit was gekomen.

'Maar hoe moet dat nu verder met hem?' vroeg Constance, die zelfs begaan was met het lot van een volslagen vreemde. 'Hij is duidelijk ongelukkig met zijn vrouw.'

Ik schudde mijn hoofd. 'Dat denk ik eigenlijk niet. Ik had gewoon aangenomen dat hij ongelukkig moest zijn. Hij vertelde me dat hij in tien jaar huwelijk geen enkele verhouding had gehad, en ik ben bereid dat te geloven. Hij is geen echte rokkenjager. Ik zal het feit onder ogen moeten zien dat zijn vrouw in veel opzichten perfect voor hem is. Ze laat hem vrij zijn leven te leiden zoals hij dat graag wil. Ik weet dat ik beslist meer zou willen dan dat. Ik weet niet zeker...' Ik zweeg even om na te denken. 'Ik vraag me eigenlijk af of Burgo het soort man is dat hoe dan ook met een vrouw wil leven. Een verhouding, korte, spannende ontmoetingen, de opwinding van het bedrijven van de liefde wanneer de hartstocht door de naderende scheiding wordt versterkt – lastig maar spannend: ik denk dat hem dat uitstekend past. Het valt aardig te combineren met een veeleisende, jachtige baan. Het is een leuke afleiding naast alle serieuze zaken. Neemt niet al te veel tijd in beslag.'

'Zoals je het vertelt lijkt het alsof hij... erg oppervlakkig is,' zei Constance op verontschuldigende toon.

Ik wilde protesteren tegen deze beschuldiging. Hoewel misschien bij voorbaat gedoemd, was het een schitterende, tragische, unieke liefdesaffaire geweest. Het was alle risico's waard geweest. Onze grote hartstocht was een *force majeure* geweest die het bedriegen van Anna had gerechtvaardigd. Maar had ik hem zojuist niet met eigen mond veroordeeld?

'Ik weet niet meer wat ik vind. Ik ben zo in de war. Ik hoop alleen dat jij, nu je alles weet, me geen slecht mens zult vinden. Een gevallen vrouw.'

Constance had gelachen en een hand op mijn arm gelegd. 'Natuurlijk vind ik jou niet slecht. Lieve hemel, nee! Je ziet de dingen niet meer in de juiste verhoudingen, Bobbie. Ik weet heel goed dat liefde onvoorspelbaar is. Het is vervelend als er lelijke dingen over je worden gezegd. Maar je moet proberen al die leugens van je af te zetten. Het is voor mij van levensbelang dat jij op Curraghcourt blijft.'

Ik voelde me een stuk beter toen ik Constance in vertrouwen had genomen. Maar hoewel ik wist dat ze gelijk had, dat ik me niets moest aantrekken van de roddels van de pers, voelde ik toch een perverse behoefte te weten wat er over Burgo en mij werd gezegd. Ik bekeek snel de Ierse kranten in de winkel, maar kon nergens iets over ons vinden. Absurd genoeg voelde ik iets van teleurstelling, alsof er weer een schakel met Burgo was verbroken. Het was vijf dagen geleden dat we elkaar voor het laatst hadden gesproken. Ik had me bijna verheugd op het zien van een foto van hem. De Engelse kranten waren nog niet binnen, vertelde de vrouw achter de toonbank. Maar het nieuws in de *Irish Times* was echt minstens zo goed. Om haar gunstig te stemmen bestelde ik voor de volgende maand *Vogue*, *Harpers & Queen*, en de *Tatler*.

Ik ging met de kinderen lunchen in Katy's Kauldron. De frites hadden de structuur van watten en de worstjes zwommen in het vet, maar ik moest aan de macaroni denken en was blij dat ik hier zat.

'*Anyone who had a heart, pom-pom,*' zong Liddy toen we naar huis reden. Ze was in een opperbeste stemming en speelde met het elastiek van een armband van rode plastic hartjes die ze bij Lulu's Hat Box had gekocht. '*Would look at me, pom-pom, and know that I lo... lo... ve you.* Bobbie?'

'Hmm?'

'Vind jij dat seks voor het huwelijk een zonde is?'

Ik aarzelde. Het zou niet juist zijn de gewoonten en opvattingen van Liddy's wereld tegen te spreken. En ik droeg een verantwoordelijkheid jegens Constance. Hoewel ze heel ruimhartige opvattingen had getoond toen ik haar over mijn verhouding met Burgo had verteld, zou ze misschien andere ideeën hebben waar het de seksuele gedragingen van haar eigen familie betrof.

'Tja, dat hangt ervan af. Ik ben niet rooms-katholiek, dus ik bezie de dingen niet in termen van deugd en zonde, eerder als kwesties van wijsheid of dwaasheid. Een soort praktische ethiek, als je wilt, iets waar ik dagelijks over moet nadenken en waarover ik bereid moet zijn van gedachten te veranderen.'

'Oma zegt dat seks de prijs is die vrouwen moeten betalen om getrouwd te zijn. Tante Connie doet alsof ze het daar niet mee eens is, maar zij heeft nooit seks met iemand, dus hoe kan ze dat weten? Sissy heeft me ooit verteld dat seks het waard was om de hel voor te riskeren en dat het fijner was dan alles wat je je voor kunt stellen, maar Sissy is een beetje geschift, hè?'

'Seks kan heel plezierig zijn, zowel voor de man als voor de vrouw. En ik vind er echt niets weerzinwekkends of verkeerds aan. Soms is de ervaring zelf niet goed, door onwetendheid of doordat mensen niet genoeg van elkaar houden. En soms zijn de omstandigheden niet goed.'

'Hoe bedoel je?'

'Nou, misschien zijn de mensen nog te jong. Of te oud, wellicht. Of de relatie is niet gepast. Je mag bijvoorbeeld niet de liefde bedrijven met de man van je zuster, of van je vriendin...'

'O, je bedoelt overspel,' zei Liddy luchthartig. 'Daar weet ik alles van. Pastoor Deglan heeft gezegd dat papa en Sissy in staat van doodzonde leven en dat hun gedrag een schandelijk voorbeeld is voor kinderen en ongehuwde vrouwen. Tante Connie werd erg boos op hem en heeft Flurry, Flavia en mij de eetkamer uitgestuurd, maar we hebben achter de deur staan luisteren. Oma nam het op voor papa. Ze zei dat hij een echte man was en dat een man zijn behoeften heeft. Ze zei dat pastoor Deglan niet zo'n bijgelovige ouwe sul was geweest als hij zijn eigen verlangens niet had verloochend. Er ontstond een vreselijke ruzie. Ik dacht dat ze elkaar zouden slaan.'

'Dat kan ik me voorstellen.'

'Sissy zei dat ze meer van papa hield dan van haar eigen ziel. Papa zei dat hij erkentelijk was voor ieders bezorgdheid over hem, maar dat hij er de voorkeur aan gaf zich niet met andermans zaken te bemoeien en dat hij het erg op prijs zou stellen als zij dat ook niet zouden doen.' Liddy schoot opeens in de lach. 'Papa heeft een manier van spreken die echt verpletterend kan zijn. Ze hielden daarna allemaal hun mond.'

'Ik kan me voorstellen dat hij kwaad was.' Ik vroeg me af of publieke afkeuring de reden was dat meneer Macchuin zo weinig tijd bij zijn kinderen doorbracht, terwijl die duidelijk zoveel behoefte hadden aan wat ouderlijke liefde en leiding. Vermoedelijk was de Dublinse society minder kritisch.

Liddy zweeg een tijdje en begon toen weer aan haar armband te plukken.

'Kijk daar eens.' Ik wees naar de loodkleurige bergen waarvan de toppen in wolken waren gehuld. 'Net vulkanen die elk moment tot uitbarsting kunnen komen. Heel dramatisch!'

'Kunnen we ook over King's Road lopen?' vroeg Liddy dromerig.

'Dat kunnen we niet alleen, dat moeten we ook. Het is maar twee straten bij mij vandaan.'

'Echt? O, wat zálig!'

'Kijk, de ruïne van een toren. Met een grote vogel erbovenop. Dat is geloof ik een reiger, hè?'

'Belville Sassoon,' mompelde Liddy. 'Mary Quant.' Even later zei ze: 'Het moet hier voor jou wel heel moeilijk zijn. Je zult Londen vast heel erg missen.'

'Ik miste Londen wel toen ik thuis, in Sussex, zat. Maar hier lijkt het allemaal zo ver weg dat het niet meer van belang is.' We waren over het pad door de moestuin gehobbeld toen Liddy me dat had gevraagd, en nu bereikten we de top van de heuvel waarvandaan je neerkeek op de torens van Curraghcourt, die uit een zee van golvende bomen verrezen. 'Weet je, het gekke is dat ik ontdek dat ik het helemaal niet mis.'

24

'Is er in Kilmuree een wonder gebeurd?' vroeg Constance toen we de doos met boodschappen van de kruidenier in de keuken uitpakten. 'Ik heb Liddy in geen tijden zo opgewekt gezien.'

Ik vertelde haar over het plannetje voor Londen. 'Ik hoop dat je het goed vindt. Ik had je eigenlijk eerst om toestemming moeten vragen voor ik het beloofde.'

'Nee, het is geweldig! Precies wat ze nodig heeft. Iets om zich op te verheugen. Het arme kind is hard aan een verzetje toe. Ik wist dat ze depressief was, maar het is zo moeilijk om voor iedereen tegelijk klaar te staan.' Ze haalde haar vingers door haar haar, zodat haar pony rechtop stond en er een veeg inkt op haar voorhoofd zichtbaar werd. Ze had een groot deel van de middag besteed aan het uitschrijven van Eugenes nieuwste gedicht, onder zijn leiding, waarbij ze een kalligrafeerpen en speciaal handgeschept papier uit Dublin had gebruikt. Haar handschrift was heel regelmatig, wat niet in de lijn der verwachting lag van iemand die zo afwezig kon zijn. 'Ik was van plan Liddy een dagje mee uit te nemen om de megalithische stenen in de Burren te zien, maar een weekje Londen is natuurlijk veel leuker. Wat ben jij toch een zegen, Bobbie!'

'Dank je. Het vlees en de groenten die ik heb besteld kunnen elk moment worden bezorgd. Ze zijn me tegen theetijd beloofd. En Flurry heeft ook weer een flinke voorraad ingeslagen.

'Dit is hem.' Flurry trok de juten lappen weg van iets wat eruitzag als een rij metalen kisten en buizen die aan elkaar waren geschroefd. 'Hij heet de *Flying Irishman.* Dit is de stoker.' Hij wees naar het ene uiteinde. 'De machinist zit hier, vooraan. Dit is de ketel.' Hij wees naar het andere uiteinde.

'Hoe werkt dit?' vroeg ik.

'Als je kolen in de vuurkist doet, verhitten de vlammen het water in de pijpen en veranderen dit in stoom. Dit bouwt de druk op en dan wordt die in de cilinders geperst die de zuigers aandrijven. Heel eenvoudig.'

'Ik vind het helemaal niet zo eenvoudig klinken,' zei ik. 'Ik had me iets veel kleiners voorgesteld toen jij het over een modelspoorweg had. Je weet wel, zoiets als Märklin-treintjes.'

'Maar hij moet natuurlijk groot genoeg zijn om op te kunnen zitten en echte passagiers mee te kunnen nemen,' zei Flurry. 'Wat heb je er anders aan?' Hij keek me vragend aan, met grijze ogen die door zijn brillenglazen werden vergroot.

'Heb je dit allemaal zelf gemaakt?'

'Ik heb het boek van Bassett-Lowke. Die hebben veel spoorwegen aangelegd. Thady O'Kelly, de smid, maakt de onderdelen aan de hand van mijn tekeningen.' Hij trok weer een lap weg. 'Dit zijn de wielen. Mijn volgende klus is die op het chassis zetten.'

'Dit moet vast veel geld kosten.'

'Papa geeft me er geld voor. En ik maak wiskundehuiswerk voor de jongens op school. Ze betalen me vijf penny's per som. Vijfentwintig penny's voor geometrie, want dat zijn tekeningen en die kosten meer tijd.'

'Krijgen die andere jongens dan geen problemen als ze examen moeten doen?'

'Ik geef hun bijles voor zestig penny's per uur. Ik ben daar goed in want ik ben een jongen en ik weet hoe ze denken.'

'Het lijkt me hard werken.'

'Ik vind wiskunde wel leuk. En het betekent dat ze me verder met rust laten. Anders zou ik worden gepest omdat ik een bril heb en omdat ik geen spelletjes ken. Ze noemen me de Prof.' Flurry schonk me een van zijn zeldzame glimlachjes. 'Ik heb een hekel aan Geschiedenis en Engels. Ik zie er het nut niet van in. En wat Godsdienst betreft...' Hij maakte een geluid alsof hij moest overgeven. 'Al die onzin. Ik geloof er niks van.'

Ik voelde me niet geroepen hier een antwoord op te geven. 'Wat wil je dat ik doe?'

'Zie je die bielzen daar?' Hij wees naar een enorme stapel naast de deur van de schuur. 'Dat zijn echte. Papa heeft er een grote partij van opgekocht. Ze moeten in drieën worden gezaagd. Mijn spoorbreedte komt op een derde. We gebruiken oude ijzeren hekken voor de rails. Bij de zaagbok ligt een meetlint en een stuk krijt.'

'Ik wil een afspraak met je maken, Flurry.' Hij duwde zijn bril verder over zijn neus omhoog en keek me vol verwachting aan. 'Als ik beloof elke dag wat tijd te besteden – zoveel als ik kan – aan het in stukken zagen van deze bielzen, wil jij dan de groenten eten die ik op je bord leg?'

Flurry deinsde achteruit alsof ik hem had geslagen. 'Je bedoelt koolraap en dat soort dingen? Spruitjes?' Hij huiverde.

'Die twee niet, als je er echt een hekel aan hebt. Ik moet toegeven dat die een sterke smaak hebben. Maar aardappels en diepvriesdoperwtjes en worteltjes zijn echt niet moeilijk.'

'Voor mij wel. Waarom?'

'De reden dat jij steeds ontstekingen bij je ogen hebt, is dat worstjes geen evenwichtig dieet vormen. Je hebt ook vitaminen nodig.'

'Deze is bijna over.' Hij wees naar zijn oog.

'Ja, maar er begint er weer een bij je andere oog te komen. Het is niet goed om die zalf met antibioticum steeds te gebruiken. En je zult ook last gaan krijgen van andere dingen.'

'Zoals scheurbuik, bedoel je. Dat hebben we bij Geschiedenis gehad.'

'Precies.'

'Hoeveel moet ik ervan eten?'

'Ach, we zouden met één lepel kunnen beginnen.'

Flurry trok een gezicht vol afkeer. 'Wat voor lepel?'

'Groentelepel.'

Flurry sloeg zijn handen op zijn rug ineen en liep nadenkend door de schuur heen en weer. Toen zei hij: 'Weet je wat? Voor een halfuur zagen eet ik een halve lepel vol. Voor een uur een hele. Oké?'

'Een halfuur voor één lepel. Een uur voor twee.'

'Een halfuur voor driekwart. Een uur voor anderhalf.'

Ik weigerde verder te onderhandelen. Ik was ervan overtuigd dat een uur non-stop zagen vermoedelijk mijn dood zou worden. Na nog wat kibbelen spuwden we in onze hand en bevestigden de afspraak met een handdruk. Ik pakte de zaag.

Noch van de beloofde groenten van Turlough McGurn noch van het vlees van Sean Rafferty kwam iets terecht.

'Ik vrees dat dat de Ierse manier van doen is,' zei Constance. 'We houden het graag gezellig en we willen iedereen te vriend houden. Soms lijkt de waarheid minder belangrijk dan iets zeggen waarvan we denken dat de ander het graag hoort.'

Ik maakte van zes blikjes sardines met de laatste aardappels uit blik een vispastei die even smerig smaakte als het klinkt, maar die toch enthousiast werd ontvangen. Ik kon er niet achter komen of ze allemaal meesters waren in het verbergen van hun ware gevoelens, of dat het eten van de arme Constance nog slechter was geweest dan dat van mij. We hadden pas een paar weerzinwekkende hapjes genomen toen er tumult in de hal ontstond. Het zware geblaf van de reusachtige hond die aan het portiek was vastgemaakt maakte dat Maria hoog begon te keffen. Daarna hoorden we een nauwelijks menselijke stem die een brul van protest liet horen, zo ongeveer als van een leeuw die ziet hoe een andere, beter uitziende leeuw zijn vrouwtjes benadert.

Er kwam een enorme roodharige man zonder enige omhaal de eetkamer binnengestormd. Hij was ruim één meter tachtig en zijn woeste haar en ruige baard waren vuurrood. Zijn gelaatskleur was al even vurig. Zelfs zijn ogen leken rood van woede te zijn. Hij bleef in de deuropening staan met een vertrokken gezicht en hij sloeg met zijn vuist in zijn handpalm. Maria hield op met blaffen en dook onder de tafel om zich tegen mijn been aan te drukken.

'Michael McOstrich!' riep Constance verbaasd uit.

Ik hield wel van de Ierse gewoonte om anderen met hun volle naam aan te spreken. Het verleende een schilderachtige, bijbelse kleur aan de handelingen. Michael McOstrich kon regelrecht uit een mirakelstuk zijn weggelopen. Hij had zonder enige make-up De Toorn kunnen spelen. Toen schoot me te binnen waar ik zijn naam eerder had gehoord en al mijn vrolijkheid verdween op slag.

'Waar is hij?' brulde Michael McOstrich. 'Waar is die vuile schurk? Waar is die rotzak van een Timsy O'Leary?'

'Nou, nou, Michael! Je maakt de kinderen bang als je zo schreeuwt,' zei Constance, en ze stond op, liep op hem toe en stak haar hand naar hem uit. De kinderen zagen er eerder belangstellend dan bang uit. Flavia was tien minuten geleden de eetkamer binnengekomen met haar behuilde ogen op de geopende bladzijden van *Watership Down* gericht. Ze had nauwelijks haar eten aangeroerd en veegde over haar ogen en snoof terwijl ze las. Nu zat ze met open mond naar Michael McOstrich te kijken. Flurry zat roerloos met een worteltje uit blik op de tanden van zijn vork geprikt en Liddy bedwong haar gegiechel achter een servet.

'Wat heeft Timsy gedaan?' vroeg Constance. 'Wil je niet even gaan zitten, Michael, en een glas van iets drinken? En we hebben een verrukkelijke vispastei.'

'Dank je, Constance.' Michael McOstrich deed zichtbaar moeite zijn woede te beteugelen. 'Ik heb geen honger. Hoe gaat het met jou, Maud?' Hij vereerde haar met een ernstige blik voor hij terugkeerde naar zijn woede. 'Ik ben een rijdier kwijt. Ik hoorde bij Murphy's dat Timsy O'Leary degene was die haar van haar kluister had losgesneden. Ik bemoei me nooit met de spullen van een ander, en ik verwacht dat er ook niemand aan mijn spullen zal zitten. Het is niet met stelen en bedriegen dat ik Ballyboggin tot de grootste boerderij aan deze kant van Galway heb gemaakt. Iedere hectare is gekocht en betaald met hard werk en eerlijke handel. Eerlijkheid is een zwakte van me, als je het zo wilt stellen. En ik pik het niet als er wordt gestolen.' Hij keek woest de kamer rond, alsof een van ons mocht overwegen naar Ballyboggin te snellen om zijn meubels te stelen. 'Die ezel is een pronkstuk. Ik heb haar zelf gefokt en ze had een oormerk dat ze van mij was.'

'Timsy is niet degene die uw ezel heeft losgemaakt,' zei ik in de pauze die erop volgde. De moed zakte me bijna in de schoenen toen het zoeklicht van zijn vurige ogen op mij viel. 'Dat was ik. Ze zat met haar benen verstrikt in het touw. Ze was anders misschien de hele nacht blijven liggen, zonder eten of drinken, zonder zich te kunnen verroeren. Ik weet zeker dat de wet zo'n wreedheid verbiedt. Als u wilt dat uw ezel niet wegloopt, moet u een hek plaatsen.'

'Een hek!' brieste Michael McOstrich, terwijl hij naar me toe kwam en zijn gezicht zo dicht bij het mijne hield dat zijn baard op mijn wang kriebelde. Er steeg een overweldigende stank van verse koeienmest op uit zijn overhemd en uit zijn broek die met gele bretels omhoog werd gehouden. 'En wat, juffrouw, weet u nou van hekken? Er bestaat geen steviger omheining dan die op Ballyboggin! Ik heb hem zelf geplaatst!' Hij schreeuwde het uit, zodat mijn hoofd begon te zoemen. 'Wie anders dan een vrouw denkt dat je de bergen kunt omheinen!'

Hij sloeg op zijn dij met een klap die het bovenbeen van een kleinere man zou hebben gebroken. En toen, tot mijn verbazing, verscheen er een glimlach op zijn gezicht. Hij zette zijn handen in zijn heupen, boog zich vanaf zijn middel achterover en bulderde van het lachen met een volume dat het kostbare pleisterwerk van La Franchini naar beneden had kunnen doen komen. Iedereen lachte nu, ongetwijfeld opgelucht na deze reactie. Iedereen, behalve Maud, die een zakdoek tegen haar neus drukte.

'Michael,' zei Constance, 'mag ik je voorstellen aan juffrouw Bobbie

Norton. Ze is uit Engeland gekomen om hier te logeren en ik wil dat je...'

'Uit Engeland?' Hij knikte met zijn grote, rode hoofd. 'Dat dacht ik al. Ik zei tegen mezelf, Michael, zei ik, de ogen van dit meisje flitsen en haar temperament is vurig. Ze is niet zo'n zachtmoedig Iers meisje. Je kunt Michael McOstrich niet veel over vrouwen vertellen.'

Er was iets wat me niet beviel in de manier waarop hij naar me keek: net zoals de haan een jonge hen bekijkt die nieuw in het hok is.

'Mijn excuses,' zei ik, en ik stond op. Mijn kruin reikte nauwelijks tot aan zijn kin. 'Ik zou nu graag de tafel willen afruimen en het dessert binnenbrengen.'

Michael McOstrich bleef staan waar hij stond. 'Ben je van het personeel?' Hij fronste zijn wenkbrauwen.

'Nee,' zei Constance.

'Ja,' zei ik, terwijl ik probeerde langs hem heen te komen. 'Ik ben de huishoudster.'

Hij keek op me neer terwijl hij over zijn woeste rode baard streek. 'Je bent niet mijn idee van een huishoudster. Maar de Macchuins van Curraghcourt doen de dingen altijd anders dan anderen. Voelen zich altijd te goed om hun handen vuil te maken, daar komt het op neer. Hoewel er al zo lang McOstrichs op Ballyboggin hebben gezeten, dat je niet op honderd jaar meer of minder kijkt.' Hij gaf een woeste dreun op zijn borst. 'En de Macchuins waren niet te trots om naar Ballyboggin te rennen om hulp toen de O'Flaherty's met getrokken zwaard op bezoek kwamen.'

'Toe, Michael,' zei Constance, 'hou nou toch eens op met al die onzin. Onze families zijn eeuwenlang goede buren geweest. En mijn grootmoeder was een McOstrich van Ballyboggin. Het heeft helemaal niets met trots te maken. Natuurlijk weten we allemaal wat voor succes jij van de boerderij hebt gemaakt.'

Michael grijnsde zonder zijn blik van mijn gezicht af te wenden. 'Het is waar dat ik iedere man in het graafschap zou kunnen uitkopen. Ik ben een eerlijk mens en ik daag iedereen hier uit te zeggen dat dat niet zo is.' Hij keek streng de tafel rond. Zijn ogen bleven rusten op Eugene, die als een bezetene begon te knikken. Michael keek mij weer aan. 'Als u belooft dat u zich niet meer zult bemoeien met dat wat van mij is, dan zullen we de zaak verder vergeten. Eerlijker kun je het niet zeggen.' Hij stak zijn grote, rode poot naar me uit.

De hele tafel hield de adem in. Ik hield mijn adem ook in, om niet flauw te vallen van de mestlucht en ik deed mijn handen op mijn rug. 'Het spijt me dat ik dat niet kan beloven, meneer McOstrich, maar als ik een levend wezen vind dat in omstandigheden verkeert die ik als inhumaan beschouw, zal ik al het mogelijke doen om zijn lijden te verlichten.'

'Toe nou, Bobbie,' zei Eugene. 'Geef die man de hand. Ik kan me voorstellen dat dat dier een paar lieve ponden waard was...'

'Neem me niet kwalijk, Devlin, maar je zou me een groot plezier doen door je mond te houden.' Michael richtte zijn vurige ogen op Eugene, die onmiddellijk zweeg. 'Goed, juffrouw,' ging Michael verder, op bijna overredende toon. 'U bent een mooie vrouw om te zien – ik geloof niet dat ik ooit zo'n knappe vrouw heb gezien – maar u moet wel rekening houden met de gevoelens van een man. Ik ben in de aanwezigheid van deze anderen een toontje lager gaan zingen en u zou hetzelfde moeten doen en mij de hand schudden.'

'Wat leuk is dit!' zei Maud. 'Net een Grieks drama, maar veel spannender.'

Michael keek misprijzend en stak een onderlip door het woud van zijn baard. Toen begon hij tot mijn opluchting diabolisch te lachen, zodat het door de kamer schalde. 'Ha, ha, ha! De Heer sta ons bij, maar u heeft meer pit dan ik ooit in een vrouw heb gezien! U rijdt het liefst voor de meute uit en springt als eerste over de sloot, wed ik!'

'Niet echt,' zei ik koeltjes, hoewel ik wel zo ver ging dat ik mijn hand uitstak.

Hij greep die vast en schudde hem alsof hij een klap met een zweep wilde geven, zodat mijn schouder bijna uit de kom schoot. 'Maar ik moet zeggen dat uw pit me wel bevalt!'

'Ziezo! Dat is dan gelukkig geregeld.' Constance klonk opgelucht. 'En, blijf je eten, Michael?'

'Nee, ik moet weer gaan, Constance. Ik heb net een nieuwe stier gekregen. Een Charolais uit Frankrijk. Ik geloof niet dat er in heel Ierland een betere stier te vinden is. En ik moet de boekhouding controleren. Ik heb de beste rentmeester van Galway, maar ik zorg er wel voor dat hij weet dat ik hem in de gaten houd en dat er maar één de baas is. Ik ben zo zacht als melk wanneer ik fatsoenlijk word behandeld, maar liegen en bedriegen, dat pik ik niet. Zo is het karakter van de heer van Ballyboggin, en ik denk dat dat alom bekend zal zijn! Goedenavond, allen. Goedenavond, juffrouw Norton.'

Het toonbeeld van zachtheid was in twee stappen bij de deur, draaide zich om en liet vervolgens zijn blik op mij rusten met iets van verbazing erin.

'Als dat Michael McOstrich niet is!' zei Sissy, die net op dat moment binnenkwam. Ze droeg een felrode omslagdoek op een wijde strokenrok en een zwarte mantilla over haar haar. 'Blijf je eten?' Ze lachte breed naar hem, hief één arm boven haar hoofd en legde de andere over haar middel, als een flamencodanseres, terwijl ze uitdagend met haar heupen wiegde en met haar voeten stampte. Het effect werd bedorven doordat Maria onder de tafel vandaan kwam en haar tanden in de rondzwiepende rok zette. 'Maak dat je wegkomt, rotbeest!' Sissy schopte nijdig en er klonk een scheurend geluid.

'Goedenavond, Sissy McGinty,' zei Michael, zonder zelfs maar in haar richting te kijken. 'Nee, ik ga weg.' Hij hield woord. Het leek alsof er een afdruk van zijn bloedrode ogen in de lucht bleef hangen, die pas enkele seconden na zijn vertrek vervaagde.

'Ik begrijp niet hoe je zo tegen hem op durfde te komen,' zei Constance toen ze me na het eten met de afwas hielp. 'Iedereen hier in de buurt is doodsbang voor hem. Een paar jaar geleden heeft hij iemand dwars door een raam geslagen omdat hij naar zijn zuster had geknipoogd.'

'Ik vind dat pestkoppen af en toe op hun nummer moeten worden gezet.'

'In wezen is Michael een goeie vent,' zei Constance. 'Als kind zat ik op school naast hem en toen sleep hij mijn potloden altijd voor me en beschermde me tegen de andere jongens. De McOstrichs waren er financieel slecht aan toe, net als wij allemaal hier, tot de oude meneer McOstrich doodging aan de drank en Michael de boerderij overnam. Hij heeft ontzettend hard gewerkt en alle EU-subsidies goed aangewend, zodat het land voor het eerst sinds honderd jaar weer winstgevend werd. Nu is hij kilometers in de omtrek de rijkste man. Het is alleen jammer dat hij zo lichtgeraakt is.'

'Misschien is het een gebrek aan inlevingsvermogen in plaats van echte wreedheid. Van die ezel, bedoel ik.'

'Alle boeren hier in de buurt kluisteren hun paarden en ezels. Dat is sinds onheuglijke tijden het gebruik geweest.'

Even voelde ik me een beetje schuldig dat ik me met eeuwenoude tradities had bemoeid. Maar ik was geen antropoloog die zonder een spier te vertrekken het offeren van met bloemenslingers getooide koeien of het besnijden van kleine meisjes beschreef. Het was ooit ook gewoonte geweest christenen voor de leeuwen te gooien, maar gelukkig voor pastoor Deglan was men daarvan teruggekomen.

Ik legde de lepel die ik bezig was op te wrijven neer. 'Stel je eens voor hoe ellendig jij je zou voelen als er een gewicht aan je benen hing en je dat steeds moest meeslepen.'

Constance liep met een stapel schone borden naar de porseleinkast, waarbij haar rubberlaarzen een dof geluid op de tegelvloer maakten. 'Ik heb er nooit zo over nagedacht, maar je hebt gelijk.'

'Constance...'

'Ja?' Ze draaide zich om en glimlachte. 'Wat is er, Bobbie?'

'Die hond die op de stoep ligt vastgebonden.'

'Osgar? Is daar iets mee?'

'Ik weet het niet. Hij is zo agressief dat ik niet bij hem in de buurt kan komen.'

'Het is een familietraditie om een zwarte hond bij die deur aan de lijn te hebben liggen, nog uit de slechte tijden van de O'Flaherty's.'

'Laat iemand hem ooit wel eens uit?'

'Jawel. Timsy laat hem elke ochtend uit.'

'Nou, vanmorgen heeft hij dat vast niet gedaan. Ik heb hem overal gezocht voor ik naar Kilmuree vertrok, omdat ik hem een lijst met werkzaamheden wilde geven. Katty en Pegeen wilden me niet zeggen waar hij was, maar Flavia zei dat hij tot theetijd in de appelschuur had liggen slapen.'

'O lieve help. Ik betwijfel het of Timsy de juiste persoon is om hem te verzorgen. Hij is zo onbetrouwbaar. Maar we zijn eerlijk gezegd allemaal bang voor Osgar. Dus daarom staat de koe zo zielig te loeien. Ze is vanmorgen vast niet gemolken. Nu loopt de melk weer terug en krijgt ze uierontsteking... de rekeningen van de veearts... Finn zal erg boos zijn. Echt, het is allemaal hopeloos!' Ze wapperde boos met haar theedoek en zwiepte een kopje op de tegels, waar het in tweeën brak. 'O, verdorie. Een van die mooie groene kopjes. Ik ben toch zo onhandig! Ik ben zo'n sukkel!'

'Geef mij die stukken maar.' Ik bekeek de broze porseleinen scherven die zo kortgeleden nog een schelpvormig kopje hadden gevormd. 'Het is Bellek. De moeite van het restaureren waard. Als we goede lijm kunnen vinden zal ik het proberen.'

'O, wil je dat doen? Wat knap! We hebben stapels en stapels van die kopjes op de zolder. Ik had er gewoon een paar van mee naar beneden genomen omdat ik die voet met die schelp zo mooi vind.'

'Zou het leven op Curraghcourt drastisch veranderen als Osgar af en toe los mocht lopen?'

'Ach, ik denk het niet. Als jij Osgar wat kunt temmen, ga dan vooral je gang.'

'Denk je dat meneer Macchuin er bezwaar tegen zal hebben?'

'Finn? Ik denk dat hij het niet eens zou merken. Maar je moet echt niet te veel hooi op je vork nemen. Ik ben doodsbang dat je dan genoeg van ons krijgt en dat zou ik niet kunnen verdragen. Bobbie,' – ze greep mijn hand – 'soms voel ik me alsof ik wankel onder een immense last, en elke keer dat ik struikel ben ik bang dat ik niet meer overeind zal kunnen komen. Ik ga me steeds hulpelozer voelen.' Er kwamen tranen in haar ogen. 'De kinderen worden verwaarloosd, dat besef ik heel goed. Violet zakt steeds verder weg. Maud wordt steeds meer krakkemikkig. Er is geen geld om het huis te repareren. Alles om ons heen dreigt in te storten, en ik ben de enige die dat tegen moet houden.' Ze duwde haar gezicht in de theedoek en begon te huilen.

Ik sloeg mijn armen om haar heen. 'Morgenochtend zal alles er anders uitzien. Je bent doodmoe. En een beetje terneergeslagen. Laat mij iets van je last overnemen. Echt, dat wil ik graag. Ik heb thuis nooit de kans gekregen dingen te veranderen. Mijn ouders verzetten zich tegen veranderingen en mijn pogingen tot hervorming werden elke keer gefrustreerd. Als jij me belooft het te zullen zeggen wanneer je vindt dat ik te ver ben gegaan...'

'Dat zou je echt niet kunnen!' Constance keek me aan met haar betraande ogen. 'Ik vertrouw je volledig. Doe wat je goeddunkt. Ik zal je zo goed mogelijk helpen, hoewel ik weet dat ik onhandig ben.'

Ik duwde Constance in een stoel. 'Ga zitten, dan maak ik wat Horlicks voor ons.' Ik had in een opwelling in Kilmuree een blik Horlicks gekocht. 'Om de smaak van de sardientjes een beetje kwijt te raken. En Constance...'

'Ja, Bobbie?' Constance droogde haar tranen en glimlachte flauw.

Ik keek naar de schouw, waar Katty en Pegeen bij het vuur zaten te dommelen. 'Wat Violet betreft.'

25

Boven aan de trap naar de zolder kon ik de desinfecterende middelen al ruiken. Met mijn ogen op de kom meelpap en het glas water gericht, om maar niets te morsen, schoof ik om de deur heen Violets kamer binnen. Het was er zo donker dat ik tegen haar stoel, die bij het bed was achtergelaten, botste en nog maar net de inhoud van kom en glas kon redden.

'Goedemorgen, mevrouw Macchuin,' fluisterde ik, waarbij ik mijn stem aanpaste aan de grafkelderachtige atmosfeer. 'Ik ben het, Bobbie. Ik kom u uw ontbijt brengen.'

Geen antwoord, uiteraard.

'Ik zal u helpen overeind te komen.'

Ik schoof mijn arm onder haar. Ze woog bijna niets, dus kon ik haar gemakkelijk tegen de stapel kussens in zitstand leggen.

'Mooi zo. Als u nu uw mond opendoet, zal ik er een beetje in doen.'

Ik hield haar de lepel voor. Violet bewoog haar hoofd en de meelpap drupte op het beddengoed.

'Verdorie!' mompelde ik.

Toen Constance mij de taak had opgedragen Violet haar ontbijt te brengen, had Pegeen verklaard dat mevrouw Violet een hekel aan vreemden had en dat ze zou weigeren te eten. Constance had Pegeen gevraagd hoe ze dit wist, aangezien ik de eerste buitenstaander was die dit zou proberen. Nu leek het erop dat Pegeen gelijk had. Ik probeerde een tweede lepel, met hetzelfde resultaat.

'Het spijt me,' zei ik, 'ik kan niet zien wat ik doe. Ik ga zorgen voor een beetje meer licht.'

Ik schoof de gordijnen open. Het zonlicht onthulde een tapijt dat verre van schoon was, lelijk, vurenhouten meubilair en witgekalkte muren die nu grijs waren van de spinraggen. Het vuur in de haard was uitgegaan en het was koud en somber in de kamer. Ik liep weer naar het bed.

'Violet,' zei ik met mijn normale stem. 'Ik hoop dat je het niet erg vindt dat ik je zo noem? Het is een prachtige dag. Je kunt hiervandaan niet veel zien, maar de lucht is blauw.' Ik stak de lepel tussen haar lippen. Violets keel bewoog toen ze slikte. Haar ogen bleven dicht. Haar gezicht was kleurloos en zag er wonderlijk vlak uit, alsof alle substantie langzaam maar zeker uit haar was weggelopen. Waarschijnlijk kwam dit door het gebrek aan spierspanning. Haar lippen waren droog en in de hoeken gebarsten. Ik vroeg me af of ze aan vitaminegebrek leed. Voor zover ik wist zat er geen enkele variatie in haar dieet. Meelpap, bestaande uit havermout die met melk tot een vloeibare consistentie was geroerd, viermaal daags. En altijd thee of water om te drinken.

'Doe je ogen eens open om te kijken. Vanuit mijn slaapkamerraam kon ik vanmorgen kilometers ver in de omtrek zien. Bergen, weidevelden, bossen en wolken. Ik heb de reiger weer gezien, op zoek naar een ontbijt in de kanalen. Ik was op het dak om de katten te voeren. Ze beginnen heel vriendelijk te worden, vooral die rode. Flavia en ik hebben hem Alexander genoemd vanwege zijn neiging over iedereen de baas te spelen. Er wonen er nu dertien op het dak. Als de zon warm is, is het lood kokendheet en er is voldoende regenwater om op te likken. Ik vrees dat er ratten zitten. Ik heb er een bij de schoorsteen zien liggen.'

Terwijl ik praatte slikte Violet braaf door tot de kom min of meer leeg was. Er was een druppel pap op mijn duim gevallen. Ik likte die op. Het was smakeloos, op het weerzinwekkende af. Net nat karton. Ik hield het glas water bij haar mond. Er liep iets langs haar kin. Er ontsnapte haar een geluid dat op een zucht leek en toen liep er een druppel nattigheid, een traan, uit de hoek van haar ene oog.

'Violet.' Ik pakte haar hand. 'Probeer je ogen open te doen zodat ik weet dat je me kunt horen. Eén keer knipperen is al genoeg. Probeer het alsjeblieft.' Ik staarde gespannen naar haar gezicht. Haar neus en mond bewogen even, maar de beweging had ook onwillekeurig kunnen zijn. 'Je bent ongelukkig, hè?' ging ik verder. 'Dat kan ik je niet kwalijk nemen. Iedereen zou hier somber worden, in deze naargeestige kamer, weg van alles en iedereen. Maar de wereld is nog even mooi als toen jij hem voor het laatst hebt gezien. Als je je ogen eens opendeed, zou je het licht naar binnen zien vallen. Misschien zelfs een vogel voorbij zien vliegen.'

Geen reactie. Haar hoofd rolde langzaam de andere kant uit. Ik legde haar weer neer. Haar nachthemd was nat op haar dijen. Tussen haar benen lag een doorweekte doek. Er steeg een geur van urine op. Ik keek om me heen. In de hoek van de kamer was een wasbak, maar er viel geen waslapje of handdoek te bekennen. Ik zou dat aan Pegeen over moeten laten. Ik stak het vuur in de haard weer aan, legde er genoeg turven op voor het geval de open gordijnen de kamer kouder maakten.

'Dag Violet.' Ik bleef bij de deur staan. 'Vanavond kom ik weer even bij je langs.'

Haar hoofd bleef van me afgewend.

'Moet je hier nou toch eens zien!' zei ik een paar uur later, terwijl ik een wortel omhooghield. 'Ik zweer dat het dezelfde is die ik in de winkel dubbel heb gevouwen. Je zou er een knoop in kunnen leggen, zo oud is hij.'

Ik smeet hem op de keukentafel en groef dieper in de doos die de groenteman zojuist had bezorgd. Toen ik had gemopperd dat dit bijna vierentwintig uur te laat was, had hij gedaan alsof hij heel verbaasd was, en hij had me verzekerd dat hij het fruit en de groenten halsoverkop naar Curraghcourt had gebracht, zonder zich te bekommeren om de andere klanten die nu in zijn winkel stonden en begerig keken naar alle eersteklas waren die hij speciaal voor mij had ingepakt.

'Er zitten alleen maar wortelen in die doos!' riep ik uit. 'Minstens vijf kilo. Wacht eens, wat is dit?' Ik trok er een bruine zak onder vandaan. 'Tomaten, helemaal gekneusd en geplet. Er zit bovendien geen enkele geur aan. Zeker import. En dat terwijl je om deze tijd van het jaar tien Engelse tomaten voor een penny kunt kopen. Ierse, bedoel ik, dat komt op hetzelfde neer.'

'Allemachtig, helemáál niet!' zei Sissy, die aan de tafel Horlicks zat te drinken. Ze had het restant van de Horlicks ontdekt die ik de vorige avond voor Violet had klaargemaakt en ze was er dol op. Haar kleine gezicht kwam mooi uit onder een grote, gele strohoed met een slappe, blauwe veer erop. 'Er bestaat op de hele wereld geen betere tomaat dan een Ierse tomaat! Dat komt door het water dat door alle turf zwart is als stroop en dat maakt ze zoet. Een Engelse tomaat is een slap, rimpelig ding dat naar niks smaakt.'

'Oké. Als jij dat zegt. Maar ik snap niet dat McGurn zulke fantastische dingen kan beloven en me vervolgens deze verlepte groenten stuurt! En ook nog eens een dag te laat. De bleekselderij en de witlof zijn nergens te bekennen. En waar zijn de courgettes waarvan hij beweerde dat de ochtenddauw er nog op lag?'

Constance schoot in de lach. 'Ik betwijfel of hij zelfs maar weet wat dat zijn. Ik heb zoiets in elk geval nog nooit in Kilmuree gezien.' Toen ze mijn gezicht zag, waarop zowel woede als verbijstering te lezen stond, keek ze berouwvol. 'Ik heb het je toch gezegd? Dat is de beroemde charmante Ierse manier van doen. Het enige dat van belang is, is iemand even gelukkig maken, en na ons de zondvloed! Maar ik begrijp dat het om dol van te worden is.'

'Het ís ook heel charmant – meestal tenminste. Let maar niet te veel op mijn humeur. Ik ben gewoon teleurgesteld dat ik nog steeds niets fatsoenlijks heb om te koken. Ik zal de beste wortels er maar uit moeten zoeken en van de rest soep koken. En het vlees is er ook nog niet. Ik neem aan dat de slager de wacht houdt over mijn bestelling van de allerbeste stukken braadvlees van een prijswinnend stamboekrund, en dat hij die met hand en tand verdedigt tegen alle klanten die in de winkel komen,' voegde ik er sarcastisch aan toe.

'Waarschijnlijk is hij het gewoon vergeten,' meende Sissy. 'Maar wat mij betreft moet ik zeggen dat ik sardientjes lekker vind en dat jij er echt iets van weet te maken.'

'Dank je. Maar ik zal blij zijn als ik nooit meer een sardine hoef te zien. Goed, ik ga met de lunch aan de slag. Maar eerst moet ik zien of Katty en Pegeen opschieten met de hal.'

Ze zaten op hun hurken in de grote schouw boter, kaas en eieren te spelen in de as. Ik beloofde hun de zwarte fles een halfuur eerder als ze de vloerplanken hadden geschrobd tot ze blonken. Ze gingen aan de slag, redelijk bereidwillig. Ik begon de kunst van het sluiten van compromissen al aardig te leren.

De lunch was een versie van *pipérade*, met wortels in plaats van paprika's. Het bleek verrassend eetbaar te zijn. De versheid van de eieren hielp, ook al was de dooier zo bleek als een sleutelbloem. Iedereen schepte een tweede keer op, behalve Flurry, die een lepel naar binnen werkte – met klapperende tanden, als een chimpansee. Terwijl we aan het toetje zaten – mandarijntjes uit blik met gecondenseerde melk uit blik; geen goede combinatie – bedacht ik koortsachtig wat ik voor het avondeten klaar moest maken.

Hier bleek het lot me gunstig gezind. Na de lunch ging ik naar de bibliotheek. Ik had besloten dat ik me niet door angst voor represailles zou laten weerhouden om in mijn strijd tegen stof en vocht iedere dag een plank schoon te maken. Ik zag dat er een kapot ruitje was waardoor het regenwater rechtstreeks op de ruggen van in rood marokijnleer gebonden delen van Thackeray viel. Ik had al een lijst gemaakt van vijftien ruitjes elders, waar water door naar binnen kwam. Toen ik met mijn hand naar beneden gleed om de omvang van de schade vast te stellen, kwam ik bij een dik, knalroze boek dat op de onderste plank stond. Ik bekeek de gouden letters op de rug. *The Constance Spry Cookery Book.* Gretig pakte ik het boek uit de kast. Hier had ik inspiratie! Twaalfhonderd pagina's lang. Ik keek op wortels. *Carottes Vichy, carottes à la poulette, carottes glacés,* worteltjes met pikante saus, gestoofd, *veloutés, hongroises, galette.* Ik nam Constance Spry mee naar de keuken, zonder dat ik me erg schuldig voelde, en begon meel af te wegen voor een worteltjestaart voor bij de thee van de kinderen. Ik luisterde naar Pegeen en Katty, die flink hun best hadden gedaan op de vloer van de hal en die nu sentimentele liedjes zaten te zingen terwijl ze slokjes uit de zwarte fles namen tot ze begonnen te knikkebollen.

'Trouwens,' zei ik, 'heeft iemand mijn nieuwe hangslot gezien?'

Niemand had iets gezien.

Ik ging naar Violets kamer. Die was weer in donker gehuld. Er brandden nieuwe kaarsen en er hing een benauwde ziekenlucht. Ongeduldig trok ik de gordijnen open en zette het raam op een kier. 'Luister, Violet.' Ik boog me over het roerloze lichaam. 'Hoor je de wind en de vogels?'

Ik had een beker meegebracht met Horlicks die ik met volle melk had gemaakt. Ik hield een lepel ervan tussen Violets lippen. Het puntje van haar tong kwam onmiddellijk naar buiten en ik gaf haar een tweede lepel vol. Ze dronk snel op wat er was overgebleven, terwijl ze tussen de slokjes door zacht gromde. 'Vond je dat lekker? Zal ik je er morgen nog meer van brengen?' Het gladde gezicht bleef teleurstellend neutraal. Haar borst ging op en neer, maar verder was er geen enkel teken van leven. 'Ik ga nu. Ik moet Constance helpen het kippenhok schoon te maken. Tot ziens.'

Ik had mijn hand al op de kruk van de deur toen ik een zwak gekreun hoorde. Haar hoofd was met gesloten ogen mijn kant uit gerold. Het was niet veel, maar toch iets.

'Waar is Timsy?' vroeg ik aan Constance toen ik in de kippenren stond. De vloer van de ren was net als de rest van de binnenplaats bij de stallen met keien geplaveid, maar de koolbladeren en aardappelschillen die hier jarenlang in waren geworpen, hadden samen met de uitwerpselen een dikke laag stinkende prut opgebouwd. Overal stonden pootafdrukken van de kippen, die nu angstig bijeen stonden op een zo groot mogelijke afstand van Maria, die buiten het gaas likkebaardend heen en weer liep. Ze leken in de rui te zijn. Ik had enige ervaring met kippen omdat we ze vroeger ook op Cutham Hall hadden gehad. Ik had ze geleerd uit mijn hand maïs te eten en ik had gezien dat ze een pikorde hadden ingesteld. Ik was vreselijk verdrietig geweest toen er op een nacht een vos onder de deur van het kippenhok door was gekropen en ze allemaal had gezonden naar die plaats waar alle kippen gelijk zijn.

'Ik heb hem voor het laatst uit de appelschuur zien komen,' zei Constance.

'Wat is daar de grote attractie? Elke keer dat ik hem zie, gaat hij erin of eruit. En hij heeft het plein aan de voorzijde ook niet geveegd, hoewel ik hem dat al drie keer heb gevraagd te doen.'

'Hij is hopeloos, ik weet het.' 'Hopeloos' was het woord dat Constance het meest gebruikte. 'Het enige is dat hij absoluut loyaal is en dat is ook veel waard, hè?'

Ik vond dat de Ieren over het algemeen erg hartelijk met hun personeel omgingen, een groot contrast met de kille Engelse manier van doen. Maar in Timsy's geval was ik er niet van overtuigd dat zijn loyaliteit een compensatie vormde voor zijn tekortkomingen.

'Hij moet strakker in de hand worden gehouden,' zei ik. 'Doet hij wel wat meneer Macchuin hem opdraagt te doen?'

'Ik zou willen dat je hem Finn noemde. Dat "meneer" klinkt zo onvriendelijk en afkeurend.'

Ik voelde inderdaad een sterke antipathie jegens meneer Finn Macchuin, ook al had ik hem nog nooit ontmoet. Hoe kon hij het met zijn geweten in overeenstemming brengen zich in Dublin te amuseren terwijl zijn vrouw, maîtresse, zuster en drie kinderen thuis in armoede en ongemak moesten ploeteren? Ik vergaf hem het verwaarlozen van zijn schoonmoeder. Hoewel ik vaak van Mauds cynische opmerkingen genoot, zag ik in dat ze als schoonmoeder niet direct ideaal was.

'Alweer maar één ei.' Constance had de nachthokken afgezocht. 'Die beesten zijn de moeite van het houden niet waard.'

'Ze lijken me niet echt in topconditie.'

'Ze zijn gewoon oud, dat is het probleem. Te oud om te leggen en te taai om op te eten. Misschien kan ik Timsy toch maar beter vragen of hij ze de nek...'

'Nee!' Flavia kwam uit het kippenhok naar buiten. 'Dat doe je niet! Het zijn mijn vríénden! Je kunt ze niet zomaar de nek om laten draaien! Dan loop ik weg en neem ik ze… allemaal… mee…' Ze werd overmand door verdriet.

'Lieverd!' Constance probeerde haar armen om Flavia heen te slaan, maar die rukte zich los.

'Jullie mógen ze niet doodmaken!' Flavia stond met uitgespreide armen voor de kippen te gillen terwijl Maria als een uitzinnige blafte. 'Ik heb ze bijna mijn hele leven gekend! Het zou moord zijn!'

'Liefje, wees nou even redelijk,' smeekte Constance. 'Kippen zijn geen huisdieren.'

'Wat heeft dat er nou weer mee te maken? Denk eens hoe het zou zijn als jouw nek werd omgedraaid… zodat je stikte…' Haar zin ging verloren in al het gesnik.

Constance trok haar wenkbrauwen naar me op en stak haar handen in wanhoop omhoog.

'Luister, Flavia.' Ze probeerde zich van me los te rukken, maar ik hield haar stevig vast. 'Luister! Niemand gaat iets akeligs met die kippen doen. Tante Constance en ik beloven je dat plechtig. Nietwaar?' Ik keek Constance aan.

'Goed. Zeker,' zei ze.

Flavia bleef huilen, maar nu zachter.

'De grond van deze ren is helemaal verzuurd,' zei ik. 'We zullen Timsy een nieuwe ren laten bouwen en dan laten we wat nieuwe, jonge kippen komen om bij deze kippen te wonen en dan gaan ze allemaal beter eieren leggen omdat ze op verse grond lopen. Als je mooie donkergele dooiers wilt hebben, moeten de kippen gras kunnen eten.'

'Echt?' zei Constance. 'Dat heb ik nooit geweten.'

'Beloof je dat?' Flavia keek met roodomrande ogen naar me op.

'Ik beloof het.'

'Zowaar als je hier staat?'

'Zowaar als ik hier sta. En laten we nu Timsy gaan zoeken om hem te vragen dat te doen.'

We ontdekten Timsy toen hij uit de appelschuur kwam. Toen hij ons zag, draaide hij haastig de sleutel om van een nieuw hangslot dat aan de deur was bevestigd. Mijn hangslot.

'Er zijn geen palen,' zei hij, toen ik hem van het plan vertelde.

'Je kunt de oude palen gebruiken.'

'De vos zal ze te pakken krijgen als de ren buiten het erf is.'

'Dan moeten we er gaas overheen doen.'

'We hebben niet genoeg gaas.'

'Dan koop ik maandag wel nieuw. Ik ga 's ochtends meteen naar de slager, om met hem te praten. En naar de groenteman.'

Timsy wist geen tegenwerpingen meer te bedenken. We gingen de nieuwe ren op het land uitzetten. Ik liet Flavia en Timsy bamboestokken in de grond zetten en er touw tussen spannen, en ging toen terug om Constance te helpen.

De kruiwagen lag vol met mest, klokhuizen en sinaasappelschillen. Het kippenhok was kennelijk een van Flavia's geliefde plekjes om rustig te kunnen lezen. 'Wat doe je hiermee?' vroeg ik.

'Meestal kieper ik het in de slotgracht. Daar gooien we alles in weg. Ik denk dat hij op een dag tot de rand met afval gevuld zal zijn, maar dat is niet voor ik dood ben.'

'Waarom maken we geen echte composthoop? Ik heb net de plek bekeken waar het nieuwe kippenhok zal komen. We kunnen daar ook alle keuken- en tuinafval op doen.'

'Welke tuin. Er is helaas geen tuin.'

'Nou, eh... geeft niet. We moeten twee composthopen maken en Timsy kan die dan regelmatig keren en water geven.'

Constance schoot in de lach. 'Als jij plannen maakt, krijg je zo'n speciale blik in je ogen. Net zoiets als Napoleon die zijn troepen op het slagveld heeft opgesteld. Peinzend, maar tegelijk heel scherp gericht.'

'Dan kan het geen kwaad als ik mezelf er af en toe aan herinner dat hij boven zijn macht heeft gegrepen en slecht aan zijn eindje is gekomen.'

'Misschien heb je meer van Constance Markievicz.'

'Wie is dat?'

'Een beroemde Sinn Feinian, die ter dood werd veroordeeld voor haar aandeel in de Paasopstand. Ze hebben haar gelukkig vrijgelaten. Ik ben naar haar vernoemd, maar ik vrees dat ik niet de moed heb om een revolutionair te zijn. Er zijn prachtige gedichten op haar gemaakt. "Wild kind van Lissadell, Niet voor U de koele nachten van maagdelijke dromen, maar vernedering en vuur, nachten van helse..."'

Ik verplaatste mijn gewicht van het ene been op het andere, waarbij ik een eindje in de stinkende modder zakte terwijl Constance iets opzei wat een lang gedicht leek. Er zeilden kleine witte wolken langs de lucht, en er streken krassende roeken neer op de kantelen. Sissy, nog steeds in haar kleding van Elizabethaanse courtisane, kwam door de poort van het koetshuis met haar armen vol planten, en ging door de achterdeur naar binnen. Daarna verschenen Flavia en Timsy, hevig kibbelend. Ik begon me ongerust te maken over de worteltjestaart die ik in de oven had gezet.

'Juffrouw Bobbie!' Pegeens stem vanuit het raam van de provisiekamer onderbrak de ballade van Constance. 'Het vlees is net gekomen. Zal ik het voor u opzetten om te koken?'

Later, toen al het vlees, of liever gezegd alle vet en zenen, was uitgepakt, bekeken en door mij van woedend commentaar was voorzien, ontstond er hevige opschudding bij de voordeur. Osgar, die van de ondermaatse prestaties van de slager had geprofiteerd in de vorm van een bak vol afval, blafte als een gek. Katty ging kijken wat er allemaal aan de hand was en kwam even later terug met een groot boeket rode rozen, met kamperfoelie erdoorheen en ingepakt in een krant.

'Dit was op de stoep gelegd,' zei Katty, met een scheve grijns rond haar kromme neus en op haar smoezelige wangen. 'Het is voor juffrouw Bobbie.'

'Wat een leuke verrassing!' zei ik, en ik dacht meteen aan Kit. Ik pakte het briefje dat ze naar me uitstak.

'Van wie is het?' vroegen Constance, Flavia en Liddy tegelijk. De laatste twee waren naar de keuken gelokt door de geur van de taart die op een rek stond af te koelen alvorens te worden geglazuurd.

Beste juffrouw Norton
Hopelijk treft dit bericht u net zoals het van mij is gekomen: in goede gezondheid. Ik vermoed dat wat bloemen uit de tuin acceptabel zullen zijn. Ik ben niet zo goed in het schrijven maar ik wil toch zeggen dat ik u een mooie vrouw vind.
Met vriendelijke groet, hoogachtend,
M. McOstrich

PS. De ezel is uit zichzelf naar huis gekomen.

'Stomme ezel,' zei ik hardop.

'Wie?' vroegen de anderen.

'De bloemen zijn van Michael McOstrich.'

'Néé!' zei Constance. 'Hij heeft nog nooit naar een vrouw geglimlacht, hoewel er hier genoeg meisjes in de buurt zijn die graag zijn aandacht willen trekken. En een brief! Dat komt zo ongeveer neer op een huwelijksaanzoek!'

'Je gaat toch niet met hem trouwen, hè?' Flavia legde haar hand op mijn mouw en keek ongerust.

'Natuurlijk niet, onnozele hals,' zei Liddy, die er heel leuk uitzag in de Peruaanse trui die ik haar had geleend. 'Waarom zou Bobbie willen trouwen met een boerenpummel die elke zondag naar de kerk gaat in een pak dat zijn moeder twintig jaar geleden voor hem heeft gemaakt? En vaak zitten zijn kleren onder de bloedvlekken omdat hij zelf slacht. In de keuken. Beestachtig! Zijn zuster Máire moet de varkens en kippen vasthouden terwijl hij hun keel doorsnijdt. Ze vindt het vreselijk, maar Michael is zo'n woesteling dat ze alles moet doen wat hij zegt.'

'O nee!' drong Flavia aan. 'Doe dat niet, echt niet! Je kunt nog beter non worden.'

'Ik zal het écht niet doen. Ik beloof dat ik niet met hem zal trouwen, zelfs als ik nooit een ander aanzoek zal krijgen. Maar we vergeten dat hij me nog niet heeft gevraagd.'

'Met wie wil jij niet trouwen?' Sissy was binnengekomen. Ze sprong op de tafel, ging erop zitten met haar benen recht voor zich uit, greep een mes, sneed een groot stuk van de taart af en propte dat ongegeneerd in haar mond.

'Met Michael McOstrich,' zei Flavia. 'Die taart is nog niet af.'

'Michael?' zei Sissy met volle mond. 'Heeft hij jou gevraagd? Daar geloof ik niks van!' Ze trok een gezicht als een donderwolk.

'Nee.' Ik pakte de taart weg. 'Hij wilde me alleen maar vertellen dat de ezel weer naar huis is gekomen, dat is alles. En hij heeft me wat bloemen gestuurd.'

'Heeft Michael je die gegeven?' Sissy keek naar het leuke boeketje met rozenblaadjes en trillende kamperfoeliekopjes terwijl ik het uitpakte. Voor ik ook maar enig idee kreeg over haar bedoeling, was ze van de tafel gesprongen, had de bloemen uit mijn handen gerukt en ze in het vuur gegooid.

'O Sissy! Wat onaardig van je!' Ik greep de pook om de bloemen te redden, maar de meeste waren bedorven. 'Wat gemeen om zoiets te doen! Waarom deed je dat?'

Ze grijnsde vals en draaide met haar zwarte ogen. Ze had haar beide handen op de crinoline van haar rok gelegd, zodat haar ellebogen uitdagend naar buiten staken. 'Zo, en wat ga jij nu zeggen als je vriendje je het hof komt maken? Ga je hem dan vertellen dat Sissy McGinty ze naar de eeuwige verdoemenis heeft gezonden, Engelse trut die je bent?'

'Dat was heel gemeen om te doen, Sissy,' zei Constance. 'Ik vind dat je Bobbie je excuses moet aanbieden.'

'Ik heb nog liever dat de duivel me de tong uitrukt!' krijste Sissy, terwijl ze de keuken uit rende.

'Let maar niet op haar,' zei Constance. 'Ze is heel jaloers van aard en ze kan het niet hebben als de aandacht naar iemand anders gaat. Het is zo weer over bij haar.'

'Ik trek het me niet aan dat ze kwaad is,' zei ik, 'maar de bloemen waren erg mooi. Het is zonde.'

'Ga je nu de taart glazuren?' vroeg Liddy.

'Zo dadelijk,' mompelde ik afwezig. Mijn aandacht was getrokken door de krant waar de bloemen in verpakt hadden gezeten. Op het onderste deel van de voorpagina stond de kop: *In ongenade gevallen Tory Politicus smeekt om privacy.* Eronder stond een foto van Burgo en lady Anna Latimer, arm in arm, terwijl ze naar elkaar glimlachten. Ik keek naar de datum. Het was de editie van vanmorgen, van de *Daily Recorder.* Ik streek het papier glad en liep naar waar een bundel licht door een van de ramen viel.

'*Mijn vrouw heeft het me vergeven,*' stond er, '*en ik beschouw mezelf als een gelukkig mens. Mijn gebrek aan oordeelsvermogen heeft haar veel verdriet gedaan en heeft ook veel schade berokkend aan de partij waaraan ik mijn loyaliteit verplicht ben. Ik ben mijn vrouw bijzonder erkentelijk dat ze haar vertrouwen in mij heeft behouden, ondanks de recente periode waarover ik nu diep beschaamd ben. We zouden het op prijs stellen als we in deze moeilijke tijd door de media met rust werden gelaten.*'

Toen ik eindelijk naar bed ging, na een avond waaraan geen eind leek te komen en waarin mijn pogingen zorgeloos te lijken zo'n honderd keer schipbreuk hadden geleden, voelde ik me een beetje getroost toen ik naast mijn bed een wastafelbeker vond met een boeketje wilde bloemen en een briefje dat luidde: *Van Flavia. In plaats van de bloemen die zijn verbrand.*

26

'Wat doe jij daar?'

Sissy's stem achter me maakte me aan het schrikken. Ik had juist heel voorzichtig geprobeerd mijn hand uit te steken naar de ring waaraan Osgars ketting was vastgemaakt, terwijl ik mijn ogen gericht hield op zijn kaken, die begonnen te kwijlen toen hij strak naar mijn enkels keek.

'Je laat me schrikken! Ik probeerde de ketting los te maken om een eindje met hem te gaan wandelen.'

'O ja? En waarom dan wel?'

'Het is wreed om een dier de hele tijd aan de ketting te houden.'

'Vind je?' Sissy keek me onderzoekend aan, alsof ze dacht dat ik niet goed bij mijn hoofd was. Er was op zijn minst één van ons meer dan een beetje vreemd. Maar ik was blij dat ze weer kalm deed na haar uitbarsting over de bloemen van Michael McOstrich.

'Ik vind van wel,' zei ik scherp, klaar om dit toe te lichten.

'Waarschijnlijk heb je gelijk.' Sissy's instemming kwam onverwacht. 'Ik zou het zelf ook niet leuk vinden. En het is een mooi dier.'

We keken naar Osgar, die met knipperende ogen rechtop ging zitten, alsof hij niets begreep van al deze belangstelling voor hem, nadat jarenlang iedereen over hem heen was gestapt en hem had genegeerd.

'Ik ben er vrij zeker van dat Timsy hem niet heeft uitgelaten sinds ik hier ben.'

Sissy lachte, met een schel geluid dat Osgar achteruit deed deinzen. 'Dat heeft-ie al niet gedaan sinds ik hier ben, en dat wordt met Lughnasa een jaar. Hij is doodsbang voor het arme beest.'

'Nu begrijp ik waarom die stoep er zo uitziet,' zei ik vol weerzin. 'Nou, er moet echt iets aan worden gedaan.' Ik reikte opnieuw naar de ring. 'Sinds ik hier ben, heb ik hem gevoerd, zodat hij me vertrouwt, en ik denk dat het begint te werken en...' Ik trok ijlings mijn hand terug toen Osgar gromde. 'Verdorie! Het probleem is dat ik ook doodsbang voor hem ben. Het is zo'n grote hond.'

Als op bevel ontblootte Osgar twee rijen enorme tanden die blonken van het speeksel, alsof hij een stevige maaltijd van mijn arm verwachtte.

'Tja!' zei Sissy. 'Natuurlijk gaat-ie je bijten als je zo voorzichtig doet. Hij denkt dat je hem pijn wilt doen.'

'Hoe moet ik dan doen alsof ik níét bang voor hem ben?'

'*A diabhal!* Opzij, mens. Dan zal ik het je laten zien.'

Sissy begon een vreemd geluid te maken, half fluitend, half spinnend. Het ging tussen drie noten op en neer, en ik moet zeggen dat het heel angstaanjagend klonk. Het had een spookachtige klank en deed denken aan verre wouden, onderzeese grotten, waar dan ook, ver weg van de mensen. Haar zwarte apenogen kregen een onaardse gloed. Osgars oren, die meestal plat tegen zijn kop lagen, gingen omhoog en hij hield op met grommen. Langzaam boog hij zijn kop en liet zich op zijn voorpoten zakken. Sissy bracht kalm haar kleine hand naar zijn halsband en maakte de gesp los. Osgar bleef ineengedoken zitten, zonder te beseffen dat hij vrij was.

'Kom, joh.' Sissy liep achteruit en klopte op haar knie.

Osgar waggelde tot waar het eind van zijn ketting zou hebben gereikt en bleef daar staan, met zijn ogen op Sissy gericht. Hij weigerde zelfs maar één stap verder te gaan.

'O, kom op, jij grote *óinseach!*' Sissy liep naar hem toe en greep hem vastberaden bij zijn halsband. Ze trok de tegenstribbelende Osgar bij de stoep vandaan naar het midden van het plein. Nu kon ik zien dat zijn achterlijf klein was vergeleken bij zijn kop, door het niet gebruiken van zijn spieren. 'Alsjeblieft!' Sissy liet hem los en hij liet zich onmiddellijk op zijn achterpoten zakken en begon zielig te janken.

'Arm beest!' Ik kwam voorzichtig dichterbij. 'Hij heeft waarschijnlijk pleinvrees. Brave hond! Hij is braaf!' Ik stak mijn hand naar hem uit, waarbij ik mezelf wijsmaakte dat ik niet bang was, maar mijn moed verdampte zodra Osgar begon te grommen. 'Het ziet er in elk geval niet naar uit dat hij weg zal lopen.'

Sissy lachte me uit. Ik was eerder te druk bezig geweest om te zien dat ze een stierenvechterskostuum droeg, compleet met schoudercape. 'Vast niet. Jullie zijn een mooi stel zo. Allebei doodsbang voor elkaar.'

'Hoe deed je dat? Met dat geluid, bedoel ik.'

'Da's een oude circustruc. Voor ik aan de trapeze ging, heb ik de leeuwentemmer geholpen. Vijf dagen per week heb ik mijn hoofd in de muil van de leeuw gestoken, zonder ook maar één schrammetje op te lopen.'

Ik was diep onder de indruk van deze moedige, al was het ook zinloze, prestatie. 'Wat zullen we nu met hem doen?' vroeg ik me hardop af.

Sissy haalde haar schouders op. 'Jij was degene die vond dat hij losgemaakt moest worden.'

Het was mijn bedoeling geweest een opgetogen Osgar eens lekker te laten rennen alvorens hem weer vast te leggen, maar ik besefte nu dat dat allemaal niet zo eenvoudig zou zijn. 'Zou jij hem niet willen uitlaten?'

'Nee, dat wil ik niet. Ik moet mijn vallen nakijken.'

'Je vallen?' Ik kon de afkeuring in mijn stem niet bedwingen.

Sissy liet haar stem dalen. 'Ik zit achter de *sidh* aan.'

'Je bedoelt... kabouters?'

'Sst! Ze willen niet dat er over hen wordt gepraat.' Ze fluisterde nu. 'Ik zoek een *fir darrig*. Die zijn wat vriendelijker dan de trollen of de kobolden. Die zullen me niet zo gauw belazeren omdat ik ze te pakken heb gekregen.'

'Hoe kun je weten welke soort je hebt?' fluisterde ik terug.

'De *fir darrig* hebben rode kleren aan, natuurlijk.'

Ik moest erkennen dat Sissy verfrissend anders was. Na slechts een korte tijd in haar gezelschap was ik in staat de kille wond in mijn hart even te vergeten.

Ook de hoeveelheid werk en de aanwezigheid van andere mensen leidden mijn aandacht af van mijn verdriet. Overdag tenminste. De nachten waren anders.

Als de dageraad aanbrak, was het een opluchting uit de warme, verkreukelde lakens te kunnen stappen en naar het raam te lopen om mijn vermoeide ogen aan de schoonheid van de bossen en de bergen te laven. Ik zette bakjes met vlees en melk op het dak en keek naar de katten die kwamen eten. Na afloop zochten ze plaatsen om te slapen waarbij het doorgezakte baldakijn van het bed een geliefde plek voor een dutje was. De race om het ontbijt in de eetkamer klaar te zetten en een dienblad naar Maud en Violet naar boven te sturen was genoeg om een droefgeestige blik van mijn gezicht te verjagen. Constance was een toonbeeld van tact en sprak nooit over het verleden, tenzij ik dat deed, wat zelden het geval was.

Met volledige steun van Constance kreeg ik het voor elkaar om Violet een gevarieerd dieet te geven. Om tijd en werk te sparen begonnen we 's avonds bij het eten met soep of een hartige mousse, iets wat zacht en gemakkelijk te eten was, zodat Violet er ook iets van kon krijgen. Als toetje maakten we meestal dingen als vruchtenpuree, custard- of gelatinepudding. Deze veranderingen betekenden dat Violets tanden moesten worden gepoetst, iets waar Pegeen en Katty een gruwelijke hekel aan hadden. Dat ze zelf geen tandenborstel gebruikten bleek wel uit hun eigen schaarse en zwarte tanden, dus nam ik dit werkje op me. Violet leerde snel haar mond open te doen om het tandenpoetsen mogelijk te maken. Ik denk dat de sterke smaak van tandpasta iets pittigs aan haar monotone bestaan moet hebben toegevoegd.

We schoven nu elke ochtend de gordijnen opzij en ze bleven open tot het donker werd. Constance en ik praatten met luide, opgewekte stem en gingen zo vaak we konden naar Violet toe. Flavia was een gretige bekeerling tot dit nieuwe regime. Ze besteedde enkele uren per dag aan haar. Ze las haar voor, zong voor haar en praatte tegen haar. Het duurde niet lang of we raakten ervan overtuigd dat Violet beter begon te reageren. We hadden geen idee van de betekenis van de geluiden die ze maakte, maar we vonden allemaal dat ze vaker kreunde, gromde en zuchtte. Toen verscheen er een nieuw geluid in haar vocabulaire: een hoog gejammer, als van een kind. Het klonk heel akelig, maar we zeiden tegen elkaar dat iedere verandering een vooruitgang was. Het was Flavia's idee om voorwerpen in Violets hand te leggen, gewone dingen als knikkers, potloden, kralen, bloemblaadjes en dennenappels. Nadat ze had uitgelegd wat het voorwerp was en ze Violets slappe vingers eromheen had gevouwen, zat Flavia aandachtig naar het stille gezicht te kijken op zoek naar een teken van herkenning. Haar teleurstelling was zo duidelijk, dat ik me soms afvroeg of het wel verstandig was wat we deden.

'Flavia,' zei ik op een ochtend, misschien drie weken na mijn komst op Curraghcourt, 'laten we het bed van je moeder eens in de andere hoek zetten, zodat ze dichter bij het raam ligt. Ze heeft dan meer licht en ze kan wat frisse lucht krijgen.'

Aangezien het bed op wieltjes stond en de vloerplanken kaal waren – we hadden het tapijt weggegooid omdat het te smerig was om nog schoon te kunnen maken – konden we dit zonder veel problemen doen. Liddy kwam binnen op het moment dat we het bed op zijn plaats schoven. Ze was van nature ongeduldig, rusteloos en verveelde zich snel, en ze bracht veel minder tijd bij Violet door dan haar zusje. Ze was ook op een leeftijd dat ze zich sneller geneerde en het moeilijk vond om eenzijdige gesprekken te voeren. Maar op mijn suggestie had ze haar moeders nagels gevijld, die door Pegeen in rafelige punten waren geknipt. Toen Liddy Violets handen met crème had gemasseerd, leken ze twintig jaar jonger en kon je zien hoe mooi ze gevormd waren. We vervingen de carbolzeep waarmee Pegeen Violet waste door een milde zeep en we smeerden tweemaal daags crème op Violets gebarsten lippen en droge wangen. Na twee weken was de verandering in haar uiterlijk opmerkelijk.

'Denk je dat ze het koud zal krijgen?' vroeg Flavia bedenkelijk toen ik de ramen openzette om het windje over Violets gezicht te laten strijken.

'Zou je ergens een gewatteerde deken kunnen vinden?'

'Ik ga wel,' zei Liddy, die altijd blij was weg te kunnen van de lucht van desinfecterende middelen en dat wat ze niet helemaal konden maskeren.

Vijf minuten later was ze terug. 'Er zijn geen spreien over, daarom heb ik dit meegebracht.' Ze legde de jas op het bed. 'Hij is van mama geweest. Echte nerts. Ik vroeg me af of ik hem misschien zou mogen hebben, want hij wordt nu toch niet...'

'Kijk eens! Kijk eens!' riep Flavia.

We keken, en we hielden onze adem in toen de vingers van Violets linkerhand zich langzaam uitstrekten toen ze het bont voelde. De vingers trilden toen ze langzaam over de glanzende, donkerbruine haren bewogen, slechts enkele centimeters heen en weer, maar het gebaar was onmiskenbaar opzettelijk. Ik voelde hoe de haren in mijn nek overeind gingen staan.

'Liddy, je bent een genie!' zei ik.

Flavia barstte in tranen uit.

'Flavia, dit is net zo goed jouw wonder als dat van iemand anders,' zei ik. 'Je hebt zoveel tijd bij haar doorgebracht en...'

'Dáár huil ik niet om,' snoof Flavia kribbig. 'Het kan me niet schelen dat het Liddy was die de jas heeft bedacht. Ik huil omdat mama leeft. Dat ze echt in leven is. Nu zal iedereen moeten geloven dat ze wakker wordt.'

'Nou ja, misschien, maar we moeten niet te veel verwachten...'

Maar Flavia luisterde niet. 'Ik ga nog wat meer dingen voor haar zoeken om te betasten.' Ze was al halverwege de deur toen ze terugkwam om haar moeder te kussen. 'Ik ben zo weer terug, mama. Ga niet weg, want ik heb heel veel om je te laten zien.'

Op dat moment werd ik bang. Bang, dat Flavia's hoop misschien ruw de bodem zou worden ingeslagen. En dat zou dan mijn schuld zijn.

'Ik denk dat ze die jas maar beter zelf kan houden,' zei Liddy, met iets van spijt.

'Weet je het echt zeker?' vroeg Constance, die ik aantrof in de graanschuur. 'Was het niet gewoon een trilling?'

'Ik weet het zeker. Het punt is dat we tot vandaag hebben geprobeerd haar rechterhand te stimuleren. Toen we het bed in een andere hoek hadden gezet, was haar linkerhand het meest dichtbij. Mensen die een herseninfarct hebben gehad zijn vaak aan één kant meer verlamd dan aan de andere, hè?'

'Ik weet er heel weinig van. Toen het gebeurd was, heb ik wel van alles aan de nonnen gevraagd, maar die deden weinig toeschietelijk. Het rooms-katholieke standpunt is dat narigheid door God wordt gezonden als een kruis dat geduldig en nederig moet worden gedragen om te boeten voor de zonde. En ik ben er vrij zeker van dat het niet in dokter Duffy op zou komen in te gaan tegen de adviezen uit Dublin, de bron van alle medische wijsheid. Ik voel me nu heel schuldig dat ik het niet beter heb geprobeerd.' Constance trok weer haar bekende berouwvolle gezicht.

'Je moet je niet schuldig voelen. Om te beginnen had je meer dan genoeg aan je hoofd. En verder: hoe weten we dat dit niet in een ramp gaat eindigen? Flavia is er nu van overtuigd dat haar moeder beter zal worden. Het is zeer wel mogelijk dat Violet verder geen enkele voortgang boekt en dat ik zal wensen dat ik me er nooit mee had bemoeid.'

Constance leegde een zak kippenmaïs in een bak. 'Dat risico moeten we nemen. Laten we er ons uiterste best voor doen. Ik herinner me die jas nog goed. Hij stond haar beeldschoon. Arme Violet.' Ze lichtte wat lege zakken op, alsof ze iets zocht.

'Wat zoek je?'

'Een hamer. De deur van mijn kleerkast is er weer af gevallen.'

'Is dit ook geschikt?' Ik trok een houten hamer tussen de spaken van een fiets vandaan.

'Bedankt. Het is ook overal zo'n troep.'

'Eén moment,' onderbrak ik haar. 'Hoeveel fietsen zijn er? Doen ze het?' Ik trok de fiets die boven op de berg lag omhoog. Hij was verroest, maar alles zat er nog aan: wielen, zadel, stuur en ketting.

'Die zijn hier ooit achtergelaten door een damesfietsclub uit Japan. Ze waren helemaal uit Dublin komen fietsen – niet in één dag, natuurlijk, ze hadden in Bed & Breakfast-adressen gelogeerd – en ze waren ten einde raad. Het had iedere dag geregend en tegen de tijd dat ze in Connemara kwamen, waren de wegen in bulderende stroomversnellingen veranderd. De arme zielen, je zag alleen nog glinsterende ogen en zwarte knotjes onder een dikke laag modder. We hebben hen binnengelaten en thee gegeven terwijl ze naar Dublin belden om zich door een bus te laten ophalen en met het eerstvolgende vliegtuig naar huis te gaan. Ze waren uitermate beleefd, maar je kon zien dat dit voor hen iets heel anders was dan het Smaragdgroene Eiland zoals het door reisorganisaties wordt gepromoot. Tussen november en maart heb je hier alleen maar allerlei tinten bruin en geelbruin.'

'Dit is best een aardige fiets.' Ik sprong erop en fietste langzaam de schuur rond. 'Versnelling en alles. Even banden oppompen en een drupje olie.' Ik kwam knarsend voor Constance tot stilstand. 'Ik heb net een idee gekregen.'

Constance bracht haar hand snel naar haar slaap. 'Ik vraag me af hoe de Imperial Guard vroeger salueerde. Met de handpalm omlaag of naar buiten?'

27

'Timsy, waar zijn de spaden, rieken en schoffels?' Ik keek achter in de Land Rover. Het enige dat ik kon zien waren de manden, zakjes zaad, kluwens touw en rollen tuinslang die ik er eerder in had gelegd.

'Spaden? U geeft een mens niet eens de kans om zelfs maar adem te halen!' In werkelijkheid had Timsy er een gewoonte van gemaakt hard te gaan hijgen en puffen alsof hij de totale uitputting nabij was zodra ik hem benaderde, ook al had hij een seconde eerder nog languit in zijn stoel gelegen, met zijn ogen dicht. 'Maar u kunt een groep slaven nog opdrijven zonder zelfs maar een zweep te gebruiken. Eén blik van die stralende ogen en...'

'Wil je die nu meteen gaan halen?' onderbrak ik hem meedogenloos. 'Jij kunt rijden, en dan zien we je straks daar. Als je die spaden en rieken en alles vergeet, blijft de kast op slot.'

Timsy wierp me een van zijn onderzoekende blikken toe, die soms door zijn act van onnozele Ierse knecht heen sneden, om te zien of ik het serieus meende. Toen liep hij weg in de richting van de schuur waar het gereedschap stond opgeslagen.

Constance, Sissy, de drie kinderen en ik stapten op de fiets. Katty, die had verklaard dat ze nog eerder op een bezemsteel ging rijden, zou met Timsy in de Land Rover meegaan. Pegeen bleef achter om voor Violet en Maud te zorgen. Maria was heel opgewonden over deze andere manier van menselijk voortbewegen dan ze gewend was, en ze liep luid blaffend in rondjes om ons heen. Osgar zat aan een lijn waarvan het andere uiteinde werd vastgehouden door Sissy, die zei dat ze gemakkelijk met één hand kon sturen. Hij leek het helemaal niet naar zijn zin te hebben in dit tumult van ronddraaiende wielen en onophoudelijk lawaai – Flurry en Flavia vonden het, gedreven door vreemde jeugdige impulsen, nodig voortdurend hun bel te laten rinkelen. Osgar kromp ineen, gromde, probeerde te gaan zitten en was totaal onhandelbaar tot Sissy hem uitschold, waarna hij met een verslagen blik naast haar voortdraafde, zijn oren plat tegen zijn kop, zijn snuit naar de grond.

De kinderen raceten weg en wij volwassenen volgden in een kalmer tempo. Ik had al mijn aandacht nodig om niet tegen Maria op te botsen of onderuit te gaan door een kuil in het pad.

'Lukt dat een beetje met Osgar, Sissy?' riep Constance toen we bij een gedeelte kwamen waar bij minder mooi weer een beekje over het pad had gestroomd. Er waren grote keien van de helling meegesleurd en op het pad terechtgekomen.

'Tuurlijk, niks an! Ik heb ooit bij Donovan's Flying Angels gezeten – ongezadelde pony's – en dit is ongeveer hetzelfde. Kijk maar!' Tot onze bewondering en schrik probeerde Sissy een handstand op haar stuur. Dit lukte vrij aardig, tot de hoepels van haar Marie Antoinette-kostuum over haar ogen vielen en ze een steen raakte. Toen we haar opraapten schaterde ze het uit, ondanks een bloedneus. De arme Osgar had een klap van de vallende fiets gekregen en weigerde overeind te komen tot Sissy op de gedachte kwam hem in zijn oor te bijten, waarna hij bereid was zich bij de nek voort te laten slepen. Ik begon ernstig te twijfelen aan de wijsheid van al mijn bemoeizucht.

De moestuin bezorgde me weer wat zelfvertrouwen. Wilgenroosje, kruiskruid en zuring waren hoog opgeschoten. Tegen elke steen groeiden weelderige varens. In het midden was een verzonken vijver die tot de helft met zwarte modder was gevuld. Maar ondanks jaren van verwaarlozing waren de fruitbomen blijven bloeien en vrucht dragen. Er stonden appels, peren, pruimen en kersen.

De laatste tijd had ik het feit dat ik steeds vroeg wakker werd nuttig kunnen gebruiken. Ik had de toorn van meneer Macchuin getrotseerd door nog een boek uit de bibliotheek mee te nemen, ditmaal *The Golden Treasury of Good Vegetable Gardening*, en ik had daarin grondig bestudeerd wat een tuinier zoal diende te weten. Zorgvuldig snoeien kon wonderen verrichten voor de fruitoogst van volgend jaar. Ik popelde om de snoeischaar uit mijn fietsmand te pakken en meteen aan de slag te gaan.

Maar eerst moesten de anderen aan het werk worden gezet. Het weggetje liep in een slordige bocht door de tuin om de stenen rand van de vijver te ontwijken. Vanuit esthetisch oogpunt bekeken was dit ongewenst. De tuin was in vieren verdeeld door een breed pad dat loodrecht op het weggetje stond. Over de gehele lengte van dit pad liep een ijzeren pergola die nu kaal was, maar voor het grootste deel in goede staat verkeerde en volgend jaar perfect was voor stokbonen en lathyrus. Waarschijnlijk had ik tegen die tijd Curraghcourt alweer verlaten, dus dat kon Constance dan doen. Maar zelfs nu, in juli, was er van alles dat meteen kon worden geplant en gezaaid.

'Zodra Timsy er is beginnen we in dit gedeelte.' Ik dirigeerde mijn troepen in zuidelijke richting, naast de vervallen kassen, die in zonlicht werden gehuld wanneer de wolken dit toestonden. 'Eerst moeten we alle rommel weghalen.' Ik wees naar een oud olievat, een ijzeren ledikant, een stapel vermolmde ligstoelen en enkele autobanden. 'Daarna zetten we twee elkaar kruisende paden uit om elk kwart in vieren te delen. We gaan aan wisselteelt doen. Hier de koolsoorten.' Ik wees naar het desbetreffende stuk grond. 'Hier wortels, daar erwten, bonen en slasoorten, en in het laatste... Flurry, wat doe je daar?'

Hij was met zijn hoofd in een grote gegalvaniseerde bak op wielen gedoken. 'Ik wil kijken waar dit voor dient.'

'Ik denk dat het een bak is om water te geven. Waar was ik ook alweer gebleven? Ja, we kunnen permanente bedden voor artisjokken en asperges maken en...'

Het was hopeloos. Alleen Constance luisterde naar me. Flurry reed met de waterkar naar de verste hoek van de tuin, Liddy zat in een ligstoel, geheel verdiept in het nummer van *Vogue* dat vanmorgen was bezorgd en waarvan ze geen afstand kon doen. Flavia liep te balanceren op het stenen muurtje langs het pad en Sissy hing ondersteboven aan haar knieën aan de pergola.

'Waar blijft Timsy toch?' vroeg ik geërgerd.

Drie kwartier later, toen Flavia en Liddy bijna alle sandwiches hadden opgegeten en Flurry de ketel van de plantenkas had gedemonteerd en er door Sissy's gymnastische oefeningen een segment van de pergola was afgebroken, arriveerde de Land Rover. Ik kon van woede bijna niets uitbrengen toen ik de spaden aan de vier volwassenen gaf en hun op scherpe toon verzocht twee steek diep te gaan spitten. Ik ging aan de slag met stokjes en touw om alles af te zetten, waarbij Liddy het andere uiteinde moest vasthouden. Nadat ze een paar keer op het cruciale moment had losgelaten, zette ik haar aan het werk om tuinslangen aan de kranen te bevestigen en nam Flavia als touw-vasthouder.

Timsy klaagde welsprekend over zijn rug en blaren, en Constance werd diverse keren afgeleid door een uitzonderlijk fraaie wolkenformatie. Sissy en Katty spitten als terriërs. Er ontstond ruzie omdat de eerste per ongeluk modder in het oog van de laatste had gegooid. Ze rolden vechtend over de grond en trokken elkaar de haren uit het hoofd voor ze met kracht van elkaar werden gescheiden.

Enkele uren later stopte ik het laatste spinaziezaadje in de grond. Het was bijna zeven uur en ik was alleen in de moestuin. Katty was al snel na het incident met de modder naar het huis teruggelopen. Ze weigerde de overtuiging los te laten dat ze in dat oog voor altijd blind zou zijn. Ze had een zielige vertoning opgevoerd door met een dode tak voor zich uit op de grond te tikken toen ze struikelend uit de moestuin vertrok. Ik was een minuut later naar het hek gelopen om te kijken of ze niet in een sloot was gevallen, maar ik zag tot mijn opluchting dat ze naar de top van de heuvel rende, vrolijk huppelend als een lammetje in de wei.

Timsy was een uur eerder weggefietst, zeggend dat de spenen van Siobhan hem zorgen baarden. Liddy had zich drijfnat weten te maken bij het opzetten van het irrigatiesysteem (dat wil zeggen, twee slangen aan twee kranen bevestigen) en was naar huis gestuurd om een warm bad te nemen. Flavia was voortdurend druk bezig geweest om met gezangen en gebeden iedere muizenschedel en varkenstand die tevoorschijn was gekomen te begraven.

Sissy was blijven spitten alsof ze door de aardkorst heen had willen dringen om bij het magma te komen. Ze was opmerkelijk sterk voor zo'n kleine vrouw en ze bezat een geweldig uithoudingsvermogen.

Ze waren om vijf uur weggefietst, Constance om Eugene van dienst te zijn bij zijn dichterlijke behoeften, Sissy en Osgar om de *sidh*-vallen na te gaan en Flavia om de katten te verzorgen en met vlooienpoeder te behandelen. Hoe vaak we ze ook ontvlooiden, ze pikten steeds weer nieuwe op, vermoedelijk van de kolonie ratten die vroeger zo'n wezenlijk deel van het ecosysteem van het dak hadden gevormd. Maar op hun oren en nek (dat wil zeggen van de katten) groeide weer haar en er werd minder gekrabd. Ze begonnen ook dikker te worden. Het baldakijn boven mijn bed begon elke dag wat verder door te zakken.

Ik legde de hark neer en strekte mijn pijnlijke rug. Er viel veel simpele voldoening te beleven aan werken in de tuin. De doelstellingen waren overzichtelijk en mits je bereid was het werk te doen, was het bereiken ervan niet zo moeilijk. Aldus waren mijn gedachten op dat moment, in mijn staat van naïeve onschuld, toen ik nog niet het hoofdstuk had gelezen over meeldauw, valse meeldauw, knolvoet, schurft, smeul, roest, gangreen en vruchtrot, om nog maar te zwijgen van slakken, rupsen, spint, mijt, aaltjes, emelten en witte vlieg. Ik rolde de tuinslangen op en legde al het gereedschap weer in de Land Rover. Ik kreeg een glorieus visioen van hoe ik over enkele weken tot aan mijn knieën in weelderige gewassen zou staan, met in mijn armen een mand vol groenten. Aangezien het nu de tweede helft van juli was, moest ik niet vergeten ui- en sjalotzaden te kopen om die volgende maand te kunnen zaaien.

De tweede helft van juli? Dan was het vandaag – ik begon snel te rekenen – ja, de negentiende. Ik was zo druk bezig geweest dat ik voor de eerste keer in mijn leven mijn verjaardag was vergeten. Ik was bijna een hele dag al zevenentwintig zonder dat ik het had beseft. Ik leunde met mijn armen op de achterklep van de auto en zuchtte. Een paar uur lang had ik Burgo ook vergeten. We hadden drie weken na mijn vorige verjaardag voor het eerst de liefde bedreven. Nog niet zo heel lang geleden had hij gezegd dat we niet moesten vergeten deze dag te gedenken. Zulke sentimentaliteit vormt de lijm van liefdesaffaires waarin de realiteitszin ontbreekt.

'Verdomme!' Ik deed de klep dicht en schopte tegen de band van het achterwiel toen ik omliep om achter het stuur te gaan zitten. 'Verdomme! Verdomme! Verdomme!' Ik sloeg het portier met een klap dicht.

'Wat is er aan de hand?'

Ik keek uit het raam. 'Flurry! Ik dacht dat jij samen met de anderen terug was gegaan.

Hij stond naast de Land Rover, met zijn gezicht, handen en kleren onder de roestvlekken en de spinraggen. Ik zag dat het beter ging met zijn oog. 'Ik heb de ketel van de kas gerepareerd. Er hoeft alleen een nieuwe afdekplaat op. Thady O'Kelly kan zoiets wel maken. En de radiatoren moeten worden gesoldeerd.'

Even zag ik een verleidelijk beeld van rijen zaailingen, stekjes, tomatenplanten en een druif met bedauwde trossen voor me, voor ik me herinnerde dat er niet één heel ruitje in die kas zat.

'Ik vrees dat het een heel dure grap zal worden om er nieuw glas in te zetten,' zei ik. 'Het kan in elk geval niet van het huishoudgeld worden betaald.' Flurry's gezicht werd moedeloos. 'Maar het zou wel heel leuk zijn. Denk je dat we dit aan je vader kunnen vragen?'

'Elke keer dat papa thuiskomt zegt hij dat we binnenkort op straat zullen staan en net als de zigeuners onder een zeiltje moeten wonen. Ik heb op school ooit met de padvinders gekampeerd.' Flurry huiverde.

'Het was vreselijk. Tot dusver is dat niet nodig geweest, maar ik ben bezig met het ontwerpen van een tent met een schoorsteen en dakgoten en een fatsoenlijk dak. En echte muren.'

'Ik denk dat het dan geen tent meer is, maar een huis.'

'O ja.' Om de een of andere reden vond Flurry dit grappig. Hij had een aanstekelijke grijns over zich. We waren bijna bij het kasteel terug toen hij ophield met lachen en zei: 'Waarom moest jij zo vloeken?'

'O, om niets.'

'Het klonk alsof het wel om iets was.'

'Ik was boos op mezelf. Maar dat is nu over. Ik moet proberen er niet meer aan te denken. We doen allemaal weleens stomme dingen, vermoed ik.'

Flurry dacht hier even over na. 'Papa zegt dat Timsy van stommiteiten een beroep maakt. Wat denk je dat hij daarmee bedoelt?'

'Ik denk dat hij bedoelt dat Timsy doet alsof hij stommer is dan hij echt is.'

'Maar waarom zou hij dat willen doen?'

Ik dacht na. 'Ik weet het niet. Misschien omdat hij dat leuk vindt. Misschien verveelt hij zich.'

'Toen Liddy zei dat ze zich verveelde, zei papa dat dat kwam doordat ze een leeghoofd was. Als ze eens leerde na te denken, zou ze zich een stuk gelukkiger voelen. Liddy zei dat ze alleen maar verliefd wilde worden en dat ze dan nooit meer ongelukkig zou zijn. Papa zei dat liefde een zwaar overschatte emotie was, bijna altijd gedoemd om tot teleurstelling te leiden.'

Met vrouw en maîtresse handig onder hetzelfde dak kon meneer Macchuin het zich veroorloven neerbuigend te doen over genegenheid, dacht ik wrokkig toen ik de Land Rover in het oude koetshuis parkeerde.

'Ik denk dat hij dat heeft gezegd omdat mama ziek is.'

Mijn wrok werd onmiddellijk een stuk minder.

De keuken zag er eigenlijk heel gezellig uit, vond ik. Constance had de picknickspullen afgewassen en afgezien van Katty en Pegeen, die bij de haard onderuitgezakt lagen, was alles netjes. De vloertegels glommen, de koperen pannen waren blinkend gepoetst. De wilde rozen, die ik die morgen had geplukt en in een geslepen glazen vaas had gezet, verspreidden een zachte gloed op de sneeuwwitte tafel. Ik kon de vispastei in de oven ruiken. Constance had de eiermousse voor de eerste gang uit de vormpjes gehaald en er maar één echt verknoeid.

Dit alles deed iets om mijn last aan zelfverwijten wat te verlichten. Ik moest nog even naar de haard in de zitkamer kijken. Ik dacht er op weg naar de hal bijtijds aan voor de ketting weg te duiken, en dat verbeterde mijn humeur nog meer. Flurry was voor me uit gehold. Ik zag nog net de deur van de zitkamer opengaan en hoe hij door een arm – ik dacht van Flavia – uit het zicht werd gerukt. Ik liep achter hem aan naar binnen. Tot mijn verbazing stonden daar niet alleen deze twee kinderen, maar ook Liddy, Constance, Maud, Sissy en Eugene. Ze stonden in een groepje bij de haard, met een glas in de hand, en ze glimlachten naar me. Behalve Maud, die geërgerd keek.

'Hartelijk gefeliciteerd met je verjaardag, Bobbie.' Constance kwam naar me toe en kuste me. Ze duwde me een glas in de hand.

'Hartelijk gefeliciteerd, hartelijk gefeliciteerd!' riep Flavia, waarna iedereen me begon toe te zingen, behalve Maud, die zich langzaam, met een gekweld gezicht, op de bank liet zakken. Eugene zong luid, met veel vibrato.

Ik voelde me vreselijk opgelaten, zoals iedereen dat bij zulke gelegenheden is. Maar ik was ook erg geroerd. 'Dank jullie allemaal hartelijk. Wat een verrassing! Hoe wisten jullie dat?'

'Er hebben vanmiddag verscheidene mensen gebeld,' verklaarde Constance. 'Ze gaven de boodschap dat we je hartelijk moesten feliciteren met je verjaardag. Eén moment.' Ze frunnikte in haar mouw, op zoek naar een briefje. 'Ik heb de namen opgeschreven. Sarah. Jasmine. Oliver. En David. Ik vond dat ik voor deze gelegenheid een echte champagne uit de kelder moest halen,' ging ze verder. 'Bovendien heeft Finn de vorige keer dat hij thuis was gezegd dat die nodig op moest. Mijn grootvader heeft de flessen meer dan twintig jaar geleden in de kelder gelegd, en het schijnt dat sommige al over hun hoogtepunt heen zijn.'

'Hoe ben je erin gekomen?' vroeg Flurry. 'Ik dacht dat niemand in de kelder mocht komen.'

Constance kreeg een kleur. 'Ik vond de sleutel toen ik laatst in Finns knopendoos naar een nagelschaartje zocht.' Ze bloosde nog heviger. 'Misschien moeten we het maar niet aan papa vertellen als hij thuiskomt. Tenzij hij ernaar vraagt, natuurlijk. Dan zal ik het hem uiteraard vertellen. Ik heb er eentje uitgezocht waar ik nog nooit van had gehoord. Ik hoop dat dit het soort fles is dat hij voor de verloting van de jachtclub bewaart.'

Ik nam een slok uit mijn glas. Het smaakte verrukkelijk. Ik keek even op het etiket van de fles die op een tafel vlakbij stond. Krug Grande Cuvée! Een van de duurste champagnes die er bestonden. Ik voelde me onmiddellijk schuldig. Zo'n prins onder de wijnen hoorde met veel concentratie en aandacht op de juiste temperatuur te worden gedronken. Hij was nu al veel te warm.

'Dat was een erg lief idee,' zei ik, terwijl ik deed of ik het etiket bekeek en de fles daarna verder bij de haard vandaan zette. 'Een geweldige traktatie.'

'We hadden natuurlijk niet meer de tijd om iets speciaals voor je te kopen,' zei Constance. 'Maar ik wil je dit graag geven.' Ze gaf me een zwart doosje. Er zat een mooie ring met granaatjes en cultivéparels in. 'Hij heeft weinig waarde, maar ik heb hem van mijn peettante gekregen, dus heb ik het recht om hem weg te geven. Het is geen familiebezit.'

'Hij is prachtig,' zei ik. 'Maar Constance, dat kan ik echt niet aannemen.'

'Neem hem alsjeblieft wel aan. Ik zal me heel gekwetst voelen als je dat niet doet. Ik heb hem nooit gedragen. Hij is zelfs voor mijn pink te klein.'

Ze keek me smekend aan. Ik schoof hem aan de ringvinger van mijn rechterhand en kuste haar.

'Het is veel te gek, maar ik zal hem in elk geval dragen in de tijd dat ik hier ben.'

'Constance is in staat om een bedelaar haar beste jas te geven,' zei Maud. 'Je kunt zoiets goedgeefsheid noemen. Ik noem het dwaasheid.'

'En ik zou dit graag aan je willen geven.' Eugene boog, waarbij hij me een onbelemmerd uitzicht op de groezelige scheiding in zijn haar bood, en gaf me een vel papier. Ik herkende het handschrift van Constance. 'Mijn voorjaarsgedicht. Ik wil het met alle genoegen een keer voor je vertalen.'

'Dank je wel. Ik ben er heel blij mee.'

'Onzin!' zei Maud. 'Je stopt het in een la en dan kijk je er nooit meer naar.'

'Ik heb dit gemaakt.' Sissy hield een kroon van gevlochten bladeren en bloemen omhoog. 'Er zit spirea in voor vruchtbaarheid, klaverzuring voor seksueel genot, distel om jaloezie te verdrijven, lathyrus voor helderziende dromen. Je moet hem dragen tot de maan op je naamdag onder gaat, als je wilt dat deze toverkrachten werken.'

'Te gek!' Ik zakte door mijn knieën zodat Sissy hem op mijn hoofd kon zetten. 'Dank je wel. Dit klinkt als een explosieve combinatie. Ik weet niet zeker of ik daar helemaal aan toe ben.'

'Onzin!' zei Maud. 'Die jonge vrouwen van tegenwoordig zijn weinig beter dan sletten.'

'Ik heb je cadeau besteld,' zei Liddy. 'Je zult helaas een paar dagen moeten wachten.'

'Dat is echt te gek, hoor!' protesteerde ik.

'Je zult ook nog even op mijn cadeau moeten wachten,' verklaarde Flavia. 'Ik heb een foto gemaakt van iedere kat. Maar ik moet het rolletje nog opmaken en het laten ontwikkelen. Sommige katten wilden niet stil blijven zitten, dus heb ik alleen hun achterkant, maar ik hoop dat je toch zult weten wie wie is.'

Ik kuste haar. 'Wat een leuk idee!'

'Ik heb geen tijd gehad om iets te bedenken.' Flurry keek ernstig. 'Ik zóú je natuurlijk mijn mes voor altijd kunnen geven.' Hij haalde dit gekoesterde voorwerp uit zijn zak en keek er weifelend naar.

'Ik heb liever een ritje in de trein als die klaar is,' zei ik.

Hij keek opgelucht en stopte het mes weer weg.

Tijdens het eten mocht ik niet naar de keuken heen en weer rennen, maar moest aan het hoofd van de tafel zitten en me laten bedienen. De distels in Sissy's kroon prikten erg, maar na een tijdje slaagde ik erin te vergeten hoe ik eruit moest zien. Sissy had zich uitgeleefd op de tafelversiering. Hoewel het buiten nog licht was, stonden er wel zes driearmige kandelaars op de tafel en ze had ertussen en erboven, als een oerwoudbaldakijn, bossen gunnerabladeren aangebracht, sommige van bijna een meter doorsnede, waar hier en daar gaten in vielen omdat de vlammen van de kaarsen ze verschroeiden. Er doken oorwurmen en torretjes omlaag, recht in onze borden.

'Ik heb een witte wijn uit de kelder naar boven gehaald, voor bij de vispastei,' zei Constance. 'Hij staat in de koelkast. Ik ga hem even halen.'

'Waarom staat Osgar met Maria te knuffelen?' Flurry wees naar het raam.

Liddy en Flavia holden erheen om te kijken. 'Jij onnozele sukkel!' zei Liddy. 'Die staan niet te knuffelen, ze zijn aan het paren.'

'Ga daar weg, meisjes,' zei Eugene. 'De seksuele gedragingen van dieren vormen een barbaarse aanblik.'

'Jij kunt het weten,' zei Maud.

'Dat is de poëzie van de natuur,' zei Sissy, die ging kijken.

'O verdorie!' zei ik. 'Daar heb ik helemaal niet aan gedacht!'

'De toon van je geest is te geëxalteerd,' meende Eugene.

'Stel dat Maria puppy's krijgt?'

'Ze hebben een emmer water nodig,' zei Sissy, die kennelijk genoeg kreeg van zoveel poëzie bij het eten. Ze tilde haar hoepelrok op en huppelde naar buiten.

'Als Maria echt puppy's krijgt,' zei Flavia met een stem vol ontzag, 'dan is het vandaag de tweede keer dat mijn gebeden zijn verhoord. En dat is echt nog nooit gebeurd, zelfs niet als ik om echt gemakkelijke dingen vroeg, zoals niet naar gym hoeven, of dat Peg Looney in de pauze niet gemeen tegen me zou doen.'

'Wie is Peg Looney?' vroeg een stem vanuit de deuropening.

'Papa! O, lieve papa!' Flavia rende met uitgestrekte armen naar de man die zijn eigen eetkamer stond te bekijken met op zijn knappe gezicht een reeks van uitdrukkingen, maar vooral een van verbazing.

28

Ik was me er onmiddellijk van bewust dat meneer Macchuin op een heel ongelegen moment binnenkwam. Hij had me direct opgemerkt en zich toen afgewend, maar niet voordat ik verbazing in zijn ogen zag, omdat zijn plaats aan het hoofd van de tafel door een volstrekt onbekende vrouw was ingenomen. De dingen zouden er vast niet beter op worden als hij hoorde dat ik zijn nieuwe huishoudster was. Ik schoof mijn stoel naar achteren en stond op. Ik voelde me vreselijk opgelaten.

'Finn! Lieverd!' Constance kwam de eetkamer weer binnen. 'Wat geweldig!' Ze omhelsde hem zo goed en zo kwaad als dat ging met in elke hand een fles wijn. 'Waarom heb je ons dit niet laten weten?'

'Ik heb geprobeerd op te bellen zodra ik zeker wist dat ik weg kon, maar de lijn was aldoor bezet.'

Hij was helemaal niet zoals ik had verwacht. Ik had me voorgesteld... ja, wat eigenlijk? Een bon vivant, met zijn kelder, zijn voorliefde voor de grote stad. Misschien ook wel een losbol, met een maîtresse en een vrouw in hetzelfde huis. Ik had in gedachten een dikke buik gezien, verhitte wangen, misschien zelfs de rode neus van een mateloze levensgenieter. Deze man was lang, mager en bleek, met kortgeknipt zwart haar dat grijs begon te worden. Ik schatte zijn leeftijd op een jaar of vijfendertig, misschien veertig. Hij droeg een donker pak met een effen blauwe das. In tegenstelling tot de rest van ons leek hij netjes, fatsoenlijk, conventioneel, bijna ascetisch.

'Sorry. Dat was ik,' zei Liddy, die naar haar vader toe liep om hem te kussen. 'Ik wilde iets voor Bobbie bestellen.'

Hij sloeg zijn vrije arm om haar heen. 'Hoe was het eind van het trimester? Je hebt zeker niet de prijs voor Latijnse poëzie gekregen, hè?'

'Je weet best dat we geen Latijn krijgen op die stomme meidenschool van ons, pap.'

‘En dat vind jij echt jammer. Je ziet er geweldig goed uit.’ Hij draaide haar rond om het strakke gele jurkje te bekijken dat van voren diep en op de rug nog dieper was uitgesneden. ‘Is dat niet een beetje te koud?’

Liddy giechelde. ‘Ik zit vlak bij de haard, dus het gaat best.’

Meneer Macchuin keek even naar de schouw. Als hij de afwezigheid van de stapel oude kranten, de schoenen en de kapotte blaasbalg al had opgemerkt, evenals het blinkende koperen haardscherm, de vuurtang en de pook, die eerst zwartberoet waren geweest, dan liet hij dit niet merken. ‘Steken we tegenwoordig in juli de haard aan?’

‘Dat is om de boel hier een beetje droog te stoken. Vind je mijn jurk echt mooi, pap? Ik heb hem speciaal voor Bobbies verjaardag aangedaan.’

‘Is hij je nieuwste vriendje?’

‘Lieverd, je bent hopeloos, ik heb je alles over Bobbie verteld toen je de laatste keer opbelde.’

Maar de aandacht van meneer Macchuin werd getrokken door de flessen die Constance tegen haar borst drukte. Hij hield zijn hoofd scheef om het etiket te lezen. Ik dacht dat hij even verstrakte, maar het kan ook de lichtval zijn geweest. ‘Chevalier-Montrachet negentienachtenzestig. Hm. Je hebt wel ingebroken, Con.’

Constance keek ongemakkelijk. ‘Ik heb de sleutel in je kamer gevonden. Ik zou er anders niet zijn aangekomen, maar het is Bobbies verjaardag en ze heeft erg hard gewerkt en ik ben haar reuze dankbaar. We hebben heerlijke dingen te eten gekregen. Ze kan geweldig koken en het huis is een stuk schoner. We zijn begonnen de oude moestuin weer in gebruik te nemen, de meisjes drinken niet meer zoveel, we hebben nieuwe kippen besteld. Alles is anders en een stuk beter. Echt, ze heeft gewerkt als een slavin, van ’s ochtends vroeg tot ’s avonds laat, en je zult het huis niet herkennen…’

Ik kon zien dat deze opsomming van mijn prestaties niet het effect hadden dat Constance beoogde. Mannen zijn gewoontedieren. Ze hebben een hekel aan veranderingen. En ze hebben vooral een hekel aan veranderingen die plaats hebben gevonden in hun afwezigheid, zonder overleg met hen. De donkere wenkbrauwen van meneer Macchuin fronsten zich boven de brug van zijn lange, smalle neus.

Op dat moment werd zijn aandacht getrokken door de lege champagnefles. Hij liep naar de tafel om hem te identificeren. Hij zette grote ogen op en hield verschrikt zijn adem in.

'Mag ik me even voorstellen?' zei ik, terwijl ik met uitgestoken hand naar hem toe liep. 'Ik ben Bobbie Norton.'

Hij schudde vluchtig mijn hand. Zijn ogen, die grijs en diepliggend waren, net als die van Constance, maar harder, keken me even aan met een blik die niet echt onvriendelijk was maar wel koel. Hij had een breed gezicht met een hoekige kaak. Als je hem zag, kon je je voorstellen dat Constance een knappe vrouw zou zijn als ze een paar kilo zou afvallen. 'Hoe maakt u het?' zei hij. 'Wat vriendelijk van u om mijn huishouden zo onzelfzuchtig weer op poten te zetten.'

'Helemaal niet,' zei ik. 'Het is heel vriendelijk van u om mij een salaris te betalen.'

Hij bleef me aankijken. Heel even vreesde ik dat hij me had herkend, maar hij zei alleen maar: 'U bent kennelijk een wijnkenner.'

'O, maar Bobbie heeft de wijn niet gepakt, dat is...' begon Constance, maar wat ze had willen zeggen ging verloren toen Sissy de kamer binnenholde.

Ik was erg nieuwsgierig om de modus operandi van dit ongelijksoortige stel te kunnen zien.

'*Mavourneen!*' Sissy's zwarte ogen straalden van blijdschap en ze zag er heel aanbiddellijk uit. Ze bleef even op haar tenen staan voor ze naar hem toe huppelde met gestrekte nek en hem op de mond kuste. 'Ik heb deze lange tijd vanbinnen gebrand als het vuur van de hel, om jou weer te zien. Vanmorgen stond in de dauw geschreven dat je zou komen.'

Hij kuste haar en hield haar toen op een armlengte afstand, waarbij hij hoog boven haar verrees. 'Binnenkort zullen we misschien allemaal in de dauw moeten schrijven als Liddy voor zo'n hoge telefoonrekening blijft zorgen. Hoe gaat het met jou, Sissy?'

'Smachtend!' Sissy draaide met haar ogen op een manier die een vermoeide man zou hebben afgeschrikt.

Macchuin trok zijn wenkbrauwen op terwijl hij haar van top tot teen bekeek, en hij zei: 'Ik geloof dat Marie Antoinette bekendstond om haar lichtontvlambare natuur.'

'En wie mag dat dan wel wezen?' Sissy's gezicht werd donker en ze liet op een angstaanjagende manier haar tanden zien. 'De een of andere sloerie die jij in Dublin hebt gehad? Laat die Mary Antonetty maar eens hier komen, zeg haar dat van mij, dan kan ik haar ogen uit haar hoofd krabben en haar lever door havermeel halen om hem in varkensvet te bakken en dan knoop ik haar aan haar haren aan een boom...' Ze zweeg, hijgend van opwinding.

'Jij stom, onnozel schepsel!' zei Maud. 'Marie Antoinette is tweehonderd jaar geleden onthoofd.'

'*On diabhal!*' riep Sissy uit. 'Dat zal haar leren om haar rokken op te tillen voor iedereen die boven haar staat.'

'Ik denk vaak dat het een vergissing is geweest te proberen het plebs te onderwijzen,' zei Maud tegen niemand in het bijzonder.

'Hallo Maud, je ziet er goed uit.' Macchuin liep rond de tafel en kuste haar op de wang die ze hem toestak.

'Ik zie er vreselijk uit. Jij, daarentegen, in tegenstelling tot het verdiende loon van leugenaars, lijkt in blakende gezondheid te verkeren.'

Ik zag tot mijn verbazing dat ze erg op haar schoonzoon gesteld was. Of liever gezegd dat ze gevoelig was voor zijn charmes. Haar ogen straalden alsof er een knopje was omgedraaid.

'Hallo Flurry.' Meneer Macchuin liep naar zijn zoon die bij het raam had gestaan, terwijl hij zijn vader bekeek met een uitdrukkingsloos gezicht.

'Hallo pap. Heb je eraan gedacht?'

'Waaraan?'

'Het boek over bruggen.'

'Ja.'

'Staat je koffer in de hal? Ik ga hem wel even halen.'

'Wacht eens.' Meneer Macchuin hield Flurry tegen door hem bij de arm te grijpen. 'Hoe gaat het met je?'

'Mijn ogen zijn beter. Bobbie heeft zalf voor me gekocht. Ik heb vorige week buikpijn gehad.' Hij spartelde tegen de greep van zijn vader, maar die hield hem stevig vast.

'Dit is een vraag waar je niet zo'n specifiek antwoord op hoeft te geven, tenzij je een regelrechte ramp is overkomen. Je zou "goed, dank je" kunnen zeggen, of "uitstekend, dank je". Daarna vraag je hoe het met mij gaat.'

'Hoe gaat het met jou, pap?'

'Een stuk beter nu ik jou zie, mijn beste Flurry.'

Flurry grijnsde breed. 'Echt waar?'

'Echt waar.'

'Mag ik hem nu gaan zoeken?'

'Goed. Maar haal mijn spullen niet door elkaar...' Flurry was echter al weg.

'Hallo Eugene.' De heer des huizes liep naar zijn gast. 'Hoe staat het met de muze?' De twee mannen schudden elkaar de hand.

'Wat schuw, van tijd tot tijd, maar het is nu eenmaal haar aard om ongrijpbaar te zijn. Ik onderschrijf het standpunt van Yeats, dat het in de poëzie toeval is dat weet te boeien en te inspireren. Het schrijven geschiedt op improviserende wijze. De intentie kan nooit meer dan slechts bewonderenswaardig zijn.'

'Je bedoelt dat je alles al doende moet bedenken?'

'Eh... ja. Ik denk dat je het zo zou kunnen stellen.' De ogen van Eugene begonnen uit hun kassen te puilen nu hij gehoor bespeurde. 'Zal ik je dit demonstreren door een van mijn nieuwste gedichten aan je voor te dragen?'

'Nee, dank je.' Meneer Macchuin glimlachte. 'Je weet hoe onnozel ik op dat gebied ben. Het zou paarlen voor de zwijnen zijn.'

Eugene ontkende dit beleefd, maar drong niet aan. Ik werd bijna jaloers toen ik zag hoe behendig hij ontkwam aan iets wat voor mij bijna een dagelijkse plicht was: het luisteren naar een onbegrijpelijk product van Eugenes spontane fantasie. Dit was een staaltje diplomatie waar ik alle achting voor had. Het was ook onverwacht. Constance, met haar veelvuldige verwijzingen naar het karakter van haar broer, had me de indruk gegeven van een opvliegend persoon, ten prooi aan zijn hartstochten.

'Maak die maar niet open, Con,' zei hij vriendelijk, toen hij zijn zuster aanstalten zag maken om de Chevalier-Montrachet met een kurkentrekker te lijf te gaan. 'Die is vast niet op temperatuur. Wat eten we?'

'Vispastei met diepvriesgarnalen!' riep Constance opgetogen uit.

Wat hij er ook van mocht denken, hij hield zijn commentaar voor zich. 'Ik ga zelf wel even iets opzoeken.'

Terwijl hij in de kelder was, ging ik bij het buffet aan de slag om de vispastei, doperwten en wortelpuree te serveren, enigszins gegeneerd over deze armzalige demonstratie van mijn hooggeroemde kookkunst. Ik schoof aan het andere eind van de tafel op een stoel naast Flurry en spoorde hem aan de vier doperwten die ik hem had gegeven op te eten, terwijl de anderen het over Dublin hadden en over geheimzinnige dingen die als keelgeschraap klonken. Ik hoorde woorden als Oireachtas, Dáil, Seanad en Taoiseach, die me toen nog niets zeiden.

Na het eten zette ik koffie en liep met het blad naar de lege zitkamer. Ik hoorde gelach uit de eetkamer komen. Ik besloot hen met rust te laten en vroeg naar bed te gaan. Toen ik door de hal naar de trap liep, schrok ik toen ik mezelf in de spiegel zag. Ik was vergeten dat ik nog steeds Sissy's kroon van wilde planten op mijn hoofd had.

‘Je moet je maar niet te veel van Finns woedeaanvallen aantrekken,’ zei Constance.

‘Papa wist niet dat het jouw tijdschrift was, anders had hij er vast niets van gezegd,’ zei Flavia, die tussen ons in op de voorbank van de Land Rover zat, terwijl we terugreden van een naburige boerderij waar we de nieuwe kippen hadden opgehaald.

‘Laten we het er maar niet meer over hebben,’ zei ik beleefd. ‘Ik denk er al niet meer aan.’

Maar dat was een leugen. Ik was nog steeds geschokt. We hadden aan de ontbijttafel gezeten toen meneer Macchuin beneden was gekomen, gekleed in een gemakkelijke oude trui en een corduroy broek. Ik was bezig koffie in te schenken terwijl Constance voor Eugene boter en marmelade op een stuk toast smeerde. Liddy zat vol aandacht *Vogue* te lezen en hoorde haar vader niet binnenkomen. Glimlachend keek hij over haar schouder. Toen verdween zijn glimlach.

‘Liddy, nee! Na alles wat we over dat onderwerp hebben gezegd!’

Liddy keek onmiddellijk schuldbewust en probeerde het tijdschrift dicht te doen, maar Finn legde zijn hand op de pagina.

‘“Superdieet voor de zomer”,’ las hij hardop. ‘“Bij de lunch een rauwe biefstuk tartaar plus twee glazen sap van waterkers en vijf aspergepunten…” Liddy, dit is zowel absurd als gevaarlijk.’ Hij bladerde verder. ‘“De stap-voor-stap gids naar volmaakte schoonheid.” Waarom lees je in ’s hemelsnaam zulke troep? Het onnozelste romannetje is nog beter dan dit. Kijk eens naar die vrouw!’ Hij wees naar een foto van een jonge vrouw in een advertentie voor een nachthemd. ‘Ze is zo mager dat het wel lijkt of ze stervende is aan een afschuwelijke ziekte. Dit is een smerige poging om vrouwen te laten denken dat hun uiterlijk het enige is dat van belang is.’ Zijn woede steeg. ‘Hoe dúrven jullie vrouwen gelijkheid te eisen wanneer jullie hoofd bij dit soort onzin zit? Ik wil deze troep niet in mijn huis hebben!’

Hij liep naar de haard en hield het tijdschrift boven de vlammen.

‘Als je hem verbrandt, zal ik je dat nooit vergeven!’ Liddy had grote ogen opgezet en trilde van woede. Ik zag hoeveel ze op elkaar leken. ‘Het kan me niet schelen of jij dit troep vindt. Ik vind het leuk om dit te lezen. Bovendien is die *Vogue* niet van mij maar van Bobbie, en je kunt háár spullen echt niet verbranden. Ik ga bij haar in Londen logeren en ik lees wat ik zelf wil en als ik mezelf dood wil hongeren, dan is dat mijn zaak. Je kunt niet zomaar wekenlang wegblijven en thuiskomen wanneer het jou belieft en mij dan… dan opeens de wet voorschrijven...' Ze was nu helemaal buiten zichzelf. 'Je wilt niet dat ik mooi ben, want je bent bang... je bent bang...' Waar ze dacht dat haar vader bang voor was heb ik nooit ontdekt want ze barstte in tranen uit en rende huilend de kamer uit.

Meneer Macchuin draaide zich om en keek mij aan, met felle ogen en zijn lippen opgetrokken in een uitdrukking die me aan Osgar deed denken. 'Je kunt dit maar beter bij je houden.' Hij smeet het tijdschrift op de tafel. 'Misschien wil je zo goed zijn zulke troep op je kamer te bewaren. Ik wil niet dat mijn kinderen ermee worden besmet.'

Ik werd onmiddellijk witheet, hoewel ik mijn stem in bedwang wist te houden en op een koele, minachtende toon sprak waarvan ik wist dat hij er woest van zou worden, een techniek die ik me aangewend had wanneer ik met mijn vader te maken had. 'Het is alleen maar een onschuldig modetijdschrift, echt geen pornografie of een handleiding voor heroïnegebruikers.' Ik lachte minachtend. 'En er is weinig kans dat Liddy in Kilmuree waterkers of asperges zou kunnen bemachtigen.'

Deze techniek had meer succes dan ik had bedoeld. Ik dacht even dat hij zou ontploffen van woede, want zijn gezicht werd donker en hij balde zijn rechtervuist. 'Bemoei je er niet mee, juffrouw... hoe-je-ook-heten-mag. Anders kon je er nog wel eens spijt van krijgen.'

Hij liep de kamer uit voor ik tijd had gehad een provocerende opmerking te bedenken.

'Het komt doordat hij zo'n moeilijke tijd met Liddy heeft gehad,' verklaarde Constance terwijl ik tussen de gaten in de weg door laveerde. 'Een jaar geleden begon ze aan de lijn te doen en eindigde als een skelet. Anorexia nervosa, zei dokter Duffy. Ze is de laatste tijd een stuk beter. Maar Finn maakt zich nog altijd zorgen over haar. Het spijt me dat hij zo grof tegen je heeft gedaan. Hij kan heel opvliegend zijn, maar het is ook altijd meteen weer over.'

Ik voelde de onaangename combinatie van wrok en berouw. Hoe hij zich ook tegen zijn gezinsleden mocht gedragen, hij hoorde niet zo grof te doen tegen iemand die bij hem in dienst was. Maar ik kon me voorstellen hoe vreselijk het was te moeten zien hoe je geliefde dochter zich langzaam dood hongerde.

'Met Liddy lijkt het nu vrij goed te gaan,' zei ik. 'Ze nam vanmorgen twee porties kedgeree voor je broer beneden kwam.'

'O ja. Ik ben erg blij dat ze zo goed eet sinds jij er bent. Ik vrees dat mijn kookkunsten zelfs van de dikke vrouw op de kermis nog een slanke den zouden maken. Kijk uit!'

Ik trapte op de rem toen we na een bocht bijna drie mannen die op het pad liepen omverreden. Ze klauterden snel langs de berm omhoog en verdwenen over de top.

'Wie waren dat?' vroeg ik. 'Ze leken nogal haast te hebben om weg te komen.'

'Een van hen was Mickey Joyce. En ik denk dat de andere twee Padraig O'Connor en Cahir Roohan waren. Ze deden een beetje verschrikt toen ze ons zagen. Misschien zijn ze verlegen.'

Hun gezichten onder hun petten hadden niet direct verlegen geleken, maar Constance had er waarschijnlijk meer kijk op dan ik.

'Ik geloof niet dat *Vogue* veel schade kan aanrichten.' Ik keerde terug naar het eerste onderwerp. 'Anorexia heeft, dacht ik, diepere oorzaken dan de invloed van mode, is het niet? Mannen willen graag denken dat vrouwen gevaarlijk oppervlakkig en onbenullig zijn. Op die manier voelen zij zich minder bedreigd en ontoereikend. Bovendien voelen ze zich dan niet schuldig over de uren die ze besteden aan auto's, voetbal en borsten. Maar ik had het toch graag willen weten.'

'Hoeveel nog?' vroeg ik, terwijl ik weer een afgezaagd stuk biels op de stapel wierp. De schuur was vervuld van de harsachtige geur van zaagsel.

'Nog maar vijfhonderdzesenveertig,' zei Flurry met opgewekte kalmte.

'Grote hemel! Wanneer is dit ooit klaar?'

Flurry keek verbaasd. 'We hebben er het afgelopen jaar al twaalfhonderddrieënvijftig gedaan. We zijn op tweederde.'

'Hoe staat het met de rails?'

'Thady O'Kelly wacht op meer ijzer. Hij heeft het oude hek helemaal opgebruikt.'

Ik bewoog mijn pijnlijke vingers. 'Ik bewonder je om je vastberadenheid, Flurry, echt waar. Maar ik kan nu geen millimeter meer zagen. Laten we eens kijken hoe het met de nieuwe kippen is.'

Ik zag met voldoening dat de oude bruine kippen tussen de groene, lange grasprieten liepen te krabbelen. Timsy had onder mijn leiding het kippenhok schoongemaakt en ontsmet, en de bewoners ervan begonnen nu al meer veren te krijgen en zwaarder te worden. Het kon zijn dat dit kwam doordat Flavia nu belast was met het voeren en het geven van vers water. De nieuwe kippen zaten op een kluitje bijeen, onthutst over de tocht in de Land Rover en over hun nieuwe omgeving. Ze waren dik en donzig met zwart-witte veren en een vuurrode kam.

'Ik ga wel kijken hoe het met de eieren is,' zei Flurry. Even later stak hij zijn hoofd uit de legkasten en zei: 'Acht. Dat is vijfenvijftig procent meer dan gisteren.'

'Negen,' zei Flavia's stem, en er kwam een hand naar buiten met één ei erin.

Flurry zweeg en rekende.

'Goh!' zei ik. 'Op deze manier zullen we ze nog eens in Kilmuree op de markt kunnen verkopen.'

'Zou dat genoeg zijn om ijzer voor de rails te kopen?'

'Ik vrees van niet. Als we zelf geen eieren meer zouden eten en ze allemaal zouden verkopen, zouden we misschien genoeg geld voor de bouten hebben.'

'Wat moeten we dan doen?'

Ik voelde me geroerd door de veronderstelling dat we nu samen in de spoorwegbranche zaten, maar ik had geen oplossing voor het probleem. Bovendien moest ik ook geld zien te vinden voor andere dingen. Een wasautomaat stond boven aan de lijst. Katty en Pegeen deden iedere maandag de was in een oude, lekkende wasmachine met een losse centrifuge ernaast. Dit veroorzaakte veel geknoei, waardoor het sop van het washok door de gang naar de keuken stroomde. Daarna lagen Katty en Pegeen uitgeteld in hun stoel bij de haard en waren de rest van de dag tot niets meer in staat, ondanks mijn geleidelijke reductie van de rantsoenen uit de zwarte fles. Maar gedurende de rest van de week waren ze wakkerder en presteerden ze meer.

'We zullen het geld wel ergens vandaan weten te halen,' zei ik tegen Flurry.

In de keuken begon ik uien te snijden voor bij de lamsbout. Geen rozemarijn, uiteraard. Toen ik Turlough McGurn, de groenteman, om kruiden had gevraagd, had hij me meelevend op de hand geklopt. Na diverse ruzies, waarin ik danig tekeer was gegaan en hij vriendelijk had staan te grinniken, behandelde hij me alsof we oude kameraden waren.

'Wilt u die om het eten te versieren, juffrouw Norton? Want de Ierse magen zijn niet tegen dat soort fratsen bestand, dat zult u wel merken.'

Dit was de formule waarop hij altijd terugviel bij bijna alles waar ik om vroeg, behalve wanneer het om kool, aardappels of wortelen ging. Ik kon kruiden kweken in de moestuin. Maar het was natuurlijk onzinnig om anderhalve kilometer in de stromende regen te fietsen voor één takje tijm. Het antwoord kwam in me op terwijl ik het vlees in de oven schoof. Het plein aan de voorzijde was geplaveid met keien die op en neer golfden als een stormachtige zee. Tegen de muren waren aan drie zijden borders die met baksteen waren afgezet. Ze waren karig en onaantrekkelijk beplant met Hypericum en pollen mosterdkleurige gulden roede. Ik had al een paar keer bedacht dat die borders beter opgedoekt konden worden. Nu zag ik hoe mooi ze zich voor een kruidentuin zouden lenen.

In elke hoek stelde ik me een keurig gesnoeide taxushaag voor. Buxusbollen zouden er model aan geven en er het hele jaar rond goed uitzien. Ertussenin zou ik aan de schaduwrijke kant peterselie, munt, maggiplant en venkel zetten. En langs de zonnige muur rozemarijn, tijm, salie, dragon en dille… Ik werd zo enthousiast over dit plan dat ik me geroepen voelde meteen naar buiten te lopen om me alles ter plekke voor te stellen. Toen ik door de hal liep, hoorde ik een hevig gejank. Osgar lag weer aan zijn ketting bij de voordeur. Maar hoewel hij deze gevangenschap eerder had verdragen met de zwijgende passiviteit van de hopeloosheid, was hij, nu hij de vrijheid en in het bijzonder Maria had geproefd, niet langer genegen alles gedwee te accepteren. Hij rukte aan zijn ketting en gaf luidkeels uiting aan zijn gevoelens. Meneer Macchuin stond net buiten het bereik van Osgar en bekeek hem met gefronste wenkbrauwen.

'Ik zou wel eens willen weten wie er verdomme die hond van de ketting heeft gehaald!' zei hij woest.

Ik vond het vervelend om twee keer op één dag ruzie te maken met mijn werkgever. Maar ditmaal was ik ervan overtuigd dat ik het gelijk aan mijn kant had. Ik zette me schrap voor de strijd.

'Dat heb ik gedaan. Het is wreed om een hond aan de ketting te houden.'

'Hij wordt geacht als waakhond te fungeren, niet als *cavaliere servente.* Als Maria gedekt is, zitten we met een probleem.'

'Dat zou heel vervelend zijn,' zei ik koeltjes. 'Maar het verandert niets aan het feit dat het onverdedigbaar is om een grote hond als Osgar vast te leggen zonder hem enige lichaamsbeweging te gunnen. Als u niet wilt dat Maria puppy's krijgt, had u haar moeten laten steriliseren.'

Zijn gezicht werd weer donker. 'Hoe ik mijn honden behandel gaat u niets aan, juffrouw Norton. Maar afgezien daarvan laat Timsy hem een paar keer per dag uit.'

Ik raakte verhit, zowel om mezelf als om Osgar. 'Timsy heeft hem in geen maanden uitgelaten. Hij is bang voor hem.'

'Onzin!'

'Echt waar!'

'Hij is vals en agressief. Het is geen schoothond.'

'Dat komt doordat hij zo'n afschuwelijk leven heeft gehad. Kijkt u maar eens naar zijn achterpoten! Die spieren zijn helemaal verslapt. Afgezien van niet te zijn uitgelaten, heeft hij ook niets gehad op het gebied van vriendelijkheid, gezelschap, fatsoenlijk eten, warmte, allemaal dingen waar ieder levend wezen recht op heeft. Hij heeft werkelijk niets gehad, alleen maar van dat smerige vismeel. Denkt u echt dat dat goed is?'

De ruzie dreigde volledig uit de hand te lopen, maar op dat moment kwam Constance naar buiten gehold. 'Wat is hier aan de hand? Houden jullie eens op, allebei! Ik word doof van dat geblaf van Osgar en van jullie geschreeuw. Toe Bobbie, alsjeblieft, kom mee...'

Ze sloeg haar arm om mijn middel. 'Ik zal je helpen met aardappels schillen. En daarna drinken we iets. Ik heb Finn een paar fatsoenlijke flessen boven laten brengen.'

We schrapten en schilden en hakten, en weldra stonden we over andere dingen te praten en te lachen, en leek het alsof de ruzie nooit had plaatsgevonden. Maar ik was me ervan bewust dat ik dit alles niet zomaar kon vergeten. En dat ik, elke keer dat ik Osgar aan de ketting zag liggen, kwaad zou worden en dat alles alleen maar nog erger zou worden.

Het was een prachtige avond met een wolkeloze lucht en een zwoele bries. De glaasjes werden op het terras gedronken. Ik hield toezicht op het naar buiten brengen van tafels en stoelen maar bleef zelf binnen, met als excuus dat ik het dessert nog moest maken: *poires belle Hélène* met peren uit blik en gesmolten repen hazelnootchocola vermengd met gecondenseerde melk voor de chocoladesaus. Het ijs maakte ik van melkpoeder omdat Siobhan weer minder melk had gegeven. Het werd een buitengewoon vies toetje.

In de eetkamer behandelde ik de lijfelijke aanwezigheid van meneer Macchuin als lucht, maar ik was verder spraakzamer dan anders, om niet de indruk te wekken dat ik pruilde. Ik had ook wat extra mijn best gedaan op mijn uiterlijk, om mijn moreel een oppepper te geven, voor het geval er kille blikken of bittere woorden mochten zijn. Dit bleek een vergissing te zijn. Onze wereld op Curraghcourt was zo beperkt dat de geringste verandering in gedrag of uiterlijk een punt van universele belangstelling werd.

'Je ziet er vanavond ongekend goed uit, Bobbie.' Eugene wierp een goedkeurende blik naar mijn kant van de tafel, zodra er een stilte in het gesprek viel. 'Ik wenste dat ik kon denken dat het voor mij was, maar helaas! Om de goede Byron te parafraseren: Toen de zon onderging, waar was zij? Hij was van moederszijde een Kelt, weet je.'

'Het spijt me dat ik niet naar je heb kunnen luisteren,' zei ik. 'Ik was in de keuken bezig.'

'En je zat een eeuwigheid in de badkamer,' zei Flurry. 'Ik wilde je mijn tekening van de schoorsteen laten zien.'

'Ik heb die jurk niet eerder gezien,' zei Liddy. 'Hij ziet er heel duur uit.'

'Het is maar een oud ding dat ik al jaren heb,' zei ik. 'Hoe gaat het met je vakantietaak?'

'Stomvervelend. Wat zit je haar anders. Heel leuk, hoor.'

'Meestal heb je dat goudbruine spul niet op je oogleden,' zei Flavia. 'Ga je naar een feestje?'

'Heeft niemand in deze familie ooit te horen gekregen dat het niet beleefd is om persoonlijke opmerkingen te maken?' zei Constance.

'Ze hoopt zeker dat Michael McOstrich nog langskomt.' Sissy droeg een soort Heidi-kostuum met een witte blouse, zwart veterhesje dat met edelweiss was geborduurd, en een rode dirndl-rok. Ze had op iedere wang een cirkel van rouge en haar haar was in twee slordige vlechten verdeeld, met overal slierten en pieken, alsof de lange winteravonden in een hut boven in de bergen, met alleen een mopperige oude bergboer om mee te praten, Heidi aan de drank hadden gebracht.

'Michael McOstrich?' hoorde ik meneer Macchuin zeggen. 'Wat heeft die hier te zoeken?'

'Michael McOstrich doet me altijd aan een vos denken,' zei Flavia. 'Er steken van die grappige plukken haar uit zijn oren en neus.'

'Nou, Bobbie en hij zijn heel erg verkikkerd op elkaar.' Sissy trok woest aan een pluk haar die voor haar ogen hing. 'Hij stuurt bloemen en liefdesbrieven. Dat zou hij voor mij echt niet doen.' Ze trok een hooghartig gezicht. 'Hij is een lompe, luidruchtige man. Hij is in staat je tot moes te slaan als je niet doet wat hij zegt. Ze mag hem van mij hebben, hoor.'

Ik was niet in staat om nog langer mijn mond te houden. 'De heer

McOstrich en ik kennen elkaar nauwelijks. Hij zal ongetwijfeld een fantastische man zijn, maar niet voor mij.'

'Natuurlijk geeft ze geen zier om die onnozele turftrapper,' zei Maud. 'Al dat fraais is niet voor hem bedoeld. Het is gericht op een heel ander iemand.' Alle ogen werden onmiddellijk vol aandacht op Maud gericht. Ze zweeg even om een sigaret op te steken, kennelijk verrukt dat ze opschudding had veroorzaakt. 'Ga me nou niet vertellen dat jullie die twee voor het eten niet tegen elkaar tekeer hebben horen gaan.'

'Wat een geweldige avondlucht!' riep Constance uit. 'Een werkelijk prachtig rode kleur, als van gekookte kreeft.'

Niemand wendde zelfs maar voor te kijken.

'Waar heb je het over, oma?' vroeg Liddy.

'Dat is wel duidelijk, als je de moeite neemt om uit je ogen te kijken, mijn kind.' Maud glimlachte. 'Bobbie wil je vader laten weten dat ze zich geen fluit aantrekt van wat hij van de dingen vindt. Ze is van plan alle wapens te gebruiken die haar ter beschikking staan om hem op zijn nummer te zetten. Ze rekent erop dat hij, net zoals alle andere mannen, een dwaas is wanneer het een knappe vrouw betreft.'

'Ik snap niet waarom jullie zoveel ophef maken.' Sissy fronste haar wenkbrauwen en haar neusvleugels trilden. 'Ik vind het maar een saaie jurk.'

'Het is een geweldige jurk,' stoof Liddy op. 'Niet iedere vrouw wil eruitzien alsof ze een rol in een toneelstuk over Zwitserse hoeren speelt!'

'Meisjes, meisjes!' protesteerde Eugene. 'Laat ons het brood samen breken in een sfeer van vriendschap. Lelijke woorden geven geen pas op de lippen van het zachtmoedige geslacht. "Als blozende knoppen, als de blaadjes van een roos, die hun lading honing prijsgeven..."'

'Waar heeft hij het nou weer over?' wilde Sissy weten.

'Als iedereen klaar is met zijn eigen stokpaardjes,' zei meneer Macchuin, 'kunnen we misschien eens een normaal gesprek voeren?'

De deur ging open en Pegeen kondigde met haar krijsende stem aan: 'Dames en heren en Sissy McGinty, hier is Michael McOstrich.'

29

'Zou jij elke rij vijf minuten water met de slang willen geven?' vroeg ik Constance. 'Dan kan ik de mest uitspreiden. Ik moet zeggen dat de reputatie van Ierland als land van regen heel onterecht lijkt. Afgezien van de avond dat ik hier kwam is het heel mooi weer geweest.

Er hing een dunne sluierbewolking, de lucht was fris. Ik had nog eens twee appelbomen gesnoeid en doorschijnende rode bolletjes in de overwoekerde bessenstruiken ontdekt. In de moestuin hing nu al een voldoeninggevende sfeer van herstel, een belofte van vruchtzetting.

'Ik vind het vervelend je deze illusie te moeten ontnemen, maar we beleven wel een record. Mei was als een zondvloed en juni was ook niet best. Maar laten we in elk geval van het mooie weer genieten zolang het nog kan.'

Constance en ik waren naar de moestuin gefietst om toezicht te houden op de levering van vijftien kuub mest, bezorgd door een boerenknecht die voor Michael McOstrich werkte. Dit was wat mij betrof het enige goede dat de vorige avond had opgeleverd, hoe onderhoudend deze misschien voor anderen ook mocht zijn geweest.

Ik was me ervan bewust geweest dat iedereen zou aannemen dat hij voor mij was gekomen. Hij zag er heel anders uit dan de vorige keer dat ik hem had gezien. Hij had bijvoorbeeld een pak aan dat was gemaakt van dikke, bruine tweed, gespikkeld als de borst van een lijster. Zijn reusachtige laarzen waren gepoetst en zijn rossige baard was in model geknipt. Zijn aureool van vuurrood haar zat aan zijn hoofd vastgeplakt en maakte dat hij eruitzag als een uitbundige rode setter die net had gezwommen. Naarmate de avond vorderde, vond ik het heel boeiend te zien hoe de ene na de andere pluk haar zich losmaakte uit wat voor vettigheid er ook op was gesmeerd en recht overeind ging staan.

Hij was de eetkamer binnengekomen met een betrekkelijk rustige, bijna verlegen houding.

'Hoe gaat het ermee, Finn?' De twee mannen drukten elkaar de hand. 'Je ziet wat bleek.' Michael McOstrich klopte zijn gastheer op de rug, waardoor deze onwillekeurig begon te kuchen. 'Zeker te veel binnen gezeten, achter je papieren?'

'Daar kon je wel eens gelijk in hebben, Michael. Hoe gaat het met het vee?'

'Je zult nooit betere melkkoeien hebben gezien dan die Kerries van mij. Sommige mensen zeggen dat Fries stamboekvee het beste is, maar ik vind dat onzin.'

'Als jij dat zegt, geloof ik het direct. Hoe staat het met dat experiment met gerst?'

'De beul zou er nog om moeten janken, zoveel problemen hebben we ermee gehad. De arme grond is het probleem. Maar ik laat me niet kennen. Het ligt niet in mijn aard om me gewonnen te geven. We gaan in de herfst stalmest, turfmolm en zeewier onderspitten, en dan proberen we het nog eens met gerst. Hoe gaat het ermee, Maud?' Hij liep om de tafel heen om iedereen beurtelings te begroeten. Toen hij bij mij was aangekomen nam hij mijn hand in zijn warme, rode knuist en kneep me tot mijn botten kraakten.

'Ik wil u hartelijk bedanken voor de bloemen, meneer McOstrich.' Ik glimlachte naar hem door een mist van pijn. 'Wat een prachtige rozen.'

'Je zult ver moeten zoeken als je betere rozen wilt vinden dan die wij op Ballyboggin kweken.'

Hij bleef me met ernstige, bloeddoorlopen ogen aankijken tot ik genoodzaakt was de andere kant uit te kijken.

'Ga zitten, Michael,' zei meneer Macchuin. Hij schoof een stoel bij en zette die naast de mijne. 'Ik zal je iets inschenken.' Het kon verbeelding zijn geweest, maar ik dacht dat ik een sardonisch licht in de ogen van mijn werkgever zag.

Michaels grote hand vouwde zich om het glas whisky alsof het een vingerhoed was, en terwijl de anderen praatten dronk hij ervan zonder zijn ogen van mijn gezicht af te wenden.

Constance zag dat ik me ongemakkelijk voelde onder zijn hardnekkige blik. 'Bobbie, heeft Eugene je al over zijn nieuwste werk verteld? Heel interessant! Hij overweegt een modern drama te schrijven over Maeve. Zij was tweeduizend jaar geleden koningin van Connaught. Er bestaan veel gedichten over haar en het bekendst is de geweldige Ulster Cycle, *Táin Bó Cuailinge*, die in de elfde eeuw is geschreven.'

Ik probeerde een intelligent gezicht te trekken en me te concentreren op wat Constance me vertelde, maar ik slaagde er niet in te vergeten dat iemand me strak zat aan te staren. Sissy wierp af en toe een boze blik in mijn richting. Ze dacht toch zeker niet dat ik Michaels belangstelling op prijs stelde?

'Ik ga koffie zetten,' kondigde ik aan, en ik stond op. Opnieuw zag ik dat meneer Macchuins ogen een twinkeling vertoonden die ergerlijk veel op leedvermaak leek.

Ik stond vredig af te wassen, begeleid door het gesnurk van Katty en Pegeen, toen er een schaduw over het zeepsop in de bak viel. Michaels woeste hoofd blokkeerde het licht terwijl hij zachtjes op zijn laarzen heen en weer wiebelde. Hij duwde een brief in mijn in rubberhandschoen gestoken hand, en was de keuken alweer uit.

Beste juffrouw Norton,
Hopelijk treft u dit, enz. Zou u mij het genoegen willen doen aanstaande woensdag met mij uit te gaan? Men zegt dat op het gebied van ogen en figuur de vrouwen van Connemara niet te verslaan zijn, maar ik bewonder uw gele haar meer dan ik in woorden kan uitdrukken.
Hoogachtend, M. McOstrich

P.S. Ik zal wachten op uw antwoord.

Ik ging aan de keukentafel zitten en schreef meteen een antwoord.

Beste meneer McOstrich,
Dank u wel voor uw uitnodiging, maar mijn verplichtingen hier verhinderen mij die aan te nemen. Kunt u mij misschien aan tien (ik streepte dit door) *vijftien kuub stalmest helpen? Ik zou daar heel dankbaar voor zijn.*
Met vriendelijke groet, Bobbie Norton

Ik bracht de koffie naar de verlaten zitkamer, zette mijn antwoord rechtop op het dienblad en ging naar bed voor de anderen binnenkwamen.

'Arme Michael,' zei Constance, die verstrooid het pad, Maria en de bak vol rode en zwarte bessen met water begoot, terwijl ze nadacht over de vorige avond. 'Hij zag er na het eten zo beteuterd uit. Hij vroeg of ik jou ooit een avond vrijaf gaf.'

'Wat heb je gezegd?'

'Ik zei dat jij volgens onze overeenkomst niet weg kon, behalve op zondag om naar de kerk te gaan. Maar ik weet niet of hij zich zelfs daardoor uit het veld laat slaan. Hij is een man die gewend is altijd zijn zin te krijgen.'

'Daarin is hij niet de enige.'

'Je doelt zeker op mijn broer,' zei Constance met die snelheid van begrip waarmee ze me zo vaak versteld liet staan. 'Dat is waar ook, ik wilde je dit nog vertellen. Terwijl jij vanmorgen bezig was het ontbijt klaar te maken, heeft Finn Timsy een geweldige uitbrander gegeven omdat hij Osgar niet had uitgelaten. Hij was zo streng dat ik er echt van schrok. En ik moet bij de dierenarts een afspraak maken om Maria te laten steriliseren. Sissy laat momenteel Osgar uit, in opdracht van Finn.'

Ik voelde iets van dankbaarheid. Het was voldoende dat mijn gelijk werd bevestigd. Ik kon echt niet zoiets ruimhartigs als een verontschuldiging verwachten.

'Heb je die afspraak al gemaakt? Bij de dierenarts, bedoel ik? Want eigenlijk moeten we dan ook een paar katten meenemen.'

Constance keek verbaasd op. 'Katten? Je bedoelt die katten die op het dak zitten?'

'Er is gisteren een nest geboren. Twee bruingestreepte en één zwartwitte. Heel schattig.'

Ik vertelde er niet bij dat ik voor hun moeder een bed had gemaakt in de onderste lade van mijn toilettafel, voor het geval Constance zou denken dat ik niet goed bij mijn hoofd was. Het was een zielig scharminkel – die kat – met een loopneus en ontstoken ogen, maar we hadden haar op extra rantsoen gezet en ze lag nu vaak opgetogen te spinnen. Flavia verdeelde haar tijd nu tussen Violets slaapkamer en de mijne, waarbij ze haar moeder *The Phoenix and the Carpet* voorlas (ik had haar dit boek aanbevolen omdat ik wist dat het een vrolijk verhaal was) en de jonge poesjes aanbad.

'Het is zo jammer dat de oprit door de moestuin loopt.' Ik bekeek het pad vol gaten met afkeer. 'Dat bederft de symmetrie.'

'Tot een paar jaar geleden nam iedereen de weg door het bos. Ik doe dat af en toe nog steeds. Ik vind het leuk om door die tunnel van bomen te rijden. Het is alleen iets langer op die manier.'

'Maar die weg is wel bruikbaar?'

'O ja. 's Winters is die weg zelfs een stuk beter omdat hij verhard is. Dit weggetje is niet meer dan een *bohireen*.'

'Wat is dat?'

'Dat betekent dat het eerder een pad dan een echte weg is.'

'Als we die hekken aan de andere kant nou eens dicht deden? Dan zou iedereen de oude weg moeten nemen.'

'Wat een goed idee. Maar je zult Timsy nooit zo ver kunnen krijgen dat hij helemaal omrijdt. Hij is degene die ermee begonnen is door de moestuin te rijden.'

'We zouden er een ketting met een hangslot op kunnen doen. En de sleutel verstoppen. Voor dit moment kunnen we de hekken met touw vastmaken.'

De hekken werden opengehouden door plukken gras, stenen en opgehoopte modder. We hadden even tijd nodig om alles uit te graven zodat we ze dicht konden doen.

'Kijk daar eens.' Ik trok een sliert klimop weg om het stenen gezicht te onthullen van een man, rechts van de poort. 'Dit is een mooi stuk beeldhouwwerk. Veel te mooi om verborgen te blijven.'

We haalden de rest van de klimop weg. Het gezicht behoorde toe aan een in mantel gehulde gestalte, ongeveer een meter hoog, die in een gewelfde nis in de muur stond. In de gladde halve cirkel van stenen erboven stonden de letters S-T-F-I-A-C. De rest was weggesleten.

'Ik heb nooit geweten dat dit hier stond,' riep Constance uit. 'Hij moet hier al meer dan dertig jaar verborgen zijn geweest.' Ze gleed met haar vinger door een cirkelvormige holte onder aan de voeten van de heilige. 'Dit is een wijwaterbakje.'

'Misschien is het een goed voorteken voor ons project.'

'Hij kan in elk geval geen kwaad.' Constance bukte zich om de bloemen te plukken van het vijfvingerblad dat langs de muur groeide. Ze legde ze aan de voeten van de heilige en lachte toen verontschuldigend. 'Het is natuurlijk allemaal maar bijgelovige onzin, maar oude gewoonten zijn soms hardnekkig.'

Ik deed er nog wat roze gestreepte trompetjes van de haagwinde bij. 'En we hebben alle hulp nodig die we kunnen krijgen.'

Toen we de hekken met een ingewikkeld systeem van knopen hadden dichtgemaakt, richtten we ons weer op het tuinieren.

'Als we terug zijn moet ik niet vergeten dat ik Eugene heb beloofd dat ik in Dublin wat boeken over koningin Maeve voor hem zou bestellen.' Constance sproeide per ongeluk water op de zakjes zaad. 'Ik durf Finn niet te vragen of hij iets in de bibliotheek heeft. We hebben een tijdje geleden een vervelende scène beleefd toen Eugene wat boeken van Finn naar de tuin had meegenomen en ze vergeten had weer naar binnen te brengen. Natuurlijk begon het te regenen. Finn begrijpt niet altijd wat het betekent om zo intens bezig te zijn met dichterlijk scheppen.'

Dit bracht me in herinnering dat ik nog altijd het tuinboek in mijn bezit had en dit op een geschikt moment terug moest brengen. Dat wil zeggen, op een moment dat de eigenaar elders was. Ik kon de onderste plank een beetje anders inrichten, zodat de afwezigheid van het kookboek, dat ik graag onder mijn hoede wilde houden, niet zou worden opgemerkt.

'Je wilde me over Eugene vertellen. Hoe hij hier is komen wonen.'

'Ach, het is heel verdrietig dat een man met zulke zeldzame kwaliteiten zo lelijk is behandeld.' Constance staarde afwezig voor zich uit, waarbij ze onbedoeld mijn laarzen begoot. Ik draaide de kraan dicht. 'Twee jaar geleden is hij verliefd geworden op een knap meisje, Larkie Lynch. Ze was miss Aardappelhandel van West Galway en alle jongens van Kilmuree zaten achter haar aan. Eugene vroeg haar ten huwelijk, hoewel hij een flink stukje ouder was en ze eigenlijk niets gemeen hadden. Het is nu duidelijk dat ze helemaal niet verliefd op hem was. Ik wil geen slechte dingen van de mensen denken, maar ik vrees' – Constance liet haar stem dalen hoewel er niemand was om ons te horen – 'dat ze om zijn geld met Eugene trouwde.'

'Ik wist niet dat hij geld had.'

'Ach, het is niet veel, alleen maar een cottage en een kleine uitkering die hem een paar jaar geleden door een tante zijn nagelaten. Dit betekende dat hij zijn baan als onderwijzer, waar hij een hekel aan had, kon opgeven en financieel kon overleven door wat privé-lessen te geven. De rest van de tijd kon hij zich op zijn dichtkunst concentreren. Ik denk dat dit heel veel moet hebben geleken in de ogen van Larkie, wier familie altijd arm is geweest. Hoe dan ook, ze zei ja toen hij haar ten huwelijk vroeg. Er werd een dag bepaald en Eugene kocht een nieuw veren bed en liet zijn keuken opknappen.'

'Die maakte geen geheim van zijn prioriteiten.'

'Wat?'

‘Laat maar. Ga door.’

‘Hij zaaide juffertje-in-’t-groen in zijn tuin en timmerde zelf een duiventil voor twee tortels. Hij bestelde een rijtuigje en een witte pony om Larkie naar de kerk te brengen en liet die met bloemen versieren.’ Constance kreeg tranen in haar ogen bij het vertellen van deze details. ‘Toen de dag aanbrak, trok hij de kleren aan die hij speciaal voor de trouwerij had laten maken, in een kopie van een schilderij van Aubrey de Vere, en hij liep naar de kerk. Hij heeft drie uur bij het altaar staan wachten, maar de bruid is niet op komen dagen.’

‘Wat ontzettend wreed van haar!’ Ik nam me voor in het vervolg iets vriendelijker over Eugene te denken.

‘Ik wist wel dat je met hem mee zou voelen. Toen ik Finn dit vertelde, zei hij dat hij ook niet begreep hoe Eugene het in zijn hoofd had gehaald te willen trouwen met een meisje dat half zo oud was als hij, dat geen enkele ontwikkeling bezat en bij wie hij zich binnen een week tijd zou doodvervelen. Hij zei dat het duidelijk was dat Eugene het aan zijn eigen libido te wijten had dat hij in deze puinhoop was beland en dat hij blij moest zijn dat hij de dans was ontsprongen. Mannen kunnen zo ongelooflijk hardvochtig zijn.’

Ik knikte. ‘En wat heeft Eugene toen gedaan?’

‘Hij heeft een kleine toespraak gehouden voor de gemeente, waarvan de helft genoeg had gekregen van het wachten en was weggegaan. En het was natuurlijk vreselijk om zo de bons te krijgen tegenover iedereen die hij kende.’

‘Dat kan ik me voorstellen.’

‘Daarna is hij naar huis gegaan en heeft alle klokken stilgezet op het tijdstip waarop het huwelijk plaats had moeten vinden. Hij weigerde iemand te ontvangen en sloot zich op in zijn verdriet. Vanaf die dag heeft hij elke dag zijn trouwkleren gedragen.’ De verklaarde de vreemde geur die Eugene verspreidde. ‘Dat is om hem te herinneren aan de bedrieglijke aard van de vrouw. Het huwelijksmaal bleef op de tafel staan tot de muizen alles hadden opgegeten.’

Ik vroeg me af of Eugene dat idee soms uit *Great Expectations* had.

‘Is hij er ooit achter gekomen wat er met die Larkie is gebeurd?’

‘Het is algemeen bekend dat ze naar Amerika is vertrokken met het geld dat Eugene haar voor haar uitzet had gegeven. Samen met Sam O’Kelly, de zoon van de smid. Het schijnt dat Larkie en hij geliefden waren sinds hun kinderjaren. Ik weet niet of Eugene het weet. Ik heb er uiteraard nooit iets over gezegd.’

'En wat heeft hem toen uit zijn eenzaamheid verlost?'

'Dat was het idee van pastoor Deglan. Hij dacht dat Eugene een uitnodiging van Finn wel zou accepteren. Weet je, we zijn nog steeds schrikbarend feodaal in deze streek, en hoe slecht het eten hier ook is – wás, voordat jij kwam – beschouwen veel mensen het... Nou ja, weet je, ze vinden het leuk om op het kasteel te worden uitgenodigd.' Ze wilde natuurlijk niet, zelfs niet tegenover zichzelf, bekennen dat het louter snobisme was dat Eugene uit zijn kluizenaarsbestaan naar buiten had gebracht. 'Eugene kwam vorig jaar in november bij ons eten. Het stormde die avond en er waren bomen over de oprit gevallen. We waren volledig afgesloten, dus bleef hij een paar dagen. En op de een of andere manier is hij nooit teruggegaan.' Ik dacht dat ik mijn gezicht heel neutraal had gehouden, maar Constance voegde er, een beetje defensief, aan toe: 'Het is voor ons zo prettig om nog een man in huis te hebben, omdat Finn zo vaak weg is. We zitten hier erg afgelegen. Zelfs in Connemara zijn er af en toe problemen.'

'Problemen?'

'O, je weet wel.'

'Je bedoelt met de IRA?'

'Eigenlijk willen we er liever niet over praten. Maar het gaat altijd weer over zowel grondgebied en politieke macht als over godsdienst en nationalisme. Het is vreselijk. Ik vraag me wel eens af of de Ieren ooit zullen ophouden met vechten.'

En terwijl Constance haar zoveelste gedicht begon te reciteren, probeerde ik me een beeld te vormen van Eugene die ons beschermde tegen gemaskerde mannen met vuurwapens en boze bedoelingen. Dat was niet gemakkelijk.

'*I've got the world on a string, I'm sitting on a rainbow*,' zong Liddy met Frank Sinatra mee. We hadden de grammofoon en een verzameling platen naar Violets kamer gebracht. 'Mama was altijd dol op dit liedje.'

'Wat vond ze nog meer leuk?' Flavia zat naast Violet en voerde haar hapjes gepureerde aardbeien.

Flavia herinnerde zich weinig van haar moeder. Ze was vier geweest toen haar moeder die beroerte kreeg.

'Ik weet het niet.' Liddy haalde haar magere schouders op. 'Sigaretten. Paardenrennen. Kleren. Ze had prachtige spullen. Ik herinner me vooral een zwarte kanten jurk met een strakke taille en een wijde rok. Hij hangt nog steeds in haar kast. Ik zal hem eens halen.'

Ze holde weg. Hoewel haar geweten haar dwong af en toe naar haar moeders kamer te gaan en soms zelfs te helpen met haar verzorging, was Liddy een onwillige verpleegster en praatte ze niet graag over de tijd van voor Violets ziekte.

Er viel een bundel zonlicht precies op Violets gezicht. Door al het wassen en behandelen met crème was haar gezicht niet meer zo droog en schraal. Haar haar werd tegenwoordig vaak gewassen en was glanzend kastanjebruin, net als dat van Flavia. Ik liep naar het raam om het gordijn een eindje terug te schuiven, zodat Violet niet in het felle licht lag. Toen ik mijn ogen even over het uitzicht liet gaan, werd mijn aandacht getrokken door twee mannen die beneden in het park liepen. Op zichzelf was hier niets vreemds aan, maar hun gedrag was vreemd. Toen ik Flavia vroeg te komen kijken of ze hen herkende, waren ze verdwenen.

'Ze vindt dit roze spul lekker.' Flavia was weer naar het bed gelopen en keek aandachtig naar het gezicht van haar moeder terwijl ze haar nog meer aardbeien voerde. 'Als ze iets lekker vindt, maakt ze een speciaal geluid. Zoiets als *ga-ga*. Luister maar.'

Ik bleef een tijdje stilstaan om te proberen of ik iets kon bespeuren, maar ik hoorde alleen het gebruikelijke gekreun, gezucht en wat vage kreetjes. Voor de zoveelste keer werd ik door hevige twijfels overvallen, over waar we aan begonnen waren. Violet was een beetje dikker geworden en als gevolg daarvan moeilijker te tillen. Maar ze moest zich wel iets gemakkelijker voelen, zo ze al in staat was ongemak te voelen. In de tijd dat Katty en Pegeen haar verzorgden had ze altijd in dezelfde houding gelegen, op haar rug, met haar armen over haar borst gekruist. Nu draaiden we haar overdag iedere twee uur van de ene zij op de andere. De doorligwonden op haar achterwerk, hielen en ellebogen werden zorgvuldig gewassen en afgedroogd en met een beschermende crème ingesmeerd. Ze begonnen er nu al een beetje minder rauw uit te zien. Ik had zakken met celstof incontinentiebroekjes bij de drogist gekocht. In plaats van desinfecterende middelen gebruikten we rozenwater en babyolie.

Dit alles moest een verbetering zijn. Maar er zou misschien een dag komen dat we moesten erkennen dat Violet nooit beter zou worden dan ze nu was en dat onze pogingen haar te stimuleren vergeefs waren. Liddy, vermoedde ik, zou heimelijk misschien opgelucht zijn dat ze geen saaie uren meer in de ziekenkamer hoefde door te brengen. Flurry kwam er hoe dan ook al zelden, omdat hij liever aan zijn spoorlijn werkte. Maar Flavia... Ik werd een beetje bang als ik probeerde me Flavia's reactie op zo'n verpletterende teleurstelling voor te stellen.

'Mama.' Flavia boog zich over het bed. 'Probeer eens of je je vingers kunt bewegen op de maat van het liedje. Dan weten we dat je het kunt horen.'

Ik zette het geluid wat harder en we keken allebei naar Violets linkerhand.

'Wat is hier aan de hand?' Door de muziek hadden we de deur niet open horen gaan. Meneer Macchuin keek kwaad. 'Ik kon dit kabaal hier beneden horen.'

'Hallo papa.' Flavia zette de aardbeien neer en pakte zijn hand. 'Dit is mama's lievelingsplaat. We proberen haar wakker te maken. Het was Bobbies idee. Daarom hebben we het bed verschoven, zodat ze wat frisse lucht kan krijgen. En kijk eens hoeveel mooier ze is nu we haar goed wassen.' Ze trok hem mee naar het bed. 'We doen elke avond Bobbies nachtcrème van Elizabeth Arden op haar gezicht, en elke morgen een beetje lippenstift. Liddy had die in de la gevonden. Mooie kleur, hè?'

Ik kromp ineen toen ik mijn naam zo vaak hoorde noemen. Ik was bij het bed vandaan gegaan en was bezig water te koken voor Violets koffie. Bij nader inzien zette ik het water uit en wilde naar beneden gaan, maar in mijn haast om de kamer uit te komen stootte ik het melkkannetje om.

'Voel eens hoe zacht haar huid nu is,' zei Flavia, terwijl ik probeerde de melk op te ruimen.

Onwillekeurig gingen mijn ogen naar het tafereel bij het bed.

Meneer Macchuin streek met een wijsvinger over Violets wang. 'Heel zacht.'

Even lag er een ondoorgrondelijke emotie op zijn gezicht, een mengeling van medelijden en tederheid, of was het verdriet?

'Zie je wel hoeveel beter ze is,' hield Flavia aan. 'Vroeger kon ik mijn duim en middelvinger om haar pols doen. Maar kijk nu eens.' Ze demonstreerde dat dit niet langer ging. 'Bobbie maakt lekkere dingen voor haar te eten. Je kunt haar ribben nu niet meer zien. En Bobbie poetst twee keer per dag haar tanden. En we praten tegen haar over wat we hebben gedaan. Ik weet zéker dat ze me kan horen. Ze kan nu nog niets zeggen, maar dat gaat echt komen.'

Flavia staarde haar vader aan met grote, ernstige ogen.

'Liefje.' Meneer Macchuin legde zijn hand op het hoofd van hun dochter en streelde haar over haar haar. 'Het zou wel eens kunnen dat het gedeelte van mama's hersenen dat nodig is om te denken, onherstelbaar is beschadigd. Je moet niet te veel hopen. Je moet van haar blijven houden zoals ze nu is, en je moet dankbaar zijn dat we nog steeds een deel van haar hebben. Geloof me, liefje,' voegde hij eraan toe toen Flavia hoofdschuddend achteruitdeinsde, 'het leven loopt niet altijd zoals wij dat graag hadden gewild. We moeten leven en er het beste van zien te maken...'

'Néé! Ik ga het niet opgeven! Begrijp je dan niet dat er geen wonder kan gebeuren als wij niet ons best blijven doen? Dat deden we fout voordat Bobbie kwam. We hadden het gewoon opgegeven!' Flavia rende huilend de kamer uit.

Haar vader zuchtte en drukte zijn handen tegen zijn voorhoofd. Ik voelde wanhoop. Ik besefte dat ik van dit alles de schuld zou krijgen en ook, wat nog erger was, dat ik het verdiende. Hij liet zijn handen zakken en staarde naar de vaas met wilde witte orchideeën naast het bed van zijn vrouw en naar de foto's van de drie kinderen die we op de muren hadden geprikt. Toen draaide hij zich om en keek me langdurig aan, met samengeknepen ogen.

'Ik vermoed' – hij schraapte zijn keel en stak zijn handen in zijn zakken – 'of liever gezegd, ik moet aannemen dat deze bemoeizucht is voortgesproten uit de beste bedoelingen, juffrouw Norton, hoe ondoordacht het plan ook mag zijn geweest.'

Wat een toon om tegen iemand aan te slaan! Hij vond dat ik op mijn kop moest hebben. En omdat hij me betaalde, moest ik me zeker onderwerpen. Nou, mooi niet!

'Ja, dat dient u aan te nemen. Welk ander motief had ik kunnen hebben?' Ik sprak kalm en veegde het natte tafelblad energiek af om hem niet aan te hoeven kijken. 'Het was echt veel minder bewerkelijk geweest om mevrouw Macchuin pap en koud water te voeren en haar verder zoveel mogelijk te verwaarlozen.'

Ik keek op en zag iets van woede op zijn gezicht verschijnen, als een barst in de wand van een vulkaan. Hij kneep zijn lippen even op elkaar voor hij begon te spreken. 'U bent kennelijk niet op de hoogte van het advies van de geneesheer onder wiens hoede mijn vrouw was geplaatst toen ze ziek was geworden.' Dit was voor de helft een vraag, voor de andere helft een verklaring. 'Naar zijn mening leidde de ernst van de beroerte, in combinatie met haar betrekkelijke jeugd, hem tot de conclusie dat een tweede beroerte fataal zou zijn. Hij adviseerde ons haar uitsluitend palliatieve zorg te geven.'

'Dat heeft Constance me allemaal verteld.' Ik liep naar de wasbak om de doek vol melk uit te spoelen.

'Maar u kon zich desondanks niet bedwingen u ermee te bemoeien?'

'Kijkt u eens naar haar. Kunt u ontkennen dat ze fysiek opmerkelijk vooruit is gegaan?'

Hij draaide zich om en keek naar zijn vrouw. 'Ik geloof dat ze er inderdaad iets beter uitziet.'

'Iéts beter?' Ik werd opeens witheet. 'Toen ik haar voor het eerst zag, was ze ondervoed, vies, verwaarloosd...'

'Wáág het niet te suggereren' – hij haalde één hand uit zijn zak en wees met een vinger naar me – 'dat ik op enigerlei wijze heb gefaald Violet een goede verzorging te bieden.' Zijn blik was vertrokken van woede.

'Dat waag ik wél.' Ik smeet de doek neer. 'Ze was onverzorgd en uitgehongerd! Ze moest in het donker in haar eigen urine en... en nog erger blijven liggen. En afgezien van de fysieke verschrikkingen moet haar leven een hel van eenzaamheid en verveling zijn geweest. Ik heb geen idee hoeveel ze begrijpt, hoeveel ze hoort of voelt. Maar als u in staat bent zich voor te stellen hoe het moet zijn, zelfs als ze slechts vaag bij bewustzijn is, om verlamd te zijn en overgeleverd te zijn aan de zorgen van twee dronken, incompetente vrouwen, dan zult u misschien kunnen begrijpen waarom ik dingen wilde veranderen. Nu krijgt ze in elk geval goed te eten en wordt ze goed verzorgd door onder meer haar eigen kinderen, in een omgeving die schoon en gezellig is. Wat kan daar in 's hemelsnaam verkeerd aan zijn?' Ik hijgde en stond te trillen op mijn benen.

'Het enige dat er verkeerd aan is, is dat het haar dood had kunnen worden!' schreeuwde hij. 'Is dat ooit in u opgekomen, juffrouw Norton?'

'Ja!' schreeuwde ik terug. 'Maar als het mij had betroffen was ik liever dood geweest dan in zo'n hel te moeten leven!'

'U was liever dood geweest! Maar wat geeft u het recht... Hoe wáágt u het te...'

'Het is geen kwestie van recht, het is een kwestie van plicht!' riep ik. 'Als er op straat iemand ligt dood te gaan, stap je niet zomaar over hem heen omdat je niet aan elkaar bent voorgesteld. Jullie waren allemaal bang om de verantwoording...'

'Dat doet de deur dicht. Dát doet de deur dicht!' Hij begon in rondjes te lopen, met gesloten ogen, alsof mijn aanblik al te veel was voor zijn zelfbeheersing. 'Je bent net als alle vrouwen! Je bemoeit je voortdurend met andermans zaken! Je hebt mijn huis ondersteboven gehaald, mijn kinderen ingepalmd, mijn zuster zo gek gemaakt dat ze denkt dat jij goddelijk alwetend bent. Je hebt alle mannen van het district kwijlend achter je aan gekregen en alsof het nog niet genoeg is Maria waarschijnlijk zwanger weten te krijgen...'

De aantijging dat ik een verleidster zou zijn was als een klap in mijn gezicht. Ik haatte hem op dat moment. Maar ik vond er wel mijn zelfbeheersing door terug. 'Als dat zo is,' zei ik ijskoud, 'dan denk ik toch dat Osgar daarvoor verantwoordelijk is.'

'En nu,' hijgde hij, 'probeer je ook nog eens mijn vrouw te vermoorden!'

Ik boog mijn hoofd. 'O ja, op de vrije momenten die ik heb. U heeft natuurlijk, als mán, veel belangrijker dingen te doen gehad. Terwijl uw zuster en ik hebben geploeterd om voor uw huis, uw drie kinderen, uw vrouw, uw schoonmoeder en uw maîtresse te zorgen, heeft *u* zich beziggehouden met dingen die echt van belang zijn.'

'Hoe ik mijn tijd besteed, gaat jou absoluut niets aan...'

'Wat vind je, Bobbie?' Liddy walste haar moeders kamer binnen als in de armen van een denkbeeldige man. Ze droeg een buitengewoon elegante baljurk van zwarte kant. 'Hij past me perfect... O hallo, pap. Ik wist niet dat je hier was.'

Ze hield op met rondtollen en keek heel gegeneerd. Hij staarde naar haar en toen naar mij, en zijn blik veranderde van ongeloof in woede, en ging ten slotte over in minachting.

'Dus dit is de manier waarop jij je uitermate kostbare tijd doorbrengt. Liddy, je ziet eruit als een dure courtisane. Hij maakt je veel te oud. Trek dat ellendige ding uit.'

'Pap, wat een gemene rótopmerking! Het is een prachtige jurk. Je vindt hem niet mooi omdat hij van mama is, en je kunt het niet hebben...'

'Houd je mond, Liddy. Ik heb vandaag genoeg boze vrouwenstemmen met beschuldigingen gehoord om te maken dat het me spijt dat ik naar huis ben gekomen.'

'Het was een stuk gezelliger zonder jou!' kaatste Liddy terug voor ze met geheven hoofd de deur uit stapte.

Hij keek mij aan met een blik van intense minachting. 'Ik hoop... dat je... nu... tevreden bent,' spuwde hij uit voor hij achter haar aan de kamer uitliep.

Voldoening was wel het laatste dat ik voelde. Ik was woedend. Hij was een chagrijnige, bazige bullebak; lui, losbandig, onverantwoordelijk en ongetwijfeld nog veel ergere dingen meer. Ik haatte hem. Ik verachtte hem. Maar het was zijn huis en het was zijn gezin. Als Curraghcourt halsoverkop de ondergang tegemoet snelde, was het niet aan mij te proberen dat tegen te houden. Naast woede en ergernis voelde ik ook – hoewel het me de grootste moeite kostte dat te erkennen – zoiets als berouw.

'Het spijt me, Violet.' Ik tilde het laken aan haar voeteneind op om te voelen of haar kruik nog warm genoeg was. 'Ik zal echt weg moeten gaan. Het is onmogelijk. Ik kan echt niet met je man in hetzelfde huis wonen. Ik zal proberen of Constance en Flavia in het vervolg... Grote hemel!'

Deze laatste kreet ontglipte me onwillekeurig toen ik naar haar gezicht keek. Haar ogen waren opmerkelijk, ze hadden de kleur van onweerswolken met amethist erin. Ik wist dit, omdat ze open waren en mij aanstaarden.

30

Ik rende naar beneden, in alle staten van opwinding, popelend om iemand te vertellen wat ik zojuist had gezien. Maar toen ik in de hal stond, veranderde ik van gedachten. Ik besloot tegen niemand iets over Violet te zeggen. Nadat ze me een paar seconden had aangestaard, had ze haar ogen weer gesloten. Ze waren dicht gebleven ondanks mijn bidden en smeken. Stel dat iedereen hoop kreeg en dat het nooit weer gebeurde? Het was beter om af te wachten en iemand van haar gezin die ontdekking te laten doen. Maar er had zoveel betekenis in die blik gelegen! Ik was er bijna zeker van dat er een bewuste, denkende geest achter die ogen had gescholen.

Wat moest ik nu doen? Constance zou ongelukkig zijn als ik Curraghcourt verliet. Haar broer zou ongelukkig zijn als ik bleef. Ik bekommerde me meer om haar geluk, maar zijn gevoelens legden vermoedelijk meer gewicht in de schaal. Wat het besluit ook werd, ik moest eerst het eten voor iedereen klaarmaken, zelfs als dat van mij een sandwich op het dichtstbijzijnde station zou worden.

Katty en Pegeen waren aan de tafel bezig; de eerste poetste uitvoerig zilver in een tempo van één theelepel per vijf minuten, en de laatste schilde aardappels. Met gebarsten stem zongen ze een sentimenteel lied, iets over dat Ierland een stukje van de hemel was. Maria en Osgar lagen languit aan hun voeten. Osgar had zijn vrijheid weten te verkrijgen door non-stop te janken als hij aan de ketting werd gelegd. Hij toonde geen enkele dankbaarheid voor zijn vrijheid en zijn verbeterde dieet en kroop weg elke keer dat Flavia of ik hem probeerde te aaien. Hij leefde uitsluitend voor Maria, die hij overal slaafs volgde.

Constance stond bij de gootsteen iets in een bak te wassen. Ik liep erheen om te kijken.

'Hallo Bobbie.' Ze wierp me over haar schouder een glimlach toe.

‘Dit is het overhemd van Eugene. Ik moet er heel voorzichtig mee zijn. Het kant begint uit elkaar te vallen nu hij het twee jaar lang elke dag heeft gedragen. Ik denk dat ik er weer wat aan moet doen. Er zijn plekken waar het een en al verstelwerk is.’

Ik begon gekookte worteltjes door een zeef te duwen om soep te maken. ‘Wat heeft Eugene nu aan?’

‘Hij zit in zijn kamer opgesloten, in zijn ochtendjas.’

‘Als hij dit uit kan trekken om het te laten wassen, zonder dat hij in een kakkerlak of in een zoutpilaar verandert, begrijp ik niet waarom dat overhemd niet kan worden weggegooid net als elk ander kledingstuk dat aan het eind van zijn bruikbare leven is gekomen.’

‘Ach, maar weet je,’ zei ze op gedempte toon zodat Katty en Pegeen het niet konden horen, ‘het heeft een symbolische betekenis.’

‘Symbolisch voor wat, precies?’

‘Voor eh... dat weet ik niet.’ Constance hield op met boenen en kloppen en dacht na, zonder te merken dat er een klodder schuim aan haar wenkbrauw kleefde. Ze veegde het haar uit haar ogen, waardoor het schuim naar de andere wenkbrauw werd verplaatst. ‘Een gebroken hart, denk ik.’

‘Als iemand anders twee jaar lang over een gebroken hart liep te zuchten, zou je diegene wel erg overdreven vinden.’

‘Nee hoor, echt niet.’

‘Jawel.’

‘Nou ja, maar Eugenes verdriet was echt exceptioneel.’

‘Dat denk ik niet. Iedereen heeft wel verdriet en narigheid. Denk eens aan Maud met haar reuma. Denk aan wat de kinderen hebben meegemaakt door Violet. Je broer,’ voegde ik er een beetje koud aan toe. ‘Iedere dag zijn er mensen die verdriet, ziekte, bankroet, pech en ongelukkige liefdes beleven. Wanneer ze proberen met hun narigheid in het reine te komen, is het aantrekken van schone kleren het minste dat ze kunnen doen. Bovendien geloof ik niet dat Eugene echt verdriet heeft. Nu ik er zo bij stilsta, denk ik eigenlijk dat hij waarschijnlijk de gelukkigste persoon op Curraghcourt is.’

Constance keek ongelovig en zuchtte toen. ‘Misschien heb je wel gelijk.’

‘Ik weet het wel zeker. Maar daar gaat het niet om. Eugene had je al tijden geleden moeten vertellen dat die Larkie dinges niet meer dan een vals kreng was en dat ze het niet waard is om ook maar één traan om te laten.’

'Ik denk dat ik het daarmee eens moet zijn.' Constance keek naar het overhemd – een doorweekte massa in de bak. 'Maar hij is in elk geval niet als andere mannen. Je zult moeten toegeven dat het opmerkelijk is dat hij, na bijna twee jaar, nog steeds niet naar andere vrouwen kijkt.'

'Hij kijkt anders wel naar jóú.'

'Naar mij?' Zelfs in het schemerige licht kon ik zien dat Constance dezelfde kleur had gekregen als de soep die ik maakte. 'O nee, Bobbie, dat zie je helemaal verkeerd. Hij beschouwt mij als een zuster.'

'Mannen beschouwen vrouwen nóóit als hun zusters. Tenzij ze dat ook echt zijn, natuurlijk. Constance, lieve Constance.' Ik hield op met zeven, sloeg mijn armen over elkaar en keek haar aan. 'Volgens mij moet jij je eigen gevoelens eens wat beter onderzoeken.'

'Wat? Je bedoelt... O nee! Je denkt dat ik verliefd ben op Eugene?' Constance lachte terwijl ze smoezelig grijs water uit het overhemd kneep. 'Vanwege onze gezamenlijke belangstelling voor poëzie brengen we veel tijd in elkaars gezelschap door... Het is echt alleen maar vriendschap, Bobbie.'

Ik zei niets, maar bleef haar glimlachend aankijken.

'Het is wel een ongewoon soort vriendschap,' gaf Constance toe. 'Maar iedere relatie is uniek, nietwaar?'

Op dat moment kwam Flurry de keuken binnen met zijn zaag nog in de hand.

Ik keek op mijn horloge. 'Het spijt me, Flurry. Ik had vier uur gezegd, en ik zie dat het al bijna half vijf is. Constance, wil jij die soep voor me afmaken terwijl ik nog wat ga zagen? Je hoeft hem alleen maar twintig minuten zachtjes door te laten koken en er dan drie of vier lepels room doorheen te roeren. Laat hem daarna niet meer koken. En wil je er ook een paar laurierblaadjes in doen?'

'Laurierblaadjes?' Constance keek niet-begrijpend. 'Staan die in de kast?'

'Het is die boom met glimmende blaadjes, naast de achterdeur.'

Flurry en ik werkten drie kwartier stevig door. Ik merkte dat zagen gemakkelijker ging nu ik eraan gewend was. Maar er lag nog steeds een grote stapel bielzen waar we doorheen moesten. Flurry was bezig metalen platen aan elkaar te schroeven. Ik zag geen enkele overeenkomst met iets wat bij een trein hoorde, maar hij was heel kalm en zelfverzekerd.

'Ziezo, dat is het voor vandaag.' Ik hing de zaag op aan de daarvoor bestemde spijker. 'Ik moet nu verder met koken.'

'Wat eten we?' vroeg Flurry, met zijn potlood tussen de tanden geklemd; hij stopte even met het neerkrabbelen van berekeningen.

'Gebraden varkensribstuk met pruimen en aardappelpuree.'

Flurry trok een vies gezicht. 'Bah! Bah! Bah!' Hij stampte in het zaagsel, vol weerzin.

'Je zult dat vlees best lekker vinden.'

'Ik eet nooit varkensvlees.'

'Je eet het iedere dag. Worstjes zijn van varkensvlees gemaakt.'

'Echt waar?' Hij keek verbaasd.

'Ja. Wat dacht jij dan?'

'Ik dacht dat ze van zichzelf zo waren.'

'Worstjes zijn gemaakt van de darmen van het varken, en ze worden natuurlijk eerst schoongemaakt en daarna met brood en restjes vlees gevuld. Tegenwoordig gebruiken sommige slagers synthetisch materiaal omdat de mensen het niet zo'n smakelijk idee vinden darmen te eten.'

'Nee.' Flurry keek bedenkelijk maar zei niets.

Op weg naar de achterdeur trof ik Timsy, die doelbewust naar de appelschuur liep.

'We hebben weer weinig melk.' Ik greep hem bij zijn vettige kraag toen hij probeerde weg te komen. 'Heb jij Siobhan vanmorgen gemolken?'

'Ze begint op te drogen.' Hij probeerde zich los te rukken, maar ik hield hem stevig vast.

'Juffrouw Constance vertelde me vanmorgen dat Siobhan nog minstens vier maanden melk hoort te geven.'

'Tja.' Timsy keek sluw. 'God zegene haar, maar wat juffrouw Constance over koeien weet, zou je op de knop van een *shillelagh* kunnen schrijven.'

Ik durfde niet te vragen wat een *shillelagh* was.

'Heb je haar gemolken?' hield ik aan.

Timsy's ogen waren gericht op iets achter mijn schouder en hij rukte zijn hoofd opeens opzij, alsof hij een tic had. Ik keek nog net op tijd achter me om een broekspijp met laars te zien verdwijnen in de struiken die weelderig rond de poort groeiden.

'Wie was dat?' vroeg ik.

'Helemaal niemand. Natuurlijk heb ik dat beest om zes uur gemolken, net als altijd.'

'Ik geloof je niet. En er was daar wel iemand.'

'Dat zal mijn neef zijn geweest die me komt vertellen over mijn tante die op sterven ligt van de tering. God hebbe haar ziel. Ze heeft zes kinderen begraven...' Ik deed een stap in de richting van de struiken en nu was het Timsy's beurt om mij bij de mouw te grijpen en zo hard te trekken dat ik dacht dat mijn blouse zou scheuren.

'Laat me los.' Er volgde een korte worsteling. Toen ik me had losgerukt en de struiken had bereikt, was de eigenaar van het been verdwenen.

'Goed, Timsy.' Ik ging weer in de aanval. 'Wat is hier gaande? Wie zijn die mannen die hier op de raarste momenten rondsluipen? Ik heb er vandaag ook weer twee gezien. Ze zagen er niet uit alsof ze iets goeds van plan waren.'

'Vanmorgen, zegt u? Dat waren dan weer andere neven die me over mijn tante kwamen troosten, wetend dat ik nog zuiniger op haar was dan een broedse kip op haar eieren...'

'Ik geloof niets van die tante van jou. En ik geloof ook niet dat dit je neven zijn.'

Timsy probeerde er gekwetst uit te zien, maar ik kreeg sterk de indruk dat hij me uitlachte. 'Goed, nou ja, juffrouw Bobbie, ik wilde u niet laten blozen, maar deze mannen die u hebt gezien, die hebben allemaal geruchten gehoord over uw schoonheid, en nu komen ze zelf kijken of dat waar is of niet.'

Hij kon zijn lachen bijna niet houden.

'Schaam jij je niet om zulke leugens te vertellen?'

'Nou, en wie heeft er anders tegen Michael McOstrich beweerd dat ze nooit vrij heeft?' Timsy liet even een glimp van zijn aangeboren sluwheid zien. 'Ik heb dit van een van mijn neven gehoord, en...'

'Nou,' onderbrak ik hem ruw, 'zorg er in elk geval voor dat je Siobhan vanavond melkt. We hebben echt bijna niets meer.'

Timsy tikte tegen zijn pet, maar zijn beleefdheid leek weinig oprecht.

In de keuken stond Pegeen de aardappels fijn te stampen en Constance was bezig chips en pinda's in schaaltjes te leggen voor bij de borrel. Olijven waren in Kilmuree een onbekend verschijnsel. Discreet viste ik de ligusterblaadjes uit de soep. Ik maakte de saus met de wijn waarin de pruimen hadden gesudderd, kookte deze met bessengelei en room tot hij dik werd. Ik zette worteltjes en diepvriesdoperwten op; de verse doperwten waren zoals gewoonlijk niet geleverd. Ik had voor het dessert een citroenmousse gemaakt die door Flavia enthousiast was versierd met toefjes slagroom en chocoladehagelslag, wat er heel vrolijk uitzag.

Turlough McGurn had de vorige week uit geheimzinnige bron een vracht citroenen binnengekregen die hij spotgoedkoop verkocht mits je een hele kist nam. Mijn repertoire van mogelijkheden begon inmiddels uitgeput te raken. We hadden al citroensoufflé, citroengeleipudding, citroenmeringuetaart, citroensyllabub en citroentaart gehad.

Het eten was zo ongeveer klaar. Ik besefte dat dit misschien mijn kans was om het tuinboek terug te leggen. De opening die was achtergebleven door de twee vrij grote boeken die ik had geleend, zou worden ontdekt, en eerder vroeg dan laat. Ik holde naar mijn kamer en pakte de *Golden Treasury* van mijn nachtkastje – met enige spijt, want ik had er menig neerslachtig moment mee weten te verdrijven.

Om het boek onopgemerkt terug te kunnen zetten moest ik eerst op verkenning uit. Ik hurkte onder het raam van de bibliotheek in een massa onkruid (de brandnetels prikten akelig in mijn enkels) en bracht toen langzaam mijn hoofd omhoog om over de vensterbank heen te kijken. Meneer Macchuin zat niet achter zijn bureau. Ik stond voorzichtig op en zag dat de kamer verlaten was. Ik snelde weer naar binnen en liep naar de zitkamer, waar ik bij de deur naar de bibliotheek bleef staan. Het verbod tegen het zich begeven op deze gewijde grond werd zo algemeen nageleefd, dat ik toch enige aarzeling voelde. Ik was anders geweest in de tijd dat ik wist dat de grootvizier veilig en wel in Dublin zat. Er vloog een merel kwetterend langs het raam, zodat ik schrok.

Ik deed de deur open. De neiging om op mijn tenen te gaan lopen was bijna onbedwingbaar. Maar ik was meteen blij dat ik dat niet had gedaan, want ik had nog geen drie stappen op de vloer gezet of een stem zei: 'Kan ik u misschien helpen, juffrouw Norton?'

Meneer Macchuin stond op de bibliotheektrap rechts van het raam, op een van de enige twee plaatsen die buiten mijn gezichtsveld waren geweest. Hij was zowel in ethisch als in strategisch opzicht in het voordeel.

'O.' Ik had erop gerekend hem weer terug te zien in de beschuttende aanwezigheid van Constance en de kinderen, bij het diner. De herinnering aan ons laatste gesprek bezorgde me een erg ongemakkelijk gevoel. 'Nee, dank u. Ik kwam dit even terugbrengen. Ik had het in de zitkamer gevonden.'

Ik had onmiddellijk spijt van deze laffe leugen. Hij kwam de trap af en liep naar me toe, stak zijn hand uit naar het boek.

'Heeft u dit in de zitkamer gevonden?' Zijn wenkbrauwen gingen verbaasd omhoog.

'Ja.' Ik kreeg het opeens warm. 'Ik had anders wel geklopt, maar ik dacht dat er niemand binnen was.'

'Was u dat, daarbuiten, die zojuist naar binnen keek? Ik zag een schaduw over de vloer vallen.'

'Dat was ik niet.'

'Juist ja.' Ik dacht even dat ik het begin van een glimlach zag voor hij weer fronste en het boek opensloeg. '*The Golden Treasury of Vegetable Gardening*. Ik vraag me af wie dat kan hebben geleend. Voor zover mij bekend kan niemand hier in huis een boterbloem van een narcis onderscheiden. Maar misschien zijn ze geïnspireerd geraakt door uw lovenswaardige activiteiten in de moestuin?'

'Misschien.' Ik probeerde net zo koel te klinken als hij.

'In dat geval zou het jammer zijn diegene te ontmoedigen, hè?' Hij stak het boek naar me uit. 'Ik stel voor dat u het weer in de zitkamer legt, opdat de crypto-warmoezenier het kan inzien wanneer de behoefte daartoe zich bij hem of haar voordoet.'

Toen glimlachte hij zowaar. Ik begreep werkelijk niets van deze razendsnelle verandering in houding. Maar ik was er nog niet aan toe voetstoots een wapenstilstand te sluiten.

'Heel goed.' Ik schonk hem een blik waarvan ik dacht dat hij afgemeten was en ik wilde me omdraaien om weg te gaan.

'Juffrouw Norton, ik vraag me af of u zo goed zou willen zijn heel even naar mij te luisteren.' Ik keek hem onderzoekend aan. Hij glimlachte niet meer. Hij stond met zijn rug naar de haard. 'Bent u bereid mijn excuses te aanvaarden voor de harde woorden van vanmiddag? Ik was al geschokt door een bericht dat ik vanmorgen met de post had gekregen. En toen ik ook nog eens werd geconfronteerd met wat me op dat moment ongewenste en gevaarlijke bemoei... inmenging leek, verloor ik mijn zelfbeheersing. Ik heb sindsdien tijd gehad om na te denken en ik ben tot de conclusie gekomen dat het... onjuist was dat ik zo'n toon tegen u aansloeg.'

Excuses kosten niets en zijn wellicht niet oprecht, maar ik besefte dat deze koppige en bazige man veel innerlijke strijd moest hebben geleverd om zo ver te komen. Ik besloot iets minder ijzig te zijn.

Hij schraapte zijn keel. 'U zult het ongetwijfeld goed hebben bedoeld' – hij moest hebben gezien dat ik verstrakte, want hij ging snel verder – 'en ik erken de mogelijkheid dat uw beleid wellicht het juiste is.' Hij liep bij me vandaan naar zijn bureau en pakte een glazen presse-papier, die hij van de ene hand in de andere wierp. 'Ik heb nagedacht over wat u zei over liever dood te zijn dan een leven met zoveel... gemis te moeten leiden. Hoewel Ierland worstelt om zich qua ideologie met de rest van Europa op één lijn te stellen, beschikken wij nog steeds over een diep religieuze cultuur en zo'n standpunt is, als u zich kunt voorstellen, onorthodox. Ik mag dan geen praktiserend rooms-katholiek zijn, maar ik vermoed dat we allemaal worden beïnvloed door de ideeën die ons vanaf onze geboorte omringen. Onze instinctieve reacties zijn het product van alles wat ons is bijgebracht, hoezeer we ook mogen proberen dit met rationele overwegingen terzijde te schuiven.' Hij bleef de presse-papier van de ene in de andere hand werpen alsof hij zijn woorden wilde wegen. 'Toen ik me afvroeg of ík zo zou willen leven als Violet de afgelopen vier jaar heeft geleefd, besefte ik dat het eerlijke antwoord was dat ik liever dood zou gaan.'

Ik was zo verbaasd over deze ruiterlijke erkenning, dat ik bijna het nieuws eruit flapte dat Violet haar ogen had opengedaan. Maar ik bedacht me meteen.

'Ja,' ging hij verder, zonder me aan te kijken, 'en toen ik dat had erkend, moest ik me ook afvragen wat ik had kunnen doen om een leven dat erger was dan de dood, te verlichten.' Hij had een goede schoolmeester kunnen zijn, dacht ik, met al zijn mooie zinnen. 'Ik had betere verzorging voor haar moeten regelen. Katty en Pegeen, hoewel uiterst loyaal, zijn geen geschikte metgezellen. Ik had meer moeten doen. Daar gelden geen excuses voor.' Hij kneep zijn ogen even dicht, alsof zelfs het denken aan de verzachtende omstandigheden – gebrek aan middelen, veronderstelde ik, en de typisch mannelijke weerzin om pijnlijke situaties onder ogen te zien – hem dwarszaten. Hij schudde opeens zijn hoofd en legde de presse-papier neer. Hij leunde tegen het bureau, met beide handen om de rand geklemd. 'Alles wat u voor Violet kunt doen, juffrouw Norton, zal ik op prijs stellen. Ik aanvaard de volle verantwoordelijkheid voor de afloop. Ik wil graag dat u me laat weten welke extra kosten eraan verbonden zijn.' Hij glimlachte weer, nogal triest. 'Ik veronderstel dat de nachtcrème van Elizabeth Arden niet aan de bomen groeit.'

'Nee.' Ik glimlachte terug en vergat alle vijandelijkheden even. 'Maar de nachtcrème van Pond's is ook goed. Wat we echter wel hard nodig hebben is een automatische wasmachine.'

'Een automatische... Maar hebben we dan geen wasmachine?'

'Jawel, maar die is erg oud en onhandig. Katty en Pegeen zijn er uren aan kwijt. Violets lakens moeten elke dag worden verschoond. Soms zelfs vaker. Er zijn tegenwoordig goede wasautomaten op de markt die in een veel kortere tijd met één druk op de knop in dezelfde trommel kunnen inweken, wassen, spoelen en centrifugeren.'

'In dezelfde trommel?' herhaalde hij. Hij had duidelijk geen idee waar ik het over had. 'Hoeveel kost zo'n stuk technisch vernuft?'

'Ongeveer honderd pond.'

Zijn mond vertrok even. Hij ging snel met zijn hand over zijn gezicht om die trek te verbergen. Hij bedacht waarschijnlijk hoeveel diners en flessen wijn hij voor zo'n bedrag kon kopen. Maar ik moet hem nageven dat hij onmiddellijk naar de andere kant van zijn bureau liep om zijn chequeboekje uit een la te halen en zijn handtekening op een cheque te plaatsen.

'Ik zal hem blanco laten.' Hij gaf me de cheque en glimlachte weer, bijna grijnzend. Ik vond dat hij onze wapenstilstand een beetje overdreef. Hij bracht me hoffelijk naar de deur en deed die toen achter me dicht. Pas toen ik door de hal liep en mezelf in de spiegel zag, ontdekte ik dat er een lange sliert kleefkruid in mijn haar hing en een andere aan de mouw van mijn blouse.

Meneer Macchuin was niet aanwezig bij de ceremoniële borrel voor het eten. Ik vermoedde dat dit was omdat hij van Eugenes voordracht verschoond wenste te blijven. Op deze avond deed hij zichzelf daarmee tekort. Terwijl wij op het terras genoten van een heerlijk briesje dat het water in de grachten deed rimpelen, droeg Eugene gedichten voor van drie jongemannen die waren terechtgesteld voor hun aandeel in de Paasopstand van 1916. Sissy, gehuld in een groenlakens pak, compleet met pijlenkoker en een hoed met een geknakte veer, zat in kleermakerszit op een rieten stoel en zwaaide aan het eind van elk gedicht met haar vuisten en mompelde iets in het Gaelic wat op verwensingen leek. Constance was ongewoon teruggetrokken en keek niet met haar gebruikelijke bewonderende blik naar Eugenes gezicht, maar staarde naar haar knieën. Maud dronk drie glazen sherry, rookte de ene sigaret na de andere en las in de *Vogue*, die weer in de zitkamer was verschenen.

Voor mij was het een aanvulling op mijn opvoeding. Ik vond het verbijsterend dat ik zevenentwintig jaar lang vlak bij Ierland, aan de overkant van de zee, had gewoond zonder enig idee te hebben van de aard van het bittere en bloedige conflict dat tussen ons woedde. Toen Eugene de prachtige, inspirerende verzen voorlas van Joseph Plunkett, die pas negenentwintig was geweest toen hij voor een Brits vuurpeloton was geëindigd – Constance had gelijk, Eugene had inderdaad een prachtige stem – drong de waanzin van de oorlog en het moedwillige afslachten van intelligente, idealistische, bevlogen jongemannen scherp tot me door.

Ik schaamde me over mijn getob met wasmachines en soep. Ik had te veel koud, praktisch Engels bloed in mijn aderen. Wanneer mijn voorouders, in elk geval van mijn vaders kant, in elke eeuw na het vertrek van de Vikingen de Ieren niet hadden onderdrukt, hadden ze wel in bijna ieder ander land waar ze iets mee te maken hadden gehad de bevolking onderdrukt. We waren een bazig volk, dol op rituelen. Geef ons rode jassen en een fanfare, en we hebben alleen maar een vijandig klimaat, afschuwelijk eten en een aanval van dysenterie nodig om volmaakt gelukkig te zijn. Waar was onze vaderlandsliefde, onze spontaniteit, onze levensvreugde? Ik staarde in de verte, waar de bergen boven de verwaarloosde tuin verrezen en ik vroeg me af waarom ik me deze vragen niet eerder had gesteld.

Maar al te gauw moest ik weer naar binnen om me, verblind door het felle zonlicht een weg te tasten naar het binnenste der aarde om groenten in dekschalen te doen en borden in de oven te zetten om ze te verwarmen. We waren nog maar net in de eetkamer gaan zitten toen Pegeen op haar onnavolgbare wijze de deur opensmeet, zodat die tegen de muur knalde en er een regen aan gruis van het pleisterwerk neerdaalde. 'Dames en heren en Sissy McGinty, hier is Michael McOstrich,' krijste ze. 'Krijgt hij een plaats aan de tafel of moet ik hem in de hal zetten?'

Uiteraard voelde Constance zich verplicht Michael voor het eten uit te nodigen. Zijn koperkleurige ogen zwierven door de kamer tot ze mij vonden, waarna ze op me gericht bleven alsof hij een hongerige hond was en mijn gezicht een bod met schaapskoteletten.

'Grote hemel!' Maud wierp Michael een blik vol kille minachting toe. 'Ben je er nou alweer? Ik vraag me af waarom je niet hier komt wonen.'

'Het is net als met de *gombeen man*,' mopperde Sissy. 'Je raakt hem niet meer kwijt.'

Als meneer Macchuin, toen hij even later de eetkamer binnenkwam, verbaasd was Michael daar opnieuw aan te treffen, wist hij dit op bewonderenswaardige wijze te verbergen. Hij informeerde vriendelijk naar de koeien en de gerst, waarbij hij kennelijk was vergeten dat hij de vorige dag nog precies dezelfde vragen had gesteld. Michael antwoordde uitvoerig, zonder zich om deze overduidelijke onoprechtheid te bekommeren.

'Wat is een *gombeen man*?' vroeg ik een uur later aan Liddy, toen we het restje opmaakten van de citroenmousse die, al zeg ik het zelf, erg lekker was.

'Ik heb geen flauw idee. Ik wou dat ze eens ophielden met al dat gekibbel.'

Het kruisvuur van gesprekken was, als zo vaak, tegen de tijd dat de hoofdgang op tafel stond een verhitte ruzie geworden. Deze keer ging de strijd over de vraag of lady Lavery, vrouw van de beroemde schilder sir John Lavery, de maîtresse van Michael Collins was geweest. Michael McOstrich was van mening dat Collins een verrader van Ierland was geweest door hoe dan ook met de Engelsen te willen onderhandelen. Op dit punt probeerde Sissy Michael overhoop te steken met haar vork en moest door Eugene in bedwang worden gehouden, maar aangezien Michael naar mij zat te kijken had hij het gevaar niet in de gaten. In een goedbedoelde poging vrede te stichten bood Eugene aan een gedicht voor te dragen dat hij een paar jaar geleden had geschreven en dat 'Beal na mBlath' heette, wat hij speciaal voor mij vertaalde als 'Pas van de Bloemen', de plek waar Michael Collins was gedood – niet door de Britten, hoorde ik tot mijn opluchting, maar door zijn eigen landgenoten. Zelfs Constance was te geagiteerd om enthousiasme op te brengen voor dit idee en Eugene bleef de rest van de maaltijd beledigd zwijgen. Meneer Macchuin, die met ineengestrengelde vingers met zijn duimen over zijn kaaklijn veegde, leek aan iets anders te denken.

'Wat vind je, zal ik mijn haar bleken?' vroeg Liddy me.

'Zou ik niet doen. Het heeft nu een erg mooie kleur.'

'Denk je dat het waar is dat blonde vrouwen meer pret hebben dan brunettes?'

'Absoluut niet. Als je blond haar hebt, denken de mensen vaak dat je wel dom zult zijn.'

'Van mij hoeven de mannen niet te denken dat ik slim ben. Ik wil dat ze van begeerte slap in hun knieën worden.'

'Dat lijkt me heel onhandig. En stomvervelend.'

'O Bobbie, troela! Natuurlijk is het vervelend wanneer mannen als...' Ze draaide haar ogen in de richting van de arme Michael. 'Maar stel dat het nou iemand is voor wie je alles ter wereld op zou willen geven? Iemand wiens aanraking je in lichterlaaie zet?'

'Ik denk dat jij misschien een beetje te veel verwacht. Misschien is het korte tijd wel zo, maar dat is nooit blijvend. Een hoop eerste opwinding spruit voort uit je eigen fantasie. Je raakt aan iemand gewend en dan neemt de opwinding af. En daarna, als je geluk hebt, begin je echt van diegene te houden. In plaats van onbedwingbare begeerte heb je veel meer aan dingen als respect en samen belangstelling hebben voor dezelfde dingen en...'

'Moet je haar horen!' Ik had niet gemerkt dat Sissy naar ons gesprek zat te luisteren. 'Als je niet beter wist zou je denken dat je een non hoorde praten! Terwijl we allemaal weten hoe ze zit te lonken naar iedere man die bij haar in de buurt komt.' Het trof heel ongelukkig dat de anderen net woedend tot zwijgen waren gekomen, ieder van hen te kwaad om nog iets uit te kunnen brengen, zodat Sissy's opmerkingen duidelijk hoorbaar waren.

'Zo is het wel genoeg, Sissy,' zei Constance.

'O ja?' zei Sissy woest. 'En wie ben jij dan wel om mij te vertellen wat ik wel en niet mag zeggen? Dat jij in een groot huis bent geboren en de namen van je grootouders en hun ouders weet, betekent nog niet dat jij ook maar een steek beter bent dan ik!' Sissy sprak snel en kwaad. Ze had voor het eten een paar sherry's gehad en heel wat glazen wijn gedronken tijdens het diner.

Constance keek heel onthutst. 'Natuurlijk niet, Sissy. Er is niemand die dat vindt. Maar je moet niet zo onvriendelijk tegen Bobbie doen, want ze heeft jou helemaal niets misdaan.'

'Toch wel! Volgens mij probeert ze alle mannen hier het hoofd op hol te brengen!' Sissy wees met een groezelige vinger naar het hoofd van de tafel waar de heer des huizes zat. Dit gebaar trok zijn aandacht. Hij fronste zijn wenkbrauwen. 'Misschien wil ze een nog grotere vis dan Michael McOstrich.' Ze haalde nu zwaar adem en boog zich naar voren om iedereen beurtelings woest aan te kijken, zodat de jachthoorn die ze om haar nek had hangen, in het restant van haar citroenmousse bungelde.

'Sissy McGinty,' zei Michael berispend, 'volgens mij ben je dronken.'

'Dronken, grof, ongeletterd...' zei Maud.

'Ik maak er bezwaar tegen dat je deze jongedame beledigt.' Michael praatte tegen Sissy.

'We weten allemaal wat jij in gedachten hebt voor de jongedame,' snauwde Sissy. Ze legde een minachtende nadruk op het laatste woord. 'En je mag haar van me hebben, hoor. Maar als ze op mijn terrein probeert te stropen, dan zal ze er van lusten!'

'Ik begrijp niet waarom je zo lelijk doet tegen Bobbie,' zei Flurry. 'Ze is hier de enige vrouw die kan zagen.'

'Ik wou dat jullie eens ophielden met schreeuwen,' riep Flavia van onder de tafel, waar ze zich met haar boek had teruggetrokken. 'Zo kan ik me niet concentreren.'

'Waarom praten we niet over iets anders?' zei Constance. 'Eugene, vertel ons eens over Maeve...'

'Als jij niet uitkijkt, Constance Macchuin,' blafte Sissy, 'pikt die heks hém ook nog van je af. Niet dat ik hem nou zo'n geweldige partij vind, maar het is algemeen bekend dat jij stapelgek op hem bent...'

'Sissy,' zei meneer Macchuin rustig, 'je zit je verschrikkelijk aan te stellen.'

'Ja, maar ik vind het wel heel onderhoudend,' zei Maud.

'Wel allemachtig! Kies jij partij voor een Engelse, tegen míj?' Sissy sprong op van haar plaats, haar knappe gezicht zag vuurrood. Osgar en Maria begonnen rond de tafel te rennen waarbij ze elkaar aanspoorden tot woest geblaf. 'Het is nu wel duidelijk wat hier aan de hand is! Ik ben alleen maar goed genoeg om de hond uit te laten...'

Ze werd onderbroken door de schrille klanken van Pegeen toen die de deur opengooide. 'Dames en heren en Sissy McGinty. Hier is een zekere meneer Ranzig voor u. Hij zegt dat hij een vriend is van juffrouw Bobbie.'

'Ze moest haar diensten maar eens in rekening gaan brengen,' zei Maud.

Sissy wees met de wijsvinger en pink van haar rechterhand in mijn richting, wat ik als een soort verwensing beschouwde. 'Moge de duivel je in je keel steken!'

'Goedenavond.' Kit Random zag er, vergeleken bij de rest van ons, uitzonderlijk schoon en netjes uit, hoewel hij informeel was gekleed in een spijkerbroek en een overhemd met open hals. Met een blik van vriendelijke belangstelling overzag hij de gezichten rond de eettafel. 'Het spijt me dat ik zomaar tijdens het eten kom binnenvallen. Ik had buiten willen wachten, maar deze jongedame' – hij glimlachte naar de zwijmelende Pegeen – 'stond erop me aan te kondigen. Hallo Bobbie. Hoe gaat het ermee?'

31

'Ik heb de indruk dat jij je hebt aangepast aan de plaatselijke gebruiken,' zei Kit toen ik met hem naar de Alfa Spider liep, die aan de andere kant van de ophaalbrug, achter het poorthuis, stond geparkeerd. Het rode autootje zag er nieuw en flitsend uit naast het weggetje met diepe voren en de slotgracht die zonder water stond, maar voor de helft met afval was gevuld. 'Dat is geen kritiek,' voegde hij eraan toe toen ik wilde protesteren. 'Ik ben erg op de Ieren gesteld en ik vind het leuk dat jij je zo thuis lijkt te voelen. Dat betekent dat je gelukkig moet zijn. Ik maakte me zorgen toen ik las dat die man weer naar zijn vrouw was teruggegaan. Maar het is goed zo?'

'Ja, het is goed zo.' En tot mijn opluchting ontdekte ik dat dit waar was. Ik voelde nog steeds verdriet als ik aan Burgo dacht, dus probeerde ik dat zo min mogelijk te doen. Ik was snel geneigd tot zelfhaat. Maar ik voelde me niet langer doodongelukkig dat ik het zonder hem moest stellen. Ik voelde me alsof ik een geweldige afstand had genomen, een veel grotere afstand dan de geografische werkelijkheid. Het was... goed.

'Ik had je eerst willen opbellen, maar het leek me beter te wachten tot ik klaar was met mijn auteursbezoeken, zodat ik het met mijn eigen ogen kon zien.' Hij sloeg zijn armen over elkaar, leunde tegen de motorkap en bekeek me van top tot teen. 'En het bevalt me wat ik zie.'

Kit beschikte over een charmante glimlach. Afgezien van de kleur van zijn ogen had hij geen van de trekjes van conventionele mannelijke schoonheid. Toch vond ik het prettig om naar hem te kijken.

'Dank je. Maar ik ben wel erg onnozel geweest.' Ik schudde mijn hoofd toen ik bedacht hoe vreselijk ik het bij het verkeerde eind had gehad. 'Als Constance me dat nou eens had verteld!'

'Je wát had verteld?'

'Dat mijn baas een keurig betaald lid van de werkende klasse is.'

'Je bedoelt dat Finn Macchuin senator is? Had je werkelijk geen idee?'

Toen ik Kit aan de anderen had voorgesteld, had hij meneer Macchuin een hand gegeven en gezegd: 'Ik heb in de *Irish Times* over het wetsvoorstel voor landbouwhervorming gelezen. Ik hoop dat u dat erdoor krijgt. Het is duidelijk dat afgelegen districten daar veel profijt van zullen hebben.'

De ergernis over Sissy's gedrag was onmiddellijk van het gezicht van meneer Macchuin verdwenen en hij was uitvoerig op Kits vragen ingegaan. Ik had er helemaal niets van begrepen.

'Waar hebben ze het over?' had ik op gedempte toon aan Liddy gevraagd.

'Weet ik niet.' Liddy had haar schouders opgehaald. 'Het is allemaal te saai voor woorden. Sinds papa senator is geworden is hij bijna steeds weg. Ik wou dat de IRA de Senaat opblies, maar ze vinden die veel te saai om zich erom te bekommeren.'

Ik had na het eten veel tijd nodig gehad om deze informatie te verwerken, terwijl ik me afvroeg waarom het helemaal niet in me was opgekomen dat mijn werkgever om volstrekt legitieme redenen veel van huis was.

'Is dat grappige donkere meisje trouwens zijn vriendin?' wilde Kit weten. 'Heel aantrekkelijk hoor, maar niet het soort dat je je zou voorstellen bij zo'n beschaafde man – hij doceert trouwens middeleeuwse geschiedenis aan Trinity College in Dublin, weet je.'

'Echt? Ik rol van de ene verbazing in de andere. Ik wou echt dat ze me alles goed had verteld. Maar ik denk dat het bestaan van Sissy me meteen al op het verkeerde been heeft gezet. Hoe vermoedde jij dat ze geliefden waren?'

'Ze gedroeg zich na het eten met zo'n bezittersair. Ik zag dat ze hem op zijn oor kuste toen ze melk in zijn koffie wilde doen. Hij keek daarna erg streng. En vanwaar die Robin Hood-outfit? Ze straalt beslist een vreemd soort sensualiteit uit. Maar de senator trok een gezicht als een oorwurm toen ze een radslag maakte in de hal.'

'Ze heeft vroeger in een circus gewerkt. Daarna is ze bij een rondtrekkend toneelgezelschap geweest. Toen dat uit elkaar ging, was er geen geld om de mensen te betalen, dus hebben ze de kostuums onder elkaar verdeeld. Ze vertelde me dat ze in geen vijf jaar kleren had gekocht.'

'Vertel eens wat over Constance. Heeft ze problemen met haar voeten?'

'Ik dacht het niet. Hoe dat zo?'

'Is het niet een beetje ongewoon om bij het avondeten op rubberlaarzen te lopen?'

'Ik ben er zo aan gewend, dat het me niet eens opvalt. Die laarzen zijn waarschijnlijk uit gemakzucht, om niet na te hoeven denken. Ze is het toonbeeld van een intelligente vrouw die door huishoudelijke taken wordt overweldigd terwijl haar gedachten zo graag naar iets anders uit zouden willen gaan.'

'Net als jij?'

'Nee. Ik ben veel praktischer. Ik vind het soms echt leuk om eenvoudige, alledaagse dingen te doen. Vooral als ik daar resultaten van kan zien.'

'Die dichter met zijn sterke lijflucht gaat kennelijk niet onder huishoudelijke taken gebukt. Ik zag Constance de suiker door zijn koffie roeren en een sprintje trekken om zijn bril te halen.'

Ik vertelde Kit over de relatie tussen Constance en Eugene, en het verhaal van Larkie Lynch.

'Lieve help! En Constance vindt hem echt aardig? Hij doet me met die uitpuilende ogen aan een kameleon denken. Toen hij ging zitten verwachtte ik echt dat zijn gezicht groen zou worden, om bij de stoel te passen.'

'Constance is veel te hoogstaand om zich om uiterlijkheden te bekommeren.'

'Iedereen wordt beïnvloed door hoe mensen eruitzien. Maar waarschijnlijk houdt ze van kameleons. Dus het huishouden is vergeven van de ongelukkige liefdes. Iedereen schijnt verliefd te zijn op een ander. Ik heb de indruk dat de senator die kleine circusacrobaat het liefst de bons zou geven. Heeft hij iemand anders in gedachten om mevrouw Macchuin te worden?'

Hoewel hij de vraag luchthartig stelde en bleef glimlachen, bespeurde ik toch een plotseling scherpere belangstelling.

'Die vacature is toevallig bezet.' Ik vertelde hem over Violet.

Kit floot. 'Arme vrouw. De schone slaapster. Ik hoop dat ze inderdaad mooi is.'

'O ja.'

'En jij bent als goede fee hier gekomen om haar wakker te maken. Nou, nou. Heel intrigerend. Ik ben blij dat ik net een paar weken vakantie heb genomen. Je vindt het niet erg als ik een tijdje blijf?'

Constance had, met ware Ierse gastvrijheid, Kit proberen over te halen zijn koffers uit de Fitzgeorge Arms in Kilmuree op te halen, maar hij had uitgelegd dat een aantal klanten verwachtte hem daar te kunnen bereiken.

'Dat lijkt me heel gezellig,' zei ik, en ik meende het. 'Ik kan wel wat hulp gebruiken.'

Kit schoot in de lach. 'Je bent inderdaad heel praktisch ingesteld. Je probeert me niet te lijmen met doen alsof je alleen om mijn blauwe ogen wilt dat ik blijf.'

'Wat ben je toch een zelfingenomen kwast! Maar ik moet erkennen dat ze een prachtige kleur hebben.'

'Ik ben blij dat je dat hebt gezien.'

Kit voegde zich snel naar het patroon van ons dagelijkse leven, alsof hij een oude vriend van de familie was. Hij werkte de hele morgen in zijn kamer, lunchte in de Fitzgeorge Arms, en kwam daarna elke middag naar Curraghcourt en bleef 's avonds eten. Hij was de volmaakte gast en deed vlijtig zijn best met iedereen op goede voet te komen.

Hij stookte het vuur in de haarden op, plakte lekke fietsbanden, repareerde Liddy's föhn en ververste de olie in de Land Rover. Hij hielp in de keuken en nam mijn portie zagen voor Flurry over, waarbij hij de dagelijkse productie spoorbielzen verdubbelde. Omdat hij in zijn jeugd diverse jachthonden had afgericht, was het voor hem een koud kunstje om Osgar beschaving bij te brengen. Hij was streng en consequent, en Osgar respecteerde Kits gezag. Binnen de kortste keren had Osgar geleerd op bevel te zitten, blijven staan, lopen en, het allermooiste, op te houden met blaffen als hem dat werd gezegd.

'Volgens mij kennen jouw talenten geen grenzen,' zei ik tegen Kit terwijl we in de moestuin stonden te schoffelen. 'O kijk eens! Daar komt iets op!' Ik liet me op mijn knieën vallen om een groen sprietje dat door de kale grond omhoogstak, te bekijken. 'Ik denk dat het een radijsje is. Wat spannend! Dankzij St. Fiacre.'

Toen Eugene over onze ontdekking van het beeld in de nis had gehoord, deed hij wat onderzoek en kwam met de informatie dat St. Fiacre de beschermheilige van de tuiniers was. Nu verlieten we de tuin nooit zonder een offergave van wilde bloemen aan de voeten van de heilige te leggen.

Kit kwam kijken. 'Een paardenbloem. Maar als jij daar blij mee bent.'

'Onzin! Maar echt, ik ben erg onder de indruk van jouw vermogen met iedereen overweg te kunnen. Je kunt het met de grootvizier over politiek hebben, met Maud over paardenrennen, met Flurry over stoommachines en met Liddy over de lengte van de rokken. En je helpt Sissy bij haar acrobatiek.'

'Ach, ieder mens probeert zich aan te passen. Jij toch ook? Bovendien ben ik een gezelligheidsdier en houd ik van harmonie. Maar wat doe jij nou? Wil je soms een heel leger van proviand voorzien?'

Ik had inmiddels drie rijen kool gezaaid. 'Ik heb inderdaad wel eens overwogen producten in een kraampje langs de weg te verkopen. Maar toen realiseerde ik me dat er de hele dag, als we geluk hebben, twintig auto's voorbijkomen. En die zullen niet allemaal groenten nodig hebben.'

'Waarschijnlijk niet één van hen. Ze hebben natuurlijk vrieskisten vol met dingen die al zijn geschild en in hapklare brokjes zijn verdeeld. Heel deprimerend, nietwaar?'

'Zeer. En we hebben dat geld zo nodig.'

'Je neemt alles erg ter harte, hè? Je probeert zo ongeveer in je eentje Curraghcourt weer op de been te helpen. Ik hoop maar dat het niet Finns mannelijke kaaklijn of zijn romantische melancholie is die jou heeft geïnspireerd te proberen hem een paar pond te besparen. Waarom noem je hem trouwens altijd "meneer Macchuin"?'

'Hij heeft me nooit gevraagd hem anders aan te spreken. Hij zegt altijd juffrouw Norton tegen mij.'

'Hij vindt waarschijnlijk dat jij de eerste moet zijn.'

'Maar hij is tenslotte de baas.'

'Maar jij bent niet het gewone soort huishoudster. Het is me opgevallen dat jullie zo min mogelijk met elkaar praten.'

'Ach, we hebben het allebei druk. Hij zit altijd met belangrijk papierwerk in de bibliotheek en ik ben met boenwas en groenten in de weer.'

'Hm.' Kit keek me onderzoekend aan.

'Het is beter zo. We hebben de neiging om ruzie te maken.'

'O ja?'

'We jagen elkaar snel op de kast. Hij is erg rechtlijnig, hooghartig en dictatoriaal. En ik doe de dingen graag op míjn manier.'

'Uiteraard. En dat doe je heel goed.' Kit zette zijn duim op het uiteinde van de tuinslang om de rij die ik zojuist had gezaaid te besproeien.

‘Maar ik heb gezien dat hij steeds naar jou kijkt. En jij bent je ook erg van hem bewust, hè?’

‘Kit, je lijkt wel een spion! Waarom wind je je zo op?’

‘Ach.’ Hij legde zijn hand even op mijn arm. ‘Misschien ben ik wel een beetje jaloers… En nu sta je op dat kleine radijsje!’ Kit wees naar mijn voet. ‘Moordenaar!’

Ik sprong achteruit en bukte me om de aarde weg te vegen van een beginnend blaadje.

‘Weet je,’ ging Kit verder, ‘toen ik jou bij het busstation in Kilmuree had afgezet, bedacht ik dat je me nog niet had verteld hoe de pers lucht had gekregen van jouw romantische contacten met de minister. Zou ik dat ontbrekende stukje van de puzzel mogen vernemen?’

‘Het was helaas mevrouw Slattery die ons heeft verraden. Je weet wel, de vrouw van The Fisherman’s Reel, waar we altijd logeerden. Waarschijnlijk heeft ze Burgo’s gezicht op de televisie of in de krant gezien en toen besloten dat geld belangrijker was dan haar goede contacten met ons. De eerste keer dat we erheen gingen nadat de Conservatieven aan de macht waren gekomen, gedroeg ze zich anders. Een beetje snauwerig. Ik besteedde er verder geen aandacht aan. Ik vermoedde dat ze ruzie had gehad met haar man, maar ze had kennelijk een slecht geweten. Goed, we aten daar en gingen naar bed, net als anders. De volgende ochtend schoof Burgo de gordijnen open. Vanwege het hellende dak zat het raam laag. Hij bukte zich om naar buiten te kijken en slaakte toen een kreet en viel achterover op het bed. De boomgaard stond vol journalisten en fotografen. Aangezien Burgo naakt was, maakten ze explicietere foto’s van de minister van Cultuur dan ze hadden durven dromen.’

‘Ik ben blij dat je erom kunt lachen.’

‘Op dat moment kon ik er echt niet om lachen. We zijn afzonderlijk vertrokken. Burgo ging als eerste naar beneden, bestelde een taxi en reed rechtstreeks terug naar Londen. Ik liet een uur voorbijgaan voor ik naar beneden ging, maar ze wisten natuurlijk dat ik er nog was en ze stonden me op te wachten. Ik moest me een weg door de horden bij de bar banen, terwijl overal om me heen werd geflitst en mensen vragen naar me schreeuwden. Ik holde naar buiten, naar mijn auto. Eén man probeerde me bij mijn arm te grijpen om me tegen te houden, dus schopte ik hem hard tegen de schenen. Het is een wonder dat er niemand gewond raakte. Ik gaf vol gas en hoopte dat ze opzij zouden gaan. Ze sprongen allemaal in hun auto en volgden me. We hebben een langdurige rit door Sussex gemaakt tot ik dacht dat ik hen kwijt was, en daarna reed ik naar huis. Maar iemand moet mij toch gevolgd zijn, want 's avonds stonden ze allemaal bij het hek. De naaktfoto's van Burgo werden nergens afgedrukt. Zoveel fatsoen wisten ze kennelijk toch nog op te brengen.'

'Een treurig einde van een stormachtige verhouding.'

'Toen hij me kuste voor hij naar beneden rende, besefte ik niet dat ik hem nooit meer zou zien. Maar nu ben ik blij dat...'

Er klonk geronk en er hobbelde een oude bestelwagen de moestuin binnen.

'Aha!' zei Kit. 'Daar stond ik op te wachten. Maar één uur te laat!' Hij liep naar de chauffeur en ik hoorde hem iets zeggen over ons naar het huis volgen. 'Spring op je fiets,' zei hij tegen mij, 'dan krijg je mijn verrassing te zien. Het is een cadeau voor Curraghcourt, als dank voor alle genoten gastvrijheid.'

'Wat leuk! Wat is het?'

'Leuk is misschien niet het juiste woord, maar ik hoop dat je er blij mee zult zijn. Wacht maar eens af.'

Op de binnenplaats van de stallen deed de chauffeur de deuren open en ik keek in de bestelwagen.

'Kit! Je bent een genie! Wat een goed cadeau! Een cirkelzaag!'

Timsy werd erbij gehaald en de drie mannen laadden het apparaat uit.

'Was hij erg duur?' vroeg ik aan Kit zodra de bestelwagen was weggereden.

'Ik zag een advertentie in de tijdschriftenwinkel in Kilmuree. De boer had zelf een mooie nieuwe kettingzaag gekocht. Hij was blij dat hij dit ding kwijt kon.'

Kit trok aan een stuk touw en startte de motor die met een rubberen riem met de zaag was verbonden. Het enorme kabaal bracht Flurry uit zijn schuur waar hij zich met de *Flying Irishman* had beziggehouden. We keken vol ontzag hoe Timsy en Kit een biels naar het ronddraaiende blad schoven. Dit gleed snel door het hout. Kit verschoof de biels tot de tweede krijtstreep, en binnen tien seconden lagen er drie stukken van gelijke lengte op de grond.

'*Voilà!*' zei Kit. Hij moest schreeuwen om zich verstaanbaar te maken. 'En dat binnen een fractie van de tijd, zonder blaar of schouderpijn.'

Timsy nam uit eerbied zijn pet af. 'Dit is mooier dan in een film!'

‘Laten we er nog een paar doen!’ riep Flurry, en hij liep naar de zaag toe.

Kit greep hem bij de schouder. ‘Zeg mij na: “Ik, Florence Macchuin, zweer op de ziel van Isambard Kingdom Brunel dat ik dit uiterst gevaarlijke apparaat nog met geen vinger zal aanraken. Bij overtreden van dit gebod zal het betreffende apparaat onmiddellijk in beslag worden genomen.”’

Flurry keek teleurgesteld. ‘Oké,’ mompelde hij.

Maar Kit liet hem stilstaan en zijn rechterhand opheffen om zijn erewoord te geven.

‘Gelukkig is Flurry niet sterk genoeg om hem zelf te kunnen starten,’ zei Kit later, toen we naar de achterdeur liepen, terwijl Timsy tevreden grijnzend bielzen in stukken stond te zagen. ‘Maar ik acht Timsy ertoe in staat het apparaat aan te laten staan en zelf weg te lopen.’

‘Over Timsy gesproken, hij heeft de appelschuur open laten staan. Kunnen we eens kijken waar hij steeds zo druk mee is.’

Het ding dat het achterste deel van het gebouwtje achter een berg rottende appels vulde, was me volstrekt onbekend. Op een schragentafel stond een groot plastic vat met een goudkleurige vloeistof erin, met een kurkentrekkervormige buis eraan bevestigd die omlaag liep. Eromheen stonden flessen en potten, waarvan de meeste met dezelfde gele vloeistof gevuld waren.

‘Is dit een ciderpers?’

‘Geen cider.’ Kit draaide de dop van een fles en snoof. ‘Dit is poteen!’

‘Is dit een whiskeystokerij?’ Ik keek verbaasd om me heen. ‘Wat gaan we nou beleven? Geen wonder dat Timsy zo inschikkelijk deed toen ik de zwarte fles op rantsoen stelde! Niet te geloven! Wie had kunnen denken dat hij er de energie en de ondernemerszin voor had?’ Ik gluurde in kisten met spruitende aardappels en een vat met een modderige vloeistof waarin langzaam dikke bubbels omhoogkwamen. ‘Je zult moeten toegeven dat dit op ondernemersgeest wijst. Nu begrijp ik ook waarom er af en toe van die mannen rondsluipen. Hij heeft hier een aardig handeltje voor zichzelf opgezet.’

Kit wees naar een kabel die vanaf de generator liep. ‘Hij is ook heel ingenieus geweest, hij gebruikt het element van een ketel om het water te koken. Ik vraag me af wat de senator ervan zal zeggen als hij hoort dat zijn huis in een *shebeen* is veranderd.’

Ik zweeg even terwijl ik nadacht. Toen zei ik vastberaden: ‘Hij mag het niet weten.’

‘Je verbaast me. Ik wist niet dat je zo op Timsy gesteld was.’

‘Timsy kan naar de hel lopen! En dat zal hij ongetwijfeld doen ook. Nee, ik wil dat hij die poteen blijft maken. En dat hij er meer voor rekent. Zoveel als de markt maar kan hebben. Maar hij zal mij vijftig, nee, vijfenzeventig procent van de opbrengst moeten geven. Ik zei toch dat we ergens geld vandaan moesten halen?’

‘Bobbie! Dat meen je toch niet?’

‘Welzeker. Het is niet zoiets als drugsdealen. We gaan geen onschuldige mensen op het slechte pad brengen. Ik weet nog dat jij hebt gezegd dat de mensen in dit land het altijd al hebben gedronken.’

‘Ja, maar... Als je wordt betrapt krijg je een zware boete, draai je misschien zelfs de bak in. Wat ga jij tegen Finn zeggen als ze hem komen halen en in de nor zetten?’

‘Ik zal de onderzoeksrechter absoluut duidelijk maken dat meneer Macchuin er echt niets van heeft geweten. En dat is waar.’

‘Maar hoe krijg je Timsy zover dat hij de opbrengst afstaat? O ja, chantage natuurlijk.’

‘Precies. Of hij stemt ermee in mij een deel van de opbrengst te geven, of ik ga klikken.’

‘Stt! Daar heb je hem!’

We wachtten in de schaduw van de open deur. Zodra Timsy binnenkwam, deden we de deur achter hem dicht.

‘Moeder van God! De duivel is over ons!’ riep Timsy, ongetwijfeld geschrokken nu hij onverwachts in het donker stond.

‘Wees maar niet bang, Timsy. Ik ben het, Bobbie. En meneer Random.’

‘Hallo Timsy,’ zei Kit. ‘Leuk handeltje heb je hier.’

‘O, meneer Random, u verlinkt toch zeker geen arme boerenjongen die moet sappelen om op zo’n manier zijn twee moederloze wezen in leven te houden...’

Ik nam de leiding. ‘We hebben geen tijd om met dat soort praatjes te verdoen, Timsy.’

‘Jezus, Maria en Jozef!’ kermde Timsy. ‘En ik pas alleen maar voor een vriend op dit spul. Te bedenken dat je een arme ziel in nood wilt helpen, en dan kom je zo in de problemen! O genade, juffrouw Bobbie...’

‘Ik ben meer geneigd genadig te zijn als jij een ogenblik je mond houdt,’ viel ik hem in de rede. ‘Luister goed naar wat ik voorstel.’ Ik vertelde hem de voorwaarden van het verbond.

'Allemachtig, wie had zoiets nou kunnen bedenken! U zou een stervende nog het laatste heilig oliesel onthouden! En dat met een gezicht dat zou maken dat de heilige engelen u de ogen zullen willen uitkrabben!'

'Ga je ermee akkoord of niet?'

Er viel een stilte, terwijl Timsy nadacht. Ik kon bijna horen hoe zijn brein in het donker tikte.

'Ik vraag me af, juffrouw Bobbie, of u wel beseft hoe weinig het spul zal opbrengen. Het zal voor u waarschijnlijk de moeite niet waard zijn...'

'Denk nou niet dat je me kunt bedotten, Timsy. Ik zal meneer Random naar Kilmuree sturen om de huidige prijzen te bekijken.'

'Timsy heeft gelijk,' zei Kit verbitterd. 'Jij bent in staat een stervende zijn laatste troost te onthouden.'

'Of je laat me meedoen, Timsy, of ik rapporteer je bij meneer Macchuin. Duidelijk?'

Timsy werd nu serieus. 'Dertig procent?'

'Tachtig.'

'Vijftig?'

'Vijfenzeventig!'

Weer stilte. Toen hoorde ik Timsy een weerzinwekkend keelgeluid maken en op de grond spuwen. 'Afgesproken, juffrouw Bobbie. Hand erop?'

Aangezien het donderdag was, kwam pastoor Deglan eten.

Toen ik beneden kwam nadat ik Violet haar avondeten had gegeven, stond Kit bij het aanrecht aardappels te schillen. Katty en Pegeen dronken thee bij de haard.

Sissy, gekleed in een wit pierrotpak met een rode rand en rode pompons op de voorkant en een puntmuts op haar hoofd, stond glanzende zwarte besjes in een vijzel fijn te stampen. Ze beantwoordde mijn groet met een norse blik in kille, zwarte ogen. Ik bood haar het bord aan met rozijnenkoekjes die ik eerder had gebakken voor bij het bananenijs. Ze propte er drie tegelijk in haar mond zodat de kruimels over haar pak rolden, en ging verder met stampen. In een moment van afwezigheid nam Flurry er ook een.

In de eetkamer stond meneer Macchuin bij de haard te luisteren naar Eugene, die hem het verhaal van Cuchulains magische speer vertelde. Meneer Macchuin luisterde beleefd, maar iets in zijn gezicht maakte dat ik dacht dat zijn hoofd bij iets anders was. Kit voegde zich bij hen en bracht het onderwerp op politiek.

'Wat vind jij van het uitermate drastische plan van Edward Heath om de grens tussen Noord en Zuid te wijzigen? Je weet wel, hij wilde die gebieden van de zes graafschappen die overwegend rooms-katholiek zijn aan de Republiek toekennen en een protestants sektarisch staatje scheppen. Was het mogelijk dat zoiets zou hebben gewerkt?'

De blik en houding van meneer Macchuin veranderden onmiddellijk. Hij leek opeens klaarwakker. 'Je bedoelt in de tijd van Bloody Friday?'

Kit knikte.

'Ach, het is het soort plan dat op papier best aardig lijkt. Maar het zou de gedwongen verhuizing van ruwweg vijfhonderdduizend mensen hebben betekend. Daarvoor was een toename van het aantal troepen in de provincie nodig geweest, en er is geen reden aan te nemen dat dat tot een vermindering van het bloedvergieten had kunnen leiden...'

Kit beschikte over werkelijk benijdenswaardige sociale vaardigheden, bedacht ik terwijl ik mijn gebruikelijke plaats aan het eind van de tafel innam, met pastoor Deglan aan mijn linkerzijde en Constance aan de andere kant naast hem. Het was duidelijk dat de priester naar de discussie aan het andere eind van de tafel luisterde terwijl hij zijn soep at, want hij negeerde onze pogingen hem te betrekken in ons vreedzame gepraat over de schilderijen van Degas.

Zodra pastoor Deglan zijn eerste honger had gestild, riep hij: 'Is het waar dat er stemmen opgaan op scholen seksuele voorlichting in te voeren?'

Meneer Macchuin hield op met het eten van zijn gevulde ui – lang niet slecht, maar wel een beetje vet – en antwoordde: 'Dat klopt. Dat wetsvoorstel wordt waarschijnlijk aangenomen. En dat werd hoog tijd ook.'

Pastoor Deglan mompelde iets van: 'Nee toch!' en legde zijn mes en vork neer. 'Schande, Finn! En dan te bedenken dat wij jullie dik betalen voor zulke schurkenstreken!' Zijn ziende oog gloeide. 'Macht maakt blind, dat is wel duidelijk. Jullie zullen verantwoordelijk zijn voor de ondergang van onze jonge vrouwen. Er zal een golf van onwettige geboorten volgen!'

'Daar wilt u de Senaat toch zeker niet van beschuldigen?' Meneer Macchuin deed of hij geschokt was. 'Er zijn slechts zestig leden, en sommigen hebben echt hun beste jaren gehad.'

'Spot er maar mee. En wie moet zulke gevaarlijke informatie op de scholen verstrekken? Je kunt toch zeker niet van de nonnen verwachten dat ze zulke woorden in de mond nemen na eerst de goddelijke deugden te hebben verteld?'

'Mits ze zich aan de waarheid houden, op een begrijpelijke manier, maakt het weinig uit wie dat gaan vertellen.'

'En jij zou je eigen *garsúns* zulke smeerlapperij laten aanhoren?'

'Er is niks smerigs aan seks,' kwam Sissy ertussen. 'Dat is net zo natuurlijk tussen mannen en vrouwen als tussen stieren en koeien en varkens en zeugen die de hele dag paren, als ze daar de kans toe krijgen.'

Eugene keek gekweld bij deze vrijmoedige uitdrukking.

'Bovendien kunnen we niet allemaal zo gelukkig zijn om onbevlekt te ontvangen,' zei Maud. 'Hoewel de meeste vrouwen er de voorkeur aan zouden geven. Als de mannen nou maar eens wat minder libidineus waren geweest. Het schijnt dat zelfs de rooms-katholieke geestelijkheid zich niet weet te beheersen.' In een van de kranten die pastoor Deglan had meegebracht had een schandaal gestaan over een priester die er met een jonge vrouw vandoor was gegaan.

Pegeen kwam binnen daveren op het moment dat het gezicht van pastoor Deglan woest werd. Ik hoopte dat het niet was om Michael McOstrich aan te kondigen. En als dat zo was, dat Sissy haar mond zou houden over koeien en stieren.

'Het is Rickeen O'Shannessy, de speelman,' sliste Pegeen. 'Komt over loensen praten.'

Tenminste dat dacht ik dat ze zei. Later hoorde ik dat het jaarlijkse feest ter herdenking van de overwinning van St. Patrick over een heiden die Lug heette, Lughnasa wordt gespeld en dat dit wordt uitgesproken als LOEnaasaa.

'O lieve help!' riep Constance. 'Dat was ik helemaal vergeten. Wat voor datum is het vandaag?'

'Het is de zesentwintigste,' zei Kit.

'O nee!' Constance telde op haar vingers. Ze keek me aan. 'Bobbie, wat moeten we doen? Het hele district zal verwachten dat ze hier mogen komen eten en dansen. Over zes dagen!'

32

Om half zeven op de avond van het Lughnasa-feest bekeek ik mijn gezicht in de spiegel van de badkamer om te controleren of het schoon was. Ik had mijn haar gewassen en met azijn gespoeld om alle mogelijke koeiengeur te verbannen. Om voor Timsy de pil te vergulden dat hij de opbrengst van de *shebeen* moest delen, had Constance, die enthousiast had gereageerd op het idee om van die clandestiene stokerij een bron van inkomsten te maken, de verantwoordelijkheid voor de kippen op zich genomen en had ik geleerd Siobhan te melken – twee werkjes waar Timsy altijd een hekel aan had gehad.

En ik moest toegeven dat nu Timsy iets te doen had wat een beroep op zijn intelligentie deed, hij heel hard werkte. Hij had besloten voor een breder aanbod te zorgen en een betere poteen van graan te maken naast de minder verfijnde soort van aardappels. Teneinde de productie te verhogen hadden we in een tweedehands dompelaar geïnvesteerd, om het element uit de ketel te vervangen. De appelschuur stond nu propvol met bakken borrelende, gistende vloeistof, zodat er slechts ruimte was voor Timsy en één enkele klant. De rest wachtte in de graanschuur om niet de aandacht van meneer Macchuin te trekken.

Ik boog me over de wasbak om lippenstift en mascara aan te brengen en stapte toen naar achteren om het resultaat te bekijken.

Het probleem wat ik naar het feest moest aantrekken, was op onverwachte wijze voor me opgelost. Ik had uiteraard geen avondjurken meegebracht, aangezien ik had verwacht mijn werkzame leven in de personeelsvertrekken door te zullen brengen. Constance en Liddy waren verontwaardigd geweest toen ik had voorgesteld me achter de schermen op te houden.

'Nou goed dan,' had ik gezegd toen we het er de dag na het bezoek van Rickeen O'Shaunessy over hadden gehad. 'Natuurlijk kom ik graag.' Ik had spijtig gedacht aan een paar leuke jurken die in mijn kleerkast op Cutham ten prooi vielen aan motten en stof. 'Ik kan mijn beste zonnejurk aantrekken.'

Liddy was geschokt. 'Dat gaat niet! Ik bedoel, al jouw kleren zijn chic en hip, maar je moet iets langs en glitterigs en bloots aanhebben. Lughnasa is de enige kans die we krijgen. We hebben ook een bal op tweede kerstdag, maar dan is het altijd zo verdomde koud.'

'Niet vloeken, liefje,' zei Constance werktuigelijk. 'En je weet dat pastoor Deglan groot bezwaar maakt tegen blote armen en halzen.'

'Pastoor Deglan kan barsten!'

Constance keek ontzet naar Finn, maar hij staarde uit het raam.

'Tja, ach.' Constance haalde haar schouders op en richtte zich op de vraag wat ik aan moest trekken. 'Ik zou je best iets van mij willen lenen, maar ik ben twee keer zo breed als jij. Misschien kunnen we het iets innemen.'

'Drie keer lijkt me dichter bij de waarheid,' zei Maud. 'Je zou die jurk compleet moeten vermaken. Bovendien heb jij de smaak van een provinciaal. Wat haar karakterfouten ook zijn, Bobbie heeft een uitstekend figuur en een goede smaak.'

'Dank u,' zei ik.

'Ik geloof niet dat Bobbie ook maar één karakterfout bezit,' begon Constance hartelijk. 'Ze is als een engel geweest, vanaf het moment dat ze hier arriveerde.'

'Een beetje te gek op mannen.' Maud dronk haar glas usquebaugh leeg: een Ierse brandewijn met koriander die ze vaak in plaats van wijn dronk. 'Schenk me nog maar eens in, Finn.'

Meneer Macchuin stond op. Zijn aandacht was op het raam gericht. 'Wat moeten die mensen daar in de tuin?'

'Ze brengen eten voor het Lughnasa-souper,' zei Constance snel.

'Maar ze hebben niets bij zich,' wierp hij tegen.

'Zeur nou niet, Finn. Geef Maud nog een glas. Bobbie heeft alles onder controle.'

Meneer Macchuin deed wat hem werd gezegd en liep toen weer fronsend naar het raam.

'Deze is werkelijk uitstekend. Ik kan gewoon vóélen dat het me goed doet.' Maud toonde een van haar zeldzame glimlachjes terwijl ze van de vloeistof dronk. 'Zeg Bobbie, ik heb een hele kamer vol jurken die ik nooit meer zal dragen, en jij mag er een uitzoeken.'

'Allemachtig, de Heer sta me bij!' zei Liddy. 'Dit is echt een wonder!'

'Liddy!' zei meneer Macchuin, maar aangezien hij zijn ogen niet van de tuin afwendde, legde deze berisping weinig gewicht in de schaal.

De volgende dag had ik op het afgesproken uur op Mauds deur geklopt. Haar kamer was groot en lag op het zuiden. Er stonden prachtige meubels, maar het geheel werd bedorven door een enorme televisie: de enige in het hele huis. Liddy klaagde hier voortdurend over, want hoewel Maud haar toestond te kijken, was ze niet tot enig compromis bereid, vooral wanneer er paardenrennen of springwedstrijden te zien waren.

Een wreed lot had Maud op betrekkelijk jeugdige leeftijd haar grootste genoegens, jagen en dansen, ontzegd. Ze was achtenvijftig maar ze leek veel ouder. Naast haar bed stonden altijd een fles usquebaugh en een volle asbak met peuken. Samen met de televisie vormden die de opiaten tegen pijn en teleurstelling, waarvan de toestand van Violet niet de minste moest zijn. Maud had het nooit over haar, maar ze moest toch veel hebben gedacht aan die zolderkamer waar haar enige kind volstrekt hulpeloos in afzondering lag.

Toen Constance had geprobeerd Maud te interesseren voor ons schema van een betere verzorging van Violet, was Maud lijkbleek geworden en had gezegd: 'Je bent dwaas dat je je zoveel moeite geeft, Constance Macchuin. Er kan niets voor haar worden gedaan.' Daarna was ze moeizaam overeind gekomen en de kamer uit gelopen.

'Dit is bijzonder vriendelijk...' begon ik.

'Dat is het zeker. Ga je gang.' Maud, die op een sofa naast de haard lag, richtte haar ogen weer op de krant die ze las. Maar ze voegde er zonder op te kijken aan toe: 'Wanneer je iets hebt uitgezocht, laat me dan even zien hoe het je staat.'

Aan haar slaapkamer grensde een grote kleedkamer waarin diverse rekken met kleren stonden. De avondjurken waren, schatte ik, voornamelijk uit de jaren veertig en vijftig en hadden alle modes overleefd; ze waren Kunst geworden. Hoewel ze heel muf roken, was de stof nog steeds prachtig, de snit van het hoogste niveau. Ik paste diverse jurken, waarna ik besloot tot een gewaad van donkerblauwe zijdefluweel met een overrok van verschillende lagen tule. Hij was strapless, maar over één schouder liep een reeks glittersterretjes die op een bijna onzichtbaar bandje van gaas waren gestikt. De sterretjes liepen diagonaal over het bovenstuk naar het middel, waarvandaan ze zich in de lagen tule verspreidden. De jurk was uiterst elegant en tegelijk heel romantisch.

'Balenciaga,' zei Maud toen ze me erin zag. 'Ik heb hem gedragen naar een bal in Castletown in... wanneer was dat? Negentienzesenveertig – of was het zevenenveertig?'

'Ik kan hem in de taille maar net dicht krijgen. Ik moet de komende dagen maar niets eten.'

Maud keek voldaan naar haar eigen magere gestalte. 'Ik geloof niet dat zelfbeheersing iets is wat een sensueel karakter als dat van jou gemakkelijk afgaat.'

Ik bedwong een glimlach. 'Inderdaad.'

'Je moet zoiets in de kiem zien te smoren, anders wordt het je ondergang. Vergeet vooral niet dat mannen willen veroveren. Je uitsloven voor een man heeft een vrouw nooit veel goeds gebracht.' Ik dacht dat ik iets van nieuwsgierigheid in haar blik bespeurde voor ze met haar gebruikelijke dédain verderging: 'Maar veel plezier hiermee. Ik heb er toch niets meer aan.'

'Allemachtig, wat ben ik jaloers!' zei Liddy, toen ze de badkamer binnenkwam. 'Waarom heeft ze die niet aan mij geleend?'

'Dank je,' zei ik. 'Maar jij ziet er echt beeldschoon uit. Je hebt geen enkele reden om afgunstig te zijn.'

Dat was waar. Liddy was wat aangekomen en haar huid was gaaf. Ze droeg een witzijden jurk van Violet, die ze zelf had vermaakt. Liddy had bij de nonnen leren naaien en ze had alleen hulp nodig gehad bij het knippen en afspelden. Ze draaide in het rond om zich goed te laten bekijken en kreeg toen een niesbui.

'Jeminee! Heb jij niet een beetje te veel parfum gebruikt?'

'Waarschijnlijk wel.' Ik had Mauds jurk een dag en een nacht voor de haard gehangen, maar hij rook nog steeds alsof hij uit het familiegraf was opgediept. Ik had een halve fles badzout in mijn badwater gedaan en me na afloop in Shalimar gehuld. 'Je ruikt geen muffe lucht meer?'

'Ik zal nooit meer iets kunnen ruiken. Mijn voorhoofdholtes zijn tot het uiterste gekweld. Maar dat geeft niet. Je ziet er echt beeldschoon uit. Ik denk dat Kit met niemand anders dan met jou zal willen dansen.'

Ik had me al vaker afgevraagd of Liddy soms heimelijk verliefd was geworden op Kit. Wanneer hij haar aankeek werd ze heel verlegen, en wanneer hij niet naar haar keek, staarde ze hem met grote ogen aan.

'Ik zal het veel te druk hebben om te dansen,' zei ik. 'Ik moet voor het eten zorgen. Nog één drupje Shalimar voor alle zekerheid en dan gaan we je tante helpen.'

'Weet je zeker dat je het lekker vindt?' Het parfum was Liddy's cadeau voor mijn verjaardag geweest en ze vroeg dit minstens één keer per dag aan me.

'Ik vind het echt zálig! Zet je schrap en ruik maar eens goed aan me.' Ik stak mijn kin in de lucht en hield mijn hals in haar richting. 'Kun je nog iets bespeuren wat naar koeien ruikt? Ik wil niet dat Michael door het dolle heen raakt.'

Liddy giechelde, snoof en hoestte. 'Echt niet. Geen spoortje.'

We liepen naar de slaapkamer van Constance. Ze stond in haar onderjurk vol wanhoop naar de berg kleren op haar bed te kijken.

'Wat zien jullie er allebei schitterend uit! Liddy, lieverd, je bent echt beeldschoon nu je niet meer zo broodmager bent. En zelfs pastoor Deglan zal onkuise gedachten krijgen als hij jou in die jurk ziet, Bobbie.'

'Schiet nou maar gauw op, tante Constance,' zei Liddy. 'Waar wacht u nog op?'

'Ik heb alles gepast wat ik heb en het is allemaal of te strak of te truttig. Waarom heb ik in 's hemelsnaam ooit zulke vreselijke dingen gekocht? Ik was zeker niet goed bij mijn hoofd.'

'Ik dacht dat u zei dat u uw bruine jurk aan zou doen,' zei Liddy.

'Ik heb hem gepast, maar ik leek net een koeienvlaai van Siobhan. Het is helaas het enige dat nog zo'n beetje past. Ik moet sinds vorig jaar minstens vijf kilo zijn aangekomen.'

'Deze is mooi.' Ik hield een zwarte jurk omhoog.

'Ik krijg de rits niet dicht.'

'Trek die bruine nog eens aan en laat eens zien,' stelde ik voor.

Liddy trok de rits voor haar dicht. Hij was ruim genoeg, maar hij bobbelde en puilde uit rond haar heupen.

'Hij valt vast beter als je je onderbroek uittrekt,' opperde ik.

Constance keek verschrikt. 'Je bedoelt dat ik naar beneden ga zonder broek aan?'

'Waarom niet?'

'Ik zou me onfatsoenlijk voelen. Volstrekt lichtzinnig.'

'Maar als niemand het weet, maakt het toch niets uit? Je hoeft niet lichtzinnig te zíjn.'

'Misschien niet.' Constance viste onder haar jurk en trok een ouderwetse directoire naar beneden.

'Dat is veel beter,' zei Liddy. 'Wacht even.'

Terwijl ze weg was, grabbelde ik in Constances sieradendoos. Onderin vond ik een zware, oosters uitziende ketting van vierkante gouden en ronde turkooizen kralen. 'Doe dit eens om,' zei ik.

Het goud deed haar gezicht oplichten en de grote kralen maakten dat haar brede schouders smaller leken. 'Ik geloof dat er ook nog oorbellen en een armband bij horen.' Ze bekeek zich in de spiegel. 'Finn heeft deze set jaren geleden voor me meegebracht uit Egypte of Syrië of zo, maar ik heb het nooit gedragen. Ik dacht altijd dat ze te flamboyant voor me waren.'

'Integendeel.' Ik rommelde in de doos en vond de overige attributen. 'Ze passen perfect bij je. Hij heeft er kennelijk een goed oog voor.'

'Ik vermoed dat Violet alles heeft uitgezocht. Ze kleedde zich altijd erg goed, de arme lieverd.'

Liddy kwam terug met een armvol vrolijk gekleurde lappen stof en een krultang. 'Ik heb een paar sjaals van mama voor je meegebracht. Die kun je om je heupen knopen, om de spekrolletjes te verbergen.'

Het zelfbeeld van de arme Constance was zo slecht dat ze niet ineenkromp bij dit onomwonden commentaar van de jeugd, maar gewillig deed wat haar werd gezegd.

'Hier, probeer die eens.' Liddy pakte een beeldschone zijden sjaal in de kleur van aquamarijn. 'Hij past perfect bij die mooie sieraden en hij vrolijkt dat bruin op.'

Het effect was alles wat iemand maar had kunnen wensen. De eenvoud van de jurk werd in één klap getransformeerd in beheerste chic. 'Nu dat haar. Ga zitten.' Liddy duwde haar tante op het krukje van haar kaptafel en ging aan de slag met de tang. Ze streek de slordige krullen glad tot een elegante reeks golven, met een scheiding opzij, zodat er een lok sexy over één oog hing. 'Oké, laten we nu eens in de make-uplade kijken. O hemel, tante Connie! Het soort mascara waar je op moet spugen is al uit de mode sinds het stenen tijdperk.'

Liddy verdween en kwam terug met haar eigen potjes, potloden, flesjes en poederdozen. Ze schaduwde, veegde, mengde, borstelde en depte, en het resultaat was een triomf. Constance was een ware Juno met amandelogen, een goudbruine godin met een vlekkeloze huid en rode lippen.

Liddy bekeek haar tante kritisch. 'Er is nog steeds iets wat me niet helemaal bevalt. Ik weet het al.' Ze viste een pincet uit haar make-uptasje. 'Die wenkbrauwen. We hebben geen tijd om ze echt goed te doen – bovendien worden ze waarschijnlijk rood waar ik ze heb geëpileerd – maar ik doe er wel een paar in het midden.'

'O... au! O... au!' protesteerde Constance, maar toen ze zich ten slotte in de spiegel bekeek, riep ze uit: 'Ik kan gewoon niet geloven dat ik dat ben!' Ze greep Liddy's hand. 'Dank je wel, lieverd. Het is ontzettend aardig van je om zoveel moeite te doen.'

'Graag gedaan,' zei Liddy luchtig, maar ik zag hoe blij ze was.

'Het spijt me, maar ik moet alweer naar de wc. Dat komt doordat ik zo zenuwachtig ben. In mijn jonge jaren heb ik nauwelijks iets van de dansvloer gezien. Ik stond voortdurend met gekruiste benen in de rij voor de wc.'

Liddy en ik wachtten boven aan de trap op Constance, zodat we tegelijk onze entree konden maken. Vanaf de overloop kon ik door het traphek heen in de hal beneden kijken, waar zou worden gedanst, en waar waarschijnlijk ieder jaar was gedanst sinds de bouw van het huidige kasteel, zo'n vijfhonderd jaar geleden. We hadden die ochtend het terrein zo ongeveer kaalgeplukt om de betimmering met groen te bedekken. Het zag er weelderig en bossig uit. Bij gebrek aan danskristallen hadden Katty en Pegeen kaarsen geraspt en de kruimels over de eiken vloerplanken gestrooid om alles glad te maken. De geur van de was vermengde zich met de geur van brandende turf en de scherpere geur van de hars van de berk, linde en lariks.

Kit, meneer Macchuin en Eugene stonden in een groepje voor de haard. De eerste twee droegen een smoking terwijl Eugene zijn gebruikelijke groene pandjesjas aan had. Toen we de trap afkwamen, zag ik tot mijn vreugde dat Eugenes ogen zich met verscherpte belangstelling op Constance richtten.

'Wat zie jij er mooi uit, Liddy.' Meneer Macchuin stapte naar voren om zijn dochter te kussen. 'Als een gezonde jonge vrouw in plaats van een zak botten.'

Ik had moeite mijn mond te houden bij dit typisch mannelijke compliment dat meer ontmoedigde dan bevestigde. Hij draaide zich om en bekeek zijn zuster.

'Grote genade, Con! Ik had je nauwelijks herkend.' Hij bekeek haar van top tot teen, met broederlijke onpartijdigheid. 'Je haar zit anders. En je hebt lippenstift op. Wat heeft dit allemaal te betekenen?' Ik had hem het liefst een schop tegen zijn schenen verkocht. Toen zei hij: 'Het is een welkome afwisseling van trui en laarzen.'

'Zeg dat wel.' Eugenes neusvleugels trilden, hij haalde zwaar adem en zijn ogen puilden uit. '"De sloep van mijn gemoedsrust lijdt schipbreuk op de kust van de Schoonheid."'

Constance bloosde lief.

'Ik popel om te gaan dansen.' Kit greep me vast en walste me behendig door de hal. 'Grote hemel! Je bent bedwelmend! Alsof ik in een rivier van bloemen verdrink.' Hij begon zacht te zingen. 'Beloof je me de hele avond met me te dansen? Als ik tenminste mijn plicht bij de muurbloempjes heb gedaan?'

'Dat zou heel leuk zijn, maar tot het souper achter de rug is en alles is afgewassen, heb ik dienst.'

'Het was een gelukkige dag voor de Macchuins toen jij hier binnenviel.'

Ik keek over zijn schouder naar Constance die voor de haard stond, haar rode mond een eindje geopend terwijl ze naar Eugene luisterde. Naar Liddy, die haar uiterlijk in een punchlepel bekeek. Naar Flavia, die in een leuke blauwe jurk de trap af kwam, met een boek voor zich uit terwijl ze met haar tenen naar de volgende traptrede tastte. Achter Flavia kwam Maud, als altijd in het zwart, maar met een diamanten ketting en oorbellen die fonkelden. Na Maud kwam Sissy, in haar gewoonlijk soepele bewegingen gehinderd door een strapless jurk die met schitterende groene en zilveren lovertjes was bezaaid en heel strak tot aan haar enkels zat. Over haar blote voeten viel een randje visnet. Haar borsten werden ternauwernood bedekt door geborduurde kokkelschelpen. Het zeemeerminkostuum paste goed bij haar kleine gezicht en haar zwarte piekhaar met rode puntjes. Ze schuifelde met kleine stapjes de hal in en legde haar hand op de arm van meneer Macchuin. Hij stond met zijn rug naar de kamer en was bezig met de punt van zijn schoen een turf in de vlammen te duwen. De uitdrukking op zijn gezicht toen hij Sissy's verschijning zag, was al het stof afnemen en aardappels schillen ruimschoots waard.

'Het was een gelukkige dag voor mij.'

'Nou, Liddy,' hoorde ik Maud zeggen toen we voorbij zweefden, 'dat is een mooie jurk. Maar je moet wel zorgen dat je niet dikker wordt. Op jouw leeftijd had ik een middel van vijfenveertig centimeter, net als je moeder.'

Ik liet Kit naast hen stoppen. 'Liddy is zo precies goed,' zei ik. 'Vind je niet, Kit?' Ik kneep hard in zijn hand.

'Wat?' Hij wierp een oppervlakkige blik op Liddy. 'O, een sirene. De jongens zullen verblind zijn.'

Maud bekeek me van top tot teen. 'Wat opmerkelijk! Onze huishoudster is beter gekleed dan ieder van ons.'

33

De muzikanten – drie violisten, een banjospeler, een fluitist en een man met een *bodhrán* (een soort trom) – namen plaats op de overloop die groot genoeg was om een soort minstreelgalerij te vormen. Niet lang na hun komst begonnen de gasten binnen te komen door de openstaande voordeur.

Ik ging kijken of in de keuken alles volgens plan verliep. Zodra ik zag dat er ruim voldoende was voor iedereen, ontspande ik me. De Ierse gewoonte om tegen vreemden te praten alsof het oude bekenden waren, droeg in niet geringe mate aan de feestvreugde bij. Toen na het souper het dansen weer begon, waren ongehuwde vrouwen zeer in trek. Verscheidene mannen met glimmende pakken en nog glimmender gezichten, die eerst te verlegen waren geweest, hadden nu moed gevat door de punch en maakten ruzie over wie mij over de dansvloer mocht meevoeren. Maar toen Michael McOstrich in de deuropening verscheen, dropen ze af.

'Nu draait u een rondje met mij, juffrouw Norton.'

Hij zag er schitterend uit in zijn avondkleding. Hij had iets vurig mannelijks dat ik misschien aantrekkelijk had gevonden als ik ook maar enigszins in landbouw geïnteresseerd was geweest. Hij was in het dansen al even rechtlijnig als in zijn hofmakerij en hij deed geen concessies aan andere paren. Met als gevolg dat we een spoor van gekneusde voeten, blauwe schenen en pijnlijke hoofden achter ons lieten.

'Ik moest de koeien nog binnenhalen,' zei hij bij wijze van verklaring voor zijn late komst. Hij troonde me één keer de hal door voordat hij zei: 'Wilt u uw mening niet herzien, ten aanzien van het afslaan van mijn uitnodigingen? Ik moet bekennen dat u het me heel moeilijk maakt. Ik weet niet wanneer ik ooit zoveel idee over een jongedame heb gehad. U beseft misschien niet dat mijn bedoelingen eerzaam zijn?

Ik ben er de man niet naar om met Gods heilige wetten te rommelen. Ik meen het allemaal eerlijk en open.' Hij stond zo plotseling stil dat er een paar tegen ons opbotste. 'Ik bied een huwelijk aan, juffrouw Norton.'

'Noem me alsjeblieft Bobbie. Dit is zo plotseling. Ik ben me er natuurlijk van bewust dat het een grote eer is...' We leken in een boek van Jane Austen te zijn beland. Het was niet goed om een veilig heenkomen te zoeken in laffe halfslachtigheid. 'Maar het is helaas onmogelijk.'

'Ik heb een goed thuis te bieden. En je zou absoluut niet zo hard hoeven te werken als hier. Máire zou je dienstmeisje kunnen zijn. En niemand zou op je neer durven kijken. Laat ze het niet wagen.' Michael verstevigde zijn greep op mijn middel en keek woest. 'Er is in heel Connaught geen man die ik niet zou kunnen uitkopen als ik dat wilde. Neem nou Finn Macchuin, die wordt echt in verlegenheid gebracht. Hij zal Curraghcourt waarschijnlijk binnenkort moeten verkopen om de eindjes nog aan elkaar te kunnen knopen.'

'O, nee toch zeker!'

De ontzetting in mijn stem maakte dat Michael achterdochtig werd. 'Wat zou jou dat deren?'

'De familie heeft hier al zo lang gewoond.'

'De McOstrichs hebben bijna net zo lang op Ballyboggin gewoond.'

'Ik zou het net zo jammer vinden als jij je huis moest verkopen.'

'Daar hoef je niet bang voor te zijn. Tot dertig kilometer in de omtrek is er geen andere boerderij met een aardappelpootmachine. Ik heb een nieuw bed besteld.'

'Echt? O, sorry,' voegde ik er verontschuldigend aan toe tegen de vrouw wier oog ik bijna met mijn elleboog had uitgestoten.

'Het beste van de hele winkel. Hoofdeinde, matras met springveren, de hele handel. Ik ben geen man om op uitgaven te beknibbelen wanneer ik iets goeds wil.'

'Je bent ongetwijfeld heel goedgeefs.'

'Wat dat betreft is er in heel Connaught geen man die harder kan onderhandelen. Ik doe met één pond hetzelfde als andere mannen met tien. Maar heb je zin om naar Ballyboggin te komen voor een hapje eten? We zijn dan gewoon met z'n tweeën. Mijn broers kunnen in de bijkeuken eten. Máire eet staande terwijl ze kookt.'

'Ik zou het heel vervelend vinden om je familie zoveel overlast te bezorgen.' Onder Michaels arm door ontwaarde ik Sissy, die met een dronken man danste. Haar jurk was op haar bovenbeen uitgescheurd.

Ze leek het niet naar haar zin te hebben. Toen ze mijn blik opving, stak ze haar tong uit. Dit bracht me ertoe het plan waarop ik had zitten broeden in werking te stellen. 'Bovendien,' ging ik verder, 'zou ik het niet met mijn geweten in overeenstemming kunnen brengen een andere vrouw ongelukkig te maken door op jouw vriendelijke voorstel in te gaan. Ik zou haar dan misschien wel tot een wanhoopsdaad kunnen drijven.'

'Hoe dat zo? Welke vrouw?'

'Een vrouw die, weet ik toevallig, bijna kapot is van verdriet omdat jij nooit enige belangstelling voor haar toont.'

'Kapot van verdriet, zeg je?' Uiteraard was hij een en al belangstelling. 'Om mij? En wie is die *cailín*?'

'Ik weet niet zeker of ik je dat mag vertellen. Ik zou misschien haar vertrouwen schenden.'

'De gevoelens van een dame zijn me heilig. Ik ben er niet de man naar om de reputatie van een vrouw te grabbel te gooien.'

'Nou, in dat geval... zal het je misschien verbazen dat Sissy McGinty steeds naar ons kijkt en uit het diepst van haar hart wenst dat ze in mijn schoenen zou staan.'

'Sissy McGinty?' bulderde hij. 'De bastaard van de ketellapper?'

'St! Denk aan haar reputatie.'

'Nou, heel Galway weet dat ze het liefje van Finn Macchuin is.'

'Praat een beetje zachtjes. Een man van de wereld als jij moet toch weten dat het het voorrecht van een vrouw is van gedachten te veranderen.'

'Het is waar dat jullie een wispelturig stelletje zijn, als jullie niet onder de duim worden gehouden.'

Ik vroeg me af welke methoden Michael zou hanteren om welke vrouw dan ook 'onder de duim te houden'. Maar ik dacht dat Sissy wel voor zichzelf kon opkomen.

'Ik ben ervan overtuigd dat jij geen enkele moeite zult hebben de aandacht van een vrouw op jou gericht te houden.'

'O Bobbie!' Hij zuchtte sentimenteel en drukte me tegen zijn brede borst. 'Zou jij jezelf er echt niet toe kunnen brengen die vrouw te zijn? Ik weet dat ik een beetje een rauwe bink ben. Toen mijn vader stierf, God hebbe zijn ziel, stond de deurwaarder op de stoep, en ik heb vier broers en een zuster die jonger zijn dan ik. Ik moest keihard werken om de boerderij weer op de been te helpen, anders waren ze omgekomen van de honger. Ik heb geen tijd gehad voor het aanleren van beschaafde manieren, zoals dames die graag zien. Ik heb van 's ochtends vroeg tot 's avonds laat gezwoegd om de boerderij rendabel te maken. Maar ik zou goed voor je zijn, wees daar maar niet bang voor.'

Op dat moment had ik het gevoel dat ik de ware man achter al het gepoch had gezien. Ik vergat dat het totaal van onze kennismaking niet meer dan een halfuur praten bedroeg, en het speet me oprecht hem verdriet te moeten doen.

'Het zou niet werken, Michael. We hebben niets gemeen. Maar ik dank je hartelijk. Nu moet ik echt dingen in de keuken gaan regelen.' Ik probeerde me uit zijn greep los te maken. 'Waarom vraag je Sissy niet ten dans?'

'Dat meen je toch zeker niet? Een McOstrich en een McGinty? Haar vader was scharensliep en haar moeder kwam uit het armenhuis.'

'Dat vind ik nou niet erg galant van je. Ik ben geschokt dat een McOstrich van Ballyboggin zich tot kinderachtig snobisme verlaagt. Als jij dat zou willen, zou je een koningin kunnen maken van een bedelares. Bedenk wel dat Sissy goed genoeg was voor senator Macchuin.'

'Dat is waar.' Dit stemde Michael kennelijk tot nadenken. Als er één man was voor wie Michael bereid was te buigen, dan was het wel meneer Macchuin.

'Ze heeft een hartstochtelijk karakter, dat is wel duidelijk. Ze is heel knap. En origineel.'

'Misschien.'

'En ze is erg op je gesteld.'

'O ja?' Weer een stilte. Ik voelde zijn greep verslappen. 'Nou, dat spijt me dan. Het is triest om verliefd te zijn en het niet beantwoord wordt.'

Ik glipte uit zijn armen en ging de afwas in de keuken regelen. Toen ik terugkwam in de hal, greep Kit me bij de schouders.

'Kom op, Bobbie,' zei hij in mijn oor. 'Ik heb met iedere matrone, maagd en deerne gedanst. Nu is het jouw beurt.'

De muzikanten speelden opzwepende jigs en reels, met van inspanning bezwete gezichten. We kenden natuurlijk geen van beiden de passen, maar niemand nam de moeite precies te zijn en we huppelden, draaiden en zwierden tot we na twintig minuten volledig buiten adem waren.

'Genade,' riep Kit uit. 'Volgens mij heb ik nu gaten in mijn schoenen. Zullen we iets gaan drinken?'

Ik maakte me los uit zijn armen. 'Eigenlijk moet ik eerst even gaan kijken of de streepjeskat al heeft gejongd. Ik heb Flavia beloofd een oogje in het zeil te houden.'

Kit zuchtte. 'Mag ik mee? Misschien krijg ik de kans om een beetje voor vroedvrouw te spelen. Ik heb veel ervaring met puppy's gehad, en het kan niet zoveel anders zijn. Daarmee zou ik vast bij jou in een goed boekje komen te staan?'

'Zeker. Ik zou niet weten wat ik moet doen als er iets misgaat.' Maar in de hal stond pastoor Deglan, een van de weinige gasten die niet volslagen dronken was, op vermanende toon tegen Liddy te praten. Ze zag er pruilend en opstandig uit. Ik legde mijn hand op Kits arm. 'Vraag Liddy ten dans en doe een beetje aardig tegen haar, wil je? Ik kom zo weer beneden, als ik bij de kat heb gekeken.'

'Ik wil met alle liefde een verstoten poesje in mijn smokingoverhemd warm houden.'

'Toe.'

'Kom dan weer gauw terug.'

In mijn slaapkamer brandde het licht. Flavia lag, geheel gekleed, op mijn bed te slapen. Ik trok de gewatteerde deken over haar heen. Vanuit de diepte van de kast keek een heel zwangere kat somber naar buiten. Ik verzekerde haar met schijnheilige opgewektheid dat binnenkort alles weer goed zou zijn en gaf haar wat melk. Ik vroeg me af of Pegeen, die ik voor het laatst in de dronken omhelzing van Turlough McGurn had gezien, eraan had gedacht Violet iets te drinken te geven. Ik nam de kan melk mee en ging de zoldertrap op.

Met uitzondering van één kaars die voor de Heilige Maagd brandde, was het donker in Violets kamer. Ik knipte het bedlampje aan. Ze lag naar de muur gedraaid. Ik tilde haar op zodat ze met haar gezicht naar me toe lag in een poel van licht. Haar voorhoofd vertoonde een kleine frons, haar ogen waren zoals gewoonlijk gesloten.

'Hallo Violet. Hoe gaat het ermee?'

Haar voorhoofd was warm, dus maakte ik het beddengoed wat los, legde haar armen op de deken en streek een sliert haar, die over haar wang was gevallen, naar achteren.

'Ik wou dat je beneden was, zodat je de muziek kon horen. Het feest verloopt goed, naar het niveau van dronkenschap te oordelen. Er is een man die zich aan de paal van de trapleuning heeft vastgeklampt om het ding te verzekeren dat hij er een diepgaande genegenheid voor koestert.' Ik begon lepeltjes melk aan Violet te voeren. 'Liddy danst nu met Kit. Ze zal veilig zijn bij hem. Hij is een fatsoenlijk mens. En intelligent. En hij maakt me aan het lachen. Hij is betrouwbaar. Dat zou eigenlijk genoeg moeten zijn, hè? Maar op de een of andere manier heb ik het gevoel dat jij die eigenschap niet boven aan je lijstje zou zetten. Vraag me niet hoe ik dat weet. Misschien komt het door je kleren, alle dingen die je hebt uitgekozen, die lippenstift. Ik denk dat je Kit té aardig zou vinden… niet gevaarlijk genoeg. Maar ik wil nooit meer gevaar.' Ik veegde haar mond af en deed wat vaseline op haar lippen. Daarna klopte ik wat nachtcrème op haar gezicht en hals. Haar neusvleugels trilden en haar lippen bewogen even, alsof ze iets wilde zeggen. Maar er kwam niets. Ik streelde haar over haar haar. 'O Violet, ik wou dat je wakker werd en me aankeek. Probeer het toch eens! Als je Flavia eens op mijn bed kon zien liggen slapen – ze heeft voor die streepjeskat gezorgd over wie ik je had verteld – ze ziet er zo lief uit. Flavia, bedoel ik. Het is zo triest voor haar om op te groeien zonder jou.'

Geen reactie. Ik liep uit de lichtcirkel naar de wasbak om haar tandenborstel te pakken. Ik trok aan het koord dat het licht boven de spiegel aan deed, en slaakte toen een kreet.

'Sst! Schrik maar niet. Het spijt me. Ik wilde je niet bang maken.' Meneer Macchuin zat op de bank bij het raam.

'U hebt me de doodsschrik op het lijf gejaagd. Hoe kon u dat nou doen? Om daar al die tijd in het donker te zitten. Ik kreeg bijna een hartaanval!'

Zijn ogen schitterden in het harde licht van de tl-buis. Hij had zijn strikje en de bovenste knoop van zijn overhemd losgemaakt. In zijn hand hield hij een glas, en op de bank naast hem stond een fles met iets wat op whiskey leek.

'Het spijt me. Ik was naar boven gegaan om een beetje rust te zoeken. Ik ging ervan uit dat u meteen weer weg zou gaan.'

'Het spijt me dat ik u heb gestoord!' De schrik had me kwaad gemaakt. 'Als u me nog twee minuten kunt verdragen zal ik weggaan zodra ik Violets tanden heb gepoetst. Tenzij u dat wilt doen?' Ik stak de tandenborstel en de tandpasta naar hem uit.

'Ik zou dat vast niet zo goed doen als u. Wees nou niet boos. Kunt u niet begrijpen dat een man misschien een beetje rust wil in zijn eigen huis?'

'U hoeft niet zo slachtofferig te doen. Het was niet míjn idee om Lughnasa te vieren. Ik heb helemaal niet zo'n behoefte aan gezelschap. En ik ben dol op stilte.'

'Echt? U kunt anders hard genoeg gillen. Een meeuw zou er jaloers op zijn.'

'Ha, ha! Erg grappig, hoor.' Ik probeerde me te herinneren wat voor onzin ik aan Violet had verteld.

'Wilt u iets van me drinken, juffrouw Norton?'

'Nee, dank u, meneer Macchuin,' zei ik kortaf. 'Ik lust geen whiskey. Bovendien stoor ik u in uw kostbare eenzaamheid.'

'Kun je nou voor één keer eens niet meteen in de gordijnen klimmen?' Hij moest meer gedronken hebben dan hem was aan te zien. 'Waarom moeten de Engelsen toch altijd zo stijf doen? Noem me in godsnaam Finn.'

'Het heeft niets te maken met dat ik een Engelse ben. U noemt mij altijd juffrouw Norton.'

'Ik durf niets te doen zonder daartoe te zijn uitgenodigd.'

'Nou... Je mag me Bobbie noemen als je dat wilt. Het is een punt dat me volstrekt onverschillig laat.'

'Wat kunnen jullie toch bekakt doen! Ik begrijp niet hoe jullie ras zich ooit heeft kunnen voortplanten. Engelsen moeten zoiets toch wel heel gênant vinden.'

'Nou wordt-ie mooi! Wanneer kun jij eens een zin uitbrengen die niet klinkt alsof hij uit een gebruiksaanwijzing komt?'

Hij keek verbaasd en schoot toen in de lach. 'Liddy zegt dat ik me opgeblazen begin te gedragen. Het zal wel de invloed van de senaat zijn. God, Bobbie – wat een belachelijke naam voor een vrouw – laten we iets drinken en een wapenstilstand tussen Ierland en Engeland sluiten. Het is geen whiskey,' voegde hij eraan toe. 'Het is armagnac. Een goede.' Hij stond op. 'Ga daar maar zitten' – hij wees naar de bank bij het raam – 'dan schenk ik een glas voor je in.' Hij liep naar de wasbak en spoelde Violets tandpastaglas om.

Het leek eenvoudiger om in te stemmen. En toevallig vind ik armagnac lekker. Toen meneer Macchuin (ik kon nog steeds niet als Finn aan hem denken) me het glas halfvol amberkleurige vloeistof had gegeven, maakte hij geen aanstalten om naast me te gaan zitten. Hij liep door de kamer heen en weer en bleef naast Violets bed staan.

'Ik had het bij het verkeerde eind, hè?' Hij pakte de slappe hand van zijn vrouw. 'Diep in mijn hart kan ik niet geloven dat ze beter zal worden. Maar een mens moet proberen te hopen. Was het Wordsworth die zei dat we op bewondering, hoop en liefde leven? We houden het niet vol in de grauwe wereld van rede, gezond verstand en plichtsbesef.' Hij bleef Violets hand vasthouden, maar hij keek mij aan. 'Wat zeg jij daarop, Bobbie, verstandige, vlijtige en rationele vrouw die je bent? Florence Nightingale voor mijn vrouw, boezemvriendin van mijn zuster, beschermengel van mijn kinderen. Daarnaast heb je ook nog een rol als vrijwilliger bij de dierenbescherming.' Hij hief het glas en glimlachte. 'Niet te vergeten de macht die je over de woeste mannen uit de bergen hebt.' Ik draaide me om toen ik iets op het raam achter me hoorde tikken. Er liep een druppel water door het stof aan de buitenkant van de ruit. 'Dit is de eerste keer dat het regent, sinds de avond dat ik hier ben gekomen.'

'Heel ongewoon voor Ierland. Zoals je wel zult ontdekken. Als je blijft. We hebben bijna een deugd van ons weer gemaakt. Het is een kwestie van nationale trots dat we meestal tot over onze knieën in de modder staan.'

In de verte was een roodoranje schijnsel tegen het zwart van de nacht te zien. 'Wat zijn die lichten?'

'Vuren. Het is met Lughnasa een traditie om zoveel mogelijk te drinken en dan over de vuren heen te springen. De *Garda* probeert dit te verbieden omdat er al verscheidene mensen bij zijn omgekomen.'

Ik zei op dat moment niets, want ik zag dat Violets ogen open waren. Ze lag naar meneer Macchuin omhoog te staren.

'Ik ga morgen naar Dublin terug,' zei hij na een stilte waarin Violet haar ogen weer had gesloten.

'Blijf je lang weg?' vroeg ik, alleen maar om hem aan het praten te houden. Ik had bedacht dat het misschien de stem van haar man was die Violet uit haar diepe slaap naar boven haalde. De eerste keer dat ze ze had opengedaan was toen hij naast haar bed met mij had staan kibbelen.

'Ik weet het niet. De implicaties van het legaliseren van de verkoop van voorbehoedsmiddelen voor bonafide gezinsplanning schijnen veel discussie te vergen.' Violets ogen waren weer open. 'Ik denk dat we er het beste naar kunnen streven alle restricties ten aanzien van de verkoop ervan op te heffen. Het aantal ongehuwde meisjes dat voor een abortus naar Engeland gaat, stijgt elk jaar met sprongen.' De senator keek ernstig. Hij legde Violets hand weer op het beddengoed en begon door de kamer te lopen. Ik was er bijna zeker van dat haar ogen hem volgden. Dat betekende dat ze kon zien. 'Wie proberen we eigenlijk voor de gek te houden? De zwarte markt in anticonceptiemiddelen treft de mensen die zich die middelen het slechtst kunnen veroorloven: mensen die al te veel kinderen hebben; jonge mannen die als landarbeider een hongerloontje verdienen. De enige mensen die nog geloof hechten aan *Humanae vitae* – de pauselijke encycliek van negentienachtenzestig – zijn de priesters en de oude fanatici die toch geen seks willen.' Hij hield op met ijsberen en keek me aan. 'Ik schok je toch niet, hè?'

'Helemaal niet. Het is duidelijk van het grootste belang voor het welzijn en het geluk van de mensen.' Zodra hij ophield met praten sloot Violet haar ogen.

'Ik neem aan dat Ierland een heel achterlijke indruk op je maakt?'

'Ik vind het een heel charmant land.' Hij leek te verwachten dat ik nog meer zou zeggen, maar ik wilde dat hij bleef praten. 'Het leven in Dublin moet wel heel anders zijn dan dat op Curraghcourt.'

'Het is een prachtige stad. Ken je Dublin?' Ik schudde mijn hoofd. 'We hadden vroeger de ergste sloppenwijken van heel Europa. Buitenlanders maakten excursies door de ergste wijken, alleen maar om zich te vergapen aan onze armoede en vernedering, maar we zijn sindsdien een stuk vooruitgegaan. We vinden nu dat we op cultureel en historisch gebied iets te bieden hebben en we beginnen trots te worden op onze architectuur. Ik heb daar mooie kamers met uitzicht op St. Stephen's Green. Maar als ik daar ben, wil ik hier zijn. Dan mis ik de kinderen, het huis, de stilte... De schoonheid van de bergen. De ongereptheid.' Hij dronk zijn glas leeg, zonder in de gaten te hebben dat zijn vrouw hem met strakke ogen lag aan te kijken. 'Maar wanneer ik dan thuiskom zijn er zoveel... moeilijkheden... dat het meestal niet lang duurt voor ik begin te verlangen naar het stadsleven, waarin je tijd overhoudt om over dingen na te denken. Het lijkt onmogelijk me ergens thuis te voelen. Het is net of ik niet meer weet hoe ik gelukkig moet zijn.' Hij stond even na te denken, schudde toen zijn hoofd en streek met zijn hand over zijn gezicht. 'Ik begin sentimenteel te worden. Ik heb te veel gedronken. En hoe zit het met jou? Wat houdt je hier, waar je je talenten verdoet met een baan die saai, vies en eentonig is...'

'Moet je nu echt weg?' onderbrak ik hem, want Violets oogleden knipperden en zakten omlaag alsof ze erg moe was.

Hij keek verbaasd. 'Ja, ik denk het wel.'

'Want ik geloof echt... Kijk eens naar Violet.'

Hij draaide zijn hoofd om. 'Wat?'

'Al de tijd dat jij aan het woord was, had zij haar ogen open.'

Hij liep snel naar het bed en boog zich over haar heen. 'Violet? Violet! Ik ben het, Finn. Kijk me eens aan.' Van waar ik zat viel zijn schaduw over haar gezicht. Na iets wat een heel lange tijd leek, maar misschien hooguit een minuut duurde, richtte hij zich weer op. 'Ik vrees dat bij jou de wens te veel de vader van de gedachte is geweest. Of misschien was het gewoon een speling van het licht.'

'Ik heb het me niet verbeeld.' Ik probeerde mijn teleurstelling te verbergen. 'Ik zweer dat haar ogen open waren en dat ze naar je keek. Dacht je dat ik zo wreed zou zijn je hoop te geven als ik niet absoluut zeker was geweest?'

'Nee.' Hij glimlachte. 'Ik ben ervan overtuigd dat je echt denkt dat je het hebt gezien. Omdat je uit louter goedheid hoopt dat het zal gebeuren. Maar het was gewoon een effect van het licht.'

'Kon je nou maar een paar dagen langer blijven. Ik ben ervan overtuigd dat het jouw stem is die haar uit haar bewusteloosheid haalt.'

'Juffrouw Norton... Bobbie... Ik ben geroerd door je bezorgdheid voor Violet. Echt waar. Maar omwille van de kinderen, omwille van iedereen, ook voor jouw bestwil, denk ik niet dat het een goed idee is te veel hoop te vestigen op de gedachte dat ze beter zal worden.'

Mannen zijn van die koppige wezens. Er valt niet met hen te praten, want dan volharden ze nog meer in hun vooringenomen standpunten en wordt het voor hen onmogelijk te erkennen dat ze ongelijk hadden. Met een bovenmenselijke inspanning bedwong ik mijn ongeduld en trok een gezicht van berusting.

'Ik heb je toch zeker niet beledigd?' Hij was kennelijk een beetje uit het veld geslagen nu ik niet op mijn gebruikelijke scherpe toon reageerde.

'Niet in het minst.'

'Het zou uitermate ondankbaar zijn als dat zo was.'

Ik liet mijn stem zakelijk klinken. 'Laten we het er verder niet over hebben. Ik wilde je eigenlijk over iets heel anders raadplegen. Ik zou graag nog een tijdje op Curraghcourt willen blijven als jij dat goedvindt.'

'Heb je mijn toestemming daarvoor nodig? Het lijkt me eerder omgekeerd. Constance heeft gedreigd me te vierendelen als ik nog één keer ruzie met je maak.'

'Mooi. Maar ik heb jouw instemming en medewerking nodig. Want ik heb een plan.'

34

'Het was eigenlijk heel geslaagd.' Liddy leunde met haar rug tegen het raam. We waren in Violets kamer. Buiten druppelde de nattigheid uit zware wolken, als opgezwollen sponzen. 'Ik heb nooit eerder echt goed gedanst. Met iemand die dat kon.'

Ze beet op een nagel terwijl ze nadacht. We hadden dit gesprek, of iets soortgelijks, minstens om de paar uur gehad sinds Lughnasa, nu een week geleden. Het feest was door iedereen tot een succes verklaard, behalve door Sissy, die bozer op me was dan ooit. De oorzaak van haar woede scheen de overhaaste terugkeer van meneer Macchuin – pardon, Finn – naar Dublin te zijn, hoewel ik daar niets mee te maken had. We waren de volgende morgen laat voor het ontbijt beneden gekomen en hadden op de tafel in de eetkamer een brief van de heer des huizes gevonden, gericht aan Constance. Rechtop tegen een kandelaar stonden drie korte berichten voor de kinderen. Toen Constance de brief van haar broer, met zijn verontschuldigingen omdat hij zonder afscheid te nemen was vertrokken, had voorgelezen, had Sissy met haar voet gestampt en mij een stuk toast naar het hoofd gegooid voor ze de kamer was uitgehold. Ze kon goed mikken omdat ze ooit aan messenwerpen had gedaan, en de toast raakte me recht in het gezicht. Het projectiel was te licht om me pijn te doen, maar de boter was wel vervelend.

'Jij gaat zeker met Kit trouwen, hè?'

Ik hield op met Violet pap te voeren en keek Liddy aan. 'Ik heb geen plannen om met wie dan ook te trouwen,' zei ik.

'O.' Nog meer gekluif op de kapotte nagel. 'Het lijkt me heel vervelend om getrouwd te zijn.' Ze bekeek de nagel zorgvuldig. 'Kit is zo deftig. Je zou tuinfeesten moeten houden en aardig moeten doen tegen de pachters.'

'Jij schijnt er meer van te weten dan ik.'

'Hij heeft me over zijn ouders verteld, en over hun huis in Norfolk. Het klonk geweldig chic.'

Ik begon een beetje boos te worden op Kit. Waarom moest hij zo nodig opscheppen en Liddy het hoofd op hol brengen?

'Ik zou dat soort dingen vreselijk vinden,' ging Liddy verder. 'Me de hele tijd netjes moeten gedragen. Waarschijnlijk is hij zo'n ouderwetse echtgenoot. Je weet wel, gescheiden slaapkamers en hij klopt in zijn ochtendjas op je deur om zijn huwelijkse rechten op te eisen.'

Liddy's fantasie was kennelijk uitermate actief geweest.

'Zijn er nog mensen die zich zo gedragen?'

'Geen flauw idee.' Ze sloeg haar armen om haar knieën en zweeg een tijdje. 'Ik zou het vreselijk vinden om getrouwd te zijn met een man die veel ouder is dan ik,' zei ze ten slotte.

'Het heeft zo zijn nadelen. Een lange periode als weduwe, bijvoorbeeld.'

'En hij zou vreselijk bazig zijn omdat hij zoveel meer weet dan jij.' Ze staarde dromerig uit het raam terwijl ik Violet waste en haar tanden poetste. 'Bobbie?'

'Mm?'

'Je bent toch niet verliefd op Kit, hè?'

'Ik ben op niemand verliefd.'

'Want volgens mij passen jullie echt niet bij elkaar.'

'Nee?'

'Nee.' Liddy was niet in staat de gretigheid in haar stem te onderdrukken. 'Jij moet een man hebben over wie je kunt bazen en die je naar je hand kunt zetten.'

Ik moest onwillekeurig glimlachen. 'Je zult vast gelijk hebben.'

Er werd op de deur geklopt. 'Bobbie? Ben jij daar?' Het was Kit.

Ik controleerde of Violets gezicht schoon was en of alle parafernalia van het invalidenbestaan waren opgeruimd.

'Ja, kom maar binnen,' riep ik.

'Ik heb je overal gezocht.' Hij stond in de deuropening met een grote bos wilde fuchsia. 'Ik ben onderweg van Kilmuree naar hier gestopt om dit te plukken. Ik weet dat jij ze zo mooi vindt. Hallo Liddy.' Hij wierp haar een glimlach toe, waarop ze hevig bloosde en snel de kamer uit ging.

Ik pakte de bloemen van hem aan. 'Dank je wel. Ze zijn erg mooi. Je bent vroeg.'

'Ik vroeg me af wat voor klusjes jij nog voor me had liggen. Ik moet binnenkort weer terug, dus wilde ik mijn tijd goed besteden.'

'Ga je weg?' Terwijl ik dit zei, keek ik naar Violets gezicht. Haar ogen waren open en ze keek naar de deur waar Kit stond. Ik knikte naar hem en gebaarde dat hij moest blijven praten. Hij keek verbaasd, dus wees ik naar het bed.

'Wat? O God! Ik begrijp het. Je wilt dat ik blijf praten?'

Ik knikte. 'Wat jammer dat je weggaat. Er is nog zoveel te doen en je bent erg behulpzaam geweest.'

'Ik heb nog geen dag bepaald, maar ik moet binnenkort weer naar Londen. Ik heb nu al de meest belachelijke smoesjes gebruikt om mijn reis te kunnen rekken. Veerbootstakingen, ingewandsstoornissen, overhemden die zoek waren geraakt in de wasserij...'

'Wil je, voor je weggaat, mij nog leren hoe ik met die cirkelzaag om moet gaan? Timsy zegt dat hij het te druk heeft om Flurry te helpen. En ik denk echt dat hij de waarheid spreekt. De rij in de graanschuur lijkt nooit minder te worden.'

'Ik zal alle bielzen doen voor ik vertrek, ook al moet ik er de hele nacht voor doorwerken.'

'Je bent echt geweldig, Kit.' Ik glimlachte naar hem. 'Dank je wel.'

'Het is in elk geval íéts om te worden gemist vanwege mijn vlijt. Is het erg dwaas van me ook te willen worden gemist om mezelf?'

Ik keek weer naar Violet. 'Ga door met praten.'

'Nou, vooruit dan maar. Ik had gisteren een interessant gesprek met Maud. Ze vertelde me – zoals gewoonlijk zonder enige omhaal – dat ik mijn tijd verdeed met achter jou aan te lopen. Ze zei dat jij het soort vrouw was dat graag wil dat dingen gecompliceerd en moeilijk zijn, zodat je jezelf als een romantische heldin kunt zien. Je had liever een man die kwaad keek dan eentje met schapenogen. Ze was niet erg complimenteus over één van ons. Ze ziet me kennelijk als een slappe Engelsman van het type waar ze in de dagen van haar macht overheen walste. Behalve dat die zich tenminste met typisch mannelijke activiteiten bezighielden. Landeigenaren, legerofficieren, jachtmeesters...'

'Ik vind jagen afschúwelijk!' Flavia stak haar hoofd onder het bed vandaan. 'Het is heel slecht om dieren voor de lol dood te maken!'

'Flavia!' zei ik verschikt. 'Wat doe jij daar onder het bed?'

'Ik hoorde iemand aankomen en ik dacht dat het Pegeen was, dus kroop ik onder het bed omdat ze altijd zegt dat ik mama niet lastig moet vallen, en net toen ik eronder vandaan wilde komen, hoorde ik

Liddy's stem en ik dacht dat ze me zou plagen omdat ik me onder het bed had verstopt, en toen...'

'Geeft niet.' Ik wenkte haar. 'Kom eens kijken.'

Flavia kroop onder het bed vandaan. Ik sloeg mijn arm om haar heen en draaide haar naar het bed. Violets ogen, die in het sombere, regenachtige licht de kleur van zwarte druiven hadden, zwierven rusteloos door de kamer. Flavia slaakte een gesmoorde kreet. Haar lichaam verstrakte, en toen begon ze te beven. Trillend van top tot teen pakte ze haar moeders hand en drukte die tegen haar wang. Violets ogen bleven op het gezicht van haar jongste dochter rusten, met een blik van verbazing die schrik werd.

'Het is goed, mama,' fluisterde Flavia, terwijl de tranen haar over het gezicht stroomden. 'Ik ben het, Flavia.' Haar uiterst gevoelige karakter stelde haar in staat Violets gevoelens intuïtief te interpreteren. 'Ik ben een stuk gegroeid omdat jij lang hebt liggen slapen.'

Ik kon niet beslissen of het vocht dat over Violets ogen trok voor ze die sloot een reactie op de dansende stofdeeltjes was of een antwoord op de intense liefde in Flavia's stem.

Nu de mogelijkheid van Kits vertrek me onder de aandacht was gebracht, maakte ik meedogenloos gebruik van zijn energie en vindingrijkheid. Het wonen binnen een cirkel van bergen in een afgelegen gebied met een ongerept landschap, deed vreemde dingen met je besef van tijd. Het viel gemakkelijk voor te stellen dat niets dat zich in de buitenwereld afspeelde van veel belang was. Maar we hadden veel te doen in ons eigen kleine wereldje. Het grote plan dat ik Finn aan de vooravond van zijn vertrek had voorgelegd, was gebruik te maken van het schema dat Hibernian Heritage had opgesteld om bezitters van grote historische huizen te helpen dringende reparaties te laten verrichten, in ruil voor openstelling voor het publiek, gedurende een aantal dagen per jaar. Het was in mijn gedachten geweest vanaf het moment dat Constance me, op mijn eerste morgen op Curraghcourt, had verteld over de onmogelijkheid van zo'n onderneming. Constance had aanvankelijk getwijfeld over de omvang van dit avontuur, maar ik wist haar ervan te overtuigen dat we het konden. Ze had HH direct geschreven om te vragen of een vertegenwoordiger wilde komen kijken, en er had al iemand opgebeld om een afspraak te maken voor eind januari. Intussen hadden we Finns toestemming om het hele kasteel op zijn kop te zetten teneinde goed voor de dag te kunnen komen voor geleerden en toeristen.

Constance en ik besteedden veel tijd aan het overleggen welke delen van het huis we zouden tonen, en in welke volgorde. Na een inspectie van de eerste verdieping besloten we de zuidelijke toren, die een grootsere versie was van de mijne, erin op te nemen, net als de kamer ernaast die de restanten van prachtig Chinees behang had. Het leek me een goed idee om de kleedkamer ernaast, die deel uitmaakte van het vijftiende-eeuwse kasteel, ook te tonen. Verborgen achter een mooie, oude betimmering zat een onzichtbare deur, waarachter de overblijfselen van een middeleeuwse garderobe waren.

'Denk je dat we dit interessant genoeg kunnen maken?' Constance overzag het akelige meubilair in de kleedkamer, een slecht namaak-Jacobean bed en wat stoelen die met afschuwelijk bruingrijs dralon waren bekleed.

'We maken hier een badkamer van. Er staat in een van de zolderkamers nog een prachtig oud zitbad. Dat zetten we hier neer.' Ik krabbelde iets op een velletje papier om dit te onthouden. 'En die ouderwetse weegschaal. En de scheertafel. Er staat nog een mooie blauw-met-witte toiletpot, die niemand ooit gebruikt, in een mahoniehouten kist naast de voorraadkamer. Die kunnen we hier tegen de muur zetten. Voordat ik bij het veilinghuis ging werken, heb ik een tijdje voor de National Trust gewerkt. Er is niets waar bezoekers zo dol op zijn als op keukens, badkamers en wc's.'

Constance pakte een kussen op en wierp dit weer weg toen er een grote spin uit de vulling kwam. 'Ik moet zeggen dat alles er ongelooflijk armoedig uitziet. Moeten we ook nieuwe gordijnen voor de bedden hebben, en de stoelen opnieuw bekleden?'

'We zullen het latere spul boven zetten, maar alles wat van voor negentientwintig is, gaan we schoonmaken en repareren. Een beetje armoedig is niet erg, zolang we alles maar kunnen terugbrengen tot een soort rijpe oude schoonheid. Het is jammer dat we de kamer van je broer niet kunnen laten zien, die heeft het beste uitzicht op de kanalen. Nu we het er toch over hebben, het zou een goed idee zijn het onkruid te wieden en nieuw grind op het pad ertussen te strooien. Misschien kunnen we zelfs die taxusbomen die zo enorm zijn geworden, weer wat terugsnoeien.'

'Ik weet dat er foto's zijn die rond negentiendertig zijn genomen. De taxussen zijn geknipt in de vorm van een Christmaspudding op een blok. Zouden we dat na kunnen doen? Of zijn die bomen er te oud voor?'

'Constance! Wat een schitterend idee! Een taxus kan erg veel hebben. Je kunt hem net zo hard terugsnoeien als je wilt, en hij loopt altijd weer uit. Bovendien is augustus de perfecte maand om dat te doen. Het zal de hele tuin transformeren, en het kost ons geen penny. Ik popel om met een snoeischaar naar buiten te gaan!'

We gingen Finns kamer binnen. Het was er extreem netjes en het rook er vaag naar vetiverolie. Het hemelbed had een gewelfd baldakijn dat met eikenbladeren was versierd, waarschijnlijk chippendale. Ik bewonderde het uitzicht uit het raam. Het snoeien van de taxussen zou een mooi zicht geven op het gladde, olijfkleurige water dat nu tussen de takken te zien was.

'Het gaat er echt geweldig uitzien!' zei ik met voldoening.

'Reken maar!' beaamde Constance. 'We móéten deze kamer erbij betrekken. We zullen dit de laatste kamer van de rondleiding maken. Finn kan altijd ergens anders slapen, als hij bezwaar maakt.'

'Nou, stel jij het maar voor. Ik zou het niet durven.' Ik bewonderde het portret van Liddy in rood krijt dat boven de wastafel hing, de andere helft van dat van Violet, dat in Flavia's kamer hing. Het zou een goed idee zijn een overzicht van de familiegeschiedenis op te nemen in de gids die we van plan waren te schrijven voor bij de rondleiding. Er hing een portret van Constances grootmoeder boven de trap, tussen andere Macchuin-voorouders. Haar blik was verwijtend en ze was in het zwart gekleed, met slechts een crucifix op haar grote boezem. 'Het zou wel betekenen dat we vier kamers achter elkaar kunnen laten zien. We kunnen bij jouw kamer een touw voor de gang spannen, zodat de bezoekers bij de linnenkasten linksaf moeten slaan. Dan heeft Maud geen last van alle voetstappen. Ze zouden langs de achtertrap bij de keuken naar beneden kunnen zonder terug te hoeven gaan of op te botsen tegen mensen die naar boven gaan.'

'Ga je hun de keuken laten zien?' Constance keek verbaasd.

'Nee. Dat doe jij. Het zal extra leuk voor hen zijn als ze door een familielid worden rondgeleid.'

'Zullen we de keuken netjes genoeg kunnen houden?'

'Dat is dan een goede stok achter de deur. Bovendien hebben we de hele ochtend om rommel te kunnen maken. We gaan op zijn vroegst pas om twee uur open.'

'En wat doen we met Katty en Pegeen? Zullen de mensen het niet vreemd vinden, twee van die onderuitgezakte figuren bij de haard?'

'Ze zullen geen tijd hebben om te slapen. Ze zullen het veel te druk hebben met in de tearoom te helpen.'

'Een tearoom? Lieve hemel! Wat zal Finn daar wel niet van zeggen?'

'Onze bezoekers moeten iets kunnen eten en drinken wanneer ze van ver zijn gekomen. En wc's. Ze zullen het voorlopig met de wc beneden moeten doen. Als dit project van de grond komt, kunnen we er een paar meer laten installeren. Misschien in de oude tuigkamer.'

'Is er nog iets waar je aan hebt gedacht?'

'O, meer dan genoeg. We bedenken het al doende wel, in elk geval gedurende de eerste paar maanden.'

'Ik zal Finn vanavond bellen om hem te vragen of we zijn slaapkamer in de rondleiding mogen opnemen.'

'Ga je nog iets over Violet zeggen?'

Constance aarzelde. 'Ik denk, gezien zijn reactie toen je het hem vertelde, misschien niet. Hij heeft zichzelf ervan overtuigd dat ze niet beter zal worden, dus zal hij waarschijnlijk denken dat wij hallucineren. Laten we maar wachten tot hij terugkomt en het zelf kan zien.'

Sinds Lughnasa was Violets toestand aanzienlijk verbeterd. Het leek alsof de lagere registers van de mannelijke stem nodig waren om haar uit haar gevoelloosheid op te wekken, dus had Eugene opdracht gekregen zoveel poëzie aan haar voor te dragen als hij maar kon. Met voorbeeldige toewijding bracht hij lange uren tussen lunch en diner in Violets kamer door, soms opstandig bulderend, soms snikkend om zijn eigen pathos. Af en toe keek Violet naar hem, volgden haar ogen zijn bewegingen. Elke dag deed ze haar ogen vaker en langer open.

Bij een van deze gelegenheden had Constance Flurry mee naar boven genomen om Violet te zien. Moeder en zoon hadden elkaar even onbewogen aangekeken waarna Violet haar ogen weer op Eugene had gericht en Flurry had gevraagd of hij weer naar beneden mocht, om verder te gaan met de stoomturbine van zijn locomotief, die problemen gaf.

'Arme Flurry!' zei Constance later. 'Hij vindt het altijd al moeilijk om een gesprek gaande te houden. Het zal wel door zijn autisme komen. Hekel aan verandering in patronen, hè?'

'Ik denk het.' Ik klapte het deeg voor de uientaart nog eens dubbel. 'Ik weet er heel weinig van.'

'Vast niet minder dan ik. Finn had weinig zin er iets over te zeggen toen hij terugkwam van de specialist in Dublin. Hij is daarna lange tijd somber en zwijgzaam geweest. Ik had het gevoel dat ik er niet zelf over moest beginnen.'

'Hij zal het er des te moeilijker mee hebben gehad omdat hij er niet met Violet over kon praten.'

'Hm. Ik denk het.' Constance pakte een koekje. Ik bakte die nu vaak omdat Flurry had ontdekt dat hij ze lekker vond. Ik propte er zoveel krenten in dat ze bijna zwart waren van de vitamine C. 'Wat is het toch vreemd dat je zo hecht met andere mensen verbonden kunt zijn en dat je toch zoveel onderwerpen hebt die taboe zijn. Ik ben dol op Finn, maar er zijn veel belangrijke onderwerpen waar we nooit over praten. Violet, de kinderen, geld, de toekomst. Ik vermoed dat hij me te onpraktisch vindt om problemen mee te bespreken. Dat maakt dat ik me heel ontoereikend voel. En ik weet dat hij het niet erg met Eugene kan vinden, maar ik zou het toch fijn vinden als we op zijn minst konden doen alsof Eugene erbij hoort, hier in huis. Hij kan toch niet nog steeds verwachten dat Eugene weer naar huis gaat. Hij zit hier nu al een jaar.' Ze nam nog een koekje. 'Ik ben een beetje bang voor Finns humeur. Dat zal ook wel de reden zijn waarom ik niet over dingen durf te beginnen. En hoe moet het verder met Sissy? Zijn ze nog steeds geliefden? Ik denk dat ze niet zo chagrijnig zouden zijn als ze dat nog waren. Heb je ooit een huishouden met zoveel onbegrip en verwarring gezien?'

'Zo gaat het toch zeker in de meeste families? Het is net als bij mij thuis. Mijn vader en ik kunnen zelden iets tegen elkaar zeggen zonder ruzie te krijgen. Hij negeert het bestaan van mijn broer, behalve om uiting te geven aan de diepste minachting. En mijn moeder zegt nooit iets tegen iemand, behalve om te klagen. Curraghcourt maakt daarmee vergeleken een betrekkelijk normale indruk op me.'

'O ja?' Constance nam een derde koekje. Ik deed het deksel op de trommel en zette die opzij. 'Vind je echt niet dat wij allemaal stapelgek zijn?'

'Ik heb in geen tijden zoveel plezier gehad als hier.'

'Dat is niet helemaal wat ik vroeg. Maar laat maar zitten.' Ze keek afwezig om zich heen. 'Waar zijn die koekjes gebleven?'

'Weet je nog dat je zei dat je wilde afvallen? Die koekjes zijn een en al boter en suiker. Er zit meer dan honderd calorieën in één koekje. Je hebt zojuist in een onbewaakt ogenblik een lichte lunch genuttigd.'

'O, nou ja, het lijkt weinig zin te hebben te proberen mezelf te verbeteren. Eugene taalt niet naar me. Als Lughnasa het niet kon, dan kan niets het.'

'Onzin! Hij is doodsbang dat hij zal worden afgewezen, dat is alles. Misschien moet je hem op subtiele wijze laten weten dat je hem aardig vindt. Waarom schrijf je geen gedicht over je gevoelens – in het abstracte, zonder namen te noemen – en laat hem dat lezen? Zet hem aan het denken.'

'Hij heeft nog nooit een gedicht van me gelezen. Ik weet zeker dat hij die zo slecht zal vinden dat hij het al helemaal niet meer ziet zitten.' Ze raapte afwezig een plukje deeg op en stopte het in haar mond.

Toen Liddy mee naar boven was genomen om het fenomeen van Violet met open ogen te aanschouwen, had ze haar moeder enige tijd aan staan kijken. Constance en ik hadden er meelevend bij gestaan, klaar om bijstand te verlenen.

'Goh!' had Liddy ten slotte gezegd. 'Ik hoop dat ze het niet erg zal vinden, van die witte jurk.'

'Het is heel goed mogelijk dat ze niet ver genoeg opknapt om zich daarom te bekommeren,' had Constance gezegd. 'Het valt niet te voorspellen hoeveel ze eigenlijk begrijpt. De boodschap moet van haar ogen naar haar hersenen worden gebracht...'

'Flavia heeft mama's haar, maar ik heb haar ogen,' viel Liddy haar in de rede. 'Ik denk dat het eigenlijk de ogen van oma zijn, maar de mijne zijn donkerder dan die van hen. Ik had het liever andersom gehad. Ik bedoel, je kunt je haar gemakkelijk bleken in elke kleur die je wilt.' Ze beet op een velletje bij haar nagel, terwijl ze de gewijzigde situatie tot zich door liet dringen. 'Als ze echt beter wordt, zal ze allemaal nieuwe kleren moeten hebben,' zei ze ten slotte. 'Ik zal haar kunnen vertellen wat de mode is. Dat kon wel eens heel leuk zijn.'

Toen Constance Maud had verteld dat Violet haar ogen open kon doen, had Maud gezegd: 'Ik hoop niet dat je denkt dat ik daar blij mee ben. Wat voor nut zal het voor haar hebben als ze de vier muren van haar kamer kan zien, en de melige gezichten van haar verzorgers? Je bent een sentimentele dwaas, Constance.'

Pegeen en Katty waren evenmin blij met deze ontwikkeling. Toen Pegeen Violet voor het eerst naar haar had zien kijken, had ze een gil geslaakt en was op haar knieën gevallen, en Katty had diverse keren met een gezicht vol onheil een kruis geslagen. Ze schenen te denken dat Violets herstel neerkwam op het tarten van Gods wil, mogelijk zelfs op de aankondiging van het laatste oordeel. Dagen daarna lagen er voortdurend spetters wijwater op het bed.

35

'Wat heeft dit allemaal te betekenen?' vroeg pastoor Deglan toen hij de zitkamer binnenkwam. We hadden ons verzameld om een glaasje voor het eten te drinken. We hadden hem twee weken lang niet gezien omdat hij zijn jaarlijkse vakantie in Dublin had doorgebracht, waar hij inviel voor een bevriende priester die een tehuis voor drugsverslaafden en prostituees leidde. Voor deze keer was Kit er niet bij. Hij had zichzelf tot taak gesteld alle manuscripten te lezen voor hij terugging, en daarom had hij die allemaal op zijn bed in de Fitzgeorge Arms uitgespreid, zodat hij niet naar bed kon voor hij ze had doorgenomen.

'Overal in Kilmuree wordt beweerd dat Violet wandelend in de bergen is gesignaleerd. Er gaan geruchten dat ze op een *pooka* rijdt. Maar dat is natuurlijk allemaal onzin. Ik kan hun maar niet aan het verstand brengen dat het geloof in kaboutertjes gewoon kinderachtig bijgeloof is.'

'Hoor wie het zegt.' Maud zette haar glas usquebaugh met een klap neer toen ze een stok zag om de priester mee te slaan. 'Het roomskatholicisme is ontworpen om de onwetende massa's onder de duim te houden door hun de stuipen op het lijf te jagen met sprookjes over hooivorken en het vagevuur. Vraagt u die arme stumpers niet elke zondag te geloven dat er een wonder gebeurt met een doos goedkope wafels en een fles inferieure wijn van Dooley's?'

'Wat is een *pooka*?' vroeg ik, omwille van het hart en de bloedvaten van pastoor Deglan.

'Dat is een sprookjespaard dat met je weggaloppeert,' verklaarde Constance, terwijl ze een draad rode wol trok door het kwalijkriekende Perzische tapijt dat we bezig waren te repareren. Het was negentiende-eeuws en van goede kwaliteit, maar in slechte staat door het vele gebruik en de voortdurende vochtigheid. We konden het voor de voeten van de toeristen bruikbaar maken door de grootste gaten te stoppen en er een laag vilt onder te leggen om nattigheid te absorberen. De vloeren waren nu donker en uitgeslagen door de regen die de afgelopen maand de gazons had gegeseld en tegen de hoge schuiframen had gekletterd.

'Violet kan haar ogen opendoen,' ging Constance verder, 'en we zijn er bijna zeker van dat ze iets kan zien. We weten alleen niet hoeveel.'

'Gods barmhartigheid is oneindig.' Pastoor Deglan sloeg een kruis en zelfs zijn treurige oog scheen tot iets als vreugde bewogen te zijn.

'Je zou je kunnen afvragen, tenzij je tot het punt van idiotie bent gehersenspoeld, of het wel barmhartig van Hem was om haar om te beginnen een beroerte te laten krijgen,' zei Maud.

'Het is een waar gezegde dat jullie protestanten misplaatste wezens zijn.' Pastoor Deglan raapte de handschoen op. 'Jullie horen nergens thuis. De Ieren mogen jullie niet en de Engelsen verachten jullie. Jullie hebben een kille, apathische godsdienst. Jullie kijken met jullie bekakte gezichten neer op alles wat heilig is en jullie kunnen je hart niet aan God de Almachtige Vader schenken omdat jullie ziel wordt vermoord door trots. Jullie bezitten geen deemoedigheid, nederigheid of gehoorzaamheid en daarom zullen jullie tot in de eeuwigheid in de hel worden geworpen. Ik heb diep medelijden met jullie.'

'Mijn familie woont al sinds driehonderd jaar in Ierland.' Maud genoot zichtbaar van deze woordenwisseling. 'Ik denk dat ik daarom net zo Iers ben als de eerste de beste turftrapper. Maar u denkt waarschijnlijk dat de enige echte Ier iemand is die rooms en republikeins is en Gaelic spreekt.'

'Jawel. En dat ís ook zo. Om te beginnen heeft St. Patrick het roomskatholicisme hier in de vijfde eeuw ingevoerd en al het andere is slechts gebazel. Voorts is geen enkele waarachtige Ier bereid onder het juk van tirannieke bezetters te zuchten – neemt u me niet kwalijk, juffrouw Norton, dat ik geen blad voor de mond neem – en we zullen tot onze laatste snik blijven vechten om ons van de Oude Vijand te ontdoen.' Hij stak zijn gebalde vuist in de lucht.

Maud rolde met haar ogen. 'Stelletje onnozele halzen!'

'Zijn het soms schuldgevoelens over kleine wandaden die u zo onredelijk maken?'

'Ik heb me nimmer in mijn leven schuldig gevoeld,' zei Maud minachtend. 'Schuldgevoelens zijn uitermate vulgair.'

'Ik vind het erg leuk om Gaelic te horen,' zei Constance verzoenend, 'maar het is zo'n moeilijke taal om te leren.'

Pastoor Deglan dronk zijn glas sherry leeg en keek vol verwachting naar de karaf. 'Dat was in mijn tijd geen enkel probleem. We leerden Gaelic en hoorden geen woord Engels.'

'Ik heb Finn horen zeggen dat het overwicht van het Gaelic op scholen een van de belangrijkste oorzaken van de achterlijkheid van Ierland is,' zei Maud. 'De helft van de lessen van de kinderen wordt besteed aan het leren van een archaïsch brabbeltaaltje ten koste van wiskunde en Engels en aardrijkskunde, terwijl de wereldgeschiedenis al helemaal niet aan bod komt. We zijn zonder dat al kortzichtig genoeg.'

'Ik denk dat de censuur net zoveel schuld daaraan heeft,' zei Constance, terwijl ze een rode draad haalde door een rand die blauw had moeten zijn. 'Eugene heeft daar een heel sterke mening over, nietwaar Eugene?'

Eugene knikte energiek, met uitpuilende ogen. Hij had een droge keel van het urenlang voorlezen aan Violet en hij wilde zijn stem wat rust geven.

'De laatste keer dat ik in Dublin was,' ging Constance verder, 'heb ik *Hay Fever* van Noel Coward gezien. Dat kon je toch echt niet pornografisch noemen. Maar tot tien jaar geleden mochten zijn stukken niet in Ierland worden gespeeld. Ik bedoel, hoe kan iemand bij zijn volle verstand het woord "navel" nou een vies woord vinden?'

'Constance, je bent het slachtoffer van de kranten en – hmm – slechte invloeden' – pastoor Deglan keek woest naar Maud – 'met al je kritiek op hoe het er in de wereld aan toe gaat. Wat heeft het eigenlijk voor zin om over lichaamsdelen te willen praten, vraag ik je?'

'Vertelt u eens wat over uw schooljaren, pastoor Deglan.' Ik vond de oude man op zijn best wanneer hij herinneringen ophaalde. Hij was altijd bereid uit te weiden over de moeilijkheden in zijn jeugd, en zijn natuurlijke praatzucht maakte hem gemakkelijk om aan te horen. 'Het is een wonder dat u hoe dan ook nog iets heeft kunnen leren,' zei ik toen hij zweeg om zijn glas leeg te drinken. Ik was oprecht onder de indruk van zijn verslag over een opmerkelijke toewijding aan het leren, ondanks armoede, bittere kou, vlooien, gebrek aan boeken en soms zelfs aan iets om op te zitten, allemaal ontberingen die vergezeld waren gegaan van een onophoudelijke, knagende honger.

'Het verklaart in elk geval waarom de gemiddelde Ierse boer zo'n ongeletterde pummel is,' zei Maud.

Ik zag een naakte gestalte radslagen maken langs het raam en verder tollen over het pad tussen de *miroirs d'eaux*. Gelukkig zat pastoor Deglan in het vuur te staren en over zijn vlezige neus te wrijven terwijl hij naar herinneringen zocht in de asresten die als klodders schuim rond dwarrelden, iedere keer dat de wind in de schoorsteen blies. Eugene slenterde quasi-nonchalant naar het raam en bleef daar tegen de vensterbank staan leunen terwijl hij peinzend de tuin in keek.

'Toch waren we net zo gezond als de deftige lui die elke dag biefstuk en gelatinepudding aten. Hah!' Pastoor Deglan gaf een klap op zijn knie en verslond nog een flinke handvol nootjes.

'Het valt dan ook niet te verbazen dat een ontoereikend dieet en armoedige woonomstandigheden geen afbreuk hebben gedaan aan de voorliefde van de boerenbevolking voor geweld en dronkenschap,' zei Maud. 'En ik denk dat ik nu wel genoeg heb gehad van alle Ierse kommer en kwel. Is er nog nieuws?'

'Hoe is jouw jeugd geweest?' vroeg ik aan Constance toen we na het eten de afwas deden. De priester was afgevoerd met een taxi en Maud was naar bed gegaan. Eugene zat bij de haard in de zitkamer te dommelen. 'Ik begrijp dat die van pastoor Deglan heel moeilijk is geweest'.

Sissy, die bessen en kruiden stond te malen, keek scherp op. Ze beantwoordde mijn poging tot een vriendelijke glimlach niet en keek weer met een strenge blik naar haar brouwsel.

'Finn en ik zijn grootgebracht door onze ouders. De republikeinen hebben ooit geprobeerd Curraghcourt af te branden. Hoewel mijn grootvader zich tot het rooms-katholicisme had bekeerd en Gaelic had geleerd, was hij in de ogen van de IRA nog steeds verdacht omdat hij senator was. Ik was dol op mijn grootvader. Finn doet me soms aan hem denken. Zijn portret hangt in de bibliotheek, boven de haard.'

Ik herinnerde me het portret. Een man met een militante snor.

'Mijn vader is in 1939 vertrokken om mee te vechten in de oorlog, kort na de geboorte van Finn. Ik ben daarom erg trots op hem. Maar je hebt geen idee hoe impopulair hem dat hier heeft gemaakt. Hoewel Ierland officieel neutraal was, was minstens de helft van het land pro-Duits. Wij schijnen niet tot neutraliteit in staat te zijn. Maar het werd als uiterst onpatriottisch beschouwd om mee te vechten met de Engelsen. Ik vrees dat Ierland schandelijk onwetend was over de jodenvervolgingen. Je moet begrijpen dat de meerderheid van de mensen op het land nog steeds water met emmers uit de put moest halen.'

'Je hoeft echt geen excuses aan te voeren. Er zijn meer dan genoeg dingen waarvoor ik me namens de Engelsen moet verontschuldigen.'

Op dat punt in het gesprek werden we afgeleid door Sissy, die zo woest in haar vijzel stampte dat er klodders bessen en kruiden over de keukentafel vlogen. Toen we klaar waren met de afwas nodigde Constance Sissy uit met ons naar de zitkamer te gaan. Ze legde haar stamper neer, sloeg haar armen over elkaar en staarde ons aan met onverholen vijandigheid. Dus liepen we weg, terwijl we ons om onduidelijke redenen schuldig voelden.

'O lieve help,' zei Constance, toen we samen op de bank zaten, met het versleten tapijt over onze knieën en we onze naald en draad weer opnamen. 'Sissy doet tegenwoordig zo moeilijk. Ze lijkt me erg ongelukkig. Ik wou dat ik wist... Het is echt niet aardig van Finn. Waar had ik het ook alweer over? O ja, over papa.'

'Is je vader in de oorlog gesneuveld?'

'Hij was er bijna ongedeerd doorheen gekomen. Maar in 1945, slechts enkele weken voor het einde, raakte hij gewond door granaatscherven. Na enkele maanden ziekenhuis werd hij naar huis gestuurd. Oma vertelde me later dat hij niet meer dezelfde man was. Hij was erg in zichzelf gekeerd geraakt. Stil en depressief.'

'Hij zal wel vreselijke dingen hebben meegemaakt.'

'Hij was zo geïsoleerd, dat was een deel van de problemen. Niemand hier had enig begrip voor wat hij had doorgemaakt. Mijn moeder kwam tot de ontdekking dat ze was getrouwd met iemand die liever in zijn eentje in de bergen ging wandelen dan naar feestjes te gaan. Ze hebben geprobeerd de boel te lijmen. Ik ben in 1947 geboren. Ik heb vage herinneringen aan een man met een gezicht vol littekens, die voortdurend zijn keel schraapte en uit het raam keek. Hij legde altijd een stramme hand op mijn hoofd als hij me zag, maar hij had een afschuw van lawaai, dus werden Finn en ik bij hem uit de buurt gehouden. Daarna, toen ik vijf was, is er iets vreselijks gebeurd. Ik weet nog dat mijn moeder en mijn grootmoeder en alle bedienden huilden en dat de *Garda* naar het huis kwam. Finn werd van school naar huis gehaald. Ze vertelden ons dat papa werd vermist en dat er naar hem werd gezocht. Een paar dagen later werd zijn lichaam op een draagbaar naar huis gebracht. Hij was in het meer verdronken. Finn en ik knielden op de overloop en gluurden door het traphek. We zagen hoe ze de jas terugsloegen die over zijn lichaam lag, om hem aan mijn grootvader te tonen. Papa's gezicht was donker blauwgrijs, als natte leisteen...' Constance kreeg tranen in haar ogen. 'Het is heel dwaas van me om nog steeds verdrietig te zijn na zoveel jaren.'

'Dat is helemaal niet dwaas.' Ik kreeg een prop in mijn keel. 'Ik had geen idee. Als ik dit had geweten, had ik er niet naar gevraagd.'

Constance schudde haar hoofd. 'Het is zevenentwintig jaar geleden. Maar ik zie dat gezicht nog vaak in mijn dromen. Tja, mama had na die tijd een hekel aan Curraghcourt en ze vertrok naar Dublin. Af en toe kwam ze terug om ons te zien, maar oma en mama hadden nooit goed met elkaar overweg gekund. Mama stierf toen ik acht was. Ze hebben haar naast mijn vader begraven. Toen oma stervende was, vertelde ze me dat papa een briefje voor haar had achtergelaten toen hij naar het meer liep, maar dat ze dat had vernietigd. Zelfmoord is natuurlijk een doodzonde. Ik kan begrijpen dat ze zo heeft gehandeld. Maar ik had dat briefje graag gehad.'

Constance was het hele tapijt vergeten en hing tegen de armleuning van de sofa, met de naald in haar hand, haar gedachten ver weg. Op het kleed bij de haard zuchtte Maria en ze legde haar kop op Osgars grote, harige flank. Hij likte over zijn snuit, waar spikkels turfas op zaten en strekte een achterpoot. Buiten blies de wind met vlagen warme zomerregen tegen de ramen. Daarachter stonden de bergen in een kring, hun hellingen schoongespoeld door het water, om ons te beschutten tegen het geweld van de Atlantische Oceaan. Buiten was alles wild en woest, binnen was het warm en veilig. Tussen ons en de dichtstbijzijnde bioscoop, kroeg, winkelgalerij en benzinepomp lag een uitgestrekt, onbewoond gebied van zwarte meren, sombere moerassen, zwiepende bomen, woeste rivieren en trillend wollegras. Er scholen wilde geiten onder druipende rotsen terwijl vossen op konijnen joegen en vogels zich aan takken vastklampten of nestelden tussen moeraslelie en dopheide.

'Ik vind het moeilijk voor te stellen dat je hier lang ongelukkig kunt zijn,' zei ik. 'Er gaat een soort helend vermogen uit van alle rust en vredigheid.'-

'Dat zou je denken, hè?' zei Constance. 'En toch zijn er in iedere generatie Macchuin vrouwen geweest die naar het vertier van Dublin verlangden. Waarschijnlijk hebben de mannen genoeg afleiding gehad met jagen en vissen. Als kind heb ik me hier nooit verveeld. Ik vond het heerlijk om op mijn pony te rijden en te helpen met het lammeren en met de oogst. Iedereen was lief voor me. Maar ik droom nog steeds dat ik mijn ouders naar me toe zie lopen, dat ze niet dood blijken te zijn en dat ze terugkomen van een heel lange reis en dat ik huilend van vreugde naar hen toe ren.' Constance legde haar naald neer en veegde over haar ogen alsof ze moe was. 'Ik vraag me af of Finn wel eens aan hen denkt. Of hij ook van hen droomt. Weet je wel dat we helemaal nooit over hen praten?'

'Misschien zijn jullie bang om elkaar verdrietig te maken?'

'Misschien is het wel de geest van oma die hier aan het werk is. Ze had een hekel aan alles wat inging tegen de huiselijke gezelligheid die zij met zoveel moeite probeerde te scheppen. Na de burgeroorlog was ze volgens mij altijd een beetje bang. Als opa laat thuiskwam, weet ik nog, liep ze door de kamer te ijsberen tot ze zijn stem in de hal hoorde. Dan ging ze razendsnel in die stoel zitten' – Constance wees naar de fauteuil waar de duttende Eugene in zat – 'en pakte haar naaiwerk en glimlachte alsof ze geen enkele zorg op deze wereld had als hij binnenkwam.'

Ik liet mijn ogen door de zitkamer gaan, die ooit op een hoogtepunt van de beschaving was ingericht, naar het mooie, oude meubilair, naar de portretten van dode Macchuins – vooral de Cosway en de Kneller waren erg goed – naar het fraaie plafond, naar de gele damasten muren, en ik voelde me geroerd door iets wat op liefde leek. Curraghcourt was mijn thuis op een manier zoals Cutham dat nooit was geweest. Ik had hier werk te doen. Ik kon nuttig zijn. Ik kon me dit niet voorstellen als achtergrond voor een angstige, heen en weer lopende gestalte in een turbulente wereld waarin het aanhangen van een bepaalde vorm van godsdienst voldoende was om een kogel door je hart te kunnen krijgen. De melancholische schoonheid van Ierland was tot in mijn botten doorgedrongen, net als het vocht.

'Constance, ben je daar?' Pastoor Deglan stond in de deuropening, zijn vettige krullen verward om zijn hoofd, zijn gezicht in opperste staat van opwinding. 'Heb je het al gehoord? Ik ben onderweg Thady O'Kelly tegengekomen. Hij zegt dat het uitvoerig op de radio is geweest. Dus ben ik meteen teruggekomen. Ik dacht dat Finn misschien aan de telefoon was geweest met nieuws uit Dublin.'

'Wat is er dan aan de hand? Wat is er gebeurd?' Constance keek niet-begrijpend.

'Onze jongens hebben zichzelf overtroffen, dat is alles. Nog geen vijftig kilometer uit de kust hebben ze graaf Mountbatten in de lucht laten vliegen!'

36

Aan het ontbijt waren we niet erg spraakzaam. We hadden op Mauds radio naar het vroege nieuwsbulletin geluisterd en dat vertelde ons niet veel meer dan wat pastoor Deglan de vorige avond van Thady O'Kelly had gehoord. Er waren een oude man, een oude vrouw en twee veertienjarige jongens gedood toen hun vissersboot in de baai van Mullaghmore was opgeblazen. De IRA had de verantwoordelijkheid opgeëist. Lord Mountbatten was uiteraard niet zomaar een oude man geweest, maar een instrument van het Britse imperialisme en een lid van de koninklijke familie. Maar ik was net als Constance geschokt over het geweld van zijn dood en deelde in het verdriet van degenen die van hem hadden gehouden.

'Die arme kinderen.' Constance was de eerste die iets zei, terwijl ze naar haar onaangeroerde ei staarde. 'Onschuldige jonge levens. O, wat wreed!'

'Wreed?' zei Maud, die nu ze op een ongewoon vroeg uur was gestoord, had gebroken met een gewoonte van jaren en voor het ontbijt naar beneden was gekomen. 'Het was laf! Slecht! Schandelijk! Ik heb er werkelijk geen woorden voor. Dit land moet altijd in het openbaar jammeren en kreunen en eeuwenoude wonden likken, maar in het geniep is men sluw, achterbaks en vals!'

'Het is heel droevig van die jongens.' Eugene verkruimelde zijn toast en knipperde droefgeestig met zijn oogleden. 'Ik vrees dat dit ons tamelijk impopulair zal maken.'

'Denk je dat ze nog iets hebben… gevoeld?' Flavia's boek lag dichtgeslagen naast haar bord. Ze zag groen van ellende. De nabijheid van deze daad maakte het allemaal nog erger.

'Nee lieverd,' zei Constance direct. 'Het moet heel snel zijn gebeurd. Ze hebben er niets van gemerkt. En ze zijn nu in de hemel.'

'Sta me bij!' Maud schoof haar bord met eten onaangeroerd van zich af. 'En dan probeert die zot van een priester er nog een daad van nationale heroïek van te maken. Het was een koelbloedige moord, zonder meer.'

'Moord? Wie is er vermoord?' Sissy kwam juist op dat moment binnen. 'Als je die mensen voor de kust bedoelt, ach, het is nu eenmaal oorlog, nietwaar? Wat dacht je dan van al onze jongens die door de Britten zijn doodgeschoten? De kerels die na de Paasopstand zijn opgehangen? Hoeveel kinderen zijn er omgekomen tijdens de hongersnood? En moeten wij ons dan iets aantrekken van een paar lords en lady's?' brieste ze. Ze keek me woedend aan vanonder haar stugge zwarte pony, uiting gevend aan haar ergernis over mijn Engelse aanwezigheid. 'Dat maakt hoogstens dat de Britten het nog erger vinden.'

'Ik kan dit niet langer aanhoren.' Maud stond op en strompelde de eetkamer uit.

'Ik ben het met je eens, Sissy,' zei ik. 'Klasse maakt geen enkel verschil. En als de IRA dacht dat het in de lucht laten vliegen van een graaf de Engelsen heviger zou aangrijpen, dan hadden ze het mis. We zijn zelf ook niet zo dol op onze adel. Maar het met succes treffen van vooraanstaande mensen zal maken dat de Britten zich des te kwetsbaarder voelen, en des te vastberadener zullen zijn om te straffen.'

Sissy hief haar rechterhand. '"Deze protestantse dieven en schurken, deze ongelovigen van onze overtuiging, zullen als de zwijnen die ze zijn in de zee worden gedreven door het vuur, het mes of door de gifbeker, tot wij van het Katholieke Geloof en toegewijde aanhangers van alle Sinn Fein-acties deze goddelozen uit ons land hebben verdreven." Dat is de eed van trouw aan Sinn Fein. En we menen daar ieder woord van.'

Als er door de tragische gebeurtenissen van de vorige dag niet zo'n sombere stemming had geheerst, zou ik geamuseerd zijn geweest over deze dramatische formulering die klonk als het soort dat wij bedachten wanneer we als kind in het struikgewas Robin Hood speelden.

Sissy bracht haar gezicht tot vlak bij het mijne. 'Dat zijn er drie minder.' Ze stak het bijbehorende aantal vingers op. 'Dat is alvast iets.'

Haar ogen waren zo dicht bij de mijne dat ze scheel keek. Voor het eerst werd ik bang voor haar vijandigheid.

'Zo is het wel genóég, Sissy.' Constance sprong met een woedend gezicht overeind. 'Ik wil in dit huis geen woord meer over ruzies en vetes horen. Nee!' Ze stak dreigend haar vinger op toen Sissy haar mond opendeed. 'Ik meen het! Geen woord meer van jou of van wie dan ook over oorlog of godsdienst. Laten wij allemaal in elk geval proberen ons als christenen te gedragen!'

'Ik kan me niet herinneren jou ooit eerder boos te hebben gezien.' Eugene hield op met eten en keek haar aan, terwijl er eidooier van zijn vork op zijn bord drupte.

'O Deirdre, vreselijk kind,
Want u, rode ster van onze ruïne
Zal worden beweend in Erin...'

Constance sloeg haar handen voor haar oren. 'Ik geloof dat ik gek word.' Ze rende de kamer uit.

Eugene richtte zijn verbaasde ogen op mij. 'Wat heb ik miszegd?'

We wilden die middag net aan tafel gaan voor de lunch toen de loopjongen van de Fitzgeorge Arms verscheen, drijfnat en bemodderd door de lange fietstocht, met twee brieven, één voor Constance en één voor mij.

'O, wat jammer!' Constance had haar brief als eerste opengemaakt omdat ik bezig was de kip op te dienen. 'Kit moest opeens weg! Wat zullen we hem missen! Hij zegt dat het hem geweldig spijt dat hij geen tijd had om afscheid te nemen, maar dat er toestanden bij hem op kantoor zijn. Hij bedankt ons allen voor een geweldige tijd. Hij groet jou, Maud, met veel bewondering en respect.' Maud trok haar wenkbrauwen op en staarde uit het raam, alsof ze ongevoelig was voor complimentjes. 'En jou, Eugene, met dank voor vele uren gezelligheid en boeiende gesprekken.' Eugene stak beide handen op in een afwerend gebaar en tuitte zijn lippen in valse bescheidenheid. 'Sissy,' ging Constance verder, 'zijn boodschap aan jou is dat hij zich verheugt op verdere gymnastiek met Kerstmis.'

'Als je hem terugschrijft, kun je hem zeggen dat hij wat oefeningen moet doen,' zei Sissy. 'Hij moet zijn schouderspieren sterker maken.'

'Ik geloof niet dat onze relatie dusdanig is dat persoonlijke opmerkingen over zijn fysieke staat gepast zijn,' zei Constance. 'Liddy, hij zegt dat hij de herinnering koestert aan hoe hij met Lughnasa met jou heeft gedanst.' Liddy werd even rood als de radijsjes (eigen teelt) in de gemengde salade.

'Is er een boodschap voor mij bij?' vroeg Flavia.

'Hij vraagt of jij door wilt gaan met het africhten van Osgar. En Flurry, hij zal je een kleurenkaart sturen van hittebestendige verf voor de *Flying Irishman*.'

'Ik hoop dat ze iets van donkerrood hebben. Of misschien groen.' Flurry sloeg zijn onderlip over zijn bovenlip terwijl hij nadacht over deze kwestie.

'Vertrouw nooit een Engelsman als hij charmant doet,' zei Maud. 'Een Ier doet charmant omdat hij wil dat je hem aardig vindt. Maar een Engelsman hoopt je het hoofd op hol te brengen zodat hij je naar zijn wil kan buigen.'

'Wat een onzin, Maud!' Constance klonk heel boos.

'Lees jij jouw brief ook voor, Bobbie,' drong Flavia aan.

Ik schudde mijn hoofd en legde de brief opzij. Pas om zes uur die dag, toen ik Violet haar avondeten van soep, aardappelpuree en abrikozenmousse had gegeven, maakte ik mijn brief van Kit open.

'Luister, Violet.' We waren alleen in haar kamer. Ze had haar ogen opengedaan, zoals tegenwoordig altijd als ze werd gevoerd. Ik zat op de rand van haar bed, zodat ze me gemakkelijk kon zien en horen. 'Luister.' Haar ogen bleven even op mijn gezicht gericht, schoten toen weg, en kwamen weer terug. Haar rechterooglid hing een beetje, maar dat was niet onaantrekkelijk. Het verleende haar een wat komisch uiterlijk, alsof ze steeds op het punt stond te knipogen. 'Je herinnert je Kit nog? Ik geloof dat je hem wel aardig vond.' Violet gleed met haar tong over haar lippen, vermoedelijk om nog iets van de abrikozen te proeven. 'Je leek het in ieder geval erg leuk te vinden om naar zijn stem te luisteren. Hij is vertrokken. Terug naar Engeland.' Ik wist eindelijk Violets aandacht vast te houden. 'Ik ga zijn afscheidsbrief lezen. *Lieve Bobbie.* Dat ben ik, Violet, weet je nog? Ik kneep in haar hand. Tot mijn grote vreugde voelde ik dat haar vingers zich rond de mijne verstrakten. '*Het spijt me meer dan je je kunt voorstellen dat ik moet vertrekken zonder afscheid te kunnen nemen. Maar er hebben zich in Londen ontwikkelingen voorgedaan. Ik vertrek met de nachtboot.*' Ik voelde me even erg teleurgesteld en terneergeslagen. Ik had hem wel eens een bemoeial gevonden, maar ik had er nu veel voor over gehad hem weer binnen te zien wandelen, met die blik alsof het leven uitermate amusant was.

Het zijn een paar opmerkelijke weken geweest. Ik kan zien dat je van het huis houdt en het schijnt je te passen. Maar verlies je hart er niet volledig aan. Dat zou betekenen dat je je afsnijdt van veel mooie dingen en bijzondere ervaringen. Curraghcourt is een uitstekende

plek om tot jezelf te komen, maar je bent veel te levendig en te intelligent om deze cruciale jaren, waarin je met je talenten het onderste uit de kan moet zien te halen, in een donker bos aan een donker meer door te brengen, als een betoverde sprookjesprinses. Je zult wel boos worden omdat ik deze dingen zeg. Ik weet dat je het niet leuk vindt als anderen je vertellen wat je moet doen. Vooral niet als dat een man is. Dus zal ik me verder gedeisd houden. Geloof me, ik wil je alleen maar redden van de boze fee. Ik bel je snel,
Kit

'En, Violet, wat vind jij ervan? Niet bepaald een liefdesbrief, hè? Geen verklaringen van hartstocht of verzekeringen van eeuwige toewijding. Daar vind ik die brief des te aardiger om. Ik was nog niet zo lang geleden kwaad op hem, maar nu... Zeg eens, Violet,' – ik voelde haar hand trillen – 'was ik kwaad op Kit omdat ik stiekem toch erg op hem gesteld ben? Ik wed dat jij wel zo het een en ander van de liefde weet. Ja?' Violet staarde me met grote ogen aan. 'Ik wou dat jij me eens wat over de liefde vertelde. Want ik besef dat ik daar eigenlijk niets over weet. Ik weet zelfs niet zeker of ik wel geloof dat er zoiets bestaat.'

'Bub,' zei Violet.

Ik schrok zo, dat ik haar hand liet vallen en opsprong van het bed. 'Wat? Wat zei je?'

Violet drukte haar lippen op elkaar en haar mondhoek trilde. 'Bub,' zei ze weer.

'Ik kan je horen. Ik luister. Maar ik begrijp het niet goed. Wat is "bub"?'

In mijn gretigheid om te begrijpen wat ze zei, boog ik me over haar heen. Violet kneep haar mond stijf dicht, alsof ze krachten verzamelde. 'Bub...' zei ze duidelijk en slaakte toen een diepe zucht. 'Bub-ba.'

'Bobbie! Is dat het? Zeg je mijn naam? Bobbie?'

'Bub-bee.'

Ik kreeg overal kippenvel. 'Violet!' Ik pakte haar beide handen. 'Dat is geweldig! Ik kan je heel goed verstaan. Probeer nu je eigen naam eens te zeggen. Zeg eens Violet.'

Violet deed haar lippen op elkaar en blies de lucht toen uit. 'Byle.'

'Ja! Zet er een *t* achter. Doe je tong achter je tanden. T-t-t.'

'Byle-t.'

'Goed zo!' Ik wilde er op dit moment alles uit halen wat erin zat. 'Zeg nu de naam van je moeder eens. Maud.'

'M... m... m.... Mam... ma...'

Dit was het bewijs, zo ik het al nodig had, dat Violet zowel in staat was tot denken als tot imiteren.

'Zeg nu eens Finn.'

Maar de F bleek te moeilijk. Omdat ik niets over logopedie wist, was ik niet in staat uit te leggen hoe ze het geluid moest maken. Violet raakte gefrustreerd en werd huilerig. Ze deed haar ogen dicht, wendde haar hoofd af en zonk terug in haar eigen wereld. Maar ik was opgetogen. Ik ging naar beneden om Constance te zoeken, en die begon te huilen toen ze hoorde wat er was gebeurd.

'Het is zo'n afschuwelijke dag geweest en ik was zo terneergeslagen en nu is er zoiets heerlijks gebeurd,' snikte ze. 'Het is een bewijs voor mijn gebrek aan vertrouwen. God vergeve ons.'

Ik begreep niet goed waarom Constance meteen aannam dat Violets prestatie van God gegeven was. Maar terwijl ik Siobhan molk, dacht ik hier verder over na en ik kwam tot de conclusie dat Constances geloof even instinctief was als de behoefte aan licht, warmte en hoop boven duisternis en somberheid en wanhoop. Hoe nuchter ze soms ook redeneerde, toch vormde haar geloof een onlosmakelijk deel van haar persoonlijkheid.

37

Half september, de dag na Flavia's negende verjaardag, gingen de kinderen weer naar school. Dit viel samen met het aanbreken van de herfst, en het landschap kleurde rood en geel en bruin. Het leek of de tijd steeds sneller ging, tot de weken nauwelijks van elkaar te onderscheiden waren. Wanneer ik terugkijk op die tijd was ik misschien niet echt euforisch, maar toch zeker niet langer ongelukkig. Ik had het overdag te druk om over mezelf na te denken, en slapeloosheid was iets uit het verleden. Nu sliep ik vanaf het moment dat ik het licht uitdeed tot om zes uur mijn wekker afliep.

Ik bleef elke week naar huis bellen, maar het was duidelijk dat ik daar niet nodig was. Tegenwoordig was mevrouw Treadgold degene die de telefoon aannam. Mijn moeder was nu zover dat ze zonder hulp in bad en naar de wc kon gaan. Ruby gaf mijn moeder manicures, pedicures, massages, behandelde haar haar met conditioners en had een nieuw nachthemd met bedjasje voor haar genaaid. Volgens mevrouw Treadgold kon Ruby toveren met haar naaimachine en was ze een geboren verpleegster. Mijn moeder was aangekomen. Dat waren ze allemaal. Mijn vader genoot van diners van vijf gangen en speelde na afloop Scrabble met Ruby. Hij ging tegenwoordig zelden naar zijn club. Oliver was met Sherilee gaan samenwonen boven de Red Lion. De spijsvertering van mevrouw Treadgold was aanzienlijk verbeterd, maar ze had een vervelend eczeem in haar knieholten. Ik probeerde niet toe te geven aan een zeker gevoel van gepikeerdheid dat ze zich zo goed zonder mij wisten te redden. Ik moest erkennen dat ik niet kon tippen aan de onzelfzuchtigheid van Ruby.

Het begin van het schooljaar zorgde voor veranderingen in onze dagindeling. Constance, de kinderen en ik gebruikten een vroeg, informeel ontbijt in de keuken. De kinderen moesten om acht uur van huis, ze werden door Constance met de auto naar Williamsbridge gebracht. Eugene en Sissy ontbeten later, op hun gemak, in de eetkamer. Als ik binnenkwam om verse toast neer te zetten of de borden af te ruimen, zaten ze altijd zwijgend bijeen, Eugene verdiept in een boek terwijl Sissy haar kostuums repareerde. Omdat die in eerste instantie provisorisch waren gemaakt, gingen ze altijd kapot en lieten overal in huis kralen of stukjes kant of veren achter. Ik wees Constance erop dat het handiger zou zijn en tijd zou sparen (ónze tijd, aangezien Eugene en Sissy alle tijd van de wereld hadden) als zij ook in de keuken kwamen ontbijten. Constance verklaarde me de bijzonder delicate situatie volgens de Ierse regels der gastvrijheid. Aangezien zij gasten waren, wilde ze liever geen verandering voorstellen die misschien de suggestie inhield dat ze op enigerlei wijze een belasting voor het huishouden vormden.

Terwijl Pegeen en Katty Maud en Violet hun ontbijt op een dienblad brachten, ging ik in de melkschuur en het kippenhok aan de slag. Tegen de tijd dat ik de keuken aan kant had, was Constance terug en besteedden we de ochtend meestal aan alles wat er moest gebeuren om orde en netheid te herstellen in de kamers die tentoon zouden worden gesteld. In Engeland blijft iedereen binnen als het regent. In Ierland kon je met zo'n futloze houding wekenlang in huis moeten blijven. Dus leerde ik de regen te negeren.

We namen een thermoskan mee naar de moestuin en dronken onze thee zittend in kapotte ligstoelen onder stukjes golfplaat die op de sponningen van de kassen waren gelegd. We hadden inmiddels een kwart van de moestuin ontgonnen en de min of meer rechte, groene rijen die over de natte, zwarte grond liepen, vormden een bewijs van onze inspanningen. Wanneer ik na afloop naar boven ging om iets anders aan te trekken, plakte mijn haar aan mijn wangen, zat ik onder de modder en drupte het water van mijn neus en oorlellen.

Het zwaarste werk was het snoeien van de twee rijen taxus tussen de grachten. Elke taxus (het waren er twintig) moest tot ongeveer de halve grootte worden teruggebracht en sommige takken waren wel vijftien tot twintig centimeter dik.

Om half vier ging Constance of ik de kinderen ophalen. Thee en daarna huiswerk, het onaangenaamste deel van de dag, namen alle tijd voor het avondeten in beslag.

De twee jongste kinderen kregen hun avondeten vroeg, in de keuken, zodat ze om negen uur in bed konden liggen. Tegen de tijd dat

Constance en ik het eten voor de volwassenen hadden gekookt en na afloop de vaat hadden gedaan, kon ik nauwelijks de trap op komen om in bed te kruipen.

Elke week kwam er een logopediste die een uur met Violet bezig was. Ze gaf ons oefeningen om met haar te doen en hoewel we eerst ongeduldig waren omdat de doelen die ons werden gesteld zo armzalig leken – een hele week oefenen op de letters *b* en *p* – werd na een paar weken duidelijk dat Violet voortgang boekte. Begin december was ze, na hard werken van iedereen, in staat met enkele woorden of frases te communiceren, zoals 'drinken' en 'gaan liggen' en 'wil lucht uit', wat betekende dat ze wilde dat de gordijnen werden dichtgedaan. Haar rechterooglid hing nog steeds omlaag en haar mond was scheef, maar de logopediste verzekerde ons dat er alle kans bestond op verbetering, zo niet volledig herstel, van de verlamde spieren.

Toen Violet zich in toenemende mate van haar omgeving bewust werd, had ze vaak huilbuien die heel verdrietig waren om aan te zien. Soms was ze spraakzaam, maar konden wij niet verstaan wat ze zei. Er rolden reeksen lettergrepen uit haar mond waar wij niets van begrepen, en dan sloeg ze woest met haar gebalde linkerhand op het beddengoed. Als ze in zo'n bui was, gooide ze vaak met opzet haar eten om en keek ze ons aan met een van haat vertrokken gezicht.

De komst van een fysiotherapeut verbeterde de dingen nog verder. Als Violet een boze bui had en begon te krijsen, zei juffrouw O'Rourke, die weldra bekend was als Rosie: 'Als je lelijk wilt doen, ga ik nu weg om te lunchen. Misschien kom ik later nog even bij je kijken, misschien ook niet.'

Ze liet Violet een keer twee uur lang alleen en gaf ons de opdracht hetzelfde te doen. Tot mijn verbazing werden we, toen de tijd was verstreken, begroet door een kalme, verzoeningsgezinde Violet. Rosie was streng en consequent, maar Violets gezicht klaarde altijd op wanneer Rosie binnenkwam. Omdat Rosie zoveel succes had met Violet, betaalden we haar voor een extra sessie fysiotherapie per week, met geld uit het poteenpotje dat gestaag werd gevuld.

'Die poteen heeft ons deze week al meer dan honderd pond opgeleverd.' Ik was bezig de vloer van de garderobe donkerrood te schilderen, om de witte kringen van het opstijgende vocht te verbergen. Constance rommelde in een grote kist die in een hoek stond. 'Ik verbaas me over de hoeveelheid alcohol die mensen op kunnen. Ik zie dezelfde gezichten drie of vier keer per week naar de binnenplaats komen. En soms staat de appelschuur te schudden van al het geschreeuw van iedereen. Maar je zult Timsy na moeten geven dat hij een geboren handelaar is. Vanmorgen nog probeerde hij…'

'O, kijk eens! Deze handschoenen waren van Finn toen hij klein was.' Constance had niet geluisterd. 'Ik heb ze altijd bewonderd omdat ze zo'n mooie rode kleur hadden. En deze sjaal was van oma. Maar van wie zouden deze dingen wel zijn geweest?' Ze hield een paar zwarte kanten handschoenen omhoog. 'Ik geloof dat deze kist in geen eeuwigheid is opgeruimd. Het lijkt net een archeologische opgraving, met allemaal lagen waarin de levens van mensen… O!' Ze pakte een kakikleurige legerpet. 'De Irish Fusiliers. Die moet van papa zijn geweest. Ik had geen idee dat die hier was.' Ze gleed met haar vingers over het insigne, met donkere ogen en een beverige stem. 'En dan te bedenken dat die hier al die jaren heeft gelegen.' Ze draaide de pet in haar handen rond, klopte het stof van de kruin en streek over de leren band. 'Aan de andere kant, wat doen we ermee? Ik moet niet sentimenteel doen.'

'Leg hem niet terug,' zei ik, toen ik haar hand naar de kist zag gaan. 'We kunnen hem tentoonstellen onder die tekening van hem op de overloop. Hij maakt deel uit van de geschiedenis van het huis.'

'Zouden we dat echt kunnen doen? Je hebt geen idee hoeveel dat voor me zou betekenen.'

Toen ik haar gezicht zag kreeg ik een vaag vermoeden.

De regen bleef die herfst vallen, maar in december kwam er een periode dat de temperatuur daalde en er 's ochtends een laagje rijp op het gras lag, onder een stralende wolkeloze hemel. Op Cutham had ik gemopperd op de oude radiatoren die hoogstens lauw werden omdat er zoveel roest in zat. Maar als je nooit zonder centrale verwarming hebt geleefd, heb je geen idee van de intense kou die je tussen twee haardvuren overvalt en die loert in alle hoeken van de badkamer die meteen zwaar beslagen raakt zodra je de warmwaterkraan opendraait. Ik was kennelijk minder gehard dan de anderen want ik was de enige die last had van winterhanden en -tenen, ondanks de handschoenen en de vele paren sokken die ik over elkaar in bed aantrok.

In de dagen dat het vroor leek het buiten warmer dan binnen, zodat ik blij was met iedere gelegenheid tot lichaamsbeweging die mij weer wat op temperatuur zou brengen. De grond in de moestuin was te hard om te bewerken en we waren gestopt met het snoeien van de taxushagen, uit angst voor vorstschade, maar op het terras onder de kanalen was een wildernis van haagbeuk rond een met afval gevulde vijver van zo'n kleine tien meter in doorsnee. De oude foto's lieten zien dat de haagbeuken ooit tot een strakke, cirkelvormige haag gesnoeid waren geweest. Aangezien *The Golden Treasury of Trees and Shrubs* snoei tijdens de rustperiode had goedgekeurd, ging ik de meeste middagen met zaag en snoeischaar aan de slag om de laagste takken tot aan de stam terug te snoeien.

Maria en Osgar vergezelden me bij zulke gelegenheden. Osgar was nu onherkenbaar vergeleken met het valse beest dat me op de avond van mijn komst op Curraghcourt had gebeten. Goed voedsel had zijn vacht glanzend gemaakt en zijn ogen helder, en het achternazitten van Maria, door huis en tuin, had zijn fysieke gesteldheid aanzienlijk verbeterd. Hij had verscheidene slechte gewoonten, waarvan de vermoeiendste was dat hij zijn kaken klemde om elk kleding- of meubelstuk waar hij plotseling, onvoorspelbaar, zin in kreeg. Hij kwijlde dan alsof hij hondsdol was, en hij weigerde los te laten, hoezeer we ook smeekten of dreigden, tot we een bord rauw vlees onder zijn neus zetten. Vooral de soutane van pastoor Deglan oefende een grote aantrekkingskracht uit op Osgar en Constance moest menige avond besteden aan het verstellen van de scheuren die zijn tanden erin hadden gemaakt. Osgar negeerde mijn pogingen vriendschap met hem te sluiten, maar ik was op hem gesteld als op een protegé die min of meer op het rechte spoor was gekomen.

Op een middag, vlak voor Kerstmis, liep ik naar de vijver met een lange huishoudtrap. Ik had het onderste deel van de haagbeuken al tot een hoogte van één meter tachtig tot de stam teruggesnoeid. Nu wilde ik de bovenste delen terugbrengen tot het oorspronkelijke vlechtwerk. Ik stond met de zaag in de hand op de allerhoogste sport van de trap toen Osgar voorbijrende en de trap omverduwde.

Ik had de trap onder me voelen wankelen voor hij echt viel, zodat ik nog tijd had om me vast te klampen aan de stevigste tak binnen handbereik. Ik zocht steun voor mijn voeten en tuurde door de bladeren naar beneden. De trap lag op zijn kant. De afstand tot de grond was slechts drie tot drieënhalve meter, maar een wirwar van takken en twijgen maakte de afdaling lastig, en de kale stam bood geen enkel houvast.

'Hallo!' schreeuwde ik. 'Is daar iemand? Kunnen jullie mijn trap rechtop zetten?' Ik hoopte de aandacht te kunnen trekken van een klant van Timsy, op weg naar of van de appelschuur. Ik hoorde geritsel van bladeren toen de honden met harteloze onverschilligheid door het struikgewas ragden. Daarna draafden ze blaffend weg. 'Hallo!' riep ik weer. Ik voelde me behoorlijk onnozel. 'Ik zit hier vast! Is daar iemand?' Geen antwoord. Ik besloot zo ver mogelijk omlaag te klauteren en dan te springen. De takken van haagbeuk groeien dicht bij elkaar en ze zwiepen erg. Tegen de tijd dat ik me een eindje omlaag had gewurmd zat mijn gezicht onder de schrammen en was de snoeischaar in mijn zak opengesprongen en had me gemeen in mijn knie geprikt.

'Wel verdorie!' zei ik hardop. 'Osgar, je bent een ondankbaar rotbeest!'

Zonder enige waarschuwing knapte de tak waarop ik stond af. Heel even hing ik aan een zijtak die steeds verder doorboog. Juist toen ik me wilde laten vallen hoorde ik voetstappen en een stem die van beneden zei: 'Houd je vast! Ik zal de trap rechtop zetten.'

Ik klampte me uit alle macht vast. Er klonk een vreselijk gekraak en het uiteinde van de verraderlijke tak plofte met mij op iets wat meegaf en mijn val gedeeltelijk brak.

'Je hebt hem vermoord!' Sissy schoot uit het struikgewas te voorschijn en duwde me van de liggende gestalte van senator Macchuin.

'Helemaal niet.' Ik kwam op mijn knieën overeind en boog me ongerust over hem heen. 'Hij kan alleen maar even geen lucht krijgen. Laat hem even met rust, Sissy. Hoe kan hij nou ademhalen als jij hem steeds kust?'

We keken bezorgd toe terwijl hij hijgde en grimassen trok en naar zijn middenrif greep. Na een tijdje was hij in staat genoeg lucht te krijgen om hartgrondig te vloeken.

'Het spijt me vreselijk,' zei ik. 'Ik kon er echt niets aan doen.'

Hij ging rechtop zitten. 'Wat... moest je... verdomme... daar... in die... boom?'

'Ik ben bezig die tot een halfhoge haag te snoeien. Ik hoop dat je je niet bezeerd hebt?'

'Dat hoop ik ook. Hou op, Sissy. Het gaat best.'

Sissy keek me met samengeknepen ogen aan en liet haar onderste rij tanden zien.

'Laat me je helpen.' Ik pakte zijn arm vast. Sissy greep onmiddellijk de andere arm.

'Dank je, ik red me wel,' zei hij nors, terwijl hij ons allebei van zich afschudde en overeind krabbelde. Hij veegde zand en bladeren van zijn pak, tastte behoedzaam naar zijn kaak en bewoog die voorzichtig heen en weer. 'Niets gebroken, ondanks alles.'

'Ik vrees dat je een schram op je wang hebt.' Ik pakte mijn zakdoek, vol zwarte vegen van de snoeischaar, die ik had geolied.

Hij haalde zijn eigen, veel schonere, zakdoek te voorschijn en veegde zijn gezicht af. Toen keek hij me aan. 'Voor deze keer zijn de goden rechtvaardig geweest. Jij hebt meer schrammen. Neem deze maar.' Hij gaf me zijn zakdoek en keek fronsend toe terwijl ik voorzichtig bette. 'Doet het erg pijn?'

'Het prikt een beetje.' In werkelijkheid klopte en gloeide mijn rechterwang alsof hij in brand stond.

'Mooi zo.' Hij keek me aan met een grimmig gezicht. 'Een halfhoge haag? Nou, ik had mijn rug niet graag voor zoiets onnozels willen breken.'

'Maak je niet een beetje veel misbaar, alleen maar omdat je even buiten adem was?' vroeg ik kil.

Hij bleef me aankijken zonder iets te zeggen, tot Sissy een grommend geluid maakte.

'We moesten maar eens naar het huis gaan,' zei hij. 'Ik heb een afgrijselijke reis gehad. Even buiten Dublin heeft de koppeling van de Peugeot het begeven. Elke trein had vertraging. En de taxi moest me voor de moestuin afzetten. De een of andere idioot heeft de poort op slot gedaan.'

'Ik ben die idioot,' zei ik. 'Waarom heb je hem niet de echte oprijlaan laten nemen, door het bos?'

'Omdat een andere idioot daar een grote stapel planken overdwars op de weg had gelegd. Ik neem aan dat jij dat niet was?'

'Het zijn de nieuwe vloerplanken voor de hoek van de zitkamer. Ik neem aan dat de man die ze heeft gebracht niet wist... We zullen een wegwijzer neer moeten zetten... O, verdraaid! Nu zal ik ze zelf met de Land Rover moeten ophalen.'

'Kan Timsy dat niet doen?'

Ik keek op mijn horloge. Het was half vier. Tussen vier en zes was de drukste tijd voor Timsy, als zijn klanten versterking behoefden na een dag van werken. 'Ik ga er wel heen en wacht dan op Constance en de kinderen. Ze zullen me helpen om alles in te laden. Over een uur is het al donker. Ik moet opschieten.'

Maar toen ik een stap deed, begon mijn enkel, die ik vaag had voelen kloppen en bonzen, hevig te protesteren. Er schoot een pijn omhoog alsof er een spijker in werd geslagen.

'Ik kan wel hinken.' Ik probeerde te huppen. Iedere sprong was een ware marteling, maar ik wilde geen medelijden opwekken. Ik bereikte de stoep die naar de grachten omhoogliep, maar toen begaf mijn goede been het. Sissy, die achterstevoren voor me uit had gelopen om te zien hoe het ging, wierp haar hoofd in haar nek en kraaide van pret.

'Kom eens hier met je handen, Sissy,' zei Finn. 'Dan maken we een stoel om haar te dragen.'

Maar Sissy schudde haar hoofd en huppelde als een springbok weg over het gras, vol leedvermaak lachend.

'Gelukkig zal ik nooit proberen vrouwen te begrijpen,' zei de senator veelbetekenend.

'Ach,' zei ik op ironische toon, 'waarom zou je je die moeite geven, zolang ze maar voor je kinderen blijven zorgen, je huis schoonmaken, je eten koken en je kleren wassen?'

'Wat beschik jij toch over een intens zwaarmoedig karakter. Maar is dit wel een verstandige zet, gezien het feit dat ik de enige manier ben om jou naar huis te krijgen? En als ik me niet vergis, gaat het nog regenen ook.'

Ik keek omhoog. Er hing een grijze wolk boven ons hoofd. Er landden een paar druppels op mijn omhooggekeerde gezicht.

'Dit is geen moment om op enig ceremonieel te staan. Ik neem je wel op mijn rug.' Finn deed zijn das af, stopte die in zijn zak en maakte het bovenste knoopje van zijn overhemd los. Toen draaide hij zich om en zakte door zijn knieën.

'Ben ik daar niet te zwaar voor? Ik wil niet dat je modder op je kleren krijgt...'

'Hou es op met zeuren en schiet op. Ik word nat.'

Ik sloeg mijn armen om zijn nek en sprong onhandig omhoog, waarbij ik mijn enkel nog meer pijn deed. De senator begon goed, in een vlot tempo. Halverwege de stoep begon hij een beetje te hijgen.

'Je zou kunnen overwegen... dat extra sneetje toast... op te geven.'

'Ik heb me toevallig gisteren gewogen. Nog geen zestig kilo. Dat kun je toch niet zwaar noemen.'

'Dan moeten we... die weegschaal... na laten kijken.'

De regen kwam nu met bakken uit de hemel. Ik begon te lachen.

'Ik ben blij dat jij... het grappig vindt.'

'Het spijt me. Maar we moeten er heel lachwekkend uitzien.'

'Jíj misschien. Ik weiger... aan te nemen... dat ik een andere indruk maak... dan mijn gebruikelijke waardige... houding. Grote goden! Wat is er met de taxus gebeurd?' Hij bleef even staan en keek naar links en naar rechts.

'Constance en ik hebben die gesnoeid. Zo hebben ze er vroeger uitgezien. Voor de oorlog. Ik hoop dat het resultaat je bevalt.'

Hij schoof mijn gewicht wat hoger op zijn rug en wankelde tussen de bomen door. 'Komt er geen eind... aan jouw... drang tot opknappen? Maar... gelukkig voor jou... vind ik... dit mooi.'

Sinds mijn kinderjaren had ik – dat valt niet te verbazen – niet meer bij iemand op de rug gezeten. Het had me in die dagen nooit als een bijzonder intieme manier van vervoer getroffen. Nu was ik me ten zeerste bewust van zijn donkere haar op enkele centimeters afstand van mijn gezicht, van mijn handen die onder zijn kin in elkaar grepen, en van mijn benen die rond zijn middel waren geslagen. De regen druppelde over mijn nek en gezicht.

'Hou es op met schoppen!'

'Sorry.' Ik had inmiddels volledig de slappe lach gekregen.

'Ik zou wel eens... willen weten... wat er hier zo grappig is.'

'Kan ik... niet zeggen.'

'Je bent hysterisch.'

'Vast wel.'

'Als je... in staat bent... nog vijftig meter... je verstand bij... elkaar te houden... zijn we er.'

Hij legde het laatste stuk op een holletje af en liet me zonder verdere omhaal bij de openslaande deuren van de zitkamer vallen. Hij deed de deuren open en ik hinkte naar binnen. Hij bewoog zijn armen, rechtte zijn rug en veegde de regen van zijn gezicht.

'Dank je wel.' Ik probeerde mijn lachen te bedwingen. 'Het spijt me echt dat ik je... zoveel last heb bezorgd.'

'Ik heb zelden iemand zó berouwvol zien kijken.' Hij gaf me opnieuw zijn zakdoek, die nu zowel nat als bebloed was. 'Ik stel voor dat we om onze wonden te likken even iets fatsoenlijks gaan drinken.'

'Papa!' Flavia kwam de zitkamer binnengehold en stortte zich in haar vaders armen. 'Ik wist niet dat je vandaag zou komen. Lieve, lieve papa! Ik heb je zo gemist. Je moet meteen met me naar boven om bij mama te kijken. We hebben een verrassing voor je...' Ze deinsde achteruit om hem te bekijken. 'Wat heb je gedaan? Je gezicht bloedt en je bent helemaal nat.'

'Finn! Wat heerlijk om je te zien!' Constance kwam binnen, gevolgd door Flurry. 'Lieve help, wat is hier gebeurd? Jullie zien eruit alsof jullie een ongeluk hebben gehad. Bobbie, je gezicht!'

Flurry bekeek ons vol belangstelling. 'Hebben jullie met elkaar gevochten?'

‘Niet echt.’ Finn kuste zijn zoon op de kruin van zijn hoofd. ‘Ik heb nog nooit een meisje geslagen, ook al heb ik dat vaak willen doen. Afgezien van je tante, maar die tel ik niet mee omdat we toen nog heel klein waren.’

‘Ik heb mijn enkel verstuikt toen ik uit een boom viel,’ verklaarde ik. ‘Je vader was zo vriendelijk om me naar huis terug te dragen.’

‘Wat een geluk dat je niet ernstig gewond bent.’ Constance zette haar muts af en trok haar handschoenen uit om haar broer te omhelzen. ‘Er is een gedicht over de gravin van Desmond die uit een kersenboom viel. Bedenk wel dat ze op dat moment honderdveertig jaar oud was. Het schijnt dat ze haar gebit twee keer heeft gewisseld.’

‘Sommige mensen zijn tot alles in staat om origineel te zijn,’ zei Finn.

‘Ik zal de thee voor de kinderen halen.’ Ik ging voorzichtig op mijn rechtervoet staan. De pijn was hevig. Constance hielp me naar een stoel, vlak bij de haard. Ze waste mijn gehavende gezicht en bracht een zak diepvrieserwten mee om op mijn enkel te leggen.

‘Zal ik die bladeren uit je haar halen?’ vroeg ze teder. ‘Hoewel ze je echt zeer flatteren.’

‘Volgens mij is dat een look die ze opzettelijk cultiveert,’ zei Finn, op weg naar de kelder.

De volgende ochtend was de zwelling iets minder geworden en ik merkte dat ik, als ik mijn enkel stevig inzwachtelde, op mijn tenen kon staan. Omdat ik onhandig strompelde, deed ik alles veel langzamer dan anders, maar het was gelukkig zaterdag en dan ontbeten we altijd later. Ik was van plan geweest Timsy te vragen me naar de ingang van de oprijlaan door het bos te rijden om de vloerplanken op te halen, maar ik ontdekte tot mijn verbazing dat Finn en Flurry ze al hadden opgehaald en in de gang naar de keuken hadden opgestapeld.

‘Het is fijn om weer thuis te zijn,’ zei de senator, tegen niemand in het bijzonder, toen we met toast en marmelade aan tafel bleven zitten. Hij keek om zich heen. ‘Alles ziet er ongewoon schoon en netjes uit. En deze koffie is heel drinkbaar. Eigenlijk uitstekend.’

‘Bobbie bestelt die in Dublin,’ zei Constance onmiddellijk.

Hij fronste, en deed toen zichtbaar moeite om te glimlachen terwijl hij mijn kant uit keek. ‘Ik ben dankbaar voor alle moeite die je je geeft. Maar,’ ging hij verder, ‘hoewel het misschien ondankbaar lijkt om een domper op al deze vlijt te zetten, toch vraag ik me af of we niet bezig zijn de huid te verkopen voordat de beer is geschoten? Ik neem aan dat koffie uit Dublin voor betrekkelijk weinig extra kosten zorgt, maar er moet voor minstens honderd pond aan eiken vloerdelen in de gang liggen.' Kennelijk was de prijs van hout omhooggegaan sinds hij voor het laatst iets had gekocht, want de rekening voor de vloerdelen was dichter bij de tweehonderd geweest, zelfs met een korting wegens bestellingen in de toekomst. 'De man van Hibernian Heritage zou de subsidie ook kunnen weigeren. Waar moeten we in dat geval het geld vandaan halen?'

'Wees maar gerust,' zei Constance. 'Ze zijn al betaald.' Toen haar broer haar vragend aankeek, voegde ze eraan toe: 'Uit een geheim potje waar we jou niets over willen vertellen. Omdat je senator bent.'

'Juist ja. Iets onwettigs dus.'

'Probeer daar nou alsjeblieft niet naar te raden. Maar we doen er echt niemand kwaad mee. En als er toch problemen van mochten komen, zal ik ervoor naar de gevangenis gaan, als hoofd van het huishouden tijdens jouw afwezigheid.'

Hij trok een vies gezicht, alsof hij een pit in de marmelade had aangetroffen. 'Laten we hopen, Con, dat het daar niet van komt. Ik denk dat je het niet leuk zou vinden om in de gevangenis van Galway weg te kwijnen.'

Hij rommelde met zijn servet en begon er een bootje van te vouwen, ongeveer zoals Oliver en ik dat vroeger met kranten hadden gedaan. Ik besefte dat hij zijn best deed om niet prekerig over te komen. Hij betrok mij er nu ook bij. 'Jullie zijn allebei volwassen vrouwen. Ik kan jullie niet voorschrijven hoe jullie je tijd besteden. Maar ik zou jullie heel dankbaar zijn als jullie mijn huis niet in een goktent of bordeel veranderen.'

'Eerlijk, er komen geen kaarten of sekstoestanden aan te pas,' verzekerde Constance hem.

Hij glimlachte vriendelijk naar haar. 'Dat had ik ook niet gedacht.'

'Wat is een bordendeel?' vroeg Flurry.

'Jij bent hier de taalkundige, Eugene,' zei Finn. 'Misschien moet jij dat even uitleggen.'

'Moeten we geen plannen maken voor St. Stephen's Day?' vroeg Constance, die duidelijk van onderwerp wilde veranderen.

Finn kreunde. 'Spaar me!'

'Dat is tweede kerstdag,' legde Flavia me uit. 'We hebben dan altijd een groot feest voor iedereen. Net als Lughnasa, maar dan groter.'

'Het is de leukste avond van het hele jaar,' zei Liddy, die humeurig haar toast verkruimelde. 'Niet dat dat nou veel zegt.'

'We hebben dan een doedelzakspeler,' zei Flurry. 'Die speelt zo luid dat horen en zien je vergaan.'

'En papa houdt altijd een grappige toespraak,' zei Flavia. 'Vorig jaar knapte Moll Flahey van het lachen uit haar jurk en moest toen naar huis.'

Finn legde zijn hoofd in zijn handen.

Omdat we die dag laat waren begonnen, probeerden we de verloren tijd in te halen. Om twaalf uur strompelde ik naar boven om Violet haar lunch te geven. Violet kon nu met drie kussens om zich heen rechtop in bed zitten en leerde zelf met haar linkerhand te eten. Ze bracht juist een wiebelige lepel met fijngesneden tong en spinazie naar haar mond, toen de deur openging en Finn binnenkwam.

Toen we de vorige avond een verrukkelijke Sancerre hadden gedronken, had Constance haar broer verteld over de geweldige vooruitgang van Violet sinds hij haar vier – of was het vijf? – maanden geleden voor het laatst had gezien. Flavia had haar vader bij de eerst mogelijke gelegenheid mee naar boven genomen om bij Violet te kijken, maar tot haar grote teleurstelling had haar moeder liggen slapen en waren ze weggegaan zonder haar wakker te maken. Finns mening over vrouwen – die hij niet onder stoelen of banken stak – was dat het melodramatische, onnozele wezens waren, zonder enig realiteitsbesef. Aan de ernstige uitdrukking op zijn gezicht, toen hij weer beneden kwam, was duidelijk te zien dat hij dacht dat we op zijn minst enorm hadden overdreven en op zijn ergst aan massahysterie leden. Als Violet lag te slapen zag ze er net zo uit als ze er de afgelopen vier jaar had uitgezien, behalve dat ze niet meer kwijlde en zich in bed om kon draaien, zodat ze er niet langer als een heiligenbeeld bij lag.

Toen Violet nu de klop op de deur hoorde, keek ze op om te zien wie het was. Het volgende moment had ze haar dienblad en lepel op de grond gegooid. Trillend van inspanning stak ze haar magere witte linkerarm uit. Vanuit haar mondhoek zei ze hees: 'H...inn! H... inn!'

Finn greep de kruk van de deur beet alsof hij steun zocht en zijn gezicht werd lijkbleek. Wij, die haar hadden verzorgd, hadden Violets terugkeer naar het leven als een heel geleidelijk proces meegemaakt. Voor hem moest het even schokkend zijn geweest als een geestverschijning, de geest van de vrouw van wie hij had gehouden en wier schijndood hij had moeten accepteren. Ik zette de beker die ik in mijn handen hield neer, stapte over de vis en spinazie heen en sloop de kamer uit.

38

Iedereen hielp mee met koken, schoonmaken, versieren en organiseren voor Kerstmis en voor het feest. Dit was op zichzelf heel lief, maar de resultaten waren wisselend. Mince pies en plumpuddingen werden zwartgeblakerd of kookten droog doordat degene die erop zou passen de kerstboom ging bewonderen of een nieuw kapsel wilde uitproberen. Glazen braken en kostbare bezittingen werden zo goed opgeborgen dat ze maandenlang onvindbaar waren ondanks koortsachtig zoeken. De kaars die in de vensterbank van de zitkamer was gezet als teken van gastvrijheid voor de Heilige Maagd en het Kind, zette een paar mooie oude gordijnen in brand en moesten met een zijden kussen worden gedoofd.

Op eerste kerstdag ging Maud met een taxi naar de anglicaanse kerk in Williamsbridge en gingen de anderen naar de rooms-katholieke kerk in Kilmuree, behalve Finn en ik. Zijn geloofsverzaking was te lang bekend om meer op te leveren dan een zucht van Constance en een paar verwijtende woorden van Liddy, in de trant van als híj niet in al die onzin geloofde, waarom verwachtte hij dan dat zíj dat wel deed?

'Bespreek dat maar met je tante en pastoor Deglan,' antwoordde hij. 'Wat mij betreft is je geloof een volstrekt persoonlijke zaak. Maar ik zou je willen vragen je taal te matigen wanneer je het over het geloof van anderen hebt. Als ik het jou onzin hoor noemen in aanwezigheid van Pegeen en Katty, zal ik daar erg boos om worden.'

Liddy liet haar zonnebril van haar kruin op haar neus zakken om aan te geven dat ze een onrechtvaardige wereld buitensloot en liep achter de anderen aan naar de Land Rover.

'Weet je zeker dat je niet met hen mee wilt?' vroeg Finn.

'Nee, echt niet. Dank je. De wetenschap dat je elf personen een lunch van drie gangen moet voorzetten is iets wat je danig van spirituele gedachten kan weerhouden. Bovendien ken ik de gezangen niet. Het is gewoon niet leuk als je niet lekker voluit mee kunt zingen.'

Hij glimlachte. 'Je godsdienstige overtuigingen hebben kennelijk een uitermate filosofische grondslag.'

'Is dat zo duidelijk?' Ik beantwoordde de glimlach en hompelde naar de keuken.

Ik verwachtte dat hij zich in de bibliotheek zou terugtrekken, maar tot mijn verbazing volgde hij me door de donkere, hellende gang.

'Kan ik misschien ergens mee helpen?' Hij bekeek de kommen met geschilde en fijngesneden groenten voor de *sauce bigarade* voor bij de gans, en de pan waarin onder het rammelende deksel twee plumpuddingen stonden te stomen.

'Nee, dank je. Alles is min of meer onder controle.

'Het ziet er allemaal uitermate efficiënt uit.' Hij stak zijn vinger in de custard met cognac en likte eraan. 'Heel lekker. En wat is dit?' Hij had zijn vinger in een pot met iets wat op zwarte jam leek gestopt, en eraan gelikt voor ik hem kon tegenhouden.

'Dat is een van Sissy's brouwsels.' Ik glimlachte in mezelf terwijl ik de sinaasappelschilletjes die in kokend water bubbelden, bekeek. 'Flavia zegt dat het toverspul is. Waarschijnlijk voor mij bedoeld. Wat een verrassing als jij straks in een ouwe heks zonder tanden verandert.'

Hij trok zijn vinger terug. 'Je zult je wel afvragen...' zei hij, en zweeg toen. Ik had de stellige indruk dat hij iets over Sissy had willen zeggen, maar zich bedacht. 'Het is heel aardig van je om dit allemaal te doen. Ik hoop dat je je familie niet al te erg mist.'

Ik goot de geblancheerde schilletjes boven de gootsteen af en voegde ze toe aan de ingekookte saus van uien en rode wijn. 'Ik mis mijn broer wel, maar hij heeft een nieuwe vriendin, dus zou ik hem toch niet veel zien. Ik heb Kerstmis bij mij thuis eerlijk gezegd nooit gezellig gevonden. Het huwelijk van mijn ouders is niet gelukkig en langdurig met elkaar opgescheept zitten, zodat je elkaars fouten des te duidelijker ziet, leidt onveranderlijk tot ruzies. En mijn vader is erg ontevreden over zijn beide kinderen. Tegen de tijd dat het tweede kerstdag is, zit iedereen op zijn kamer te pruilen. Ik ben veel liever hier.'

'Dat lucht mijn geweten op, ook al klinkt het een beetje treurig.' Hij pakte een rauw spruitje uit de kom en beet erin. Ik zag dat zijn tanden wit en gelijkmatig waren.

'Treurig? Ja, maar ik geloof dat zoiets vrij veel voorkomt. Ik ben vaak kwaad op mijn familie, soms teleurgesteld, altijd kritisch, en toch is er een deel van me dat van hen houdt. Ik kan me in elk geval niet onverschillig opstellen voor hun zorgen. Maar ik denk dat dit voor iedereen geldt, nietwaar?'

'Ik denk het. Waarschijnlijk vindt iedereen dat zijn eigen familie gestoord is.'

Nu ik hem alleen had, in zo te zien een spraakzame bui, besloot ik de kans te grijpen. 'Wat vind je ervan als Violet vanmiddag een tijdje naar beneden komt?'

'Violet beneden?' Hij keek onthutst. 'Zal dat niet te veel opwinding voor haar zijn?'

'Ze verveelt zich zo. Gisteren heeft ze Pegeen aan het huilen gekregen door haar met een bord op haar neus te slaan. Ze was zo blij een reactie te krijgen, dat ze met alles is gaan gooien wat binnen haar bereik was: een boek, een kandelaar, een pot gezichtscrème. Helaas ook een kop hete thee. Rosie O'Rourke zegt dat ze meer stimulansen nodig heeft.'

'Tja.' Hij nam nog een spruitje. 'Als je echt denkt... Ik neem aan dat we het niet zullen weten tenzij we het proberen.'

'Het enige probleem is Maud. Ze weigert naar boven te gaan om haar te zien, weet je. Ze zegt dat de zoldertrap te steil is. Ze wil er niet aan dat Violet opknapt. Maar misschien luistert ze wel naar jou.'

'Je overschat mijn overredingskracht als je denkt dat iets wat ik zeg haar van gedachten zal doen veranderen. Ik heb nog nooit een vrouw ontmoet die zo koppig en vooringenomen is.' Hij keek even peinzend, alsof hij de lange lijst doornam van vrouwen die bijna voor de eerste plaats in aanmerking kwamen. Buiten zwiepte de wind regen tegen de hoge ramen. Binnen straalde de keuken warmte uit met een verse laag botergele muurverf. 'Vanaf het begin heeft Maud geweigerd het feit van Violets ziekte onder ogen te zien. Maud beschouwt een slechte gezondheid als slap en zelfverwennerij. Daarom is het ook zo wreed van het lot om haar invalide te laten worden. Er is geen tederheid in Mauds karakter, geen behoefte tot beschermen, geen medeleven. En dat vraagt ze al helemaal niet voor zichzelf.'

'Maar ze heeft me wel een van haar mooie jurken geleend.'

'Ik heb niet gezegd dat ze geen goede eigenschappen bezit. Ze is uitzonderlijk dapper. Ik heb haar op een paard zien klimmen waarmee ik niet eens in dezelfde stal had willen zijn. Ze klaagt nooit over pijn. Ik kan me niet voorstellen dat Maud ooit iets stiekems of achterbaks zal doen. Ze is goedgeefs en oprecht, zoals je zult hebben geconstateerd.

Maar ze heeft geen geduld met zwakheid, angst, twijfel… het soort stoornissen van de geest dat ons tot mens maakt.' Ik keek op en zag Sissy's gezicht voor het raam, waar ze op ons neer keek. 'Ik herinner me dat Violets vader ooit een arm brak bij een val tijdens de jacht. Hij trommelde de dichtstbijzijnde dokter op en liet het bot zonder narcose zetten, zodat hij erbij kon zijn toen de vos werd gedood. Ik vermoed dat Mauds opinie over de arme man danig afnam toen hij ten slotte zijn nek brak.'

'Ik denk dat er iets bewonderenswaardigs, ook al is het een beetje harteloos, in die houding schuilt. Maar we mogen Violets herstel niet door Mauds vooroordelen laten belemmeren. En er is nog iets wat ik wilde bespreken. Het is eenzaam voor Violet en uitermate onhandig voor de rest van het huis dat ze helemaal op de bovenste verdieping ligt. Er is een grote, lichte kamer op de eerste verdieping. Het is de vroegere kinderkamer en we hebben hem net opgeruimd. Lijkt die niet veel geschikter?'

Hij schoot in de lach. 'Juffrouw Norton, u bent onweerstaanbaar. Alles zal zijn zoals u zegt. Ik beloof dat ik mijn best zal doen Maud over te halen. Maar ze is daarin net als de meeste vrouwen: als ze eenmaal een besluit heeft genomen, kun je haar er niet meer van afbrengen. Dat zou een vernederend gezichtsverlies lijken.'

'Meneer Macchuin, u misleidt uzelf als u denkt dat dat een exclusief vrouwelijke karaktertrek is. En als u nog één spruitje meer eet, zal ik een nieuwe zak uit de provisiekamer moeten halen en er nog een paar moeten schoonmaken.' Hij liet het spruitje weer in de pan vallen. 'Bovendien zijn ze ongekookt bijzonder slecht te verteren.'

'Nou moet je eens goed luisteren.' Hij wees met zijn vinger naar me. 'Je kunt mijn huis ondersteboven halen, mijn tuin restaureren, mijn banksaldo verbeteren en de route van mijn oprijlaan verleggen – kortom, je mag mijn hele huiselijke leven op zijn kop zetten – maar mijn spijsvertering is iets wat uitsluitend mijzelf aangaat.' Voor ik antwoord kon geven voegde hij eraan toe: 'Hadden we deze zomer, voordat ik vertrok, trouwens niet afgesproken elkaar bij de voornaam te noemen?'

'Min of meer. Maar dat lastige kastensysteem speelt weer op. Ik ben nu eenmaal de huishoudster. Als mevrouw Treadgold, onze huishoudster in Sussex, mijn vader Gifford zou noemen, zou hij waarschijnlijk bezwijmen van schrik. En Timsy, Katty en Pegeen zeggen altijd "meneer".'

Hij haalde zijn schouders op. 'Je vader was in het leger, hè? Ik constateer vaak dat ex-militairen erg gevoelig zijn op het punt van rang. Wat Timsy en de meisjes betreft, dat is gewoon traditie. Ik was Finn voor iedereen die hier werkte, tot mijn grootvader stierf. Maar ik kan me absoluut niet opwinden over hoe ze me noemen, zolang het niet beledigend is.'

Ik bedacht dat dit waarschijnlijk waar was. Hij leek totaal niet om ceremonieel of eerbied te geven. Ik had het op Liddy's leeftijd niet gewaagd zo onbeschaamd tegen mijn vader te spreken als zij soms deed. Maar mijn vader voelde zich bedreigd in zijn positie. Zijn belangrijkste zorg was te worden erkend als hoofd van het huishouden en als persoon van belang in het graafschap. Aangezien Finn geen enkele competitie had, vond hij alles normaal.

'Bovendien,' ging hij verder, 'weet je heel goed dat jij geen traditionele huishoudster bent. Hoe noemt jullie huishoudster jou?'

'Roberta.'

'Heel mooi – en democratisch. Maar aangezien iedereen hier Bobbie tegen je zegt, zal ik je ook zo noemen.' Hij strekte zijn hand uit naar de pan met spruitjes, maar trok hem snel terug toen hij mijn blik opving.

'Ik moet erkennen dat hoe democratisch we oppervlakkig bekeken ook zijn, we op andere gebieden niet zo egalitair...' Ik hield opeens op met het slijpen van een mes. 'Hoe wist je dat mijn vader in het leger zat? Ik weet zeker dat ik dat niemand heb verteld.'

'We zijn er weer!' Flavia kwam binnen gehold. 'Het was de langste, vervelendste preek die we ooit hebben gehoord, en we rammelen van de honger! Hallo Maria! Hallo Osgar... Stoute jongen! Laat los!' Ze begonnen touwtje te trekken met haar sjaal.

Finn sloeg zijn armen over elkaar, waarschijnlijk een gebaar van zelfverdediging. 'Dit is een indrukwekkend woeste blik. Doet me denken aan het plaatje van Medusa, in mijn Latijnse leesboek. Ik heb mezelf verraden, hè? Maar het feit wil dat er veel in de kranten stond over dat je vader een oorlogsheld was.'

Alleen al het noemen van die vreselijke dingen maakte dat de vlammen me uitsloegen en dat mijn hart begon te bonzen. 'Heb je al die troep over mij gelezen?'

'Niet in detail. Het leek me vrij onbelangrijk geroddel. Maar ik kon je al moeilijk níet herkennen, aangezien je foto dagenlang op de voorpagina van iedere Engelse krant heeft gestaan.'

'Zijn jullie weer aan het ruziemaken?' Flurry, die achter Flavia aan de keuken binnenkwam, keek van mijn gezicht, dat tamelijk verhit was, naar het gezicht van zijn vader, waarop een trek van mannelijke superioriteit bijna, maar niet helemaal, een uitdrukking verborg waarvan ik vermoedde dat het leedvermaak was – of was het minachting? Flurry pakte me bij de arm. 'Waarom stond je foto in elke krant?' Toen ik geen antwoord gaf, keek hij naar de tafel waarop een grote zalm lag, plaatselijk gevangen en gerookt, klaar om te worden gesneden. 'Wanneer gaan we eten? Moet ik daar echt iets van?'

'Over een halfuur, als je grootmoeder terug is.' Ik richtte me op de kinderen. 'En je moet er echt een beetje van proberen, die zalm is verrukkelijk. Vergeet niet julie jassen op te hangen en jullie handen te wassen. Er staan pinda's en zoutjes in de zitkamer, maar laat ook wat over voor de anderen. Flavia, Osgar trekt je sjaal aan flarden. Laat hem er maar even mee spelen, misschien krijgt hij er dan genoeg van. Wil je snel naar boven hollen om te zien of je moeder iets nodig heeft? En Flurry, wil jij kijken of de haard in de eetkamer het doet?'

'En je wilde er tot op dit moment niets over zeggen?' vroeg ik toen de kinderen deze opdrachten uitvoerden. Ik had onbewogen willen klinken, maar tot mijn ergernis trilde mijn stem even.

Finn bleef kalm, met zijn armen nog steeds over elkaar geslagen, irritant afstandelijk. 'Het leek me tactvol er niet over te beginnen.'

'Je bedoelt vanwege de beledigende dingen die ze over me hebben gezegd.' Ik liep naar de vis en begon flinterdunne plakjes te snijden. Ik was kwaad op mezelf. Hoe kon de herinnering aan die stomme artikelen me na al die tijd nog zo raken?

'Ze waren niet erg complimenteus, hè?'

Ik was blij dat mijn haar naar voren was gevallen, zodat mijn gezicht niet te zien was. Ik stak nog meer energie in het snijden, omdat ik mijn stem niet vertrouwde.

'Laat mij dat doen,' zei hij, en hij liep naar mijn kant van de tafel.

'Ik ben nu al begonnen,' zei ik en hield mijn hoofd omlaag.

'Ik had het meteen moeten weten, vanaf het moment dat ik je zag.'

'Wat?' Ik was niet bij machte mijn stem anders dan defensief te laten klinken.

'Dat alles wat ze schreven een leugen was.'

Ik was zo verbaasd over deze onverwachte vriendelijkheid dat de tranen me in de ogen sprongen. Het vlijmscherpe mes gleed aan één kant door en stak in mijn linkerduim.

'Nu heb je je ook nog gesneden. Je had het mij moeten laten doen. Is het diep?' Ik draaide expressief met mijn ogen terwijl ik op de snee zoog. 'Je moet er een pleister op hebben.'

Ik haalde mijn duim uit mijn mond en zei: 'Bovenste la rechts, in het buffet.'

Hij maakte een vreselijke rommel in de la terwijl ik mijn duim onder de koude kraan hield.

'Alsjeblieft. Eens even zien.' We zagen het bloed opwellen en zich daarna over mijn natte huid verdelen. 'Hm. Het moet een grote zijn.'

Hij rommelde in de verbanddoos, liet pleisters op de vloer vallen terwijl ik mijn arm boven mijn hoofd hield om het bloeden te stelpen. Boven ons grijnsde Sissy van het ene oor naar het andere, opgetogen over het succes van haar verwensing.

'Doet het pijn?' Hij haalde een pleister uit de verpakking en drukte die stevig op de wond. 'Au-au!' riep ik uit.

'Beschouw het maar als straf voor de zonde van overmatige onafhankelijkheid.' Hij glimlachte. 'Laat eens zien, zit hij zo goed?' Sissy was inmiddels op haar hoofd gaan staan zodat ze het beetje licht dat in de keuken viel blokkeerde. Hij bekeek mijn hand van dichterbij. 'Mooi zo.' Hij keek me dreigend aan, alsof hij me uitdaagde het er niet mee eens te zijn. 'Ik noem dit vakwerk.'

Gedurende één seconde of honderd seconden staarden we elkaar aan. Ik voelde de druk van zijn hand, zag zijn pupillen groter worden. Ik hoorde Sissy bulderen van het lachen en daarna hoorde ik een zwakke plof doordat ze omviel van de pret. Het geluid van de kraan die drupte, het tikken van de klok, het gerammel van de puddingen in de pan werden steeds luider. De uitdagende blik in zijn ogen maakte plaats voor een van verbijstering. Dit alles werd waarschijnlijk weerspiegeld in mijn ogen. We bleven roerloos staan, als dieren in een lichtbundel. Er drong een inzicht tot ons door over iets wat was gegroeid sinds we elkaar voor het eerst hadden gezien, iets onmogelijks, iets wat we probeerden te verdringen.

'Ik heb mama iets te drinken gebracht, maar ze wil dat jij even komt, papa.' Flavia was ongemerkt binnengekomen.

'Tja...' zei hij ten slotte, met een stem waar alle gebruikelijke zekerheid uit was verdwenen. 'Tja...'

Ik trok mijn hand terug. 'We moesten maar eens verdergaan met het snijden van die zalm.' Mijn stem klonk ver weg, door het bonzen van het bloed in mijn oren.

'Ja. Hm, waar is dat mes?'

We keken hulpeloos om ons heen, verbijsterd door de schokkende en beangstigende onthulling.

'Wat heb je aan je duim?' vroeg Flavia.

'Ik heb me gesneden, maar het is niet erg. Finn, ga jij nu maar naar boven. Ik zal deze keer voorzichtiger zijn.'

'We hebben geen zin in allemaal bloed op onze vis.' Hij pakte het mes en richtte zich op de zalm. 'En al helemaal geen Engels bloed.'

'Papa! Je mag niet gemeen doen tegen Bobbie,' zei Flavia berispend.

Hij keek even naar me op. 'Grapje.'

Ik kreeg opnieuw een gevoel van dreigend gevaar. Ik wendde mijn blik af en glimlachte om Flavia te laten zien dat ik niet gekwetst was.

'Sta daar niet een beetje te niksen, meisjes. Breng eens wat borden.'

Terwijl Flavia en ik gerookte zalm, brood, boter en citroenen naar de eetkamer brachten, liep Finn naar boven om bij Violet te kijken. Een glas champagne later voelde ik me wat meer ontspannen. Toen we aan tafel gingen zitten was mijn hartslag weer min of meer normaal en de aanwezigheid van pastoor Deglan en kolonel Molesworth vormde een welkome afleiding.

Na de gebraden gans serveerde ik een heldere gelatinepudding van citroenen, eiwit en carrageen, voor diegenen wier spijsvertering de plumpudding te zwaar vond. Ik had de gelatinepudding gemaakt in de vorm van een kasteel, en hij was er perfect uit gekomen.

'Wat vind je, Bobbie?' zei Finn toen ik de puddingen op het buffet achter zijn stoel zette. 'Ik heb in de kelder een Tokay Aszú die nu mooi op dronk is. Of denk je dat het fruit te overweldigend is voor de wijn?'

'Dat lijkt me geweldig!' Ik bespeurde een enigszins hysterische klank in mijn stem en ik voelde hoe ik bloosde tot aan mijn wenkbrauwen. 'Maar kunnen we die wijn niet apart drinken, om de smaak beter tot zijn recht te laten komen?'

Het was een poging om normaal te doen die in mijn oren volledig mislukte. We keken elkaar niet aan, zoals we dat steeds zorgvuldig hadden vermeden sinds de openbaring in de keuken. Er viel een wonderlijke stilte in het algemene gesprek, alsof iemand met een tafelbel om stilte had gevraagd. Ik zocht naarstig naar iets om te zeggen, maar mijn gedachten snelden alle kanten uit, als insecten als er een steen wordt opgelicht. Ik hoorde hem zijn keel schrapen en toen kuchen. Tot mijn opluchting vroeg Constance aan kolonel Molesworth ons wat meer te vertellen over de monografie die hij bezig was te schrijven, en Maud zei: 'Grote hemel, meisje! Heb medelijden. Het is Kerstmis.'

Ik sneed de gelatine- en de plumpudding aan en de kinderen deelden de bordjes rond. Het pijnlijke moment was voorbij en ik vroeg me af of ik het me had verbeeld. Maar toen ik ging zitten zag ik dat Maud me aanstaarde met een onderzoekende blik in haar amethisten ogen. Ik wendde mijn blik af en zag Sissy's boze gezicht. Ik richtte me gretig op kolonel Molesworth wiens lange neus en enorme hoofd vol grijs haar me aan een ijsbeer deden denken. Gelukkig was hij doof aan zijn linkeroor en had hij Mauds onvriendelijke opmerking niet gehoord. Hij werkte aan een beknopte geschiedenis over de Schotse huursoldaten die in de zestiende eeuw dienst hadden genomen bij de Gaelic lords (uiteraard om tegen de Engelsen te vechten). Ze stonden bekend als *Redshanks* omdat ze met blote benen in kilts liepen, zodat hun kuiten en knieën altijd vuurrood waren van de kou. De rest van de lunch verliep soepel, als je de gebruikelijke ruzietjes tussen Maud en pastoor Deglan niet meetelde. Ik keek zorgvuldig niet naar het andere uiteinde van de tafel.

's Middags gingen Flavia, Constance, Eugene en ik een eindje wandelen. Het regende een paar uur niet, zodat we de vorderingen in de moestuin konden bekijken. Eugene vond een mol wiens tunnelgraafdagen voorbij waren en hij legde het dier aan de voeten van St. Fiacre, als kerstoffer. Dit had een gedicht tot gevolg dat hem de rest van de wandeling het zwijgen oplegde en hem zo afwezig maakte dat Constance en ik hem ieder bij een arm moesten nemen omdat hij anders de bergen in was gelopen in plaats van terug te keren naar het huis. Gelukkig stond er een sterke bries, vermengd met het lavendelwater dat Liddy's kerstcadeau voor hem was geweest. Eugene had haar heel innemend bedankt en meteen wat op zijn zakdoek gedruppeld.

Vanwege Eugenes precaire financiële situatie had Constance hem enkele tactvolle adviezen gegeven. Het resultaat was verrassend geweest: Eugene had voor iedereen zelf cadeautjes gemaakt. Mij gaf hij zijn eigen vertaling van 'Het Klaaglied voor Art O'Leary'. Art O'Leary was doodgeschoten (natuurlijk door een Engelsman) omdat hij had geweigerd zijn geliefde paard voor een schijntje te verkopen. Eugene had het gedicht, dat hij zelf in elegant handschrift had geschreven, vergezeld van een pentekening van de weduwe die haar handen vol verdriet in de lucht steekt wanneer de merrie zonder ruiter terugkeert, overdekt met het bloed van zijn meester. Ik vond de tekening heel mooi en ik was geroerd door alle moeite die hij zich had gegeven. Eugene had zijn hoofd bijna tot zijn knieën gebogen om te bedanken voor mijn oprechte lof.

Ik had Constance een paar gele zeillaarzen gegeven die ik in een ijzerwinkel had gevonden. Ze had ze die middag aan, en ze verklaarde dat ze heerlijk soepel en licht waren. Ze had mij een schitterende mixer gegeven, met kloppers en deeghaken en een mengkom, die beslist meer dan de afgesproken vijf pond moest hebben gekost.

'Nou ja, misschien was het een beetje meer,' had Constance toegegeven, 'maar er was in Williamsbridge verder niets aardigs te vinden. Finn had me trouwens het geld ervoor gegeven, maar hij zei dat ik dat niet tegen jou mocht zeggen. Ik ben echt hopeloos in het bewaren van geheimen, hè? Maar ik wil niet dat je je schuldig voelt, dat je denkt dat ik nu failliet ga.'

'Het was geweldig vriendelijk van jullie beiden.'

'Helemaal niet zo bijzonder, gezien het feit dat wij ervan zullen profiteren. Ik verheug me op de thee.'

Aangezien het Kerstmis was, stond Constance zich een stukje taart toe. Ze had in de maanden voor Kerstmis heel veel zelfdiscipline opgebracht en ze was ruim zes kilo afgevallen. Ik vond dat ze er tijdens die wandeling geweldig uitzag, met de pittige lucht die haar wangen kleurde en haar mooie ogen deed schitteren. Het was jammer dat Eugenes ogen op de grond waren gericht terwijl hij allerlei klanken liet horen en soms hardop kreunde door alle inspanningen van het dichten.

Op de terugweg bezochten we de *Flying Irishman*. Flurry was hard aan het werk met zijn nieuwe gereedschapskist, een cadeau van zijn vader. De locomotief was bijna klaar om te worden geschilderd.

'Zal ik hem voor jullie starten?' vroeg Flurry. 'Hij heeft natuurlijk rails nodig, maar ik kan hem onder stoom brengen en hem een eindje laten rijden.'

Dat wilden we graag zien. Flurry stak de turf in de vuurkist aan. Weldra puften er wolken stoom uit de pijp en toen hij een hefboom overhaalde, kwam de trein langzaam in beweging.

'Florence Finn Fitzgeorge Macchuin, je bent een genie,' riep Constance, met tranen in haar ogen van trots. Ze dook op Flurry af en kuste hem.

'Niet doen.' Flurry haalde een vieze zakdoek uit zijn zak en poetste zijn bril ermee af voordat hij hem om zijn hand wikkelde om de stoom af te sluiten.

'Het probleem is dat de handgrepen gloeiend heet worden. Ik heb nog geen manier gevonden om ze te isoleren.'

'Hoe snel kan hij op rails rijden?' Ik had een idee gekregen.

'Tien, of misschien twaalf kilometer per uur.'

'Is hij sterk genoeg om iets te trekken?'

Bij wijze van antwoord sloeg Flurry een bladzijde in zijn Bassett-Lowke handboek op en liet me een trein zien ter grootte van de *Flying Irishman*, met drie rijtuigen erachter, vol passagiers.

'Dat is het!' zei ik. 'Wij zouden iets te bieden hebben wat vast geen van de andere huizen die open zijn voor het publiek zullen hebben. Een modelspoorweg waar je in kunt rijden! Denk eens wat een trekker dat zal zijn voor gezinnen met kinderen! Denk je dat je dat zou kunnen, Flurry? Zou je zulke rijtuigjes kunnen maken?'

'Tuurlijk.' Flurry deed nonchalant. 'Het zijn gewoon bakken op wielen. Maar ik heb wel hout nodig, en die wielen zijn duur.'

'Het punt is, Flurry, dat het jouw trein is. Wat vind jíj van het idee?'

Hij stak zijn onderlip naar voren en dacht na. 'Het zou wel eens heel leuk kunnen zijn,' zei hij plechtig.

We trokken Eugene van de stapel bielzen waarop hij op zijn buik was gaan liggen, met zijn hoofd op zijn ellebogen en een voet naar het dak gericht, terwijl hij dromerig naar een blik motorolie staarde, en we sleepten hem mee naar binnen.

'Wat zal dat leuk zijn!' Flavia staarde voor zich uit in het schemerige licht van de keuken. 'Stel je voor dat we met ons eigen treintje kunnen rijden. Waar gaat-ie dan naartoe? Helemaal tot aan het meer?'

'De trein zal op de terugweg de heuvel niet op kunnen,' legde ik uit. 'We zullen een mooie route moeten bedenken, misschien door het bos. Wil jij de taart uit de provisiekamer halen terwijl ik thee zet?'

'Ik zet alles wel op het blad klaar,' zei Constance.

Terwijl ik wachtte tot de ketel water ging koken leegde ik de inhoud van de pot met *Isinglass* erop, waarin we de opbrengst van de stokerij bewaarden. Ik telde meer dan honderd pond in biljetten. Twee dagen geleden had er achtendertig pond in gezeten. Timsy moest op kerstavond uitstekende zaken hebben gedaan, ondanks de verplichte kerkgang.

'Dit is de mooiste taart die ik ooit heb gezien.' Flavia had hem bedekt met knapperige golfjes glazuur en ze had hem versierd met zilverballetjes, suikerbloemen, gipsen roodborstjes en een sneeuwpop op een slee.

Liddy stak haar hoofd om de hoek. 'Wat doen jullie allemaal?' Ze was vergeten wereldwijs en cynisch te doen. Haar gezicht stond ongewoon levendig. 'Er is een verrassing in de zitkamer. Kom gauw.'

Flavia liep met de taart in triomf voor ons uit. Bij de deur van de zitkamer slaakte ze een gil. Ik greep het bord nog net op tijd vast om te voorkomen dat de taart op de vloer gleed. Violet zat in de oortjesfauteuil.

'Mama, mama!' Flavia holde naar haar toe om haar te omhelzen.

'Voorzichtig, liefje!' Finn boog zich over zijn vrouw om haar kussens recht te trekken. 'Ik heb de grootste moeite gehad om haar rechtop te laten zitten. Heb je het warm genoeg, Violet?'

De stoel was dicht bij de haard gezet en ze was gehuld in dekens, maar haar blote voeten staken eruit en waren blauw van de kou. Haar bruine haar viel over haar hals. Haar machteloze rechterhand lag gekruld, als een vogelpootje, in haar schoot.

'Ja.' Violet keek ons aan met grote, opgewonden ogen. 'Bob...bie. Be... ede...' Ze keek omlaag naar haar dochter die naast haar neerknielde, met haar armen om haar moeders middel. 'Dwinken... aljebie.'

'Ik zal een kopje voor je inschenken, mam. Wil je ook een stukje taart? Jij mag het stuk met de sneeuwpop en de slee erop hebben.'

'Hal... lo, Con.' Violet glimlachte scheef. 'Zit... kamew.'

'Ja, lieverd.' Constance bukte zich en kuste haar schoonzusje teder. 'Net als vroeger.'

'Ja. Voe... gew.' Violet lachte blij.

Constance keek naar haar broer toen hij zich omdraaide van het opstoken van de haard. Zijn wenkbrauwen gingen omhoog. Hij reageerde met een halve glimlach, die snel verdween toen hij zijn lippen op elkaar kneep, alsof hem iets dwarszat.

'Ik ga wel even iets voor haar voeten halen.'

Ik strompelde naar mijn kamer en zocht een paar dikke wollen sokken op. Toen ik naar beneden liep, kwam ik langs Mauds kamer waarvan de deur op een kiertje stond. Ik hoorde het getik van haar stok terwijl ze heen en weer liep om te oefenen zoals de dokters haar hadden opgedragen, hoewel het Kerstmis was. In een opwelling klopte ik aan. 'Maud, ik ben het, Bobbie. Zal ik je een kop thee brengen?'

Het geluid hield meteen op. Er kwam geen antwoord. Constance vertelde me later dat ze Maud had verteld dat de kans bestond dat Violet rond theetijd beneden zou komen. Maud zei dat ze geen zin had getuige te zijn van een deerniswekkende vertoning en dat er een televisieprogramma was dat ze erg graag wilde zien. Ze bleef in haar kamer tot etenstijd, lang nadat Finn een vermoeide, maar triomfantelijke Violet naar haar zolderkamer had teruggebracht.

Ik vond het die avond moeilijk om mijn gedachten tot rust te laten komen en in slaap te vallen. Terwijl ik rusteloos in mijn bed lag te draaien, onder het gewicht van slapende katten, vroeg ik me af of mijn neiging me met andermans zaken te bemoeien geen strenge correctie behoefde. Daarna kwamen er nog diepere, heimelijke gedachten boven. Gedachten waarvoor ik het liefst direct op de vlucht was geslagen.

39

'Jullie zien er allebei geweldig uit,' zei ik.

Het was de avond van tweede kerstdag. Constance, Liddy en ik stonden op de overloop, klaar om ons feestelijke uiterlijk aan de wereld te tonen. Liddy droeg een jurk die ze zelf had gemaakt van een lap zachtoranje zijde die ze in de linnenkast had gevonden. Hij was van voren heel laag uitgesneden, zodat de randjes van haar zwarte beha te zien waren, en ze had een split tot aan haar slipje. Het was de perfecte kleur voor haar, waardoor er een warme gloed op haar bleke gezicht verscheen. Zware make-up verborg de pukkeltjes en de donkere kringen onder haar ogen. Ik herinnerde me met spijt hoe goed ze er met Lughnasa had uitgezien.

Constance droeg een leuke blauwe jurk waarvan ze zei dat ze er minstens tien jaar niet meer in had gepast. Haar wimpers waren zwart van de mascara en haar lippen rood van de lippenstift die ik Liddy voor Kerstmis had gegeven. Maar de grootste gedaanteverwisseling was het effect van het epileren van haar wenkbrauwen. Liddy was hier vijf dagen eerder mee begonnen, om de zwelling en de roodheid te minimaliseren. Ze was veel meedogenlozer geweest dan ik zou hebben gedurfd. Maar de resulterende donkere boogjes benadrukten de fijne botstructuur van Constances gezicht en haar mooie ogen.

Ik had met veel plezier een mooie jurk van Maud aangetrokken, ook al was deze totaal ongeschikt door de blote hals en armen bij een temperatuur van tegen het vriespunt. Het was een lichtroze tafzijde, met een gerimpeld strapless lijfje en een wijde rok. Ze had me schitterende roomkleurige parels geleend om erbij te dragen. Toen ik had geprobeerd haar te bedanken, had ze gezegd: 'Voel je niet bezwaard, ik los een schuld in. Constance had me anders al lang een voedselvergiftiging bezorgd.'

'Lijk ik niet een beetje hoerig?' vroeg Constance gespannen. 'Ik heb nog nooit zulke felle lippenstift gebruikt.'

'Het is Estée Lauder,' zei Liddy trots. 'Daarmee zie je eruit alsof je een miljoen dollar bezit.'

'Hoewel de hemel mag weten waar ik me zorgen over maak,' zuchtte Constance. 'Als ik in mijn beha en onderbroek naar beneden ging, zou Eugene het nog niet opmerken.'

'Wát?' riep Liddy uit. 'Je wilt toch zeker niet zeggen dat je een oogje hebt op die stinkende... Au Bobbie, je doet me pijn!'

'Het spijt me.' Ik tilde mijn rechtervoet van Liddy's tenen. 'Ik ben nog steeds erg stuntelig.'

'Je houdt die afschuwelijke oude dingen toch zeker niet aan, hè?'

Ik tilde mijn rokken op om de laarzen met rits te laten zien. 'Mijn voet is te erg opgezet om ergens anders in te kunnen. Gelukkig zijn ze onder mijn jurk niet te zien.'

'Maar je kunt er niet mee dansen!' zei Liddy. 'En je ziet er echt fantástisch uit in die jurk.'

'Dat geeft niet. Ik zal in elk geval naar jullie kunnen kijken.'

'Als er nou maar eens íémand was die de moeite waard is om mee te dansen,' riep Liddy gekweld uit.

'Misschien is de neef van kolonel Molesworth een beetje de moeite van het aanzien waard.'

'Niet als hij op zijn oom lijkt. Bovendien is hij negentien. Niet oud genoeg om interessant te zijn.'

'Je zult het je niet kunnen herinneren,' zei Constance, 'maar de broer van de kolonel was een geweldig stuk.'

'Ik geloof niet dat wij dezelfde smaak hebben, tante Con.'

'Anthony Molesworth was de knapste man die ik ooit heb gezien. Maar een volslagen schoft.'

'Echt?' Liddy begon geïnteresseerd te klinken.

'Ik haat dit.' Constance greep me bij de arm toen we boven aan de trap stonden. 'Ik ben altijd van plan op te schieten, zodat ik vóór iedereen beneden ben. Maar op de een of andere manier lijkt de tijd altijd door mijn vingers te glippen.' Liddy en ik hadden Constance in haar kamer aangetroffen, half in half uit haar jurk, sabbelend op het uiteinde van een pen terwijl ze het metrum van een dichtregel verbeterde. Ze was tegenwoordig afweziger dan ooit, maar het was heerlijk om het licht van inspiratie in haar ogen te zien.

'Hoe oud ik ook word,' zei Constance, 'nooit zal ik volwassen genoeg zijn om naar een feest te gaan zonder in paniek te raken, zelfs op een feest van mezelf. Ik heb altijd het gevoel dat mensen me aanstaren, kritiek hebben op mijn fysieke onvolkomenheden. En dat is dwaas en onnozel. Nog één keer naar de wc.'

We wachtten tot ze weer te voorschijn kwam.

'Ik ga wel voorop,' zei Liddy tegen haar tante. 'Dan hebben ze het veel te druk met naar mij te kijken om jou nog te zien.'

De groep mannen bij de haard hield op met praten toen wij in zicht kwamen. De jongeman die naast de kolonel stond leek veelbelovend. Ik kon hem niet echt knap noemen, maar hij was zeker aantrekkelijk, met donker golvend haar en een charmante glimlach.

'Lieve God, laat hem alsjeblieft geen flikker zijn,' fluisterde Liddy toen we naar hen toe liepen.

Iedereen werd aan elkaar voorgesteld. Toen ik mezelf toestond naar Finn te kijken, wendde hij zijn ogen meteen af en bukte zich om nog een turf op het vuur te leggen. Ik wilde niets drinken en liep bijna meteen naar de keuken om toezicht te houden op het opmaken van de salades. Maar niet voor ik de neef, die Nigel heette, tegen Liddy had horen mompelen: 'Hallo Phyllida. Wat een verrassing. zo'n mooie vrouw midden in de rimboe van Connemara. Wat een prachtige jurk. Hè, hè! Voor zover er een jurk is.'

Het gezicht van pastoor Deglan, wiens ogen zich vanaf het moment van haar binnenkomst op Liddy's bijna naakte boezem hadden gericht, liep paars aan.

Toen ik me ervan had vergewist dat alles op de eetkamertafel naar wens was, stond ik mezelf een glas punch toe. Constance had erop gestaan dat we van het poteengeld drie meisjes uit de Fitzgeorge Arms lieten komen om te serveren en af te wassen, zodat ik mijn voet wat rust kon gunnen. Ik voegde me, met een heerlijk gevoel van vrijheid, bij de anderen in de hal. De muzikanten waren aan het stemmen, de gasten begonnen binnen te komen, en weldra was de bank in de garderobe beneden bedolven onder de jassen en mutsen.

'Goedenavond, juffrouw Norton.' Michael McOstrich schudde mijn hand.

Ik had hem een paar maanden niet gezien. Zijn vlammend rode haren en baard waren heel kortgeknipt. Een bloem in zijn knoopsgat en een narcisgeel vest verleenden hem het uiterlijk van een dandy, maar zijn ogen waren koud. Hij had het me nog niet vergeven.

'Erg leuk feest.' Kolonel Molesworth boog zijn goede oor tot vlak bij mijn gezicht. 'Het is heel aardig van Finn dat hij de oude gebruiken in ere houdt. Bovenstebeste kerel. Staat u een oude man toe u te zeggen dat u er echt beeldschoon uitziet? Ik ben nooit getrouwd geweest – te verlegen om iemand te vragen, weet u. Hou het maar gewoon bij mijn eigen soort. Met militairen weet je tenminste waar je aan toe bent... Maar ik weet het zwakke geslacht nog steeds te waarderen.' Hij glimlachte, waarbij hij een stel bruine stompjes van tanden onthulde. 'Naar mijn mening bent u de mooiste vrouw hier. Maar hou dat maar voor u. Geeft anders maar jaloezie, weet u, juffrouw Norton.'

'Dank u, kolonel. Zegt u alstublieft Bobbie. Het is inderdaad een gezellig feest.'

Het geluidsniveau steeg snel. Liddy en Nigel waren al aan het dansen. Ze zag er gelukkiger uit dan ik haar ooit had gezien.

'Dank je, als jij me dan Basil wilt noemen. Leuk ding,' zei de kolonel over Liddy toen ze voorbij huppelden. 'Maar te mager. En te veel boven haar theewater. Hoop maar dat ze die schooier van een neef van me niet te ver laat gaan. Jonge vrouwen hebben dezer dagen veel vrijheid, maar ik weet niet of hen dat iets gelukkiger maakt. Zorg maar dat ze een beetje uitkijkt.'

'Ik zal het proberen, als jij dat nodig acht, maar ik denk niet dat Liddy naar me zal luisteren.'

'Doe dat, liefje, doe dat. Ik begrijp wat je bedoelt. Wie luistert er nog naar goede raad? Ikzelf niet. Ik mag dan niet zo handig zijn geweest met vrouwen, maar ik heb wel eens in een lastig parket gezeten. Maar Finns vader – we waren van dezelfde leeftijd, weet je, samen in het leger – tja, er was een jonge meid in Anzio, een geweldig stuk, een en al boezem en lippen... Nou ja, laten we daar maar niet op ingaan. Hij was een goeie vent. Had in het leger moeten blijven, beroeps moeten worden. Die gekken hier begrepen hem niet. Heel tragisch wat er is gebeurd... Doodzonde.'

Kolonel Molesworth – Basil – was in een ongewoon spraakzame bui. Ik had niet meer gedronken dan één enkel glas punch, maar ik voelde me opmerkelijk vrolijk. Ik keek even naar het buffet waarop de punchschaal stond. Timsy had van Constance de opdracht gekregen ervoor te zorgen dat er niets extra's aan zou worden toegevoegd. Hij leunde tegen de muur met zijn ogen op Liddy's borsten gericht.

'Zijn vrouw wilde hem weer thuis hebben,' leuterde de kolonel verder, 'ze wilde op haar wenken door hem worden bediend. Volgens mij komt er niks goeds van een huwelijk... Heb veel respect voor het vrouwelijk geslacht, natuurlijk, maar zij was me een hittepetit... Toch, ach, over de doden niets dan... Grote goden! Wat gaan we nou beleven!'

De mond van de kolonel viel open toen hij over mijn schouder keek. Langzaam maar zeker viel er een stilte in de grote hal terwijl we ons allemaal omdraaiden naar de trap. Finn kwam naar beneden met Violet in zijn armen. Liddy en ik hadden veel tijd besteed aan de voorbereidingen van dit moment. We hadden de zwarte kanten jurk gekozen omdat die een hoge hals en lange mouwen had, die Violets verslapte spieren verborgen. Liddy had haar moeders haar gekruld om het weelderiger te laten lijken en ze had met royale hand rouge opgebracht, zodat ze blakend van gezondheid leek. Toen Violet het ademloze gezelschap zag, letterlijk aan haar voeten, reageerde ze zoals afgesproken. Ze stak haar goede hand naar hen uit en zei langzaam, in haar allerbeste dictie, de zin die we de afgelopen vierentwintig uur met haar hadden geoefend.

'Hall... o, alle... maal. Ewg leuk... jullie te... zien.'

Er ging een schok van ontroering door het gezelschap. Toen schoot iedereen naar voren om Violet te kussen, Finn op de schouders te slaan, te lachen, met het hoofd te schudden en uitdrukking te geven aan alle verbazing. Enkele dapperen waagden het Maud, die audiëntie hield bij de haard, te omhelzen. Maud glimlachte, hoewel haar ogen hard waren. Heel even werd ze bleek, wist niets te zeggen. Slechts het zwoegen van haar borst, zichtbaar door het fonkelen van de diamanten, verried haar emotie. Daarna richtte ze zich hooghartig op en begon met haar krukken naar haar dochter te strompelen. De gasten weken uiteen om ruimte voor haar te maken.

'Finn,' zei ze, zodra ze bij hem was. 'Je kunt Violet het beste op een van de sofa's in de zitkamer leggen. Ik zal daar voor haar zorgen. Jij hebt vast andere dingen te doen.'

Ik liep voor hen uit om omslagdoeken en kussens te regelen. Toen Violet voorzichtig was neergelegd, met kussens in haar rug en onder haar armen, haar jurk over haar voeten geplooid om de in sokken gestoken voeten te verbergen, wenkte Maud een van de meisjes van de Fitzgeorge Arms en vroeg om twee glazen champagne.

'Maud,' zei Constance, 'ik denk eerlijk gezegd niet dat het een goed idee is om Violet dat te laten drinken.'

'Onzin. Natuurlijk gaat ze ook wat drinken. Dit is een feest.'

'Ik zal een fles openmaken,' zei Finn. 'Maar zeg het tegen niemand, anders wil iedereen.'

De gasten lachten goedmoedig om dit grapje en verdrongen zich rond de sofa. Violet staarde hen aan met onpartijdige genegenheid, betoverde hen met haar scheve glimlach terwijl iedereen probeerde haar hand te strelen, haar over het hoofd te aaien en haar te verzekeren van hun toewijding. Het maakte niet uit dat ze moeizaam sprak, want iedereen praatte en niemand luisterde. Er waren zowel tranen als glimlachjes. Ik zag de schouders van Basil Molesworth schudden terwijl hij een zakdoek tegen zijn ogen hield, en diverse gasten moesten worden bijgebracht met glazen punch.

'Het is een wonder,' zei pastoor Deglan. Zijn gezicht glom, en zijn neus werd roder dan ooit.

'Zeg dat wel,' zei dokter Duffy. Toen vermande hij zich. 'Maar zonder logopedie en fysiotherapie was dit niet gebeurd.'

Ze keken elkaar woest aan. Maar voor ze slaags konden raken baande een jongedame met een brutale houding en indrukwekkende maten zich een weg naar het midden van de hal. De muzikanten namen juist een adempauze, zodat ik in staat was het gesprek tussen de man van God en de man van de wetenschap te volgen.

'Wel verdraaid! Als dat Larkie Lynch niet is!' Dokter Duffy keek over zijn bril heen naar de jonge vrouw die uitdagend om zich heen keek.

'Moge de Heer ons behoeden!' zei pastoor Deglan. 'De kleine Larkie! Ik had geruchten gehoord dat ze terug was, maar ik had niet verwacht dat ze zich hier zou vertonen.'

'Niet zo klein meer. Ze is minstens twintig kilo aangekomen.'

'En ook geen Lynch meer. Ik heb me laten vertellen dat ze weliswaar in dat verwenste heidense land is getrouwd, maar dat de plechtigheid in een rooms-katholieke kerk heeft plaatsgevonden en dat ze hem trouw heeft gezworen nog voordat Sam O'Kelly haar ook maar met een vinger aan heeft mogen raken.'

Dokter Duffy snoof smalend. 'Als je dat gelooft, geloof je ook dat de aarde plat is.'

'Nou, wat mij betreft mag dat ook. Het gaat er alleen maar om hoe je je gedraagt als je erop bent.'

'En kun je me dan ook vertellen,' vroeg dokter Duffy neerbuigend, 'waar deze verwenste heidense plek was?'

'Dat was in New Jersey.'

'Hallo Constance.' Larkies stem klonk uitdagend terwijl ze de andere gasten aankeek. 'Allemachtig, er is hier helemaal niets veranderd, hè?' Ze keek misprijzend om zich heen naar de betimmerde muren met hun uitstalling aan wapens, halfverborgen achter takken klimop, hulst en taxus, naar het gewelfde plafond, zwartgeblakerd door de rook van eeuwen. 'Volgens mij willen sommige mensen de dingen liever oud, met de wind die door de kieren blaast en een haardvuur dat rookt als de schoorsteen van een oceaanstomer.'

'Hallo Larkie.' Een van de mannen die dagelijks over het pad van Kilmuree naar de appelschuur kwamen liep naar haar toe. 'Ik hoorde dat je terug was. Je ziet er prima uit, zeg. Hallo Sam, ouwe rakker.' Hij gaf Larkies man met zijn elleboog een por in de ribben. 'Jij was er met de hoofdprijs vandoor gegaan, pal onder onze neus.' Hij grijnsde wellustig naar Larkie, en Sam fronste zijn wenkbrauwen.

'Misschien moesten we maar eens gaan eten,' stelde ik voor. Het was vroeger dan ik had gepland, maar ik had Eugene een paar minuten geleden naar de eetkamer zien gaan.

'Ik heb wel trek in een hapje.' Larkie stapte naar voren. 'Deze kant uit, hè?'

Eugene zat op een bank bij het raam, met een groot bord vol gerookte zalm. Hij keek op, zwaaide minzaam met zijn vork en richtte zich toen weer op zijn eten.

'Hallo, meneer Devlin,' zei Larkie. 'Kent u me nog?'

40

Vanaf dat moment leek de avond heel snel te verlopen en kreeg alles iets onwaarschijnlijks. Misschien kwam het door de punch, die zichzelf steeds weer leek aan te vullen, hoeveel er ook uit werd geschonken.

Arme Eugene. Toen het tot hem doordrong dat deze gezette vrouw het liefje van zijn dromen was, zakte zijn mond open en viel de gerookte zalm op de vloer. Ik bukte me om het bord op te vangen toen dit door de kamer naar ons toe stuiterde. Hij probeerde iets te zeggen, maar kon niets uitbrengen.

'Dat is een verrassing, hè?' Larkie liep naar hem toe en stak haar hand uit. Eugene bood haar zijn vork aan, maar bedacht zich toen en legde hem naast zich op het kussen (waar een vervelende vetvlek ontstond, die moeilijk te verwijderen bleek) en stak een paar lusteloze vingers uit. Larkie schudde ze hevig.

'Dit is Sam. Mijn man.'

Sam glimlachte schuw, zich ongetwijfeld bewust van de zeshonderd pond. Er ontstond even tumult toen Maria en Osgar ruzie maakten om de gerookte zalm die over de vloer verspreid lag.

'U ziet er goed uit, meneer Devlin.' Larkie wist haar tegenwoordigheid van geest op bewonderenswaardige wijze te behouden. Ze keek in de eetkamer om zich heen. 'Ik hoorde dat u hier al een tijd woont. Past echt bij u. Antiek, net als die gedichten waar u zo dol op was.'

Eugene staarde Larkie aan alsof de schellen hem eindelijk van de ogen vielen.

Ik glipte weg om bij Violet te kijken. Ze was omringd door bewonderaars. Haar ogen waren groot, terwijl ze een sigaret in haar goede hand hield. Haar kromme hand lag verscholen onder een kussen. Ze had weinig gegeten, maar ze had twee glazen champagne gedronken.

Maud zat naast haar en nam complimentjes in ontvangst over het opmerkelijke herstel van haar dochter.

Toen Finn zich over de sofa boog om Violet op te tillen, klonken er kreten van protest uit de kring die zich rond de zieke had gevormd.

'Het is niet goed als Violet zich te veel vermoeit,' zei hij resoluut.

'Jullie vormen een prachtig beeld, zo samen,' zuchtte lady Butler-Maddox. 'Ik had niet verwacht dit ooit weer te zien.'

Violet giechelde en legde haar hoofd tegen de schouder van haar man, sloeg een arm om zijn nek.

'Je bent een sentimentele dwaas, Laura,' zei Maud. 'Kom liever een robber bridgen.'

'Wat vind jij, Bobbie?' mompelde Basil Molesworth in mijn oor, terwijl we toekeken hoe Finn zich met zijn broze last een weg door de menigte baande. 'Een mooi paar, hè?' Dat was inderdaad zo. 'Ja, en heel romantisch, geen twijfel over mogelijk,' ging Basil verder, 'maar het kan niet helemaal een happy end worden, hè? Want wat gaat hij bijvoorbeeld met dat circusmeisje doen?'

Sissy stond in haar eentje naar Finn te kijken. Ze was betoverend verkleed als bosnymf, met een groen met gouden jurk waarvan de zoom en de mouwen tot rafels waren geknipt. Ze droeg een ketting van bladeren en ze had haar gezicht en blote armen met groene verf ingesmeerd. Ze zag eruit als een etherisch wezen, een betoverende pixie, maar haar blik was demonisch. 'Wat gaat Finn met haar doen?'

'Kom op, Basil,' riep Maud. 'We hebben je nodig als vierde man. Jij mag Laura hebben als partner, dan neem ik juffrouw Thorpe wel. Die kan prima als blinde fungeren.'

'Ik zal wel moeten,' zei Basil zacht. 'Maud is een vrouw die je niet moet tegenspreken. Hou die twee een beetje in de gaten, wil je?' Hij wees naar Liddy en Nigel die hevig verstrengeld over de dansvloer schoven. 'Ik zal me op mijn spel moeten concentreren, als ik niet door Maud op mijn nummer wil worden gezet.'

Moest ik hier tussen komen? Het gedrag van Liddy en Nigel was niet echt crimineel, ook al was het misschien een beetje gênant. Voor ik een besluit kon nemen, werden er opeens twee handen voor mijn ogen geslagen. 'Drie keer raden!'

'Kit!' Ik rukte me los en draaide me snel om.

'Verdorie! Ik hoopte nog wel zo dat je zou denken dat het Michael McOstrich of een andere wellustige aanbidder was. Hoe gaat het met jou, lieverd?' Kit grijnsde breed. Ik sloeg mijn armen om zijn hals en drukte mijn mond op zijn wang. 'Zo, dus je bent wel blij me te zien!' Bij wijze van antwoord kuste ik hem op de andere wang.

'Wanneer ben je gekomen? Wat een verrassing!'

'Ik ben overgestoken met de middagboot. Daarna ben ik almaar doorgereden. Ik ben alleen maar bij de Fitzgeorge Arms gestopt om me te verkleden en snel iets te drinken, en daarna ben ik hierheen gekomen. Ik rammel.' Hij sloeg zijn handen om mijn middel en keek me hongerig aan.

'Kom snel mee naar de eetkamer, voordat alles op is.'

Hij trok me dichter tegen zich aan. 'Wanneer je zo naar me kijkt, alsof je toch een beetje op me gesteld bent, lijkt eten opeens onbelangrijk. Laten we in plaats daarvan gaan dansen.'

'Het spijt me, dat gaat niet. Mijn voet.' Ik lichtte de zoom van mijn rok op om de ingezwachtelde enkel in de laars te laten zien.

'Ben ik nou echt als de wiedeweerga hierheen gereden om met jou te dansen, alleen maar om te horen te krijgen dat het allemaal voor niets is geweest?'

'Ik vrees dat je het met mijn conversatie zult moeten doen.'

'Ik vind het heerlijk om met jou te praten, maar ik wil je de hele avond stevig in mijn armen kunnen houden zonder een schandaal te veroorzaken. Wat is er gebeurd?'

'Ik ben uit een boom gevallen. Het is bijna over. Ik heb er nu even iets meer last van door alle drukte van Kerstmis.'

Kit fronste zijn wenkbrauwen. 'Ze laten je te hard werken.'

'Helemaal niet. Constance smeekt me elke dag om in bed te blijven liggen en mij te mogen bedienen. En alle anderen helpen ook. Maar kom nu mee om iets te eten, dan kun je me intussen vertellen wat jij allemaal hebt gedaan.'

Om onze kleren te beschermen legden we een servet over de gerookte zalmvlek op de bank bij het raam en terwijl Kit koude rosbief met aardappelsalade at nam ik wat van de verrukkelijke pruimenmousse, een recept uit het dikke, roze boek dat ik tot mijn laatste snik zou blijven prijzen.

'We hadden op kantoor de bekende drukte om alles voor Kerstmis af te handelen,' zei Kit. 'Alsof december een soort apocalyptische waterscheiding is waarna het heelal een metamorfose zal ondergaan. Daarna moest ik me naar Norfolk haasten. Mama had niet minder dan drie families met huwbare dochters uitgenodigd. Ik heb met ieder van hen exact vijftien minuten gepraat voor ik verderging naar de volgende, in strikte toerbeurt. Als ik de één iets te drinken aanbood, presenteerde ik de volgende nootjes en schoof een stoel aan voor de derde.'

'Het was heel aardig van je geen valse hoop te wekken.'

'Ga nou niet sarcastisch doen, Bobbie. Natuurlijk dacht ik niet dat het die meisjes één mallemoer kon schelen of ik iets in hen zag of niet. Het was alleen maar omdat mama's ogen overal waren, om alles in de gaten te houden en te beoordelen. Maar laten we het liever over jou hebben. Die jurk is werkelijk schitterend.' Hij gleed met zijn vinger van de punt van mijn schouder naar mijn elleboog. 'En jij ook.'

Ik probeerde het onderwerp op iets anders te brengen. 'We zijn allemaal druk bezig geweest om Curraghcourt op te knappen. Het is jammer dat je de grootse binnenkomst van Violet hebt gemist. Je zult versteld staan als je haar ziet, ze is zo vooruitgegaan. En Liddy ziet er betoverend uit. Waar ís Liddy eigenlijk?' Van waar ik zat had ik door de openstaande dubbele deuren een goed uitzicht op de hal. Ik had haar met regelmatige tussenpozen in de armen van Nigel langzaam voorbij zien komen. 'Ik kan maar beter even gaan kijken.'

'Maar jouw taken omvatten toch zeker geen activiteiten als kindermeisje?'

'Het is geen taak. Het is uit een gevoel van zorgzaamheid. Ik ben zo weer terug.'

Tijdens een pauze, waarin de muzikanten hun dorst konden lessen, gingen de jongere gasten op de trap zitten. Ik ontdekte Nigel onder hen. Hij zat te praten met Francie Synge, het goedhartige meisje uit de bar van de Fitzgeorge Arms. Dit was in elk geval geruststellend. Maar waar was Liddy? Ze was nergens te bekennen, niet in de zitkamer, in de bibliotheek of in de keuken. Finn stond op wat zijn favoriete plekje leek te zijn, bij de haard, tussen twee vrouwen. Ze leken te wedijveren om zijn aandacht. Zijn blik van intense verveling zou grappig zijn geweest als ik me geen zorgen had gemaakt over Liddy. Ik liep naar hen toe.

'Ik zoek Liddy,' zei ik. 'Heb jij haar gezien?'

'Die is waarschijnlijk naar haar kamer.' Finn sloeg zijn armen over elkaar. Het was me opgevallen dat hij dat vaker deed als hij tegen me sprak. 'Mag ik even voorstellen? Grania Lake, Helen Fitzpatrick, Bobbie Norton.' Hij begon weg te glippen, ongetwijfeld met de bibliotheek in gedachten.

'Hoe maakt u het?' zei ik, terwijl ik hem met een blik probeerde tegen te houden. 'Wat is er met Liddy aan de hand? Voelde ze zich niet lekker?'

'Ik heb die onnozele knul met wie ze danste verteld dat hij wel moest bedenken dat ze pas zestien is en dat er in dit land wetten bestaan tegen wat hij in gedachten had. Hij zei dat zíj had gezegd dat ze negentien was.'

'Arme Liddy!'

'Ik maakte bezwaar tegen de manier waarop hij probeerde haar de jurk van het lijf te trekken. Dochters zijn tegenwoordig erg duur om te kleden.'

De twee vrouwen giechelden als schoolmeisjes. De ene, met een rode jurk en valse wimpers. legde haar hand op zijn arm. 'Finn, lieverd, je kunt mij echt niet voor de gek houden met zulke cynische praat. Jij aanbídt Phyllida.' Ze pruilde koket. 'Geen enkele man is goed genoeg voor jouw dierbare meisje. Als de dag aanbreekt dat je met haar door het middenpad van de kerk moet lopen, zul je tranen met tuiten huilen.'

Finn probeerde zijn arm los te maken. 'Ik hoop dat mijn gezonde verstand me ervan zal weerhouden zo'n akelige vertoning te laten zien.'

Ze nam een slok punch en verstevigde haar greep. 'Het zijn erg... héél erg gelukkige kinderen om zo'n knappe vader te hebben die zich zo om hen bekommert. Dat is wat wij meisjes eigenlijk allemaal willen, wat de vrouwenbeweging ook mag zeggen. Het zijn allemaal zulke lelijke stumpers daar, ze moeten gewoon andere pijlen op hun boog hebben.'

'Wat ben je toch wreed, Grania.' De andere vrouw leunde met haar volle gewicht tegen hem aan en staarde met wazige ogen naar hem op. 'Ik weet zeker dat Finn ontvan... onafhankelijke vrouwen bewondert, hè, lieverd?'

Finn duwde haar voorzichtig rechtop. 'Ik heb graag vrouwen die op hun eigen benen kunnen blijven staan.'

'Was Liddy erg verdrietig?' Mijn stem kan een beetje scherp hebben geklonken.

'Is deze jongedame niet je huishoudster?' Grania's ogen stonden vijandig onder haar valse wimpers. 'Moet jij de afwas niet doen?'

De muziek begon weer te spelen. Finn keek me fronsend aan. 'Voordat je aan die borden begint, Assepoester, kunnen we maar beter eerst die dans doen.'

'Welke dans?' vroeg ik. 'Bovendien is mijn voet...'

'Ja, kom mee.' Hij sloeg zijn arm om me heen en troonde me mee naar het midden van de dansvloer. Ik bedwong een kreet van pijn toen hij zwaar op mijn tenen trapte. 'Sorry. Ik moest me echt van die harpijen bevrijden.'

'Je had een dringend telefoongesprek kunnen bedenken.'

'Niet aan gedacht.'

'Misschien heb je wel ernstige schade aangericht. Denk eens aan de rekeningen van het ziekenhuis.'

'Het was jij of ik. En toen heb ik natuurlijk voor mezelf gekozen.'

We dansten verder bij de haard vandaan, weg van de woedende blikken van Grania en haar vriendin.

'Je hebt me net twee vijanden voor het leven bezorgd,' zei ik verwijtend.

'Alle mooie vrouwen hebben vijanden.'

Er viel een stilte waarin we naar een punt zo ver mogelijk bij de haard vandaan dansten.

'Dat was een compliment.'

'Ja. Heel stom van me.'

We cirkelden een tijdje zwijgend rond in onze donkere hoek. De muziek speelde de 'Londonderry Air'. De kaarsen brandden fel, met een geheimzinnige stralenkrans. Ik vroeg me af of ze moesten worden gesnoten of dat ik gewoon hopeloos dronken was.

'Volgens mij heeft Timsy iets door de punch gedaan.' Mijn stem klonk ver weg, zelfs in mijn eigen oren. 'Ik voel me heel... onwezenlijk.' Het leek wel of ik tegelijk in brand stond en ijskoud was. De kamer leek opeens eindeloos groot en galmend, alsof hij was uitgedijd tot een enorme grot, en de andere dansers leken zich op een immense afstand te hebben teruggetrokken, zodat wij langzaam in afzondering ronddraaiden.

'Ik vrees dat dat niet als excuus kan gelden.'

'Excuus voor wat?'

Hij gaf niet meteen antwoord. Toen zei hij: 'Doet je voet erg pijn?'

'Eigenlijk heel erg. Je hebt er al een paar keer op getrapt, en dat helpt niet zo.'

'Ik ben een slechte danser.'

Ik glimlachte naar het gesteven front van zijn overhemd. 'Hopeloos.'

We draaiden langzaam op hetzelfde stukje vloer rond.

'Dit is niet zo'n goed idee, hè?' zei hij na een tijdje.

'Nee.' Ik maakte met moeite mijn gedachten los van een reeks aan diggelen gevallen dromen. 'Je hebt net tegen mijn zere enkel geschopt.'

'O sorry. O God, het spijt me!'

Ik voelde zijn linkerhand rond mijn rechterhand verstrakken.

'Het spijt mij ook.'

'Wat een stelletje dwazen zijn we!' Hij keek op me neer en ik zag dezelfde blik die me de dag tevoren ook zoveel schrik had aangejaagd.

Ik sloot mijn ogen, in het besef dat ik dezelfde blik vertoonde. 'Als ik voor mezelf spreek, moet ik bekennen dat dit absoluut niet mijn bedoeling is geweest.'

'Je denkt toch zeker niet dat ik dit had gewild? Ik zit nu al genoeg in de problemen.'

'We kunnen ons als verstandige, redelijke mensen gedragen en er nu meteen mee ophouden.'

'Uiteraard.' Hij trok me dichter naar zich toe, en ik voelde de warmte van zijn hand in mijn nek. 'Dat is een heel geruststellend idee, hè?'

Ik leunde tegen zijn hart. 'Gewéldig geruststellend.'

'Papa! Papa!' Ergens aan het randje van de wereld zoemde een stem als een hommel in een bloem van het vingerhoedskruid.

'Wat is er, Flavia?' Finn liet mijn hand los omdat iemand aan zijn mouw trok.

'Osgar heeft het bontgeval van lady Butler-Maddox te pakken gekregen en hij wil niet meer loslaten.'

Hij bleef op zijn dochter neerkijken gedurende wat een eeuwigheid leek. 'Dan moet ik maar even komen,' zei hij ten slotte.

Hij liet me los. Ik voelde me net zo verlaten alsof ik op een donkere winternacht was buitengesloten.

In de zitkamer worstelde Kit manmoedig met een grommende Osgar en de bontstola, ten aanschouwen van een groeiend publiek.

'Die hond horen ze af te maken,' zei Grania, die zich naar voren had gedrongen. Ze greep Finn bij zijn jasje. 'Je zou niet zo'n gevaarlijke hond moeten houden. Kijk nou toch eens wat hij heeft gedaan!'

Kits pols bloedde.

'Achteruit, Kit,' beval Finn. 'Honden zijn roedeldieren. Hij weet dat ik de baas ben. Mij zal hij niet bijten.'

Verscheidene vrouwen begonnen te gillen toen Osgar zijn tanden in Finns hand zette.

'Jij stomme rot...' Hij beheerste zich. 'Je zou écht afgemaakt moeten worden.'

'Papa! Beloof me dat je dat niet zult doen!' Flavia trok aan zijn jas. 'Bobbie, je laat de arme Osgar niet afmaken! Hij kan het niet helpen. Hij weet niet beter.'

'Mijn stola!' jammerde lady Butler-Maddox.

'Mijn hand!' zei Finn.

'Wat een stelletje stomkoppen zijn jullie!' Sissy stapte in de kring rond Osgar. 'Hou jij es even op met dat lawaai,' zei ze tegen Grania, die zich jammerend aan Finn vastklampte.

'Voorzichtig, meisje.' De enorme gestalte van Michael McOstrich rees boven Sissy op. 'Blijf jij maar op een afstand. Dit is mannenwerk.' Hij deinsde achteruit toen Osgar zijn lip optrok en woest gromde.

Er verscheen een onnatuurlijke schittering in Sissy's ogen. Van achter uit haar keel klonk het onaardse geluid, half fluitend, half spinnend, bestaande uit drie noten, dat haar leeuwentemmerslied was. Zodra Osgar dit hoorde liet hij de stola vallen en kroop jankend in elkaar. Sissy raapte het bont op en gaf het aan Laura Butler-Maddox. 'Slapen, meneer,' droeg ze Osgar op, en hij rolde op zijn rug en stond haar toe met haar voet over zijn buik te wrijven. Ondanks haar kleine gestalte leek ze een olympische oorlogsgodin, met de buit aan haar voeten. De appelgroene verf die in strepen was uitgelopen, deed daar nauwelijks afbreuk aan.

'Hoe heb je dat gedaan?' vroeg Michael, tewijl de mensen juichten en klapten en lady Butler-Maddox nauwgezet haar vossenstaarten onderzocht. 'Ik heb nog nooit zoiets gezien. Was dat toverij?'

'Nee! Gewoon een trucje.' Sissy leek voldaan dat ze zo'n sensatie had veroorzaakt. 'Ik kan alle dieren laten gehoorzamen. Ik zou je koeien twee keer zoveel melk kunnen laten geven als ik dat wilde.'

'O ja?' Michael keek haar aan met nieuwe belangstelling.

'Laat mij dat voor je verbinden,' zei ik tegen Kit, die probeerde zijn wond met een zakdoek te verbinden. 'Je ziet een beetje bleek. Doet het erg pijn?'

'Er staat wat cognac in de bibliotheek,' zei Finn. 'Ga je gang. Ik ga wat limonade zoeken voor door de punch.' Hij duwde Grania bij hem weg en gaf haar bij Basil Molesworth in bewaring.

In de bibliotheek schonk ik Kit een glas cognac in en stookte de haard nog eens op. 'Hoe gaat het ermee? Ik kan wel wat aspirine voor je halen.'

'Wat? O, mijn hand. Dat is niets.' Hij ging met zijn rug naar de vlammen staan. 'Deze cognac smaakt heel vreemd. Net kersenlikeur. Dat is vreemd. Finn is meestal kieskeurig ten aanzien van wat hij drinkt. Of dat gold in elk geval voor zijn grootvader.'

Ik bekeek de karaf. Langs de rand zat iets zwarts en kleverigs.

'Dat is Sissy's speciale jam. Je moet het niet opdrinken! Misschien word je er wel ziek van.'

Kit keek verbaasd en zette zijn glas snel neer. 'Probeert dat meisje hem te vergiftigen? "Geen hel kent zo'n furie," hè? Ik heb al twee flinke slokken genomen.'

'Wil je wat water met zout?'

'Nee, dank je. Die punch is sterker dan maagzuur. Wacht maar. Ik ga nog twee glazen halen.'

Toen hij terugkwam keek ik hem bezorgd aan. 'Je ziet nog steeds bleek.'

'O ja? Als dat zo is, heeft het niets met de cognac te maken.' Hij veegde de hals van de karaf zorgvuldig af, en schonk daarna voor ons beiden een glas in. Hij nam een slokje, liet dit door zijn mond rollen en keek toen peinzend naar zijn glas. 'Ik heb jullie samen zien dansen.'

'Wat? O, je bedoelt met Finn, daarnet? Ja, dat was een excuus om aan twee erg vervelende vrouwen te ontkomen.' Ik draaide me opzij om de stop op de karaf te doen. 'Hij is een hopeloze danser. Mijn arme voet is helemaal kapot.'

'Je bent verliefd op hem.'

'O, wat een onzin! Waar heb je het over! Natuurlijk niet! Wat belachelijk!'

'Als het niet zo is, waarom doe je dan zo kwaad? Kijk me eens aan.' Ik draaide me naar hem toe en keek hem recht aan. Hij glimlachte. 'Je kunt het me gerust vertellen. Zelfs al is mijn eigen hoop de grond in geboord.'

Ik dwong mezelf kalm te blijven. 'Er valt niets te vertellen.'

Hij bleef me onderzoekend aankijken. 'Ik hoop dat dat waar is, zowel voor jou als voor mij.'

'Het is echt waar.'

'Bewijs dat dan eens. Met een kus.'

Ik wilde zijn beschuldiging zo graag weerleggen dat ik mijn gezicht naar hem ophief. Hij zette zijn glas weg, sloeg zijn armen om me heen en keek me diep in de ogen. Toen hij zijn lippen op de mijne legde, begreep ik dat ik de toets had doorstaan.

'Je hebt me heel gelukkig gemaakt.' Hij gleed met zijn vinger langs mijn hals, tot aan de bovenrand van mijn jurk. 'Kus me nog eens, dan zeur ik er verder niet meer over.'

Ik was zo blij met deze concessie dat ik gewillig gehoorzaamde. Ik hoorde de deur van de bibliotheek opengaan en Kit hield op met kussen om op te kijken. Tegen de tijd dat ik mijn hoofd had omgedraaid, was de deur weer dicht.

'Ik moet nu echt naar bed. Mijn voet doet erg pijn. Het is een vermoeiende dag geweest.'

'Natuurlijk, lieverd. Ik ben gewoon egoïstisch, ik wilde dit heerlijke moment voort laten duren. Maar het is zo dat ik dit al heel lang heb gewild. Eigenlijk vanaf het moment dat ik jou over de reling van de veerboot heb zien hangen, om de vissen te voeren. Natuurlijk was ik toen nog niet verliefd op je. Dat was pure wellust. Er was een nacht onder de sterren voor nodig om mij ervan te overtuigen dat mijn gevoelens voor jou niet alleen maar op wellust berustten.' Hij lachte, en ik was een beetje gerustgesteld door het terugkeren van zijn gebruikelijke luchthartige manier van doen. 'Ik breng je tot onder aan de trap.'

Toen we door de zitkamer liepen, keek Basil op van zijn kaarten en zwaaide. Maud keek even van Kits gezicht naar het mijne. Ze trok met haar mond. Toen tikte ze Basil met haar potlood op de arm om hem zich weer op het spel te laten concentreren. Liddy was nergens te bekennen. Nigel evenmin. Michael McOstrich en Sissy dansten samen, waarbij de kruin van haar hoofd net tot aan zijn horlogeketting reikte. Finn stond bij de haard met Grania naast zich. Ze praatte op ernstige toon tegen hem. Ik zag hem knikken en zich daarna omdraaien om in de donkere nis van de schoorsteen te staren.

We stonden bij de trap. Kit kneep discreet in mijn elleboog. 'Gauw naar boven, jij. Slaap lekker, met mooie dromen, lieverd.'

Hij deed geen poging me opnieuw te kussen. Hij had veel te goede manieren voor een publiekelijk vertoon van gevoelens. Ik voelde zijn ogen op me gericht toen ik de trap op kroop, maar ik keek niet om. Ik strompelde over de overloop, waarbij elke stap een marteling voor mijn enkel was. Er scheen licht onder de deur van de kamer van de zuidelijke toren. Ik stak mijn hoofd om de hoek. Nigel en Francie Synge waren bezig de springveren van het hemelbed uit te proberen. Ik hoopte, enigszins verbitterd, dat ze zich vermaakten.

Zodra ik mijn kamer had bereikt, liet ik me voorover op het bed vallen en legde mijn hoofd in mijn handen. 'O, potverdepotver... Verdómme!' riep ik hardop uit.

'Bobbie?' Er rees een gestalte op, zodat de rode asresten in mijn haard even niet te zien waren. Ik knipte het bedlampje aan.

'Liddy! Wat doe jij hier?'

'Ik moet... in slaap... zijn gevallen,' zei ze geeuwend. 'Ik wilde met je praten, dus besloot ik dat ik op je zou wachten. Ik heb met de jonge poesjes gespeeld en toen ben ik zeker in slaap gevallen. O Bobbie.' Haar stem steeg tot een jammerklacht. 'Papa is zo geméén! Ik ben echt wanhopig!'

41

In de dagen na Kerstmis daalde er een wolk neer over het terrein. Hij rolde vanaf de Atlantische Oceaan, vijftien kilometer verderop, landinwaarts en nestelde zich in het dal. Na een week van naar buiten staren naar de mist die straaltjes condens op alle ruiten, binnen en buiten, achterliet, begonnen we allemaal een beetje geïrriteerd te raken.

'Liddy, hou in 's hemelsnaam eens op met dat gemopper,' zei Constance, tamelijk snauwerig voor haar doen. We zaten in de salon om voor het eten iets te drinken. 'Ik begrijp niet wat jou deze dagen mankeert.'

'Ik zit me hier dood te vervelen,' zei Liddy. 'Dat mankeert me. Er is niets om me op te verheugen. Ik ben doodziek van alles.'

'Wat dacht je van een ritje naar Williamsbridge?' opperde Kit. 'Ik moet daar naar de bibliotheek. Je zou dan die jurk kunnen kopen waar je het steeds over hebt.'

'O ja,' zei Constance. 'Doe dat, Liddy. Dat maakt dan meteen een eind aan de dagelijkse ondervraging over of we echt denken dat pistache je zal staan of niet. Alsof jij je er ook maar iets van aantrekt wat ik ergens van vind.'

'Ik begrijp niet waarom jij tegenwoordig zo vitterig doet.' Liddy richtte haar zonnebril op haar tante. 'Ik denk dat dat op jouw leeftijd seksuele frustratie moet zijn.'

'Liddy.' Finn, die zich achter zijn krant verscholen had gehouden, liet die nu zakken en keek zijn oudste dochter streng aan. 'Dit is de zitkamer en je bent in gezelschap van je onzalige familie en hun onfortuinlijke gasten. Matig je conversatie naar behoren.'

Alleen als hij sprak oordeelde ik het veilig om naar hem te kijken. En ik kreeg daar altijd weer spijt van, omdat de schok van verlangen die snel door schuldgevoelens werd gevolgd, me altijd weer wanhopig maakte. Schuldgevoelens omdat ik wist dat ik alles moest doen wat in mijn macht lag om dat verlangen te smoren. Schuldgevoelens vanwege Violet. Schuldgevoelens vanwege de kinderen. Schuldgevoelens omdat ik mezelf ervan beschuldigde Kit te misleiden.

Ik begreep niet helemaal hoe het kwam dat ik me met de dag – met het uur – meer gecompromitteerd voelde. Als Kit zijn hand op mijn arm legde, was het met een bezittersair. Als hij me welterusten kuste voelde ik me alsof er een pact was bezegeld. Sinds het feest was ik erin geslaagd alles zo te regelen dat we bijna nooit alleen waren, en nooit langer dan een paar minuten. Dit was laf en dom. Ik besefte dat hij weldra zou ontdekken dat ik hem opzettelijk meed. Ik had de indruk dat hij me nauwlettend in de gaten hield. Hij had wellicht al ontdekt dat Finn en ik zelden iets tegen elkaar zeiden en dan nog op een overdreven koele manier. Ik geloof dat het Aristoteles was die zei dat je om dapper te zijn, eerst moest doen alsof je dapper was. Daarom probeerde ik me te gedragen alsof ik onverschillig was voor Finn Macchuin, in de hoop dat de echte onverschilligheid zou volgen.

De dag na het feest had Maud opdracht gegeven de kamer naast de hare voor Violet in gereedheid te brengen. Ze verklaarde dat haar dochter geen verdere therapie behoefde aangezien ze nu in staat was zonder verdere hulp te herstellen. Ze behandelde Violet alsof haar beperkingen op aanstellerij berustten. Ze moest gewoon beter haar best doen, dan zou ze net als ieder ander kunnen zitten, lopen en bewegen. Maud betuttelde Violet niet, ze had geen medelijden met haar en ze deed minachtend over haar tranen en aanvallen van woede. Ze snauwde tegen haar wanneer ze woorden vergat of die niet duidelijk kon uitspreken. Ze walgde van de aanblik van Violets gekromde hand en ze gaf Pegeen opdracht er een spalk tegen te binden, zodat hij recht bleef liggen. Het was allemaal ver van de aanbevolen methoden voor revalidatie, maar Violet leek niet geschokt te zijn over de hardheid van dit nieuwe regime, of onder de indruk van haar moeders tirannie. Misschien bevatte dit alles de troost van het vertrouwde.

'Ik vraag me af of Eugene al terug is van zijn wandeling.' Constance keek bezorgd. 'In deze mist verdwaal je zo snel. Ik ga naar boven om te kijken of hij in zijn kamer is.'

'Godallemachtig!' mompelde Liddy toen haar tante de kamer uitliep. 'Nog even, en ze holt met zijn pantoffels de bergen in.' Niemand gaf antwoord en ze bleef zitten mokken. Ik was bezig een lampenkap te repareren en Kit bekeek een manuscript. 'Je hebt vroeger altijd tegen ons gezegd dat we de waarheid moesten zeggen en ons niets van anderen moesten aantrekken,' zei Liddy boos tegen haar vaders krant. 'Maar nu probeer je me steeds de mond te snoeren. Dat is buitengewoon schijnheilig. Waarom mag ik niet zeggen wat we allemaal denken? Tante Connie heeft zolang ik me kan herinneren geen man gehad.'

'Als dat het geval is, dan vind ik dat ze blijk heeft gegeven van veel gezond verstand.' Finn vouwde zijn krant op met de houding van een man die er genoeg van heeft. 'Je zou er goed aan doen, Liddy, te beseffen dat als je praat over dingen waar je geen verstand van hebt, je veel kans loopt jezelf voor schut te zetten.'

'Hoe zit het met die jurk?' vroeg Kit tactvol, toen Liddy haar vuisten balde.

'Kunnen we morgen gaan?' vroeg Liddy. 'Ik moet overmorgen weer naar school.'

Kit keek spijtig. 'Ik moet morgen een auteur in Kerry bezoeken. Ik heb de hele dag nodig om erheen en weer terug te rijden.'

'Shit!' Liddy schopte hard tegen het voetenbankje. 'En ik heb op zaterdag repetities voor dat stomme toneelstuk. Die jurk is volgende week natuurlijk allang weg. Het is het enige fatsoenlijke dat in heel Connemara te vinden is.'

'Moet je echt zulke grove taal uitslaan, Liddy?' vroeg Finn. 'De muizen worden nog bang van je.'

Constance en Eugene kwamen op dat moment binnen. Hij was kennelijk net terug van zijn wandeling. Zijn haar was uit het lint gezakt en hing klam rond zijn gezicht dat glom van de nattigheid. Hij liet zich in een stoel vallen alsof hij uitgeput was, en ik had moeite een opmerking te bedwingen over zijn natte jas die slecht was voor de bekleding. Het was tenslotte de stoel van Constance.

'Zei je dat je die jurk al had gepast?' zei Kit. 'Als dat zo is, kan Bobbie met me meegaan om hem voor je op te halen.'

'Zou je dat willen doen?' Liddy richtte haar brillenglazen op mij en sloeg haar handen smekend ineen.

'Overmorgen? Nou, dat moet wel lukken. Ik zal toch niet in de tuin kunnen werken als het zulk weer blijft.'

Liddy keek opgetogen. 'Ik kan je het geld pas geven als ik de cheque van oma heb geïncasseerd, dat is wel een probleem.'

'Ik kan je dat geld wel voorschieten,' zei ik.

'Nee,' zei Finn. 'Dat doe ik.'

Onze blikken kruisten elkaar even. Hij wendde zijn ogen een seconde eerder af dan ik.

'Ik heb wat naaigaren nodig.' Sissy, die met haar voeten omhoog op de bank bij het raam zat, terwijl ze naald en draad hanteerde, had alles nauwlettend gevolgd en keek mij vernietigend aan.

'Ik wil dat met alle genoegen voor je meebrengen,' zei ik, waarbij ik in mijn eigen stem die valse opgewektheid hoorde die ik altijd tegenover Sissy aan de dag legde. Sissy richtte haar ogen weer op haar naaiwerk en stak de naald er woest in.

'Dat is dan afgesproken,' zei Kit. 'Ik haal je overmorgen op, Bobbie. Schikt twee uur?'

'Ik verheug me erop.'

Eugene kuchte om onze aandacht te trekken. 'Ik zou ook graag mee willen rijden naar Williamsbridge.'

Eugene was ongewoon zwijgzaam geweest sinds tweede kerstdag. Als iemand iets tegen hem zei, schrok hij op, alsof hij met zijn gedachten elders had gezeten. Hij had ook geen gedichten meer voorgelezen.

Er volgde een korte stilte voordat Kit vriendelijk zei: 'Natuurlijk. Ga met ons mee.'

Ik was zowel teleurgesteld als opgelucht.

'Het is tamelijk warm, hè?'

Ik draaide het autoraampje omlaag. Alles wat je aanraakte was nat en kledderig. De lucht was zacht en doorweekt, en zelfs buiten het dal was de mist zo dicht dat er groot licht moest worden gevoerd.

Eugene zat in de kleine ruimte achter de voorstoelen van de rode Spider, met zijn knieën opgetrokken tot aan zijn kin. 'Ik vind het eigenlijk vrij fris.'

'Ach, maar met het raam omlaag kun je de heide ruiken.'

We waren onvermijdelijk achter een vrachtauto vol schapen terechtgekomen. Aangezien de weg smal was met uitwijkplaatsen om de paar honderd meter, was Kit gedwongen in een lage versnelling te blijven rijden. 'Kijk die arme schepselen toch eens.' Eugene boog zich naar voren en Kit deed het raampje aan de chauffeurskant open. Eugene wees met zijn vinger over mijn schouder naar de koppen van de schapen, die er inderdaad heel droefgeestig uitzagen. 'Hun bloed zal worden vergoten door het mes van de slager. Ik denk dat ik maar vegetariër word.'

Kit begon uitzonderlijk geïrriteerd te raken door de traagheid van de vrachtauto. Ik besteedde de rest van de troosteloze rit aan het bewonderen van de bergen en de meren, en aan het bedenken van vleesloze gerechten die ik voor het avondeten klaar kon maken. In Williamsbridge was ik in twee uur klaar met boodschappen doen en beladen met pakjes keerde ik terug naar de auto, waar Kit zat te bladeren in een van de boeken die hij in de bibliotheek had geleend.

'Lieverd!' Hij wierp het boek achterin toen hij me door het raampje zag turen. 'Je zit onder de druppels, net als mijn oude golden retriever. Kom gauw in de auto.'

'Ik kan beter eerst mijn tassen achterin zetten.'

'Dat doe ik straks wel. Kom erin.'

Zodra ik me op de passagiersplaats had gewurmd, nam Kit me met tassen en al in zijn armen en kuste me uitvoerig. 'Ik heb dit al zo lang willen doen. Waarom moet jij toch steeds omringd zijn door andere mensen?'

'Kit, ik...'

'Niet te geloven!' Kits vinger wees opeens naar de straat. 'Kijk nou eens!'

Over het trottoir kwam een man naar ons toe gelopen, gekleed in een licht velours pak met een roze zijden sjaal die om zijn hals was dichtgeknoopt. Wat hem heel opmerkelijk maakte was zijn houding van schuchtere zelfbewondering. Hij bleef bij elke etalage staan om zijn spiegelbeeld te bewonderen, om zijn kleren recht te trekken, of om een lok weg te vegen van zijn haar dat tot vlak onder de oren was afgeknipt en dat door een vlagerige noordoostenwind veelvuldig in zijn ogen werd geblazen.

'Is dat hem echt?'

'Jazeker!'

'Hij ziet er echt heel knap uit! Wat gaan we zeggen? Moeten we doen alsof we niets hebben gezien?'

'Jij kunt hem een aardig complimentje geven,' zei Kit. 'Ik zal we wel op het autorijden concentreren.'

Eugene begon verlegen te kijken toen hij bij de auto kwam.

'Hallo.' Ik krabbelde uit mijn stoel overeind om hem op de achterbank te laten. 'Wat zie je er elegant uit.'

'Vind je?' Hij streek even over zijn revers en veegde een onzichtbaar pluisje van zijn mouw voor hij zich bukte om achterin te kijken. 'O lieve help.' Hij trok zijn hoofd terug. 'Ik maak me een beetje zorgen over die kist wijn. Dat hout is nogal ruw. Ik wil mijn broek niet openhalen.' Hij glimlachte innemend. 'Zou het heel lastig zijn om die achterin te zetten?'

'Ja,' zei Kit, ongewoon scherp. 'Daar is hij te groot voor. Dat heb ik al geprobeerd.'

Uiteindelijk vouwde ik me op de achterbank dubbel aangezien mijn spijkerbroek wel tegen een stootje kon. Al het verkeer scheen in de andere richting te gaan, dus kon Kit heel hard rijden en werd ik danig door elkaar gerammeld omdat hij alle kuilen en hobbels met grote snelheid nam. Eugene zat heel stil op de passagiersplaats, nadat hij zijn nieuwe kleren met eindeloze zorg had rechtgetrokken om ze niet te kreuken. Het spul dat de kapper op zijn haar had gespoten was adembenemend. Ondanks alle klachten van Eugene dat het erg tochtte, stond Kit erop de raampjes weer omlaag te draaien.

Constance liep toevallig door de hal toen we binnenkwamen. Ze droeg een mand met kastanjes om na het eten te poffen. Eugene slenterde naar haar toe, waarbij hij probeerde neutraal te kijken. Hij bleef even staan onder een van de grote lantaarns die we vanwege de mist de hele dag lieten branden, zodat ze zijn pak, de sjaal en zijn kortgeknipte haar in volle glorie kon bewonderen. Met bewonderenswaardige tegenwoordigheid van geest liet ze slechts een paar kastanjes vallen. Ze gleden over de vloer en verdwenen onder de lange tafel, waar Pegeen ze de volgende dag opzoog, zodat de stofzuiger verstopt raakte en veel problemen verroorzaakte tot Kit hem uit elkaar haalde en de hinderlijke kastanjes verwijderde.

'Sta me toe.' Eugene nam de mand met een galante buiging van haar over.

'Dánk je wel!' zei Constance ademloos, met overdreven dankbaarheid, gezien het feit dat de mand niet meer dan een paar ons kon hebben gewogen. Ze schraapte haar keel. 'Wat zie jij er... goed uit!'

'Vind je? Ik wilde hetzelfde tegen jou zeggen.'

Constance zag er bijzonder aantrekkelijk uit in een zwarte jurk met een hoge hals, die ze had aangetrokken omdat pastoor Deglan kwam eten. Haar dikke haar was naar één kant geborsteld, zoals Liddy haar had geleerd. Ze staarden elkaar aan, en langzaam begonnen ze allebei te blozen, waardoor hun ogen leken te stralen.

'Zullen we... vind je het leuk als we vanavond onze lezingen hervatten?' vroeg Eugene. 'Ik heb vandaag een nieuwe editie van Patrick Pearse gevonden. Er staan een paar gedichten in die jij nog niet kent.'

'Ja,' antwoordde Constance, bijna fluisterend.

'*A bientot*, dan.' Eugene zwaaide met zijn vrije hand, boog en verdween naar boven, met de mand kastanjes.

Constance zweefde terug naar de keuken, haar ogen op een onzichtbaar punt in de verte gericht.

'Heb je mijn naaigaren meegebracht?' Sissy was geruisloos dichterbij gekomen.

'O ja. Hier, alsjeblieft.' Ik viste in een van de tassen en haalde een klosje rood en een klosje groen te voorschijn. 'Wat ben je aan het maken?'

'Een baret.' Sissy deed koel. Ze was als Flora Macdonald gekleed, in een witte jurk en een geruite sjerp.

'Heb je hem?' Liddy kwam naar beneden gehold. Ze zag de tas met *Modiste* erop gedrukt, en ze slaakte een kreet van blijdschap. 'Ik heb de hele dag zitten duimen dat het zou lukken. Het is het enige dat me op de been heeft gehouden op deze stomvervelende dag. De Franse Revolutie en huppen en springen met gymnastiek. Volslagen stupide!' Ze rukte de lagen vloeipapier weg en hield de jurk tegen zich omhoog. 'Wat vind jij, Kit?'

'Heel Kilmuree zal aan je voeten liggen.' Hij sprak met bestudeerde onverschilligheid. 'Ik zet je boodschappen in de keuken, Bobbie.'

Liddy keek hem na toen hij door de hal liep. 'Alsof Kilmuree me ook maar één mallemoer kan schelen. Dat hele rotgat kan wat mij betreft afbranden.' Ze keek mij aan. 'Denk je dat ik dit in Londen aan kan hebben?'

'Je zult mooier zijn dan wie ook.'

'Echt?' Haar ogen straalden en ze sloeg haar arm om mijn middel. 'Het was heel lief van je om hem op te halen, Bobbie. O ja... Papa zei nog dat ik tegen jou moest zeggen dat hij weer naar Dublin moest. Iets over voorbereiden van seminars die hij volgend trimester moet geven. Hij blijft een paar weken weg. Hij zei dat ik dit aan je moest geven als verlaat kerstcadeautje.'

Ze pakte een klein, groen boekje, met goud bedrukt, van de tafel. Hij was weg. Ik probeerde mezelf ervan te overtuigen dat dit beter was, dat ik er blij om was. Ik draaide het boekje om en bekeek de rug. *The Collected Poems of W.B. Yeats.*

'Hij vroeg of ik dit vooral aan je wilde geven,' ging Liddy verder. 'Hij zei zelfs dat hij mijn kledingtoelage zou inhouden als ik het vergat. Maar volgens mij was dat een grapje. Het is niet echt een geweldig cadeau, hè?' Liddy keek verontschuldigend. 'Het komt uit de bibliotheek. Maar hij heeft een hekel aan winkelen. Tante Connie is boos omdat hij haar niet had laten weten dat hij vandaag zou vertrekken. Hij kwam opeens met zijn koffer de hal in. Hij is maar vijf minuten bij mama geweest om afscheid te nemen. Het is al heel bijzonder dat hij aan je heeft gedacht.'

Sissy siste langzaam. Ik vermoedde dat zij bij degenen hoorde van wie hij geen afscheid had genomen.

'Het is bijzonder onattent van Finn,' mopperde Constance op gedempte toon toen we samen aan de keukentafel zaten. Turlough McGurn had de beloofde boodschappen weer eens niet gebracht en omdat we genoeg hadden van alle appels die we in de appeltaart, als vulling voor pannenkoeken en gepureerd in een *Charlotte Russe* hadden gegeten, waren we bezig pruimen, die we in een oude weckfles in de voorraadkamer hadden gevonden, te ontpitten. Katty zat aan het andere uiteinde van de tafel te knikkebollen en te mompelen boven het koperen haardstel uit de eetkamer, dat ze moest poetsen.

'Ik ben niet boos om mezelf,' ging Constance *sotto voce* verder. 'Nou ja, wel een beetje, want ik mis hem echt. Maar het is zo plotseling. Ik weet zeker dat hij had gezegd dat hij tot zondag zou blijven. Violet heeft de hele dag liggen huilen. Maud zei dat ze zich moest beheersen, en ze dreigde haar een draai om de oren te geven. Ik ben geneigd te denken dat Violet misschien een beetje stevig moet worden aangepakt, maar Maud doet zulke dingen heel extreem.' Ze zweeg, en wreef even over haar neus, waardoor het puntje paarsgevlekt werd. 'Finn was weer eens in een van zijn zwijgzame buien, en dat maakte het er niet beter op. Mannen hebben een hekel aan scènes, hè? Violet is altijd heel demonstratief geweest en nu is ze enorm afhankelijk van hem. Ik denk dat het voor haar is alsof alles opnieuw begint.' Ze leunde met haar hoofd op haar hand, zodat haar wang paars werd. 'Stel je voor, een affaire te beginnen met een man met wie je al zestien jaar getrouwd bent. Dat zou wel eens heel romantisch kunnen zijn.'

'Je hebt pruimensap...' begon ik, maar ik werd in de rede gevallen.

'Romantisch!' Sissy was de keuken binnengekomen. Ik zag vanuit mijn ooghoeken dat ze een koffer bij zich had. 'Wat ben jij toch onnozel, ondanks al je geleerde gepraat! Je ziet niet eens wat er pal onder je neus gaande is. Je denkt dat je beter bent dan ieder ander omdat je in een groot huis woont en je familie eeuwenlang andere mensen heeft gecommandeerd, maar je bent blind!'

Bij het geluid van Sissy's boze stem liet Katty de pook die ze aan het poetsen was vallen. Hij viel rinkelend op de vloertegels.

Sissy viel tegen haar uit: 'En jij en die Pegeen kunnen naar de duivel lopen, stelletje akelige, kleinzielige zuiplappen! Jullie zijn jaloers omdat ik de aandacht van meneer had getrokken! Jullie zouden het liefst rottigheid met me uithalen, maar die kans krijgen jullie nu niet meer!'

Katty knipperde met haar ogen bij al dit venijn.

'Maar Sissy toch!' protesteerde Constance. 'Moet je echt zo schreeuwen?'

'Ik heb evenveel recht om te schreeuwen als ieder ander!' gilde Sissy. Ze maakte het teken van het boze oog, en haar blik was zo woest dat ik onwillekeurig dieper in mijn stoel wegzakte. 'Ik vervloek jullie allemaal! Moge de hartstocht koud worden en geliefden elkaar gaan haten! Moge hier geen kinderen worden geboren, anders dan onwettige! Dan zullen jullie weten hoe het is als de mensen op je neerkijken om iets wat niet je schuld is.'

Katty sloeg een paar keer een kruis en liep op haar tenen de keuken uit. Sissy spuwde haar minachtend na.

'Sissy!' Constance leek verbijsterd over deze uitbarsting van boosaardigheid. 'Je klinkt zo verbitterd, zo kwaad! Wat hebben wij misdaan? Ik dacht dat we je hier gastvrij hadden ontvangen, dat je hier gelukkig was...'

'We! Ja, dat is het nou net!' lachte Sissy. Haar donkere gezichtje was vertrokken van haat, vermengd met extase omdat ze nu eindelijk vrij was om alles wat ze zo lang op haar hart had gehad, eruit te gooien. 'Het is altijd wij en zij, daar gaat het nou net om. Jullie hebben me behandeld als een wild dier dat je te vriend moet houden. Net als die hond.' Ze wees met een ruk van haar kin naar Osgar. Hij lag op zijn rug op zijn gebruikelijke plek bij de haard, spartelend met zijn poten terwijl hij sliep. 'Je hebt nooit vriendschap met me willen sluiten. Maar toen zíj kwam' – Sissy richtte haar ogen op mij – 'waren jullie meteen dikke mik. Zíj moet overal bij zijn en ze moet voortdurend de hemel in geprezen worden. Zíj is van zichzelf iemand. Ik ben het onwettige kind van een ketellapper en de hoer van je broer, en alleen om hém moet je vriendelijk doen tegen mij.'

In haar consternatie stootte Constance de schaal gezeefd pruimensap om toen ze van haar stoel overeind sprong en met uitgestrekte handen naar haar toe liep. 'Sissy, alsjeblieft! Als ik fouten heb gemaakt, smeek ik je me te vergeven. Ik heb je nooit willen kwetsen.'

'Mij kwétsen? Er is iemand met meer hersens dan jij voor nodig om mij te kunnen kwetsen! Het raakt me gewoon niet wat jij doet. Jij kunt jezelf de hele tijd voor schut zetten met die slome duikelaar van een Eugene Devlin, terwijl zíj' – Sissy wees minachtend naar mij – 'allerlei sluwe plannetjes smeedt. Ze gaat zich hier stevig nestelen, ondanks jou, Constance Macchuin, en dan zul jij de tweede viool moeten spelen, en kijk dan maar eens hoe je dat vindt!'

Constance, de zachtmoedigste, vriendelijkste, meest bescheiden vrouw die ik op deze wereld kende, keek terecht verbijsterd bij zoveel vijandigheid. Ze gaf haar oorspronkelijke voornemen haar armen om Sissy heen te slaan op en bleef bedremmeld staan, met enigszins gebogen hoofd. 'Ik had echt niet de bedoeling je ongelukkig te maken.'

'Ik ben degene die mij ongelukkig maakt of niet,' zei Sissy vernietigend. 'Jij bent volstrekt onbelangrijk voor mijn leven. Ik ga nu. Ik neem aan dat jullie je zorgen zullen maken of ik het zilver heb gejat. Maar je zult verbaasd zijn te horen dat ik geen donder geef om al dat spul waar jij en zij' – weer een boze blik in mijn richting – 'zoveel waarde aan hechten. Waar ik naartoe ga, zal ik messen en vorken hebben waarmee ik kan snijden en prikken, en dat is goed genoeg voor mij.'

'Ga je weg?' Constance keek oprecht spijtig, hoewel ik wist dat Sissy, zo niet een doorn in het vlees dan toch een ragfijne splinter was geweest vanaf de dag dat ze haar intrek had genomen. Maar ze voelde zich toch geroepen te zeggen: 'Wil je er niet nog eens over nadenken? Ik weet zeker dat Finn het heel jammer zal vinden als je zo weggaat, na een ruzie.'

'Hij geeft helemaal niets om me.' Sissy schudde haar lokken met roodgepunt haar naar achteren. 'Ik ben die keer gewoon stom geweest. Hij was treurig en zocht troost. Ik dacht dat hij misschien wel van me zou gaan houden, alleen maar omdat ik van hem hield. Maar zo werkt dat niet. Ik had net zo goed de maan lief kunnen hebben. Je kunt hem van mij zeggen...' Haar stem brak en er trok een hele reeks emoties over haar gezicht, van minachting tot verdriet en ten slotte woede. 'Ik heb geen zin om hier te blijven hangen en vriendelijke woorden uit beleefdheid te horen. Hier!' Ze zette de pot zwarte jam waar ze zoveel energie aan had besteed, voor me op de tafel. 'Jij zult dit harder nodig hebben dan ik. Ik heb in de dauw gelezen dat jou een groot verdriet te wachten staat, en daar ben ik blij om!'

Ik keek er bedenkelijk naar en zei toen zacht, want ik had met haar te doen en ik bewonderde haar om haar trotse houding: 'Dank je, Sissy, maar ik hoop dat ik nooit zo wanhopig zal zijn dat ik iemand zal willen vergiftigen.'

Sissy wierp haar hoofd achterover en lachte. 'Domkop! Een klein kind zou die hele pot leeg kunnen eten zonder ergens last van te hebben. Het is een liefdeselixer. Waar ik naartoe ga zal ik dat niet nodig hebben. Ik heb genoeg bekoring.'

'Sissy,' smeekte Constance. 'Laten we alsjeblieft niet in boosheid uiteengaan.' Ze legde schuchter haar hand op Sissy's arm.

Sissy schudde de hand van zich af alsof deze haar schroeide. 'Je kunt de pot op!'

Ze liep de keuken uit, haar hoofd hoog geheven, terwijl haar smoezelige witte jurk over de vloer sleepte, door het pruimensap dat daar was gemorst.

42

Tot mijn verbazing ontdekte ik dat we Sissy misten. Het zou haar plezier hebben gedaan te weten dat onze kring kleiner leek zonder haar. Constance was geneigd de schuld bij zichzelf te zoeken. 'Ik had me moeten realiseren hoe zij zich voelde.'

We waren bezig in de kleine zitkamer. Deze bevond zich links van de eetkamer en was lange tijd niet gebruikt. Na de dood van haar grootmoeder had Constance alle vitrines met opgezette vogels en dieren in het huis verzameld, ze in de kleine zitkamer gezet en de deur dichtgetrokken. In de afgelopen tien jaar was de deur af en toe opengedaan om er een volgend ongewenst voorwerp bij te zetten. In tegenstelling tot de kleine zitkamer op Cutham was deze op het oosten gericht, zodat hij veel ochtendzon had. Er was een mooie schouw met tegels van Delfts blauw, en het was precies wat we nodig hadden als naaikamer, waar we onze gordijnen en vloerkleden konden uitspreiden om ze te verstellen. We hadden de kamer van alle overtollige spullen ontdaan en een grote tafel, een sofa en een aantal gemakkelijke stoelen van de zolders gehaald en er neergezet.

Het afvoeren van de opgezette dieren had een probleem opgeleverd. Er was vocht in de vitrines gekomen, zodat de dieren onherstelbaar waren beschadigd. De treurige oogjes hingen aan roestige draadjes omlaag; de vacht en veren waren grijs beschimmeld. Flavia had heftig verklaard dat ze beslist niet mochten worden weggegooid of verbrand. Uiteindelijk hadden we de vitrines aan de voddenman meegegeven en de opgezette dieren achter in de Land Rover geladen en ze op een terrein bij het meer plechtig begraven.

Omdat deze zitkamer kleiner was dan de andere kamers op de benedenverdieping van Curraghcourt, kon de haard de ruimte snel opwarmen, zodat Constance en ik ons erop verheugden daar te gaan zitten wanneer het huishoudelijke werk was gedaan. We zaten de gordijnen van mijn bed te repareren toen het gesprek op Sissy kwam. Het baldakijn boven mijn hoofd had het onvermijdelijk begeven onder het gewicht van de steeds zwaarder wordende katten, en ik was midden in de nacht wakker geworden onder een laag vergane gordijnstof, spinnen, vliegen, een dode muis en het stof van honderd jaar. De katten hadden dit zien aankomen en zich tijdig in veiligheid gesteld. In een van de linnenkasten hadden we oude gordijnen van gele chintz met lelietjes-van-dalen erop gevonden. Constance was bezig de naden los te tornen terwijl ik ze tot bedgordijnen speldde.

'Het zit me nog steeds niet lekker dat Sissy zo boos is opgestapt. Ik heb toch het gevoel dat ik het verkeerd heb gedaan. Denk je dat Michael McOstrich goed voor haar zal zijn? Hij is het soort man dat altijd de baas wil spelen en verwacht dat iedereen voor hem vliegt. Ik heb veel bewondering voor hem, maar ik heb hem wel altijd een bullebak gevonden.'

'Ik kan me niet voorstellen dat Sissy zich door anderen laat commanderen.'

'Er is in elk geval één troost: het zal een hele opluchting zijn voor Finn. Nu Violet beter wordt, zou de arme Sissy echt een probleem hebben gevormd. Vind je ook dat het hier naar muizen ruikt?'

Ik snoof. 'Ik vind het eerder de muffe lucht van natte dingen die opdrogen in de warmte.' Ik snoof nog eens. 'Maar misschien ook van muizen.' Ik zette voorzichtig met zilverdraad een kwastje vast.

Constance stond op en begon door de kamer te lopen, op zoek naar nesten van muizen. 'Ik neem aan dat je hen van het begin af aan een vreemd paar hebt gevonden. Finn en Sissy, bedoel ik.'

'Eh... ja,' mompelde ik.

Constance zette een stoel ondersteboven om de onderkant te inspecteren. 'Je moet begrijpen hoe het is begonnen. Finn was in die tijd heel depressief. Laten we eerlijk zijn, hij heeft genoeg problemen gehad om het geduld van een heilige op de proef te stellen. En Finn is zeker geen heilige.'

Constance zweeg even, alsof ze verwachtte dat ik iets zou zeggen. Ik fronste mijn wenkbrauwen en concentreerde me op het afhechten van mijn draad.

'Hoe dan ook, Finn en Sissy hebben elkaar op ons feest voor Lughasa ontmoet, in het jaar voordat jij arriveerde. Sissy zag er heel aantrekkelijk uit. Levend en warm – heel anders dan andere vrouwen. Niet nerveus of giechelig zoals de dorpsmeisjes, die verlegen waren. Of met poeha, zoals de dochters van rijke landheren, die door hun moeders waren gewaarschuwd voor gerommel met getrouwde mannen. Finn had een royale keuze kunnen maken uit de oudere vrouwen die zich verveelden bij hun saaie echtgenoten. Maar hij is niet het type dat een andere man onder zijn neus wil bedriegen.'

'Dat denk ik niet, nee.' Ik tuurde aandachtig naar het galon waarmee het oude beddengordijn afgezet was geweest, terwijl ik me afvroeg hoeveel er nog van kon worden gered.

'Sissy had iets dramatisch aan, in haar gebruikelijke stijl, met bloemen achter haar oren. Ze dwong hem met haar te dansen. Sloeg haar armen om hem heen en sleepte hem de dansvloer op. Na een tijdje begon hij het leuk te vinden. Ze kan heel gezellig zijn als ze dat wil.'

'Dat heb ik gezien.'

'Ze werden nogal dronken, allebei. Ze is die nacht gebleven. Ik hoop dat je niet geshockeerd bent?'

'Niet in het minst.'

'Hij was eenzaam, weet je. En zij maakte duidelijk dat ze hem wilde. Sissy had gelijk, ze heeft hem inderdaad getroost. Alleen, jammer voor haar, wilde ze meer dan dat. Ze deed het volgens mij absoluut niet om financieel gewin. Ze werd echt verliefd op Finn. Ik ben waarschijnlijk bevooroordeeld omdat hij mijn broer is, maar ik vind hem knap om te zien.'

'Ja.'

Misschien klonk mijn stem wat koel, waardoor Constance zich geroepen voelde de lof van haar broer te zingen.

'En hij is intelligent en heel ontwikkeld. Vergeleken bij wat zij gewend was, kon hij zelfs welgesteld hebben geleken. De romance van het Grote Huis. Wie kon haar dat kwalijk nemen?'

Ik glimlachte half, wat op instemming kan hebben geleken.

'Ze had een moeilijke tijd gehad.' Constance voelde zich kennelijk geroepen medeleven voor Sissy te kweken, en daardoor ook voor haar broer. 'Haar vader was een dronkaard die haar sloeg, en ze is op haar vijftiende bij het circus gegaan. De trapezekunstenaar wilde met haar trouwen, maar hij was ook een woesteling, dus is ze weggelopen met een rondtrekkend toneelgezelschap. Toen dat het loodje legde, heeft ze van de hand in de tand geleefd door medicijnen en amuletten te verkopen, terwijl ze in een verlaten hutje halverwege een berg woonde, kilometers ver bij iedereen vandaan. Maar ze kreeg steeds mannen aan de deur voor andere zaken dan een medicijn voor de reumatiek. Ze is een keer verkracht. Het schijnt dat ze flink heeft gevochten en dat hij tot op de dag van vandaag de littekens op zijn gezicht heeft. Hier heb je het nest!' Ze trok een hand vol kapokvulling uit de achterkant van de sofa. 'Het lijkt wel een sanatorium voor muizen. Gelukkig zijn de laatste bewoners verdwenen.'

'Ik denk dat we hem opnieuw moeten laten bekleden. Arme Sissy! Heeft ze die man aangegeven bij de politie?'

'Ik vrees dat dat alleen maar verspilling van tijd was geweest. In dit deel van de wereld hoeft een vrouw met Sissy's reputatie niet op veel begrip te rekenen van wie dan ook. Ze zouden zeggen dat ze erom had gevraagd door zo alleen te wonen en lang haar te hebben en de puntjes ervan rood te verven. Het is gruwelijk oneerlijk. Ze zouden dat nooit over een man zeggen.'

'Heeft ze je dit alles verteld?'

Constance keek treurig. 'Je hebt zelf gezien en gehoord dat ze me nooit heeft vertrouwd. Of me zelfs maar heeft geaccepteerd. Nee, Finn heeft het me verteld. Hij wilde dat ik zou begrijpen wat ze hier deed. Hij was vreselijk ontdaan toen hij met een kater wakker werd en haar in zijn bed aantrof. Hij verwachtte dat ze meteen zou vertrekken. Maar toen ze hem smeekte te mogen blijven, had hij het hart niet haar naar dat soort leven terug te sturen. Het was misschien uit zwakheid, maar ook uit het juiste soort barmhartigheid, naar mijn mening. Ik geloof niet dat ze daarna nog veel met elkaar naar bed zijn geweest. Hij vond dat hij dan misbruik van haar maakte, wetend dat het nooit tot iets kon leiden. Je hebt hopelijk nu toch geen slechte dunk van hem, hè?'

'Nee,' zei ik. 'Ik heb helemaal geen slechte dunk van hem.'

Toen de kinderen weer naar school gingen, verdubbelden Constance en ik onze inspanningen om het huis in goede staat te brengen voor het bezoek van de inspecteur van Hibernian Heritage.

Kit had zich uitermate verdienstelijk gemaakt in de dagen dat hij nog in Kilmuree was. Samen met Timsy had hij op onze aanwijzingen meubels verplaatst en allerlei schatten uit de opslagkamers van zolder naar beneden gebracht. We besloten de eetkamer opnieuw te schilderen. Constance zei dat ze altijd een hekel had gehad aan de bruine verf die haar grootmoeder had uitgekozen – een afschuwelijke kleur die dik over alle details van het pleisterwerk was aangebracht, met uitzondering van het plafond. Als Constance gelijk had, dat de gebroeders La

Franchini de oorspronkelijke *stuccatori* waren geweest, dan dateerde de kamer uit het midden van de achttiende eeuw. We probeerden met krabben en schuren de oorspronkelijke verf te voorschijn te halen, maar de onderliggende lagen waren door het vocht vergaan. Aangezien de zitkamer was bekleed met gele zijden damast en het gedeelte van de hal dat niet betimmerd was, bruingeel was geverfd, moest de eetkamer iets heel anders worden. De mensen uit die tijd waren dol op kleur en ze zouden de huidige voorliefde voor magnolia van kelder tot zolder een uitermate vreugdeloze en saaie stijl van inrichten hebben gevonden. We besloten tot Hollands roze, dat vanaf 1750 de grote mode was geweest. Met vreugde haalden we de saaie bruine gordijnen omlaag. In een hutkoffer op de bovenste verdieping hadden we, wellicht, de oorspronkelijke gordijnen gevonden, broos en aan de randen verschoten waar de zon er steeds op had geschenen, maar ze hadden nog steeds een mooie grijsblauwe kleur.

Kit reed naar Williamsbridge om liters en liters verf te laten mengen naar het voorbeeld dat ik met behulp van Flavia's schilderdoos had verschaft, en we gingen direct aan de slag. Het bleek niet zo gemakkelijk te zijn als we hadden gedacht. Maar dat geldt voor zoveel dingen. In het midden van elke muur bevond zich een groot medaillon met een afbeelding uit de Fabels van Aesopus, omringd door guirlandes van bloemen, vruchten en vogels, die eerst een onderlaag moesten hebben waarna ze in drie tinten wit moesten worden geschilderd. Het werk vergde concentratie en een vaste hand. Het fries moest op dezelfde tijdrovende manier worden behandeld. Na de eerste dag hadden Constance, Kit en ik verf op onze kleren, handen, gezicht en in ons haar. We hadden een misselijkmakende verflucht in onze neusgaten hangen, ons humeur was ver beneden peil, en we hadden nog geen tiende van het geheel in de grondverf gezet. Constance greep de telefoon en de volgende dag kwam de broer van Dicky Dooley, Eamon, die schilder en klusjesman was, ons helpen.

Verdere assistentie kwam uit een onverwachte hoek. Flurry bleek in staat tot lange uren van precies schilderwerk. Bovendien vond hij het ook nog leuk. Het was een nuttig lokmiddel om hem op te laten schieten met zijn huiswerk, zodat hij alle tijd had voor alle krullen en arabesken van verstrengelde bladeren, bloemen en fruit, voor de fijne details van vachten en veren, en voor de mollige ledematen van de bazuinengeltjes. Hij was preciezer en gedisciplineerder dan een van ons.

'Wat heeft ons doen geloven dat dit een goed idee was?' Kit overzag de muur die we na vier dagen hard werken af hadden. 'Ik vind dit een vreselijke kleur. Het is net het hemd van ouwe wijven, zalm in blik of hansaplast. Ik wed dat de man van het ministerie zal zeggen dat dit anders moet worden. Ik ben blij dat ik morgen vertrek. Ik verdrink me nog liever in het meer dan dat ik nog één centimeter ga schilderen!'

'Mijn grootvader heeft zich in het meer verdronken,' riep Flurry van boven op de ladder.

Kit keek ontzet. 'O Constance, is dat waar? Het spijt me. Als ik dat had geweten had ik er natuurlijk nooit een grapje over gemaakt...'

'Natuurlijk niet.' Constance zwaaide met haar verfkwast naar hem. 'Dat begrijp ik. Trek het je niet aan. Eerlijk gezegd vind *ík* dit wel een mooie kleur,' ging ze haastig verder, om de pijnlijke situatie te overbruggen. 'Ik heb nog nooit iets gedaan wat je ook maar enigszins creatief zou kunnen noemen, zonder door vreselijke twijfels te worden besprongen. Ik probeer aldoor tegen mezelf te zeggen dat er geen absolute esthetische waarden bestaan en dat het enige wat ertoe doet is of ik het mooi vind. Maar dat is natuurlijk onzin. Als een kleurenblinde psychopaat met tunnelvisie en delirium tremens toevallig voorbij zou komen en zei dat dit een slechte keuze was, dan zou ik er onmiddellijk van overtuigd raken dat hij gelijk had.'

'Het is jammer dat u niet naar mij wilde luisteren, juffrouw Constance,' zei Eamon Dooley, die zijn kwasten uitspoelde en ze aan zijn pet afdroogde. 'Had ik niet gezegd dat we alles met rauhfaser moesten behangen, zodat alle gaten en hobbels niet meer te zien zouden zijn? Dat zou het modern en licht maken, en u zou het in een mooie neutrale kleur kunnen verven. Ik zou de buitenplee nog niet in deze kleur willen hebben, ook al was het de laatste pot verf in Galway.'

'Ik denk dat jij het stucwerk ook kwijt zou willen,' zei Constance op stekelige toon.

'Reken maar. Het is ouderwets. En ook niet fatsoenlijk.' Eamon keek afkeurend naar de mollige ventjes die over het fries trippelden, met alleen maar een sliert pleisterwerk om hun naaktheid te verbergen.

Ik stapte achteruit om het roze te bekijken. Ik voelde ook iets van onzekerheid. 'Ik vind het wel mooi, zoals het met het licht verandert. In de schaduw is het bijna blauw, en op de lichtste delen is het een soort zacht abrikoos.'

Eamon Dooley keek me meelevend aan. 'Ik moet nu gaan. Morgenochtend om half negen ben ik er weer. Goeienavond allen.'

‘Dat betekent tien uur,’ zei Constance, toen Eamon de deur achter zich had dichtgedaan, ‘maar hij komt tenminste.’ Ze keek op haar horloge. ‘Tijd voor Eugenes thee.’

‘Er zit nog wat chocoladecake in de trommel,’ zei ik. ‘En anders zijn er nog merengues.’

‘Laat ik de cake maar doen. Merengues maken nogal veel rommel.’

Eugene gedroeg zich tegenwoordig alsof hij van kostbaar porselein was. Hij durfde nauwelijks zijn armen en knieën te buigen, uit angst zijn mouwen of broekspijpen slobberig te maken. Een druppeltje soep dat op zijn overhemd belandde, deed zijn ogen uitpuilen van ontreddering en maakte dat Constance op een draf een doek ging halen.

‘Bekijk dit eens,’ zei ik, zodra Kit en ik alleen waren. Uit de zak van mijn spijkerbroek viste ik een vel papier op waarop enkele dichtregels waren geschreven.

‘Wat is dit?’

‘Het nieuwste gedicht van Constance. Het gaat over Eugene.’

‘Ik vind het heel goed,’ zei Kit toen hij aan het eind van de vijf stanza’s was gekomen. ‘Gevoelig maar sterk. Origineel.’

‘Ik wilde dat ze het aan Eugene liet lezen, maar ze zegt dat ze dat niet durft. Ik weet zeker dat hij smoorverliefd op haar is, maar het is heel moeilijk om na een lange periode van vriendschap het onderwerp liefde aan te kaarten.’

‘Het is inderdáád heel moeilijk om iemand je liefde te betuigen. Er zijn heel veel woorden voor haat: weerzin, minachting, afschuw, vijandigheid, walging. Je zou eindeloos door kunnen gaan. Maar liefde? Je hebt aanbidding, toewijding... dat is niet helemaal hetzelfde. Ik kan zo gauw niets anders bedenken.’

‘Medeleven, genegenheid, kameraadschap...’ begon ik.

‘Ik voel kameraadschap voor mijn honden. Medeleven heb ik met jonge artsen en alleenstaande moeders. Ik voel een zekere genegenheid voor mijn oude schoolmeester. Geen van deze gevoelens komt ook maar in de buurt van wat ik voor jou voel. Over een paar uur zal ik vertrekken, Bobbie. Laat me je even liefhebben.’

Ik deed mijn ogen dicht, probeerde andere beelden buiten te sluiten...

‘Lieveling!’ zei hij zacht. ‘Ik geloof echt dat jij iets begint...’

‘Vond jij je schoolmeester echt aardig?’ We waren vergeten dat Flurry boven op de ladder stond, om een ananas te schilderen. ‘Die van mij spreekt altijd met consumptie. Hij spettert recht in je gezicht. Hij gaf me een keer een draai om mijn oren omdat ik mijn gezicht met mijn mouw afveegde. Ik wist niet dat ik dat niet hoorde te doen.'

Toen Kit en ik na het eten elkaar in de hal ten afscheid kusten, wist ik niet of de spijt die ik voelde voortkwam uit het vertrek van een competent stel handen of uit iets wat veel dieper ging.

Het bezoek van de inspecteur viel samen met een miraculeus opdrogen van de atmosfeer. De regensluiers verdampten en ervoor in de plaats kwam een heldere hemel met witte wolkjes. Voor het eerst sinds weken konden we de bergen zien. Op de ochtend dat meneer O'Brien werd verwacht, haalden we snel alle touwen die de regen in emmers moesten leiden weg en bij nader inzien ook de emmers. We sleepten de turfketting uit het trappenhuis op, met het voornemen hem uitsluitend met onze charmes van de kaart te brengen. Met mijn föhn droogden we wat vochtige plekken op het damast van de muren van de zitkamer. We dweilden de plassen in de hal en in de gang van het souterrain op.

'Ik ben toch zó zenuwachtig,' zei Constance. 'Nog één keer naar de wc, en daarna zal ik proberen me te beheersen.'

Ik was ook behoorlijk zenuwachtig. Maar toen meneer O'Brien arriveerde, bleek hij heel joviaal en vriendelijk te zijn. Het was een kleine, ronde man in een groen tweedpak met een gesteven snor, een bril en een hartelijke lach. Ik neem aan dat hij gewend was gefêteerd te worden door hoopvolle eigenaren. We zetten hem in een stoel naast een groot, vlammend vuur in de hal en dwongen hem sherry te drinken en nootjes en kaaszoutjes te eten, die diezelfde ochtend waren gebakken. Zijn voorhoofd glinsterde van de warmte en het eten, terwijl hij de honden aaide en om onze grapjes lachte. Maar al die tijd zwierven zijn ogen door de hal, richtten zich op het gewelfde plafond, de betimmering, de staande klok van Thomas Sanderson in Dublin, de prachtige tafel, de platte borden van Iers aardewerk.

'Kom dames,' zei hij toen hij het laatste zoutje op had. 'Laten we het voorouderlijke complex eens bekijken.'

Terwijl Constance naar de wc rende, liep O'Brien rond en krabbelde van alles in zijn notitieboek. Ik liep gedwee achter hem aan, klaar om iedere schat die hem ontging aan te wijzen. Maar zijn blik was scherp en als die op iets moois viel, twinkelden zijn ogen van genoegen. Zelfs het prachtige koperen slot op de voordeur werd vermeld. Terwijl we hem rondleidden volgens ons van tevoren opgestelde plan, tuurde, streelde, tikte, snoof en schreef hij bedrijvig. Alle kostbare zaken die we van de zolders omlaag hadden gehaald – de vier stoelen die met goudfluweel uit Genua waren bekleed; de groengelakte chippendale-ladekast; de Georg II mahoniehouten salontafel; het tweetal vergulde spiegels; zelfs de theebus van vruchtbomenhout in de vorm van een peer – alles trok hem aan, als ijzer naar een magneet, en leverde elk minstens een halve pagina op.

'Charmant, charmant!' zei hij van de zitkamer. 'Alles hoort bij elkaar en ziet er prachtig bewoond uit.' Hij betastte voorzichtig de muur. 'Hm. Vochtig, natuurlijk.' Hij keek omhoog. 'Werkelijk een heel mooi plafond!'

We hadden de eetkamer tot het laatst bewaard.

'O, lieve schatten!' riep O'Brien uit toen we de dubbele deuren opendeden. 'Dat is toch niet waar... dat is toch niet wáár!' Hij liep op zijn tenen in het rond, zwaaiend met zijn armen, terwijl hij naar het plafond staarde.

Ik had Constance zorgvuldig geïnstrueerd. 'In mijn familie wordt aangenomen dat dit van de gebroeders La Franchini...' begon ze.

O'Brien viel haar in de rede met een brul van blijdschap. 'Ik dacht, ik hoopte, ik bad dat dit zo mocht zijn! Uiteraard moet de authenticiteit nog worden vastgesteld, maar' – hij stak zijn dikke handjes in de lucht – 'dit is kostbaar, kostbaar, kóstbaar! Lieve hemel! Wat...?' Hij staarde naar Sissy's reparatie in de vermolmde hoek. 'Hoe... Een octopus. Ja, hm.'

'Het is een zeemeermin,' zei Constance.

Hij wendde zich van haar af en ik zag in de spiegel hoe zijn gezicht verkrampte van ontzetting. Toen hervatte hij zijn inspectie van de kamer. Met een kreet holde hij naar de haard en staarde naar het schilderij van de vrouw in het grijs. 'Is het... Zou het kunnen... is dit een... Gainsborough?'

Constance en ik wisselden een opgetogen blik.

'Lieve schatten, de parel in de kroon! En Hollands roze! Wát een heerlijke kleur! Perfect! Echt perfect!'

En opeens was ik daar ook heel zeker van.

We zaten voor de lunch met zijn drieën aan het ene eind van de eetkamertafel en aten van het mooie Berlin-servies met het beste zilver. Na drie gangen, met wijn, koffie en cognac, wandelde O'Brien, zacht boerend, tussen de *miroirs d'eaux*, pen in de hand, om uitvoerig verdere aantekeningen te maken. We vertelden hem over onze plannen om een bloementuin aan te leggen en de achthoekige melkschuur te restaureren. We toonden hem de graanschuur en vertelden over onze plannen ermee. De vier mannen die binnen zaten te wachten, keken op van hun spelletje kaart, tikten tegen hun pet en mompelden een beleefde groet.

'Dat zal een schitterende tearoom kunnen worden!' O'Brien wreef zich in de handen. 'En is dat kleine gebouwtje op poten geen appelschuur? Precies het soort object dat bezoekers aanspreekt.' Hij deed een paar stappen in die richting.

Ik remde hem af. 'De sleutel is helaas even zoek.'

'Maar ik zag nog geen vijf minuten geleden twee mannen... Nou ja, als u dat zegt.' Hij zag drie jongemannen langs de muur glippen en in de graanschuur verdwijnen. 'Het moet heel kostbaar zijn om er zoveel personeel op na te houden,' zei hij meelevend. 'Ongetwijfeld trouwe oudgedienden van de familie.'

'De mannen die u ziet lopen zijn bezoekers.' Ik was zonder nadenken aan een uitleg begonnen. Ik staarde naar een hark die tegen de deur van het koetshuis geleund stond, koortsachtig op zoek naar inspiratie. 'Ze willen zich inschrijven voor onze nieuwe tuincursus.'

'Tuincursus!' O'Briens toon was jubelend. 'Ik moet zeggen dat uw vindingrijkheid, dames, schier eindeloos is. Willen jullie hen hier onderbrengen?'

'Ja,' zei ik, juist toen Constance 'Nee' zei.

'Dat wil zeggen, in het begin misschien niet,' voegde ik eraan toe, terwijl Constance iets mompelde over er nog eens over te moeten nadenken.

'Nou, ik zou het wel aanraden,' zei O'Brien. 'Goede hotels zijn schaars in deze omgeving. Het zal een geweldige trekker zijn.'

Nadat we de *Flying Irishman* aan zijn opgetogen blikken hadden voorgeschoteld en onze plannen voor het transport van het publiek hadden uitgelegd, zetten we hem in de Land Rover en reden naar de moestuin, waar we hem een uitgebreide rondleiding langs de groenten gaven.

'Jullie moeten misschien wel een beetje selectief te werk gaan met jullie leerlingen voor die tuincursus,' mompelde O'Brien toen er twee mannen door de tuin zwalkten, arm in arm, met zwaaiende flessen, terwijl ze Ierse liedjes zongen. Bij de poort begonnen ze luid te vloeken en elkaar een blauw oog te slaan.

We serveerden O'Brien een overdadige thee met whiskeycake en met cognac gevulde truffels voordat we hem uitzwaaiden.

‘Mijn blaas!’ riep Constance, en ze zette het op een rennen. ‘Wat een schatje!’ zei ze na terugkomst, toen we naar de keuken gingen om de afwas te doen. ‘Als hij nou maar zo goed is om ons wat geld te geven! Ik zal zelfs in de geest van Hendrik van Navarra zondag naar de mis gaan.’

‘Doe dat,’ zei achter ons een stem die mijn gezicht deed gloeien en mijn ingewanden vloeibaar maakte. ‘Hoewel hij volstrekt cynisch was toen hij zei dat Parijs wel een mis waard was, terwijl jij, mijn beste Con, een echte gelovige bent.’

‘Finn!’ Ze liep naar hem toe om hem te kussen. ‘We hadden je niet verwacht! Wat een verrassing!’

Hij zag er een beetje moe, streng en formeel uit in zijn stadskleren. Hij bukte zich zodat Constance hem op de wang kon kussen. Een straal zonlicht verlichtte zijn donkere haar.

‘Ik dacht, laat ik eens komen kijken hoe jullie vorderen. Alleen maar voor het weekend, weet je. Hallo Bobbie.’

Hij keek me even aan en richtte zijn blik toen weer op Constance. Een willekeurige toeschouwer had zijn begroeting wellicht koel gevonden.

‘Wat enig!’ Constance klopte hem vertederd op de arm. ‘Violet zal opgetogen zijn. Net als de kinderen. Je zult wel moe zijn na die rit. Wil je thee of iets sterkers?’

‘Iets sterkers. Maar ik ga me eerst verkleden.’ Hij glimlachte. ‘Ik voel me pas echt thuis als ik de uitlaatgassen voor turfrook heb verruild.’

‘Nou, dat is echt heel bijzonder!’ zei Constance, zodra hij weg was. ‘Hij is in geen eeuwen voor het weekend naar huis gekomen. Ik vraag me af...’ Ze zweeg even peinzend. ‘Misschien betekent dit dat Violet en hij... Dan wordt het weer net als vroeger. Dat zou geweldig zijn, hè?’

‘Geweldig,’ herhaalde ik.

43

'Wil je me die bahco even aangeven?'

Het was zaterdagmorgen. Finn en ik stonden in de kom van de ronde vijver onder de kanalen. In het diepste gedeelte stond een paar centimeter zwart water, maar voor de rest lag het vol rottende bladeren van de haagbeuk. Flavia was naar het huis gestuurd om een Engelse sleutel te halen.

'Deze?'

'Ja, die is goed. Ik weet niet zeker of dit gaat lukken.' Er volgde een minuut stilte terwijl Finn worstelde met het losdraaien van een lastige bout die de rubberen slang op zijn plaats hield. Toen zei hij: 'Constance en jij hebben het huis echt een gedaanteverwisseling laten ondergaan. Vooral de eetkamer.

'Wat vind je van de kleur?'

'Ik had die zelf nooit uitgekozen. Maar' – hij liep rood aan toen hij al zijn krachten aanwendde – 'het geeft de illusie van warmte. Hm, ja, ik vind het mooi. O, verdomme!'

'Wat is er?'

'De schroefdraad is kapot.' Hij greep naar zijn hand die hij had geschramd. 'Wat nu? Misschien kan ik hem maar beter afzagen.'

Hij schopte tegen de oude pomp die roestig en nutteloos tussen de rottende bladeren lag. De nieuwe pomp, die ik in Galway had besteld, zat in de kartonnen doos die naast me op de stenen rand stond.

'Misschien moeten we vragen of Thady O'Kelly er eens naar wil kijken?' opperde ik voorzichtig.

Finn sloeg zijn armen over elkaar en fronste zijn wenkbrauwen. 'Je deed het alleen maar om mij een plezier te doen, hè? Toen je mijn aanbod van hulp accepteerde. Je hebt geen enkel vertrouwen in mijn vermogens als praktische man.'

'Ik neem aan dat Thady O'Kelly niets over wetgeving weet of over de Honderdjarige Oorlog.'

'Nu probeer je mijn trots te redden. Zal de schatkist, die is gevuld door de opbrengst van al jullie duistere praktijken, in staat zijn de prijs van Thady te betalen?'

'O ja. Het geld stroomt binnen.'

Hij keek me aan met samengeknepen ogen. Hij droeg zijn oudste trui, en zijn haar stond bij de kruin omhoog, net als dat van Flurry. 'Wat het ook is, er schijnen veel undercoveractiviteiten aan te pas te komen. Elke keer dat ik opkijk, zie ik de bloeddoorlopen ogen van iemand die zich schuilhoudt in het struikgewas. Zodra die mijn blik opvangt, gaat hij er als een haas vandoor.'

Ik glimlachte. 'Echt, je zult het niet willen weten.'

Hij glimlachte terug, en we bleven elkaar even aankijken. Vlakbij zat een merel te zingen. Het lied met trillers klonk vol extase terwijl hij de geliefde van zijn keuze vertelde wat voor heerlijke verrassingen hij haar zou bereiden. De wind deed de dorre blaadjes opdwarrelen en de zon kwam even tussen de wolken door.

De schelle roep van een kraai die boven ons hoofd cirkelde, verbrak de betovering. Finn sloot zijn ogen en schudde zijn hoofd. 'Nee, nee, ik wil het niet weten. De dingen zijn zo al ingewikkeld genoeg. Als jij nog een greintje fatsoen bezit, Roberta Pickford-Norton, heb je medelijden met een arme imbeciel die niet in staat is zich ervan te weerhouden zijn vingers te branden. De hele weg naar huis heb ik tegen mezelf gezegd dat ik rechtsomkeert moest maken en regelrecht naar Dublin terug moest rijden. En toch ben ik gekomen. Heb je ooit zo'n uilskuiken gezien?'

Hij schopte weer tegen de pomp, deze keer woest, en de slang schoot eraf, zodat een straal water ons doorweekte knieën bezorgde. We keken elkaar weer aan, en de lucht om ons heen leek te trillen van de onuitgesproken woorden. Het had geen enkele zin te doen alsof ik hem niet begreep.

'Als dat helpt, wil ik wel weggaan.'

'Nee. Je bent hier veel te hard nodig. Ik ga wel. En ik zal mezelf dwingen weg te blijven.'

Hij bracht de rug van zijn hand naar zijn mond en zoog op een bloedende knokkel.

'Zou je dat wel doen? In stilstaand water kunnen de akeligste bacteriën zitten.'

'O, jij zeurkous!' Hij wees met een smerige vinger naar me. 'Jij houdt ook nooit eens op! Hoe komt het toch dat ik uit eigen beweging...'

'Papa!' Flavia kwam over het pad tussen de grachten naar ons toe hollen, zwaaiend met de Engelse sleutel. 'Ik heb hem gevonden. Hij lag in de stal van de Kaketoe.'

'Dank je, lieverd.' Hij pakte de sleutel van haar aan. 'Het lastigste heb ik al gedaan. Let nu eens op hoe je vader een oogverblindende demonstratie van technisch vernuft geeft.'

Tegen lunchtijd was Thady O'Kelly opgeroepen. Hij had een kwartier nodig om al de verschillende onderdelen die boos op de grond waren gegooid, bijeen te rapen en de nieuwe pomp aan te sluiten. We vulden de vijver, wat de hele middag duurde. De zon, die de hele dag onzichtbaar was geweest, met uitzondering van dat ene korte moment, was achter de wolken ondergegaan en alles om ons heen was schemerig blauw. We deden jassen, sjaals en handschoenen aan en namen een fles champagne voor de volwassenen en chocolademelk voor de kinderen mee om de restauratie van de fontein te vieren. De pomp was aangesloten op een schakelaar in de melkschuur, de dichtstbijzijnde bron van elektriciteit. Finn gaf met een zaklantaarn een teken aan Flurry, die daar stond te wachten. Er volgde een korte stilte, het geluid van gesputter en gerochel, en toen schoot er een straal water recht omhoog de lucht in.

'Kijk eens, mama!' riep Flavia, hoewel haar moeder, die in de vensterbank van de zitkamer zat, te ver weg was om dit te horen. Flavia scheen met de lichtbundel van haar zaklantaarn op de pluim water, wat bewonderende kreten van de groep uit het huis en heel wat bemoedigende kreten van onzichtbare toeschouwers op het terrein tot gevolg had.

'Ik moet er gewoon van huilen,' zei Flavia.

'Nee, niet doen! Alsjeblieft!'

'Het is net of alles nu goed komt,' hield Flavia aan. 'De fontein is net mama, hè? Om zo omhoog te gaan. Toen we dachten dat het niet meer zou kunnen. Het is een... Hoe noem je die dingen die iets anders betekenen?'

'Een symbool,' zei Finn, en hij sloeg zijn arm om zijn jongste dochter, terwijl zij zich tegen hem aan drukte.

'En dat jij dit weekend thuis bent, maakt alles perfect.' Flavia wreef haar gezicht tegen zijn mouw. 'Gisteravond hadden mama en oma een heftige ruzie. Oma wil dat mama leert lopen, maar mama zei dat er niets was om naartoe te lopen, zodat ze net zo goed kon blijven zitten om naar de muur te staren, en dat alles akelig was. Maar toen ik zei dat jij was thuisgekomen, pakte ze de stok om het te proberen. Dus als jij nou vaker thuiskomt, zal mama beter worden.'

'Dat geklater is een heerlijk geluid,' zei Constance. 'Flavia heeft gelijk. Het is inderdaad een symbool. Van leven en levenskracht. De belofte van het voorjaar.'

'Daar dacht ik ook al aan,' zei Eugene ademloos. 'Groei en vernieuwing. Koekoeken, sleutelbloemen, speenkruid, gespikkelde eieren in nestjes vol veren.'

'Ik dacht eerder aan mijn elektriciteitsrekening,' zei Finn op de toon van iemand die van plan is overdreven fantasieën bij voorbaat de kop in te drukken.

'Waar moet jij aan denken, Bobbie?' vroeg Flavia.

'Ik bedacht hoe heerlijk ik het hier vind,' zei ik langzaam, 'en hoezeer het me zal spijten om hier weg te gaan.'

'Maar Bobbie,' – Constance greep me bij de arm – 'je bent nu toch zeker niet van plan om weg te gaan, hè?'

'Ik blijf nog een paar maanden, tot na de opening. Ik vind het erg leuk om te zien hoe onze plannen zullen uitpakken. En ik zal uiteraard wachten tot je een fatsoenlijke vervanging hebt gevonden. Maar dan moet ik ook echt gaan. Ik zou slechts tijdelijk komen, weet je. Ik moet ook aan mijn carrière denken.'

'Waarom kun je hier geen carrière maken?' vroeg Liddy. 'Je zou een boek over Ierse landhuizen kunnen schrijven, of over hoe je tapijten of zo moet verstellen, toch? En je zou dan onze huishoudster kunnen blijven. Als je je verveelt, gaan we gewoon met vakantie naar Londen. Ik bedoel, we zullen nooit iemand vinden die we ook maar half zo aardig vinden.' Liddy was heel roerend. 'Pap, jij bent altijd zo goed in het iedereen vertellen wattie moet doen. Waarom zeg jij niet tegen Bobbie dat ze niet weg mag gaan?'

Finn zweeg. Toen zei hij: 'Waar is Sissy?'

'Maar Finn toch!' Constance klonk heel boos. 'Wil je zeggen dat je nu pas merkt dat Sissy er niet is? Wat zou ze gekwetst zijn als ze dat wist! Mannen zijn toch zo onachtzaam als het iets anders betreft dan hun onmiddellijke comfort.'

'Dat is ongetwijfeld waar, Con. Maar het is geen antwoord op mijn vraag.'

'Ze is bij Michael McOstrich gaan wonen,' zei Liddy. 'En ik ben blij dat ze is opgehoepeld. Ze was echt heel onhebbelijk, vooral de laatste tijd, ze werd steeds chagrijniger. Ik vind dat je de volgende keer dat je een maîtresse neemt, moet beloven eerst met ons te overleggen. Zodra jij genoeg van haar had, kneep je er tussenuit naar Dublin. Maar wij zaten mooi met haar opgescheept.'

'O, wat ben jij toch een slecht kind,' zei Finn. 'Lamlendig, lui en brutaal, met de vocabulaire van een sergeant-majoor. Desalniettemin schuilt er een greintje waarheid in wat je zegt.'

'Waar is Sissy dan meesteres van?' vroeg Flurry. 'Lach me niet zo uit, Liddy. Dat vind ik vreselijk.' Flurry keerde haar zijn rug toe en trok zijn jas over zijn hoofd om het geluid van haar gelach buiten te sluiten.

Flavia sloeg een arm om hem heen. 'Het betekent een vriendinnetje. Voor oude mensen. Maar papa heeft er nu geen meer nodig. Ik ga terug naar het huis om ervoor te zorgen dat oma mama niet aan het huilen maakt.'

We volgden haar. Zodra Violet Finn zag, zwaaide ze met haar goede arm in zijn richting. 'F... hinn, F... hinn. Mooie f... hontein!' Het was een van haar nieuwe woorden van die dag. 'Weet je nog... je zei... tuin slecht. Weet je? Ik zei... mooi.' Ze worstelde om de woorden te vinden. 'Toen je me... ik... hier kwam.'

'Je bedoelt toen papa je hier bracht om te trouwen?' Flavia was beter dan een van ons in het begrijpen van wat haar moeder zei.

'Ja! Ja!'

'Ik herinner het me niet meer.' Finn bracht Violet een glas champagne en ging naast haar op de bank bij het raam zitten. 'Maar je zult wel gelijk hebben. Zo zie je maar weer wat voor stomkop ik was.'

'Wanneer ik een man hoor zeggen dat hij het bij het verkeerde eind heeft gehad,' zei Maud, die naast een bijna lege fles usquebaugh zat, 'verdenk ik hem altijd van snode plannen.'

'F... hinn is lief...' Violet klopte hem op de arm. 'Kus me.'

Finn bukte zich gehoorzaam en kuste zijn vrouw op het voorhoofd.

Ik verdween met mijn jaloerse hart om naar de stoofschotel van schapenvlees met uien te kijken.

Finn vertrok maandagmorgen vroeg naar Dublin. Ik had vermeden met hem alleen te zijn. Hij leek hetzelfde te doen.

Terwijl februari overging in maart, probeerde ik mezelf wijs te maken dat alles maar een bevlieging was geweest. Het was een opluchting bezig te kunnen zijn met simpele, overzichtelijke dingen, zoals hoe we op de goedkoopste manier een eenvoudige keuken konden construeren in de graanschuur die tearoom moest worden.

We hadden nog niets van O'Brien gehoord. Hij had ons gewaarschuwd dat de raderen van Hibernian Heritage langzaam draaiden. Maar wat de uitspraak ook zou worden, Constance en ik waren vastbesloten verder te gaan en Curraghcourt open te stellen voor het publiek. Timsy's klanten verhuisden naar de lege paardenboxen. We lieten Eamon Dooley leidingen en een gootsteen aanleggen in een hoek van de graanschuur. We kochten een tweedehands butagasstel en een kleine koelkast. Op de vers witgekalkte muren spijkerden we panelen en bedekten die met foto's van het huis en van de familie, die tot 1880 teruggingen.

Op de zolders vonden we tien verschillende tafels en meer dan genoeg stoelen om eromheen te zetten. Bij Sullivan's, de textielwinkel, onderhandelde ik stevig over tien geruite seersucker tafelkleedjes, in roze, blauw en groen. We verzamelden allerlei kopjes, schotels, borden, melkkannetjes en suikerpotten. De bonte afwisseling in afmeting en patroon benadrukte alleen maar het landelijke karakter van de graanschuur. Op de tafels zouden jampotjes met wilde bloemen komen.

Eugene tekende een stamboom van de familie en illustreerde die met miniatuurportretten naar de schilderijen die overal in het huis hingen. Hij zette een gidsje in elkaar, met de geschiedenis van Curraghcourt en omgeving. Het leven op een geïsoleerd landgoed in het westen van Connemara had weinig raakvlakken met internationale toestanden, dus deden we er ook pagina's bij uit de dagboeken van reeds lang gestorven kasteelvrouwen van Curraghcourt; recepten voor cake en trommelkoek; adviezen over het leidinggeven aan personeel; de volgorde van de huiselijke gebeden; zalven, poeders en tincturen om de meest voorkomende en meest gevreesde ziekte, tuberculose, te genezen, wat helaas nooit lukte. Hoe te voorkomen dat er mos op in leer gebonden boeken gaat groeien. Een geschikt menu voor het bal na de jacht. Wat te doen in geval van luizen, vlooien, teken en wormen.

Eugene illustreerde deze raadgevingen met tekeningen die zowel amusant als kunstig waren. Ik had hem nog nooit een grapje horen maken, of zelfs maar een droge opmerking, maar zijn schetsen van mensen die na een belangrijk diner dronken tegen een tafelpoot lagen of aan één voet in een stijgbeugel over het pad met naderende jachtruiters werden gesleurd, waren heel humoristisch.

Ik had Constance eindelijk weten over te halen Eugene haar gedichten over de liefde te laten zien. Hij had ze zorgvuldig gelezen en haar vriendelijk advies gegeven over hoe zij ze wellicht kon verbeteren. Hij moest erkennen dat ze voor een beginneling talent bezat voor het uitdrukken van de verschillende gemoedsstemmingen. Hij had haar de gedichten teruggegeven met een buiging en met de aanbeveling de grote klassieken te bestuderen als ze zich echt wilde verbeteren.

'Het enige dat nu nog overblijft is me naakt in zijn armen te storten,' zei Constance na afloop. 'Maar zo ben ik nu eenmaal niet. Eugene heeft tegen mij trouwens met geen woord over Larkie gerept, maar hij schrijft niet meer over liefde en verraad, en hij werkt aan een prozagedicht over Wolfe Tone en de opstand van 1798. Ik heb hem nog nooit zo opgewekt gezien. Hij vroeg me gisteren of ik vond dat hij weer naar Kilmuree terug moest gaan. Hij was bang dat hij misschien te lang was gebleven.'

'En wat heb jij toen gezegd?'

'Ik heb iets beleefds gemompeld. Hij bood aan tot de opening te blijven, als ik dacht dat hij van enig nut kon zijn. En toen ik me suf peinsde wat ik moest zeggen om hem niet weg te laten gaan, zei hij dat hij zijn huurders maar beter per begin mei kon opzeggen. Ik ben toch zo'n sukkel! Omdat ik me er niet toe kan brengen een afwijzing en vernedering te riskeren, gaat hij straks weg, en dat is allemaal mijn schuld!'

Omwille van Constance probeerde ik een lichtpuntje te zien. 'Volgens mij is dat eigenlijk goed nieuws. Hij ziet zichzelf eindelijk niet meer als slachtoffer. En wat dat weggaan betreft, ach, misschien brengt dat de dingen juist aan het rollen.'

'Denk je?' zuchtte Constance. 'Ik wou... ik wou dat er eens iets gebeurde wat een dramatische verandering zou betekenen, voor Eugene en mij, bedoel ik. Maar op Curraghcourt gebeurt nou eenmaal nooit iets, dus het heeft ook geen zin daarop te hopen.'

Toevallig zou binnen afzienbare tijd blijken dat ze het grondig mis had.

44

We hadden de openstelling van Curraghcourt wijd en zijd aangekondigd in kranten, tijdschriften en Heritage-publicaties. Het toeristenseizoen ging officieel vanaf april van start. Gedurende de drie weken ervoor hadden harde wind en kletterende regenbuien de muren gegeseld. Naast elk drijfnat schaap lag een doorweekt lammetje. Het gezang van de vogels werd door de regen overstemd. Gagel en wollegras bogen hun kopjes voor het geweld. Alleen de gaspeldoorn begon dapper te bloeien.

In de moestuin was nergens iets van de sla, ui, wortel, tuinboon en erwt te bekennen die ik vier weken eerder had gezaaid. De aardappels lagen in een drab die net zo vloeibaar was als gesmolten chocolade. De aspergekoppen die ik in Dublin had besteld waren uit de grond gespoeld. Op handen en knieën had ik ze in een kletterende regenbui herplant. Dit resulteerde in een zware verkoudheid die de hele familie aanstak.

De dag van de opening brak aan. Na een koortsige nacht van hoesten sleepte ik me 's ochtends met hoofdpijn naar het raam, en zag een stralende zonsopgang. Ik deed het raam open. Op het dak lagen plassen water, glad en spiegelend met slechts af en toe een briesje dat het oppervlak deed rimpelen. De regen was voorbij. De uitzonderlijke schoonheid van de bossen en de bergen maakte nu misschien zelfs nog meer indruk op me dan de eerste keer dat ik ze had gezien, want ze waren me heel dierbaar geworden. Mijn koorts zakte, mijn hoofdpijn begon te verdwijnen.

Ik baande me een weg door de zee van katten die allemaal naar mijn slaapkamer waren verhuisd vanwege het meedogenloze weer. Het nieuwe baldakijn boven mijn bed zakte door onder het gewicht van de dieren. Alexander, Paudeen en Dervla, de tamste van de groep, staken hun reusachtige poten in extase uit toen ik hen achter de bronskleurige oren en in de gestreepte vacht kroelde. De voortplanting was tot staan gebracht en voor sommige poesjes was een goed tehuis gevonden, maar vijftien katten was nog steeds te veel voor een vrij kleine kamer.

Osgar vormde nu het grootste obstakel om ze beneden te laten wonen. Hij zwierf tegenwoordig over het terrein, waarbij hij, door het optrekken van zijn lip en een laag gegrom ratten, eekhoorns, schapen en zelfs de Kaketoe wist te terroriseren. Het was een onbevredigende situatie die ik voor mijn vertrek moest zien op te lossen.

Om kwart voor twee, het uur van ons debuut, waren de honden opgesloten in het laarzenhok, waren de bordjes tearoom en wc geplaatst en waren de gedeelten die niet waren opengesteld met touwen afgezet. We stonden allemaal in de startblokken, klaar op onze posten. Ik bekeek alles nog een laatste keer, in een poging het huis met de kritische ogen van een vreemde te bekijken. Het leek misschien wat armoedig en vervallen, maar het werd onmiskenbaar met liefde bewoond. Het geurde naar boenwas en bloemen, voornamelijk narcissen met flink wat mahonia en skimmia. Mijn hart zwol van trots toen ik met mijn mouw wat turfas van de tafel in de hal veegde.

Ik nam plaats in de nis van het poorthuis, waar in feodale tijden bedienden lange dagen hadden doorgebracht om de weg in de gaten te houden die over de verre heuvel omlaag kronkelde, in afwachting van Engelse soldaten die het kasteel kwamen belegeren of plaatselijke kleine landeigenaren die kwamen dansen en dineren. Ik had een wiebelig tafeltje voor me met een boekje garderobekaartjes en een kom met wisselgeld. Constance was gestationeerd bij de voordeur, aan de andere kant van de binnenplaats, klaar om de eerste bezoekers een rondleiding te geven. Hier was wat gekibbel aan voorafgegaan. Constance dacht dat ik beter de rondleidingen kon doen omdat ik meer wist over het meubilair, de schilderijen en de stoffering. Maar ik was ervan overtuigd dat de gasten het interessanter zouden vinden te worden rondgeleid door een echte dochter des huizes in plaats van met details over fineer, vergulsel en porselein te worden verveeld.

Pegeen en Katty stonden, met schone schorten, in de graanschuur annex tearoom klaar achter de grote heetwaterketel die we tweedehands van Turlough McGurn hadden gekocht. De kinderen waren naar school, woedend dat ze alle opwinding zouden missen. Maud en Violet zaten boven in hun kamers, met een elektrische waterkoker, de televisie aan en de jaloezieën omlaag. Maud was beducht voor het gestamp van proletarische voeten, maar Violet was erg teleurgesteld omdat ze uit het zicht werd gehouden. Timsy was bezig de Kaketoe in te spannen. We hoopten dat bezoekers het leuk zouden vinden met een authentiek Ierse paard-en-wagen naar de moestuin te worden gereden. Het was Timsy verboden iets te drinken, op straffe van ontslag op staande voet. Uiteraard beseften we allemaal dat dit een loos dreigement was.

De vorige dag nog had Eugene plotseling inspiratie gekregen. Weken eerder hadden we op een van de zolders een verzameling achttiende- en negentiende-eeuwse silhouetten gevonden, borsthoog, voluit en van groepen met een gelithografeerde achtergrond. Ze waren door Constances grootmoeder naar de zolder verbannen toen zulke dingen uit de mode waren geraakt. Ze waren allemaal van goede kwaliteit en drie ervan waren gesigneerd door Augustin Edouart, de beroemde 'schaarkunstenaar'. Samen vormden ze een opvallende groep in een hoek van de zitkamer waar de schimmel op het gele damast erg had toegeslagen.

Eugene had aangeboden met schildersezel, papier, pen en zwarte inkt te gaan zitten om snel een hoofd-en-schouders silhouet te maken van iedereen die bereid was vijf pond te betalen om voor hem te mogen poseren. Hij had op de kinderen geoefend en we waren onder de indruk geweest van het resultaat. Hij was in staat in ongeveer een kwartier een goede gelijkenis te produceren. De ervaring moest uitwijzen of dit een winstgevende bezigheid kon zijn, maar het was op zichzelf een welkom teken dat Eugene bereid was zichzelf als meewerkend lid van het menselijk ras te beschouwen.

Ik sleep mijn potlood, voor het geval er dringende punten waren die aandacht behoefden, legde mijn boekje met kaartjes keurig haaks naast mijn notitieblok en richtte mijn ogen opnieuw op de (bijna) blauwe horizon. Na een vol uur, waarin ik mijn boodschappenlijst voor de komende week had opgesteld, een overzicht had gemaakt van de reparaties die binnen moesten gebeuren, en een snijbloemenborder voor de moestuin had ontworpen, liep ik naar binnen.

'Ik denk dat onze verwachtingen te hooggespannen zijn geweest.' Constance lag languit in een stoel in de hal, met de *Castle Rackrent* in haar hand. 'Misschien zijn er zo vroeg in het jaar geen toeristen, hier in het westen.'

'Of valt er verder niet genoeg te beleven in de omgeving,' zei ik somber. 'Waarschijnlijk hebben ze geen zin zo ver te reizen voor één kasteel.'

'We hebben Clerenshill en Glassenough binnen honderd kilometer afstand. Die zijn allebei met Pasen open. Ik vraag me af wat die stomme feestvierders dan willen,' voegde ze er verbitterd en teleurgesteld aan toe. 'Een kermis en leeuwen, zeker.'

'O Constance, ik kan het niet verdragen dat dit een mislukking wordt! We hebben zo hard gewerkt!'

'Het is pas de eerste dag. Kom op, Bobbie. Het is niets voor jou om zo sip te doen.'

Het was waar dat ik meestal heel optimistisch was. Maar het was mijn idee geweest om Curraghcourt open te stellen. We hadden iets van tweehonderdvijftig pond besteed aan verf, gespecialiseerde schoonmaakmiddelen, dingen voor de tearoom en, het duurst van alles, twee borden om de mensen naar het kasteel te lokken: één voor het centrum van Kilmuree, en de andere om de weg die naar het terrein leidde aan te geven. Het totaal aan manuren dat erin was gestoken was ontelbaar.

Constance rekte haar armen uit boven haar hoofd. 'Misschien geven de mensen van de Heritage toch nog wat geld, ongeacht of er mensen naar ons komen kijken.'

Ik schudde mijn hoofd. 'Dat doen ze vast niet. Deze organisaties worden geleid door fanatieke accountants. Als ze ons geld geven, waarom dan niet aan elk groot huis met een lekkend dak en optrekkend vocht? En daar moeten er in Ierland duizenden van zijn. We moeten hun bewijzen dat we aantrekkingskracht uitoefenen op toeristen. Maar zoals je zegt, het is pas de eerste dag. Misschien is het nog niet bekend geworden. Waar is Eugene?'

'Die is even gaan liggen in de bibliotheek. Hij zegt dat hij vannacht niet heeft kunnen slapen van de opwinding. Ik heb beloofd hem te roepen als er iemand komt.'

'Wat een vreselijke anticlimax. Laten we bij de anderen kijken.'

Timsy lag uitgestrekt op de bank van het wagentje, met gesloten ogen en een whiskeystank om zich heen, terwijl de Kaketoe hem langzaam over de binnenplaats rondreed, op zoek naar het beetje gras dat tussen de stenen groeide. In de tearoom zaten Pegeen en Katty gebogen over een pot thee en een spelletje boter-kaas-en-eieren. Hun schorten zagen er niet meer schoon uit. Katty zette snel iets weg zodra ze ons zag. Ik twijfelde er niet aan dat dit de zwarte fles was. Het ontbrak me aan de puf om te protesteren.

‘Nu moeten jullie eens goed luisteren.’ Constance trok haar schouders naar achteren en zette een bazige stem op. ‘Wat voor indruk zal dit maken? Er kan elk moment iemand komen. We moeten er klaar voor zijn.’

Pegeen grijnsde naar haar op, met waterige ogen. Ze was alweer een tand kwijt.

Een halfuur later lieten Constance en ik de honden uit en voegden ons bij Pegeen en Katty aan hun tafel, die er inmiddels uitzag alsof een gezin van tien een week lang elke dag hun handen en gezicht aan het tafelkleed had afgeveegd. Om wat op te vrolijken namen we een glas poteen en een paar chocoladekoekjes. Constance had het spul uiteraard vaker geproefd, maar ik moest mijn neus dichthouden om het naar binnen te krijgen. Ik moet erkennen dat daarna alles er veel vrolijker uitzag. Ik leerde de anderen galgje te spelen, en om de een of andere reden was dit simpele spelletje een geweldig succes. Pegeen en Katty, die inmiddels de hik hadden en af en toe van hun stoel vielen, kraaiden van opwinding wanneer ze iemand ophingen of zelf werden opgehangen. Ze knipoogden en grinnikten en gaven me porren met hun elleboog, en ik kreeg voor het eerst het gevoel dat ze me hadden vergeven dat ik een Engelse was, dus was het niet helemaal een verloren middag. Om vier uur liep ik terug naar het huis om de dienbladen van de lunch uit Mauds kamer op te halen. Ik had mijn voet op de onderste trede van de trap gezet toen ik een claxon hoorde. Ik rende naar het poorthuis.

‘Hallo, poortwachter! Wat is dit voor slordige vertoning!’

‘Kit!’

Hij kwam uit de schaduw van de poort te voorschijn. ‘Hallo, lieve Bobbie.’ Hij trok me naar zich toe en kuste me stevig. ‘Je ziet er geweldig uit. Maar wel een beetje smoezelig. Is dat chocola, op je kin?’

Ik wreef met mijn onderarm over mijn gezicht en probeerde tot mezelf te komen. De effecten van de poteen waren langdurig. Na een dag van gedwongen nietsdoen gedurende uren die als dagen voelden, leek Kit stralend, dynamisch en gezond, als een reclame voor vitamines. Zijn elegant golvende haar was aan de voorkant bijna wit en hij was zo bruin dat zijn tanden helwit blonken.

‘Het is de eerste dag dat we open zijn. Wist je dat nog? Als dat zo is, ben je een vriend zoals er maar één op de miljoen te vinden is. Er is geen kip te bekennen geweest. Op z’n zachtst gezegd heel ontmoedigend.’

‘Natuurlijk wist ik dat nog. Dat afschuwelijke Hollands roze staat nog steeds op mijn netvlies gebrand. Elke keer dat ik mijn ogen dichtdoe moet ik aan Curraghcourt denken en aan die verflucht. En aan jou. Niet noodzakelijkerwijs in die volgorde.'

'Het is geweldig om je te zien. Hoe kom je zo bruin?'

'Ik ben gisteren teruggekomen van drie weken Gstaad. Heerlijk weer, uitstekende sneeuw.'

'Een bestaan als literair agent heeft kennelijk andere pluspunten dan alleen maar culturele.' Zodra ik dit had gezegd besefte ik dat het enigszins afgunstig had geklonken, dus voegde ik eraan toe: 'Je moet het niet erg vinden als we allemaal een beetje humeurig zijn. We hebben ons geweldig uitgesloofd om alles klaar te krijgen, en ik had echt gedacht dat we de eerste dag wat bezoekers zouden krijgen.' Ik zuchtte. 'Alweer zo'n wrede levensles.'

'Wat zou je zeggen als ik je vertelde dat er op ditzelfde moment een buslading begerige cultuurfanaten over de top van de heuvel komt?' vroeg Kit. 'En nóg eentje, niet ver erachter?'

Ik staarde hem verbijsterd aan. 'Probeer je me voor de gek te houden? Want als dat zo is, vind ik het een uitermate flauwe grap.'

'Kijk dan!' Kit trok me door de poort en wees naar de heuvel. In de verte kwam een knalrode bus omlaag gereden. 'Een paar grapjassen in Kilmuree dachten dat het leuk zou zijn om jullie borden de andere kant uit te laten wijzen. De wegen van West-Connemara zijn nu verstopt met mopperende dagjesmensen, die hopeloos verdwaald zijn. Ik ben toevallig op weg hierheen twee bussen tegengekomen. Ik heb ze op het rechte pad geholpen en ik heb de borden teruggezet. Daarna heb ik vol gas gegeven om hier op tijd te kunnen zijn om jullie te waarschuwen.'

'Kit! Je bent een éngel!' Ik omhelsde hem. 'O, wat ben jij toch een geweldige man! Ik heb er gewoon geen woorden voor...'

'Het zijn niet zozeer de woorden waar ik in geïnteresseerd ben.' Kit sloeg zijn armen om mijn middel, maar ik zat te veel met mijn hoofd bij andere zaken om te reageren.

'O nee! Pegeen en Katty! En Timsy!'

45

Om half zes stonden Constance en ik bij de voordeur om het laatste voertuig over het uitgesleten weggetje te zien verdwijnen. Ik voelde me alsof mijn ogen tot speldenpunten waren gekrompen van vermoeidheid.

Constance wreef met haar handen over haar gezicht en zette met een klemmetje de slierten haar die waren uitgezakt weer vast. 'Ik weet niet hoe het met jou is gesteld, maar ik moet een heel groot glas van iets heel bedwelmends hebben.'

'Kom op, jullie tweeën.' Kit kwam de hal binnen met een fles en een paar glazen op een dienblad. 'Tijd om uit te blazen. O Constance, ik heb iets voor jou.' Hij gaf mij het dienblad en tastte in de zak van zijn jasje. Hij haalde een boekje te voorschijn en gaf haar dit. 'Pagina vijf.'

Met een verbaasd gezicht sloeg Constance de betreffende bladzijde op. Toen werd haar gezicht rood en haar hand vloog naar haar mond. 'Mijn gedicht! O Kit! Hoe heb je... Het is echt niet goed genoeg. Ik ben helemaal ondersteboven... Heb je daar iemand voor moeten betalen?'

'Geen penny. Het is een tijdschrift met een goede reputatie. De redacteur vindt het gedicht erg goed en wil zien wat je nog meer hebt geschreven. Misschien is dit wel het begin van iets. Poëzie schrijven is een moeizame weg naar roem en fortuin, maar blijf vooral schrijven.'

Ze kuste hem op de wang. 'Dank je wel!'

Eugene kwam binnen en ik zag Constance aarzelen, waarna ze het boekje achter een kussen verstopte. Ik vroeg me af of ze het hem wilde laten zien als ze alleen waren, of dat ze bang was hem jaloers te maken.

'Het was erg lief van je om dat te doen,' zei ik op gedempte toon tegen Kit. 'Om het naar het tijdschrift te sturen. Dit moet wonderen doen voor Constances moraal.'

'Kleine moeite.' Kit pakte het dienblad weer aan, zette het op de tafel en vulde de glazen. 'Maar als jij er blij om bent, dan ben ik gelukkig.'

Op dat moment hield ik echt van hem. 'Zou je nog één ding voor me willen doen? Zou je Violet beneden willen brengen? Ze vindt het vreselijk dat ze alle opwinding moet missen. Dan kunnen we nog even met z'n allen gaan zitten.'

'O Jezus, Maria en Jozef!' Constance liet zich in de zitkamer op een bank vallen. 'Ik ben nog nooit zo afgedraaid geweest! En dan was het nog maar een halve middag, met twee rondleidingen! Hoe moet dat morgen wel niet gaan?'

'Ik denk dat het komt doordat alles nieuw voor ons is. We waren natuurlijk gespannen, en dat is nou eenmaal heel vermoeiend. Maar o, wat een vreugde! Het was een succes! Ze vonden het echt gewéldig!'

'Reken maar! En ik mag hangen als ik weet waarom.' Constance pakte het glas aan dat ik haar aanbood. 'Ondanks Osgar die opeens verkikkerd werd op de met nerts gevoerde regenjas van die vrouw. Goddank was Kit er!'

Ik greep mijn notitieboekje, dat al met aantekeningen was volgekrabbeld. 'Vanavond moet Eugene een briefje maken voor op de voordeur, om alle vrouwen te verzoeken hun bontkleding achter slot en grendel in de garderobe op te bergen.'

'Zullen ze dat niet gek vinden?'

'Dat hoort dan bij het excentrieke sfeertje. Dat schijnt leuk te zijn.'

'Dat klopt.' Constance keek verbaasd. 'Toen ik vertelde over de traditie een zwarte hond op de stoep van de voordeur aan de ketting te houden, en dat we hadden besloten dat het tijd was om in het belang van het welzijn van dieren met deze traditie te breken, maar dat we nog steeds probeerden hem acceptabele manieren bij te brengen, smolten ze allemaal, inclusief de eigenares van de jas. Ze maakte foto's van Osgar en de Engelse bezoekers probeerden hem pepermunt en toffees te geven als ze dachten dat ik niet keek.'

'Je moet dat verhaal van nu af aan bij elke rondleiding vertellen. En we zullen iets aan de ketting in de keukengang moeten doen.' Het feit dat de ketting was losgeraakt en weer op hoofdhoogte hing, was niet opgemerkt door Constance, die hem instinctief was blijven vermijden. 'Er zijn echt verscheidene mensen tegenaan gelopen, en die arme kale man zat onder het bloed.'

'Misschien kan Timsy hem weghalen?'

Ik begon bedrijvig te krabbelen. 'Ik denk dat het beter is om er een groot papier aan te hangen, dan kun jij uitleggen waar het ding voor dient, en dat we allemaal gewend zijn opzij te duiken. Nog meer couleur locale. En minder geblutste hoofden.'

'Waar... lachen jullie zo... om?' vroeg Violet, toen ze met haar armen om Kits hals geslagen naar binnen werd gedragen, een paar minuten later gevolgd door Maud. 'Hoe... veel mensen... zijn er... g... gekomen? Is alles g... goed g... gegaan?' We hadden Maud overgehaald ermee in te stemmen dat de logopediste terugkwam, en Violet had de afgelopen weken veel vorderingen gemaakt. Ze sprak nog steeds langzaam, wat omfloerst, en ze vergat vaak woorden, maar het was nu mogelijk een fatsoenlijk gesprek met haar te voeren. Hoewel ze nog wel af en toe huilde van frustratie, probeerde ze toch geduldig te zijn en ze deed altijd heel lief tegen mij. Ik was erg op haar gesteld geraakt.

Flavia kwam binnen gehold en liep direct naar haar moeder om haar te kussen. 'Zijn er mensen geweest? Wat is er gebeurd?' Ze ging naast Violet zitten, legde haar moeders slappe rechterhand op haar knie en begon die voorzichtig te strelen, omdat ze wist dat de spalk pijn deed. 'We hebben er een eeuwigheid over gedaan om thuis te komen!'

Constance had geregeld dat Sam O'Kelly het vervoer van en naar school verzorgde, tegen een gepaste vergoeding. Larkie en hij hingen nog steeds in Kilmuree rond omdat het hun aan de middelen ontbrak om naar Amerika terug te gaan.

'Ik heb hem strikte orders gegeven niet harder dan vijfenzestig kilometer te rijden,' zei Constance. 'De Morris is niet meer tegen hoge snelheden bestand en we moeten de Land Rover hier houden voor noodgevallen. Het is allemaal heel spannend geweest en op zijn zachtst gezegd een knallend succes. Maar je zult het zaterdag met eigen ogen kunnen zien. Ik hoop eigenlijk dat jullie allemaal een handje willen helpen.'

'O ja!' riep Flavia. 'Wat mag ik doen?'

'Denk je dat Liddy en jij in de tearoom kunnen helpen?' vroeg ik. 'Pegeen en Katty konden de drukte echt niet aan.'

'Lijkt me gewéldig!' zei Flavia. 'Ik zorg dan dat ik een boekje heb om alles in op te schrijven, en ik zal heel voorzichtig zijn en de kopjes geen voetbad geven. Dat is iets waar mama altijd heel boos om wordt, hè mama?' Ze legde haar hoofd tegen haar moeders schouder.

'Ik ben nooit b... boos op jou, l... liefje.' Violet streelde Flavia met haar goede hand over het haar. De glimlach verdween bijna onmiddellijk van haar gezicht toen ze zich weer op *Vogue* richtte, waarbij ze met haar vinger de woorden aanwees.

'Waar is Liddy eigenlijk?' vroeg Constance.

'Die is naar de keuken om iets te eten te zoeken,' zei Flavia.

Liddy hield er tegenwoordig verstandiger eetgewoonten op na, hoewel het nog te vroeg was om er zeker van te zijn dat ze haar dagen van hongeren en lijnen te boven was. Ik had deze verbetering graag toegeschreven aan Liddy's blijdschap over het herstel van haar moeder, maar de waarheid was dat hoewel Violet en zij een gezamenlijke belangstelling voor kleren en mode hadden, Liddy haar moeders aanwezigheid vaak irritant vond. Ze had totaal geen geduld als Violet iets probeerde te zeggen. Maar zeventien was een moeilijke leeftijd en Liddy had veel van Mauds karakter.

Juist op dat moment stak Liddy haar hoofd om de hoek van de deur.

'Heb je die ham nog nodig, die in de koelkast ligt?' vroeg ze me, waarbij ze de anderen negeerde.

'Zie je niet dat Kit er is?' zei Constance boos. 'Als je geen zin hebt om de rest van ons gedag te zeggen, zou je op zijn minst de beleefdheid kunnen opbrengen hem te begroeten.'

'Sorry. Hallo Kit, hoe gaat het ermee?' Zonder op zijn antwoord te wachten richtte ze haar aandacht weer op mij.

'Ja, die heb ik helaas nodig. Maar er zijn nog scones over van de thee van de bezoekers, en ook wat jam en room. Je mag die opmaken, als je wilt. Ze moeten elke dag vers worden gebakken, anders smaken ze naar karton en...'

'Voor mij!' gilde Flavia, en de twee meisjes renden om het hardst naar de keuken.

'Hoe zit het met jou, Flurry?' vroeg Constance. 'Zou jij ons zaterdag kunnen helpen? Je zou de jassen en de paraplu's kunnen aanpakken en er kaartjes op doen.'

'Ik moet verder met mijn spoorlijn, als die deze zomer klaar moet zijn,' zei Flurry. 'Bovendien' – hij trok zijn mondhoeken omlaag – 'héb ik het niet zo op vreemden.'

'Dat dacht ik ook altijd van mezelf,' zei Eugene, die terugkwam uit de keuken, waar hij uitvoerig met vlekkenwater in de weer was geweest omdat er een druppel inkt op zijn broek was gevallen. 'Maar ze waren allemaal zo beleefd en zo complimenteus dat ik het erg leuk heb gevonden.'

Eugenes silhouetten waren een geweldig succes geweest. We hadden hem met zijn ezel bij de trap opgesteld, waar de bezoekers uit de keuken kwamen, aan het eind van de rondleiding. Nadat ze gezien hadden hoe elegant de silhouetten in de zitkamer leken, vonden de mensen het wel een leuk idee hun eigen huis ook een snufje country-housestijl mee te geven. Er had zich een rij wachtenden gevormd, wat stagnatie betekende voor de nieuw binnengekomenen, dus had Kit een systeem met kaartjes voor de portretten bedacht. Dit betekende dat belangstellenden hun beurt in de tuin konden afwachten, of meer geld konden uitgeven in de tearoom, waar ze werden vermaakt door Pegeen en Katty, die net Laurel en Hardy waren met hun dienbladen met thee en cake. Er was weliswaar het een en ander gebroken, maar het viel te hopen dat ze het van nu af aan te druk zouden hebben om meer dan een enkel 'slokje' uit de zwarte fles te nemen, om op krachten te blijven.

'Ik weet dat ik niet met stereotypen hoor aan te komen,' zei Constance, 'maar oppervlakkig bekeken zijn er karakteristieken die toch lijken te kloppen. De Amerikanen waren het vriendelijkst. Ze stelden vragen over van alles en nog wat.' Ze nam een slokje van haar champagne en glimlachte bij de herinnering. 'En zij gaven me de meeste fooien. Ik heb het nog niet geteld, maar ik denk dat er zo'n vijfentwintig pond is. De Japanners waren heel beleefd en uitermate serieus. Ze schreven zo ongeveer elk woord op van wat ik zei en ze lachten niet om mijn grapjes. Ik denk dat ze dachten dat ik gek was. De Fransen en de Duitsers hadden de neiging een beetje neerbuigend te doen over de vervallen staat van alles. Maar ze waren wel het meest op de hoogte van kunst en architectuur. De Engelsen spraken op gedempte toon, alsof ze het gevoel hadden dat ze zich eigenlijk niet in het huis van een ander hoorden te bevinden, en ze gaven helemaal geen fooi. Maar in de tuin kwamen ze pas goed op dreef. Ze ondervroegen me over stekken en snoeien en de verschillende grondsoorten, en ik voelde me volslagen onnozel omdat ik zo weinig te antwoorden wist.'

'Ik sprak een aardig stel dat net uit Colorado was gearriveerd.' Kit schonk zich nog een glas champagne in. 'Ierse Amerikanen, op zoek naar hun wortels. Ze willen een oud huis kopen en dat opknappen. Ze vroegen of het waar was dat het in Ierland vaak regende. Ik wist niet goed wat ik moest zeggen. Aan de ene kant was het wreed geweest om hen te misleiden. Aan de andere kant is er hier zoveel prachtige architectuur die wacht om te worden gered door filantropische buitenlanders, aangezien de Ieren zich er niet om bekommeren.'

Maud sloeg een glas usquebaugh in één teug naar binnen. 'Waarom parvenu's het romantisch vinden om in een naargeestige ruïne te wonen, met ezels als buren, hysterici als bedienden en het voortdurende drup, drup, drup van dingen die overal om hen heen verrotten, is iets wat ik nooit zal begrijpen.'

'Wat heb je tegen hen gezegd?' vroeg ik Kit.

'Ik heb bekend dat het veelvuldig regende, maar ik vroeg of zij niet ook vonden dat romantiek om wisselende lichtbundels, laaghangende luchten en gedempte schaduwen vraagt.'

'Een heel goed antwoord.' Ik hield mijn glas omhoog en glimlachte toen hij met de fles naar me toe kwam. 'Bedankt voor je komst, vandaag. We hadden het zonder jou nooit gered. Ik wist niet dat jij zo behendig met paard en wagen kon omgaan.'

Hij ging naast me zitten en sloeg zijn arm over de rugleuning van de sofa, waarbij hij zijn hand op mijn schouder legde, en zei zacht: 'We weten nog helemaal niets over elkaar. Trouwens,' – hij trok even aan een van mijn lokken – 'ik ben net in de eetkamer geweest. Ik neem alles terug wat ik over die kleur heb gezegd. Nu alles af is en de schilderijen er hangen, ziet het er schitterend uit. Goed gedaan, meisje.'

'Zit daar niet te fluisteren, jullie tweeën,' zei Maud. 'Het is hier geen slaapkamer.'

Tijdens het eten was iedereen luidruchtig en zat vol verhalen over de dag. Ik keek langs de tafel naar waar Violet zat. Ze praatte met Kit en keek met een kokette glimlach naar hem op. Bij het kaarslicht waren haar hangende ooglid en scheve mond nauwelijks zichtbaar. Weliswaar kon ze nog niet lopen en was ze volslagen afhankelijk van anderen, maar de kans was groot dat ze nog verder op zou knappen.

Ik schoof het restje van mijn dessert over mijn bord heen en weer, wachtend tot de anderen klaar waren met eten. Zodra alles met de bezoekers goed liep, moest ik naar Londen terug om een baan te zoeken. Ik zou weer voor een veilinghuis kunnen werken of iets met historische gebouwen kunnen doen. Er waren zoveel mogelijkheden. Ik was zevenentwintig. Oud genoeg om mijn eigen zwakheden te kennen en jong genoeg om er iets aan te doen.

Ik keek weer naar Kit en Violet. Hij had iets gezegd waarom ze moest lachen. Teder veegde hij haar rechtermondhoek met zijn servet schoon. Het was een wonderlijk intiem gebaar. Maud, die tegenover hen zat, keek woest naar haar dochter en tikte met haar vork op de tafel. Violet lachte weer, en haar mooie ogen straalden. Kit wierp Maud een blik toe die eerder flirtziek dan berouwvol was.

Ik stond op om koffie te gaan zetten. Glimlachend schudde ik mijn hoofd toen Kit aanbood me te helpen.

'Ik wil naar bed,' zei Violet, op de kleine-meisjestoon die ze soms aannam. 'Draag me naar b... boven, K... Kit.'

'Onzin!' zei Maud. 'Het is pas vijf voor tien. Je bent niet ziek!'

'Het komt door al die oe... oefeningen die jij me l... laat doen. Ik heb slaap.'

'Onzin!' zei Maud weer, alsof Violet een klein kind was in plaats van een vrouw van zevenendertig.

Ik liet hen kibbelend achter. In de keuken was het stil en vredig. Pegeen, Katty en Timsy lagen bij de haard te slapen. De twee honden sliepen naast hen, Osgar tegen Timsy aan. Overal om hen heen lagen stukken papier. Ik raapte er een paar op. Ze waren bedekt met tekeningen van galgen. Ik zette koffie, bracht het dienblad naar de zitkamer en stookte de haard wat op. Daarna liep ik met een emmer turf en een trommel koekjes naar boven om het vuur in de haard van Violets kamer en Mauds kamer op te stoken en hun koekjesvoorraad aan te vullen. Pegeen en Katty waren te druk bezig of te opgewonden geweest om de bedden op te maken. Het was een werkje van niets om Violets bed recht te trekken, maar Mauds bovenlaken vertoonde vlekken van iets wat thee leek. Het gebeurde vaak dat haar handen te stijf en te zwak waren om het dienblad met haar ontbijtspullen goed vast te pakken. Ik trok het laken van het bed en liep naar de linnenkasten. Terwijl ik door de stapels linnen zocht naar die met Mauds initialen in rood op de hoeken geborduurd, hoorde ik stemmen van beneden komen.

'Je b... bent een stoute j... jongen,' giechelde Violet terwijl Kit haar langzaam de trap op droeg. 'Ik ben een get... trouwde vrouw. Je hoort dat niet te z... zeggen.'

Ze waren duidelijk zichtbaar in het licht van de koperen lantaarn die boven de trap hing, maar de linnenkasten, die in een uitsparing naast de achtertrap stonden, waren schemerig verlicht. Ik had geen zin om Violets pret te bederven, dus stapte ik achteruit, het donker in.

Kit bleef boven aan de trap staan. 'Jíj hoort niet zo'n kleine flirt te zijn. Maar als je wilt, zal ik je hier neerzetten en dan mag Eugene je verder dragen.'

'Alsjeblieft... nee! Hij is echt s... stomvervelend. Ik s... snap niet waarom Constance met hem... met hem...?'

'Met hem naar bed wil, bedoel je? Er bestaan minder nette woorden voor, maar die bedoelde je vast niet.'

Violet lachte weer. 'Het is l... leuk met jou hier. De anderen zijn zo s... saai. O Kit, v... vind jij me ook een beetje aardig?'

Bij wijze van antwoord legde Kit zijn mond op de hare en ze kusten elkaar langdurig. Ik keek toe met een gevoel dat voornamelijk uit verbazing bestond. Ik besefte dat ik op de een of andere manier mijn aanwezigheid kenbaar hoorde te maken, maar daar zou ik hen ook mee in verlegenheid hebben gebracht. En mezelf.

'Niet op... ophouden,' hijgde Violet. 'Ik wil... Je m... moet...'

'Het is hier geen goede plek,' mompelde Kit. Ik kromp ineen tegen de planken en hoopte dat mijn voeten niet zichtbaar zouden zijn onder de open deur. 'Waar kunnen we naartoe? Naar jouw kamer?'

'Mama zal zo op het oorlogs... dinges zijn. Ze is heel l... lastig. Maar we kunnen de... dinges... deur op slot doen. Gelukkig heeft ze veel tijd nodig om de t... trap op te lopen.'

'Je bent een heel ondeugende verleidster. Goed. Maar we zullen snel moeten zijn.'

Ik hoorde zijn voetstappen snel verdergaan, toen ging er een deur open en dicht. Ik vroeg me af wat ik hoorde te voelen. Wat hadden een paar kussen te betekenen? Het leek eerder een spelletje dan bedrog. Ik hervatte mijn zoektocht tussen het linnengoed, dat koel aanvoelde tegen mijn warme handen. Ik had even tijd nodig om te vinden wat ik zocht. Ik deed het licht uit en stond even in het donker te aarzelen wat ik nu moest doen. Ik wilde hen niet bespioneren. Maar Mauds bed moest worden opgemaakt, en snel ook. Ik liep op mijn tenen naar Mauds kamer terug en voelde me net een klungelige dief, doodsbang te worden betrapt. Toen ik voorbij Violets kamer kwam, hoorde ik haar stem kreunen van genot, steeds hoger en luider. Er klonk een ritmisch gebonk als van een hoofdeind dat tegen de muur stootte. Kit begon te kreunen en Violet begon te jodelen. Er werd dus niet alleen gekust.

Ik haastte me naar Mauds kamer en deed de deur dicht, in een weinig succesvolle poging het geluid buiten te sluiten. Haastig stopte ik de lakens en dekens in en wierp het dekbed erop. Ik had het liefst mijn vingers in mijn oren gestopt toen ik een schreeuw van Kit hoorde, maar dan had ik de sprei er niet overheen kunnen leggen. Een paar minuten later was ik blij dat ik zo voorzichtig was geweest het licht uit te doen voordat ik Mauds deur opendeed. Kit stond op slechts enkele meters buiten Violets kamer. Hij leunde tegen de muur aan de overkant en veegde zijn mond met zijn zakdoek af, terwijl hij breed grijnsde. Als hij niet zo door zijn kennelijk aangename herinneringen in beslag was genomen, had hij mij ongetwijfeld gezien. Ik dook achteruit het donker in en wachtte tot ik hem naar de grote trap hoorde lopen. Vervolgens rende ik als een olympische sprinter de achtertrap af en schoot de hal in, juist toen hij de deur van de zitkamer bereikte.

'Ik vroeg me al af waar je zat,' zei hij vriendelijk toen ik dichterbij kwam met een bonbonnière met chocolaatjes, die ik van de tafel had gegrist terwijl ik door de keuken rende.

'O, ik moest een beetje opruimen.' Ik probeerde net zo ontspannen te klinken.

'Je bent helemaal buiten adem.'

'Ja? Het is een lange dag geweest. Ik ben erg moe.'

'Dat moet wel. Je hijgt als een vis op het droge.'

'Ik ga zo snel mogelijk naar bed.'

'O, gelukkige katten!' Hij zuchtte alsof hij het echt meende.

46

'Bobbie! Goddank!'

'Jazzy!' Ik ging in de draagstoel zitten, deed de deur dicht en klemde de hoorn onder mijn kin terwijl ik de stapel schone borden op mijn knieën zette. 'Wat een leuke verrassing!'

'Kun je praten?'

'Een paar minuten. Ik was op weg naar de tearoom omdat ze zonder borden zitten. Nu het huis is opengesteld voor bezichtiging...'

'O Bobbie, ik moet het je vertellen, het is echt vreselijk...' Jasmine begon te huilen. 'Ik heb me nog nooit... zo... ellendig gevoeld.'

'O lieve help,' zei ik. 'Wat is er gebeurd?'

Het bleek dat Teddy's vrouw Lydia had opgebeld om te zeggen dat hun dochter met spoed in het ziekenhuis was opgenomen met een vermoedelijke blindedarmontsteking. Of Teddy meteen kon komen. Natuurlijk was Teddy gegaan en hij zou een paar dagen in Londen blijven. In een haastig gesprek met Jasmine had hij toegegeven dat hij bij Lydia in de 'echtelijke woning' in Canonbury logeerde. Jasmine had besloten dat ze het niet in haar eentje volhield in die akelige bungalow in Enfield, vol formica. Ze had een taxi naar Canonbury genomen. De au pair had opengedaan en verteld dat mevrouw en meneer waren gaan lunchen. Lúnchen! Terwijl Jasmine dagenlang geen hap door haar keel had kunnen krijgen! Het bleek dat het kind die morgen uit het ziekenhuis was thuisgekomen en dat het een stuk beter ging. Het was slechts een buikgriep geweest. De klootzak! Doen alsof ze nog steeds in levensgevaar verkeerde, zodat Jasmine zich vreselijk schuldig voelde!

Jasmine kende het restaurant goed. Het was een van hun favoriete plekjes geweest in de begindagen van haar verhouding met Teddy. Ze was halsoverkop naar Les Lapins Sans Croûte gegaan. Teddy en Lydia hadden aan hún hoektafeltje gezeten! Terwijl Jasmine vol ongeloof naar binnen keek, had ze Lydia naar voren zien buigen om Teddy's das recht te trekken. En Teddy had Lydia's hand gepakt en die gekúst! Voor ze goed en wel besefte wat ze deed was Jazz het restaurant in gehold, had het eerste het beste gegrepen dat ze pakken kon – wat een gegrilde tong op het bord van een verbaasde gast aan het volgende tafeltje was – en had die op Teddy's hoofd gesmeten. Ze was door de gerant het restaurant uitgezet, maar niet voordat ze Lydia een bolletje tomatensorbet in het gezicht had kunnen duwen.

'Het is toch niet voor te stellen?' huilde Jasmine. 'Terwijl ik alles voor hem heb opgegeven... en al die maanden in dat rotgat heb gewoond... Als ik nog één keer in mijn leven pampasgras zie, snijd ik mijn keel door. Ik meen het.'

'Waar zit je nu?'

'Ik ben terug in Paradise Row. Maar mijn kamer is verhuurd aan iemand anders. Sarah zegt dat ik wel een tijdje op de bank mag slapen, maar de nieuwe meisjes zijn boos omdat ze nu hun vriendjes niet kunnen ontvangen. Ik voel me vreselijk tot last. Ik denk dat ik in de rivier spring om er een eind aan te maken. De deurstopper is vast zwaar genoeg als ik hem aan mijn nek bind.'

'Jazz. Alsjeblieft! Zet dat idee nou meteen uit je hoofd. Het is belachelijk te overwegen je van kant te maken om zo'n mispunt als Teddy. Hij is het niet waard dat je een traan om hem laat. Stom, oppervlakkig, egoïstisch en liederlijk. Bovendien heeft hij het sexappeal van een rottende regenworm. Het spijt me voor zijn vrouw.'

'Ik dacht dat jij hem aardig vond.'

'Nee.'

'Bobbie, ik kan zeker niet bij jou komen logeren, hè? Ik voel me zó alleen en ik weet gewoon niet wat ik moet beginnen. Een paar weken maar, tot ik me wat beter voel?'

In de beslotenheid van de draagstoel trok ik een verbijsterd gezicht naar mezelf. Als huishoudster verkeerde ik niet echt in een positie om vriendinnen uit te nodigen. Maar stel dat ik nee zei en Jasmine stortte zich in de rivier? 'Lieverd, ik weet echt niet of dat nou wel zo'n goed plan is. Ik zou het natuurlijk enig vinden om jou hier te hebben, maar ik weet niet zeker of dit is wat jij zoekt. We zitten hier mijlenver van de bewoonde wereld en er valt niets voor jou te beleven.'

'Ik zou je kunnen helpen. Je zegt altijd dat je zoveel werk te doen hebt. Ik ben bereid me rot te rennen. Ik zou er geen geld voor willen hebben, echt niet. Als ik maar ergens kan zijn waar ik niet aan Teddy word herinnerd. Want ik houd nog steeds van hem, weet je, ondanks alles.'

'Dat verandert wel met de tijd. Je zou eigenlijk een flat moeten zoeken en een baan om je bezig te houden.'

'Dus jij wilt me ook al niet.' Jasmine slaakte een hartverscheurende kreet van wanhoop. Ik kreeg een prop in mijn keel toen ik dit hoorde.

'Huil nou niet, Jazzy. Natuurlijk kun je komen.'

'Ik ben blij dat je ja hebt gezegd.' Het edelmoedige hart van Constance was geroerd door mijn beschrijving van Jasmines verdriet. We zaten in de keuken met een glas wijn uit te rusten na de tweede open dag. De touroperators in heel Ierland waren zo enthousiast geweest toen ze hoorden dat er nog maagdelijk terrein te ontdekken was, dat ze ons bij honderden op het dak waren komen vallen en wij ons suf hadden gerend. Constances mascara was naar haar kin gezakt. Mijn mascara was op mijn handen terechtgekomen doordat ik me veelvuldig het zweet van het voorhoofd had geveegd. 'Arm kind! Wat een mispunt!' Ik begreep dat Constance op Teddy doelde. 'We moeten bedenken waar ze kan slapen. Wanneer komt ze?'

'Ik heb een ticket voor haar geboekt op de middagboot die morgen in Dún Laoghaire aankomt. Daar zal ze op de trein stappen. Als jij er geen bezwaar tegen hebt, zou ik haar graag in Williamsbridge willen ophalen. Ik zal het eten klaarmaken voor ik vertrek.'

'Natuurlijk heb ik daar geen bezwaar tegen. We moeten lief voor haar zijn en haar geestelijk en lichamelijk bezighouden zodat ze geen tijd heeft om te treuren. Liddy, lieverd, laat nog een paar cognactruffels voor de anderen over. Het zijn de favoriete chocolaatjes van Eugene.'

Liddy, die ook al bij de koektrommel had gezeten, keek schuldbewust.

Constance keek naar Liddy's bord. 'Dat is alles wat er nog over is van de chocoladecake. Ik ben blij je zo goed te zien eten, lieverd, maar zou het niet veel gezonder zijn om iets als toast met marmite te nemen?'

Liddy keek ongemakkelijk. 'Het brood is op.'

'Er is nog minstens een half brood,' zei ik. 'Ik ga brood roosteren voor de *oeufs pochés soubise*. Dat is het voorgerecht voor vanavond.' Dit elegant klinkende gerecht, zoals aanbevolen door de naamgenoot van Constance, was in werkelijkheid minder indrukwekkend: gepocheerde eieren met gebakken uienringen op een bed van uiensaus op het voornoemde geroosterde brood. We moesten die zak uien snel opmaken aangezien ze binnenin begonnen te rotten. Ik liep naar de broodtrommel. 'Maar als je erge honger hebt, kun je nog wel een snee... O!' De broodtrommel bevatte slechts kruimels. Ik keek steels naar Liddy. Ik wilde er eigenlijk geen ophef over maken. Het was goed dat ze at, ook al leek ze nu door te slaan naar het andere uiterste. Ik was bang voor de ontdekking dat ze zichzelf weer liet overgeven. 'Geeft niet,' zei ik. 'Ik haal wel een brood uit de vriezer. En na het eten kan ik beter twee moscovische taarten met gember en ananas bakken, voor de bezoekers van morgen. Ze waren geweldig in trek.'

'Nee Bobbie,' zei Constance, met ongewone vastberadenheid. 'Jij hebt genoeg te doen. Ik zal die taarten bakken, als jij even kijkt of ik het goed doe. Ik wou dat ik beter kon koken. Misschien willen de meisjes wel helpen. Liddy, zou jij misschien...' Maar Liddy was de keuken al uit. 'Is het te veel gehoopt dat je vriendin Jasmine graag kookt?'

'Voor zover ik weet komt ze niet veel verder dan hachee van cornedbeef. Daar heb je voor een tearoom niet veel aan. Maar ze zal toch ook wel iets anders hebben leren doen in de tijd dat ze met Teddy was. Hallo Kieran.' De loopjongen van Turlough McGurn sleepte een zak de keuken binnen. 'Ik hoop dat daar wortelen in zitten.'

De ronde, blauwe ogen van Kieran drukten oprechte spijt uit, omdat hij me teleur moest stellen. 'Geen wortele deze week, juffrouw Bobbie. Dit binne koolrape.'

'Koolrapen? O nee, hè! Die willen we niet. Je moet ze weer mee terug nemen naar...' Kieran was al op een holletje in de richting van de appelschuur gelopen.

'Wat moeten we in 's hemelsnaam met die hele zak beginnen?' Constance keek vol ontzetting naar de koolrapen. 'De kinderen gruwen ervan, en zelf ben ik er ook niet zo dol op.'

'Laten we het orakel eens raadplegen.' Ik bladerde in het dikke, roze boek. 'Hm. Koolraapsoufflé is alles wat ze weet te bedenken. Klinkt vrij smerig.'

'Ik vind het wel interessant klinken.' Kit was binnengekomen van het rommel opruimen op de nieuwe parkeerplaats, die het weiland naast dat van de Kaketoe was. 'Ik vind koolraap lekker.' Hij kwam naar me toe om te zien waarin ik stond te roeren, en hij legde zijn hand op mijn schouder terwijl hij in de pan met *soubise* keek.

'Je hebt zeker die lekkere kleine paarse dingen in gedachten, ter grootte van golfballetjes,' zei ik glimlachend, maar ik hield mijn ogen op de saus gericht. 'Deze zijn vies grijs en echt van die grote knollen, net veevoer. Ik denk dat we ze maar aan Siobhan en Niamh, onze nieuwe koe, moeten geven. Wil je me nog een glas inschenken als je er zelf ook een neemt?'

'Als jullie meisjes van plan zijn de winst te verdrinken, dan kan ik maar beter meedoen. Jullie moeten echter wel een paar goede afvalbakken neerzetten, weet je, duidelijk aangegeven. Ik heb een zak vol chipspakjes, snoeppapiertjes, worstzakjes en colablikjes. Daarnaast nog een bonthandschoen, een exemplaar van *Plays Pleasant* van Shaw, een kapotte paraplu en een gebruikt condoom.'

'Nee!' Constance keek geschokt. 'Op ónze parkeerplaats? Allemachtig! Ik kan me niet voorstellen dat iemand van de aardige, beleefde, kosmopolitische mensen die ik vandaag heb rondgeleid na een stevige thee naar de auto is teruggekeerd om daar een… een snellertje op de achterbank te… Ze leken me gewoon niet van dat soort.'

Kit schoot in de lach. 'Dat noem je een vluggertje. Zelfs beschaafde mensen copuleren wel eens, Constance.'

'Ja, maar niet op de achterbank van een auto.'

'Misschien waren het klanten van Timsy?' opperde ik. 'Hoewel dat nog erger is, hè? Wat moeten bezoekers wel niet denken als ze dronken stellen aantreffen, ontuchtig bezig in het gras, juist waar zij de auto willen parkeren?'

'Wat een stelletje zuurpruimen zijn jullie!' Kit lachte weer, op een manier die me hevig begon te irriteren. 'Te veel feminisme maakt dat een vrouw niet leuk meer is, hoor!'

'Wat is dat nou voor idiote opmerking. Ik heb geen zin in dit soort gesprekken… O, verdorie!' viel ik uit toen ik rook dat mijn roux aanbrandde. Flavia kwam net de keuken binnen toen ik de saus haastig in een schone pan overdeed, om te voorkomen dat de smaak van aangebrande melk met boter erdoorheen trok.

'Wat is er aan de hand?' vroeg ze. 'Je kijkt zo boos.'

'Niets, met mij is alles best. Ben je al klaar met je huiswerk?'

'Ik had niet veel te doen. Ik heb mama geholpen.' Flavia liep naar Kit. 'Ze vroeg of ik tegen jou wilde zeggen dat ze klaar is om naar beneden te gaan.'

'Goed,' zei Kit en hij liep de keuken uit.

'Ik sta gewoon te popelen dat het zaterdag wordt,' ging Flavia verder. 'Zijn er vandaag veel mensen gekomen?'

'Het leken er wel duizenden. Maar ik heb de souches van de kaarten nog niet geteld. Wil je dit even voor me blijven roeren terwijl ik de eieren pocheer?'

'Alles lijkt nu goed te komen.' Flavia roerde vlijtig. 'Mama gaat weer opknappen en ik word serveerster. We gaan geld verdienen en Liddy is ook veel gezelliger dan anders.' Nu Flavia daarop wees, besefte ik dat het waar was. 'Als papa nou nog thuis kwam wonen, zou alles perfect zijn, hè?'

'Je zult hem wel erg missen.'

'De hele tijd. Jij vindt papa ook aardig, hè?'

'Natuurlijk.'

'Want ik kan zien dat hij jou ook aardig vindt. Niet zo aardig als mama natuurlijk, maar ik weet dat hij je aardig vindt. Je moet het je maar niet aantrekken als hij eens nijdig doet. Hoe nijdiger hij doet, hoe aardiger hij iemand soms vindt. Hij doet heel beleefd tegen mensen die hij niet mag. Ik heb hem een keer naar jou zien kijken, en toen keek hij echt woest.'

Ik kreeg de indruk dat Flavia argusogen bezat, en de wijsheid van Salomo.

Tijdens het eten begon ik een daverende hoofdpijn te krijgen. Maar niet voordat ik had gezien hoe Kit al Violets pogingen tot flirten stoïcijns beantwoordde. Tegen de tijd dat we aan het dessert waren begonnen, was Violet stil en keek pruilend. Naar aanleiding van Flavia's opmerking constateerde ik ook dat Liddy in een staat van nauwelijks bedwongen opwinding verkeerde. Zodra ze haar dessert op had, glipte ze van tafel. Toen ik naar de keuken liep om de afwas te doen, ontdekte ik dat alle restjes van de drie gangen en een halve cheddar waren verdwenen.

De volgende avond stond ik op het station van Williamsbridge de aanstormende menigte af te zoeken op een teken van Jasmine. Er werd een in elegante handschoen gestoken hand boven de mensenmassa uit gestoken.

'Bobbie, Bobbie! Mijn hart is gebroken! Ik zal nooit meer iemand lief kunnen hebben!'

Ik werd onder bont en Mitsouko bedolven. Jasmines make-up was uitgelopen van de tranen. Ze droeg een lange nertsmantel en haar dikke zwarte haar was met grote spelden van schildpad tot een knot opgestoken. Achter haar liep een kruier met drie grote bij elkaar passende koffers te zeulen.

Ik nam haar beautycase in de ene hand en schoof mijn andere hand onder haar arm. 'Ik weet dat het eind van een relatie aanvankelijk het eind van de wereld betekent. Maar ik beloof je dat het over zal gaan.'

'Maar ik ben niet zo flink als jij, Bobbie.' Jasmines ogen bleven tranen plengen. 'Ik ben niet sterk en slim. Ik beschik over geen enkele zelfcontrole. Teddy zei altijd dat hij dat juist zo leuk vond. Het maakte me in bed heel ongeremd, weet je.'

'Ja. Nou, eh...' Ik zag dat we de aandacht trokken. 'We zullen er onderweg in de auto wel over praten. Kom, we moeten rennen, het plenst van de regen.'

'Ik zal het proberen, lieverd.' Jasmines mond stond pruilend van ellende. 'Maar ik ben niet erg goed in het hollen.'

De hoge hakken van haar rode schoenen waren in elk geval niet zo geschikt voor haar eventuele atletische vermogens.

'Stap in.' Ik smeet de beautycase achter in de Morris Traveller, gaf de kruier een fooi en dook achter het stuur.

'Wat een leuk autootje. Net speelgoed. Zijn die mensen van jou erg arm?'

'Ze zijn in elk geval niet rijk. Daarom hebben we een subsidieaanvraag ingediend, zodat we het dak kunnen laten repareren.'

'Een soort sociale bijstand, dus? O, lieve help, wat zielig. Nou, ik zal ze echt niets kosten, hoor. Ik heb de diamanten armband die ik van Teddy had gekregen verkocht en ik heb tonnen geld. Ik zal iets leuks voor hen kopen om hen op te fleuren.'

Ik hoorde een opgewekter klank in Jasmines stem bij het vooruitzicht cadeautjes te kunnen geven. Ze had uiteraard geen idee hoe Curraghcourt eruitzag omdat onze telefoongesprekken voornamelijk over haar relatie met Teddy waren gegaan. 'Dat is een heel aardige gedachte, maar je zult in dit deel van de wereld waarschijnlijk niets van je gading kunnen vinden.'

'O, ik bedoel geen luxe dingen, lieverd. Als ze het zich niet kunnen veroorloven hun dak te laten repareren, dan zijn ze misschien dankbaar met iets heel gewoons, zoals kasjmieren bedsokken of zelfgemaakte chocola, denk je niet?' Ze boog zich naar voren om tussen de zwiepende ruitenwissers door te kijken. 'Wanneer zijn we in de stad? Misschien kan ik in Williams-dinges iets vinden? Ik heb voor ik vertrok geen tijd gehad om te winkelen.'

'Dit wás Williamsbridge.'

'Nee! Maar het was nauwelijks een stad. Komen we snel bij iets groters?'

'Helaas niet. Van nu af aan wordt alles alleen maar nog kleiner. Wat is er?'

Jasmine had een gilletje geslaakt. 'Het is zo donker. Alle lichten zijn uitgegaan!'

'Dit is buiten, op het platteland.'

'Je bedoelt dat er geen straatlantaarns zijn?'

'Niets dan de maan en de sterren.'

'Wat vreemd. Zelfs in Middlesex heb je straatverlichting.'

Ze slaakte weer een gil, nu luider.

'Wat is er?'

'Ogen. Gloeiende ogen. In die struiken. Ik haat struikgewas. Enfield zit er vol mee.'

'Dat is een haag, Jazzy. Wees maar niet bang. Het was gewoon een kat. Of een vos.'

'Daar ben ik doodsbang voor.'

'Vossen zijn eigenlijk heel rustige dieren.'

'Geen vossen. Katten.'

Ik bedacht dat Constance zich in elk geval geen zorgen hoefde te maken dat Jasmine tijdens haar verblijf op Curraghcourt geen afleiding zou hebben.

47

'Ik kan aardappels schillen,' zei Jasmine toen ze mij een zak uit de voorraadkast zag trekken. Toen keek ze sip. 'Dat heeft Teddy me geleerd.'

Jasmine was nu enkele dagen op Curraghcourt en de familiekring had haar net zo gemakkelijk opgenomen alsof ze er was geboren en getogen. Dat was de manier waarop de mensen in het huis zich gedroegen. Dat wil niet zeggen dat ze zichzelf als een inheemse beschouwde. Haar lichaam was in Connemara, maar haar gedachten waren voortdurend in Canonbury. Alles deed haar aan Teddy denken.

Toen ik de eerste avond met haar door de voordeur van Curraghcourt was gekomen, had ze naar het gewelfde plafond gekeken, naar de schitterende open schouw, de draagstoel en het harnas en had met een hartverscheurende zucht gezegd: 'Teddy zou dit prachtig hebben gevonden! We zijn een keer met zijn kinderen naar Warwick Castle geweest en Teddy genoot er nog meer van dan zij.' Ze keek naar de zwaarden en dolken en strijdbijlen en zei, met een duidelijk gebrek aan overtuiging: 'Wat mooi.' Het reusachtige elandgewei had een lichte huivering teweeggebracht.

Toen ik haar de zitkamer liet zien, zei ze dat geel Teddy's lievelingskleur was, en toen ik haar naar haar slaapkamer bracht, zei ze dat Teddy altijd had beweerd dat het gezonder was om in een koude kamer te slapen, maar dat ze het zelf graag warm genoeg wilde hebben om zonder kleren rond te lopen. Toen ik dat hoorde had ik haar gesmeekt op zijn minst een nachthemd aan te trekken aangezien haar kamer een groot raam had en het terrein wemelde van op seks beluste mannen.

'Echt waar, Bobbie?' Ze had me met vragende ogen aangekeken. 'Zijn er voor die stumpers dan geen vrouwen om de liefde mee te bedrijven?'

'Dit is een katholiek land waar seks buiten het huwelijk als zondig wordt beschouwd.'

'O, wat sneu!'

'Zulke dingen gebeuren uiteraard wel, maar niet zo frequent en schaamteloos als in Engeland. En er zijn geen voorbehoedsmiddelen verkrijgbaar, dus de prijs die ervoor moet worden betaald is niet alleen het eeuwige vagevuur maar ook de hel op aarde. In elk geval voor de vrouwen.'

'Wat vreemd!' Jasmine dacht hier een tijdje over na en zei toen: 'Teddy zou het daar helemaal niet mee eens zijn!'

Het duurde niet lang of ik had Teddy het liefst geboeid en gekneveld naar het midden van het meer geroeid om hem daar overboord te kieperen.

Ik had gedacht dat ik Jazzy vrij goed kende, maar ik was verbaasd geweest over hoeveel aspecten van het leven op Curraghcourt angstaanjagend voor haar bleken. Toen ze in de hal een spinnetje had gezien, had ze zo hard gegild dat ik van schrik haar koffers had laten vallen. In de eetkamer was Jasmine bang uit haar stoel opgesprongen toen ze een man door het raam naar binnen zag gluren. Ik legde uit dat hij op weg was naar Timsy en alleen maar uit nieuwsgierigheid naar binnen had gekeken, maar gedurende de rest van de maaltijd waren Jasmines ogen voortdurend heen en weer gegaan tussen het raam en een vochtplekje op het plafond, waarvan ze dacht dat ze het had zien bewegen. Een korte stroomstoring veroorzaakte een bloedstollende kreet waardoor Eugene zijn glas rode wijn over zijn broek morste.

Maar als gast compenseerde Jasmine deze kleine onvolkomenheden volledig. Om te beginnen was ze voor iedereen heel lief, beminnelijk en charmant. Verder bleek ze in de tearoom een ster te zijn. Ze was zo gewillig en inschikkelijk dat de bezoekers haar grif alle fouten in de bestelling vergaven en zo leuk om te zien dat de helft – de mannelijke helft uiteraard – bereid was geweest van honger en dorst om te komen zolang ze haar maar door de graanschuur konden zien trippelen, in haar schort, korte zwartleren rokje en rode schoenen met hoge hakken.

Zelfs Pegeen en Katty vielen voor haar charmes toen ze snel net zo verslaafd werd aan galgje als zij. Ik had het drietal herhaaldelijk boven een spelletje aangetroffen wanneer ze geacht werden de tearoom in gereedheid te brengen voor de komst van een buslading vermoeide klanten.

'Maar ik kan die aardappels toch zeker wel voor je schillen?' hield

Jasmine aan. 'Ik krijg echt het gevoel dat ik iedereen voor de voeten loop als je me dat niet laat doen.'

'Wat jij alleen al aan fooien binnenbrengt maakt je aanwezigheid zeer gewenst,' zei ik. Toen ik zag hoe smekend haar prachtige zwarte oosterse ogen stonden, gaf ik haar een mes, een pan en de schaal met koolrapen. 'Wees voorzichtig, het is scherp.'

'Ik ben geen klein kind,' zei Jasmine verwijtend.

Ze stak de stekker van het elektrische kacheltje, dat ze overal met zich mee droeg, in het dichtstbijzijnde stopcontact en schoof er een stoel vlakbij. Het kacheltje stelde haar in staat haar bontjas uit te trekken. Zodra Osgar de jas had gezien, was hij kwijlend op haar afgekomen. Alleen de hoogte en het volume van Jasmines kreten hadden hem ervan weerhouden zich erop te storten. Ze was helemaal geen dieren gewend en het was jammer dat deze eerste ontmoeting haar waarschijnlijk voor altijd afkerig had gemaakt. Maria, meestal de vriendelijkste hond die er bestond, was boos over dit gegil en weigerde te kwispelen.

Flavia had de briljante inval gehad Osgar de bonthandschoen te geven die Kit op de parkeerplaats had gevonden. Vanaf dat moment was Osgar een ander dier geworden. Hij likte eraan, kauwde erop, schudde ermee, en schoof hem met zijn neus over de vloer. Hij sliep ermee onder zijn kin en sleepte hem overal mee naartoe, als een toegewijde ouder of, zoals Timsy het uitdrukte, 'als een teef die net heeft geworpen – neem me niet kwalijk, dames'. Mits niemand probeerde de handschoen van hem af te pakken was Osgar in een veel beter humeur en stond zelfs toe dat bezoekers hem aaiden.

'Er zit modder op deze aardappels.' Jasmine klonk humeurig.

'Heb je die schoenen in Bond Street gekocht?' vroeg Liddy. Vanaf het moment dat ze elkaar hadden ontmoet, had Liddy Jasmine nauwgezet ondervraagd naar de oorsprong van haar onmiskenbaar schitterende garderobe.

'New York, liefje.'

'New York.' Liddy zweeg even, terwijl ze zich deze wereldstad probeerde voor te stellen. 'Ik zou er alles voor over hebben om daarheen te kunnen gaan. Brooks Brothers, Bonwit Teller, Saks, Fifth Avenue; en de VS zijn natuurlijk altijd geweldig loyaal geweest jegens de Ierse Republiek,' ging ze verder. 'De IRA had het zonder Amerikaanse steun nooit gered.'

'Voel jij je wel goed, liefje?' Constance keek Liddy bezorgd aan.

'Ja. Hoe dat zo?'

'Nou, het is niets voor jou om belangstelling te hebben voor politiek, dat is alles,' zei Constance. 'Je vader zal daar blij om zijn. Hij zegt dat vrouwen niet moeten verwachten als gelijken te worden behandeld als ze geen belangstelling wensen op te brengen voor het juridische systeem, de schatkist en de regering van hun land.'

'Als dat zo is, heb ik niet de minste behoefte als gelijke te worden behandeld,' zei Jasmine. 'Ik zou het vreselijk vinden om over wetten en belastingen en rentepercentages na te moeten denken. Ik zou me dood vervelen.'

Constance noch ik was eerlijk genoeg om toe te geven dat dit in grote lijnen ook ons standpunt was.

'Ik wed dat er genoeg mannen – dichters, beeldende kunstenaars, musici – zijn geweest die daar ook geen belangstelling voor hebben opgebracht,' zei Constance, 'maar dat betekent toch zeker niet dat zij minderwaardig waren, hè?'

'Ik vond politiek altijd heel vervelend,' zei Liddy, 'maar nu vind ik het toch wel interessant. Er zijn zoveel duizenden dappere mannen die hun leven hebben gegeven voor de vrijheid van Ierland.'

Constance en ik wisselden een verbaasde blik. 'Je hebt toch niet met pastoor Deglan gesproken?'

Liddy keek verontwaardigd. 'De kerk wordt geleid door machtswellustige sadisten die hun kudde arm, dom en machteloos willen houden.'

'Toe, lieverd, zeg zulke dingen niet buiten de familie,' smeekte Constance. 'Je zult er veel mensen boos mee maken.'

'Papa zegt het ten overstaan van honderden mensen en het komt in de kranten. Dus waarom zou ik dat niet zeggen?'

'Nou ja, het is je vaders werk...' begon Constance aarzelend.

'Je bedoelt omdat ik een meisje ben. Daar gáát de gelijkheid voor vrouwen waar jij het altijd over hebt, tante Con. Je dóét alleen maar alsof je zo vooruitstrevend bent. Maar de priesters en de politici hebben je stevig in hun greep. Ik denk dat ik maar eens een eindje ga wandelen.'

Constance was te verbluft om een antwoord te bedenken.

'Doe die deur alsjeblieft dicht, wil je?' riep Jasmine. 'Er staat hier een tocht als een tornado. Ik ben klaar met de aardappels, Bobbie.'

Ik pakte de pan met koolrapen ter grootte van knikkers. Sommige schillen waren groter.

‘Wat bezielt Liddy toch?’ zei Constance. ‘Heeft ze soms een nieuwe geschiedenisleraar?’

‘Wat Liddy bezielt is een jongen.’ Het gebeurde zelden dat Maud de keuken binnenkwam. ‘Ik hoop dat ze zich een beetje in bedwang weet te houden, hoewel er tegenwoordig…’ Ze keek kritisch om zich heen. ‘Jullie hebben het hier aardig opgeruimd. Niet de gebruikelijke troep van rommel en stinkend afval. In mijn jeugd hadden sommige grote huizen een galerij daarboven’ – ze wees naar het plafond – ‘zodat de vrouw des huizes opdrachten kon geven zonder een voet in de keuken te hoeven zetten.’

‘Maar had je dan nog wel trek in eten?’ vroeg Constance zich af. ‘Ik bedoel, als de keuken te smerig was om er een voet in te zetten?’

‘Wij hadden het veel te druk met plezier maken om ons daar om te bekommeren. Viezigheid geeft je immuniteit. We zijn tegenwoordig allemaal te slap.’ Mauds ogen vielen op Jasmine, die probeerde met de speld van haar diamanten broche de modder onder haar nagels vandaan te halen. ‘Sommigen van ons zijn verwende, leeghoofdige uilskuikens. Violet is hysterisch. Ze weigert te eten. Ik zoek wat pijlwortel om haar maag tot bedaren te brengen. Ze schijnt te denken dat haar iets mankeert en dat de enige remedie een paar dagen in Dublin is, om te winkelen, naar het theater te gaan en met interessante mensen in het Shelbourne te lunchen.’

‘Als dat zo is,’ zei Constance, ‘denk je dan dat pijlwortel zal helpen?’

‘Het is natuurlijk allemaal aanstellerij. We hebben haar met z’n allen verwend. Ik wou dat Finn terugkwam om haar eens een goed pak slaag te geven. Dat zou haar het meeste goeddoen.’

Jasmine keek ontzet. ‘Je bedoelt dat haar man haar slaat?’

‘Finn heeft haar nog nooit geslagen,’ nam Constance het voor haar broer op. ‘Niet voor zover ik weet, tenminste.’

‘Jammer genoeg,’ zei Maud. ‘Het zou haar een hoop goed hebben gedaan.’

‘Teddy vond het fijn om te worden geslagen,’ zei Jasmine peinzend. ‘Maar ik kon me er nooit toe brengen hem zo hard te slaan als hij vroeg.’

Ik kon zien dat het gesprek een wending had genomen die belangstelling had gewekt bij de haard. De potloden staakten hun spelletje galgje. Dat was jammer, want ik wilde Maud iets vragen. Ik gaf haar de pijlwortel en liep achter haar aan naar de hal.

‘Toen je zei dat Liddy misschien een vriendje had, wat bedoelde je toen precies?’

'Ik heb geprobeerd het meisje te vertellen dat ze haar marktwaarde veilig moest stellen, maar ze is al net zo onnozel als de rest. De afgelopen week heeft ze lopen kletsen als een prullerige republikeinse krant, dus het is duidelijk dat de een of andere knul haar hoofd met dat soort onzin vult. Laten we hopen dat dat het enige is dat hij vult.' Maud lachte blaffend en stak een sigaret op. '*Cherchez l'homme*.' Met achterlaten van een pluim rook schuifelde ze door de hal met haar hoofd tussen haar schouders getrokken.

Ik stond over haar woorden na te denken terwijl ik drie pakjes vissticks ontdooide (Sean Rafferty, de slager, had weer eens niets bezorgd). Op de achtergrond hoorde ik de schaduw van Constance Spry me vermanend toespreken, maar ik trok me niets van haar aan. De vissticks werden met zoveel enthousiasme ontvangen dat ik me wanhopig afvroeg waarom ik me eigenlijk nog zo vaak uitsloofde.

Terwijl Kit en Constace de afwas deden, bakte ik een notentaart en hield Liddy in de gaten. Vanuit mijn ooghoeken zag ik haar een bord volscheppen met de restjes van het avondeten. Ze keek om zich heen of ze werd opgemerkt. Ik klopte woest boter en suiker door elkaar. Liddy sneed een snee brood af ter dikte van een woordenboek en slenterde toen naar de achterdeur. Ik volgde op discrete afstand. Buiten sloeg een milde regen in mijn gezicht. Ze stak de binnenplaats over en verdween in de graanschuur. Binnen stond de *Flying Irishman*, donkergroen geschilderd, met gouden streepjes, in voltooide staat te pronken. Flurry was met hamer en spijkers bezig de zijkanten van het eerste rijtuig te construeren.

'Dat gaat goed,' zei ik. 'Heb jij Liddy gezien?'

'Nee.' Flurry bleef timmeren zonder op te kijken.

Er leidde een houten trap naar de zolder, waar een zwak schijnsel te zien was. Voor ik halverwege was, hoorde ik het geluid van fluisterende stemmen.

'Bedankt, Liddy,' zei een mannenstem, die jeugdig klonk. 'Ik rammel van de honger. Je bent lang weggebleven.'

'Ik kon het niet helpen.' Dit was Liddy's stem. 'Ik moest dat verdomde huiswerk maken. En het eten duurde een eeuwigheid.'

'Ik vind het niet leuk om vloeken uit je mooie mond te horen.'

'O nee?' Liddy klonk verbaasd.

'Nee. Dat is lelijk voor een vrouw. Laat me eerst eten, dan kus ik daarna die lelijke taal bij je weg. Allejezus! Vissticks! Ik dacht dat je familie te deftig was voor dat soort boereneten.'

'O, we zijn helemaal niet deftig! We zijn gewoon boeren die hun land kwijt zijn. Onze huishoudster is chiquer dan wij.'

'Maar een huishoudster hebben is op zichzelf al heel chic toch zeker? Mijn moe deed thuis alles zelf, en ze zorgde ook voor de varkens en de kippen.'

'Mijn moeder kan dat niet doen omdat ze een beroerte heeft gehad,' zei Liddy, alsof de mogelijkheid had bestaan dat Violet varkens zou hebben verzorgd als ze gezond genoeg was geweest. 'Dat was vijf jaar geleden en ze begint nu pas op te knappen.'

Ik liep de ladder verder op en stak mijn hoofd uit het luik.

'Mag ik boven komen?'

Voordat ze antwoord konden geven klom ik de zolder op.

'Verdomme!' zei Liddy. 'Nou ga je het aan iedereen vertellen.'

Ik keek om me heen. Bij het licht van twee kaarsen, die op schoteltjes stonden, zag ik een kussen, een stapel dekens, een geëmailleerde kan en een stapel vuile borden. De jongeman die in het stro had gezeten, met zijn armen om Liddy heen geslagen, krabbelde overeind zodra hij me zag.

'Aangenaam kennis te maken.' Ik stak mijn hand uit. 'Ik ben Bobbie Norton.'

Hij aarzelde, schudde toen met tegenzin mijn hand. Hij was misschien twintig jaar oud, met een gezicht dat aantrekkelijk was, ondanks de boze blik en de stoppels van enkele dagen op zijn kin. Zijn andere hand zat in een mitella die was gefabriceerd van een sjaal die ik herkende als zijnde van Violet.

Ik keek vragend naar Liddy.

'Dit is Danny,' zei ze nors. 'Hij is op de vlucht voor de IRA.'

'St!' Danny keek kwaad. 'Wil jij wel eens snel je mond houden? Jij wordt nog mijn dood, als je niet uitkijkt, stommerd!'

'Is dat waar?' vroeg ik.

Danny's ogen fonkelden en hij schudde zijn hoofd. Maar ik zag aan het trillen van zijn mond dat hij ten prooi was aan hevige emoties, misschien wel angst. 'Ik ben een rondtrekkende ketellapper en ik zocht alleen maar een plaats om te slapen. Ik zal nu weer verdergaan, zodat ik niemand tot last ben.'

Ik raapte een boek op dat naast hem op de vloer had gelegen. '*Metamorfosen*. Hm. Ik vraag me af hoeveel ketellappers Ovidius lezen. Of zelfs maar Latijn kennen.'

'Ik zat op het seminarie om priester te worden.' Danny stak zijn hand uit naar het boek. 'Maar ik bedacht dat ik liever rond wilde trekken. De vertaling staat trouwens op de pagina ernaast.'

Ik bleef hem aankijken en vroeg me af wat ik moest zeggen of doen.

Hij beantwoordde mijn blik. 'Dan ga ik nu maar.'

'Nee!' Liddy greep hem bij de mouw en keek naar hem op. 'Je bent nog niet voldoende opgeknapt. Ze zullen je grijpen als je naar buiten gaat. Je zei zelf...'

'Sst, Liddy!' Hij sprak scherp, maar hij pakte haar hand heel teder vast. 'Je weet er helemaal niets van, en dat moet ook zo blijven. Je bent heel lief voor me geweest en ik zal je nooit vergeten. Maar er zit geen toekomst voor ons in. Ik zal stilletjes weggaan zodra het donker is. Ik weet me wel te redden.'

Liddy beet op haar lip en er kwamen tranen in haar ogen.

'Hoe heb je je arm bezeerd?' vroeg ik.

'Ik ben in een sloot gevallen.'

'Dat is niet waar.' Liddy legde haar hoofd op zijn schouder en sloeg haar andere arm om zijn nek. 'Er was op hem geschoten. Hij heeft de hele week koorts gehad, tot vandaag.' Ze keek me smekend aan. 'Bobbie, je kunt hem echt niet in de regen en de kou laten gaan. Laat hem alsjeblieft nog een paar dagen hier blijven. Ik zal alles voor je doen, wat je maar wilt. Ik zal serveren tot ik erbij neerval. Alsjeblieft, alsjeblíéft!'

'Die beslissing is niet aan mij, Liddy. Ik zal je tante erbij halen en dan kan zij zeggen wat er moet gebeuren.' Ik keek Danny aan. 'Maar als je ook maar een beetje gezond verstand hebt, vertel je Constance de waarheid. We zullen je anders niet kunnen helpen.'

'Ik kan beter nu meteen vertrekken,' zei hij, maar ik hoorde iets van besluiteloosheid in zijn stem.

'Ik ben zo weer terug,' zei ik. 'Eet je eten verder op. Je ziet eruit alsof je dat wel kunt gebruiken.' Hoewel het licht slecht was, kreeg ik de indruk van iemand die heel moe en verslagen was.

'Is zij te vertrouwen?' hoorde ik hem vragen toen ik de ladder af ging. 'Stel dat ze de *Garda* belt?'

'Dat doet ze niet,' zei Liddy. 'Ik zag dat ze medelijden met je had. Bobbie wil altijd helpen en redden.'

Als ik me niet zoveel zorgen om Liddy had gemaakt, zou ik hierom hebben geglimlacht.

'Con?' Ik stak mijn hoofd om de hoek van de keukendeur. 'Ik wil graag even met je overleggen. Over de tearoom,' voegde ik eraan toe toen ik zag dat Kit nieuwsgierig naar me opkeek.

‘Lieve help!’ Constance gaf hem de theedoek. ‘Wat vleiend dat mijn mening wordt gevraagd over iets huishoudelijks.’

‘Ik moet je eerst iets laten zien.’ Ik loodste haar naar de schuur.

‘Is er iets met de *Flying Irishman*?’

‘Ja,’ zei ik, voor het geval de muren van de stallen oren hadden.

‘Wat is er in ’s hemelsnaam?’ zei ze, toen ik haar langs Flurry, die nog steeds stond te timmeren, naar de houten ladder duwde.

‘Kom eens even kijken.’

‘Ik ben daar in geen jaren boven geweest. Het was vroeger de plek waar de boerenknechten met hun liefjes naartoe gingen om even... Liddy!’

Constance keek vol verbazing naar haar nichtje dat met haar armen om Danny heen geslagen stond, met een uitdagend gezicht. ‘Wie is dit?’

‘Neemt u me niet kwalijk, mevrouw.’ Danny duwde Liddy opzij, deed een stap naar Constance toe en bleef met zijn goede hand op zijn heup staan, alsof hij zich schrap zette voor een gevecht. ‘Liddy is zo vriendelijk geweest me te verzorgen toen ik dat nodig had, maar het zal me bijzonder spijten als ze daar problemen door krijgt.’

‘Wie ben je?’ vroeg Constance. Ze keek naar de dekens en de borden. ‘Hoe lang heb je je hier al schuilgehouden?’

‘Ik ben Danny Quill. Ik ben hier bijna een week geweest. Mijn vader was onderwijzer in Ballincarn. Ik... Het is... Het is een beetje moeilijk...’ Hij ging met zijn hand door zijn haar, veegde het van zijn voorhoofd naar achteren. ‘De waarheid is dat ik op de vlucht ben. Ik zou heel dankbaar zijn als u me nog één nacht onderdak wilde geven. Ik heb veel bloed verloren en ik zou nog graag vierentwintig uur rust willen hebben. Daarna zal ik gaan, morgenavond als het donker is.’

‘Op de vlucht?’ Constance keek verbaasd. ‘Voor wie?’

‘Tja, mevrouw, voor de *Garda*. En voor de jongens.’ Hij lachte ongemakkelijk. ‘Allebei tegelijk. Het is een verduiveld ingewikkelde situatie.’

‘Voor de IRA? Grote hemel!’ Het was interessant dat Constance niet erg onder de indruk leek te zijn van de arm der wet. ‘Wat... Vertel eens wat er is gebeurd.’

‘Ik zal het u allemaal vertellen.’ Danny leek even te wankelen. ‘Maar ik zou u heel erkentelijk zijn als ik mag gaan zitten.’

‘Natuurlijk! Ik geloof dat ik dat ook moet doen.’

We gingen allemaal op het hooi zitten, behalve Liddy, die zich in kleermakerszit aan Danny’s voeten nestelde.

‘Ik heb tot een jaar geleden op het seminarie in Williamsbridge gezeten. Maar ik zag het niet zitten om priester te worden. Er zijn te veel dingen die niet deugen. De kerk heeft veel boter op het hoofd. Als Ierland ooit vrij wil zijn, zullen we voorwaarts moeten gaan en de Engelsen bestrijden… Maar dat zult u vast niet allemaal willen horen. Om kort te gaan, ik heb me een halfjaar geleden bij de IRA gemeld.'

'Is je vader soms Bryan Quill, de dichter?' vroeg Constance.

'Was. De ouwe heer is gestorven vlak voor ik me aanmeldde. En mijn moeder is al drie jaar dood. Ik maak niemand te schande.'

'Ik heb je vader gekend. Hij was een goed mens en een geweldige dichter. Wat jammer dat hij niet meer onder ons is.'

'Ja, ach…' Danny's stem klonk niet langer kortaf. 'Ik wilde vertellen hoe ik gewond was geraakt. Ik neem aan dat u weet dat de IRA veel geld uit het buitenland krijgt – vooral uit Amerika – en dat we er verder zelf voor zorgen door banken te overvallen. Je kunt nu eenmaal geen geweren van de bomen plukken. Het doel heiligt de middelen.'

'Ik denk niet dat je vader het daarmee eens was geweest.' Constance keek verontwaardigd.

'Dat denk ik ook niet.' Danny klonk op zijn beurt heftig. 'Hij keerde iemand liever zijn andere wang toe dan zijn hand tegen hem op te heffen. Maar dat is niet hoe ík ertegenaan kijk.' Hij zuchtte, liet zijn hoofd tussen zijn schouders zakken en deed zijn ogen dicht, alsof hij ondraaglijk moe was.

'Goed,' zei Constance. 'Ga maar snel verder.'

'Dus ging ik met de jongens mee om een bank te beroven in… het doet er niet toe waar, en er kwamen nog wat andere kerels aangereden en die begonnen te schieten. Ik herkende een van hen. Een lid van de INLA. Hij had zo'n grote kalasjnikov bij zich. De INLA krijgt veel geld en wapens uit het Midden-Oosten. Hij schoot mijn vriend Joe in zijn mond. Hij viel ter plekke dood neer.'

'Ik zal nooit begrijpen wat jullie mannen nou echt willen,' zei Constance. 'Zijn jullie allemaal Republikeinen? Staan jullie aan dezelfde kant?'

Danny lachte sardonisch. 'Zo eenvoudig is het niet. Er zijn talloze divisies en splintergroeperingen die op hun beurt elkaar ook weer naar het leven staan. De INLA is verwant aan de Provisionals, maar ze haten de officiële IRA. U moet weten dat naast bankovervallen en buitenlands geld de IRA en de anderen ook geld krijgen uit afpersingen en drugshandel. Joe had de laatste tijd campagne gevoerd tegen het gebruik van burgerdoelen. Hij was altijd een goede prater: ik denk dat ze hem daarom in de mond hebben geschoten. Joe's idee was dat we alleen militaire doelen moesten uitkiezen. Soldaat tegen soldaat, weet je wel? De INLA was verantwoordelijk voor de aanslag op die politicus, Aircy Neave, vorig voorjaar. Joe zei dat dat laf was.'

Constance kreunde. 'Jullie zijn allemaal even slecht. Wat jullie eigenlijk nodig hebben is een berg geweren vol losse flodders, en dan kunnen jullie de hele dag op elkaar schieten zonder kwaad aan te richten. Jullie zijn net kleine kinderen, haatdragend en egoïstisch. Ik geloof niet in jullie zaak. Het is gewoon een excuus om oorlogje te spelen.'

Danny haalde zijn schouders op. 'Ik kan nu niet met u redetwisten. Daar ben ik te moe voor. En... ik ben ook erg gedesillusioneerd. De waarheid is dat ik niet de man ben die ik dacht te zijn. Toen ze daar in de bank Joe hadden doodgeschoten, was ik helemaal van de kaart. Ik had nooit eerder meegemaakt dat iemand werd gedood. Het bloed spoot alle kanten uit. Joe's bloed. Toen schopte een van ons de kalasjnikov uit de handen van de moordende rotzak. Het ding vloog door de lucht en viel achter de balie. Hij schreeuwde tegen me: "Maak die rotzak af!" Ik stond het dichtste bij, weet u. Tja, we waren niet echt goed uitgerust. Eén geweer voor ons drieën. Ik had alleen maar een mes. Ik hief het hoog in de lucht. Ik wilde hem in zijn hart raken. Gedurende één seconde, misschien nog korter, keek ik die vent in z'n ogen. Dat stuk str... die rotzak die mijn kameraad aan flarden had geschoten... Maar toch kon ik... dat stomme... mes niet in hem steken. Dat kón ik toch zeker niet?' Danny praatte hakkelend, met opeengeklemde kaken. 'Ik denk dat alles wat je in je jeugd wordt bijgebracht, toch blijft hangen. Ik draaide me om en ging ervandoor. Ik deserteerde liever dan een rotzak te doden, een rotzak die niet zou hebben geaarzeld mij ook een lading kogels door het hoofd te jagen. Sindsdien ben ik op de loop geweest. En ik zal de rest van mijn leven waarschijnlijk wel op de loop moeten blijven.' Hij maakte een geluid dat het midden hield tussen een kreet en een kreun en steunde toen zijn voorhoofd op zijn hand en huiverde. Liddy klampte zich aan zijn knieën vast.

'Je had groot gelijk!' Constance was briesend. 'Je bent weggehold voor geweld en moord en alles wat de onschuld van Ierland heeft gestolen. Je maakt nog steeds deel uit van de fatsoenlijke, rationele wereld en je zou God moeten danken voor je verlossing!'

Danny hield zijn gezicht verborgen. 'Ik kan die aanblik van bloed niet vergeten.' Hij slaakte een zucht die bijna een snik leek. 'Of de geur van mijn eigen angst.'

Constance keek me vragend aan. Ik trok mijn wenkbrauwen en schouders op, een gebaar van besluiteloosheid. Ik had geen idee wat de consequenties konden zijn van hulp bieden aan een IRA-deserteur.

'Kom maar mee naar het huis,' zei Constance. 'Het is hier koud en je hebt rust nodig en een goede maaltijd. En we moeten naar die arm kijken.'

'O, dat is niets. Er werd op me geschoten toen ik de straat in holde, en de kogel schampte langs mijn arm. Het begint al te genezen. Maar ik wil echt niet binnenkomen, hoewel ik uw uitnodiging erg op prijs stel. Als u me tot morgenavond wilt laten blijven, zal ik na donker weggaan. Ze zullen me zoeken, weet u.'

'Maar er stappen toch voortdurend mensen uit de IRA? Ze kunnen ze niet allemaal achternagaan. Dan komen ze niet meer aan stelen en moorden toe.' Constance klonk sarcastisch in haar woede, die naar ik vermoedde voor een deel teweeg werd gebracht door medelijden met deze jongen.

'Ze laten de meesten zonder meer gaan, dat klopt. Maar ik beschik over meer informatie dan gezond voor me is. Sinds '76 zijn we in cellen georganiseerd. Van tussen de vijf en de tien mannen. De commandant kent de bevelvoerder die hem zijn opdrachten geeft, en dat is alles. Op die manier kunnen de Britten gevangenen martelen tot in het oneindige, maar komen ze nooit veel te weten. Mijn bijnaam was "de geleerde". Dat betekent niet veel. De helft van de jongens kan amper lezen en schrijven. Ik moest voor sleutelfiguren rapporten opstellen, en nog niet zo lang geleden kreeg ik de taak een gedetailleerd overzicht te maken van alle wapendepots in Ulster en in Connaught. Hoogst vertrouwelijke informatie. Ik was er op dat moment trots op. Nu zal dat waarschijnlijk mijn executie betekenen.'

'Ik kan wel huilen om dat hele gedoe.' Constance stond op. 'Als al die energie nu eens in iets constructiefs werd gestoken.'

'U hebt mooi praten,' zei Danny, die weer iets van zijn eerdere strijdlustige toon terugvond. 'U zit hier in een mooi kasteel om in te wonen, met een senator als broer.'

'Wel allemachtig!' brieste Constance. 'Het is niet mijn broer, of Curraghcourt, waardoor Ierland dom en armoedig wordt gehouden. Als je de armen wilt helpen, waarom begin je dan geen bedrijf om banen te scheppen? Daar bereik je meer mee dan met verstoppertje spelen in steegjes en echtgenoten en huisvaders vermoorden. En soms de vrouwen en kinderen erbij.'

Danny keek weer woest. 'Ik ga nu wel weg.'

'O Heer, geef me kracht!' Constance was schitterend in haar woede. 'Als je nu eens ophoudt met zo verdomd verbitterd te doen, dan kun je mee naar binnen gaan voor ik volledig mijn handen van je aftrek!'

'Niet vloeken, tante Con,' zei Liddy. 'Danny hoort niet graag dat vrouwen vloeken.

'Of je gaat nu mee naar het huis, óf ik ga de *Garda* bellen.'

48

'Wie is deze jonge Daniël te midden van de leeuwinnen?' vroeg Kit later, toen Danny's arm was schoongemaakt en verbonden en hij daarna een bad had genomen en naar bed was gestuurd.

'Een vriend van Liddy.' Ik was uit de garderobe te voorschijn gekomen met een verzameling paraplu's en jassen die bezoekers waren vergeten.

'Is dat de reden dat ze de afgelopen week zo dromerig deed?'

'Misschien wel.' Blijkbaar was ik de laatste persoon die zulke dingen opmerkte. 'Maar wie kan nu zoiets hebben laten liggen?' Ik pakte een paar zwarte suède schoenen met hoge hakken en enkelbandjes, die onder aan de trap lagen. 'Ze lijken me veel te frivool voor de verstandige, serieuze mensen van middelbare leeftijd die vandaag zijn geweest.'

'Ik heb die jongen niet horen komen. Wat heeft hij aan zijn arm?'

'Hij heeft ruzie met zijn familie, en daarom hebben we hem tijdelijk onderdak gegeven.' Ik hield een ondergebit omhoog. 'Ik denk dat dit van die arme oude man is, die door zijn chagrijnige dochter in een rolstoel werd rondgereden.'

'Is hij niet een beetje te oud om zo te worden vertroeteld?'

'Hoge ouderdom is toch een leeftijd waarop vertroetelen... O, je bedoelt Danny. Ik denk dat hij hoogstens twintig is. Maar alle mannen hebben er op zijn tijd wel eens behoefte aan een beetje te worden vertroeteld. Of dat gebeurt of niet, is discutabel.'

Kit keek me onderzoekend aan. 'Waarom mag ik opeens niets weten?'

'Waar heb je het over?' Ik stond met een armvol handschoenen, petten en geplooide plastic regenkapjes, en staarde hem onnozel aan.

'Nog niet zo lang geleden was ik je vertrouwensman en bijna beste vriend. Nu behandel je me alsof ik melaats ben.'

Kit was vermoeiend scherp waar het de subtiliteiten van mijn stemmingen betrof.

'Je verbeeldt het je maar. We zijn allemaal moe door dit nieuwe gedoe. Ik denk dat ik maar eens naar bed ga.'

'O, ben je hier, Bobbie!' Liddy kwam de trap af. 'Ik zocht je. Danny ligt te slapen. Ik wil graag even praten. O mooi! Je hebt mijn schoenen gevonden. Ze zijn eigenlijk van mama, maar ze zal ze wel nooit meer dragen en daarom heeft ze ze aan mij gegeven.' Ze pakte de suède schoenen van de stapel en zette er één op haar hand, tilde hem hoog op om hem te bewonderen. Toen schopte ze haar schoolinstappers uit, deed de schoenen aan, gespte ze vast en liep met de handen in de zakken van haar grijze schoolrok met naar voren gestoken heupen in het rond, in een perfecte imitatie van een mannequin. 'Zijn ze niet gaaf? Die neem ik mee naar Londen.' Ze giechelde. 'Ik vraag me af wat Danny zal zeggen als hij ze ziet. Ik denk dat hij ze schandalig decadent zal vinden. Hij is echt heel serieus. Maar hij zal er geweldig opgewonden van raken. Mannen kunnen daar soms niets aan doen, hè?'

Ze heupwiegde naar Kit en bleef vlak bij hem staan, met haar kin omlaag, zodat ze door haar wimpers naar hem opkeek. Ondanks het schooluniform leek ze opeens tien jaar ouder en buitengewoon aantrekkelijk.

'O nee, juffrouw!' Kit probeerde streng te kijken. 'Ik ben tegen dat soort listen bestand. Schoolmeisjes vallen niet binnen de termen.' Ze fronste haar wenkbrauwen. 'Hoe aantrekkelijk ook.' Ze glimlachte. 'En wil je nu ophouden met doen alsof je een *femme fatale* bent, en mij vertellen wie Danny is? Hoe heeft hij zijn arm bezeerd?'

'Wil je dat echt weten?'

'Ja, dat wil ik zeker weten.'

'Goed dan.' Liddy stak haar kin omhoog. 'Je moet beloven op alles wat je lief is dat je niemand zult onthullen wat ik je vertel!'

Kit stak twee vingers op. 'Op mijn eer als padvinder.'

'Hij is op de vlucht voor de IRA.'

'Maak mij wat wijs!'

'Echt waar!' Liddy leek opgetogen te zijn eindelijk Kits volle aandacht te hebben. 'En voor de *Garda*!'

'Nee!'

'Ja!'

Liddy vertelde Kit het verhaal van Danny. 'Hij is stapelverliefd op me,' verklaarde ze triomfantelijk aan het eind van het relaas.

'Natuurlijk is hij verliefd op je.'

'En ik ben verliefd op hem!'

Als ze had gedacht dat Kit jaloers zou zijn, had ze het mis. 'Natuurlijk ben je dat. Een knappe, gevoelige, idealistische jongeman, voortdurend in doodsgevaar, gewond door een kogel, wat kan er nog romantischer zijn? Ik zou bijna zelf verliefd op hem worden. Ik weet zeker dat Bobbie het ook al van Danny te pakken heeft. Hè, Bobbie?'

Hij glimlachte naar me.

Liddy keek onzeker. Ze staakte haar verleidelijke gedrag. 'Jij plaagt me altijd met alles. Dat zal wel komen omdat jullie Engelsen niet begrijpen in wat voor problemen hij zit.'

'Misschien niet. Maar als het zo erg is, dan zal hij jou er geen minuut langer bij betrokken willen hebben dan strikt nodig. Wanneer is hij van plan te vertrekken?'

'Hij heeft het erover dat hij morgen weg wil gaan, maar ik zal hem overhalen langer te blijven.'

'Dan moeten we hopen dat hij niet zo gemakkelijk over te halen is als jij denkt.'

'Vast wel,' zei Liddy zelfvoldaan. 'Ik zal ervoor zorgen dat hij zich niet meer van me los kan maken.'

'Aha, ik heb zo'n idee hoe jij dat gaat doen.' Kit lachte en kneep haar in de kin. 'Jij kleine slimme kat! Dat zal een mooie verrassing voor hem worden!'

'Het spijt me dat ik je met beide benen weer op de aarde moet zetten, Liddy,' zei ik scherp, 'maar heb je je huiswerk al af?'

Zodra Liddy mopperend was vertrokken, hield Kit op met glimlachen. 'Ik denk dat iemand even een hartig woordje met Danny moet spreken voordat Liddy haar batterij charmes op hem afvuurt. Of misschien is het eenvoudiger om gewoon de politie te waarschuwen.'

'Je had toch beloofd dat je dat niet zou doen?'

'Doe niet zo naïef, Bobbie. De mensen die Danny zoeken zijn veel gevaarlijker dan zij of jij beseft.'

'Je schijnt er opeens heel wat over te weten.'

Kit negeerde dit. 'Ze zullen hem doodschieten als ze hem te pakken krijgen. In de gevangenis zou hij veilig achter slot en grendel zitten, hoewel ze hem zelfs daar te pakken zouden kunnen krijgen. Maar het allerbelangrijkste is hem zo snel mogelijk hier vandaan zien te krijgen.'

Ik schrok toen ik zag dat Kit dodelijk serieus was. 'Hij is nog niet sterk genoeg om alleen verder te vluchten. Zou iemand van ons hem met de auto naar Dublin kunnen brengen en hem morgen op de veerboot zetten?'

'Doe toch niet zo onnozel. Als ze erachter komen dat wij hem hebben geholpen, zitten we ook in de narigheid. Deze mensen vinden geweld net zo vanzelfsprekend als het poetsen van hun tanden.'

'We kunnen hem toch niet zomaar op straat zetten? Dat wordt zijn dood.'

'Heb jij liever dat het huis wordt platgebrand? Of dat je zelf gevangen wordt genomen? Misschien wordt gemarteld om informatie los te krijgen?'

Ik begon nu echt bang te worden. 'Hoe weet jij zulke dingen?'

Kit haalde zijn schouders op. 'Ik lees de kranten. Ik praat met mensen. Je zult me moeten geloven als ik zeg dat het niet veilig is om die jongen hier te hebben.'

'Ik ben het met je eens dat hij zo snel mogelijk moet vertrekken. Op z'n minst om Liddy zelf, als het niet om de anderen is.'

'Liddy?'

'Je hebt gehoord wat ze zei over hem overhalen te blijven. Ik vermoed dat ze van plan is met hem naar bed te gaan. We kunnen hen moeilijk elke minuut van de dag chaperonneren.'

'Ga me nou niet vertellen dat jij je zorgen maakt over Liddy's deugdzaamheid?'

'Ik maak me zorgen over haar geluk. Ze is nog maar een kind.'

'Ze is je dochter niet. Ze zal je echt niet dankbaar zijn voor je bemoeizucht. Maar we moeten geen tijd verdoen met discussies over Liddy's maagdelijkheid. Ik wil die jongen gewoon zo snel mogelijk kwijt.'

'We kunnen de *Garda* echt niet bellen. We hebben Danny in het huis uitgenodigd. Die uitnodiging bevatte impliciet de garantie dat hij ons kon vertrouwen.'

Kit zuchtte ongeduldig. 'Dat soort trouwhartige ideeën over gastvrijheid is hier niet van toepassing. Dit is geen partijtje tennis. Het is ontzettend stom geweest om dit te doen. Ik verbaas me echt over Constance. Jij hebt uiteraard geen idee van de implicaties. Maar zij moet zich ten volle bewust zijn van waar deze mensen toe in staat zijn. Tenzij ze van plan is Eugene hun voor te laten lezen tot ze ter plekke bezwijmen.'

'Ze heeft met Danny te doen. Net als ik. Hij wil ons absoluut geen overlast bezorgen. En niemand weet dat hij hier is.'

'Dat hoop je. Maar het wemelt hier op het terrein van de IRA-sympathisanten.'

'O ja?' Ik draaide me om en keek uit het raam, maar het was te donker om iets te zien. 'Laten we tot morgen wachten. Danny heeft een goede nacht slapen nodig. Daarna maken we plannen.'

'Goed. Maar ik ben het er niet mee eens.'

'Er is niets dat je hier houdt. Je kunt vanavond nog naar Londen teruggaan.'

'Dat heb je mis. Er is van alles wat me hier houdt.' Zijn gezicht, dat koud en hard was geweest toen we het over Danny hadden, werd nu zachter.

Voor we verder konden gaan hoorden we een kreet: 'Bobbie! Ben je daar?' Jasmines glanzende zwarte haar hing los over een gele zijden ochtendjas, die openhing en een nachthemd vol dure kant onthulde. Teddy was in de eerste maand van hun verhouding heel royaal geweest met lingerie. Jasmines blote voeten lieten goudgelakte teennagels zien. Haar gezicht met de hoge jukbeenderen en haar exotische oosterse ogen was betoverend. 'Er zitten vogels in de gang bij de badkamer.' Jasmine keek me vol afgrijzen aan. 'Ze vliegen boven mijn hoofd heen en weer. Ik durf niet naar de wc te gaan.'

'Geen vogels, Jazzy,' zei ik hardvochtig. 'Vleermuizen!' Ik sloeg mijn handen voor mijn oren toen Jasmine uit volle borst begon te krijsen. 'Kit, zou jij Jasmine naar de badkamer willen vergezellen? Ik moet nog opruimen.'

'Luister, iedereen.' Constance zat aan de keukentafel, met een brief in haar hand.

We zaten haastig te ontbijten, om snel verder te kunnen gaan met ons werk. Of liever gezegd, sommigen van ons hadden haast. Anderen zaten te klagen over de noodzaak de beste uren van de dag op een stinkende rotschool te moeten verdoen.

'Houd je mond, Liddy. Natuurlijk ga je naar school. Luister, dit is een brief van meneer O'Brien!' Constance keek stralend. 'Hij gaat ons vijfenzeventig procent van de kosten van een nieuw dak geven! Ik geloof dat ik moet huilen. Ik had nooit gedacht dat ik het zou meemaken dat Curraghcourt weer zou worden hersteld! Hij schat dat het bij elkaar zo'n zevenentwintigduizend pond zal zijn. Wat edelmoedig! Die lieverd gaat ons twintigduizend pond geven!'

'Het is niet zíjn geld,' verklaarde Kit. 'Maar ik geef toe dat het heel genereus is. Waar moeten de andere zevenduizend vandaan komen?'

'Ik weet het niet.' Constance las de brief snel door. 'O lieve help! Dat had ik nog niet begrepen. We moeten zelf met die zevenduizend over de brug komen om die subsidie te kunnen krijgen. Hel en verdoemenis! Waar moeten we dat vandaan halen? Het is nu een beetje laat om over buikpijn te beginnen, Liddy.'

'Laten we eens zien wat er in de poteenpot zit.' Ik stond op om hem te pakken. 'Hoeveel tijd hebben we om dat bedrag op te hoesten?'

'Dat staat er niet bij.' Constance keek weer in de brief. 'Maar ook al hadden we vijf jaar de tijd, dan was het nog niet genoeg. Nee, Flurry. Hel en verdoemenis is níét acceptabel en ik wil het je nooit horen zeggen.'

Ik telde de biljetten in het potje. 'Er zit bijna honderd pond in! Gisteren was het nog geen twintig.' Ik keek naar de haard, maar daar zat niemand. 'Ik vraag me af... Ik vraag me af of we de productie kunnen uitbreiden. Nog meer apparaten? Het lijkt me opeens een heel aantrekkelijk idee Guiness concurrentie aan te doen.'

'Bedenk wel dat hun bedrijf legaal is,' zei Kit. 'Je moet niet denken dat je hier een florerende destilleerderij kunt hebben zonder de aandacht te trekken.'

'Maar kunnen we geen vergunning aanvragen?'

'De bestaande brouwerijen zullen een kartel hebben.' Kit lachte om mijn ernst. 'En dan alle investeringen. En je zou dicht bij een haven moeten zitten. Je zou echt kapitaal nodig hebben. En dat brengt ons weer op de zevenduizend pond.'

'Ja, je hebt natuurlijk gelijk. Het was een stom idee.'

'Misschien kunnen we weer een poëziefestival organiseren?' opperde Constance.

'Goedemorgen, dames en heren.' Het magere, schuwe gezicht van Sam O'Kelly verscheen in de keukendeur, boven een grote doos. 'Hier zijn de spullen van Dicky Dooley. Zijn de kinderen klaar?'

'Dit is heel bijzonder!' Ik bekeek de inhoud van de doos. 'Wat is er met Dicky gebeurd? Bijna alles waar ik om gevraagd heb. En kijk eens hoe netjes alles is ingepakt! Potten op de bodem, pakjes bovenop! Wat is dit?' Ik pakte een briefje dat met kleine hoofdletters was geschreven.

Beste Bobbie,
De pijlwortel is op, maar we zullen donderdag nieuwe binnen hebben. Gepelde amandelen net zo. Ik probeer zwarte peperkorrels te bestellen omdat jij zei dat je die met de beste wil van de wereld ner-

gens kon krijgen. Als je iets anders dringend nodig hebt, is een telefoontje voldoende.
Hartelijke groeten,
Larkie

'Larkie heeft een baantje gekregen bij Dooley's,' verklaarde Sam trots. 'Het eerste dat ze heeft gedaan is al het oude en uitgelopen spul eruitgooien. Dicky stond eerst op z'n achterste benen, maar toen hij zag dat de klanten de winkel veel beter vinden zoals zij het heeft ingericht, kwam hij tot bedaren. Ze laat hem nu een koelvitrine kopen om de vliegen uit de melk en de taart te houden.'

'Volgens mij heeft Dicky geweldig geboft,' zei Constance. 'Zeg maar tegen Larkie dat we ons erop verheugen de volgende keer dat we naar Kilmuree gaan bij haar langs te komen. Jullie moeten nu hollen, kinderen. Liddy, als ik je nog één keer het woord buikpijn hoor gebruiken, zal ik mijn geduld volledig verliezen. Nee Flavia, er is geen tijd meer om de katten gedag te kussen. Bovendien, stel dat ze wormen hebben? Heb je ze hun pillen gegeven? In dat geval zal Bobbie ze namens jou gedag zeggen. Flurry, heb je alles? Welk briefje? O verdorie! Ik weet dat je er iets over hebt gezegd, maar ik stond cakejes te glazuren. Geef maar gauw hier.' Constance bekeek het briefje. 'Wat bedoelt juffrouw Coogan? Een Chinees kostuum, maandag? Denkt ze nou echt dat ik niets anders te doen heb dan in te gaan op al haar flauwekul en ingewikkelde… O, Internationale Week, juist ja. Heel lovenswaardig, uiteraard, maar hoe moet ik in vredesnaam… Goed, goed lieverd, wees maar gerust. Ik bedenk wel iets. Dag, dag, lieverds, doe je best en vergeet niet… Dáág!'

Constance liet zich weer in haar stoel zakken en schonk zich nog een kop thee in. 'Dit is echt de limit! Waarom kan het niet iets eenvoudigs zijn, als een engel, of een spook? Een Chinees! Ik heb geen idee waar ik moet beginnen!'

'Waarom knip je geen oude ochtendjas af?' opperde ik. 'Dan maken we van karton een mandarijnenhoed en van slierten zwarte wol een lange snor.'

'O ja! Dat klinkt goed! Het probleem is dat ik zo snel in paniek raak. Het is maar goed dat ik geen kinderen van mezelf heb. Ik zou een hopeloze moeder zijn.'

'Daar ben ik het niet mee eens.' Eugene, die aan het eind van de tafel schijnbaar niets van alles om zich heen had opgemerkt, liet zijn boek zakken. 'Volgens mij ben jij een bewonderenswaardige surrogaatouder.

Vriendelijk, zorgzaam, liefhebbend; wat kan een kind nog meer verlangen?' Hij keek een beetje ongemakkelijk, in de stilte die op zijn commentaar volgde. 'Ik ga me nu voorbereiden op een dag achter de ezel.' Hij vertrok op waardige wijze.

Constance was geroerd. 'Ik kan me niet herinneren dat iemand me ooit een aardiger compliment heeft gemaakt.' Toen keek ze somber. 'Ik hoop echt dat Liddy geen blindedarmontsteking blijkt te hebben.'

'In dit gedeelte kweken we sinds kort fruit.' Ik gebaarde naar het gebied waar jonge bessenstruiken waren geplant. 'Langs de muur erachter staan abrikozen, perziken, morel en appel. En hier hebben kruisbessen...'

'Wat voor maatregelen heeft u genomen tegen bladrolziekte bij de perzik?' werd ik onderbroken door een vrouw met een breed achterwerk en een bekakt Engels accent.

'Ik heb sinds januari regelmatig met Bordeauxse pap gespoten. En hier hebben we de frambozen...'

'Welke variëteiten?' Het was weer de Engelse.

'Eh...' Ik hield mijn hoofd scheef om de dichtstbijzijnde labels te lezen. 'Malling Jewel. Glen Cova...'

'En welke vindt u daarvan het meest resistent tegen stengelrot?'

'O, eh, Malling Jewel.'

'Echt? Dat verbaast me.' Ze glimlachte superieur. Ik bespeurde enig medeleven met mij onder de andere bezoekers. Ze ergerden zich aan het fanatieke gedoe en de hooghartige toon.

'Hier hebben we dan de aardbeien.' Ik wees met trots naar zes volmaakt rechte rijen mooie, groene rozetten.

'Ach, lieve help.' Oxford-accent glimlachte vol medelijden. 'Nu al meeldauw, zie ik. Ik denk dat hier écht niets van terecht zal komen. Maar met zo'n vochtig klimaat kun je natuurlijk niet veel verwachten.'

'Ierse aardbeien zijn onovertroffen wat hun smaak betreft,' zei ik, misschien een beetje te strijdlustig. De groep spitste de oren, bespeurde de oorlog.

'Dan heeft u kennelijk nog nooit Engelse aardbeien geproefd' – het accent werd nu echt weerzinwekkend – 'anders had u zo'n bewering niet gedaan.'

Ik voelde me zo vereerd voor een Ierse te worden versleten, dat ik hier verder niet op inging.

'Betekent dit dat ik me een Iers accent heb aangemeten?' vroeg ik later aan Constance, toen we aan het eind van de middag met een welverdiend glas wijn in de kamer zaten.

'Misschien niet helemaal. Maar toch een bepaalde klank. Dat is onvermijdelijk. Ik weet zeker dat je het meteen weer kwijt bent zodra je in Engeland bent.'

'Ik hoop het niet.'

'Je wilt toch niet zeggen dat je een turftrapper wilt lijken?'

'Ach, ik zou het best leuk vinden als ze denken dat ik hiervandaan kom. Ik vind het echt heerlijk hier.'

'De hemel mag weten waarom, terwijl je je zo ongeveer halfdood hebt gewerkt.' Ze hief haar glas. 'Laten we drinken op de dag dat ik die advertentie in de krant heb gezet. Ik had niet kunnen denken dat jij zou komen om ons er weer bovenop te helpen.'

'Dat is echt te sterk uitgedrukt. Om te beginnen zijn we er nog niet bovenop, we komen zevenduizend pond te kort.'

'Die zullen we vast wel ergens weten te vinden. We kunnen wat verkopen, de prijzen van de tearoom omhoog doen, die tuincursus waar jij het tegen O'Brien over had, geven. Waarom niet?'

De ondergaande zon kwam vaag door en wierp de schaduwen van wolken op het gele damast. De zilveren draden van een spinnenweb dat aan de kroonluchter hing, zweefden in het zicht. Constance was een stuk optimistischer geworden. Ik zou haar erg gaan missen.

'Ik heb hier echt een geweldige tijd gehad.'

Constance, die op het punt had gestaan haar glas naar haar lippen te brengen, keek me aan. 'Dat klinkt bijna als een afscheidsrede.'

'Ik denk dat ik toch mijn ontslag zal moeten nemen... binnenkort.'

'Zou je niet gewoon als vriendin kunnen blijven? Ik kan proberen een andere huishoudster te vinden. Je zegt dat je hier gelukkig bent. Ik weet dat het egoïstisch van me is, maar ik moet er echt niet aan denken dat jij weggaat.'

'Ik zou het heerlijk vinden om te bljven, maar... er zijn dingen... Natuurlijk houden we contact. Je kunt in Londen bij me komen logeren.'

'Dat lijkt me geweldig. Maar het zal niet hetzelfde zijn.' Ze streek met duim en wijsvinger over de steel van haar wijnglas en zei toen bedachtzaam: 'Bobbie, ik hoop dat je me niet onbescheiden vindt, maar is het om Kit? Wil je soms met hem trouwen en in Norfolk gaan wonen, en mooie kinderen krijgen en honden gaan fokken?'

'Nee.' We keken elkaar aan. Ze glimlachte even en wendde toen haar blik af, kennelijk bang om indiscreet te lijken.

'Als je carrière het probleem is, dan kan ik dat begrijpen. Het valt niet te ontkennen dat je hier geen intellectuele uitdagingen hebt. Maar je zou een baan in Dublin kunnen zoeken en dan voor de weekends hier komen. Of een boek schrijven.'

'Hm. Ik vrees dat dat niet... de oplossing zou zijn.'

'Ga je dan naar Engeland terug omdat je behoefte aan rust hebt? Of verandering van omgeving?'

'Ik zou een weekend in Londen inderdaad leuk vinden. Maar alles bij elkaar geef ik toch de voorkeur aan het land boven de stad.' Ik zag dat Constance perplex was, maar niet wilde aandringen. 'Con.' Ik haalde diep adem. 'Als ik je een heel groot geheim wil vertellen...'

'Hallo, tante Connie, Bobbie.' Flavia kwam binnen en kuste ons beiden. 'Vrijdag. Eindelijk! Ik sta te popelen tot het morgen is. Ik heb een band gemaakt zodat ik mijn opschrijfboekje aan mijn middel kan hangen, kijk!' Ze liet een vlecht van rode wol zien. 'Ik ga het potlood achter mijn oor stoppen.'

'Dat lijkt me heel elegant, lieverd,' zei Constance. 'Zou je misschien ook je nagels kunnen borstelen? De mensen schrikken misschien van al die inktvlekken.'

'Ik ga het meteen doen. Ik moet alleen even het boek over Japanse theeceremonies terugzetten. O, dat was ik nog vergeten, ik moet voor maandag een Japans kostuum hebben.'

'Dat weet ik, vertel mij wat!' kreunde Constance. 'Het is die verrekte Internationale Week.'

Flavia keek verbaasd. 'Ik dacht dat je dat soort dingen juist leuk vond. Je zegt altijd dat we wereldburgers horen te zijn.'

'Ja, ach, in principe vind ik het een heel goed idee.' Ze keek me aan toen Flavia in de bibliotheek verdween. 'Wat wilde je nou eigenlijk zeggen?'

'Misschien is dit niet zo'n goed moment.'

'Kijk nou toch eens!' Flavia kwam uit de bibliotheek terug met een colaflesje, een plastic zak met kruimels en een papieren pak waar biscuits in hadden gezeten. 'Er heeft iemand op papa's bureau zitten picknicken. Er zit kaas in het tapijt getrapt en overal liggen kruimels!'

'Het is toch niet voor te stellen?' riep Constance verbijsterd. 'En iedereen leek zo aardig! Hoewel er die ene man was die op Finns bed ging zitten dansen om te voelen of het lekker zacht was. En een vrouw die de linnenkasten opendeed om de lakens te inspecteren. Ik durfde hun niet goed te vragen dat niet te doen. Ze hebben tenslotte betaald om rond te mogen kijken.'

'Ik zal een stoffer en blik halen om de rommel op te ruimen,' zei ik. 'We willen de mensen niet aanmoedigen de bibliotheek als cafetaria te gebruiken. Nog even, en ze gaan worstjes bakken in de haard.'

'Ik haal het wel.' Flavia holde weg.

'Zal ik de tafel maar gaan dekken?' vroeg Constance. 'Het is al zeven uur.'

'O ja, graag. Ik had niet in de gaten dat het al zo laat was.'

De bibliotheek, die op het westen lag, kreeg het laatste beetje daglicht. De lucht was rood en goud, beloofde een mooie dag voor morgen. Voor de opening hadden Constance en ik de afgebladderde voorkanten van de boekenkasten en de spits toelopende spijlen opnieuw geschilderd in de oorspronkelijk zeegroene kleur. We hadden er dagen over gedaan en we waren vaak opgehouden om in de boeken te snuffelen, maar het geheel was er geweldig door opgeknapt. Op het bureau stond een blauwe vaas met sleutelbloemen naast het vloeiblok en het inktstel, dat opzij was geschoven om ruimte te maken voor de picknick. Ik hoorde Flavia terugkomen met stoffer en blik.

'Kijk, een platgedrukte krent in het kussen.' Ik boog me over de sofa die losse hoezen had van blauw linnen dat tot grijs was verschoten. 'Ik kan het er met mijn nagel vanaf krijgen, geloof ik, zonder dat het sporen achterlaat. Ik moet er niet aan denken wat je vader zou zeggen als hij dit wist. Het is maar goed dat hij niet thuis is...'

'Maar dat is hij wel. Hoe voelt het om op heterdaad te worden betrapt?'

De schok bij het zo onverwachts horen van zijn stem maakte dat mijn hart hevig begon te bonzen. Ik draaide me snel om. Daar was hij, precies zoals hij bijna iedere minuut van de dag in mijn gedachten en dromen was geweest.

Ik probeerde een grapje te maken. 'Ik voel me als een misdadiger.'

'Hoe gaat het met je?'

'Goed. Hetzelfde. En met jou?'

'Alles is net als eerst, met mij.'

Dit was de manier waarop we onze liefde voor elkaar bevestigden. Het was het enige dat we onszelf toestonden en het was zinloos, maar toch kostbaar.

'Constance belde me gisteravond over die jongen van Quill. Ik vond dat ik maar beter even kon komen.' Dit was een verklaring, een verontschuldiging voor zijn aanwezigheid. 'Waar is hij nu?'

'Hij ligt boven te slapen, in Violets oude kamer.'

'En Liddy? Is ze al terug uit school?'

'Tien minuten geleden. Ik weet niet precies hoe ernstig het is, Liddy's verliefdheid op hem.'

'Het feit dat hij hier is, is ernstig voor ons allemaal. Hij moet snel in veiligheid worden gebracht. Ik heb zijn vader gekend. Een goed mens. En die knul is jong genoeg om een nieuw begin te maken.' Hij keek even omlaag, hief toen zijn hoofd weer op en keek me vervolgens recht in het gezicht. 'Een nieuw begin,' herhaalde hij. 'Hoe vaak moet een mens een nieuw begin maken in dit leven?'

Er viel een korte stilte. Toen zei ik: 'Je had een boek voor me achtergelaten. Yeats. Ik vond het erg mooi.'

'Het was een impuls. Beetje dwaas. Maar ik ben blij dat je het mooi vindt.'

'Jouw ex-libris staat erin. Misschien kan ik het beter teruggeven voor ik vertrek.'

'Nee. Het is voor jou. Het is echt niet veel.'

Tot mijn ontzetting voelde ik tranen in mijn ogen komen.

'Finn, lieverd!' Constance was de bibliotheek binnengekomen. Ik verwachtte je op zijn vroegst pas morgen.' Ze hief haar gezicht op en hij kuste haar. Wat benijdde ik haar om die beleefde, broederlijke kus. 'Ik ben vreselijk blij dat je er bent. Jij ook, hè Bobbie?'

'Jazeker.' Ik knielde neer om de kruimels op te vegen.

49

Terwijl Constance en ik het eten kookten, zaten Finn en Danny in de bibliotheek te praten. Liddy liep door de keuken te ijsberen, zat overal in de weg, at de kaas even snel op als we hem sneden, en snoepte hele lepels vol van de frambozenjam die we voor de citroencake hadden bestemd.

'Lieve Liddy, blijf daar alsjeblieft van af,' zei ik wanhopig. 'Anders is er echt niet genoeg meer voor ons en het is het lievelingstoetje van kolonel Molesworth. Het is nu al amper genoeg.'

'O verdorie! Komt hij eten?'

'Ja, en pastoor Deglan ook. Ik dacht dat je de kolonel wel aardig vond.'

'Is ook zo. Maar als we bezoek hebben kan Danny niet samen met ons eten. Mogen Danny en ik apart in mijn kamer eten, tante Connie?'

'Ik vind dat je dat beter aan je vader kunt vragen.'

'Zo zie je maar weer dat dat feminisme van jou grote onzin is. Zodra er ook maar een beetje belangrijke vraag komt, verval jij meteen in vrouwelijke onderdanigheid. Waarom moet papa alles beslissen? Hij is altijd zo streng. Ik wed dat hij zal zeggen dat Danny morgen weg moet.'

Liddy bleef mopperen terwijl ze snoepte van alles waar we ook maar even niet op letten. Ik herinnerde me hoe hongerig je kunt zijn als je gelukkig verliefd bent en hoe het omgekeerde ook waar is. Ik keek vol afkeer naar de grijze prut die het begin van een koolraapgratin moest zijn.

'Goed, dat is dan geregeld.' Finn kwam binnen en schonk zich een glas wijn in uit de fles die Constance en ik al voor de helft hadden leeggedronken. 'Danny vertrekt vanavond.'

'Nee!' jammerde Liddy. 'Dat kun je niet menen! Alsjeblieft, pap!'

'Lieverd, het spijt me.' Finn probeerde zijn arm om zijn oudste dochter te slaan, maar ze schudde hem van zich af. 'Je zult moeten begrijpen dat het zowel voor hem als voor iedereen hier beter is dat hij meteen vertrekt. Dit is geen spelletje, Liddy. Dit zou ernstige gevolgen kunnen hebben voor ons allemaal.'

'Je bent bang dat de mensen erachter komen en jou de schuld zullen geven,' zei Liddy op beschuldigende toon. 'Of dat ze je misschien zullen afzetten, of hoe dat mag heten.'

'Doe niet zo dwaas.' Finn keek heel boos. 'Danny weet te veel. Er zijn mannen door de IRA doodgeschoten om veel minder. Als je ook maar íéts om hem geeft, doe je nu je uiterste best om hem hier weg te krijgen.'

'Waar gaat hij naartoe?' Liddy's onderlip begon te trillen.

'Naar Frankrijk. Hij schijnt goed Frans te spreken en hij kan zich daar gemakkelijker onzichtbaar maken dan in Engeland. Ik heb al met iemand die ik in Parijs ken geregeld dat hij een kamer en een baantje krijgt.'

'Parijs!' Liddy zweeg even, vermoedelijk om te overwegen samen met Danny weg te lopen, misschien als model voor Parijse modeshows te werken en een bron van inspiratie te worden voor Yves Saint-Laurent.

'Hoe komt hij daar?' vroeg Constance.

'Zodra pastoor Deglan en Basil Molesworth zijn vertrokken breng ik Danny met de auto naar Rosslare. Er gaat morgenochtend een veerboot naar Cherbourg.'

'Maar het is zes of zeven uur rijden naar Rosslare! En je bent net uit Dublin hierheen gekomen! Je zult helemaal kapot zijn!'

'Het gaat wel. Ik zal een paar uur in de auto slapen voor ik naar Dublin terugga.'

'Pap, mag ik met je mee?' Liddy klampte zich aan zijn arm vast en keek hem met smekende ogen aan. 'Ik zal alles doen wat je wilt, als ik dat mag. Ik... ik zal een jaar lang je schoenen poetsen. Ik zal niet meer vloeken. Ik zal... ik weet niets te bedenken. Zeg jij het maar, dan beloof ik dat ik het zal doen, wat het ook is.'

'Ik hoop dat je nu beseft, Liddy, hoe weinig je vader van jou vraagt.' De stem van Constance klonk boos. 'Maar je vraagt wel heel veel van hem. Als hij je meeneemt, moet hij eerst weer helemaal hier terugkomen en op maandagmorgen weer naar Dublin.'

'Dat weet ik. Maar pap, ik zal altijd van je blijven houden als je dit voor mij doet. Ik zal op school heel hard werken om die akelige examens te halen. Alsjeblieft!'

Liddy keek haar vader met haar hoofd schuin aan, zodat ze zijwaarts door haar wimpers moest lonken, net zoals Violet dat kon doen.

'Vooruit dan maar,' zei hij. 'Als het zoveel voor je betekent, mag je meegaan.'

'Engel van een vader!' Liddy omhelsde hem en kuste hem. 'Ik beloof dat ik me de rest van dit trimester en ook het volgende kapot zal werken.'

'Ik had liever dat je hard werkte omdat het voor je eigen bestwil was.' Hij hield haar even een klein eindje bij zich vandaan. 'Jij kleine dwaas!' zei hij. 'Snap je dan niet dat ik nog veel meer zou doen om jou gelukkig te maken dan een paar onnozele kilometers omrijden?'

'Echt waar?' Liddy keek verbijsterd. 'In dat geval spijt het me als ik me ondankbaar heb gedragen. Ik zal van nu af aan veel beter proberen lief voor je te zijn.'

Finn schoot in de lach. 'Daar verheug ik me dan op. Maar laten we ons voor dit moment concentreren op de volgende vierentwintig uur. Danny kan het beste weer in bed kruipen tot het tijd is om te gaan. Hij heeft alle rust nodig die hij kan krijgen. Wees zo discreet mogelijk, met alles. Hoe minder mensen weten waar Danny is, hoe beter. Vertel het zelfs niet aan je moeder. Zeker niet aan Timsy of aan de meisjes. Ik zag Kits auto buiten staan. Weet hij het van Danny?' Liddy knikte.

'Ja,' zei Constance. 'Maar je vertrouwt hem toch zeker wel? Ik beschouw hem als lid van de familie.'

'Het is heel belangrijk dat je Kit niet vertelt dat Danny vanavond vertrekt, en ook niet waar hij naartoe gaat.' Finn keek heel even naar mij. 'Kit werkt voor de Britse regering.'

'Dat geloof ik niet!' Constance hield op met roeren en draaide zich naar hem om, zodat de kaassaus van haar pollepel op de tegelvloer drupte.

'Wat? Je bedoelt toch niet dat hij een spion is?' Liddy slaakte een kreet van verrukking.

'Nou, zo zou je het kunnen noemen als je melodramatisch wil doen. Maar dan als een heel kleine spion. Hij zal niet met een parachute in de Sovjet-Unie worden gedropt om de KGB te infiltreren of de nieuwste kernonderzeeër te saboteren. Het enige wat hij doet is informatie verzamelen.' Finn zette zijn glas neer en pakte wat van de geraspte kaas, waarbij hij op zijn overhemd morste en ook wat op de vloer liet vallen. Ik wilde protesteren, maar mijn gedachten tuimelden over elkaar. Ik bleef gestoofde uien door een zeef duwen terwijl ik probeerde te verwerken wat Finn vertelde. 'De inlichtingendiensten aan weerszijden van de Ierse Zee vormen een web van conflicterende roddels, leugens en sluwe plannetjes. Er zijn duizenden informanten-tipgevers en er zijn mensen wier taak het is de informatie te verzamelen, de belangrijke of nuttige dingen eruit te halen en die dan aan het hoofdkwartier door te spelen. Ik vermoed dat Kit op de universiteit is gerekruteerd.' Finn wierp even een plagerige blik in mijn richting. 'Dat is de vreemde manier waarop Engelsen te werk gaan.'

'Maar ik dacht... Hij zei dat hij literair agent was.' Constance wreef met de rug van haar hand over haar voorhoofd, zodat ze er zwarte strepen op smeerde.

Ik schudde sprakeloos mijn hoofd.

'Dat ís hij ook.' Finn probeerde de kaas die op zijn broek was gevallen weg te vegen. 'Het is een perfecte baan om wat rond te trekken, zogenaamd om met uitgevers en schrijvers te praten, en af en toe wat bruikbare informatie op te pikken om naar de basis terug te sturen. Het is niet zoals je het in de films ziet. De FBI zal geen afluisterapparatuur in de Fitzgeorge Arms plaatsen. Kit zal evenmin een verzameling dodelijke wapens hebben, vermomd als vulpennen en polshorloges. Het enige wat hij doet is een spoor volgen dat hem wordt gegeven, om terug te melden als hij iets vindt. Het is een vrij lucratieve nevenbaan en het verleent een zekere spanning aan het bestaan van een jongeman.'

'Hoe weet je dat allemaal?' vroeg ik.

'Ik heb gebeld met iemand die ik in Whitehall ken. Hij bevestigde mijn vermoedens dat Kit een kleine maar nuttige schakel in de Britse inlichtingendienst was.'

'Maar hoe ben je in eerste instantie op die gedachte gekomen?'

'O, door diverse dingen. Hij is opmerkelijk goed geïnformeerd op het gebied van Ierse politiek. De meeste Engelsen, zelfs politici, hebben geen flauw idee van alle complexiteiten. En hij begon over de grenswijzigingen tussen Noord en Zuid, zoals die onder de regering Heath werden voorgesteld. Weet je nog? Hij had het er op een avond over tijdens het eten. Dat was een topgeheim, maar Kit wist er meer van dan ik. Dat maakte me uitermate nieuwsgierig. En weet je nog dat hij er overhaast vandoor ging toen Mountbatten was vermoord? Zijn komen en gaan leek toevallig, maar viel altijd samen met externe gebeurtenissen, op een manier die mijn belangstelling wekte. Daarom besloot ik de zaak te onderzoeken. Ik vroeg me zelfs al af, in al mijn ijdelheid, of hij mij soms in de gaten moest houden. Maar nu denk ik van niet.' Hij keek weer naar mij.

'Ga je hem ontmaskeren, pap?' Liddy klonk opgewonden. 'Mag ik daar bij zijn?'

'Ik ben niet van plan hem te vertellen dat ik op de hoogte ben van zijn duistere activiteiten, als je dat met ontmaskeren bedoelt. Waarom zou ik? Kit heeft ons geen kwaad gedaan, en ook niemand anders hier, voor zover ik het kan bekijken. Het is geen misdrijf de regering van je eigen land te helpen. Integendeel, het geeft blijk van een lovenswaardige vaderlandsliefde. Kit is alleen maar het moderne equivalent van een ouderwetse koerier.'

'In dat geval' – Constance zwaaide met haar pollepel – 'zou hij toch zeker de laatste persoon zijn om de IRA te helpen? Dus waarom mag hij niets van Danny weten?'

'Zo overzichtelijk is het niet.' Finn schonk zich nog een glas in. 'Om te beginnen bezit Danny informatie die voor de Britten uitermate interessant zou kunnen zijn. Denk je soms dat Danny de Oude Vijand alles zou vertellen zonder daartoe te worden gedwongen? Ik vermoed dat hij nog liever door zijn landgenoten zou worden gemarteld.' Ik kromp ineen toen ik dit hoorde. De Engelsen deden daar toch niet aan? 'Bovendien,' ging Finn verder, 'is politiek nu eenmaal een smerig spel. Soms is het nuttig om schaakstukken te hebben die je kunt uitwisselen. Je kunt de vijand niet tot medewerken dwingen tenzij die het gezichtsverlies kan beperken door iets uit te wisselen.'

'Maar Kit is een vriend!' Constance keek verdrietig. 'Hij is erg aardig en behulpzaam geweest. En hij is dol op ons gezin! Dat heeft hij heel vaak gezegd. Ik kan gewoon niet geloven dat hij iets zou doen wat wij niet willen.'

'In de politiek kan niemand het zich veroorloven sentimenteel te doen, Con,' zei Finn vriendelijk. 'Je kunt vriendschap beter niet op de proef stellen.'

'Bobbie, jij hebt nog helemaal niets gezegd.' Constance keek mij aan. 'Is dit voor jou niet een grote desillusie? Wat een afschuwelijk idee dat hij niet open en eerlijk tegen ons is geweest.'

Ik vond dat Finn heel neutraal en afstandelijk was gebleven. Het was uitermate hoffelijk van hem... Hoe moest ik reageren? Geschokt? Geamuseerd? Onverschillig? Opeens rook ik een brandlucht. 'Con! De saus!'

'Die citroentaart is net zoals de kok van onze mess hem altijd maakte,' zei Basil Molesworth. Ik beschouwde dit als een compliment. 'Er is toevallig niet nog een kloddertje jam over?'

'Die is helaas ongekend populair geweest. Je wilt zeker geen marmelade?'

De kolonel schudde zijn hoofd. 'Doe geen moeite. Kijk nou toch eens naar die jonge vrouw daar.'

Mijn ogen gleden langs de eettafel, terwijl ik me afvroeg wie hij zou bedoelen. Jasmine, die tegenover me zat, zag er beeldschoon uit in een roze zijden pakje van Schiaparelli. Naast Finn zat Constance in haar flatteuze zwarte jurk. Ik boog me naar voren om Liddy aan de andere kant van de kolonel te zien zitten, in mijn spijkerblouse uit Mexico – Liddy natuurlijk, niet Basil – die ze droeg op een zwarte broek waarvan ze de pijpen in hooggehakte laarzen had gestopt. Ze waren allemaal de moeite van het bekijken waard. 'Ze is flink aangekomen sinds Kerstmis. Steviger, ook al weet ik dat jongedames dat niet graag horen. Maar ze ziet er niet langer uit alsof ze er na één koude winter is geweest. En ze praat nu heel vloeiend. Ik geloof niet zo erg in wonderen – laat dat maar aan de concurrentie over, hè – maar ik moet toegeven dat dít er niet ver van af is.'

Violet zat aan het eind van de tafel, op de plek waar ik een seizoen lang had gezeten. Ze zag er stralend uit terwijl ze deed of ze naar Eugene luisterde. Haar humeur was aanzienlijk opgeknapt nu haar man thuis was.

'Ik weet nog dat Finn haar voor het eerst hierheen haalde. Dat moet zo'n zeventien jaar geleden zijn geweest. Finns grootvader – de Meester, noemden we hem allemaal – leefde toen nog. Het was Finns verjaardag. Een mooi feest, overal vreugdevuren, op het hele terrein, veel drank, de gebruikelijke zwarte kraaien aanwezig' – hij blikte even naar pastoor Deglan aan de overkant van de tafel – 'vol afkeuring over de jeugd en alle vrolijkheid. Allemachtig, dat was me een feest! Violet was de ster van het bal. We hadden natuurlijk zat leuke meisjes hier in de buurt, uitstekend gebit en goed te paard, maar die bezaten niet de charme van Violet. Ze kon je lokken zoals een vos de vogels uit de bomen weet te lokken. Ze deed me bibberen in mijn schoenen! Ik heb nooit zoveel opgehad met vrouwen met wie je niet gewoon bevriend kon zijn, maar de meeste andere mannen zouden hun rechterhand hebben gegeven voor een glimlach van haar. Zij had echter alleen maar oog voor Finn.' De kolonel schudde zijn hoofd en lachte bij een plotselinge herinnering. 'Ongeveer negen maanden later is de kleine Phyllida verschenen. Ze waren een paar maanden eerder haastig in Dublin getrouwd. De Meester was woedend, maar ik zei tegen hem: "Wat zeur je nou toch, man! Ze is het mooiste meisje dat je je wensen kunt, en Finn is een prima vent. Ze vormen het mooiste paar in heel Connaught, en ze houden van elkaar. Wat doen die paar maanden er dan toe?" Maar de Master was katholiek, dus vond hij dit zondig, de malle ouwe... Ik hoop dat ik geen aanstoot geef? Jij bent toch protestants, neem ik aan?'

'Als ik iets ben, dan ben ik dat. En nee, je geeft geen aanstoot.'

'Mooi zo. Godsdienst heeft dit land de nek omgedraaid. Maar nu zit er gelukkig verandering in de lucht. We beginnen de invloed van de rest van de wereld te voelen, en dat is een verdomd goede zaak.' De kolonel dronk zijn glas leeg met een schitterende Château d'Yquem, waarvan ik treurig besefte dat hij volstrekt teloor ging bij de citroentaart. 'Weet je, ik heb in heel lange tijd niet zo'n gezellig gesprek gevoerd. Sta me toe te zeggen, liefje, dat jij niet alleen een verbluffend mooie vrouw bent, maar dat je ook een goed stel hersens bezit.'

'Dank je.' Ik had alles bij elkaar amper tien woorden gezegd, maar de kolonel had het te druk gehad met het genieten van zijn eigen welbespraaktheid om dit op te merken. 'Wil je nog wat taart?'

De kolonel wreef over zijn buik en schudde zijn hoofd. 'Ik zou het heerlijk vinden, maar...'

Wat hij wilde zeggen ging verloren in een gil van Jasmine. De meesten van ons bleven kalm, omdat doordringende kreten een deel van ons dagelijks leven was gaan vormen sinds Jasmine hier was. Basil en pastoor Deglan keken hevig verschrikt en Finn keek wat ongemakkelijk om zich heen.

'Er stond een man door het raam naar binnen te kijken,' riep Jasmine. 'Een afschuwelijk wezen met een mismaakt gezicht!'

'Onzin!' zei Maud. 'Je bent hysterisch. Beheers je een beetje.'

'Ik heb hem echt gezien!'

'Ik heb ooit een Maleisisch meisje in de keuken gehad,' zei Maud tegen niemand in het bijzonder. 'Dat nooit meer. Ze kon alleen maar rijst koken en ze had de moraal van een hoer.'

'Maak je maar niet ongerust, Jazzy,' zei Kit, die naast haar zat. 'Het is gewoon een van de jongens uit de buurt. Te veel inteelt...'

De eetkamerdeur werd wijd opengeworpen en Timsy, Katty en Pegeen holden naar binnen, met grote ogen en open mond.

'Wat is er?' vroeg Constance. 'Wat is er aan de hand...'

Ze zweeg abrupt. Achter hen aan kwamen drie mannen die er angstaanjagend uitzagen. Hun gelaatstrekken waren vervormd door maskers van nylonkousen. Een van hen had een revolver bij zich. Ik had eerder vuurwapens gezien. Tijdens lunches van de jachtclub had de hal van Cutham een waar arsenaal geleken. Maar ik had nog nooit een vuurwapen op iemand gericht gezien. Toen de bezitter ervan beurtelings naar iedereen rond de tafel wees, voelde ik echte angst. Jasmine, die tijdelijk van verbazing haar mond had gehouden, slaakte een lange, doordringende kreet op vol volume, zodat we allemaal schrokken, inclusief de indringers.

'Houd je mond!' zei de man, en hij richtte op Jasmine. 'Of ik doe hem met een kogel voor je dicht!' Zijn accent hield het midden tussen Amerikaans en Iers.

Jasmine was zo verstandig te doen wat haar werd gezegd, ze duwde haar gezicht in Kits schouder en liet af en toe een snik horen. Flavia, die witter was dan het tafelkleed, sloeg haar armen om haar moeder heen.

'Oké, dames en heren,' zei de revolverheld op sarcastische toon. 'Doe geen moeite om op te staan. Niemand mag zich verroeren. Geef ons gewoon Danny Quill, dan zullen we uw banket niet langer verstoren.'

Niemand zei iets. Liddy staarde omlaag naar haar bord en zag eruit alsof ze moest overgeven.

Toen zei Finn, heel rustig: 'U bent hier helaas vergeefs gekomen. Quill heeft het huis vanmorgen verlaten.'

'O nee, daar trappen we niet in. Hij is gezien toen hij gisteravond het huis binnenging. Sinds vanmorgen vroeg is de poort in de gaten gehouden. Niemand is erin of eruit geweest, behalve Sam O'Kelly en de kinderen en u, senator. We hebben O'Kelly later te pakken gekregen. Die weet wel beter dan tegen ons te liegen. Quill is hier wel!'

'Hoe komt u erbij dat hij door de poort moet zijn gegaan?' zei Finn. 'Er is een kanaal vanaf het meer, dat in de zee uitkomt. Hij is voor het aanbreken van de dag door een motorboot opgepikt en naar Westport gebracht. Inmiddels zal hij' – Finn keek op zijn horloge – 'zo ongeveer in het Noorderkanaal zitten. De arme kerel, hij schijnt veel last van zeeziekte te hebben.'

Het was een goede vertoning, zonder enige haast, ontspannen, alsof het Finn niets uitmaakte of hij wel of niet werd geloofd.

'U liegt.'

Finn haalde zijn schouders op. 'Waarom doorzoekt u het huis niet?'

De leider richtte zich tot zijn ondergeschikten. 'Doe wat hij zegt. Aan de slag.'

'Waar motte we beginnen, Terry?' zei degene wiens zwarte stekelhaar door het masker omhoogstak. Hij had een hoge, bijna meisjesachtige stem. 'Ik weet hier de weg niet.'

'Sean Donoghue!' zei Katty. 'Ik dacht al dat jij het was! Je moest je schamen!'

'Kletskont!' Terry verkocht de onfortuinlijke Sean een klap met de loop van de revolver.

'Au...au,' blaatte Sean, en hij wreef over zijn oor. 'Dat was helemaal niet nodig!'

'Wacht maar tot ik je moe vertel wat jij uitspookt, Sean Donoghue!' zei Katty.

Terry richtte zijn revolver op Katty's in schort gehulde boezem. Haar kleine zwarte ogen stonden fel, haar kromme neus hooghartig toen ze haar armen over elkaar sloeg en hem woedend aankeek. Ik was diep onder de indruk, ik wist niet zeker of ik zelf zulk moedig gedrag had kunnen vertonen.

'Als jij ook maar íéts doorkletst,' zei Terry, 'dan knal ik je de hersens uit je hoofd, zo zeker als een aap bananen lust.'

Pegeen liet zich op haar knieën vallen, deed haar ogen dicht en begon geluidloos haar lippen te bewegen. Timsy beet op zijn lip en keek vragend naar Finn. Finn bleef kalm, leunde achterover in zijn stoel en sloeg zijn armen over elkaar maar zei niets.

'Over apen gesproken,' zei Katty dapper, al was het wellicht onverstandig, 'jij gedraagt je ook echt als een aap.'

'Is dat zo?' Het gezicht onder het nylonmasker verkrampte woest. Er klonk een klik toen hij de haan spande. 'Ik weet niet zeker of jij zojuist niet een enkele reis vagevuur hebt gekocht met die lelijke grote mond van je.'

Er ging een gesmoorde kreet van ontzetting rond de tafel.

'Besef toch wat je doet, man!' zei pastoor Deglan op dringende toon. 'Jóúw ziel zal voor alle eeuwigheid naar de hel gaan als je een hulpeloze vrouw doodt.'

'Ha, ha!' smaalde Terry. 'Je maakt mij heus niet bang met je spookverhalen over hellevuur en de geesten der duisternis. Dat is allemaal kletskoek om de mensen onder je grote vette duim te houden.' Hij deed een stap in de richting van Katty, die iets van haar uitdagende houding verloor.

'Jij zult geen priester doodschieten, zou ik zo denken.' Pastoor Deglan kwam uit zijn stoel overeind. Terry draaide de revolver met een ruk in zijn richting, maar pastoor Deglan bleef naar hem toe lopen tot hij voor Katty stond. De revolver was nu op nauwelijks een halve meter van zijn borst verwijderd. 'En als je zo ver van de liefde van God bent gekomen dat je zo'n zonde wilt begaan, dan kan ik je zeggen dat ik vanmorgen ter communie ben geweest en klaar ben om de Schepper te ontmoeten.'

Hij begon hardop zijn rozenkrans te bidden, met zijn goede oog naar de hemel gekeerd en met zijn treurige andere parelkleurige oog op zijn belager gericht.

'Goed gedáán, ouwe jongen!' riep Basil. 'Dat noem ik nog eens dapper.'

'Houd je kop, stomme idioot!' snauwde Terry tegen Basil. 'En jij ook!' zei hij tegen pastoor Deglan. 'Ik kan dat gehinnik tegen de hemel niet uitstaan. Ik heb er als kind te veel van gehad. Ik word onpasselijk als ik dat gesmeek en gesjacher hoor. Houd je kóp, zeg ik!'

Pastoor Deglan zweeg. Hij stond met rood, glimmend hoofd volkomen stil, maar liet de kralen nog steeds door zijn vingers glijden.

'Oké, jullie twee.' Terry richtte zich tot zijn helpers. 'Waar wachten jullie op? Ga Quill zoeken.'

'Je hebt de senator gehoord,' mopperde de andere man die een zwarte gebreide skimuts tot aan zijn wenkbrauwen omlaag had getrokken. 'Hij is hier niet. Dit is verdomme een kasteel. Hoe moeten we dat doorzoeken?'

'Stelletje stomme sukkels!' brulde Terry. 'Eén van jullie begint boven en werkt dan naar beneden, en de andere begint beneden en werkt naar boven, achterlijke stumpers. Allejezus! Dat ik met zo'n stel stomkoppen moet samenwerken!'

Zijn handlangers vertrokken, waarbij de spijkers van hun laarzen luid op de houten vloerplanken dreunden. Ik hoopte dat Danny ze bijtijds aan zou horen komen om een omtrekkende beweging te kunnen maken.

'Jullie drieën' – Terry gebaarde met de revolver naar Timsy en de meisjes – 'gaan daar zitten, en dan zullen we eens zien wat voor vos mijn jongens kunnen uitroken.'

'Ik heb medelijden met je arme moeder, dat is alles,' zei Katty, en ze vergat zichzelf dusdanig dat ze op de vloer van de eetkamer spuwde. Maar tot mijn opluchting deed ze wat haar werd gezegd. Het drietal ging op een rij op de bank bij het raam zitten.

'Ga zitten, meneer pastoor, alsjeblieft.' Terry klonk gefrustreerd. 'En geef me niet nog meer problemen, of ik schiet je met alle genoegen naar het hiernamaals.'

Pastoor Deglan liep naar zijn plaats terug en enkele minuten lang waren we allemaal stil. Toen ik even naar Liddy's gezicht keek, zag ik dat ze bijna in tranen was. De spanning moest verschrikkelijk voor haar zijn.

'Ik heb hier echt genoeg van.' Maud graaide naar haar krukken en ging staan.

'Ga zitten, mens,' zei Terry dreigend.

'Het is duidelijk dat jij in het een of andere krot in het moeras bent grootgebracht, anders had je wel geleerd hoe je je meerderen dient aan te spreken.' Maud schuifelde rond de tafel en liep op Terry af zonder het geringste teken van angst.

'Ga terug, zeg ik je!' Terry spande de haan van de revolver weer. 'Denk niet dat je ouwe dag je zal redden.'

'Ik vind het de moeite niet waard daarover na te denken.' Maud liep langzaam op haar krukken naar de deur.

'Ik waarschuw je!' gromde Terry. 'Nog één stap, en ik schiet!'

'Maud!' zei Finn. 'Wees voorzichtig!'

'Luister goed, jij achterlijke boerenpummel!' Maud draaide moeizaam haar hoofd opzij om Terry aan te kijken. 'Ik heb reuma in mijn rug, mijn nek en mijn knieën. Het begint nu ook in mijn polsen te komen, en binnenkort in mijn vingers. Ik zal geen glas meer kunnen vasthouden en geen sigaret meer naar mijn lippen kunnen brengen. Ik zal een hulpeloze invalide zijn, afhankelijk van de goede daden van mensen met een slecht geweten. Ik ben nog liever dood. Als jij dat wilt, mag je me doodschieten. En anders ga ik naar mijn kamer.'

Ze bleef naar de deur lopen. Ik bewonderde haar op dat moment enorm.

'Geweldige vrouw!' riep Basil. 'Petje af, Maud! Je bent de kampioen!'

'Loop naar de hel, verdomme!' brieste Terry. 'Goed, ga dan, ouwe tang. Maar denk niet dat je de *Garda* kunt bellen,' schreeuwde hij haar na. 'We hebben de kabels doorgesneden!'

Mauds vertrek leek Terry's woede op schrikbarende wijze te versterken. Hij mompelde en vloekte, richtte beurtelings op ieder van ons en maakte overdreven gebaren met zijn vinger aan de trekker om ons bang te maken. In mijn geval was hij uitermate effectief. Ik was doodsbang. 'Stom oud wijf,' kreunde hij. 'Kreupel! Poeh! Er is niet veel dat ze nog kan doen. Die doet er een jaar over om naar Kilmuree te strompelen! Ze kan de pip krijgen! Stomme ouwe taart!'

Na vijf minuten van dit soort gebrabbel stonden onze zenuwen op springen.

'Neem me niet kwalijk.' Constance stak haar hand op, alsof ze in de klas een vraag wilde stellen. 'Ik moet echt vreselijk nodig...'

'Ga zitten!' brulde Terry.

'Alsjeblieft! Ik moet echt!' Ze schoof haar stoel naar achteren en deed een stap bij de tafel vandaan. Aangezien ze vlak bij de deur had gezeten, bracht die stap haar heel dicht bij Terry.

'Nog één beweging en je bent dood!' Terry richtte de loop op het hart van Constance.

Wat er daarna gebeurde leek in vertraagde beweging plaats te vinden. Constance sloeg haar benen over elkaar en maakte een rare kronkelende beweging.

Terry moet hebben gedacht dat ze op hem af wilde springen. 'Je hebt er zelf om gevraagd, kreng!'

Finn sprong op en riep: 'Con!'

Eugene stortte zich voor Constance, een halve seconde voordat Terry de trekker overhaalde. Er volgde een korte flits, met daarna een knal die harder was dan enig geluid dat ik ooit had gehoord en dat een stuk pleisterwerk in het midden van de tafel deed belanden. Eugene viel als een blok.

'Eugene!' Constance liet zich naast hem op haar knieën vallen. Ze veegde het haar van zijn voorhoofd en staarde naar zijn witte, stille gezicht. 'O liefste! Nee! Nee!' Ze liet zich op zijn borst vallen en barstte in huilen uit.

Terry aarzelde, en ik zag dat de hand die de revolver vasthield, beefde. Ik vroeg me af of dit soms de eerste keer was dat hij op iemand had geschoten.

'Hou es op met dat gekrijs, godsamme!' schreeuwde hij tegen Jasmine, die jankte als een fabriekssirene.

Kit sloeg zijn armen om Jazzy en mompelde troostende woordjes, maar ze was volstrekt hysterisch. Ik kon het haar niet kwalijk nemen. Ik had het gevoel dat ikzelf ook op het punt stond hysterisch te worden. Violet en Flavia huilden een klein beetje minder luidruchtig, terwijl de rest van ons sprakeloos en verbijsterd was van schrik. Flurry zat met een verkrampt gezicht, met zijn ogen dicht en zijn vingers in zijn oren.

Terwijl we min of meer roerloos bleven zitten, verstijfd van ontzetting over wat er was gebeurd, hoorden we bonkende laarzen in de hal.

Liddy sloeg haar handen voor haar mond en haar ogen werden groot.

Sean en zijn metgezel kwamen alleen binnen. 'Baas, we hebben de hele tent binnenstebuiten gekeerd, maar we hebben hem niet...' Ze zagen Constance, die huilend bij Eugenes levenloze lichaam lag. 'Welpotverdomme!' De man met de zwarte muts moest schreeuwen om boven het misbaar van Jasmine uit te komen. 'Baas... issie dood?'

'Ik wilde niet... De revolver ging zomaar af! Ik wilde haar alleen maar bang maken! Wat is dát... in godsnaam!'

We luisterden vol verbazing naar een geluid dat ergens boven ons was en dat de lucht met galmende slagen leek te splijten.

'Wat is dat in 's hemelsnaam?' kermde Sean. Hij greep Zwarte Muts bij de arm. 'Heer, sta me bij! Dit is de Dag des Oordeels!'

Finn glimlachte opeens, een opmerkelijk gezicht binnen de context van onze panische verstarring. 'Dat is Scornach Mór, de noodklok. Wie had kunnen denken dat Maud de kracht zou bezitten om aan het touw te trekken? Ze is een geweldige vrouw, die schoonmoeder van me.'

De klok begon steeds luider te klinken, als om dit zeldzame verschijnsel te bevestigen.

'Nou jongens,' zei Finn. Hij bleef geamuseerd kijken, wat een beetje harteloos leek, gezien het feit dat Eugene zojuist was vermoord. 'Jullie zitten nu aardig in de problemen nu. Binnen tien minuten staat niet alleen de *Garda* voor de deur, maar ook de brandweer en de ziekenauto en ieder ander die hier een kijkje wil nemen. En ze zullen jullie hier aantreffen met een lijk door jullie schuld, en meer dan twaalf getuigen die hebben gezien hoe jij hem doodschoot. Dat wordt op z'n minst vijfentwintig jaar. En jullie tweeën' – hij glimlachte minzaam naar Sean en naar de man met de zwarte muts – 'zijn medeplichtigen.'

'O verrek! Baas, ik peer hem!'

Sean voegde de daad bij het woord en werd snel door zijn metgezel gevolgd.

Terry aarzelde slechts een paar seconden terwijl Scornach Mór de wereld deed beven. 'Jullie kunnen wegrotten in de hel, allemaal!' schreeuwde hij ons toe terwijl hij de kamer uit holde.

'Ieder mens, hoe slecht ook, denkt in tijden van nood aan verlossing,' zei pastoor Deglan met trillende stem terwijl hij het kruisteken maakte boven Eugenes hoofd. 'Ach, mijn zoon, mijn arme brave jongen! *Nunc dimittis servum tuum, Domine...*'

'Stilte, iedereen!' schreeuwde Finn. 'Willen jullie vrouwen onmiddellijk ophouden met huilen. Jij ook, Con. Meneer pastoor, uw gebeden zijn prematuur. Ik betwijfel of het mogelijk is dat een kogel door een lichaam heen gaat en dan voldoende kracht over heeft om af te ketsen en een stuk pleisterwerk op zes meter hoogte te raken. Eugene is flauwgevallen, dat is alles.'

Finn greep een glas water van de tafel en smeet dat over Eugenes gezicht. We hielden allemaal op met gillen, huilen, kermen of wat voor middel we ook hadden aangegrepen om uitdrukking te geven aan onze hevige schrik en angst, en verzamelden ons rond het lichaam. Onze zelfbeheersing werd bijna onmiddellijk beloond toen Eugene met zijn oogleden knipperde en begon te kreunen.

'Eugene!' Constance tilde zijn hand op en drukte die tegen haar wang. 'Zeg iets tegen me!'

'O... A... Wie... Wat?' Hij keek glazig omhoog naar de kring van gezichten boven hem. 'Wat is dat voor lawaai? Constance... Lieverd, je huilt!'

'Ik dacht dat je dood was! Je deed het om mij te redden... Het was het dapperste dat ik ooit heb...' Ze kon even niets uitbrengen. 'Je hebt je leven geofferd voor mij...'

'Echt?' Er speelde een lachje rond Eugenes mollige lippen. 'Meen je dat nou?'

'Je hebt je voor mij gestort om de kogel op te vangen!' Constance kuste zijn hand. 'Mijn... mijn héld!'

Er verscheen een bezorgde blik in Eugenes bolle ogen. 'Ben ik heel ernstig gewond?'

Constance deed zijn jasje open en onthulde een ongerept overhemd, op wat eivlekken na. 'Ik geloof het niet. Heb je ergens pijn?'

Eugene ging rechtop zitten en betastte zich zorgvuldig. 'Ik heb de indruk dat alles goed is. Behalve' – hij voelde aan zijn kraag – 'dat ik drijfnat ben. Heeft het geregend? Ik moet mijn jasje direct drogen, anders krimpt het.'

'Geeft niet, lieverd.' Constance keek stralend naar hem. 'Als dat zo is, krijg je van ons een nieuw jasje uit het poteenpotje. Je hebt het verdiend.'

'Noemde je mij zojuist... lieverd?'

Constance knikte, met een kleur van emotie op haar wangen.

'Nou, dat is bijzonder prettig. Denk je dat je dat... nog eens zou kunnen zeggen?'

Constance boog zich naar voren en kuste hem op de lippen. 'Liéverd!'

'Lieverd,' herhaalde hij, en hij liet het woord over zijn tong rollen, alsof hij het proefde. 'Constance… lieverd.'

'Ja, liefste Eugene?'

'Kan iemand me misschien overeind helpen? Mijn benen zijn helemaal slap geworden.'

Kit hees Eugene aan zijn oksels omhoog terwijl Scornach Mór ophield. Mijn oren dreunden nog na van het geweld. Toen Eugene zijn ledematen had bewogen en zijn haar had gladgestreken, werd hij zich ervan bewust dat we hem allemaal aankeken, even ademloos als circuspubliek dat trapezewerkers in actie ziet.

'Constance.' Hij stak zijn elleboog naar haar uit. 'Kom met me mee. Ik moet je iets zeggen.'

Eugene en Constance liepen gearmd de kamer uit, alsof ze zweefden.

'Ik ben besodemieterd!' gromde Timsy.

Ik vroeg me even af waarom Timsy zo kwaad was. Maar juist op dat moment verscheen de *Garda*, vergezeld door iedereen die in Kilmuree iets voorstelde, inclusief de directeur van de bank en de begrafenisondernemer, in de hal. Enkele minuten lang praatte iedereen door elkaar. Maria en Osgar, die waren vrijgelaten uit de garderobe waar ze door Terry en zijn vrienden in waren opgesloten, renden luid blaffend rond. Het was een waar pandemonium. Finn trok Colin McDaid, het hoofd van de *Garda*, mee naar de eetkamer en deed de deur dicht zodat ze zichzelf konden verstaan. Hij maakte een moeizame ondervraging overbodig door een beknopt verslag van de recente gebeurtenissen te geven.

'Dus er zijn geen ongelukken gebeurd,' concludeerde hij. 'We hebben geluk gehad dat er alleen maar een gat in het plafond zit.'

Ik keek spijtig naar de beschadiging van minstens een halve vierkante meter groot in het meesterwerk van de gebroeders La Franchini.

'Denkt u dat er mensen uit de omgeving bij waren, meneer Macchuin?'

'Ik zou het niet weten. Ze hadden nylonkousen over hun hoofd.'

'Een van hen in elk geval wel,' zei Kit, die vlakbij stond en samen met een trillende, behuilde Jasmine een sigaret deelde. 'Sean Donoghue, zei Katty.'

'Zo, Katty Kicart?' Colin McDaid keek haar aan. 'Dus jij kende die knul?'

Katty keek naar Finn. Hij schudde even zijn hoofd, onmerkbaar voor de politieman.

'Nee,' zei ze. 'Er was niemand uit deze buurt bij.'

'Er is een Sean Donoghue die in Ballygortin woont,' zei de politieman. 'Weet je het heel zeker, Katty?'

Katty kneep haar lippen opeen alsof ze wilde spuwen, maar ze bedacht zich. 'Er was er niet ééntje bij die ik kende.'

Colin McDaid richtte zich weer tot Kit. 'Wat maakte dat u dacht, meneer, dat hij zo heette?'

Kit maakte een nijdig geluid. 'Ik weet verdomd goed wie het was.'

'Maar er zijn hier minstens tien getuigen die zeggen dat je het verkeerd hebt gehoord.' Finn sloeg zijn armen over elkaar en keek Kit koel aan.

Colin McDaid keek ernstig. 'Heeft iemand hier de naam Sean Donoghue horen noemen?'

'Ik ben hier de hele tijd geweest.' De ogen van pastoor Deglan traanden nog van de schrik, maar hij richtte zijn goede oog zonder aarzelen op de politieman. 'En ik weet zeker dat die naam niet is genoemd.'

Colin McDaid keek de rest van ons aan. We mompelden allemaal iets ontkennends, behalve de kolonel die uitvoerig zijn neus snoot.

Kit drukte zijn sigaret in Mauds asbak uit. Hij keek niet zozeer kwaad als wel minachtend. 'Dan moet ik me hebben vergist.'

'In dat geval' – de stem van de politieman klonk spijtig – 'zullen we ons onderzoek moeten richten op drie onbekende personen. Ik betwijfel of we ze te pakken zullen krijgen. U weet hoe dat hier gaat, meneer.' Hij keek Finn verwijtend aan. 'Iedereen is familie van elkaar en daarom verdomd schuw om te praten. Ik zal een bericht op de radio laten uitgaan. U weet echt zeker dat er niemand gewond is?'

Hij keek over de tafel naar Flurry, die geduldig met dichte ogen en zijn vingers in zijn oren zat.

Liddy trok zijn handen weg. 'Het is voorbij, sukkel. Ze zijn weg.'

'Is Eugene dood?' vroeg Flurry met emotieloze stem.

'Finn,' riep Violet met zwakke stem. 'Ik ben zo geschrokken. Breng me naar b... boven.'

'Onzin!' Maud stond in de deuropening. 'Je hebt gewoon een stevige borrel nodig. Draag haar naar de zitkamer, Finn, dan zorg ik verder wel voor haar.'

'Meneer Macchuin zegt dat u degene was die de alarmklok heeft geluid,' zei de politieman, en hij keek vol achting naar Maud. 'Dat was snel denken.'

'Ongetwijfeld in uw ogen, ja,' zei Maud, met hoogst onredelijke grofheid, terwijl ze hem de rug toekeerde. 'We zijn niet allemaal imbecielen. Kom Violet. En jij, Basil.'

Violet hield Finns nek stevig omklemd en begroef haar gezicht in zijn trui toen hij haar de kamer uit droeg. Flavia volgde hen, met haar moeders sigaretten en bontstola.

'Ik ben nog nooit zo bang geweest!' zei Jasmine met bevende stem. 'Het is hier werkelijk geweldig geweest, Bobbie, en ik vond het heerlijk om eens in een echt kasteel te logeren en zo, maar ik denk dat ik nu naar huis wil.' Haar mond trilde.

'Arme Jazz. Het spijt me geweldig. Ik was ook doodsbang. Maar we zullen ons veel beter voelen na een goede nacht slapen.'

'Ik kan hier geen nacht meer blijven. Echt niet! Zou iemand zo lief willen zijn om mij naar het station te brengen?'

'Ik weet nog iets beters,' zei Kit. 'Ik breng je terug naar Engeland. Ik was toch al van plan om binnenkort te vertrekken. We kunnen vanavond nog gaan, als je dat wilt.'

'O gráág! Dat wil zeggen... Bobbie, voel jij je dan niet gekwetst?'

'Helemaal niet.' Ik kuste haar. 'Natuurlijk zal ik je missen, en je bent een geweldige hulp geweest, maar ik begrijp het heel goed.'

'Dan ga ik nu meteen pakken. Ik heb maar een halfuur nodig.' Jasmine huppelde de kamer uit, opgevrolijkt door het vooruitzicht te kunnen ontsnappen.

'Is alles goed met jou, Flurry, mijn jongen?' vroeg pastoor Deglan vriendelijk, toen hij het kind zo bleek en roerloos zag zitten. 'Zou het geen goed idee zijn als we een dankgebed opzegden voor onze redding?'

Flurry stond haastig op. 'Ik moet nog zagen.'

Hij werd bijna onder de voet gelopen door Timsy, Pegeen en Katty, die haastig de eetkamer uitholden. Liddy was al eerder verdwenen, vermoedelijk om Danny te zoeken. Alleen Kit en ik bleven achter, twee protestanten, erger dan heidenen in de ogen van pastoor Deglan.

'Arrah!' Hij deed filosofisch. 'Wanneer ze de hulp van de Heer nodig hebben, aarzelen ze niet die te vragen. Zo gaat het nou altijd. Ik zal Finn gedag zeggen en nu gaan. God zegene jullie beiden.'

De priester liep haastig de kamer uit. Kit en ik glimlachten nerveus, onoprecht, naar elkaar.

'Dat was een schokkende ervaring.' Ik boog me over de tafel en nam een hap van de citroentaart, zo van de schaal, om mezelf te kalmeren.

'Interessant om ieders reacties te zien, nietwaar? Rebellie zit de Ieren in hart en nieren. Discretie leek me uiteindelijk het beste. Het enige dat nog angstaanjagender is dan een psychopathische moordenaar met een revolver, is een volslagen idioot met zo'n ding.' Kit pakte zijn wijnglas, viste er een brokje pleisterwerk uit en dronk het glas leeg. Hij trok een zuur gezicht.

Ik vroeg me af of hij zich schaamde omdat hij zich niet zo heldhaftig had gedragen als Maud en pastoor Deglan. 'Ik was te verstijfd van angst om ook maar één zinnige gedachte op te brengen,' zei ik naar absolute waarheid. 'Neem een schoon glas.'

'Dat kan ik beter niet doen. Ik heb nog een lange rit voor de boeg.' Hij keek op zijn horloge. 'We zullen in Dublin een hotel moeten zoeken.'

'Tot ziens dan maar,' zei ik. 'En dank je wel voor alles wat je voor Curraghcourt hebt gedaan.'

We keken elkaar aan, hij glimlachend, ik fronsend.

'Ga je nog iets vertellen over wat er vanavond is gebeurd?'

'Hoe bedoel je?'

'Ga je dit nog melden bij degene aan wie je moet rapporteren? De Britse Inlichtingendienst? Is dat hetzelfde als de MI5?'

Kit glimlachte niet langer. Ik zag diverse uitdrukkingen over zijn gezicht trekken – verbazing, ongeloof, ergernis – voor hij ten slotte berouwvol ging kijken.

'Dat is het risico van het vak. Tja. Ik neem aan dat ik dit aan Finn te danken heb?'

'Ja.'

'Ik heb mezelf zeker verraden met dat gepraat over die grenscorrecties? Zodra ik het had gezegd, besefte ik dat ik had geblunderd. Maar hij reageerde totaal niet. Ik hoopte dat ik er zonder kleerscheuren vanaf was gekomen. Dus hij heeft wat speurwerk verricht en jou mijn kleine geheim onthuld. Dat moet hij vast heel leuk hebben gevonden.'

'Hoe bedoel je?'

'Ach, de concurrentie een klap toebrengen... zoiets, hè? Vooral omdat jij al helemaal Iers begon te worden.'

'Toe Kit, wat een onzin. Maar wat mij wel bezighoudt...' Ik zweeg en schonk mezelf nog een glas wijn in. Ik voelde me nog steeds uit het lood geslagen. 'Jij was op die boot om mij in de gaten te houden, hè? Je had opdracht je ervan te vergewissen dat het slippertje van Burgo geen vervelende consequenties voor de Conservatieve Partij zou hebben. Het was allemaal een leugen, jouw zogenaamde vriendschap.'

'Dat is niet waar, dat weet je zelf ook wel. Goed, ik werd geacht uit te zoeken of Latimer van plan was er met je vandoor te gaan. Maar dat was het enige dat ik moest doen. Het was slechts een kleine opdracht.' Hij schoot in de lach. 'Het scheelde niet veel of ik had die veerboot niet gehaald. Dan was jij weggevaren naar een nieuw leven, de regering had de schouders opgehaald en het beste ervan gehoopt, en wij hadden elkaar nooit ontmoet. Ik ben hier teruggekomen omdat ik wilde weten of alles goed met je was. Niemand in Engeland weet dat ik bij jou op Curraghcourt ben geweest. Ze hebben er zelfs nog nooit van gehoord. Ze denken dat de Fitzgeorge Arms in Kilmuree een nuttige buitenpost is om tips over IRA-activiteiten op te pikken. Ik kwam terug omdat ik al voor je was gevallen. Vanaf het moment dat aan dek de dag aanbrak, stond ik aan jouw kant. Ik werd toen verliefd op je, Bobbie. Geloof je me?'

Ik keek hem aan zonder iets te zeggen. Ik was erg op Kit gesteld geraakt. Maar ik werd niet graag voor de gek gehouden.

'Ach toe nou, Bobbie!' Kit liep om de tafel heen en pakte mijn hand. 'Zeg dat je me vergeeft. Het spijt me als ik je boos heb gemaakt.'

Hij keek zo berouwvol dat ik echt niet langer kwaad op hem kon zijn. Ik vond het opeens bijna jammer dat hij vertrok. Ik herinnerde me de keren dat ik dolblij was geweest hem te zien, hoe dankbaar ik was geweest voor zijn hulp. En hoe dankbaar ik nog steeds was. Het was beter als vrienden uit elkaar te gaan.

'Oké. En nogmaals veel dank voor alles wat je voor me hebt gedaan.'

'Hier ben ik dan.' Jazzy kwam binnen, gehuld in haar bontjas, haar haar naar achteren gekapt met flonkerende clips vol edelstenen, in de vorm van vlinders. Ze zag er erg mooi uit.

Ik ontwaarde een zekere twinkeling in Kits ogen.

50

'Ik hoop dat Danny de veerboot heeft gehaald,' zei Constance voor minstens de tiende keer.

Het was de volgende avond zes uur. We waren bezig de tearoom op te ruimen na de drukste dag die we tot dusver hadden gehad. Jazz en Kit werden node gemist, hoewel Flavia hard had gewerkt en de bezoekers had vertederd met het kennelijke plezier dat ze in haar rol als serveerster had.

Ik schraapte wat room van een tafelkleed voor ik het opvouwde om in de was te doen. 'Als Danny de veerboot niet heeft gehaald, zal er morgen toch wel weer een gaan?'

'Ik weet het niet. Ik ben nog nooit in Frankrijk geweest. Ik ben pas twee keer in Engeland geweest.' Constance was bezig de suikerpotten bij te vullen, waarbij ze de suikerkorrels die aan elkaar waren blijven plakken en bruin waren van de thee, eruit schepte. 'Het is toch niet voor te stellen dat mensen nog meer suiker nemen met lepeltjes waarmee ze in de thee hebben geroerd. Ik dacht wel eens dat *ík* slordig was, maar dit is echt te gek.'

'Zou het een idee zijn om suikerklontjes te nemen in plaats van losse suiker? Duurder om te kopen, maar je gooit er minder van weg. Aan de andere kant denk ik echter dat ze die dan met hun vingers zouden pakken. Heel onhygiënisch.' Ik zuchtte. 'Ik ben afgepeigerd. Ik moet echt even wat drinken.'

'Ik ben bang dat we een alcoholiste van je hebben gemaakt door je zo hard te laten werken. Ik kan zelf wel gillen van vermoeidheid.'

'Je zult een advertentie voor hulp moeten zetten. Als ik ga.'

Constance sloeg haar handen voor haar oren. 'Ik weiger daar zelfs maar over na te denken. Niet nu, nu ik zo gelukkig ben. Ik laat dat de eerste vierentwintig uur door helemaal niets bederven.'

Constance glimlachte naar de klonterige suiker. Ze had de hele dag in hoger sferen geleefd, volledig in beslag genomen door het besef van het geweldige dat haar was overkomen: de euforie van een beantwoorde liefde. Wanneer Eugene en zij elkaar tegenkwamen, of ze nu met dienbladen met broodjes of met rollen papier en potten inkt liepen, stortten ze zich zo ongeveer op elkaar, overmand door vreugde.

'Arme Liddy!' Constance zette het zoveelste potje suiker op de tafel. 'Wat zal ze verdrietig zijn als ze thuiskomt. Ik heb zo te doen met geliefden die niet bij elkaar kunnen zijn! Ik hoop echt dat Danny de boot heeft gehaald.'

Ik keek op mijn horloge. 'Zouden Finn en Liddy zo langzamerhand niet terug moeten zijn?'

'Ze zijn inderdaad erg laat.' Constance keek bezorgd. 'Het was erg lief van hem om zich zo over Danny te ontfermen. Maar ik ben natuurlijk bevooroordeeld omdat hij mijn broer is. Ik hoop dat Violet en hij gelukkig zullen worden, ook al zijn het heel verschillende karakters. Hij is een echte denker, terwijl zij niets liever doet dan flirten en zich laten bewonderen.'

Flavia kwam de tearoom binnen. 'Bobbie, ik ben net de katten gaan voeren en er zit er een in de schoorsteen, en ze miauwt vreselijk. Ik denk dat ze vastzit.'

'O lieve help! Dat is Dervla. Ze zat er gisteravond ook al, op een richel. Ik denk dat ze van Scornach Mór is geschrokken. Ik was ervan overtuigd dat ze wel uit zichzelf omlaag zou komen.'

'Ik ben op een stoel gaan staan om te proberen erbij te komen, maar ik ben niet lang genoeg.'

'Ik zal wat vis koken en die kun je haar brengen. Dan komt ze vast wel te voorschijn, ze is er dol op.'

We stelden het avondeten een halfuur uit en begonnen toen zonder Finn en Liddy. Flurry was bijzonder spraakzaam, opgewonden omdat hij de eerste vracht rails in ontvangst had genomen van Thady O'Kelly. Hij wilde na het eten meteen naar buiten om te beginnen ze neer te leggen, maar Constance stond dit niet toe.

'Eerst een nacht goed slapen, dan kun je morgenochtend vroeg opstaan en beginnen zodra het licht is.'

'Goed.' Flurry stond op.

'Eerst je dessert opeten, lieverd.'

Flurry at zijn toetje met een sneltreinvaart staande op. 'Mag ik nu van tafel?'

'Vanwaar die haast?'

'Je zei dat ik een nacht goed moest slapen. Dat ga ik nu doen.'

Constance zuchtte. Flurry deed niet aan halve maatregelen. 'Vergeet niet je tanden te poetsen.'

Flurry voelde in zijn zak. 'Dit was ik nog vergeten. Thady heeft me dit briefje voor jou gegeven.'

Toen Constance het papiertje had gelezen, keek ze tevreden op. 'Dit is van Thady's vrouw. Ze wil weten of we hier misschien een baantje voor haar hebben. Wat een meevaller! Ze geeft haar werk op de school eraan, omdat de kinderen zo brutaal zijn. Dus jullie twee...' Ze keek naar Flavia en Flurry. 'Denk eraan dat je beleefd doet tegen mevrouw O'Kelly. We willen niet dat zij zegt dat jullie net zo erg zijn als de kinderen in Kilmuree.'

'Is ze onderwijzeres?' vroeg ik.

'Nee, veel beter dan dat. Ze is de kokkin van de school. We zouden haar de leiding over de tearoom kunnen geven.'

Heel even voelde ik me opgelucht dat Constance betrouwbare hulp zou hebben als ik weg was. Maar daarna voelde ik een steek van verdriet bij de gedachte aan hoe ze zich uitstekend zonder mij zouden weten te redden.

'Ik wou dat F... Finn thuis was,' zei Violet. 'Het is zo s... stil in huis zonder h... hem.'

Nadat alles was afgewassen en opgeruimd gingen we allemaal vroeg naar bed, met het vooruitzicht van een lange nachtrust en ontspannen opstaan. Het huis was de volgende dag gesloten omdat het zondag was. Ik nam een paar blikken kattenvoer en een kan melk mee naar mijn kamer en vond Flavia daar. Omdat ze vóór het eten geen succes had gehad, ondanks de vis, probeerde ze nu met fluitende en liefkozende geluidjes Dervla uit de schoorsteen omlaag te krijgen. Ik ging op de stoel staan en probeerde zo ver mogelijk omhoog te reiken. Ik kon net met mijn vingertoppen haar vacht aanraken, maar ik kon haar niet te pakken krijgen.

'Misschien als ik wat boeken op de stoel leg?' Ik keek in de slaapkamer om me heen. Op mijn nachtkastje lag slechts het exemplaar met de gedichten van Yeats, te kostbaar om op te gaan staan.

'Ik haal er wel een paar.'

Flavia holde naar beneden. Ik klom weer op de stoel en probeerde Dervla met lieve woordjes te lokken. Juist toen ik me begon af te vragen waar Flavia toch was gebleven zei een stem die ik onmiddellijk herkende: 'Die kat verstaat alleen Gaelic, weet je.'

Ik kwam een beetje snel naar beneden, waarbij ik een lading roet meebracht en mijn elleboog stootte. Terwijl Finn, die vele centimeters langer was, Dervla met gemak beetpakte, veegde ik mijn handen af en klopte mijn kleren uit, en voelde me een beetje dwaas.

'Ondankbaar beest,' zei hij toen Dervla sissend wegschoot en door het open raam verdween.

'Wat is er met jullie gebeurd? Heeft Danny de veerboot gehaald? We hadden jullie eerder terug verwacht.'

'De boot had een paar uur vertraging. Dus heb ik een kamer in een pub genomen en hebben we met z'n drieën de nacht doorgebracht met proberen in een tweepersoonsbed te slapen met mij in het midden als chaperon. Ja, hij is weg. Arme jongen. Voor de helft opgewonden en voor de helft doodsbang. Maar zo gaat het meestal in je jeugd, meen ik me te herinneren.'

'En hoe is het met Liddy?'

'Die hield na vijf uur op met huilen.'

'Je ziet er moe uit.'

'Jij ziet er beroet uit.'

'Waar is Flavia?'

'Die is haar grote zus gaan troosten. Ik heb gezegd dat ze allebei naar bed moesten gaan.'

Hij stond met zijn handen op zijn heupen. Door een gat in zijn donkerblauwe trui kon ik een kleiner gat in zijn lichtblauwe overhemd zien. Zijn kin vertoonde de stoppels van een donkere baard. Hij stond zo dichtbij dat ik hem makkelijk kon aanraken. O, wat wilde ik dat graag doen! Ik sloeg beide handen ineen om te voorkomen dat ik aan zoiets dwaas zou toegeven.

'Ben je al bekomen van de schrik over gisteravond?' vroeg hij.

'O ja. Ik was doodsbang op dat moment, maar nu gaat het weer goed. Ga je tegen iemand nog iets over Terry zeggen?'

'Nee, er is niemand gewond geraakt. Ik maak liever geen slapende honden wakker.' Toen ik niets zei, voegde hij eraan toe: 'Je zult het wel vreemd vinden dat ik er geen werk van maak als er drie gewapende mannen mijn huis binnenvallen, de bewoners bedreigen en dan ongehinderd weer kunnen vertrekken.'

'Het maakt inderdaad een vreemde indruk. Maar ik ben al lang geleden opgehouden te denken dat ik de Ierse gewoonten zou kunnen begrijpen door ze vanuit een Engels standpunt te bekijken.'

'Het verschil is dat Engeland sinds de zeventiende eeuw geen burgeroorlog meer heeft gekend. Hier hebben we dat helaas maar al te vaak meegemaakt. Vaders tegen zonen, broers tegen broers. Vier jaar geleden was er weer sprake van een burgeroorlog. Dat kunnen we niet nog eens laten gebeuren. Ik geloof niet dat Terry van plan was iemand van ons te raken. Zijn mond is groter dan zijn hart, en hij is zelf enorm geschrokken. Wat de andere twee betreft... ik denk dat ik zelf eens een hartig woordje met Sean ga spreken.'

'Ik wou dat ik kon begrijpen waarom er zoveel haat heerst in een land dat zo mooi is en waar de mensen zo hartelijk en goedgeefs zijn.'

Hij knikte. 'Je moet politiek altijd binnen de historische context bekijken. Centraal staat een wijdverbreid gevoel van eeuwenlange wrok. Twee klassen, de ene met honderdduizenden hectaren land, de andere met wat lapjes tussen de rotsen.'

'Toch hebben we in Engeland dezelfde oneerlijke sociale verschillen. Sinds ik hier ben, heb ik me wel eens afgevraagd waarom Engelse krotbewoners zich niet verenigen om landhuizen en kastelen plat te branden.'

'Misschien bezitten zij wel meer gezond verstand,' lachte Finn. 'Tijdens de burgeroorlog zijn in Ierland driehonderd landhuizen in vlammen opgegaan. Maar er zijn waarschijnlijk twee keer zoveel boerderijen, huisjes en hutjes van leden van de IRA afgebrand bij wijze van represaille. Soms, wanneer ik in de bibliotheek zit en uitkijk over de bossen en velden die van mij zijn, en ik denk aan Timsy, die louter door de toevalligheid van zijn geboorte niets anders heeft geërfd dan een plaats aan mijn haard en het recht mijn schoenen te poetsen, voel ik me wel eens beschaamd.'

'Je zou hem misschien een stukje grond kunnen geven?' opperde ik aarzelend.

Finn keek geamuseerd. 'Ik heb hem feitelijk voor zijn eenentwintigste verjaardag de portierswoning gegeven – die toen nog niet vervallen was – met een stukje grond eromheen. Ik weet nog dat hij heel dankbaar was. Hij heeft er daadwerkelijk een paar maanden gewoond, maar toen het winter werd is hij zonder iets te zeggen weer naar hier verhuisd. Dus je ziet, een rein geweten is niet op afroep beschikbaar.'

Ik schoot onwillekeurig in de lach. Heel even was er een grapje, waren we samen meer ontspannen dan we ooit waren geweest. Toen verscheen er in zijn ogen een blik die alarmerend was en ik twijfel er niet aan dat ik dezelfde blik vertoonde. Mijn hart bonsde in mijn keel. Ik sloeg mijn ogen neer en hij wendde zich af.

'Dus dit is je kamer. Ik ben in geen jaren hierboven geweest.' Hij keek om zich heen. 'Een beetje primitief, hè? Wat bezielde Constance? Je had echt een comfortabeler slaapplaats moeten hebben.' Hij wees naar het baldakijn, dat zoals gewoonlijk doorzakte onder alle bewoners. 'Wat is dat in 's hemelsnaam?'

'Dat zijn katten. Het is een práchtige kamer.' Mijn stem klonk een beetje vreemd, vond ik, onnatuurlijk, het gevolg van de spanning waarschijnlijk. 'Het uitzicht. De bergen.'

'Maar je kunt de bergen vanuit elke kamer van het huis zien.' Hij begon uit een van de ramen te staren, hoewel het buiten volslagen donker was. 'Je had een betere behandeling van ons moeten hebben. We hebben je misbruikt. We hebben je als vanzelfsprekend beschouwd.'

'Vind je?' vroeg ik onnozel.

Hij schudde zijn hoofd. 'Nee. Eigenlijk niet. Totaal niet. Maar ik... ik probeer gewoon iets te zeggen.'

'Juist ja.'

'Het zal een koude nacht worden. Er staan heldere sterren aan de hemel. Het is volle maan.'

'O ja?' Ik probeerde me te beheersen. 'Dat is ook zo leuk aan deze kamer. Met vier ramen heb je altijd goed zicht op de maan, welke tijd van het jaar het ook is. En het lijkt wel of in Ierland de maan veel helderder schijnt. Dat zal wel komen door het gebrek aan luchtverontreiniging.' Ik herinnerde me hoe vaak ik naar die grote zilveren bol omhoog had gekeken en me had voorgesteld hoe die op Dublin scheen.

'Je zou bijna vergeten dat de maan zelf geen licht uitzendt. Maneschijn is alleen maar een weerkaatsing van zonlicht. De maan is een levenloze, lichtloze rots, maar bijna iedere cultuur heeft de maan in mythologie en symboliek verwerkt. De Egyptenaren dachten dat de maan het linkeroog was van een grote hemelse havik, waarvan het rechteroog de zon was. Vreemd hè, hoe we de wereld proberen te interpreteren door allerlei ingewikkelde fabels te bedenken. Ik heb me daar als kind al tijdens de mis het hoofd over gebroken. En toch' – hij stak zijn handen in zijn zakken en keek omlaag – 'zijn er tijden dat waarheid en logica koude, troosteloze begrippen zijn.'

'De schoonheid is echt. Daar kun je je altijd door laten troosten.' Ik hoorde iets te heftigs in mijn stem. Ik probeerde te lachen. 'Tenminste, als je de maan kunt zien, betekent dat dat het niet regent.'

Hij wendde zich af van het raam.

'Ach ja, je hebt inmiddels wel de volledige Keltische doop door onderdompeling ondergaan. Je zult nooit meer het kletteren van de regen tegen de ramen kunnen vergeten, of het gesop onder je voeten, het vocht dat in je kleren trekt, bijna onder je huid.'

'Ik zal het niet vergeten.'

'Dus je gaat echt,' zei hij, na een tijdje.

'Ik moet.'

'Ik vertrek morgenochtend naar Dublin. Vroeg. Ik kom niet terug voordat jij bent vertrokken.'

Ik voelde een misselijkmakende angst door me heen trekken. Hij liep bij het raam vandaan en bleef voor me staan. Ik was bang dat ik zou gaan huilen. Ik zette mijn kiezen op elkaar en drukte mijn nagels in mijn handpalmen. Het leek niet veel te helpen.

'Dus dit wordt het afscheid,' zei hij. 'Ik ga niet proberen je te bedanken voor alles wat je hebt gedaan. Als ik daaraan begon...' Hij beet op zijn lip. 'Ik ben niet goed in dit soort dingen.'

'Wat voor dingen?'

'O, ik ben niet erg beleefd, weet je.' Hij keek opeens kwaad. Het was een blik die me vertrouwd was. Ik voelde me gerustgesteld. Ik was een beetje onthutst geweest over deze vreemdeling met zijn beleefde conversatie. 'Ik zou eigenlijk moeten zeggen hoe goed je bent geweest.' Zijn stem werd sarcastisch. 'Door mijn gezin van de puinhopen te redden, eigenhandig mijn huis en mijn financiën op te knappen, al dat soort dingen. In plaats daarvan wil ik je verwensen omdat je zo'n vermoeiende, bemoeizuchtige Engelse bent, die mijn vrede heeft verstoord, mijn leven ondersteboven heeft gekeerd, dag en nacht mijn gedachten heeft beheerst, mijn slaap heeft verjaagd, me ieder wakend ogenblik heeft gekweld... Bobbie, God helpe me! Je hebt me zo ongeveer verwoest!'

Hij greep me bij de schouders en schudde me door elkaar tot mijn tanden klapperden, en nam me toen in zijn armen. We klampten ons aan elkaar vast alsof demonische horden ons uit elkaar dreigden te rukken, en in zekere zin was dat ook zo. 'Bobbie,' fluisterde hij. 'Ik kan mezelf niet dwingen dit te doen. Ik kan mezelf niet dwingen weg te lopen alsof jij niet belangrijker voor me bent dan het leven zelf.' Hij kuste mijn voorhoofd, mijn wangen, mijn lippen. De stoppels op zijn kin schuurden over mijn gezicht, maar ik had die pijn graag voor alle eeuwigheid verdragen, alleen maar om dat moment te hebben.

'Loop dan... niet weg,' zei ik met het laatste beetje adem dat restte na de heftige omhelzing. 'In elk geval nu nog niet.'

We kusten elkaar weer. Ik legde alles wat ik had in die kus, voor het geval dit alles was wat mij restte van het geluk.

Na een poosje maakte hij zich los. 'Je weet wat ik wil.'

'Ik wil het ook.'

Finn liep naar de deur en draaide de sleutel in het slot om. 'Weet je het heel zeker?'

Bij wijze van antwoord trok ik mijn trui uit.

Hij glimlachte. 'Jullie Engelsen. Zo onversaagd, zo direct, zo zeker. We zullen nooit vrij zijn van de Oude Vijand. Ik in elk geval niet, nu niet meer.'

We kusten elkaar lang en vol verbazing.

'Lieveling!' Hij maakte zich weer los om me aan te kijken. 'Zelfs nu kan ik het niet geloven... Ik heb zo mijn best gedaan hier niet aan te denken, en elke keer moest ik er toch aan denken.'

'Ik weet het... Ik wéét het. Jou zien, je stem horen, mezelf vertellen dat het niet kon... Het was als het buitensluiten van licht en lucht en warmte... Alles wat ik nodig heb om te leven.'

Opeens schoten we uit onze kleren, alsof we onszelf er eindelijk van hadden overtuigd dat hetgeen we zo graag wilden en waar we zo lang naar hadden verlangd, binnen de grenzen van de mogelijkheden lag. Voor ik mijn spijkerbroek uit kon trekken tilde hij me op en droeg me naar het bed. Dat deed me even aan Violet denken, maar ik zette de gedachte aan haar van me af. Voor nu was hij even helemaal van mij.

Na afloop, toen ik met mijn hoofd op zijn arm lag, vroeg ik hem wanneer hij was begonnen een iets mindere hekel aan me te krijgen.

'Dat kwam als een grote schok. Zodra ik je zag wilde ik natuurlijk dit doen' – hij legde zijn hand op mijn borst – 'en dit' – hij bewoog naar mijn dij. 'Maar dat maakte dat ik een nog grotere hekel aan je kreeg, want weet je, ik voelde dat jij me in je macht had. Ik had vooral een hekel aan je omdat ik er zo zeker van was dat je me dit nooit zou laten doen. Zo koel, zo hooghartig, zo onvriendelijk, zo... Engels in één woord.'

'En jij was natuurlijk een en al warmte en menslievendheid.'

'Ach, ik was een klootzak, hè? Jij maakte me ervan bewust hoe ongelukkig ik was. Je schoonheid, je gratie, je stijl en alles wat ik uit de kranten over je wist: je vertegenwoordigde een wereld waarin mensen genoten, waarin ze namen wat ze wilden en daar geen prijs voor hoefden te betalen. En daar was ik, verbitterd, vol zelfmedelijden, met een onmogelijk huis op een vervallen landgoed, drie kinderen jegens wie ik me voortdurend schuldig voelde, een maîtresse die ik niet langer begeerde, een vrouw... van wie ik dacht dat ze maar beter dood kon zijn. Weet je, soms heb ik echt gewenst dat Violet dood zou gaan. Schrik je daarvan?'

Hij schoof een eindje opzij zodat hij me recht aan kon kijken. Ik streelde de zwarte stoppels op zijn kin. 'Nee. Helemaal niet. Het moet afschuwelijk zijn geweest om haar zo... zo te zien liggen.'

Hij verschoof weer wat en staarde omhoog naar het baldakijn. 'Halen die katten het ooit in hun kop om onaangekondigd naar beneden te springen? Ik voel me een beetje kwetsbaar, als ik me hun klauwen voorstel... Ja, het was afschuwelijk om haar zo te zien liggen... Ik moet erbij zeggen dat tot ik Violet in het ziekenhuis ging bezoeken, toen ze haar meer dood dan levend van de veerboot hadden gehaald, ik haar een halfjaar lang niet gezien had. En in het halfjaar ervoor slechts af en toe heel kort, wanneer ze naar Curraghcourt kwam om de kinderen te zien.'

'Wát?' Ik kwam op mijn elleboog overeind om hem aan te kijken. Er lagen zwarte schaduwen op zijn hals. Toen hij zijn hoofd bewoog om mij aan te kijken, viel de rechterkant van zijn gezicht in het donker.

'Het verbaast me dat Constance het je niet heeft verteld. Ik vermoed dat ze dat niet loyaal vond. Violet was er zes jaar geleden vandoor gegaan met Anthony Molesworth, de broer van de kolonel.'

'Was ze bij jou wéggegaan?'

'Ik voel me gevleid dat je zo onthutst klinkt. Ja, ze liet mij met drie kleine kinderen achter. Liddy was elf, Flavia en Flurry waren respectievelijk drie en vijf.'

'Maar waarom? Waaróm?' Dat Violet uit eigen wil had opgegeven waar ik alles voor over zou hebben gehad, leek een mysterie dat mijn begrip te boven ging.

Finn schoot in de lach. 'Violet verveelt zich snel. Ze haat moerassen, bergen en regen. Net als alle vrouwen.'

'Niet alle.'

'Jij bent hier nog geen jaar. Als je de rest van je leven op Curraghcourt door zou moeten brengen...'

Ik legde mijn vinger op zijn lippen. 'Als ik op een klein eiland met één boom zou moeten leven en drie bananen per dag moest eten en water uit mijn schoen drinken, dan zou ik dat met alle vreugde doen zolang jij er maar bij was.'

Finn keek me aan, met een zachte blik in zijn ogen. 'Dank je wel, liefste. Tja, Violet staat niet zo sterk in haar schoenen als jij. Het leven moet een pretje zijn, wat de consequenties ook mogen zijn. Maar ik ben natuurlijk bevooroordeeld. Let er maar niet op. Ik ben al lang geleden opgehouden Violet te haten. Ik was tot op zekere hoogte zelfs blij toen ze vertrok. Het huwelijk is vanaf het eerste begin een vergissing geweest. Dat was net zo goed mijn schuld. Ik wilde niet met haar trouwen, maar ze was in verwachting van Liddy, en ik was er vrij zeker van dat het mijn baby was. We hadden niets gemeen. Violet heeft nog nooit een boek gelezen en ze kan ook niet begrijpen waarom een ander dat zou willen. Toen ik wist dat ze met andere mannen naar bed was geweest, begeerde ik zelfs haar lichaam niet meer. Violet is dol op seks. Het geeft niet met wie.'

Ik dacht aan Violet en Kit. 'Je bedoelt dat ze een nymfomane is?'

Finn haalde een naakte schouder op. 'Ik weet het niet. Ze heeft geprobeerd trouw te zijn, en ik heb geprobeerd van haar te houden. Flavia en Flurry zijn het resultaat van onze pogingen het huwelijk te repareren. Maar ze kon niet bij andere mannen vandaan blijven. Ik heb geleerd me daar niet om te bekommeren.'

'Dus ze is bij je weggegaan. Waarom is ze nu niet bij Anthony Molesworth?'

'Wat had hij met een comateuze vriendin moeten beginnen? Hij is dol op paardenrennen en jagen en feestjes. In die omstandigheden was Violet een zwaar blok aan het been geweest. En om eerlijk te zijn, Anthony heeft geen geld. Hij woont in een kleine flat in Dublin. Basil heeft als oudste zoon het landgoed en het beetje geld dat de familie had geërfd. Toen het klooster waarin Violet verzorgd werd, werd gesloten, bood Basil aan een verpleeghuis te betalen, maar daar zou hij failliet aan zijn gegaan als ze meer dan een paar jaar had geleefd. De meest voor de hand liggende plek voor Violet was hier. Ze was... is... de moeder van de kinderen.'

'Ik vind het niet zo voor de hand liggend. Ik vind dat het heel... nobel was. Daarom hou ik van je. Een van de redenen. Als er redenen bestaan. Constance had gelijk, je bent echt een goed mens.'

'Heeft Constance dat gezegd?' Finn lachte weer. 'Nee, mijn dappere, kleine *cailin*, niet goed, maar zwak. Als ik met een onoplosbaar probleem word geconfronteerd, onderneem ik geen actie. Ik laat de dingen op hun beloop. Dat is de Ierse manier van doen.'

'Je had Maud niet ook nog eens in huis hoeven nemen. Of Eugene.'

'Ik ben altijd erg op mijn schoonmoeder gesteld geweest. Zoals je gesteld kunt zijn op een striemende wind aan de noordkust. We begrijpen elkaar. En ze stond er slecht voor. Geen geld, geen man, eigenlijk ook geen kind. Als zij de tocht, het vocht en het afgrijselijke eten – dat was voordat jij kwam, mijn dappere meisje – kon verdragen, kon ik haar om me heen velen. Wat Eugene betreft, ach, het is geen kwaaie kerel en mijn zuster schijnt veel in hem te zien.'

'Ze gaan waarschijnlijk trouwen.'

'O ja? Nou, dan hoef ik niet bang te zijn voor het abrupte vertrek van mijn kasteelvrouwe, dat is alvast iets. Eugene weet waar hij het beste af is.'

'Ik denk dat hij haar gelukkig zal maken.'

'Mooi zo.'

'Je hebt nog geen antwoord gegeven op mijn vraag. Wanneer begon je me een beetje aardig te vinden?'

'Toen ik zag hoeveel energie je in alles stak, begon mijn idee over jou te veranderen. Je werkte heel hard om voor mijn kinderen en de dieren en ook het huis en de tuin te zorgen. Ik zag hoe vreemd, hoe ongrijpbaar, hoe gewoon afschuwelijk de omstandigheden soms waren. Zo heel anders dan wat je gewend was, maar je ploeterde voort. Dat maakte het voor mij moeilijk jou te blijven zien als – vergeef me – een arrogante, verwaande schoonheid. Ik heb nog nooit zo'n vrouw gezien. Zo vastberaden, zo gedreven om zich in te zetten, zo... bewonderenswaardig. En toen was er dat moment... ja, dat was het. Herinner je je Lughnasa nog? Je kwam Violets kamer binnen. Ik zat op de bank bij het raam. Je wist niet dat ik er was. Je was zo lief voor haar, je praatte tegen haar, voerde haar. Op dat moment voelde ik dat jij me in je macht kreeg.' Hij kuste me. 'Ja, op dat moment werd ik verliefd op je, hoewel ik dat niet aan mezelf wilde bekennen.' Hij kuste mijn wenkbrauwen, mijn neus, mijn kin, en ten slotte mijn lippen. 'Ik ben bang dat ik altijd van je zal blijven houden.'

'Ik wou dat ik dat verdiende. De waarheid is dat ik behoorlijk bazig ben, en dol op het gevoel van macht dat voortspruit uit het naar mijn hand zetten van de dingen. Curraghcourt is het antwoord op een droom geweest. Ik vond het heerlijk om te doen. Gewoon egoïsme. Eigenlijk is het een karakterfout.'

'Dan zijn we allebei verliefd op een illusie.' Hij gleed met zijn hand van mijn oksel omlaag naar mijn heup. 'Laat me je beminnen, lieve Bobbie, nu ik je heb.'

We bedreven nogmaals de liefde, deze keer vuriger dan eerst, omdat zich de afschuwelijke, kille zekerheid aan ons begon op te dringen dat dit geluk ons niet veel langer beschoren zou zijn.

Tegen het aanbreken van de dag werd ik wakker. Ik herinnerde me alles onmiddellijk en ging rechtop zitten om me over hem heen te buigen, zijn slapende gezicht te bekijken. Toen dommelde ik weer wat. Ik droomde van hem, zag hem, proefde hem, voelde hem in mij. Toen ik weer wakker werd merkte ik dat zijn gezicht naar mij toegekeerd was en dat hij me aandachtig opnam.

'Hoe laat is het?' vroeg ik.

'Zeven uur.'

Ik voelde tranen in me opkomen, maar ik wist ze te bedwingen. 'Je moet nu gaan.'

'Ja. Sta niet op. Ik wil aan je denken zoals je hier ligt, zo mooi, terwijl ik op weg ben naar Dublin, met het gevoel alsof mijn hart uit mijn lijf wordt gerukt... O Bobbie!' kreunde hij. Hij legde zijn hoofd op mijn arm. 'Zeg dat je blijft! Ik kan Violet niet wegsturen. Ze kan nergens heen. En ik kan niet van haar scheiden vanwege de wetten van dit vreemde, achterlijke land. Maar jij en ik zouden samen hier kunnen wonen zonder dat iemand het zou weten. En als ze het wel weten, wat dan nog?'

'Iedere vezel, iedere cel van mijn lichaam zou daar ja op willen zeggen. Net als de helft van mijn geest. Maar laten we eens een eindje in de toekomst kijken. Als ik me Flavia's gezicht voorstel als ze ontdekt dat Violet verdrietig is om mij, dan... dan voel ik me beschaamd. Ik zou het niet kunnen verdragen als Violet en de kinderen me zouden haten. Ik wil niet de reden zijn dat je huwelijk opnieuw spaak loopt. Als je kinderen zijn opgegroeid met het voorbeeld van twee mensen die had werken om iets van hun huwelijk te maken, om samen door het leven te gaan, ondanks alles, zul je beseffen dat ik gelijk heb. Een goed geweten is een voortdurende bron van vreugde – ik kan me niet herinneren wie dat heeft gezegd, maar ik weet dat het waar is. Ik wil niet dat we ooit naar elkaar kijken en... spijt voelen.'

Finn zweeg en staarde naar het baldakijn dat hier en daar bobbelde. 'Ik heb een vrouw niet veel te bieden, gebonden als ik ben. Ik vrees' – hij kneep zijn ogen even dicht, alsof hij pijn leed – 'dat je me zult gaan haten als ik je alleen maar halve maatregelen kan geven. Goed. We zullen ons netjes gedragen. Als brave burgers. Ach, wat maakt het ook uit. Ik ben bijna eenenveertig. De helft van mijn leven is voorbij en ik heb er een echte puinhoop van gemaakt. Waarschijnlijk gaat een mens met het ouder worden minder om geluk geven.'

‘Ik zal altijd om geluk blijven geven.’ Ik draaide zijn gezicht naar me toe zodat ik hem in de ogen kon kijken. ‘Altijd. Wat jij ook doet, of je uitgelaten of wanhopig bent, ik zal me daar altijd om bekommeren. Ik zal het niet weten, maar ik zal blijven hopen dat je gelukkig bent.’

Hij pakte een lok haar, draaide die rond zijn vinger en drukte hem tegen zijn lippen. ‘Je bent pas zevenentwintig. Je hebt nog alle tijd om iets geweldigs voor jezelf op te bouwen. Een goede baan waarin je dat scherpe verstand, dat instinct voor schoonheid, al die opmerkelijke wilskracht kunt gebruiken. Een man. Kinderen. Een plek in de maatschappij waar je geëerd en gerespecteerd zult worden.’

Ik glimlachte. ‘Dat klinkt me allemaal tamelijk ouderwets in de oren. Ik weet niet of ik die dingen nou zo belangrijk vind.’

‘Ik zal wel een ouderwetse man zijn. Dit is een ouderwetse plaats.’

‘Het is een andere wereld. En het zal bijna mijn dood worden hier weg te gaan. Maar ik weet dat ik dit moet doen.’

We bedreven nogmaals de liefde.

Toen kuste Finn me teder en glipte uit bed. Hij kleedde zich aan. Knoopte zijn overhemd dicht, trok zijn schandelijk oude corduroy broek aan met slijtplekken op de knieën, pakte zijn trui, wierp nog één lange blik op me en liep naar de deur. Ik probeerde mijn tranen in te houden tot hij de deur uit was. Hij draaide de sleutel in het slot om. Hij zou uit mijn leven verdwijnen. Ik voelde een gigantische prop in mijn keel. Hij worstelde met de kruk van de deur.

‘Ik kan dit stomme ding niet open krijgen,’ zei hij. ‘Hij draait steeds rond in mijn hand. Wat sta je daar te lachen?’

‘Dat is wanhoop. Ik weet wat er is gebeurd. De schroef is er aan de andere kant uit gevallen. We zitten opgesloten.’

Ik stapte uit bed en liep naar de deur. Zonder enig effect rammelde ik aan de kruk.

Hij lachte ook en drukte me, in mijn naakte staat, stevig tegen zich aan. ‘God! Ik wil weer de liefde met je bedrijven! Dit is heel wreed van het lot. Ik weet niet hoe vaak ik in staat zal zijn me los te rukken.’

‘Wat moeten we doen?’

‘We zouden op de deur kunnen bonzen. Uit het raam roepen. Scornach Mór luiden.’

‘En de brandweer de deur open laten breken waarna ze jou in mijn slaapkamer aan zullen treffen. Dat zou de mensen in Kilmuree pas echt iets geven om over te praten.’

Ik begon haastig mijn kleren aan te trekken.

Hij sloeg zijn armen over elkaar en leunde tegen de deur. 'Is het onbeleefd van me om toe te kijken? Want dat ga ik echt doen.'

'Bedenk liever een oplossing voor ons probleem.'

'Je vraagt nu te veel van een man, zeker van een man die hopeloos verliefd is.'

'Denk, lieverd, denk na!' drong ik aan. 'Kun je niet iets geweldig mannelijks doen met een nagelvijl?'

Ik zweeg toen er op de deur werd geklopt.

'Bobbie?' Het was de stem van Flavia. 'Mag ik binnenkomen? Ik heb iets voor je.'

Finn en ik keken elkaar aan met een blik vol ontzetting.

'Eén moment, liefje,' riep ik, terwijl ik koortsachtig naar Finn gebaarde dat hij onder het bed moest kruipen. 'Ik ben net bezig me aan te kleden. Even mijn trui aantrekken. Ik kom eraan,' zei ik toen ik Finns voet onder de strook zag verdwijnen. 'Ik denk dat de schroef er weer uit is gevallen,' riep ik door de deur. 'Kun je hem vinden?'

Er volgde een korte stilte, waarna Flavia zei: 'Hier heb ik hem. Even wachten.' Toen werd de kruk omgedraaid en kwam Flavia binnen. 'Wat een geluk dat ik net boven kwam, hè? Ik dacht dat Timsy hem had gemaakt.'

'Niet goed genoeg, zo te zien. Wat een geluk.'

'Heeft papa Dervla omlaag kunnen krijgen?'

'Ja, meteen. Wat heb je daar voor me?' vroeg ik, toen ik zag dat ze een stuk papier in haar hand hield.

'De postbode heeft dit gebracht. Het is een telegram. Is het iets belangrijks?'

'Waarschijnlijk niet. Maar de telefoon doet het nog steeds niet, dus vandaar. Ik neem aan dat de kolonel wil weten of alles goed met me is na de schokkende gebeurtenissen.' Ik scheurde de envelop open.

'Waar is Wee Willie Winkie?' Flavia keek om zich heen naar het jonge witte poesje dat haar lieveling was, ook al probeerde ze ze allemaal even lief te vinden. 'Daar is hij! Kom eens hier om je te laten aaien, malle kat!'

Het poesje rende over het bed en verdween achter de strook. In een wip was Flavia op haar knieën naast het bed om eronder naar het poesje te tasten. Ze slaakte een kreet van verbazing.

'Papa! Wat doe jij in 's hemelsnaam onder Bobbies bed?'

'Ik kwam boven om... te controleren of er geen katten in de schoorsteen zaten. Toen viel de deur dicht. Ik was op zoek naar de schroef.'

Niet slecht voor een overhaaste smoes.

Flavia begon hysterisch te giechelen. 'Je ziet er echt heel grappig uit zoals je daar ligt. Kom daaronder vandaan. Ik krijg altijd pijn in mijn zij als ik zo moet lachen. Mama wil graag dat je haar vroeg naar beneden brengt.'

Finn kroop te voorschijn en veegde zijn handen af aan zijn overhemd. 'Ik heb daar diverse stofpluizen aangetroffen, juffrouw Norton.' Hij schudde zijn vinger naar me. 'Zorg ervoor dat dat niet weer gebeurt.'

Flavia sloeg dubbel en greep naar haar zij. 'Hou op, papa! Dat doet pijn! Wil je niet weten waarom mama graag wil dat je haar vroeg naar beneden brengt?'

Hij glimlachte naar haar. 'Zeg het eens.'

'Ze wil je laten zien dat ze kan lopen. Ze heeft gisteravond twee stappen kunnen doen met oma's krukken. Is dat niet gewéldig? Ben je daar niet vreselijk blij om?' Ze drukte haar gezicht tegen haar vaders buik.

Over Flavia's hoofd heen zond Finn me een blik van liefde vermengd met wanhoop.

'Ik moet naar huis,' zei ik. 'Meteen. Vandaag nog. Mijn vader heeft een hartaanval gehad.'

51

Het was misschien maar goed dat het afscheid noodzakelijkerwijs kort was. Ik ging eerst naar Mauds kamer. Violet huilde hevig en klampte zich aan me vast.

'Ik ben je zó dankbaar, Bobbie! Dank je wel, dank je wel!' zei ze huilend. 'Ik zal je heel erg missen! En je hebt me nog niet zien lopen!'

'Houd haar niet op,' zei Maud. 'Ze heeft een lange reis voor de boeg. Ga maar, Bobbie. Ik zorg wel voor haar.'

Ze boog zich over Violet, zei dat ze haar ogen moest afvegen en ophouden zich als een waterspuiter te gedragen. Ik vroeg me af of ik Mauds hand moest drukken of haar zelfs moest kussen, maar voor ik een besluit had kunnen nemen was ze weggeschuifeld. 'Ik verwacht dat je vader niet veel zal mankeren.' Ze draaide me haar rug toe. 'Mannen maken altijd zoveel misbaar om niets. Maar je zult wel blij zijn naar de beschaafde wereld terug te kunnen keren. Ik vermoed dat wíj weer naar de stoofschotels van Constance moeten uitkijken. Tot ziens.'

Ik liep naar de keuken. Pegeen wierp haar schort over haar hoofd en huilde nog harder dan Violet. 'Moge de Heer je zegenen, je liefhebben en je behoeden,' jammerde ze. 'Wie moet alles nu doen?'

'Mevrouw O'Kelly komt helpen,' zei ik.

'Is dat Nellie van Thady O'Kelly?' vroeg Katty. Ze snoof. 'Allejezus! Wat zijn de machtigen diep gevallen! Zíj zal het niet leuk vinden om te schrobben en te stoffen en in de melkschuur te werken!'

'Tot ziens, Katty.' Ik stak mijn hand naar haar uit. 'Ik zal altijd met genegenheid aan je terugdenken.'

Tot mijn verbazing rolden er tranen over Katty's met as bespikkelde wangen.

In de hal, waar de rest van het huishouden stond verzameld, schudde Flurry mijn hand een paar keer, heel hard. 'Dank je wel voor alle hulp met de spoorlijn. Ik vind het heel jammer dat je weggaat.'

Ik bukte me en kuste hem op de wang. 'Tot ziens, lieve Flurry. Ik weet dat je er een hekel aan hebt om te worden gekust, maar ik ben erg op je gesteld.'

Hij zette zijn bril recht, keek niet echt misnoegd en zei: 'Het is wel goed.'

'Mijn beste wensen vergezellen je, Bobbie.' Eugene stapte naar voren. 'Mag ik?' Hij kuste me op hoffelijke wijze, greep toen mijn hand en kneep er hard in. 'Heel jammer dat je weggaat. Heel jammer.'

'Dank je. Kom, Flavia, lieverd.' Ik sprak tegen de kruin van haar hoofd aangezien ze haar armen om me heen had geslagen en huilde. 'Als je zo doorgaat, maak je mij ook nog aan het huilen. Zorg goed voor de katten en de honden en let erop dat Timsy Niamh goed melkt.' Ik keerde haar gezicht omhoog, zodat ik haar kon kussen. 'Ik reken op je.'

Flavia knikte met haar behuilde gezicht. 'Dat beloof ik.'

'Tot ziens, Liddy, liefje.' Liddy klampte zich even aan mijn hals vast. 'We zullen zo gauw mogelijk die week in Londen organiseren.'

Liddy's zonnebril hield het grootste deel van haar uitdrukking verborgen. 'Ik wou verdomme dat je niet wegging.' Ze sjokte weg, terwijl ze op een velletje bij haar nagel beet.

Ik keek naar Constance. Ik moest op mijn onderlip bijten om die niet te laten bibberen.

'Tja, Bobbie,' zei ze op een geforceerd opgewekte toon. 'We kunnen niet hebben dat jij vertrekt met de gedachte dat we hier een stelletje jankmachines zijn. Ik hoop dat je van gedachten zult veranderen en terugkomt zodra je vader beter is. Ik ga niet proberen je te vertellen wat jouw aanwezigheid hier voor mij heeft betekend, want dat zou me alleen maar overstuur maken en we willen op een vrolijke manier afscheid nemen. Dus heb een veilige reis, lieverd. O...!'

We barstten allebei in snikken uit toen we elkaar omhelsden. Vanaf de andere kant van de poort klonk een ongeduldig getoeter. 'Dat is Finn, die boos wordt. Je moet nu echt gaan, lieve Bobbie. Schrijf me zodra je kunt. Ik loop niet mee naar buiten.' Constance bracht haar zakdoek naar haar ogen. 'Ik ben dwaas, dat weet ik, maar ik kan het niet verdragen je weg te zien rijden.'

'Tot ziens, lieve Con. Dank je wel voor alles.'

Ze begroef haar gezicht en wapperde met haar hand. 'Ga nu! Ga nu!' snikte ze.

'O lieve help,' zei Finn toen hij mijn gezicht zag. 'Was het zo erg?'

Ik knikte en stapte in de oude Peugeot. Ik draaide me om en zwaaide naar Flavia die bij de kaartjesverkoop in de poort stond, met een verwrongen gezicht en een schokkend bovenlichaam. Ik zwaaide naar het huis, dat nu in een bundel zonlicht lag, oud en mooi en eindeloos dierbaar. We reden langs de moestuin. Ik probeerde mijn zelfbeheersing te bewaren door het alfabet achterstevoren op te zeggen.

Ik was bij de O aangekomen toen er iemand tussen de bomen door naar voren sprong en naast de auto meeholde. 'Tot ziens, juffrouw Bobbie,' riep Timsy, die energiek over kuilen, graspollen en stenen sprong om ons bij te houden. 'Tot ziens, mooi schepsel.' Hij zwaaide met zijn pet terwijl de tranen hem over het gezicht stroomden. Hij bleef bijna een kilometer lang met ons mee hollen en stopte vlak voor het hek, waar hij op de weg ging liggen om bij te komen van de ongewone inspanning.

'Zou alles goed met hem zijn?' Ik was Timsy dankbaarder dan hij ooit zou kunnen vermoeden, omdat hij mijn laatste blik op het terrein naast droevig ook komisch had gemaakt.

'Timsy is de enige over wie ik me nooit zorgen maak. We zouden er allemaal goed aan doen wat levenslessen van hem over te nemen.'

'Als iemand me tien maanden geleden had verteld, toen ik over deze pikdonkere weg kwam, met slechts af en toe een straaltje maanlicht, drijfnat, in de ezelswagen met Timsy die stomdronken tussen de kolen lag, dat het me ooit zou spijten afscheid van hem te moeten nemen, had ik diegene voor zwaar gestoord versleten.'

'Ach, dat is de oude Ierse charme van die man. Door en door bedrieglijk. Kijk, zie je die bergen?' Het zonlicht had de rotsen in zilver veranderd en de gaspeldoorn in goud. 'Hoe vaak ik dit ook zie, ik vind het een van de mooiste uitzichten op deze aarde.'

Hij boog opzij en kuste me boven op mijn hoofd. 'Vertel eens wat over je leven in Engeland. Ik wil alles weten.'

We praatten twee uur lang heel gezellig. Deze onverwachte tijd samen leek zo'n meevaller dat we, als bij afspraak, allebei deden alsof de toekomst niet bestond. Hoewel ik een misselijkmakend gevoel in mijn buik had, kon ik oppervlakkig opgewekt doen en bijna vergeten waar de reis ons heen bracht. We lieten Connemara achter ons en kwamen in de Midlands, vlak, onopvallend, saai, maar voor mij nog steeds een betoverende omgeving omdat hij er was. Naarmate we dichter bij Dublin kwamen, verdween de opgewektheid, werd het misselijke gevoel een zware steen.

'Je maakt je zorgen over je vader,' zei Finn toen ik stil werd.

'Nou, eh... ja. Hoewel het telegram zei dat hij niet in levensgevaar verkeerde, maar naar me vroeg. Ik kan me dat nauwelijks voorstellen. Ik heb nooit de indruk gehad dat mijn aanwezigheid hem enig plezier deed.'

'Dat kan ik me maar moeilijk voorstellen. Bobbie?'

'Ja?'

'Vind je het goed als ik even stop? Heel even maar. Ik wil afscheid van je nemen zonder andere mensen erbij.' Hij stopte op een parkeerplaats. 'Ik wil je voor de laatste keer kussen.'

Ik voelde een prop in mijn keel, mijn ogen begonnen te prikken, mijn neus dreigde te gaan lopen. Ik voelde een steek van pijn tussen mijn schouderbladen. We kusten elkaar lang en hartstochtelijk.

'Goed,' zei hij ten slotte. Hij duwde me bijna ruw van zich af en startte de auto weer. 'We moeten ons haasten, als je de boot van twee uur nog wilt halen.'

Daarna reden we zwijgend verder. We kwamen bij de buitenwijken van Dublin en reden in zuidelijke richting naar Dún Laoghaire. Toen ik de borden voor de haven zag, begon mijn hart hevig te bonzen en mijn handen trilden. Hij reed verder, met een strak gezicht, zonder iets te zeggen. Ik haatte hem bijna, omdat hij me gewillig naar die plaats van scheiding bracht.

We kwamen bij de haven. Hij vond ruimte op het parkeerterrein.

'We zijn er,' zei hij. Zijn gezicht was grauw.

'Ja.' Ik dacht koortsachtig na. Wat de consequenties ook waren, dit voelde helemaal verkeerd.

'Ik zal je koffers pakken.'

Hij was uit de auto gestapt voor ik hem kon tegenhouden. Hij pakte de twee grote koffers en ik nam de kleine. Hij vond een kruier en een wagentje. Hij zei dingen die ik niet kon verstaan omdat mijn hoofd tolde van protest.

'Kijk, daar heb je hem.' Hij wees naar de boot. 'Je boft. De zee is heel kalm.'

Iedere rib, ieder bot deed pijn. Ik was ten prooi aan hevige kwellingen, zowel fysiek als mentaal. Ik besloot hem te zeggen dat ik van gedachten was veranderd. Dat ik hem echt niet kon verlaten. Ik zou een flat in Dublin nemen, een baan zoeken, zijn maîtresse zijn, hem ontmoeten wanneer hij tijd kon missen van zijn gezin. Ik zou hem nooit om iets vragen en zodra hij genoeg van me had, zou ik weggaan zonder één woord van verwijt. Ik deed mijn mond open om dit alles te zeggen, maar er dook een man uit het niets op. Hij zei: 'Senator Macchuin, is het niet?'

Finn schrok. 'Ja.'

'Ik ben Roddy Clarke. *Irish Recorder*. Ik heb uw lezing over het onderwijs gehoord. Het was een uitstekende lezing, een die tot nadenken stemde.'

'Dank u.'

'Gaat u naar Engeland, meneer? Ik reis daar ook naartoe. Misschien kunnen we iets drinken en wat praten.'

'Nee.' Finn sprak heel langzaam. Hij keek de man niet aan. 'Nee, ik ga niet. Ik breng deze jongedame even weg.' De ogen van Roddy Clarke bleven nieuwsgierig op mijn gezicht gericht. 'Mijn huishoudster, juffrouw Norton. Ze heeft voor mijn huis in Galway gezorgd.'

'O ja?' Roddy Clarke bekeek me van top tot teen, en ik wist precies wat hij dacht. We konden uiteraard niet hopen hem voor de gek te houden. Finn zag er heel beroerd uit, en ik voelde mezelf onbeheersbaar beven. 'En u gaat nu weer naar huis, juffrouw Norton?' Ik knikte. 'Hebt u genoten van uw verblijf in Ierland?' Ik knikte opnieuw, balde mijn vuisten in de zakken van mijn jas. Hij stal de laatste kostbare minuten. Waarom kon hij ons niet met rust laten? In wanhoop deed ik mijn mond open om hem te smeken weg te gaan, maar er loeide een sirene, zodat mijn woorden verloren gingen.

De journalist greep me bij de arm. 'We moeten ons haasten, juffrouw Norton. De boot vertrekt over vijf minuten. We zullen aan boord gaan, zodat we een fatsoenlijke plek kunnen vinden.' Er rolde een traan over mijn wang. 'Ik zie dat u angstig bent, juffrouw Norton. U hoeft zich echt geen zorgen te maken. Die schuiten zijn zo veilig als een huis. Ik pas wel op u.'

Hij hield mijn arm nog steeds vast.

'Tot ziens dan maar.' Finn stak zijn hand uit. Ik legde mijn hand in de zijne. Ik voelde even een korte druk, toen had hij zich omgedraaid en liep naar de auto terug.

'Deze kant uit.' Roddy Clarke duwde me door het gedrang van haastige passagiers. Het was maar goed dat hij dit deed, want ik werd bijna verblind door tranen. We gingen de loopplank op. Ik voelde het gedreun van de machines onder mijn voeten. Ik draaide me om, knipperde met mijn ogen, wreef tranen met mijn handen weg om te kijken naar Finn, een verre gestalte die snel door de menigte liep. Hij keek niet om. Toen ging hij een hoek om en was verdwenen.

'Rustig aan, juffrouw Norton. Voelt u zich niet goed? Ik zal u naar een zitplaats brengen.'

We gingen de steile trap naar de passagierslounge op.

'Gaat u hier zitten. Ik zal iets te drinken voor u halen.'

Ik huilde nu openlijk en rilde of ik een koortsaanval had. Ik werd opzijgeduwd door ellebogen en koffers, maar ik was niet in staat mezelf te beschermen. Mijn trommelvliezen dreigden te scheuren door het lawaai van al het gepraat en gelach.

'Probeer dit maar eens op te drinken.'

Ik dronk het op. Ik had geen idee wat het was. Even snel als ik het opdronk dreigde het in mijn mond terug te keren.

'Is de jongedame nu al ziek?' Een vriendelijke vrouwenstem, vlak bij mijn oor. 'Nee maar, hallo! Ik herinner me jou! Was het niet vorige zomer om deze tijd dat je de andere kant uit ging?' Ik keek in het meelevende gezicht van de serveerster die zo moederlijk had gedaan op die afschuwelijke heenreis. 'Lieve help!' zei ze. 'Het is duidelijk te zien dat je verblijf bij ons je geen goed heeft gedaan. Zal ik een lekker stuk Battenberg-taart voor je halen?'

52

De begrafenis van mijn vader vond een week later plaats. Ruby, die het telegram had verstuurd, had me een akelige reis naar huis willen besparen en had daarom gejokt over de ernst van zijn toestand. Ik was haar dankbaar voor deze zorgzaamheid. Toen ik in Londen aankwam, had ik Cutham Hall gebeld en was Brough met de Austin Princess naar Blackheath gestuurd om mij van het station te halen. We waren rechtstreeks naar het ziekenhuis gereden. Ik herkende nauwelijks de vadsige man die ooit mijn kleine, energieke vader was geweest. Er was nog net tijd om zijn hand vast te houden en hem te kussen voor hij stierf. Hij was buiten bewustzijn, dus hij wist waarschijnlijk niet eens dat ik er was.

'Mijn medeleven, liefje. Maar het was fijn dat je aan het eind bij hem was.'

Ruby's mollige, bepoederde wangen waren paarsgestreept waar de tranen haar make-up hadden weggespoeld, en vertoonden gesprongen adertjes. Ik zag er al niet veel beter uit. Tijdens die laatste omhelzing met Finn, op de parkeerplaats, was een deel van de inhoud van mijn tas eruit gerold en had ik de lange reis naar huis gemaakt zonder hulp van een kam of make-up, met mijn haar in de war en mijn gezicht bespikkeld met restjes mascara. Onder de tl-verlichting van het ziekenhuis moeten we net een stel clowns hebben geleken.

'Wat jij nodig hebt, liefje, is naar huis komen om uit te rusten. Ik zal iets lekkers voor je te eten maken, en dan zul je je weer wat beter voelen. Die arme lieve Gifford! Ik ben erg blij dat we er allebei bij waren toen hij heenging. Je moeder had graag mee willen gaan, dat weet ik, maar ze is niet sterk genoeg voor al deze opwinding, en Oliver, die goeie jongen, heeft een hekel aan ziekenhuizen. Dat kan ik begrijpen. Je kunt nou eenmaal niet tegen je natuur in gaan, hè? Huil nu maar eens lekker uit, Roberta, goed zo. Hij was je lieve papa, hè? En nu is hij gestorven en dat is heel droevig. Stil nou maar. Tante Ruby zal je naar huis brengen.'

De volgende dagen en nachten leken geen vorm te hebben, geen doel dat ik kon begrijpen.

De begrafenisondernemer liet me foto's van kisten zien, vergezeld van kleine staaltjes glanzend gelakt hout in diverse tinten bruin, met namen als de Balmoral, de Regal en de Prestige, alle voor duizelingwekkende prijzen, behalve de Fundamental, waarvoor ik te laf was om die te kiezen. Ik zocht belachelijk dure koperen handvatten uit en sloeg plichtsgetrouw de geplastificeerde pagina's om van een catalogus met lelijke bloemstukken, terwijl mijn gedachten volstrekt ergens anders waren dan bij de eigenschappen van de 'anjerhulde' van vijf pond, vergeleken bij de 'lelies solo' van vijftien pond.

We liepen achter de kist aan naar de kerk en zongen de gezangen die ik met behulp van de dominee had uitgekozen.

Na afloop gaven we een lunch voor de bezoekers. Ruby had mijn hulp afgeslagen, zeggend dat ze kon zien dat ik afgedraaid was en beter wat kon rusten. De mensen werden heel spraakzaam op Zuid-Afrikaanse sherry en broodjes met ei en waterkers, worstjes op een stokje, chocoladecake en geglazuurde vruchtencake, waarbij ze af en toe een ernstig gezicht trokken wanneer ze zich herinnerden dat dit een droevige bijeenkomst was.

Ik sleepte me door de dagen die volgden. Ik doolde door huis en tuin, probeerde te lezen, keek televisie zonder enig idee wat voor programma het was, tot mijn moeder vroeg of ik me niet eens een beetje kon beheersen. Mijn sombere gezicht en rusteloze gefriemel maakten haar zenuwachtig. Mevrouw Treadgold deed het huishouden en mijn moeder en Ruby maakten het zich gezellig door hun geliefde romannetjes te lezen, naar de radio te luisteren en grote hoeveelheden zoetigheid te eten. Ze leken redelijk tevreden. Oliver tapte bier in de bar van de Red Lion, vertelde schuine moppen, poetste glazen, greep Sherilee bij haar weelderige vormen wanneer ze binnen zijn bereik kwam, en vulde in de bar iedere ochtend de pindabakjes met een verse laag nootjes bij.

Ik kon niet wennen aan mijn eigen land. Het was allemaal zo netjes, zo georganiseerd, zo vol. Alles leek klein en onbenulig.

Een paar dagen na de begrafenis kreeg ik een brief van Constance. Ik maakte hem gretig open en overzag de regels op zoek naar zijn naam. Daar had je hem. *Finn is afgelopen weekend thuis geweest. Dat is twee weekends achter elkaar! Hij zag er erg moe uit, de arme jongen, maar hij heeft dapper geprobeerd de generator te repareren – die had het weer eens begeven. Uiteindelijk heb ik Thady O'Kelly er natuurlijk bij moeten halen...* Dat was de enige keer dat zijn naam werd genoemd. Ik keek de brief nog eens door, even teleurgesteld als iemand die uitgehongerd is en slechts een paar oude broodkruimels krijgt, en las hem toen goed, terwijl ik mezelf berispte omdat ik onnozel en zwak deed.

Liddy bleek een brief van Danny gekregen te hebben, wat haar in vervoering had gebracht. De bezoekers kwamen in groten getale en alles bij elkaar was het een geweldig succes. In de regionale pers had een stukje gestaan over Eugenes silhouetten. *Verder kan ik je vertellen*, meldde Constance, *dat ik de* GROTE STAP *heb gezet en heb gezondigd! Ik moet bekennen dat ik zenuwachtig was. Dat waren we allebei, maar Eugene was erg lief en zorgzaam. Bobbie, ik ben zo gelukkig. Ik weet dat ik hem niet verdien. Ik ga pastoor Deglan uiteraard niet opbiechten wat we hebben gedaan. Dat betekent dat ik niet langer ter communie kan gaan, maar dat kan me niets schelen! Zoiets geweldigs kan nooit slecht zijn!*

Flurry had een paar meter van zijn spoorlijn gelegd, met hulp van Sam O'Kelly, die een treinenfanaat bleek te zijn. Flavia was begonnen de jonge poesjes naar beneden te brengen, één voor één. Maria was helemaal dol op Wee Willie Winkie, en ze likte zijn kop tot het katje bijna verdronk in al het speeksel. Osgar had zich goed gedragen en alleen maar gegromd als de katjes te dicht bij zijn geliefde handschoen kwamen. Violet deed de hartelijke groeten. Mevrouw O'Kelly was op het kasteel komen werken en bleek betrouwbaar en gewillig te zijn, hoewel ze nu helaas weer gehakt en aardappels moesten eten. Wat misten ze mijn kookkunsten! Ze misten me allemaal eigenlijk meer dan ze kon zeggen en iedereen hoopte dat ik gauw terugkwam. *Je komt toch zeker wel, ook al is het maar voor even? Je moeder zal je nu natuurlijk nodig hebben. Maar het is zonder jou niet hetzelfde, lieve, lieve Bobbie.*

Ik las de brief nog eens door, ondanks de hevige pijn in mijn borst. Toen legde ik hem in een la. Het ontbrak me aan de wilskracht meteen terug te schrijven. Ik was verbijsterd over mijn apathie, niet in staat plannen te maken, na te denken over hoe mijn toekomst eruit moest zien. Ik stond in de hal door het beregende raam naar buiten te kijken, naar het water dat over de oprit stroomde, en ik vroeg me af of ik ooit nog naar regen zou kunnen kijken zonder aan moerassen en bergen te moeten denken, toen de telefoon ging.

'Bobbie? Met Fleur.'

‘Fleur! Wat een verrassing!’ Ik zag aan mijn geestesoog diverse beelden in snelle opeenvolging voorbijtrekken: Fleurs leuke gezicht en haar donkere, warrige haar; Dickie die vriendelijk lachte; de schoonheid van Ladyfield; en uiteraard Burgo – niet noodzakelijkerwijs in die volgorde.

‘Dickie zag het bericht in *The Times*, dat je vader was overleden, dus vermoedden we dat je thuis zou zijn. Mijn oprechte medeleven.’

‘Dank je. Hoe gaat het ermee? Hoe is het met Dickie?’

‘Met ons beiden gaat het goed. Dickie had het er onlangs nog over hoezeer we jouw adviezen voor de tuin misten. Maar waar heb je al die tijd gezeten? Of is dat nog steeds een geheim?’

‘Ik zat in Ierland.’

‘Lieve hemel! Daar ben ik nooit op gekomen! Ik dacht dat je ergens op een spannende plaats zou zitten. Rome of New York. Hoe kwam je er in ’s hemelsnaam toe om naar Ierland te gaan?’

‘Ik zag een advertentie voor een huishoudster.’

‘Het wordt steeds wonderbaarlijker. Beviel het je daar?’

‘Ik vond het heerlijk.’

‘O, mooi. Dus dan ben je nu weer… helemaal gelukkig?’

Hoe moest ik daar antwoord op geven? ‘Nou ja… weet je, nu mijn vader is overleden…’

‘O ja, natuurlijk. Het spijt me. Ik ben zo ongeveer de meest tactloze persoon die er bestaat. Arme Bobbie! Hoor eens, heb je zin om morgen op de thee te komen?’

Ik aarzelde. Het vooruitzicht sociaal te moeten doen, lokte me totaal niet. Maar dit was zwak. Ik moest me nu toch echt eens tot iets zetten. ‘Dat lijkt me erg gezellig.’

‘Schitterend. Ik had je het liefst te eten willen vragen, maar Dickie heeft dan wat golfvrienden en die zijn stomvervelend. O Bobbie, ik heb toch zo’n mooi veulen! Net een prins, als je hem ziet stappen, en de manier waarop hij zijn hoofd houdt. Je zult hem echt bééldig vinden.’

Toen ik de meisjesachtige opwinding in Fleurs stem hoorde, herinnerde ik me weer waarom ik haar zo graag had gemogen. En misschien was Dickies opgewekte gezicht precies wat ik nodig had.

‘Goed. Graag.’

De volgende dag draaide ik om precies vier uur de oprit van Ladyfield in. Fleur kwam naar buiten gehold, gevolgd door haar honden.

‘Wat heerlijk om je weer te zien!

‘Bobbie!’ Dickie kwam naar buiten gestrompeld met een stralend gezicht. 'Wat zie je er goed uit.' Ik kon me niet voorstellen dat dat waar was. 'Maar wel een beetje mager. Kom gauw wat van de verrukkelijke cake van mevrouw Harris eten.'

'Doe niet zo ingewikkeld, Dickie,' zei Fleur ongeduldig. 'Bobbie ziet er prima uit. We gaan even bij het veulen kijken en dan zien we jou straks in de zitkamer.'

'En na afloop laat ik Bobbie de tuin zien. De meeste dingen staan nog in knop, maar er zijn wel schitterende tulpen.' Toen keek hij ernstig. 'Maar eerst wil ik je nog mijn medeleven betuigen met het overlijden van je vader. Een akelige klap, zoiets. Komt altijd hard aan, hè?'

'Ja. Maar het was gelukkig wel vredig.'

'Mooi. Blij dat te horen. Nou, gaan jullie maar gauw bij dat paard kijken en glij niet uit in de modder.'

'Is hij niet beeldschoon?' vroeg Fleur. We leunden over de deur van de stal en zagen hoe de merrie en het veulen aan elkaar stonden te snuffelen. Het waren elegante, ranke dieren, heel anders dan de Kaketoe, met zijn ronde lijf en dikke benen.

'Prachtig!' prees ik, tot Fleur vond dat ik ze genoeg lof had toegezwaaid.

Daarna bewonderde ik de honden en probeerde niet aan Osgar en Maria te denken, tot Fleur zei: 'Kom binnen, dan gaan we theedrinken.'

Bij de thee praatten we wat over Ierland. Ik deed mijn best niet gereserveerd te doen, maar er waren zoveel dingen die ik niet kon uitspreken zonder mezelf te verraden. Ik beschreef het landschap, Constance, de kinderen, de dieren – omwille van Fleur – en de indruk die ik van het leven in Ierland had, natuurlijk een beperkte indruk, aangezien ik al die tien maanden in een klein deel ervan had doorgebracht. Ik denk dat ik opgewekt genoeg klonk, maar het was een opluchting terug te keren naar Fleurs honden, Dickies golf, zijn voorzitterschap van de plaatselijke kunstvereniging, het feest dat ze in juni wilden geven en waarop ik beslist moest komen.

Dickie stond op en pakte zijn stok. 'Kom Bobbie, de zon breekt door. Laten we even de tuin gaan bekijken.'

De tuin was echt volmaakt, met smaragdgroene en onkruidvrije gazons, gemulchte borders en gesnoeide rozen. Tussen de verfijnde roze, witte en paarse tulpen bloeiden lila muurbloemen die nu al door bijen omzwermd waren, en lage viooltjes en margrietjes en *Lathyrus vernus*. Er hipten vogels rond, fluitend over voorjaar en ouderschap. Ik bewonderde alles, tot de mestvaalt aan toe.

‘Kom het Chinese paviljoen ook nog even bekijken,’ drong Fleur aan. ‘Dickie heeft bergen geld uitgegeven om het precies zo te maken als jij had gezegd.’

Ik aarzelde slechts een seconde. ‘Ja. Dat moet ik zien.’

Toen we bij de smalle opening in de haag kwamen, zei Fleur: ‘Dickie, ik heb het koud. Wil jij even naar binnen hollen om mijn jas te halen?’

‘Wat jammer nou, lieverd. Ik had nog zo gevraagd of je niets warms aan moest doen. Ik wil graag Bobbies gezicht zien als ze de vijver ziet.’

‘Oké, kom dan maar even mee. Als je hem daarna maar wel gaat halen,’ zei Fleur. ‘Want ik begin het echt koud te krijgen.’

Dit maakte Dickie bezorgd. Hij keek nauwelijks naar mijn verrukte gezicht voordat hij wegstrompelde. Ik was bijna vergeten hoe mooi het Chinese paviljoen was, met het rode bruggetje dat over de vijver lag.

‘Wat is het schitterend geworden!’ Ik bewonderde de glanzende, geaderde bladeren van de waterlelie die op het rimpelloze water dreven. Het was nog te vroeg voor bloemen. ‘En kijk eens naar die kersenbloesem!’ Ik staarde naar de tere, lichtroze bloemen. ‘Dit tuintje heeft een geweldige atmosfeer: dromerig, tijdloos. En dan die buxus die in de vorm van een wolk is gesnoeid! Wat heeft Dickie dit knap gedaan!’

‘Hij heeft binnen ook een paar dingen veranderd.’

Fleur deed de deur open. Ik stapte naar binnen, het koele donker in. Het bed was verhuisd naar de muur ertegenover en er stond een nieuwe sofa met elegante, opgerolde zijleuningen – en er zat iemand op. Fleur liep haastig weg en deed de deur achter zich dicht.

‘Hallo Roberta.’ Burgo stapte naar voren zodat het licht op zijn gezicht viel. ‘Wees niet boos op Fleur. Je weet dat ze altijd doet wat ik zeg.’ Hij glimlachte. Ik was die glimlach vergeten. En ik was ook vergeten hoe donker zijn ogen waren. Ik bedwong de neiging me om te draaien en weg te hollen. ‘Mijn deelneming met het overlijden van je vader,’ zei hij.

‘Ja. Dank je. Hoe gaat het met jou?’ Hoewel ik geschokt was hem hier aan te treffen, was ik vastbesloten kalm te blijven.

‘Ik móést je zien.’ Burgo deed een stap dichterbij. ‘Ik wilde je zeggen hoezeer het me spijt dat het tussen ons zo is gelopen. Het is heel anders gegaan dat ik had bedoeld. Ik heb geprobeerd je te vinden.’ Terwijl Burgo praatte, kwam hij steeds dichterbij. ‘Ik heb zelfs verdomd hard mijn best gedaan je te vinden. Maar je was volledig van de aardbodem verdwenen. Ik heb iedereen gebeld die misschien kon weten waar je was. Het was afschuwelijk helemaal niets te weten.’

'Ik had je toch een brief gestuurd?'

'Twee regels. Die waren niet echt geruststellend. Je zei dat je weg zou gaan. Hoe moest ik weten wat dat betekende? Ik heb me van alles in mijn hoofd gehaald.'

'Het spijt me.'

'Doe niet zo koel.' Hij pakte mijn hand. 'Ik heb zelfs overwogen die journalisten een oproep in de krant te laten zetten om je te smeken bij me terug te komen.'

Ik probeerde mijn hand terug te trekken, maar hij hield vast. 'Dat zou wel heel doldriest zijn geweest.'

'Fleur zegt dat je naar Ierland bent geweest. Waarom? Had je daar vrienden?' Hij zweeg even. 'Een andere man?'

'Ik kende er niemand. Daarom juist. Ik wilde een nieuw begin maken.'

'Maar dat is niet mogelijk, hè? We kunnen het geen van beiden vergeten.'

'Toch was ík het vergeten – tot vandaag. Niet jou natuurlijk, ik zal jou nooit kunnen vergeten. Maar ik was vergeten waarom ik het de moeite waard vond al het andere te negeren wat ik ooit aan ervaring en intelligentie had opgedaan, omwille van... de liefde.'

Hij greep mijn hand nog steviger vast. 'Goed. Je wilt me straffen. Dat aanvaard ik, maar heb in 's hemelsnaam een beetje medelijden met me.'

'Hoe kan ik jou ervan overtuigen dat ik mezelf ten volle verantwoordelijk acht? Ik wil niet dat je je schuldig voelt jegens mij. Ik wil dat je helemaal niets voor me voelt.'

'Ik geloof je niet, ik...'

Ik trok mijn hand terug. 'Vaarwel, Burgo. Het spijt me dat je zoveel moeite voor niets hebt gedaan.'

Ik liep naar de deur. Die ging gemakkelijk open. Dickie had het vochtprobleem kennelijk opgelost. Ik liep de tuin uit, naar de oprit waar mijn auto stond geparkeerd.

Dickie kwam de voordeur uit gesneld, zo vlug als zijn manke been hem toestond. Ik stapte in de auto en draaide het raampje omlaag.

'Het spijt me,' hijgde hij. 'Ik had geen idee. Fleur heeft me nu pas verteld dat Burgo er is. Ga alsjeblieft niet zo weg.'

'Het geeft niet, Dickie. Het geeft echt niet. Wees niet boos op Fleur.' Ik stak mijn hoofd uit het raam om hem op de wang te kussen. 'Ik zal hier niet meer komen, maar blijf je alsjeblieft herinneren hoezeer ik op jullie gesteld ben.'

Ik liet de koppeling opkomen en reed weg. In mijn achteruitkijkspiegeltje zag ik Dickie op de oprit staan en mij met een verbijsterde blik nakijken. Vlak bij de ingangshekken stond Burgo's – of liever gezegd Simons – auto tussen de bomen geparkeerd, zodanig dat hij verborgen was voor iemand die naar binnen reed. Ik was boos op mezelf omdat ik zo geagiteerd was. Mijn hart bonsde hevig. Maar één ding was zeker. Hoewel Burgo's uiterlijke aantrekkingskracht geen greintje minder was dan eerst, was ik geen ogenblik in de verleiding gekomen erop in te gaan. Arme Burgo! Wat moest hij geduldig hebben zitten wachten, in de hoop op een gelukzalige hereniging op de Chinese divan! De rit naar Cutham terug was lang genoeg om eens serieus na te denken.

Ruby was in de keuken bezig een citroenmerenguetaart uit de oven te halen.

'Niet slecht, al zeg ik het zelf.' Ze keek voldaan naar de knapperige welvingen, met het laagje goud erop. Brough, die aan de tafel een dikke sandwich zat te eten, bekeek de taart goedkeurend. Zijn nek puilde over zijn kraag, zijn uniform spande bij de naden.

'Dat ziet er heerlijk uit,' zei ik. Ik wachtte tot Brough zijn sandwich op had en vertrokken was. 'Goed, Ruby.' Ik hield haar tegen toen ze weer naar het fornuis wilde lopen. 'Zeg eens eerlijk. Ben je hier gelukkig?'

Ruby keek verbaasd. 'Maar Roberta! Alsof ik iets anders zou kunnen zijn. Natuurlijk missen we je lieve papa allemaal vreselijk, maar ik ben erg op je moeder gesteld en dit is zo'n mooi oud huis. En Oliver, ach, dat is zo'n lieve jongen. Ik was bang lieverd, dat je me als een indringer zou beschouwen, maar je bent alleen maar heel lief voor me geweest. Als jullie allemaal zo lief voor me zijn, hoe zou ik dan niet gelukkig kunnen zijn?'

'Ik denk dat het eerder andersom is, maar daar gaat het nu niet om. Het punt is dat ik naar Londen terug wil. Om daar weer te wonen en te werken. Maar dat kan ik alleen doen als jij wilt blijven om voor mijn moeder te zorgen.'

'Ach mijn kind, ik zou niets liever willen. Het is erg lief van je dat je me zo'n kostbare taak toevertrouwt. Ik weet hoe erg ze je zal missen, maar net als alle andere moeders denkt ze meer aan het geluk van haar kinderen dan aan dat van haarzelf.'

Ik kuste Ruby hartelijk. 'Je moet het me laten weten als er iets is wat je nodig hebt.'

Ik liep weg om wat telefoontjes te plegen.

53

'Je hebt geen idee wat voor opluchting het is dat jij er weer bent,' zei Sarah terwijl we roerei met gerookte forel in de keuken van het huisje in Paradise Row aten. Er waren vijf dagen voorbijgegaan sinds ik naar Ladyfield was geweest en Burgo had ontmoet.

'Het is heerlijk om weer terug te zijn.'

Sarah had me verteld dat Jasmine ook weer terug zou komen naar Paradise Row. We waren elkaar zelfs net misgelopen. Ze was, vierentwintig uur voor mijn terugkeer, vertrokken voor drie weken vakantie in Portofino met Kit.

'Als ik Jasmine moet geloven, leek dat huis in Ierland een kruising tussen *The Celtic Twilight* en een film van Buñuel.'

'Het was... erg mooi.' Ik zag dat Sarah wachtte tot ik verderging. 'Een kasteel uit de dertiende eeuw, hoewel het meeste van wat je zag Georgian was. Het stond op een terrein van zo'n honderd hectare halfverwilderd parklandschap.'

'Klinkt heel idyllisch, als dat je smaak is.' Sarah klonk niet echt enthousiast. Ze was in de stad geboren en getogen en had een hekel aan het buitenleven. 'Maar hoe zat het met de bewoners? Uit wat je aan de telefoon zei, begreep ik dat ze nogal saai waren. Maar Jazzy was iets uitvoeriger dan jij. Ze heeft me een korte samenvatting van de hoofdrolspelers gegeven. Constance was de ongetrouwde tante, als ik het me goed herinner. Jazzy zei dat ze vriendelijk en vaag en uitermate intellectueel was, en verliefd op iemand die volgens Jazz mogelijk homo was.'

'Ze is heel gevoelig en intelligent. Misschien ook intellectueel. Ze is een geweldige vriendin geweest.'

'Jazzy beschouwt iedereen die de reclames in de ondergrondse leest al als een blauwkous. Vertel eens wat over die minnaar.'

'Eugene is geen homo. Hij is alleen wat egocentrisch en overgevoelig.' Ik herinnerde me hoe Eugene zich tussen Constance en de kogel had geworpen. 'Maar niet zonder moed. Ik ben erg op hem gesteld geraakt.' Sarah fronste haar wenkbrauwen. 'Maar niet op de manier die jij denkt. Constance en hij zijn nu uitzinnig gelukkig.'

'Er waren drie kinderen, hè? Uit wat Jazzy me vertelde leken ze heel lastig.'

'Lastig? Nee, dat vind ik niet. Liddy is de oudste. Verveeld, rusteloos, altijd op het randje van een depressie. Eetstoornissen, opstandig, de gebruikelijke identiteitscrisis van een tiener. Flavia is de jongste. Ze is heel gevoelig, loopt over van genegenheid – de meisjes leden onder het gebrek aan aandacht van beide ouders. En Flurry, de jongen, is heel intelligent, maar een beetje contactarm. Hij leeft in zijn eigen wereldje. Misschien is hij daarom wel de gelukkigste.'

'Nou, het klinkt mij als knap lastig in de oren.'

'Dat kan ik niet zeggen. Ik heb nooit veel met kinderen te maken gehad. Ik weet alleen wel dat ik erg veel van hen hield.' Ik voelde even een steek van pijn en concentreerde me op mijn mes waarmee ik een klodder roerei van het tafelkleed schraapte.

'Ik begrijp dat Kit ook vaak op Curraghcourt kwam? Nog voordat Jazzy arriveerde, bedoel ik.'

'In de tien maanden dat ik op Curraghcourt was, heeft hij er een paar weken doorgebracht. Wat vond je van hem?'

'Charmant. Intelligent. Vriendelijk. Misschien een beetje te charmant. Hij zei zinnige dingen over de wet en over het werk van advocaten. Maar toen Jazzy hem vertelde dat jij hier ook had gewoond, keek hij opeens overmatig belangstellend om zich heen. Dus wat betekent dat?'

'Dat betekent niets. Ik zweer dat Kit en ik goede vrienden waren, nooit geliefden.'

'Je bedoelt dat hij met je naar bed wilde, maar dat jij hem de kans niet gaf.'

'Kit wil de liefde bedrijven met iedere vrouw die hij ziet. Dat is het enige waar ik me zorgen over maak. Ik hoop dat hij Jazzy niet ongelukkig zal maken door haar ontrouw te zijn.'

'Ik maak me over haar geen zorgen. Zij komt altijd weer op haar pootjes terecht. Weet je nog hoe ze binnen de kortste keren over haar verdriet om Teddy heen was? Ik maak me eerder zorgen over jou. Waarom zie jij eruit alsof je spoken hebt gezien? Waarom doe je zo neerslachtig?'

'Met mij is alles goed, Sarah, echt waar. Ik vind het heerlijk om hier weer terug te zijn. Maar ik moet gewoon mijn tanden in iets van werk kunnen zetten, en dan kan ik mijn oude leven van voordat ik Burgo ontmoette weer opnemen. Daar heb ik behoefte aan. Een eenvoudig en overzichtelijk leven.'

'Hm.' Sarah nam een punt strooptaart. Ze was een stevige eter en trok zich niets van mode of taille aan. 'Er is iets wat je me niet wilt vertellen. Je vertrouwt me niet.'

'Echt wel. Ik vertrouw je absoluut.'

Dit was waar. Maar ik vertrouwde mezelf niet. Ik zag dat ze niet tevreden was, maar ik had geen behoefte haar in vertrouwen te nemen. Het leek me eenvoudiger om mezelf wijs te maken dat ik me niet ellendig voelde als ik geen meelevende ogen had die me overal in huis volgden.

'Hier is iets wat je zal interesseren,' zei Sarah drie dagen na mijn terugkeer naar Paradise Row. Ze gooide *The Times* over de ontbijttafel. 'Vierde of vijfde artikel in de rubriek familieberichten.'

Ik las het snel. *Latimer. Op 22 april, voor Anna en Burgo, in de Princess Alexandra Wing, St. Edward's Hospital, een dochter (Isobel Helen). Met dank aan het medisch personeel.*

'Was dat niet rond de tijd dat hij probeerde het weer met jou aan te leggen?' Sarahs bruine ogen stonden verontwaardigd.

'Het was de dag ervoor.' Ik zweeg even, terwijl ik me afvroeg wat ik eigenlijk voelde. 'Ik denk dat hij niet in het middelpunt van de belangstelling stond, en dat hem dat niet beviel. Hij verveelde zich, daarom moest hij aan mij denken.'

'Je moet jezelf niet zo afkammen,' zei Sarah streng. 'Die baby is waarschijnlijk alleen maar in verband met zijn carrière. Degelijke huisvader, weet je wel.'

'Arm kind, als dat zo is. Zíj kijkt in elk geval heel blij.'

'Jij vindt het niet erg, Bobbie?'

'Nee, ik ben er eigenlijk wel blij om. Het zet een heel duidelijke punt achter alles. Ik neem aan dat hij zijn dochter heel toegewijd zal zijn tegen de tijd dat ze oud genoeg is om hem te bewonderen. Misschien had dat huwelijk wel behoefte aan een kinderkamer.'

In de derde week dat ik terug was in Londen, had ik het geluk een baantje te vinden in het Victoria and Albert Museum. Het betaalde slecht, maar het gaf me een reden om 's ochtends mijn bed uit te komen.

Constance schreef regelmatig met het laatste nieuws, altijd alsof ze geloofde dat ik elk moment terug zou komen om alles weer op te nemen waar ik was gebleven. Ze waren drukker dan ooit met alle bezoek. Er waren steigers rond de westelijke toren geplaatst, klaar om met het werk aan het dak te beginnen. Geen van onze extravagante plannen om de aanvullende zevenduizend pond bij elkaar te krijgen was nodig geweest. Finn was gewoon voor een lening naar de bank gestapt. Hij was achter het poteenpotje gekomen, zoals onvermijdelijk eens moest gebeuren, en hij had het voortzetten ervan verboden, dus had Timsy de destilleerderij ingericht in de portierswoning die Finn hem jaren geleden had gegeven. Dit was veel handiger voor iedereen en het betekende dat het terrein niet langer wemelde van lieden die vergetelheid zochten. Finn had ook ontdekt dat Timsy een bookmakerskantoor beheerde, waar hij weddenschappen afsloot op van alles en nog wat, van de lengte van het huidige pontificaat tot de kans op een droge periode van vijf dagen. Constance ontdekte tot haar ergernis dat er zwaar was gewed op de kans dat het tussen Eugene en haar iets zou worden.

Liddy en Danny schreven elkaar om de week korte novellen. Liddy had het niet langer over naar Londen gaan. Parijs was nu het toppunt van haar verlangen. Ze at heel goed, nu Danny had gezegd dat hij van meisjes met vormen hield. Violet had vijf stappen met slechts één kruk kunnen zetten. Ze zou dankbaar zijn voor een catalogus van Harrods. Constance hoopte dat ik haar niet zelfingenomen zou vinden als ze het vertelde, maar dat ik haar zoveel aanmoediging had gegeven dat ze dacht dat ik het misschien leuk zou vinden te horen dat er weer twee gedichten van haar waren uitgegeven. Ze was uitgenodigd lid te worden van de Galway Poets, een groep dichters die maandelijks in Williamsbridge bijeenkwam om uit eigen werk voor te dragen. Constance zou *uitermate* (driemaal onderstreept) dankbaar zijn voor nog een zending *je-weet-wels.* (Ik had haar in mijn eerste week in Londen een doosje met veertig Durex Fetherlites gestuurd. Ik vermoedde dat haar relatie met Eugene bevredigend verliep.)

De spoorlijn vorderde gestaag. Er lag inmiddels honderd meter rails. De vrouw van Dick Dooley zat nu in de poort om kaartjes te verkopen. Larkie O'Kelly dreef de kruidenierswinkel in Kilmuree nu praktisch in haar eentje. *Blikken artisjokharten, Bobbie! En Franse mosterd, kastanjepuree en viskuit!*

Flavia had Maria en Osgar afgericht om op haar fluitje te reageren, en dat lukte de helft van de tijd. De vraag naar zelfgemaakte boter, die ze in de tearoom verkochten, was zo groot dat ze nog een koe bij Michael McOstrich hadden gekocht, en een tweedehands melkmachine. Sissy en Michael McOstrich waren getrouwd. De receptie was in de Fitzgeorge Arms gehouden, een overvloedig feest volgens de berichten, maar er was niemand van Curraghcourt uitgenodigd, wat niet verwonderlijk was.

Kieran, de loopjongen van Turlough McGurn, had ruzie gehad met zijn baas en was in de moestuin komen werken. Ze hadden de tuinbonen, worteltjes, aardappels en vroege kool geoogst. De bloemkool was niets geworden en het grootste deel van de erwten was door slakken opgegeten, maar ze hadden zoveel courgettes dat ze die in de tearoom verkochten. De taarten van mevrouw O'Kelly waren heel aardig, maar lang niet zo lekker als die van mij. (Ik probeerde niet al te trots te zijn toen ik dit las.) Ze hadden in een klein deel van de kas nieuw glas gezet om te kunnen voorzaaien. Ze waren van plan om stukje bij beetje de hele kas te restaureren, naarmate het geld beschikbaar kwam. Maud had gezegd dat ze geen Engels accent kon horen zonder aan mij te denken. Ze had niet gezegd wat ze dan wel dacht, maar Constance vond dat het uit de mond van Maud toch een dusdanig compliment was dat ze het de moeite van het doorgeven waard vond.

Aanvankelijk had ik weinig zin om uit te gaan. De moeite een opgewekt gezicht te trekken en gezellig te doen, leek meer dan waar ik toe in staat was. Maar naarmate de tijd verstreek dwong ik mezelf normaal mee te doen.

Gaandeweg begon ik eraan te wennen niet gelukkig te zijn. Er waren dagen dat ik nauwelijks de pijn in mijn hart opmerkte. Ik probeerde beter te eten en minder te drinken. Ik nam geen hoofdpijntabletten meer. Ik begon langer en beter te slapen. Aangemoedigd door Sarah herplantte ik het tuintje van Paradise Row en knapte de zitkamer op. Dit bezorgde me veel plezier. Maar als ik een Iers accent op straat hoorde, werd ik onmiddellijk teruggevoerd naar die andere wereld, en ik kon geen nieuws over Dublin, Belfast, Stormont of de activiteiten van de IRA horen zonder een heel ongepast gevoel van nostalgie te krijgen.

Constance, die trouw was blijven schrijven – ook al deed ik er weken over om te antwoorden met brieven die kort en onbevredigend waren – liet me weten dat Eugene en zij gingen trouwen. *Bobbie, ik weet dat het ver weg is en dat jij het nu heel druk hebt, met je baan en je gezellige leven in Londen, maar je moet weten dat de dag voor mij niet compleet zal zijn als jij er niet bij bent. Bij wijze van huwelijksreis zullen we slechts één nacht in het Grand Hotel in Williamsbridge doorbrengen omdat we terug moeten zijn voor de bezoekers, maar dat vinden we niet erg. We zijn erg blij dat we elkaar hebben gevonden. Maar jij moet wel in de kerk zitten. Het is veel gevraagd, dat weet ik, maar het betekent* HEEL VEEL *voor me.* Dit was drie keer onderstreept. Er volgden nog meer plannen voor hun huwelijk. Eugenes aquarellen, die in de tearoom tentoon waren gesteld, leverden stof voor een volle pagina in de krant. Een Amerikaan had alles gekocht en bestelde nog een serie met mooie plaatjes van Ierland.

De Galway Poets hadden hun hoofdkwartier naar Curraghcourt verplaatst en een regionale krant had Curraghcourt het nieuwe centrum van Ierse cultuur genoemd.

Maud had een echtpaar, dat ze zittend op haar bed had aangetroffen, etend uit een blik biscuitjes, op schokkende wijze de mantel uitgeveegd. Liddy werkte hard voor haar examens en maakte iedereen razend met haar preken over wat er in Ierland niet deugde. Flurry's spoorbaan vorderde goed. Aan het begin van het volgende seizoen zou hij passagiers kunnen vervoeren. Flavia was begonnen *David Copperfield* te lezen, en ze was razend enthousiast.

Finn en Violet zouden een week bij oude vrienden in Kildare gaan logeren.

> *Pastoor Deglan probeert me te dwingen voor de trouwerij ter communie te gaan, en ik heb zo'n idee dat hij heeft geraden wat mijn probleem is. Het zal een opluchting betekenen getrouwd te zijn en een rein geweten te hebben. Maar ik ben pas echt gelukkig als ik zwart op wit heb gehad dat jij echt komt. Ik heb je zoveel te vertellen, lieve Bobbie.*

Ik stuurde een verontschuldigend briefje terug, met de verklaring dat ik vanwege mijn drukke werk echt niet op haar trouwerij kon komen. Ik besefte dat het mijn woorden aan hartelijkheid ontbrak, hoewel ik probeerde enthousiast te klinken over de ophanden zijnde plechtigheid. Ik stuurde een eerste editie van de gedichten van Samuel Ferguson, wat ik me eigenlijk niet kon veroorloven. Daarna schreef Constance minder vaak, en korter. Ik wist dat ze gekwetst was en dat speet me oprecht. Maar het lukte me eenvoudigweg niet om anders te handelen.

Het huwelijk van Kit en Jazzy was een heel andere zaak. Tot onze opluchting werden Sarah en ik niet gevraagd bruidsmeisjes te zijn. Met respectievelijk negenentwintig en achtentwintig jaar voelden we ons daar echt te oud voor. De bruiloft vond plaats in Norfolk, aangezien Jazzy's ouders veel reisden en nooit lang op dezelfde plaats bleven.

Random Hall was een schitterend huis, omringd door een park van vele hectaren. Jazzy zag er beeldschoon uit en Kit sprak de trouwbelofte op schallende toon uit, maar ik zag met schrik hoe hij steels naar het oudste bruidsmeisje loerde, een rondborstige jongedame van achttien.

Niet lang hierna verloofde Sarah zich met Bryn, een vrolijke advocaat, die zijn intrek nam op Paradise Row. Ik kreeg via een headhunter een baan, met het dubbele van mijn huidige salaris, als assistente van een rijke kunsthandelaar. De man reisde de hele wereld af op zoek naar nog zeldzamer en mooiere schilderijen en antiek, en hij had behoefte aan iemand die zijn zaak in Engeland draaiende kon houden.

Het mooiste aan de nieuwe baan was dat ik nu genoeg verdiende om zelf wat te kunnen verzamelen. Het huis op Paradise Row begon zich te vullen met mijn aankopen. Ik besloot me te specialiseren in Iers zilver en Ierse chippendale. Ik rechtvaardigde dit tegenover mezelf op grond van het feit dat deze objecten nog steeds ondergewaardeerd waren en daarom een goede investering vormden.

De tijd verstreek. Ik bracht de kerstdagen op Cutham Hall door. Ruby was dolblij me te zien. Ze was bezig allerlei kleertjes te breien omdat Oliver vader ging worden.

Toen het voorjaar opnieuw aanbrak, voelde ik in mijn binnenste een opleving van het egoïsme dat de kern van overleven is. Ik genoot van mijn baan. De rijke kunsthandelaar, die Myles Boughton heette, was aantrekkelijk, intelligent, en zeer tevreden over mijn prestaties. Hij bezat een groot gevoel voor humor en een Ierse grootmoeder. En een vrouw. Hij vroeg me met hem uit eten te gaan. Ik weigerde. Na een tijdje vond ik het nodig hem uit te leggen dat ik er een regel van had gemaakt nooit met getrouwde mannen uit te gaan, zelfs niet als ik er volmaakt zeker van kon zijn dat er sprake was van niets anders dan louter vriendschap. Hij bekende me toen dat hij jaren geleden over Burgo en mij had gelezen.

Ondanks mijn vastbeslotenheid hem op een afstand te houden, bleek hij een royale werkgever te zijn en wist diverse stukken zilver en meubels tegen spotprijsjes voor mijn verzameling op de kop te tikken.

Sarah vond dat ik overdreven voorzichtig deed. Ze noemde Myles vanwege zijn gulle gedrag lord Bountiful, zelfs waar hij bij was. Gelukkig was hij heel tolerant en vond hij haar grappig. Sarah zei (niet waar hij bij was) dat zijn huwelijk toch al op de klippen was gelopen. Dit was vermoedelijk waar. Ik had mevrouw Boughton één keer ontmoet. Ze leed aan godsdienstwaanzin en probeerde grote hoeveelheden geld van lord Bountiful aan de een of andere sekte te geven. Sarah vertelde me om de haverklap dat ik stom was om deze kans op geluk niet te grijpen.

'Wat wil je nou nog meer?' riep Sarah wanhopig uit. 'Je bent bijna negenentwintig. Je moet aan je toekomst denken. Je wilt toch zeker geen zure ouwe vrijster worden?'

Ik zuchtte. En begon met lord Bountiful – Myles – uit te gaan. We gingen naar opera's, toneelstukken en concerten. We gingen wandelen, leenden elkaar boeken, praatten over mooie dingen. We genoten van elkaars gezelschap, lachten veel. Een paar weken na ons eerste etentje ging hij weg bij zijn vrouw. Ik hoopte dat het niets met mij te maken had. Myles en ik hadden het gezellig samen. Ik moest erkennen dat zijn gezelschap iets aan mijn leven toevoegde wat ik danig had gemist. Ik voelde me veel opgewekter. Tot het tijd was om afscheid te nemen wanneer ik weigerde hem in mijn bed toe te laten en hij mopperend vertrok.

'Wel allemachtig!' gilde Sarah. 'Wat verwacht je nou nog meer van die arme man? Hij moet het geduld van een heilige hebben! Als ik Bryn' – dat was de opgewekte advocaat uit Wales – 'ook maar één week zo had behandeld, was hij allang weg geweest. Je houdt die arme man nou al maanden aan het lijntje! Laat je hart eens spreken, Bobbie! Denk aan de toekomst.'

Het was nu mei. Het was meer dan een jaar geleden dat ik Curraghcourt had verlaten. Ik had het verleden achter me gelaten. Zoals Sarah zei, als vrouwen als gelijken wilden worden behandeld, moesten ze zich in alle opzichten als superieure wezens gedragen en niet als sentimentele, landerige zeurpieten. Ik zag hier de waarheid van in. Toen ik op een zaterdagmorgen bij het ontbijt een brief van lord Bountiful kreeg, nu in Jaipur, maakte ik die bijna gretig open.

Lieve Roberta,
Hierna ga ik naar New York. Ik heb besloten daar een basis op te zetten. Wil je me daarbij gezelschap houden? Om op jouw onnavolgbare wijze de vestiging te leiden? Voor minstens een halfjaar. Als het je bevalt, langer. Ik heb trouwens een scheiding aangevraagd. Ik zou het bijzonder op prijs stellen als je me wilt helpen deze hindernis te nemen. Alle onkosten worden uiteraard vergoed. Als het antwoord ja is, wil je misschien nog wat extra spullen voor de reis bestellen:

kleren, koffers en dat soort zaken. Laat die op de rekening zetten.
Hartelijke groeten, M

'Wel allemachtig!' zei Sarah tegen de opgewekte advocaat. 'New York! Nieuwe kleren. Nieuwe koffers! Alle onkosten worden betaald! Het enige dat jíj me ooit geeft zijn boeken en kaartjes voor het theater.'

'Maar je zei dat je dat leuk vond!' protesteerde Bryn. 'Je zei dat je niet met vrouwelijke prullaria te koop was.'

'Wat ben jij een sukkel om zoiets te geloven.' Sarah deed minachtend. 'En, Bobbie? Ik hoop dat je ja gaat zeggen.'

New York. Ik was er nog nooit geweest, maar ik had het in films gezien. Het zag er goed uit. Veel bedrijvigheid. De Amerikanen waren dol op antiek. Er was al veel mooi spul naartoe gegaan. Misschien kon ik er iets van terugkopen. Het zou een nieuw begin zijn. Ik zou wel gek zijn om het niet te doen.

'Als je niet gaat, dan vind ik je een volslagen...' begon Sarah.

'Ik weet het, ik weet het,' zei ik. Ik zweeg nog even. 'Ik denk... dat ik het ga doen.'

Sarah slaakte een diepe zucht van opluchting. 'Hè, hè. Welkom terug in het land der levenden, Bobbie!'

'Het spijt me dat ik zo vervelend ben geweest,' zei ik nederig.

Ik belde Myles in India om hem te vertellen dat ik naar New York zou komen. Hij klonk blij. Hij zei dat hij een leuk oud huis had gehuurd in Turtle Bay, een rustig deel van Manhattan. Ik kon het appartement op de benedenverdieping krijgen. Katherine Hepburn, die ernaast woonde, heette een beetje een kluizenares te zijn en zou daarom een ideale buurvrouw zijn.

Gedurende enkele dagen deed ik mijn werk als in een droom. Ik probeerde me mijn nieuwe leven in Amerika voor te stellen. Dat lukte me absoluut niet. Ik zou het gewoon moeten ondervinden. Ik belde Cutham om het aan Ruby te vertellen. Ze deed enthousiast.

'Je moeder zal je missen, liefje, maar ik denk dat het beter is voor jou. Soms denk ik wel eens dat jij geen gelukkig meisje bent geweest. En ik kan niet bedenken waarom. Met een knap gezicht en zo'n figuur, en dan zo intelligent... De wereld zou aan je voeten moeten liggen. Dat heb ik al vaak tegen Oliver en Sherilee gezegd.'

'Ach, nou ja. Dank je. Ik kom morgen even langs om afscheid te nemen.'

'New York!' Mijn moeder keek op van haar boek. Ze lag in een ligstoel op het terras van Cutham, met haar voeten op een bankje, een plaid over haar knieën. 'Ik heb gehoord dat de misdaadcijfers daar heel hoog zijn. Ze hebben er veel negers en Portoricanen, en dat verklaart het natuurlijk. Ik hoop alleen wel dat je goed weet wat je doet, Roberta. Ik neem aan dat er een man in het spel is. Nee, bespaar me de details.' Ze stak een hand op in protest, toen ik mijn mond opendeed om over Myles te vertellen. 'Probeer alleen wel de kranten te mijden, als je kunt.' Ze klingelde met het koperen belletje dat naast een bord Turks Fruit op een tafeltje stond, om Ruby te laten weten dat het tijd was voor de thee.

Ik ging naar Oliver en Sherilee in de Red Lion. Sherilee zat een klein, roze hoopje mens te voeden. 'Arme tante Bobs,' zei Sherilee toen ik mijn neefje in de armen hield en hem op zijn kleine, rimpelige gezichtje kuste. 'Het is echt heel sneu. Andermans baby's zien terwijl je er waarschijnlijk nooit een van jezelf zult krijgen. Ik heb echt met je te doen. Ze zeggen dat New York een akelige, smerige plaats is. Ik hoop dat je er niet eenzaam zult zijn.'

Het bericht van mijn ophanden zijnde vertrek naar Amerika deed de ronde. Jazzy, die nu met Kit in een flat in Holland Park woonde, kwam meteen, om me huilend om de hals te vallen. 'Ik kan het niet verdragen dat je weggaat! Ik had erop gerekend dat je áltijd bij me in de buurt zou zijn. En nu ga je er weer vandoor!' Ze keek me verwijtend aan, met doorgelopen mascara.

'Trek je toch niet zoveel van dat gesnotter aan!' riep Sarah. 'Je zult het er geweldig vinden. En je zult hém geweldig vinden. Ik vind hem namens jou al geweldig. Wat een man vol royale gebaren! Ik vind dat héérlijk in een man!'

De arme Bryn keek wat sip, en hij bracht die avond een duur versierde doos mee met erin een Janet Reger-slipje.

'Ach, malloot die je bent!' zei Sarah. Maar ik zag hoe ze hem later in de keuken kuste, heel teder voor haar doen.

De volgende zaterdagmorgen arriveerde mijn vliegticket, enkele reis. De vlucht was de volgende dag.

'Concorde, niets minder!' gilde Sarah. 'Het enige dat ík ooit heb gehad is een tweedeklas kaartje naar New Street, Birmingham. Ik had me veeleisender moeten opstellen. Lieve help, lord Bountiful is ongeduldig! Maar wel verstandig, denk ik. Hij weet wat voor treuzelaar je bent. Nu moet je snel aan de slag.' Ze keek op haar horloge. 'Over iets meer dan zesentwintig uur zit je in de lucht, op weg naar een nieuw leven.'

'Maar wat moet ik met al mijn spullen doen?' Ik werd opeens zenuwachtig. 'Mijn meubels. Het zilver. Het roomkleurige dessertservies dat ik net heb gekocht.'

'Lieve help, doe niet zo materialistisch, zeg!' Sarah keek geschokt. 'Je kunt alles hier laten. Ik wil er met alle plezier voor je op passen. En als je daarna besluit voorgoed te blijven, kun je alles op laten sturen.'

Bryn zat in badjas en sokken aan de ontbijttafel, zo'n broederlijke verhouding hadden we in dit stadium. 'Dit is net zo'n van arm-naar-rijk-musical. Elk moment kunnen er in rokkostuum gehulde mannen met zwaaiende wandelstokken dansend door de voordeur naar binnen komen om over de hemel te zingen. Wat kan het leven nog meer te bieden hebben?'

'Die meid zal in weelde baden, en dan loopt ze moeilijk te doen over wat oude stukjes hout en metaal.' Sarah smeerde een royale laag boter op haar toast. 'Ik voel me net een lelijke stiefzuster.'

'Wie doet er hier nu materialistisch?' vroeg ik.

Ik pakte een brief die met dezelfde post was gekomen als mijn vliegticket. Er zat een Ierse postzegel op, maar het handschrift was schots en scheef, niet het elegante hand van Constance. Ik maakte hem open en keek naar de handtekening.

Ik stond van tafel op en liep naar het raam om de brief te lezen.

Beste Bobbie,

Je zult verbaasd zijn een brief van mij te krijgen. Ik heb een gloeiende hekel aan brieven schrijven, daarom sla ik de gebruikelijke beleefdheden over. Ik weet niet wanneer je voor het laatst iets van Constance hebt gehoord. Die vrouw gaat zwevend van verliefdheid door het leven, dus misschien heeft ze je niet geschreven om te vertellen dat die idioot van een dochter van mij Curraghcourt heeft verlaten om er met Anthony Molesworth vandoor te gaan naar Dublin. Met dwazen valt niet te praten. Ik begrijp werkelijk niet waarom ik met zo'n halve gare als dochter ben opgezadeld. De hemel weet dat ik mijn best heb gedaan haar op het rechte pad te houden. Hoe dan ook, ze zit nu bij Anthony. Basil Molesworth, een ander soort dwaas, is bezig Annagh Park te verkopen, zodat hij een huis in Dublin kan kopen, waar we met zijn allen kunnen wonen, in een ongetwijfeld moeizame ménage à quatre. Hij heeft het idee dat het drogere klimaat beter zal zijn voor mijn botten. En dat Violet ons wellicht nodig heeft. Wie weet. Hoe dan ook, ik vind dat ik onder deze omstandigheden niet op Curraghcourt kan blijven.

Ik heb het natuurlijk wel aan zien komen. Toen Violet was vertrokken, vroeg ik aan Finn waarom hij, zoals we dat vroeger noemden, een inschikkelijke echtgenoot was geweest. Hij zei dat hij wist dat het huwelijk van kwaad tot erger ging, maar dat zijn hart niet bij haar lag. Hij had het natuurlijk over seks. Als wij vrouwen ons zo opstelden, zou het menselijk ras snel uitsterven. Maar daarin zul je het wel niet met me eens zijn. De moderne vrouw is een ander soort schepsel.

Ik opperde dat hij in dat geval net zo goed zijn hart kon volgen. Of nog beter, zorgen dat jij hier terugkomt. Ik vermoed dat je denkt dat je discreet bent geweest, maar het was duidelijk te zien voor iemand met ogen in zijn hoofd. Ik kan het je echt niet kwalijk nemen. Finn is de minst dwaze man die ik ken. Zijn antwoord was dat jij nu een nieuw leven had en dat hij je niets anders te bieden had dan financiële problemen, lastige kinderen, een leven in de wildernis, ver van alle dingen waar een redelijk mens recht op meent te hebben. Misschien is dit ook jouw standpunt. Ik weet het niet. Maar omdat je goed voor ons bent geweest, leek het me juist je dit te laten weten. Het schijnt dat Finn aan het eind van deze periode als senator, volgend jaar, een boek wil schrijven over Charles Parnell. Wie wil er nou een boek over een zot als Parnell lezen? Als Engelse weet je wellicht niet dat hij een negentiende-eeuwse Ierse politicus was die zijn carrière heeft verwoest door een overspelige relatie aan te gaan met een brutale meid die Kitty O'Shea heette. Ik vertrek vanavond naar Dublin.

Je moet uiteraard zelf beslissen wat je doet.

Met vriendelijke groet,

Maud Crawley (Antwoord niet nodig.)

'Mooie postzegel, zeg.' Sarah pakte Mauds envelop en bekeek hem. 'De Republiek Ierland. Dat brengt me opeens iets in gedachten. Toen je gisteren niet thuis was, heeft er iemand voor je gebeld. Een man. Aardige stem, laag, beschaafd, niet helemaal Engels. Misschien Iers. Of Schots. Ik ben niet goed in accenten.'

'Toen wij elkaar ontmoetten, dacht je dat ik uit Australië kwam in plaats van uit Wales,' bracht Bryn haar in herinnering.

Ik keek op van de brief. 'Wat heeft hij gezegd?'

'Ik zei dat jij op je werk nog wat dingen moest afhandelen. Hij zei dat hij misschien nog wel terug zou bellen, en toen heb ik gezegd dat hij daar snel mee moest zijn, omdat je binnenkort naar New York zou vertrekken. Hij vroeg of je lang weg zou blijven. Ik zei minstens een halfjaar, mogelijk voorgoed. Hij zei toen... Wat was het ook alweer?' Sarah griste de marmeladelepel uit Bryns handen voordat hij die in de jam kon zetten. 'In dat geval wilde hij je niet lastigvallen omdat je het kennelijk erg druk had, en hij wenste je het allerbeste. Of was het veel geluk? Maar hij had alweer opgehangen voordat ik hem om zijn naam kon vragen.'

'Bobbie! Je luistert helemaal niet naar wat ik zeg!' Bryn klonk beschuldigend. Er was een minuut voorbijgegaan waarin ik de brief had opgevouwen, hem weer in de envelop had gestopt en naar het bureau was gelopen om mijn adresboek te pakken. 'Ik wilde weten wanneer we bij je op bezoek mogen komen. Ik heb altijd al naar New York gewild. Wat zeg jij ervan, beste meid?' Hij knipoogde naar Sarah. 'Zullen we daar met huwelijksreis naartoe gaan? Mits we niet *de trop* zijn, natuurlijk.'

Sarah keek me onderzoekend aan, met een strenge blik. 'Ik hoop dat ik er niet verkeerd aan heb gedaan met jou over dat telefoontje te vertellen. Ik veronderstel dat hij iemand is uit de episode die nu geschiedenis is. Daar ben je nu overheen. Denk aan de toekomst, meisje. Dit is geen moment om over het verleden te zitten dromen.'

'Sorry,' zei ik. 'Ja, natuurlijk. Ik vrees dat ik niet goed luisterde. De toekomst.' Ik bleef even stil staan en probeerde mijn gedachten te ordenen. 'Ja. Waar is dat adresboek? Ik ga de verhuizers bellen om te zeggen dat ze mijn spullen in kisten moeten doen. Daarna ga ik mijn koffers pakken.'

'Eindelijk!' Sarah klapte in haar handen. 'Ik ontwaar oprecht enthousiasme. Ik zie de strijdlustige blik in haar ogen. Ik trek een fles champagne open.'

'Maar het is pas negen uur in de ochtend!' protesteerde Bryn.

'Doe niet zo puriteins,' berispte Sarah hem. 'Dit is geen club van geheelonthouders.' Ze liet de kurk uit de fles wippen, schonk drie glazen in en gaf me er één. 'En nu een flinke slok, allemaal. Op de toekomst!'

'Op de toekomst!' herhaalden Bryn en ik braaf.

54

De ramen van de vertrekhal op Heathrow waren beslagen door alle open monden van kijkers toen de Concorde naar het laadplatform werd gesleept. Het vliegtuig bezat de allure van een filmster. Hoe onverschillig je ook voor zulke dingen was, toch kon je je ogen niet van dit vliegtuig afhouden. De omlaaggerichte snavel, de slanke romp, de achterwaarts gerichte vleugels deden je onvermijdelijk aan een roofvogel denken: mooi, nobel, exotisch. Bij het betreden van de cabine kregen zelfs de armoedigste passagier iets van de glamour van de Concorde over zich. Toen het vliegtuig over de startbaan snelde, met indrukwekkende gratie en een gebulder dat je bloed deed zingen, was zelfs een vrouw als ik, zonder enige interesse voor wat voor machine dan ook, onder de indruk van dit elegante en originele ontwerp. De Concorde was het zinnebeeld van de toekomst. Ik zag het vliegtuig opstijgen, zonder een greintje spijt.

Het vliegtuig naar Galway daarentegen was een sigarenkistje met vleugels. Ik verwachtte bijna dat die zouden klapwieken toen we moeizaam opstegen. De keurige akkers en brave dorpjes van de English Midlands verdwenen onder ons uit het zicht. Toen we kruishoogte hadden bereikt, bleef de non die naast me zat haar rozenkrans bidden, al was het minder vurig. Teneinde mezelf te bevrijden van de overtuiging dat het vliegtuig in de lucht werd gehouden door het samentrekken van mijn buikspieren, bestelde ik een miniflesje champagne. Het spul was te zoet en te lauw, maar na anderhalf glas was ik in staat me enigszins te bevrijden van alle spanning waarmee ik de afgelopen vierentwintig uur telefoontjes had gepleegd, brieven met excuses en uitleg had geschreven, kostbaarheden had ingepakt en koffers had dichtgeritst.

Toen we boven de Ierse Zee vlogen, zag ik bijna zeker de veerboot, op weg naar Dún Loaghaire. De kust van Ierland, scherp afgetekend door een witte streep branding, schoof onder ons door. Dublin, een dicht opeen gebouwde stad met wegen en pleinen, keurig door de Liffey in tweeën verdeeld, ging over in de groene, gerimpelde vlakten van Kildare en Offaly. Vermoedelijk ben ik even weggedommeld, want toen ik mijn ogen weer opendeed, zag ik een grijze sliert toen we de Shannon overstaken naar Galway. De kleuren werden nu gevarieerder. Allerlei tinten bruin en grijs mengden zich met het groen en werden door de armen van grote meren in strepen verdeeld. We daalden op adembenemend plotselinge wijze af naar Galway.

Na Heathrow leek dit vliegveld klein en vriendelijk. Ik wachtte op mijn bagage, zocht een kruier, en werd naar het busstation gebracht. Ik moest overstappen in Oughterard. Het groen met roomkleurige vehikel – twintig jaar oud en in verveloze staat – vertrok vijfentwintig minuten te laat om geen andere reden, voor zover ik kon ontdekken, dan dat de chauffeur een gezellig gesprek voerde met de conducteur.

Toen het terrein heuvelachtig werd, begon mijn hart, dat toch al onrustig was, hevig te bonzen. Achter de heuvels verrezen de bergen, met een verpletterende schoonheid.

De vrouw die naast me zat wilde praten. Ze kwam uit Limerick en zou nu na vele jaren van afwezigheid het huis uit haar kinderjaren bezoeken. Ze haatte het woeste landschap van Connemara, de bruine moerassen vol wollegras, de wind die er zomer en winter loeide, het gebrek aan menselijke aanwezigheid.

'Ik vind het prachtig,' zei ik. 'Ik weet geen plek te bedenken waar ik liever zou zijn.'

De vrouw keek me bedenkelijk aan.

Toen de bus over de steile weg naar Kilmuree afdaalde, moest ik me in mijn arm knijpen om zeker te weten dat ik niet droomde. Ik luisterde naar de vrouw die mopperde over het gebrek aan een eigen badkamer in haar oude huis, de vreselijke televisieontvangst, de gewoonte van de man van haar zuster om om negen uur naar bed te gaan en te verwachten dat het huis daarna stil was.

Ik deed zo meelevend mogelijk, maar ik hoorde nauwelijks wat ze allemaal zei. Door het besmeurde raam van de bus was te zien hoe de vrouw grote ogen opzette bij het zien van mijn bagage. Ik vermoed dat vier grote koffers heel weelderig leek. Ik dacht aan Jazzy en glimlachte onwillekeurig.

'Taxi, juffrouw? Wel allemachtig, schijt en uien! Als dat juffrouw Bobbie niet is!'

'Als dat Sam O'Kelly niet is!'

Ik kuste hem op de wang. Hij keek verbaasd maar blij.

'Zegen mijn heilige moeder, maar ik had niet gedacht u hier ooit weer te zien. U ziet eruit als een plaatje. Wat voert u hierheen op deze mooie dag?' Voor ik kon antwoorden pakte hij twee van mijn koffers op. 'U zult wel naar het kasteel willen. Het zal me een genoegen zijn u erheen te brengen.'

Voor het busstation stond een gedeukte auto met O'Kelly's Kabs schots en scheef op de zijkant geschreven. Ik nam plaats op de passagiersplaats terwijl Sam de resterende koffers ophaalde en in de bagageruimte zette.

'Ik wacht op een Fort Cortina,' zei hij trots. 'Het is jammer dat u niet volgende week bent gekomen. Maar goed, u zult wel verder willen. Moet ik er de sokken in zetten, of wilt u liever een toeristische route?'

'Zet de sokken er maar in, Sam, als je wilt.'

'Ziet u dat Larkie Dooley's heeft overgenomen?' Toen we er voorbijreden wees Sam naar een winkelpui die ik lang was vergeten, maar die nu bijna schokkend vertrouwd voor me was. *O'Kelly & Dooley* stond er op de spiegelglazen ruiten. 'Die man is zo lui dattie tegenwoordig bijna nooit meer op komt dagen. Ik zal extra vaart zetten, zodat u het kasteel nog kunt zien voordat het donker is,' zei Sam. Ik stelde dit staaltje gedachtelezen bijzonder op prijs. 'Weet u, juffrouw Bobbie,' ging hij verder toen we Kilmuree verlieten en tussen scherpgetande bergen door reden, 'er zijn veel mensen die er niet aan willen, maar sprekend als een man die Amerika net zo goed kent als wat, moet ik toch zeggen dat ik geen mooier land ken dan dit.'

'Ik ben het helemaal met je eens, Sam.'

'O ja? Da's mooi om te horen.'

Bij de bocht die het begin van de oprijlaan vormde, zag ik het bord dat Constance en ik er veertien maanden geleden hadden neergezet. CURRAGHCOURT 1 KM.

Deze keer beet ik hard op mijn duim om mezelf ervan te overtuigen dat ik niet droomde.

De richels in de weg waren opgevuld met stenen. We reden omhoog, het bos in. Sam was opgehouden met praten, en daar was ik hem dankbaar voor. Ik wilde alle details in me opnemen. We kwamen bij de plek waar het weggetje om de moestuin heen liep. Boven op de heuvel kwamen we het bos weer uit en begonnen omlaag te zakken, waarbij de banden slipten op plaatsen waar de nieuwe laag stenen het dikst was... en daar was het huis.

'Stop even, Sam, als je wilt.'

Hij stopte gedienstig.

Wanneer ik het afgelopen jaar aan Curraghcourt had gedacht, was dit het beeld dat ik het vaakst had gezien. De vier ronde torens, met hun boogvormige ramen, verrezen fier uit het bos dat aan de oost- en westzijde stond. Ik zag de kantelen en de tien grote schoorstenen waaruit paarsgrijze rook opsteeg. Ik draaide het raampje omlaag en ademde diep de geur van mirte in. Mijn bloed begon sneller te stromen, met nieuwe levenskracht, alsof mijn lichaam en geest lange tijd in een staat van apathie hadden verkeerd.

'Een mooi huis.' Sam sprak zacht, als tegen zichzelf. 'Iets om trots op te zijn. Zoiets zul je in New Jersey niet vinden. Zelfs als de winkels de hele nacht open blijven.'

'Laten we nu maar verdergaan.'

Er was een nieuw bord waarmee autobussen door middel van pijlen van auto's werden gescheiden. Een ander bord stuurde bezoekers naar de Modelspoorlijn. VOLWASSENEN 50 PENNY'S; KINDEREN GRATIS. Op het land ten westen van de oprit voerde een meisje met bruin haar een pony over een reeks gestreepte hindernissen. Ik herkende Flavia op de Kaketoe. Ze was te ver weg om naar haar te roepen.

'We zijn er.' Sam stopte bij de poort.

Op dat moment zakte de moed me bijna in de schoenen. Mijn benen wilden niet meer gehoorzamen. Sam deed het portier open en stak een helpende hand onder mijn elleboog.

'Ik breng die wel,' zei hij toen ik aanstalten maakte om de kleinste koffer op te pakken.

We liepen over de ophaalbrug. De slotgracht rook nog vaag naar rottend plantenmateriaal, maar de rommel was opgeruimd. De gaten in de planken waren onlangs met lood gerepareerd.

De kaartjestafel stond onbemand onder de poort, die even koud en somber was als altijd. Aangezien het zondag was, waren er geen bezoekers. Het voorplein, dat op het noorden lag en nooit veel zon kreeg, leek bij wijze van contrast stralend verlicht. Ik was het harde geluid dat je schoenen op de kinderhoofdjes maakten vergeten. Iemand had wat struikjes in de borders langs de rand gezet. Rozen en pioenrozen. Die zouden het vast niet goed doen in deze arme grond. Ik dacht aan mijn plannen voor een perk met buxus en kruiden, waar geen geld voor was geweest.

De grote deur met het fronton verrees voor me, pasgeverfd in mooi donkergroen. Hij stond op een kier, als altijd. Ik liep de vijf treden op, legde mijn hand op de knop en stapte naar binnen. Nu was ik echt doodsbang dat het een droom zou zijn. De hal rook als altijd naar turfrook. Ik deed mijn ogen dicht, opende mijn mond en haalde heel diep adem.

Sam kuchte discreet. Ik moet daar enige tijd zo hebben gestaan, want hij had al mijn bagage binnengebracht. Ik zocht in mijn tas naar mijn portemonnee.

'Heeft u uw verstand soms in Engeland gelaten, om te denken dat ik op zo'n moment geld van u zou aannemen? Ik trakteer, juffrouw Bobbie.' Hij kneep me hard in de hand. 'Larkie zal dolgelukkig zijn dat u weer terug bent. Tot ziens.'

Toen Sam was verdwenen leunde ik tegen de deurpost om alle details van de hal in me op te nemen. Voor me, aan de overkant, waren de stoelen met de galerij erboven. Daar stonden de draagstoel en het harnas. De staande klok liep nog steeds achter. Een bundel zonlicht uit het raam boven de galerij vormde een pad op de vloer. Ik liep erlangs en keek om me heen. Links was de grote schouw met de natuurstenen schoorsteenmantel. Ik dacht aan Lughnasa. En daarna aan tweede kerstdag. Ik ging naast de haard staan. Ik legde mijn hand op de rand en duwde met de neus van mijn schoen tegen de smeulende turven.

Constance kwam uit de gang die naar de keukenafdeling leidde. Ze had een vaas in de ene hand en bloemen in de andere. Omdat ze zich erop concentreerde niet met water te morsen, zag ze me niet. Ze liep naar de grote tafel langs de muur. Ik zag hoe ze de bloemen in de vaas deed: rode tulpen, bronskleurige muurbloemen en vergeet-me-nietjes. Haar haar was nu korter en ze droeg een blauw vest en een gebloemde rok tot op de knie. Aan haar voeten had ze mooie pumps.

'O verdorie!' mompelde ze toen ze water op het mahonie morste. Ze wreef het weg met haar mouw.

Maria en Osgar holden naar binnen. Ze zagen me meteen en renden blaffend naar me toe, met krabbelende nagels op de vloerplanken. Halverwege de kamer liet Maria haar geblaf overgaan in een hoog gejank. Ze sprong tegen mijn knieën op, schuddend van opwinding. Osgar kwam behoedzamer dichterbij, holde toen weg om het gehavende stuk bont, dat hij had laten vallen bij het blaffen, op te rapen.

'Wat mankeert jullie toch, malle beesten?' Constance draaide zich om bij haar bloemen. Ze slaakte een kreet en sloeg haar hand voor haar mond. 'O! Dat kan toch niet... O!' Ze smeet de bloemen neer en holde naar me toe. 'Bobbie! Lieverd!'

Ik sloeg mijn armen om haar heen. 'O Con! Wat heerlijk om je weer te zien!'

'Ik had alle hoop opgegeven je ooit... O, dit is echt geweldig! Ik sta helemaal voor gek. Ik kan het niet helpen, de schok.' Ze deed een stap achteruit en pakte mijn handen. 'Laat me je eens bekijken. Het is zo lang geleden. Meer dan een jaar!' Ze bekeek mijn gezicht en veegde toen haar ogen met haar mouw af. 'Helemaal niet veranderd! O, stíl toch, Maria! Ik kan mezelf niet eens horen denken!'

'Het spijt me heel erg dat ik niet heb geschreven en dat ik niet naar je trouwerij ben gekomen. Vergeef me alsjeblieft!'

'O, ik ben zo blij, ik kan het gewoon niet bevatten. Ik dacht dat je ons helemaal was vergeten!' Ze omhelsde me opnieuw. 'Ik verbeeld het me niet. Je bent het écht. Dit is geweldig!'

'Inderdaad. Maar ik zou er alle begrip voor hebben als je boos op me was.' Ik sloeg mijn arm om haar middel. 'Het was niet omdat ik jullie was vergeten. Het was omdat... omdat het zo moeilijk was.'

Constance glimlachte en schudde haar hoofd. 'Ik ben helemaal niet boos geweest. Teleurgesteld, moet ik toegeven. Maar je bent er nu. Je bent teruggekomen om ons op te zoeken. We willen niet eens aan het verleden dénken. Het was erg jammer dat we het contact verloren, maar ik had er natuurlijk begrip voor. Jij had zo'n leuk leven in Londen, je was zo druk met je nieuwe baan en je vrienden...'

'Constance.' Ik legde haar het zwijgen op. 'Dat is niet waar. Niets is voor mij belangrijker dan de vrienden die ik hier heb.'

'Dat is nou typisch iets voor jou om dat te zeggen! O, wat ben ik blíj dat je bent gekomen! Kun je een tijdje blijven?' Ze keek naar de vier grote koffers.

'Als jullie me willen hebben.'

'Of we dat wíllen?' lachte ze. 'Ik zal de beste kamer in gereedheid laten brengen. Je mag die van Maud hebben... O!' Haar gezicht betrok. 'Dat weet je natuurlijk nog niet. Ik weet gewoon niet hoe ik het moet vertellen. Violet... O, het was allemaal heel akelig, de arme kinderen... het verleden herleefde, weet je... Alleen had ik deze keer gehoopt... het was dwaas van me, maar ik dacht dat ze was veranderd. We moeten niet al te slecht over haar denken... Het is bijna een ziekte bij haar. Bobbie, Violet is wég.'

'Dat weet ik. Maud heeft me geschreven om dat te vertellen.'

'Maud? Heeft zij je geschreven?' Constance keek buitengewoon verbaasd. 'Maar waarvoor, in 's hemelsnaam?'

'Ze dacht dat het me zou interesseren.'

'Dat is heel vreemd, dat zij eraan dacht het jou te vertellen! Maar ja, Maud is een heel bijzonder iemand. En jij had zo je best gedaan om Violet beter te maken. Dat moet de reden zijn. Arme Flavia! Het kind was er helemaal kapot van. Heeft de hele dag gehuild toen haar moeder wegging. Maar ik hoop dat ze aan de gedachte zal wennen. En ze gaat in de zomervakantie bij Violet en Maud en die vreselijke man logeren. Ach, ik hoor natuurlijk niet te oordelen. Onder ons gezegd en gezwegen geloof ik niet dat Liddy er nou zo erg van ondersteboven was. En Flurry, je weet hoe hij is. Toen we het hem vertelden, liep hij meteen naar buiten om samen met Sam een paar meter spoorlijn aan te leggen. Hij schijnt het niet op te merken dat zijn moeder weg is. Ik denk dat het komt doordat hij het altijd zonder haar heeft moeten stellen. Arme Violet! Ik heb niet de indruk dat ze lang gelukkig zal zijn met Anthony. En Maud is echt wóést op hen! Maar waarom heb ik het over treurige dingen terwijl jij net binnen bent gekomen? Ik ga meteen Eugene zoeken. Wat zal hij opgetogen zijn jou te zien!'

'Ja. Maar Constance,' – mijn mond was zo droog dat ik bijna niets kon uitbrengen – 'is Finn thuis?'

'Finn? O ja. Hij komt nu elk weekend thuis. Hij is in de tuin bezig, probeert de fontein te repareren. Die zit weer verstopt met blad. Het is gewoon zo'n lastig ding, je hebt geen idee. Eerlijk gezegd zit ik te wachten tot hij het opgeeft, zodat ik Thady O'Kelly kan bellen. Wil je hem gedag zeggen?'

Constance had haar arm door de mijne gestoken en samen liepen we door de hal naar de zitkamer. 'Hij zal vast erg blij zijn je te zien. Je weet hoe hij is. Hij bemoeit zich niet erg met andere mensen. Maar hij was altijd erg op jou gesteld, Bobbie, ook al liet hij dat misschien niet merken. Mannen zijn altijd zo wonderlijk in het tonen van hun gevoelens. Ik vrees dat hij in een veel beter humeur is nu Violet weg is, maar ik wil niet dat je slecht over hem denkt. Hij heeft het echt geprobeerd, weet je. Nou begin ik alweer over dingen uit het verleden te zeuren.' Ze klopte me op de arm en keek me vol genegenheid aan. 'Finn heeft me één keer gevraagd of ik iets van jou had gehoord. En daarna, toen ik halverwege mijn verhaal over je was, zei hij: "Vertel maar niet meer. Het is een andere wereld. Ik wil me haar liever herinneren zoals ze was toen ze hier was." Ik vond dat heel emotioneel uit Finns mond. Zullen we naar hem toe lopen om hem gedag te zeggen?' Ze legde haar hand op de handgreep van de tuindeuren.

'Con, lieverd. Zou je het heel erg vinden als ik voor deze ene keer alleen ga?'

'Wil je Finn alleen spreken?' Constance keek verbaasd. 'Natuurlijk, als je dat liever doet.' Ze bleef me aanstaren. 'Bobbie, je ziet erg bleek. Er is toch niets met je aan de hand?'

'Ik weet het niet.' Ik beet op mijn lip om die niet te laten trillen. 'Ik moet naar hem toe...'

'Nou, wat geheimzinnig...' Constance keek me verbijsterd aan met haar grote, grijze ogen. Ik zag dat er allerlei ideeën door haar hoofd tuimelden, waarbij het ene het andere wegvaagde, tot er ten slotte een uitdrukking van algehele verbazing op haar gezicht verscheen. 'Bóbbie! Je meent toch niet... Dat méén je toch zeker niet... Finn en jij?' Ze greep mijn handen en drukte die tegen zich aan. 'O, wat ben ik toch een sukkel geweest! Wat een sukkel! Alsof ik stekeblind was. O lieverd toch! En al die tijd... Nú begrijp ik waarom hij zo treurig was. Ik wist dat hij niet van Violet hield, hun huwelijk is vanaf het begin al hopeloos geweest. Maar ik wilde zo graag... omwille van de kinderen... en hij sloot zich maar op in de bibliotheek terwijl hij eigenlijk... Wat loop ik nou toch te dazen?' Constance kneep in mijn handen tot ze pijn deden. 'Bobbie. Ik begrijp het nu allemaal. Daarom ben je weggebleven. Je wilde niet in de weg staan. Dat was heel lief van je, dat was echt iets voor jou! Nu moet ik weer huilen, maar let daar maar niet op. O, mijn arme broer! En hij heeft er met geen woord over gerept! Ga nu maar snel. Gá!' Ze duwde me door de tuindeuren naar buiten.

Ik liep de tuin in. De wolk die voor de zon had gezeten trok langzaam weg en de taxusbomen wierpen donkere schaduwen over het grindpad. Ik liep tussen de *miroirs d'eaux* door. Het flonkerende licht was verblindend. Er vlogen vogels laag over het water om insecten op te pikken. Een leeuwerik die opsteeg liet een klaterend lied horen. Ik bleef op de bovenste trede aan het eind van het eerste terras staan en keek omlaag.

De ronde kom van de fontein was leeggelopen, er lag een laag modder en bladeren in. Finn stond met zijn rug naar me toe. Hij had zich over de pijp gebogen en deed iets met een Engelse sleutel. Ik keek gretig naar hem, naar de vorm van zijn hoofd, de manier waarop zijn donkere haar in zijn nek groeide. Hij droeg dezelfde sjofele kleren. Ik herkende de blauwe trui vol gaten, de versleten corduroy broek. Hij stond daar voor mijn ogen. Echt. Van vlees en bloed. Ik balde mijn vuisten tot mijn nagels in mijn palmen groeven, om mezelf te verzekeren dat hij het echt was. Ik keek lange tijd naar hem, genoot van de hoek van zijn schouders, de breedte van zijn rug, de enkele glimp van zijn handen. Er kwam een vliegtuig over, hoog in de lucht. Hij richtte zich op om ernaar te kijken, met zijn hand boven zijn ogen, tegen het felle licht. Toen vloekte hij hartgrondig en smeet de sleutel in de struiken.

'Als ik jou was,' zei ik, 'zou ik er maar eens een flinke harde trap tegen geven.'

Hij schrok, verstijfde, bleef roerloos staan met zijn rug nog steeds naar me toe. Er volgde een schier eindeloze stilte. Toen zei hij: 'Ik durf me niet om te draaien.' O, wat hield ik van het geluid van zijn stem! 'Ik ben bang dat de *sidh* me voor de gek houden.'

'Je gelooft niet eens in ze.'

'Ik zou met alle plezier willen zeggen dat ik wel in ze geloof, als daarmee dit bedrog voort zou kunnen duren.'

'Zeg het dan.'

'Ik geloof in ze, ik geloof in alle soorten: kabouters, kobolden, leperkoenen, trollen en' – hij draaide zich om en keek naar me op – 'elfjes.' Hij deed zijn ogen even dicht en keek toen weer. 'Je bent er nog steeds. Als je een goede fee bent, kom dan naar beneden. Kom in elk geval maar naar beneden. Ik durf zelf niet dichterbij te komen, uit angst dat je zult verdwijnen.'

Ik liep de stoep af en bleef staan bij de rand van de fontein. We keken elkaar aan. Zijn gezicht, dat me zo eindeloos dierbaar was, was het feestmaal waar mijn uitgehongerde hart onophoudelijk naar had verlangd, sinds ik hem in Dún Loaghaire in de mensenmenigte had zien verdwijnen. Ik moest me schrap zetten om hem in de ogen te zien en de tranen in mijn eigen ogen weg te knipperen. Het was alsof ik in de zon keek. Ik zag daar een vraag.

'Ik hoorde dat je naar Amerika zou gaan,' zei hij ten slotte. 'Is dit... Ben je gekomen om afscheid te nemen?'

'Maud heeft me geschreven. Over Violet. Ik heb de brief gisteren gekregen. Ik ben meteen gekomen.' Ik stapte in de kom van de vijver.

Zijn ogen werden zacht. 'Dus je bent gekomen omdat... Denk jij er nog steeds hetzelfde over?'

'Nog steeds hetzelfde.'

'Liefste!' zei hij zacht. Hij pakte mijn armen vast en trok me naar zich toe. 'Liefste. Mijn liefste.'

Om ons heen stierf het lied van de vogels weg, de bladeren hielden op met ritselen, de aarde leek onder onze voeten weg te vallen en de wolken leken naar boven te snellen. De lucht klapwiekte als een reusachtige vleugel, vol begrip voor ons grote verlangen.

De stilte werd verbroken door het geluid van hoeven op het grind, en Flavia kwam op de Kaketoe slippend tot stilstand binnen de cirkel van haagbeuken.

'Bobbie! Sam zei dat jij het was, maar ik geloofde hem niet! Timsy! Hou jij de Kaketoe eens vast, alsjeblieft!'

Timsy geneerde zich in het geheel niet toen hij uit het struikgewas opdook en grijnzend binnen de haagbeukcirkel stapte om de teugels van de merrie over te nemen. 'Het is een geweldige dag, juffrouw Bobbie, die u weer terug heeft gebracht om ons met uw schoonheid te verlichten, als een manestraal tegen de fluwelen hemel met sterren!'

'O Bobbie! Ik heb je zo gemist!' Flavia sloeg haar armen om me heen. Ze was minstens acht centimeter langer geworden en ze leek meer op Finn dan ooit. 'Waarom ben je zo lang weggebleven?' Voor ik antwoord kon geven ging ze verder: 'Ik heb een paar nieuwe hindernissen. Die heb ik van papa voor mijn verjaardag gekregen. Kom je ze even bekijken?'

Finn legde een hand op haar schouder. 'Eén moment, liefje.' Ik zag met hoeveel moeite hij zich wist te beheersen, en ik voelde me ziek van liefde. 'Bobbie is net pas aangekomen, na een lange reis. Ze heeft tijd zat om er later naar te kijken. Laten we nu naar het huis gaan.'

Flavia pakte mijn hand. 'Blijf je?'

'Ja.'

'Blijf je voor lange tijd?'

Ik keek Finn aan over haar hoofd heen. 'Ja.'

'Jippie!' Flavia legde haar andere hand in die van haar vader en we liepen met zijn drieën naar het bovenste terras en door de laan tussen de twee kanalen. 'Ga jij weer koken? Mevrouw O'Kelly is best aardig, maar ze kan niet lekker koken.'

'Ik zal dat een beetje tactisch moeten aanpakken,' zei ik.

'O ja. Ik zal proberen iets te bedenken. Misschien kunnen we zeggen dat jij geen Iers voedsel kunt eten omdat je dan misselijk wordt.'

Finn lachte. 'Als dat jouw idee van tact is, kan ik je geen carrière in de diplomatie aanraden.'

'Ik moet er niet aan denken zoiets stomvervelends te doen! Ik ga schrijfster worden. Bobbie, ik ben aan mijn roman begonnen. Ik ben al tot pagina honderd, maar ik heb David Copperfield nog niet in het verhaal kunnen krijgen. Er valt zoveel over de hond van Agnes te vertellen. Het is een echt heel mooie Newfoundlander en ik ben van plan...'

Terwijl Flavia praatte keken Finn en ik elkaar aan en ik kon zijn gedachten even duidelijk lezen als wanneer hij ze hardop had uitgesproken.

'O Heer! Een comité van ontvangst,' zei hij toen we naar de tuindeuren van de zitkamer liepen.

Constance, Eugene, Flurry, Katty en Pegeen hadden zich daar opgesteld om mij te begroeten. Toen Flavia me naar binnen troonde, kwam Liddy de kamer binnengehold en drong zich tussen iedereen door om me te begroeten.

'Bobbie! Niet te geloven! Tante Con zegt dat je hier weer komt wonen! Voorgoed!' Ze liet me los om mijn uiterlijk te inspecteren. 'Wat een fantástische kleren. Je ziet er schitterend uit. Danny zegt dat ik niet aan zulke triviale dingen moet denken, maar soms kan ik me echt niet inhouden. Je bent helemaal niet veranderd!'

'Maar jij wel!' Ik zag met genoegen dat Liddy een gave huid en een heldere blik had. Ze was slank zonder mager te zijn. Haar haar zat in een vlecht en ze droeg zwart, van top tot teen. Maar ze vertoonde een nieuwe zelfverzekerdheid, een nieuwe houding. Ze was achttien, op de drempel van volwassenheid.

'Ik ga volgende week naar Parijs! Papa heeft me het geld voor het vliegtuig gegeven. Ik ben zo opgewonden! Ik heb een paar nieuwe dingen gekocht om aan te trekken. Maar eigenlijk is het gewoon troep, uit Williamsbridge.' Haar oog viel op mijn zwarte alpaca jas van Chloé, die ik had gekocht om mee te nemen naar New York.

Ik trok hem uit en gaf hem aan haar. 'Pas jij die maar eens.'

'Dat meen je toch niet? Bobbie, éngel!' Ze huppelde de kamer uit met haar buit in haar armen gekneld.

Eugene stapte naar voren en kuste me op beide wangen. 'Het genoegen jou weer te zien, mijn lieve Bobbie, wordt slechts versterkt doordat het, in elk geval wat mij betreft, geheel onverwacht is en... Sta me toe te zeggen hoe verrukt ik ben van Constance te vernemen dat jij binnenkort wellicht in een nadere verwantschap komt te staan.' Hij streek over zijn revers, die scheef waren gaan zitten door mijn omhelzing. Gelukkig deden de kinderen nooit moeite te luisteren naar iets wat Eugene zei, maar Katty en Pegeen keken heel belangstellend.

'Hoe gaat het ermee, Katty?' Ik gaf haar een hand.

'Heel goed, juffrouw Bobbie. Timsy en ik zijn verloofd. Ik kreeg medelijden met hem, want hij is altijd erg trouw geweest...'

'O, vertel de waarheid en heb schijt aan de duivel, Katty Kicart,' viel Pegeen haar in de rede. 'Je hebt hem gewoon genomen omdat ik me had verloofd met Des Toomey, de tandarts in Kilmuree.' Ze lachte stralend, waarbij ze een volledige set schitterend witte, volmaakt regelmatige tanden liet zien.

'Met die dingen kun je seinen naar het mannetje op de maan,' zei Katty. 'Wanneer je klaar bent met onze ogen te verblinden, gaan we terug naar de keuken voordat Nellie O'Kelly het spek laat verbranden.'

Pegeen en zij verdwenen waardig.

'Hoe gaat het met jou, Flurry?' Hij was ook langer geworden en zijn gezicht was minder rond. Ik durfde hem niet te kussen.

Flurry schudde mijn hand en keek me plechtig aan. 'Heel goed, dank je.'

'Ik zou heel graag gauw bij je spoorlijn willen kijken.'

'Goed.' Hij glimlachte behoedzaam. 'Dan kun je meteen mijn tekeningen voor de nieuwe generator zien. Die heeft een goed filter, zodat hij niet uitvalt als er vuil in de brandstof zit.'

'Daar verheug ik me op.'

'Finn, ik ben zo vermetel geweest om iets uit de kelder te halen,' zei Constance. Ze toonde hem de fles die in een emmer ijs stond. 'Ik vond dat we op Bobbies gezondheid moesten drinken. Wat vind jij? Is deze geschikt?'

'Goed idee,' zei Finn. Ik moet hem nageven dat hij niet protesteerde toen hij zag dat het een Veuve Clicquot La Grande Dame was, hoewel deze onmogelijk voldoende gekoeld kon zijn.

'Op de lieve Bobbie.' Constance hief haar glas zodra we er allemaal een hadden. 'Welkom terug, lieverd!'

Ik zag hun gezichten door een waas.

'Wat vind je van het plafond, Bobbie?' vroeg Constance. 'We hebben het laten schoonmaken. Er is iemand van An Taisu – dat is ons equivalent van jullie National Trust – geweest met een groep mannen en die hebben er twee weken aan gewerkt. Hij zegt dat hij alleen maar het ruwe werk heeft gedaan om het verval een halt toe te roepen, en dat hij volgende maand terugkomt om het goed te doen.'

Ik bekeek de zitkamer, die zo mooi was met alle onvolmaaktheden, en ik kwam woorden te kort.

'Nu we het toch over verval hebben,' zei Finn, 'er zit een vreemde vochtplek op het plafond van mijn slaapkamer, Bobbie. Ik zou daar graag je mening even over willen horen.'

'Papa!' Flavia keek geschokt. 'Je zet Bobbie toch zeker niet aan het werk zodra ze terug is? Je moet wel lief voor haar zijn.'

'Ik ben van plan heel lief voor haar te zijn.' Finn pakte mijn hand. 'En ik hoop dat zij heel lief voor mij zal zijn.'

'O lieve help!' mopperde Flavia. 'Als ik nog één keer iemand over stucwerk hoor, ga ik gillen. Oké, ik ga wel mee.'

'Nee lieverd,' zei Constance. 'Ik wil graag dat je me even helpt de opbrengst van gisteren te tellen. Je weet hoe hopeloos ik met rekenen ben.'

'Kan Flurry dat niet doen? Die is veel beter in wiskunde dan ik. Oké, ik kom al,' zei ze, toen ze zag dat Flurry naar de deur schoof, ongetwijfeld met zijn hoofd bij de generator.

'Kom mee, Bobbie.' Finn zette zijn glas neer. 'Wat ik jou wil laten zien kan echt niet wachten.'

Constance en Eugene glimlachten begrijpend toen we de kamer uit gingen. Ik zag vanuit mijn ooghoek een schort wegschieten toen we de trap op liepen. 'Ik vermoed dat er in heel Kilmuree geen ziel is die niet weet wat wij gaan doen.'

'Kan je dat wat schelen?'

'Geen steek.'

We stapten zijn kamer binnen. Het rook er nog steeds naar vocht en vetiverolie.

'Laat me je eens bekijken,' zei hij, toen hij de deur op slot had gedaan. We stonden elkaar glimlachend aan te kijken. Toen nam hij me in zijn armen. Ik voelde zijn hart woest bonzen. 'Je weet wat ik wil.'

'Ja. En ik wil het ook.'

'Ik denk dat jij toch een goede fee moet zijn, die mij komt bevrijden van de ban die een Engels meisje over me heeft uitgesproken, zodat ik nooit meer kon ophouden met haar lief te hebben, hoezeer ik er ook naar verlangde van die kwelling te worden bevrijd.'

'O nee.' Ik kuste hem. 'Ik ben van plan om jou, als dat in mijn macht ligt, voor de rest van je dagen in mijn ban te houden.'

Lees ook van Victoria Clayton:

Als kersverse bruid blijft zij achter op een oude boerderij.
Samen met een boze man en een heleboel koeien.